KB236780

20세기 한국 소설 연구

윤홍로 外

국학자료원

20세기 한국 소설 연구

▶ 尹弘老 先生 近影

▶ 月汀 書齋에서

▶ 일제하 부모님과 누이 동생과 함께

▶ 普成中 入學 후 혜화초등 교우와 함께

▶ 단국대학교 8대 총장 재임시

▶ 북오하오대학(자매결연대) 방문 후 CNN TV 인터뷰 중

▶ 남오레곤 대학(자매 대) 총장실에서

▶ 가족 사진

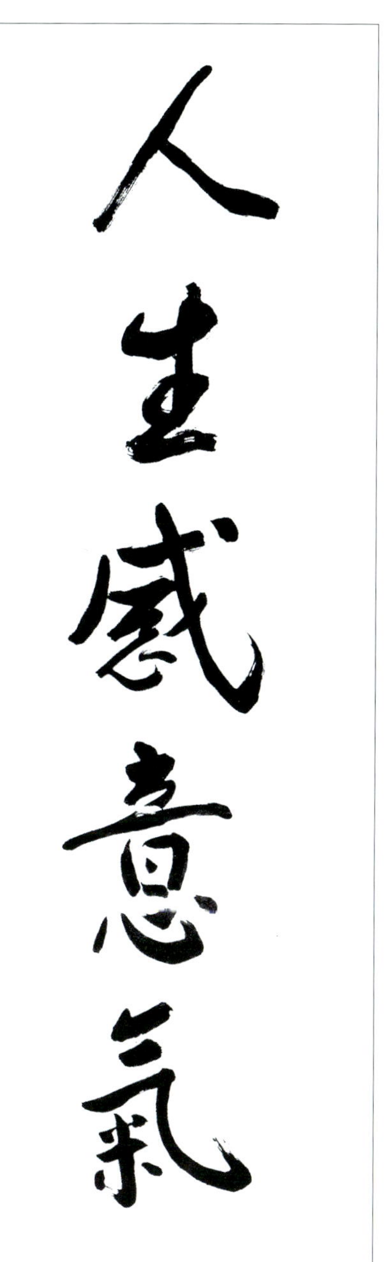

▶ 蘭臺 李應百 先生 祝書

滾造交論而懸河竪說
敏堪師長而傾心毓英

前總長尹弘老博士停退門人等刊献論叢余忘批書此以頁賀 辛巳春節 許鎬九謹祝

▶ 許鎬九 先生 祝書

문학의 이해와 감상
윤홍로 저
나 도 향
낭만과 현실의 변증(辨證)
건국대학교출판부

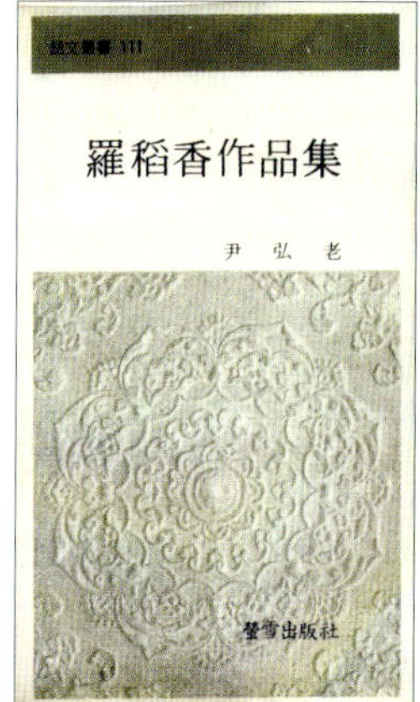
범문고 171
羅稻香作品集
尹弘老
螢雪出版社

현진건 작품선
B사감과 러브레터
윤홍로 엮음
문장
빈처 / 술 권하는 사회 / 유린 / 할머
니의 죽음 / B사감과 러브레터 / 운
수 좋은 날 / 불 / 사립 정신 병원장
/ 고향 / 발 / 피아노 / 까막잡기
문장사
bear book
베어북 43

李光洙 文學과 삶
韓國文學의 解釋學的 研究
尹弘老
文學의 理論
René Wellek and Austin Warren
白鐵 金秉喆 共譯
尹弘老 校閱

栗岩 尹弘老 先生 略譜

1937.02.13 (陰曆 丁丑 1.3) 서울 西大門에서 출생

本官　　　　海平

本籍　　　　京畿道 華城市 八灘面 舊場理 581番地

現住所　　　京畿道 龍仁市 上峴洞 851 상현마을 現代 星宇 1차 아파트
　　　　　　291棟 1401號

學 歷

1949.03.　　서울 惠化國民學校 卒業

1952.03.　　普成中學校 卒業

1955.03.　　普成高等學校 卒業

1960.03.　　서울大學校 文理科大學 國語國文學科 卒業

1979.02.　　서울大學校 大學院　博士課程 수료 (文學博士)

經 歷

1960.05~61.05　　獎忠高等學校 敎師

1961.05~62.04　　獨子로 陸軍短期 服務

1962.10~70.02　　進明女子高等學校 敎師

1967.03~70.02　　建國大學校 文科大學 講師

1970.03~73.08　　崇田大學校(現 漢南大學校) 專任講師, 助敎授(國文學科長)

1973.09~76.08　　檀國大學校 文理科大學 助敎授,

1976.09~81.09　　檀國大學校 副敎授

1980.01~81.05　　檀國大學校 國語國文學科長

1980.04~84.08　　檀國大學校 師範大學長

1981.10.　　　　 檀國大學校 文理科大學敎授

1987.12~94.02	現代文學研究所長
1988.03~90.02	檀國大學校 大學院 主任 敎授
1988.02~89.02	檀大新聞社 編輯委員
1988.09~89.08	大學 發展 企劃委員會 委員
1989.04~91.04	檀國大學校 初代 敎授 協議會長
1989.09~91.02	文藝敎育振興委員會 委員
1991.10~96.07	開校50周年紀念行事 準備委員會 委員長
1994.01~94.09	檀國大學校 大學院長
1993.03~94.02	賞罰委員會 委員
1993.03~95.02	敎科課程 改編 硏究 委員會 委員
1994.09~97.	檀國大學校 總長
1996.09~95.02	硏究促進支援團 委員長
1997~98	檀國大學校 東洋學 美國 分所長
1998.03~2002.02	檀國大學校 文科大學 國語國文學科 敎授
2002.2	停年 退任
2002.03~現	벧엘교회 피택장로로 시무중임

講師 經歷 (1967~2002)

淑明女大 大學院, 崇實大 大學院, 東國大 大學院, 中央大 大學院, 延世大 大學院, 高麗大 敎育大學院, 경원대 대학원, 목원대 대학원, 서울大, 建國大, 西江大

海外 研修

1984.09~85.02 미국 템플 대학교 영어영문학과 초빙교수 (小說理論 研究)
1985.02~85.09 미국 하버드 대학교 페어뱅크 연구소 객원 교수(比較文學研究)
1997.05~98.02 미국 남오레곤 대학교 초빙 교수 (文學理論 研究)
1981.8   미국 로스안젤레스 한국학 연구회에서
              "3.1 운동후의 한국소설의 변화" 발표

學會 活動

1983.   국어국문학회 감사
1986.   韓國語文 研究會 出版, 弘報 理事
1994~현재   (社)韓國語文會 理事, 語文研究 編輯委員
1990~현재   펜클럽(평론분과) 한국본부 회원

受 賞

1970.7.01   京釜 高速道路 竣工紀念 懸賞文 隨筆當選 (大韓民國 政府 주관)
1998.5.15   敎育功勞賞 (敎育部長官賞)
1995.   30년 이상 勤續者 年功賞 (韓國 敎員團體 聯合會)
1993.11.03 20년 勤續賞 (檀國大 財團)

家族 關係

母親   鄭順伊 (1914.05.06 生) 서울 女商 中退
夫人   南基惠 (1942.11.17 生) 梨花女子大學校 卒業
長男   尹兌鎭 (1967.03.21 生) 美 템플대학교 컴퓨터 공학과 졸업
          美 컬럼비아 大學院 졸업, 컴퓨터 전공
          美 골드만 삭스 근무후 현재 벤쳐 기업 @ 폰 회사 부장
子婦   金廷善 (1967.06.20 生) 뉴욕대 대학원 理學博士
          世明大學校 專任講師
孫子   尹洪濬 (1994.03.10 生) 서원 초등학교 재학
次男   尹 敏 (1970.04.17 生) 高麗大學校 食品工學科,
          美 워싱톤 주립대학교 대학원 卒業, MBA
          (株) 새롬 해외담당 과장
子婦   李秀妍 (1977.10.03 生) 精神文化硏究院 大學院 在學
長女   尹鉉善 (1974.10.20 生) 梨花女子大學校 英語英文學科 卒業
          뉴욕 시립대학교 대학원 회계학 전공

著書 目錄

1998.04.15   『한국 소설의 해석』(단대출판부) 410면 *문화관광부 우수도서
1997.03.15   『나도향 - 낭만과 현실의 변증(辨證)』(건대출판부) 110면 *제 35회
              한국출판문화상 수상도서
1992.05.30   『李光洙 文學과 삶』(韓國硏究院) 272면
1980.03.10   『韓國近代小說硏究』(一潮閣) 314면 * 우수도서 (≪독서신문≫ 선정)
1976.06.15   『韓國文學의 解釋學的 硏究』(一志社) 378면
1987.04.20   『B사감과 러브레터』- 현진건 작품선 - (문장) 120면
1987.04.30   尹弘老에세이『미워하며 사랑하며』(범조사) 296면
1978.10.20   『羅稻香作品集』(형설출판사)

1998.09.30   『염상섭』(서강대 출판부) 공저
1998.03.07   『김동인』(서강대 출판부) 공저
1991.05.10   『隨筆作法論』(세손) 공저
1988.12.24   『金東仁文學硏究』(朝鮮日報社) 공저
1987.08.20   『전통문화와 서양문화』(성균관대학교 인문과학연구소 편) 공저
1987.05.15   『文藝批評論』(고려원) 공저
1984.11.30   『韓國現代小說史硏究』(民音社) 공저
1983.09.12   『韓國古典小說硏究』(새문사) 공저
1982.11.20   『金東仁硏究』(새문사) 공저
1982.04.26   『韓國文學硏究入門』(知識産業社) 공저
1981.08.20   『한국현대소설작품론』(문장) 공저
1981.09.15   『崔南善과 李光洙의 문학』(새문사) 공저
1981.03.10   『韓國文學論』(일월서각) 공저
1981.01   『玄鎭健의 소설과 그 시대 인식』(새문사) 공저
1976.03.10   『現代韓國作家硏究』(民音社) 공저

飜 譯

2000.07.15   아더 노블,『사랑은 죽음을 넘어서』, 原題 *EWA. - A TAIL OF KOREA*
              (포도원) 번역
1987.09.20   레먼 셸던,『현대문학 이론』(종로서적) 226면, 공역
1982.08.30   르네 웰렉 외,『文學의 理論』(翰信文化社) 457면 공역

教 材

1995.08.25   『고등학교 독서』(탐구원) 공저
1995.08.25   『고등학교 작문』(탐구원) 공저
1988.01.01   『대학 작문』(단대 출판부) 공저
1969.11.10   3인 수필집『하나 둘 셋』(韓英出版社) 공저

論文 目錄

2월호

1986.03.01	「開化期 進化論과 文學思想」, 『東洋學』 16 (단대동양학 연구소).
1985.03.02	「東道西器, 韓魂洋才의 綜合思想 - 이광수」, 『現代思想 選集』(단대출판사)
1984.11.30	「최서해의 문학과 현실인식」, 『한국현대소설사연구』(민음사)
1984.05.15	「李光洙文學의 研究史的 反省」, 『李光洙研究』 上 (太學社)
1984.03.02	「統合的 解釋論 - 中間者적 기능을 中心하여」, 『文藝批評論』(고려원)
1983.09.12	「春香傳研究 - 춘향의 중간자적 기능」, 『한국고전소설연구』(새문사)
1982.04.30	「리얼리즘 소설의 형성」, 『韓國文學研究』(知識産業社)
1982.03.02	「"태형"과 민족환경」, 『金東仁연구』(새문사)
1981.09.15	「이광수문학의 연구사적 반성」, 『최남선과 이광수의 문학』(새문사)
1981.03.05	「나도향 작품연구」, 『한국문학론』(우리문학연구회)
1981.03.02	「나도향, 물레방아」, 『한국현대소설작품론』(문장)
1981.03.01	「불의 상징적 의미 - '불', '정조와 약가'를 중심으로」, 『현진건 소설과 그 시대인식』(새문사)
1980.03.01	「1920년대 언론활동과 리얼리즘소설의 형성가능성」, 『蘭汀 南廣祐 博士華甲記念論叢』(일조각)
1979.09.05	「'무정'의 傳統性과 近代性」, 『무정』(우신사)
1979.03.03	「한국 현대소설의 統合解釋論 - 최서해론」, 『東洋學』 9 (단대동양학연구소)
1979.03.02	「소설의 진실과 방법론」, 『관악어문연구』 3집(서울대국문과)
1979.03.01	「1920년대 한국소설연구」, 박사학위논문 (서울대)
1977.03.01	「나도향 작품연구」, 『단국대 논문집』(단국대)
1976.03.02	「모국어로 확대되는 비평의식」, 『文學과 知性』(문학과 지성사)
1976.03.01	「한국문학의 수사변천과 의식변화와의 상관관계」, 『省谷論叢』 7 (성곡재단)
1975.03.05	「東仁作品論」, 『단국대논문집』 9 (단대출판사)
1975.03.04	「東仁 속의 죽음의미」, 『東洋學』 5 (동양학연구소)
1975.03.03	「김유정의 소설미학」, 『국어국문학』 49-50 (국어국문학회)
1975.03.02	「江原道 隱喩의 意味網」, 『國文學論集』 7-8 (단국대국어국문학과)

1975.03.01	「날개와 처용가의 거리」, ≪文學思想≫ 9 (문학사상사)
1974.03.01	「韓國文學의 隱喩構造 - 작품에 나타난 몇 개의 隱喩 패턴을 중심으로」, 『東洋學』 4 (단대출판부)
1971.03.01	「一般意味論 序說」, 『숭전대 논문집』 1 (숭전대 교수논문집)
1970.03.01	「共感覺 隱喩의 構造」, 『국어국문학』 49-50 (국어국문학회)
1969.03.01	「韓國語 隱喩의 意味論的 考察」, 『文湖』 5 (건대국문과)

賀 序

— 윤홍로 교수 정년 기념 논문집에 부쳐서

호모 픽토르 homo fictor란 말이 있다. 이야기 하는 사람 그리고 이야기를 좋아하는 사람이란 뜻이다. 인간은 이야기를 만들고 또 이야기를 즐기는 동물이다. 암각화가 어찌 원시적인 상징의 아이콘일 뿐이랴. 거기에는 내러티브 즉 원초의 이야기가 함축되어 있는 것이다. 이야기는 아주 오랜 태초의 원시 동굴 생활 때 부터 만들어 졌었고 전승되고 변용되면서 아득한 시간을 거쳐서 오늘에 이르렀고 또 내일로 이어져 갈 것이다. 우리의 삶은 그 자체가 이야기이고 이야기꺼리이며 이 이야기가 바로 소설의 원형인 것이다. 서사학이 오늘의 소설 이론의 주된 근간을 이루고 있는 점도 바로 여기에 있는 것이다.

소설이란 무엇인가. 소설의 존재의의나 거기에 내포된 가치는 무엇이며 또 소설은 어떻게 연구되어져야 할 것인가. 소설연구를 위한 해답은 바로 이 세가지 물음에서 시작하고 해답으로 끝난다고 하여도 그리 지나치지 않는다.

허구로서의 소설은 그리움으로 짓는 언어의 집이라고 누가 말했다지만, 현실이 반사되고 굴절된 가능한 삶의 세계요 공간이다. 현실의 경험적 세계와는 태생적으로 밀접한 연관성을 지니면서도 세계의 해석자인 작가에 의해서 만들어진 또 하나의 가능성의 세계 즉 허구의 세계인 것이다. 현실에서 추출된 질료들이 의미 있는 체계와 시학으로 조립되고 꾸며진 자족적인 언어의 세계인 것이다. 그러기 때문에 이러한 소설의 기능과 구조에 대한 비유나 관점도 자연 다양하기 마련이다.

소설은 가담항어로서 한갖 부스러기 같은 작은 말로 천하게 보는 인식에서 부터 '소설 쓴다'란 말이 거짓과 허위 가짜의 동의어가 되는데 이르기까지 소설과 그 가치에 대한 폄하현상이 적지 않은 것이 사실이다. 그러나 소설은 보다 나은 삶의 형태에로의 길을 여는 기대 지평의 언어예술 작품으로 오래도록 수용되어 왔던 것이다. 그래서 소설은 진작부터 흔히 거울이나 칼로써 비유되어지곤 한다. 경험의 세계에 대한 현실 반사성이 거울처럼 투명하기 때문이다. 현실의 사회적 불의나 병리, 환부를 비판하고 풍자하는 사회 비판의 날카로운 도구가 되기 때문이다.

나 역시도 우리 소설사를 기술하면서 '자물쇠－열쇠' 원리를 도입함으로써 소설을 열쇠와 등가화한 적이 있다. 옥죄이는 시대적 상황을 우리가 체감적으로 경험하면서 이 시대에 쓰여진 소설 작품들의 인간과 세계의 상황에 대한 열기와 풀기를 욕망하는 열쇠로서의 기능을 하고 있다고 보아 왔기 때문이다. 그러나 소설의 기능과 역할이 어찌 이에만 국한 될 수가 있겠는가. 고통스럽고 병들고 아픈 상처에 대한 치유의 붕대가 될 수 있고, 지치고 고달픈 몸과 삶을 일으키는 지팡이가 되고, 괴로운 영혼을 잔잔히 위로하는 악기의 역할을 함으로써 우리의 삶을 즐기고 구원하고 차원 높이 이끌게 하는 것이 바로 소설이다. 바로 우리의 삶을 담고 제시하는 내러티브 그것이다. 이러한 가치를 향유하고 있기 때문에 소설은 미학적으로 인간학적으로 연구할 가치가 있는 것이다.

20세기 후반이래 범 세계적 현상으로서 오늘의 문학이론과 비평이론은 거의 전적으로 소설의 이론으로 주도되고 있다. 서사구조의 체계와 구조, 소설의 역사성 점검, 상호텍스트성, 담론분석, 해체론 등의 이론 및 심리시학, 사회시학이 모두 소설의 서사 차원과 밀접하게 관련되어 있다. 특히 서사학은 곧 소설학이다. 우리의 소설론의 현주소도 이와의 맥락을 지닌다.

윤홍로 교수의 소설론 내지 소설 해석론이 본격화된 것은 「한국문학의 해석학적 연구」(1976)의 출간시기 부터이다. 이는 가다머, 허쉬, 헬만트 등의 해석학 이론 내지 종합적 해석론을 바탕으로 한국 현대소설의 성격을 학구적 시각으로 투사한 작업이다. 이후 그는 해석학과 원형비평 및 내재비평 등 다원적인 방법을 섭렵하면서 우리 현대소설에 대한 해석의 차원을 열어 놓은 선도적 자리에 있어 왔었다. 출중한 행정능력 때문에 거듭 맡게되는 보직 외도(?)가 그의 학자적 삶을 중단 시킬까 안타까운 적이 있었다. 개인적으로 한때 하버드에서 함께 보낸 특별한 연분이 있어 더욱 그러했던 것이 사실이다. 그러나 그는 저널리스틱한 평문을 쓰기에 몰두하지 않았고 한번 떠나면 좀처럼 돌아가지 않는 연구하고 가르치는 제자리에 다시 돌아갈

만큼, 자기 관리에 엄격하다. 천성적으로 그는 학자다.

　정년을 맞아 이런 윤교수의 학덕을 기리는 동학의 교수들과 직접 가르친 제자들에 의해서 20세기의 한국소설을 새롭게 읽고 점검 평가하는 논문집을 간행하게 된다니 그 훈훈함에 우선 윤교수와 간행위원회에 축하를 드린다. 중견과 소장 학자들에 의해서 이루어진 빛나는 논문들이 현대소설 연구를 위한 새로운 조망을 열어 주리라 기대한다. 그리고 이로써 윤교수가 우리 소설 연구에 뿌린 씨앗이 넉넉한 결실로서 수확되는 보람을 만끽하리라 믿는다.

2002. 2

이재선

머리말

　『20세기 한국소설의 연구』는 栗岩 尹弘老 교수님의 停年을 기념하는 논문집입니다. 40여년을 학계에서 국문학을 가르쳐오신 선생님의 뜻을 기리고자 하는 마음에서 弟子들이 함께 뜻을 모아 시작한 작업이었습니다. 제자들만의 힘으로 만들어보자는 게 애초의 계획이었습니다. 그러나 원고를 부탁하고 모으는 과정에서 제자들의 힘만으로는 역부족이라는 생각이 들어 몇 분 同學이나 後學들께도 삼가 참여해 주십사하는 부탁을 드리지 않을 수 없었습니다. 이 책은 그런 과정을 통해서 엮어지게 된 것입니다. 제자들이 이런 작업에 임하게 된 것은 평생 학문 이외의 방면으로는 눈길을 돌리지 않으셨던 선생님의 인품과 학구적 열정을 어떤 의미로든지 정리하는 작업이 필요하다는 취지에서였습니다. 저희들의 마음속에는 선생님에 대한 사모의 정과 회한의 정이 혼효(混淆)되어 있다고 보아도 좋을 것입니다. 평소 열강으로 지속되는 선생님의 수업은 명강의로 정평이 나 있었습니다. 땀과 침이 튀는 열정과 명쾌한 논리는 듣는 사람들의 손에 땀을 쥐게 하는 긴장감을 불러 일으켰으며 수업이 끝나고 나면 강의실 안의 온도가 몇 도쯤 올라간 것을 달아오른 수강생들의 얼굴에서 느낄 수 있었습니다. 강의 말씀 하나라도 놓치지 않으려고 강의실 앞자리에 앉고자 노력했던 기억이 지금도 새롭습니다. 뜨거운 열정과 명쾌한 논리로 우리를 끝없는 학문의 바다로 내몰면서 선생님께서는 한지의 오차도 허용치 않는 엄숙성과 논리를 견지하여 학문에 임하는 제자들의 옷깃을 바로 세우게 하셨습니다. 제자들에게 있어서 선생님은 그렇게 앞장서 茫茫大海를 헤쳐나가는 용기를 지닌 훌륭한 스승님이셨던 것입니다.

　그렇다고 선생님이 학문의 길로 향하듯 맵고 엄정한 자세로 제자들을 대했던 것은 아닙니다. 맵고 칼날 같은 질타는 학문의 분야에 국한된 것 뿐이었습니다. 학문 이외의 분야에서는 오히려 제자들에게 넉넉한 가슴과정을 베풀어주신 분이었습니다. 간혹 옆길로 걷고 있는 제자가 눈에 띄더라도 매운 말 한 마디 입밖에 내지 않고, 채찍 한 번 들지 않으셨던 선생님이셨습니다.

그러한 선생님의 교육관은 평소 늘상 하시던 말씀 속에 담겨 있습니다. '선생이란 담 아래에 서서 담을 넘어가는 제자들을 등으로 밀어 올려 주다가 끝내 자신은 넘어가지 못하고 죽는 사람'이란 말씀이 그것입니다. 그처럼 제자들을 도와주고 제자들이 커나가는 모습을 지켜보면서 그들이 성장하는 것을 뒷전에서 바라보는 것만으로도 흐뭇한 미소를 지으셨던 스승님이셨습니다. 평생 자신을 내세우지 않고 보이지 않는 자리에 서서 제자들의 학문적 성장과 정신적 성숙을 지켜보고 계셨음을 저희 제자들은 알고 있습니다.

이런 선생님의 고매한 품격 속에는 알게 모르게 독실한 크리스천이신 선생님의 종교관이 담겨져 있다고 봅니다. 제자들 알게 모르게 음양으로 다대한 溫情을 베푸셨으며 남달리 따뜻한 品格과 人情으로 제자들을 격려하고 보살펴 주셨던 근저에는 왼손이 한 일을 오른손이 모르게 하라는 성경 말씀이 암묵적으로 함축되어 있을 것입니다.

二年餘를 두고 기획하고 준비하고 추진해온 작업이지만 이제 奉呈式을 앞두고 지난 과정들을 돌이켜보니 여러 가지로 부족하고 민망한 부분이 눈에 띕니다. 이런 저희들의 미흡한 준비가 행여 선생님께 累가 되지 않을까 걱정되기도 합니다. 그렇지만 부끄러운 대로 저희들의 마음을 담는 것으로 마무리를 하지 않을 수 없었습니다.

부족한 저희들의 이런 뜻에 동참해 선뜻 玉稿를 주신 홍기삼 교수님, 조남현 교수님 그리고 바쁘신 중에도 흔쾌히 축사를 써주신 이재선 교수님께도 감사드립니다. 또한 불편하신 몸에도 불구하시고 이미 써주신 휘호가 마음에 차지 않는다고 다시 써주신 이응백 교수님께 머리 숙여 감사드리며 좋은 글씨를 주신 허호구 선생님께도 감사드립니다.

2002년 3월
율암 윤홍로 선생 정년기념논문집 간행위원회 씀

차 례

제1부

개화기 신구문학론의 대립과 그 변모

윤홍로*

1. 신구문학론의 대립 배경

개화기의 위기 의식은 개항과 더불어 조선조 성리학적 질서가 해체되고 이에 따른 새로운 가치관이 아직 정립되지 않은 상태에서의 사상적 혼란과 아울러 외침으로 말미암은 외부적 요인이 있었다.[1] 이 시기의 문학론도 수구적 지식인과 근대적 민족국가를 건설하려는 신지식인과의 갈등 속에서 그 주도권이 급속히 교체되는 양상을 보이기도 하였다. 개화기 문학적 담론을 분류하기 위해 편의상 세 줄기의 물길로 비유하고자 한다. 우선 조선시대 전통 문학의 흐름을 제1의 물길로, 개항 후 서구 문학 사조를 제2의 물길로, 자국 민족의 시각에서 서구문학 사조를 소화하여 형성한 문학사조를 제3의 물길로 분류하면 개화기는 제1,2 의 두 물줄기가 합쳐 거세게 소용돌이치다가 결국은 제3의 물길을 만들어지는 공간이 이기도 하다. 이에 따라 개화기 급변하는 정세는 신구 사상의 대립을 넘어서 어떤 이념도 시대적 정세에 따라서 움직이게 하였고 정신적 기반이 다른 여러 지식인들의 의견을 속출하게도 하였다.

---

* 단국대학교 교수 · 문학평론가
1) 바흐찐, 김성근 옮김, 『도스또스프키 시학』(정음사, 1988), p.245.

사회 변동기에는 흔히 혼합형의 문학장르가 탄생한다. 가령 조선조 말엽부터 시작된 봉건 사회의 붕괴는 가사의 소설화 현상이 나타나기도 하였다. 이어서 판소리를 비롯하여 가사, 사설시조, 민요 등 거의 모든 시가들의 장르가 해체되고 이들 장르가 혼합한 잡가가 등장하기도 한다. 조선조 후기부터 시조, 가사 등 국문 시가는 물론 한시도 변형을 일으킨다. 한시의 민요화는 민요 형식에 따라 반드시 5언, 7언 등의 율격을 갖출 필요가 없어졌는데 이런 변형을 「동문선」에서는 이미 '잡체'라고 했다. 근대소설은 이러한 여러 장르의 혼합장르에서 성장할 수 있었다.

청일전쟁(1894년)이 일어나던 같은 해 갑오경장 이후 민심은 청국보다는 일본을 비롯한 서구 열강 문명국가의 세력을 수용을 의식하기 시작하였다. 이 틈새를 타고 들어온 제2의 물길 속에는 기독교와 진화론이 주류를 이루었고, 그것은 개화의 물결을 일으키는 거센 바람이었다.[2]

기독교의 보급은 한글 성경과 찬송가를 출간하게 되고 한글은 일약 부녀자들의 글에서 조선 사람들이 보통으로 사용하는 글로 되었다. 한글 성경과 찬송가는 낡은 봉건 인습을 타파하고 근대화를 촉진시켰다. 기독교의 전파는 신문명에 대한 인식을 새롭게 하였고 새로운 문학관의 산실 역할을 하였다.

개화기 진화론은 서구 문명의 대명사처럼 인식되었다. 유길준은 진화론을 후꾸자와 유끼찌(福澤諭吉)과 모스 Morse교수에게서 직접 전수 받았고 , 신채호를 위시한 애국계몽운동가들은 주로 양계초의 「음빙실문집」등 중국 문헌을 통해 영향을 받았다. 유길준의 「서유견문」서(1895)에서는 친구의 반대에도 불구하고 저자가 '우리 글자와 한자를 섞어 써서 문장의 체제를 꾸미지 않고 속어를 사용하여 그 뜻을 전달하는 것으로 주를 삼았다'고 밝힐 정도로 문장에서부터 새롭게 변화를 시도하였다. 유길준은 생물학적 진화론보다는 인간 사회도 약육강식, 적자생존한다는 스펜서류의 사회진화론적

---

2) 1882년 '누가복음'과 '요한복음'이 한글로 번역되었고 청일전쟁(1984년) 이후 신자는 급증하였다. 유길준은 일본의 진화 개혁론자 후꾸자와 유끼찌(福澤諭吉)와 1878년 동경대에서 진화론을 강의한 모스Morse와의 만남으로 구한말 최초로 진화론자의 영향을 받았다.

시각에 더 관심을 가졌다. 그는 제국주의와 대항하기 위해 근대화된, 강력한 민족의 힘이 필요한 것을 절감하고 민중 교육과 애국심을 고취하였다. 그는 민족·국가주의를 위한 사회의 단결과 개조를 촉구하면서 근대화한 민족국가로의 길을 모색하였다. 유길준에 의해 설립된 홍사단의 취지서(1907.11) 내용에도 사회진화론이 그 중심 사상이 되고 있다.3) 도산 안창호의 홍사단(1913년 창립)은 유길준의 홍사단(1907년 창립)과는 같은 단체는 아니지만 정신사적으로는 같은 맥락에 속한다. 도산이 주장하는 홍사단의 핵심 사상도 사회진화론적 성격을 띤 '무실역행(務實力行)' 사상이다. 무실역행 이념은 동시대의 문학론에 많은 영향을 주었다. 이광수의 「민족개조론」(1922)의 논지는 도산 사상이 뒷받침하고 있다.

개화기 사상의 또 하나의 큰 물줄기는 동학이념이다. 동학은 동양문화를 바탕으로 하여 서구문화를 수용한 습합문화(習合文化)적인 성격을 띤 것이다. 전경재는, 최수운의 지기론(至氣論)은 화담(花潭)과 율곡(栗谷)으로 이어지는 주기론의 계승이라고 천명하고 일원론적 진화론과도 결부시킨다. 현세적 동학 사상은 실학의 실사구시, 과학정신, 인간해방의 근대사상과 접맥되고 그를 바탕으로 하여 서구의 과학 사상, 민주주의, 사회주의 사상까지 수용하게 이른다. 1901~1904년 사이에 정약용의 「목민심서」와 박지원의 「연암집」 등 여러 종류의 실학 계열의 책이 발간된 것과 동학 이념과도 무관하지 않다. 1920년대 자연주의 문학 작품과 경향작품의 요람지라고 할 수 있는, 천도교 기관지 ≪개벽≫ 창간호의 "세계를 알라"라는 첫 사설논문에서의 일원론적 진화신론은 동학 사상과 자연주의와의 습합적 사상을 알리는 논문이라 할 수 있다.

> 佛國 自然主義 "졸라"氏는 말하되 我等의 任務는 社會의 罪惡 原因을 探究
> 함에 있다 하였나니 만약 氏의 言을 備하여 우리의 금일 임무를 물을 것 같으면
> 우리는 實로 우리의 罪惡의 원인을 탐구하여 이를 修繕하여 세계의 進化와

---

3) 윤홍로, "개화기 진화론과 문학 사상", 『한국문학의 해석』(단대출판사, 1999), p.52.

한가지로 걸음을 옮김이 우리의 임무라 하리로다.

번역과 번안소설도 이 시대 신문학론에 많은 영향을 주었다. 게일 (J.S.Gale) 박사에 의해서 번연 John Bunyan 원저 「천로역정 The pilgrims progress」이 최초로 번역되었다 . 청교도 문학의 대표작의 하나인 「천로역정」이 처음으로 완역 출간되었다는 사실은 개화기 문학의 방향을 암시하기도 한다. 이어서 「서사건국지 」, 이해조의 「철세계」(1908), 이채우의 「애국정신」「나빈손 표류기」「경국미담」(1908) 등이 번역 출간되었다. 「서사건국지」(1907)는 실러 F.Shiler의 원저로 희곡 「빌헬름 텔 Wilhelm Tell」을 중국 정철관 공이 소설체로 의역한 것을 박은식이 다시 중국어본을 대본으로 역술한 것이다. 표지에 '정치소설'이라는 표제가 덧붙여 있다. 서문에는 국운이 위태로울 때 한말의 많은 독자에게 애독되어 애국의 염과 비분강개의 정을 자아내게 하는 내용의 문학론이 있다. 그밖에 번안소설로는 구연학의 「설중매」(1908) 등이 있었다.

저널리즘의 발흥은 시대상을 객관적으로 기술하는 문학론으로 변환시키는데 기여하였다. 신문과 잡지는 새로운 지식을 신속히 전파하였으며 신문학론을 논할 수 있는 공간을 제공하였다. 또한 기사의 사실성은 문학이 허황된 이야기가 아니고 사회적 진실을 전달하는 역할을 하여야 한다는 논리를 일깨웠다. 결국 저널리즘의 발흥은 후일 사실주의 문학론을 수립하는 다리 역할을 하였다. 최초의 신문은 관보의 성격을 띤 ≪한성순보≫(1883)이지만 최초의 민간신문인 순 한글 판 신문은 ≪독립신문≫(1896.4.7)이었다. 그 후 애국계몽기의 '신민회' 활동으로 각종 학회지와 잡지 신문이 우후죽순처럼 속출하여 봉건적 문학론을 붕괴하고 신문학론을 보편화하는데 기여하였다.[4] 개화기 신문학론을 형성하는 제2의 물결은 요약하면 기독교와 진화론, 동학과 실학사상, 번역문학과 저널리즘의 발흥 등이라고 할 수 있다.

---

4) 정선태, 「개화기 신문 논설의 서사 수용 양상」(소명출판, 1999), p.25.

2. 전대문학론과 근대문학론과의 대립과 갈림

개화기 문학론은 대체로 서발(序跋)과 논설류에 게재되었고 전문적인 문학론은 아직 논의되지 않았다. 이 시대 문학 논쟁은 국·한문론과 전·근대론 간의 대립이었다. 전자는 한문문학론과 국문문학론과의 갈등이고 ,후자는 중세·봉건적 문학론과 근대적 문학론과의 대립이다. 한문 소설이 처음 신문에 연재된 것은 「관정제호록」(≪대한일보≫, 1906)이고 이후 국한 혼용 소설도 1906~7년에 다량 발표되었다. 신소설 「혈의 누」(1906)가 처음 발표될 무렵 전후해서 는 한문 소설도 신문· 잡지에 지면을 많이 차지하였다. 이들 한문소설들은 대체로 파한(破閑)적 오락성을 가진 전기체 성격과 유사하고 근대적인 현실 인식에 한계를 보이고 있다.[5] 신채호는 그의 자유로운 수상문인 천희당시화(天喜堂詩話) (≪대한매일신보≫, 1909.11.9~12.4)에서 '한문학은 국혼을 빼앗는 외어이고 동국어, 동국문으로 지어야 동국시가 될 수 있다'는 논지를 펴면서 '동국시계혁명론(東國詩界革命論)'을 거론하고 있다. 또한 국문으로 운을 달고 오언·칠언으로 짓는 언문풍월은 '신국체시'가 될 수 없고, 오히려 「아리랑」·「영변가」 등의 민요에서 새로운 시의 모형을 찾아야 한다'는 우리 고유한 민요 개작 운동을 주장하기도 하였다. 한문을 지키려는 수구세력에 맞서서 장지연·박은식·신채호 등 개신 유학자와 이해조 등의 개화파가 합세하여 국문 사용의 선두에 섰다. 그 결과 국한문 혼용의 단계를 거쳐 점차 국문이 새로운 문자로 정착하는 추세로 자리잡기 시작했다. 둘째 논쟁으로 중세적 문학론과 근대적 문학론의 대립에서 전자가 주자학적 세계관에 바탕을 둔 문학인데 반해 후자는 근대의 민족사적 과제와 반외세·반봉건을 내세운 문학론이다. 신구 갈등에서 신문학의 과제가 반외세와 반봉건의 자주적인 근대화 정신으로 국가적 위기

---

5) 윤명구, 「애국계몽기의 소설」, 감태준 외, 『韓國現代文學史』(≪現代文學≫, 1989), pp.30~33.

상황을 직시한 의지를 반영한 것이어서, 신문학론이 주도권을 가지기 시작하였다. 양계초의 「중국소설혁명론」에 많은 영향을 받은 단재가 「꿈하늘」의 서문에서 "독자 여러분이시어, 이 글을 볼 때 앞뒤가 맞지 않는다, 우아래의 문체가 다르다 그런 말을 마르소서"라고 주장한 것을 참고하면 그의 소설관은 형식론보다는 효용론의 관점에서 논하고 있다. 그는 신구소설의 구분을 시대적 구분에 두지 않고 주제 면에서의 투쟁 정신 여부에 두고 있는 것이 특이하다. 그럼에도 근대적인 민족문학론을 논할 경우 가령 황현의 문학론을 거론할 수 없는 이유는 그 반외세적인 투쟁 정신이 강한 민족문학론임에도 불구하고 조선조의 한문 표기와 관념적인 한문학에서 크게 벗어나지 못한 까닭이다.6) 국문과 근대성이라는 두 가지 측면에서 개화기 근대적 민족 문학론의 범주에 들어 갈 수 있는 것은 애국계몽론과 신소설계열의 문학론이다. 양자는 국문문학을 주장하고 문학의 계몽적 기능을 강조했다는 점에서 공통이지만 반외세와 반봉건 중 어느 쪽을 지향하는가 하는 부분에서는 상당한 편차를 보이면서 새로운 갈림을 보인다. 전자가 개신유학파와 연결되어 반외세적인 국권회복의 정치 지향성이 강한데 비해 후자는 개혁파의 이념과 밀접한 관련을 맺으면서 반봉건성이 뚜렷한 풍속 개량에 초점을 맞추고 있다.

근대소설이 풍자와 로망스로부터 역사쪽으로 이동해 가는 과정에서 혼합장르로 탄생한 장르라면7) 개화기의 애국계몽소설론은 사실성에 기반을 둔 풍자의 기법에 역점을 둔 것이고 신소설론은 로망스적인 이야기의 족보를 기진 것이리고 할 수 있다. 서구의 소설사를 참고하면 18세기 사실주의 소설의 경향은 교육적이고 개량적이고 완성의 이야기를 지향하는 경향이 있었다. 반면에 자연주의 소설은 소외와 파멸에 관심을 모으고 있었다. 자연주의 소설은 다윈의 진화론에 근거하여 발생한 소설 양식이다. 그런 측면에서

---

6) 김재용 외, 『한국근대민족문학사』(한길사, 1982), pp.161~163.
7) Robert Scholes, *"An Approach through Gengre"*, *Toward a Poetics of Fiction* (Indiana Univ. Press, 1977), pp.41~51.

애국계몽소설론은 진화론을 수용한 자연주의론을 지향한 단편소설을, 신소
설론은 사실주의론을 지향한 장편소설로의 길로 갈려 나가기 시작하였다.

3. 애국계몽기의 소설론과 반외세, 민족주의

조선 후기 사대부들이 소설은 재도지기로서의 문장에 어긋난다고 하여서
소설에 대하여 부정적인 입장을 취한 바 있으나 개신유학자들인 장지연,
박은식, 신채호 등은 소설을 국권회복의 지식을 계몽하는 가장 효과적인
수단으로 보았다.8) 개신유학자들은 소설을 긍정적으로 보았으나 윤리성은
고수하려 하였다. 윤세복은 박은식의 역사·전기체 소설「夢拜金太祖」
(1911)의 서문을 통하여 진화론적 제국주의 침략에 대응하는 정신사적 투쟁
으로 서술하였다. 약육강식의 천연론(진화론)을 제국주의 정치가들이 그대
로 비인도적으로 자행하는데 대하여 박은식은 유심적인 정신세계로 극복하
고자 노력하는 측면을 보이고 있다고 논평하였다.

> 대개 현세의 이른바 제국주의라는 것은 達爾文 Darwin이 强勸論을 제창한
> 이후로 온 세계가 이 바람에 휩쓸리듯 뇌동하여 優勝劣敗를 天演이라 일컬으며
> 약육강식을 公例라 일컬어 남의 나라를 없애며 인종을 멸망함으로써 정치가의
> 좋은 계책으로 인정하는 것이다. 그 대세의 나아가는 바를 누가 능히 막으며,
> 그 강한 힘이 더해 가는 바를 누가 능히 저항하리오. 이에 선생이 조그마한
> 한 몸뚱이로 그 충격을 감당하여 도전하고자 하니, 어느 누가 미친 자, 어리석은
> 자라고 조소하지 않으리오.9)

---

8) 중국에서 漫錄을 雜記라 하기도 하고 명·청 이대에 걸쳐서는 잡기를 소설이라는
   명칭으로 사용하기도 하였다. 동양고전에서 사용한 소설이라는 용어는 현대문학
   에서 사용하는 의미와는 거리가 멀다. 반고의 한서 예문지 諸子略序에서 사용된
   '小說'의 개념은 小智者란 뜻으로 經世文章이 아니라는 뜻이다.
   ———小說家者流·蓋出於稗官·街談巷語·道聽途說者之所造也———閭里ˇ小
   智ˇ者之所及·——
   광의의 소설에는 진·당의 전기소설 같은 허구에 의한 단편소설장르도 있었다.
9) 윤세복·박은식, 「夢拜金太祖」 序(1911).

박은식은 그의 「서사건국지」서(1907)에서 소설이 그 나라의 풍속과 정치사상을 평가하는 잣대가 된다면서 우리 대한에는 읽을 만한 국문소설이 없다고 개탄하고 있다. 국문소설로 「소대성전」이니 「숙영낭자전」이니 하는 것이 거리에 나돌지만 ' 황탄무계하고 음란 불경하여 인심을 방탕하게 하고 풍속을 무너뜨리어 정교(政敎)와 세도(世道)에 해롭다'고 비판하였다. 이러한 '전래소설들은 다 시렁에 묶어두고 「서사건국지」와 같은 전기(傳奇)소설이 널리 읽혀야 대한의 앞날이 밝아진다'고 논하고 있다.

도산 안창호는 '신채호'의 「을지문덕」 서(≪廣學書鋪≫, 1908 국한문)에서 외국의 경우, 영웅이 나온 후 그 영웅을 기리어 속출하였으나 우리의 경우 일회성으로 끝난다는 것을 지적하였다. "과거의 영웅을 기려 미래의 영웅을 불러일으키자"는 도산의 서문은 인재 양성을 위한 기록의 부재를 지적한 것이다. 약육강식의 논리에서 강자가 영웅이고 누구나 영웅을 모델로 하여 노력하면 영웅이 될 수 있으며 영웅이 많이 나와야 민족 위기를 극복할 수 있다는 현실 자각과 계몽의 논리이기도 하다. 신채호는 사상을 혁신하기 위해 낭가사상(娘家思想)이라는 민족고유의 주체사상을 새롭게 계승하면서 유학을 비판하기도 하였다. 양명학의 영향도 받고 대종교에도 자극된 바 적지 않았다 하겠으나 신구의 학문을 절충하려는 소극적인 태도에 머물지 않고 자기시대의 민족주의를 수립하는데 대단한 열의를 가지는 진취성을 보였다.[10] 이상과 같이 애국계몽론자들은 국권회복을 위한 양면성을 가진 개화자강운동을 활발하게 전개하였으며 이를 계몽하기 위해서 소설 문학을 발전시켰다. 이들의 반외세적인 애국계몽기의 역사·전기(傳奇)소설은 전래적인 서사 양식으로서의 한문학의 전(傳)의 양식을 차용하고 애국적인 인물들의 영웅적인 삶을 소재로 하여 애국심과 자주 독립의 사상을 고취하였다.[11]

민족문화연구소 편역, 『근대 계몽기의 문예·사상』(소명출판, 2000), p.148.
10) 조동일, 『한국문학통사』4(지식산업사, 1994), p.211.
11) 김재용 외, 『한국근대민족문학사』(한길문학예술총서, 1993), pp.71~72.

시사토론체 소설 장르는 논설문과 토론체·대화체 형식의 혼합이다.
1905~6년 통감 통치로 위급한 상황에 대응하는 이념을 계몽하려고 '정치소
설'이라는 표찰을 달고 등장한 소설 장르이기도 하다. 대표적 작품은 안국선
의 「록금수회의」(황성서적조합 간행.1책, 1908.2월. 국문 단행본)을 선택할
수 있다. 이 작품은 「토끼전」「서동지전」「두껍전」 등의 설화적인 우화형식
의 풍자소설의 성격을 띈다. 안국선은 이 소설을 통하여 전래적인 우화소설
을 모방하면서 기독교적인 관점에서 당대 사회의 부패와 부도덕성을 고발
하고 사회개혁의 당위성을 논하고 있다. 작가는 이상재, 이승만, 장지연 등과
더불어 개신교의 열렬한 신자로서 인간의 타락을 동물의 시점으로 폭로하고
토론 형식의 담론을 펼쳤다. 「금수회의록」 서문에서 '사롬이 떨어져서 즘생
의 아래가 되고 즘생이 도로혀 사롬보다 상등이 되얏스니 엇지ᄒ면 조흘고.'
라는 지적으로 동물 이하로 전락한 인간을 풍자한다. "예수씨의 말삼을 드르
니 하ᄂ님이 아직도 사롬을 ᄉ랑ᄒ신다ᄒ니 사롬들이 악훈 일을 만히 ᄒ엿
슬지라도 회개ᄒ면 구완잇는 길이 잇다ᄒ얏스니 —"라고 하여 사람의 죄에
대한 기독교의 구원관을 논한 것이 주목을 끈다. 이 소설은 외국인에게 아첨
하는 역적이나 남의 나라를 강탈하는 불한당도 풍자하여 1909년 금서조치
를 당한 작품이기도 하다. 이 소설은 다양한 시점 (동물, 사람, 하나님)으로
당대의 실상을 의회정치의 토론 형식을 빌어 사회적 모순을 폭로하고 계몽
하는 소설로 고소설과는 차별화 된다. 이해조는 유학에 조예가 깊은 기독교
신자로서 그의 「자유종」도 토론체 소설로서 동시대의 타락상을 날카롭게
비판한 논설적인 작품이다. 「자유종」의 토론 내용에는 국·한문 사용 논쟁
과 신·구소설에 대한 논쟁이 들어 있다.

　　"――――우리나라 국문은 미상불 됴흔 글이나 닥달 아니한 재목과 갓ᄒ니
　　만일 한문을 발이고 국문만 쓰랴면 한문에 잇는 천만사와 천만법을 국문으로
　　번역하여 유루훈 것이 업슨 연후에 ――――"
　　"――――한문의 부ᄌ군신이 국문의 부ᄌ군신과 경중이 잇소 국문의 백량천
　　량이 한문의 백량천량과 다소가 잇소 ――――국문으로 욕설하면 탄ᄒ지 안켓소

한문으로 충찬하면 더 조ㅇ 히겟소 ——국문은 쓰든지 아니 쓰든지 그 잡담
소설이나 금ㅎ얏스면 좋겠소
　　　—— 춘향전을 보면 정치를 알겟소 심청전을 보고 법률을 알겟소 홍길동
젼을 보고 도덕을 알겟소 말홀진대 춘향전은 음탕 교과서요, 심청전은 쳐량
교과서요, 홍길동젼은 허황 교과셔라 홀 것이니 국민을 음탕교과서로 가르치면
엇지 풍속이 아름다오며 쳐량 교과서로 가르치면 엇지 쟝진지망이 잇스며 화황
교과서로 가르치면 엇지 졍대훈 긔상이 잇스리가"12)

　　이해조의 논리는 구소설이 동시대의 나침반 구실을 못하고 감정에 치우
쳐 국민을 오도하고 있음을 토론자를 통해 공격하고 국·한문 사용 문제도
논제로 하여 토론하고 있다. 하지만 「자유종」은 시대적 모순을 신구소설의
기법을 조화하여 심도있고 실감있게 반영하였음에도 불구하고 근대소설로
서의 특성인 구체적인 형상화의 기술이 부족하여 실감을 줄게 하였다.

4. 신소설 문학론 — 반봉건과 리얼리즘

　　신소설론은 애국계몽소설론이 소설의 개혁을 한창 논하던 1907년부터
시작되어 애국계몽론이 중단될 무렵(한일 합방 전후) 소설의 개량에 대해
활발히 전개된 소설론이다. 신소설론자들은 사실성과 허구성에 대한 새로
운 시각을 논하면서 소설의 이념보다는 흥미에 기울어진 문학론을 편다.
따라서 신소설론은 고소설의 이야기체 재미 위주로 엮은 남녀간의 애정을
다루면서 근대 교육·미신타파·바상철폐·과학발전 등 풍속개량을 역설
한다. 이인직의 「혈의 누」(1906)는 동시대의 정치이념보다는 신구문화의
대립 후 근대화를 지향한 외국유학이야기로 이어진다. 그러나 줄거리 중간
에 고소설 투의 삼각관계 애정 문제를 삽입하여 독자로 하여금 흥미를 유지
시키려는 신구 합작의 개량품인 소설 장르를 탄생시켰다. 애국계몽론자들

---

12) 이해조, 신소설 『자유종』(대한황성광학서포, 융희4년, 1910), pp.10~14.

이 소설을 국권회복을 위한 계몽 목적으로 활용하려는 것과는 달리 신소설 론자들은 봉건질서의 해체를 주장하면서 근대화를 선망하고 소설의 재미에 더 관심을 기울였다. 단재가 소설은 "國民의 羅針盤판이라 ———近日 小 說家들은 誨淫으로 主旨를 삼으니 .이 社會가 엇지되리오———"13)라고 통박한 것도 신소설이 흥미본위의 연애소설에 기울어져 민족의 역량을 무산시키고 청년을 오도하고 있음을 지적한 것이다. 그럼에도 근대화를 지향한 신소설론자들은 점차로 자아 각성을 인식하게 되고, 개성의 신장, 개인의 행복, 자유, 남여 평등 사상을 나름대로 자각하기 시작하면서 특히 자유연애를 상징적으로 주제화하기도 하였다. 신소설론자들은 한쪽으로는 고소설의 맥락(전통적인 지식인의 단형 서사문학론, 몽유록 계열의 소설관 등)를 계승하고 다른 쪽으로는 서구적 근대 소설론을 수용하여 새로운 소설 장르를 탄생시켰다. 이러한 이질적인 잡다한 요소를 새로운 틀로 절충한 신소설의 양식은 근·현대소설론의 발판을 만들었다. 이해조의 「화의 혈」 (1912) 서언과 「탄금대」(1913)의 서문에서는 소설의 사실성을 기반으로 한 반영론을 논하면서 고소설이 비현실적인 헛소리를 쓴데 반하여 자신의 소설 은 '허언랑설은 한 구절도' 없는 '현금사람의 실적'임을 내세우면서 새로운 패러다임 이야기임을 선언한다.14) 이해조의 사실성은 양면으로 해석할 수 있다. 하나는 소설의 주인공을 고소설이 지나간 시대의 초인적 능력을 지닌 영웅을 소재로 삼았으나 자신의 소설은 우리 시대의 이웃을 소재로 하였다 는 것이고 다른 하나는 "눈으로 그 사람을 보고 귀로 그 사정을 듣는듯"하게 사실적 묘사를 하였다는 것이다. 즉 고전 소설에서 흔히 보는 '백발삼천척 (白髮三千尺)'식 같은 표현의 과장이 아니라 대상을 있는 그대로의 모습으 로 재현하려 노력하였다는 사실성이다. 소재와 묘사의 사실성에 대한 이해

---

13) 談叢論者, 신채호 - 논자 주, ≪大韓每日申報≫, 1909.12.2.
14) 이해조, 「화의 혈 셔언」(1912) 1911.4.6.~6.21 ≪매일신보≫에 연재
    소설의 내용은 동학문제를 다루고 이도사라는 인물을 통해 왕조체제의 모순을
    드러낸 7회에 걸친 장회체 소설이다.

조의 이해는 그가 리얼리즘적 소설의 길을 소박하게나마 이해했음을 보여
준다.15) 이해조는 문학의 사실성과 함께 문학의 허구성을 동시에 강조함으
로써 단순한 반영론의 수준을 넘어 소설의 창조적인 상상력을 거론하였다.
그에 따르면 "소설의 성질이 눈에 보이고 귀에 들리는 실적만 들어 기록하면
취미도 없을 뿐만 아니라 한 기사에 지나지 못할 터인즉 소설이라 명칭할
것이 없다" 따라서 "소설이라 하는 것은 매양 '빙공착영(憑空捉影)'으로 인
정에 맞도록 편집하여 풍속을 교정하고 사회를 갱생하는 것이 제일 목적"이
라는 것이다. 이처럼 이해조는 소설이 현실의 단순한 모사가 아니라 현실을
사실적으로 그리되 독자들의 정서나 감수성에 맞도록 재구성하는 것임을
강조함으로써 문학의 사실성과 허구성의 균형된 통일을 중요하게 보았다.
요컨대 그는 문학이 보고문이나 기록물과는 달리 사실성에 기초한 허구라
는 점을 간파했고 그를 통해 문학의 형상성의 문제를 제기한 것이다. 이와
관련하여 그의 소설이 후분(後分), 즉 고전소설과 같은 결말이 없다는 비난
에 대하여 "결사(結事)를 후분까지 지루히 기록치 아니한데도 애독 제군의
추상으로 그 다음 일은 족히 요해"할 수 있을 것이라고 작가가 반박한 것
역시 문학의 형상화에 대한 기술을 터득한 것으로 보인다. 이처럼 이해조는
문학의 사실성과 허구성, 그리고 그를 기반으로 한 형상성의 문제를 소박한
단계이지만 이론적으로 규명해냄으로써 문학의 독자적인 특수성, 나아가서
는 근대소설의 강령인 리얼리즘 문학으로의 길을 제시하기도 하였다. 그러
나 문학의 사실성과 허구성의 관계에 대한 이해조의 논의는 절충적인 수준
에 머물러 있을 뿐 양자간의 긴장 관계가 제시되지 않아 존재와 당위 혹은
반영론과 목적론 사이에 유기적 관련성이 적은 미숙함을 드러내고 있다.
그는 이념과 흥미, 당대의 현실을 직시한 사실과 미래의 전망을 창조하는
허구적인 상상력의 양면을 조화하면서 구소설을 새로운 소설로 개량하려고
시도하였으나 아직 성숙한 근대소설론에는 미흡하였다. 그럼에도 그의 「화
의 혈」「탄금대」의 서문을 비롯한 문학론은 근대소설론으로 일보 전진한

---

15) 김재용 외, 앞의 책, p.175.

귀중한 업적이다. 비록 그의 소설론이 출발 시기처럼 이념과 흥미의 조화가 상실되고 정치적 상황으로 흥미 위주의 소설로 변질되기는 하였으나 3·1 운동을 전후하여 등장한 새로운 세대의 문학적 실천에 한 초석이 되었다는 점을 평가해야 할 것이다.[16]

5. 춘원 이광수의 통합적 문학론 — 민족주의적 사실주의

근·현대 작가 중에서 이광수 만치 지속적인 관심의 대상이 된 작가도 드물다. 그는 폭넓은 체험과 광범위한 근대 지식을 섭취하면서 이해조의 신소설론의 연장선상에서 반봉건적 포문을 열기도 하였다.

> ──── 수천년 전해 오던 인습에 대하여 반기를 드는 것이다.. ────가정과 사회는 내게 향하여 선전을 포고하고 포격을 가할 터이오, 나도 그네들에게 대하여 선전을 포고하고 포격을 가할 것이다.────[17]
> ────精神的이나, 物質的의 전부를 우리와 우리 子孫을 위하여서만 사용하여야겠고 필요하거든 祖先의 분묘도 헐고 부모의 血肉도 우리 糧食을 삼아야 하겠다. 오랫동안 父祖가 우리에게 犧牲을 强求하여 온 것 같이 '그것은 不當하다' ────우리는 先祖도 없는 사람, 父母도 없는 사람(어떤 의미로는)으로 今日今時에 天上으로서 五土에 降臨한 新種族으로 自處하여야 한다.────[18]

춘원의 공격은 조선왕조시대의 유교 이념에 뿌리를 둔 조상 숭배로 인한 허례허식(분묘, 제사등)에 겨냥한다. 그의 공격은 과거를 청산하고 미래(자녀교육)에 투자하는 것이다. 그러나 과거 없는 미래는 역사의식 부재요, 전통단절론을 조장한다. 그의 소년 시절 떠돌이 생활에서 생긴 고아 의식은 바로 역사 의식의 상실과 관련될 수 있을 것이다. 그러나 춘원에 이르러

---

16) 위의 책, pp.176~179 여기저기에서.
17) 「개척자」, 『이광수전집』1(삼중당, 1968), p.401 이하 『전집』으로 표기.
18) 「子女中心論」, ≪靑春≫제 15호, 1918.

본격적으로 신문학론을 논할 수 있는 것은 누구도 부인할 수 없다.

　김태준은『조선소설사』(1933)에서 춘원의 중간 결산을 총체적 관점에서 요약한 바 있다.

> ── 조선 사람으로서 西洋사람이 말하는 意味의 小說을 쓰기 始作한 것도 氏요 조선말로 平易하게 아름답게 思想 感情을 表現할 수가 있다는 것을 가르쳐 준 것도 氏다. 또 氏에 이르러 歐米의 個人主義는 徹底히 鼓吹되여 自由戀愛·子女中心이 굳게 主張되었다.… 그의 代表作「無情」은 그 以前의 舊小說과는 判異한 境界線을 이루고 그 內容에 잠긴 思想도 當時人의 思想이였다고 보겠다… 讀書로는 創世記, 春香傳, 톨스토이 作品이 좋다고 하는 氏인만큼 氏의 作品 속에도 이러한 傾向을 볼 수 있다. 그리고 氏는 許生·麻衣太子·端宗·李舜臣 같은 英雄傳을 쓰는데 能하다… 氏는 徹底히 愛國的·民族愛的·個人自由的·人道主義的 運動에 貢獻하야 많은 讀者를 가지고 있다.[19]

　춘원은 개화기 이질적 사조(애국계몽론자들의 민족주의 이념과 교육구국운동, 신소설론자들의 반봉건 근대화론, 동학의 인내천 사상, 유교, 불교, 기독교와 진화론 사상 등)를 폭넓게 접촉한 후 이를 발판으로 본격적인 근대소설론의 길에 올라섰다. 그의 소설 기법은 전기(傳奇)체 소설의 이야기 수법과 서구 리얼리즘 소설 기법 등을 혼합하여 근대소설의 문턱을 만들면서 다성적인 목소리를 내고 있다.[20] 근대소설의 효시라고 하는「무정」(1917)을 쓸 무렵 춘원은 진보적 문화주의자들의 대열에 서게 되었다. 그것은 이 형식이 보수적 개혁파 박진사 (박은식 혹은 신채호 등의 보수 개혁파 계열)의 딸 '영채' 대신 진보적 문화주의자 김장로의 딸 '선형'을 큰 갈등 없이 선택한 것에서도 볼 수 있다.「무정」의 주인공들은 반개화 인물들이 개화 인물 쪽으로 발전(진화)하는 과정에 있는 인물들이다.「무정」을 쓸 무렵 작가의 의식은 사회진화론의 논리에 기울여져 있었다. 작가는 과거의 인습 / 현재의

---

19) 김태준,『조선소설사』(淸進書館, 1933), pp.184~186.
20) 윤홍로,『이광수 문학과 삶』(한국연구원, 1992), p.23.

문명개화, 유교 / 기독교의 대비를 「무정」의 구성 원리로 하여서 그 갈등의 중간에서 방황하는 인물들이다. 결국 「무정」의 플롯은 과거의 윤리 강령인 충효 사상과 서구 과학문명과 대치하여 문명 세계로 발전(진화)하는 과정으로 엮었다. 구체적으로는 「무정」은 계몽적인 교육 소설에 전래적인 애정 소설류(가령 「사씨남정기」 「심청전」 특히 「채봉감별곡」 등)의 여주인공 영채를 삽입하여 양면적인 조정을 시도한 소설이라 할 수 있다. 주인공들은 과거와 현재의 틈 속에 있는 중도적인 얼치기 반개화 인물들로 유교에 뿌리를 박은 개화파 박 진사와 기독교에 아직 천착하지 못한 반개화 인물 김 장로의 경우가 당시의 시대상을 리얼하게 묘사하여 돋보이게 한다. 춘원은 후일 「무정」을 쓸 무렵 '그 시대의 조선 청년의 이상과 고민을 그리고 아울러 조선 청년의 진로에 한 암시를 주려고 하였다. 이를테면 민족주의, 자유주의의 이데올로기와 기독교적 박애 사상을 고취하려고' 집필하였다고 후일 밝히기도 하였다.[21] 「그의 자서전」에서 주인공 남궁석은 청교도적인 생활을 청산하고 대학 생활을 진화론에 심취한다.[22] 춘원의 잠재된 진화론적 관점은 후일 그의 작품 여러 곳에서 드러난다. 가령 춘원이 '힘의 논리'를 펼친 것도 결국은 애국계몽기 진화론자들의 부국강병론이나 영웅·선비·천재 양성론과도 같은 맥락에 속한다.[23] 춘원의 작중 인물들에서 「개척자」

---

21) "다난한 반생의 도정", 『전집』14, p.399.
22) 「그의 자서전」, 『전집』9, p.432.
　　나는 다아윈의 진화론이 성경을 대신할 것이라고 생각하고 헤에겔의 「알 수 없는 우주」라는 책을 읽을 때에는 비로서 진리에 잡힌 것처럼 기뻐하였다.
　　Struggle for life (살려는 노력)
　　Survival of the best(잘난 자는 산다) 이러한 진화론의 문귀를 염불 모양으로 외우고 술이나 취하면 목청껏 외쳤다.
23) ──── 나라와 나라의 競爭이 극도에 激烈한 금일에는 슘 나라에 天才 重히 여기기를 생명과 같이 여기는 것이요. 아무리 하여서라도 얻어 낼 양으로 ,아무리 하여서라도 天才를 培養할 양으로 全心全力을 다하는 것이외다. ──── 적어도 당장 천재 열 名은 나야 되겠소. 經濟的 天才, 宗敎的 天才, 科學的 天才, 藝術的 天才, 工業的 天才, ──── 이 열 명이 나면 조선 新文明의어리가리는 되겠고 그 뒤에는 그네들이 또 새끼를 칠 터이니 아무 염려가 없을 것이요.────

「선도자」,「재생」,「가실」,「거룩한이의 죽음」에서의 주인공들,「사랑」에서의
의사 안빈,「흙」에서의 변호사 허숭 등은 약육강식·우승열패의 제국주의
를 극복하기 위하여 문명의 힘을 키우는(진화시키는) 영웅·선비·천재들
이요, 민족의 지도자들이다.24) 춘원은「선구자를 바라는 조선」25)이라는 글
에서 도산 안창호를 천재로 보았다. 그는 우리나라에서 모범으로 삼고 본받
아야(진화할 모델) 할 사람으로 옛 사람으로는 충무공 이순신이요, 지금 사
람으로는 도산 안창호로 보았다. 춘원의 천재론은 바로 애국계몽기의 영웅
론의 변신이다. 춘원 작품 중 가장 형이상학적 소설이라고 할 수 있는「사랑」
의 자서에서도 진화론적 관점이 보인다.

> ‘———. 도리어 이 사람의 차별이야말로 ‚무한한 向上과 進化를 약속하는
> 것이니, 벌레가 向上하기를 힘쓰면 부처님이 될 수 있음을 믿을 수 있는 것이다.
> ———나는 이 항상과 진화가 오직 우리의 업으로 되는 것을 믿는다. 고마우신
> 하느님은 이 우주가 因果律에 의하여 살도록 지어 주셨다. ———「끝없이
> 높은 사랑을 찾아 향상하라」는 애씀—독자여, 이것이 또한 아름다운 제목이
> 아닌가

벌레가 향상하기를 힘쓰면 부처님이 될 수 있다는 진화의 무한대한 가능
성과 인과율의 법칙은 바로 진화론적(과학) 관점과 종교적 세계와도 화해할
수 있는 인류애적 사랑으로 발전(進化)하고 있음을 시사한다. 그가 후일
‘민족 위해 친일 했소’라고 주장한 저의도 그가 사회 진화론적 사상을 어떻
게 해석하였는가를 풀이하여야 할 것이다. 그는 자기 소설이 리얼리즘에
뿌리를 두고 있다고 하지만 리얼리즘의 강령인 사회적 진실 Reality의 측면
에서 한계를 보였다. 일제의 정치적 탄압과 경제적 착취를 당하는 당대 현실
을 총체적으로 파악하여야 할 리얼리티의 관점을 상실하였기 때문이다.

---

24)「天才」,≪少年≫ 3권6호.
　　———우리들은 오래오래 自己의 天才가 어디 있는가를 생각하여 그것으로 一生
　의 목적을 삼아야만 하겠오.———
25)「선구자를 바라는 조선」(≪三千里≫, 1929.12.),『전집』17, p.307.

문학을 지나치게 정(情)의 문학으로 치우쳐 총체적으로 현실 인식을 하지
못하였다는 뜻이기도 하다. 한국근대문학론에서 리얼리즘론이 불균형적으
로 성장한 것도 이념과 흥미, 관념과 현실, 지, 정, 의의 총체성 상실성에
원인이 있다.

이해조 소설의 여성수난형 인물연구

이상신*

1. 서 론

개화기 문학은 무엇보다도 개화기라는 역사적 특수 상황에 대한 이해를 바탕으로 작품 속에 내재하고 있는 시대정신 내지 시대 의지를 중시하는 연구를 통해서 뿐만 아니라 현실적으로 나타난 사회적 갈등들이 소설 작품에서 어떤 양상으로 나타나고 있는가를 해명하는 일이 긴요하다.

개화기는 정치 · 사회 · 경제 · 문화 등 전반에 걸쳐 일대 변혁을 꾀한 전환기이며 근대사회로 이행하는 과도기이다. 그럼에도 불구하고 개화기에 있어서 근대화 과정의 출발은 그렇게 순탄하지 못한 상태에서 시작되었다. 개화기 문학, 특히 신소설은 이와 같은 역사적 상황을 그대로 반영하면서 한국문학사에 등장했다. 외래문학의 충격으로 인한 시대 조류의 변화는 개화기를 체험하는 여러 형태의 삶의 질서를 혼란시켰고 그로 말미암아 내면적 갈등을 초래하였다.

작가 이해조의 시대적 변화에 따른 갈등은 크게 두 가지 범주에서 살펴진다.

첫 번째 범주는 시대의 변화가 작가정신에 영향을 주어 사상적 갈등의 면모를 보여주는 것이다. 이러한 범주 속의 한 측면으로서 전통적 윤리관과

---

* 장안대학 일어과 교수

근대적 각성의 대립을 들 수 있다. 전통적 윤리관은 유교의 기본 이념, 충효 사상, 주종의식, 여성의 전통적 인종의 미덕 등으로 집약될 수 있다. 근대적 각성은 종래의 결혼 제도에 대한 비판, 해외 유학, 부패관리에 대한 고발, 근대적 재판 형식 등으로 나타나고 있다.

또다른 범주는 사회적 변화에 따른 행동양태의 변모이다. 봉건적 질서의 담당계층이었던 양반계급이 몰락하고 이러한 변화에 개인 또는 집단이 어떻게 대응하는가가 문제의 핵심이다. 신분 질서의 붕괴는 경제적 궁핍을 극대화하고 인신매매, 사기, 도박 등 경제적 원인과 관련된 범죄를 낳는다. 경제적 원인에 따른 여인들의 도덕적 타락은 현대소설에 나타난 양상과 동질성을 지니며 여성의 수난의 원인의 하나로 작용하게 된다.

전통적 사회의 구질서가 붕괴하기 시작한 개화기에 나타난 신소설에는 개인과 사회와의 갈등, 사회와 사회와의 갈등, 관념과 관념과의 갈등에서 초래된 사회적 갈등 양상이 곳곳에서 나타난다.

신소설에서 '여성'의 문제는 빼놓을 수 없다. 대부분의 신소설의 주인공 및 주요 등장 인물이 여성이라는 점이나 신소설의 수용 독자층이 부녀자였다는 점만 보아도 충분한 타당성을 지닌다. 신소설의 여성에 대한 연구는 부분적 발화내용에 드러나 작가의 계몽적·근대적 의식과 작품의 서사를 통해 보여지는 전근대적·구소설적 성격을 통해 진행되어 왔다. 이것은 '신여성의 사회참여'와 '여성주인공의 수난사'적 서사라는 근대/전근대의 이분법적 도식에 의거한다. 이 글에서는 이해조 소설에 나타난 여성주인공의 문제해결의 양상을 살피고 이것이 갖는 시대적 의미까지 살펴보고자 한다.

여성수난은 우리 문학사에서 담화를 이루거나 구조화하는데 작용하는 하나의 내적 형식으로 자주 등장한다. 이 이야기 형식은 설화시대부터 현대에 이르기까지 두루 나타난다. 신소설에서도 여성 수난은 이야기의 큰 비중을 차지한다. 이러한 사실은 이 이야기가 당대에 많은 독자층을 가진 친숙한 이야기틀이었음을 짐작케 한다. 이해조 역시 여성 독자층의 다대함을 감안하여 여인의 사랑이나 그에 따른 수난사를 집중적으로 다루고 있다. 여기서

는 이해조 작품을 여성수난의 이야기로 살필 것이다. 여성 수난이야기는
말 그대로 여인이 수난을 겪는 것을 중심사건으로 하는 이야기이다. 이야기
에서 여성은 본인이 자초했건 그렇지 않았건 '원치않은' 수난을 당하고, 어
떠한 과정을 거쳐 행복해지거나 불행해진다. 따라서 그것이 어떤 수난이냐,
또 어떻게 해결되느냐는 이러한 이야기 형태에서 매우 중요한 문제이다.
즉 여성 수난이야기에서 수난은 작품 자체의 논리를 통어하는 중요한 수단
의 하나가 된다. 이런 점에서 수난의 성격과 그 해결 양상을 규명하는 일은
작품 자체의 논리에 접근하는 중요한 열쇠가 된다. 수난의 성격과 그 해결
과정을 통해 이러한 이야기를 생산해낸 당대인들의 의식을 이해하는 하나의
통로가 마련될 것으로 생각된다. 우리는 작품속에 나타난 여성수난의 성격
과 그 해결과정을 살피는데 그치지 않고 이러한 이야기를 생산하고 즐긴
당대인들의 의식과 시대적 의미까지 파악할 수 있을 것이다. 이러한 결과는
개별적인 작품의 실체를 살핀 후에 이루어질 수 있을 것이다.

2. 이해조 소설의 여성수난에 대한 선행연구

이 글에서 다루고자 하는 이해조 소설은 여성수난에 초점이 맞춰졌기
때문에 이해조 소설의 한 단면을 살피는 결과를 낳을 수 있다. 따라서 개별
작품을 고찰하기 앞서 이해조 소설의 전반적인 흐름과 기존의 연구를 간략
하게 살피기로 하겠다. 이를 통해 이해조 소설에서 여성 수난이 어떠한 위치
를 차지하는지를 파악할 수 있다.

임화는 이해조의 작품을 소개하고 분석하여 이해조의 독자적인 성격을
규명하였다. 이해조는 이인직과 최찬식의 중간을 걷는 작가이면서 이인직에
의해 개척되고 최찬식에 의해 대중화된 신소설의 기초를 확립하는데 바친
공헌이 막대한 작가라는 것이다. 그러나 임화는 시정작가로서의 이해조가
후기에 들어서 현저한 통속성의 증장을 보인다고 지적하고 있다.

이해조의 문학이 1910년 한일합방을 계기로 두 가지 방향으로 분화되었

다고 지적한다. 즉 "구세대적인 제재를 취급할 때엔 구소설 양식에의 복귀가 지배적이요, 보다 현대적인 제재를 취급할 때면 또한 보다 신파적인 보다 현대 통속소설적인 또는 탐정소설적인 경향이 명백화"된다는 것이다. 이같은 통속작가로서의 이해조 평가는 지금까지 이해조 연구의 기본 바탕을 이루고 있다.

임화 이후의 이해조 연구는 전광용에 의해 본격적인 시발점이 마련되었다. 전광용은 이해조의 필명과 작품의 목록을 정리하는 서지적 측면에서의 연구를 확장시켰으며, 그를 초보적이지만 자신의 문학적 주장을 내세운 유일한 작가로 자리매김했다. 송민호는 이해조를 작가의식을 지닌 전문작가라고 규정하고 이인직과 비교해 이해조의 문학사적 위치를 재정립하려 했다. 이해조는 구소설이 현대소설로 변이하는 과도기적 현상을 보여주는 유일한 작가이기 때문에 이해조를 통해서만 개화기라는 과도기의 문학적 흐름을 전체적으로 통찰할 수 있다는 것이다. 이용남은 이해조의 후손과의 면담을 통해 이해조의 생애와 작품 서지를 정리했다. 최원식은 신소설 연구에 있어서 이인직보다 이해조를 높게 평가해야 한다고 주장하면서 1910년을 전후로 하여 이해조의 문학을 차별화하여 평가하고 있다.

1910년까지 이해조의 신소설작품은 모두 소설이 발표되던 바로 '당대'를 배경으로 하면서 한 가정내에서의 처첩간의 갈등, 미신숭상을 둘러싼 갈등, 과부의 재혼문제 등을 소재로 하여 일상적 삶 속에서 수구와 개화세력의 갈등과 개화세력의 승리를 구체적이고도 생동감있게 그려냄으로써 반봉건 문명개화의 사상을 고취하고 근대 리얼리즘 소설의 발전에 기여했다. 그러나 양반 출신으로 점진적인 문명개화론의 입장에 섰던 그는 봉건체제에 대한 전면적인 비판이나 당대 사회의 본질적 모순을 집어내거나 발전적인 전망을 제시하지는 못했다. 이는 그의 소설이 봉건사회 말기의 부정적 측면을 비판의 대상으로 하되, 그 기본 모순인 지주 전호관계나 국가 농민의 관계에서 생기는 갈등을 형상하기보다는 봉건 말기 중상류 양반층의 가정내 일상사를 형상하는 데 머무르고 작품의 기본 줄거리가 구소설의 통속적 구성에 기대고 있는 한계로 평가되기도 한다.

3. 작품 분석

1) 鬢上雪

「빈상설」은 1908년 7월 5일 광학서포에서 발행한 작품으로 개화기의 몰락해 가는 한 북촌 대가집에서 일어난, 축첩으로 인한 가족간의 갈등을 그린 소설이다. 작품의 대강의 줄거리를 살피면 다음과 같다.

> 서정길은 뚜쟁이인 화순댁의 소개로 기생 평양댁을 첩으로 맞아들인다. 간악한 평양댁은 본처인 이씨부인을 몰아내고 불량배에게 팔아넘길 흉계까지 꾸민다. 그러나 음모를 엿들은 하인 거북이가 그 사실을 이씨부인에게 귀뜸해 주어 이씨부인은 남장을 하고 떠나고 그 남동생인 이승학은 여장을 하고 화순댁의 조카 옥희의 집으로 간다. 이승학은 옥희와 한방에서 지내면서 자신의 정체를 밝히고 장래를 약속하고, 돌이를 설득해 평양댁을 고발한다. 드디어 일가는 화목을 되찾고 서정길은 상하이로 유학을 떠난다.

이씨부인은 악인들의 모해를 받아 절망적인 상황에 여러 번 처하지만, 그럴 때마다 모든 것을 운명에 맡기며 자기 자신의 부덕한 소치로 돌리어 참고 견디어야 한다는 생각을 한다. 그렇게 해서도 해결이 안될 경우 자살까지도 생각한다. 이러한 소극적인 태도는 전통적 윤리관을 그 바탕으로 하여 나타나는 것으로 고대소설에서 볼 수 있는 선인의 전형적인 인물로 비견된다. 이러한 전형적 인물이 현실적인 세계에서 갈등을 겪을 때는 당연히 행복-고난-행복의 과정을 반복해 왕래하게 될 것이며 이로 말미암아 결과적으로 권선징악의 주제를 형성할 수밖에 없다. 그러나 이 작품에서 이러한 전통적 윤리관만을 보이는 것은 아니다. 전근대성을 탈피하기 위한 근대적 각성의 개화의지가 보인다. 종래의 전통적 윤리관을 비판하여 의도적으로 새 시대의 결혼관을 주창하고 있다. 우선 부모가 정해주는 종래의 결혼제도에 대한 부당함을 지적한다. 다음으로 결혼에 있어서 종래에 따지던 가문이나 지체 따위에 연연하지 않고 당사자의 의견을 중시하는 새시대의 결혼관을 주장하고 있다.

이해조의 작품에 나타나는 남녀관계에 대한 설정과 결혼에 대한 작가의 견해는 그의 논설 「윤리학」[1]에 잘 나타나 있다. 특히 여성에 대한 권리를 주장해 종래의 남성에 예속된 여성으로서가 아닌 개체적 여성으로 자주적 권리를 부여하여야 한다는 생각은 매우 근대적 각성에 접근한 견해라고 할 수 있다. 애정에 관한 견해 역시 그렇다. 전통적 질서를 벗어나 남녀지간의 근본적 문제를 애정의 유무로 판단하려는 견해는 매우 근대적인 사고임에 틀림없다.

2) 紅桃花

「홍도화」는 1908년 유일서관에서 상편이 발행되었고 이어 1910년 같은 출판사에서 하편이 간행되었다. 그런데 1910년 5월 10일 남궁준 이름으로 동양서원에서 「홍도화」하편이 초판 발행되었고, 이어 1911년 10월 20일 재판이 발행되었다. 이러한 상황으로 말미암아 작자가 불분명하다고 보는 이도 있지만, 대부분의 경우 이해조의 작품으로 간주하는 것이 일반적이다. 이 작품은 시집간 지 몇 달 만에 청상과부가 된 태희가 총각 심상호와 재혼하는 과정을 그린 상편과 재가 후 고부간의 갈등을 중심으로 태희의 고난을

---

1) 「기호흥학회월보」, 제5호~제12호. 1908.12.25~1909.7.25.
　　이를 정리하면, 첫째로 남녀관계는 사람의 大倫이라는 점, 둘째로 결혼은 안으로 가족, 친족과 밖으로 국가사회에 새로운 의무를 낳게 한다는 점, 셋째로 남녀는 제각기 합당한 직분이 있어 이를 성실히 이행하여 적게는 일가의 정리와 크게는 국가의 진보에 이바지하여야 한다는 점, 넷째로 축첩의 풍습은 야만의 풍습이라는 점, 다섯째 재혼 문제에 있어서 동양의 俗에는 정절을 귀중하게 여기어 남편이 죽어도 재혼을 하지 않는 것으로써 부인의 절의를 삼았지만, 애정이 이미 없어졌거나 처음부터 없었지만 사회적 제재가 두려워 억울하게 독수공방하는 것은 인도적 처사가 아니며 재혼의 문제는 본인의 자유의사라는 점, 여섯째 이혼은 가볍게 해서는 안된다는 점 등이다.

그린 하편으로 구성되어 있다.

「홍도화」 상편은 일차적으로 전통적인 결혼이 가져온 파괴적인 결과에 대한 비판이다. 얼개화꾼인 이직각은 塞責으로 마지 못하여 딸 태희를 학교로 보내는 가부장적인 면모를 지닌 인물이다. 이직각은 딸에게 시집가서 남편 섬기고 시부모 봉양하며 봉제사접빈객이나 하라고 하자 태희는 이러한 아버지에게 반발을 한다. 이같은 태도는 여성이 자아를 각성하고 있음을 보여준다. 그리고 이러한 여성의 자아각성은 교육을 통해 이루어진 것이다. 근대적인 교육을 받은 태희는 아버지의 조혼 결정에 반발한다. 그녀가 삶의 목표로 삼고 있는 것은 현모양처라는 봉건적인 여성상이 아니라 라란부인으로 표상되는 근대적인 여성상이기 때문이다.

태희의 사회 진출에 대한 욕망은 기존 질서를 변화시키는 과정에서만 성취될 수 있다. 따라서 사회진출이 철처하게 봉쇄되어 있는 여성들의 경우에는 개화와 봉건 사상의 충돌 내지는 제도적 변화의 열망을 극명하게 경험하게 된다. 하지만 태희는 가부장으로서의 권위를 내세운 이직각에 의해 반강제적으로 결혼함으로써 사회에 진출할 가능성을 봉쇄당한다. 그리고 어린 신랑이 죽자, 태희에게는 재혼의 문제가 부각된다.

「홍도화」 하편은 전편에 비해 가정소설의 색채를 강하게 보인다. 전대의 가정소설에서 다루고 있는 처첩갈등이나 계모-전처 소생간의 갈등 대신에 한 가정의 형성과정을 그려내고 있다. 이처럼 젊은 남녀의 결합 과정에 초점을 맞추는 경우 소설의 구조는 심각한 변용을 보인다. 작가의 관심이 봉건질서의 유지로부터 봉건 질서의 타파로 옮겨감에 따라 작품세계 역시 수직적인 가족관계보다 수평적인 가족관계에 대한 관심으로 변모된다. 작가는 여기서 작중인물의 입을 통해 개화와 수구의 갈등을 전면에 부각시키면서 반봉건적 개화의식을 고취하고자 한다. 따라서 가족 내 갈등 역시 개화/수구의 갈등과 중첩된다. 남편의 사후 홀로 살다가 강사공과 사통했다는 누명을 쓰고 자결을 결심했던 이씨 부인은 친정 어머니가 보내온 ≪제국신문≫을 읽고 자살을 포기하고 자각된 삶을 살고자 결심한 것이다. 그녀에게 강요되었던 전통적 가부장적 규범으로부터 벗어나 근대적 의식을 갖춘 신여성으로서 자기변용의 가능성을 발견하게 된 것이다. 전근대적 결혼에 의해 희생된 태희를 구한 것은 개화된 인물인 외숙 김참서이다.

김참서의 구질서에 대한 비판과 개혁의지 그 자체가 근대적 자아의식의 발로이며, 개화와 진보는 그 결과인 것이다. 이 작품에 나오는 또 한사람의 개화인은 태희와 결혼하는 심상호이다. 그는 초혼이지만 과부인 태희와의 결혼을 결심하여 가족과 친척들을 놀라게 한다.

태희가 전근대적인 가족 관계에서 벗어나 새로운 개인으로서의 삶을 이루는 자유 결혼으로 결말을 맺음으로써 근대성의 필연적인 승리라는 작가의식을 구현해내고 있다.

「홍도화」하편의 전반부에서 태희는 시어머니와 귀신 모시는 일 때문에 불화하게 된다. 시집온 첫날 다락 속의 귀신 단지를 향해 절을 하라는 시어머니에게 태희는 "이 다락 속에 누가 있길래 절을 하라 하십니까" (下 6면)이라고 항변한다. 그리고 아기가 잇달아 죽자 호구마마를 건드려 일어난 재앙이라고 며느리에게 석고대죄를 명하는 시어머니에게 태희는 "죽사와도 봉승치 못하겠나이다."(下 9면)라고 저항한다. 그리고 남편이 진천 군수로 부임해 시어머니와 함께 내려가자 집안에 모셔둔 귀신 단지를 불태워버림으로써 시어머니의 노여움을 사 친정으로 쫓겨난다. 주인공 태희는 시어머니의 미신 숭배라는 전근대적 의식과 맞부딪치면서 첨예한 갈등을 야기하고 마침내 시댁을 쫓겨나는 것이다. 이 경우 이씨 부인과 시어머니의 갈등은 이씨 부인의 근대적 의식과 시어머니의 전근대적 의식의 충돌이다.

친정으로 쫓겨난 태희는 결혼 때문에 중단했던 학업을 잇기 위해 여학교에 다닌다. 남편은 시어머니 몰래 아내를 격려한다. 하지만 친정 어머니가 죽고 계모 시동집이 들어오면서 태희와 친정 계모 시동집 간의 갈등이 불거진다. 고부간의 갈등에 이어지는 계모와 전처 소생간의 갈등은 유기적인 연결성을 결여한 채 태희의 고난상을 부각하는 역할을 담당한다. 계모의 영입→계모의 전처 자식 음해 → 전처 자식의 축출 → 계모의 흉계 탄로

→ 계모의 응징 → 가정의 화목이라는 전대 소설의 일반적인 플롯을 그대로 반복하고 있다.

이러한 양상은 전대소설에서 나타난 충신과 간신 사이의 갈등의 변용이라고 할 수 있다. 왜냐하면 선과 악의 도덕적 이분법 위에 축조되어 있기 때문이다. 즉 개화는 선이고 수구는 악이라는 개화기적 선악관념을 바탕으로 봉건적인 질서를 타파하고 근대적인 질서를 구축하고자 하는 작가의식의 반영이다. 그런데 이 과정에서 전대의 소설형식으로부터 이어받은 가정소설의 플롯과 새로운 시대에 대응하는 방식으로서의 개화의식의 고취라는 주제의식은 일종의 모순적인 상태에 놓인다. 왜냐하면 개화의식의 고취는 필연적으로 사회적 안정성을 훼손시키는 방향으로 나갈 수밖에 없기 때문이다. 따라서 작가는 의식적으로 반봉건적 개화를 내세우고 있지만, 무의식적으로는 전대의 가치관에 수렴되고 있는 것으로 보인다. 근대적 질서로의 전환 과정에 있는 개화기의 삶을 가부장적 질서 아래에서의 전근대적 선악관념에 따라 획일적으로 분리함으로써 작품은 상반되는 두 가치관의 영향 아래에서 필연적으로 모순을 일으키고 있다. 따라서 작품의 구조를 통해 드러내는 주제와 등장인물의 입을 빌어 주장되는 작가의식 사이에 일정한 차이가 나타나게 되고, 필연적으로 작품은 일관된 주체의식을 구현하지 못하게 된 것이다.

3) 彈琴臺

「탄금대」는 이해조에 의해 1912년 3월 14일부터 1912년 4월 30일까지 (총 38회) ≪매일신보≫에 연재된 작품으로, 1912년 12월 10일 신구서림에서 단행본으로 출판한 작품이다. 이 작품은 이해조의 작품 중에서 「홍도화」와 더불어 여성개가의 당위성을 반영하고 있는 작품으로 당대의 여성문제 가운데 특히 여성의 개가에 대한 작가의식을 드러내고 있는 작품이다.

이 작품은 크게 세 갈래로 살펴 볼 수 있다. 첫째는 만득과 세 명의 여인과의 관계이며, 둘째는 부모와 자식간의 관계이고, 셋째는 만득과 주오위장과의 관계이다. 이들의 관계맺음은 단순히 개인간의 만남에 그치는 것이 아니라 사회적인 관계를 형성하며 그 안에 담겨있는 사회적인 문제를 표출하는 계기가 되고 있다. 우리가 여기서 주목하고자 하는 부문은 첫째와 두 번째의 경우이다.

먼저 「탄금대」에서 나타나는 남/녀의 관계는 이 작품의 주제와 연관되어 나타나고 있다. 즉 여성의 개가문제를 만득과 세 명의 여인과의 관계를 통해 보여주고 있기 때문이다.

만득이는 주오위장이 자기를 죽이려 하자 어쩔 수 없이 고향을 벗어나 방황하는 가운데 세 명의 여인을 만나게 된다.

첫 번째 여인은 주씨 여인이다. 만득은 闕門投食을 하느라 이 곳 주씨 집에 들어오게 됐지만 울적한 회포가 세월이 갈수로 더해져 주인과 작별하려 하는데, 주씨가 자기의 막내딸과 인연을 맺기를 원해 응한다. 그러나 그는 그의 제안에 겸사의 말을 하다가 주씨의 뜻에 따르게 된다. 작가는 이같은 남녀의 만남은 새로운 시대가 요구하는 결혼의 모습이 아니라고 말한다. 그것은 이들의 만남 가운데 악연이 내재되어 있음을 암시한다. 즉 그 부자가 주오위장의 아우임이 밝혀지고, 주씨 형제가 만득을 몰래 죽이려 하면서 만득과 주씨 여인은 헤어지는 아픔을 겪게 된다. 즉 신부는 만득이를 구하는 대신 자신을 가족들에 의해 물에 수장 당하는 신세가 된다. 여성의 희생만이 강요된 이들의 관계는 진실한 남녀의 관계라고 보기 어렵다. 단지 주씨 여인은 자신의 집안의 죄값을 치르는 희생양이면서 만득에게는 생명의 은인일 뿐이다.

두 번째 평양댁과의 만남은 평양댁이 죽은 가족을 장사지내주면 무조건 따르겠다는 조건이 결부된 계약관계에서 출발하고 있다.

결혼은 새로운 자신들만의 가족을 형성하며 이와 더불어 사회적 역할과 지위를 획득하고 가족 내외적 인간관계를 획득하는 계기가 된다. 그러나 만득과 평양댁과의 만남에 있어 이들은 가족을 이루지 못하고 있다. 그것은 평양댁의 변절에 기인한다. 여인의 변절은 비윤리적이며 부도덕한 행위로 진정한 남녀의 결합으로 이어질 수 없다.

마지막으로 만득과 혜강의 만남은 운명적이면서도 진실한 결합으로 연결된다. 탄금대에 다다른 만득은 선친과 죽마고우인 채의관을 만나고 그의 과수가 된 딸과 재혼하게 된다. 홀아비로서의 만득과 과부로서의 혜강의 결합을 통해 시대적 변화에 따른 여성의 개가를 주장하는 듯하나 이들의 만남은 운명적이며 초월적이 만남으로 운명론적인 전통적인 사고방식이 기대있다. 그녀는 원래 지아비가 될뻔한 만득을 만나 결혼하게 되는데 이것은 개가라는 신사상을 드러내면서도 내면에는 봉건적인 요소를 담고 있는 예이다.

이같은 점은 부모와 자식간의 관계에서도 드러난다. 박승지와 만득의 관계, 주오위장의 아우와 딸의 관계, 채의관과 혜강의 관계가 그러하다. 이들의 관계는 부모의 요구에 따라 자식들의 삶이 결정된다. 즉 모든 결정권은 부모에게 나오고 자식은 무조건 복종하는 행동을 보인다.

> 박승지는 채대신이 자기 뜻과 같지 않음을 냉소하여 꿈밖에 생각도 아니하고, 날로 만득을 가르치기로만 골몰하다가, 그렁저렁 만득의 나이 십삼 세가 되니까, 상주읍 황진사의 딸에게 장가를 뜰여 즉시 신부례를 해왔는데……2)

이러한 것은 자식의 입장을 생각한 것이 아니라 아버지의 입장에서 결정하는 것이다. 이같은 박승지의 결정은 만득과 혜강의 인생의 모습을 바꿔놓고 마는데, 후에 이들의 결합을 하지만 많은 역경과 고난의 원인이 된다.

또한 주오위장 아우와 딸의 관계에서도 아버지의 일방적인 모습을 볼 수 있다. 주씨는 만득과 결혼한 딸에게 또 다시 결혼해도 되니 만득을 죽이는데 동참하라고 강요한다. 이에 주씨는 부모의 명이기에 마지못해 응하는 것처럼 행동을 한다. 그러나 아버지의 뜻을 거역하고 만득을 위해 자신을 희생한다. 지아비에게 순종해야 한다는 도덕률에 따라 행동한 것으로 볼 수 있다.

---

2) 이해조, 「탄금대」, 『한국신소설전집』제5권(을유문화사, 1968), p.207.

한편 채의관과 혜강에게서도 가부장적인 모습이 확연히 드러난다. 채의관은 홀로 된 혜강에게 신문논설부분을 보여 주면서까지 설득시켜 개가를 강하게 권하고 있는데 여기서도 부모의 명을 따르는 자식의 모습을 볼 수 있다. 여성의 입장에서 신사상을 적극적으로 수용해야할 혜강은 부모의 의견에 할 수 없이 응하는 소극적이 태도를 취한다. 그녀는 개화의식에 의한 개가가 아닌 부모의 명이기에 따르는 가부장적인 유교의 도덕관에 기인하는 셈이다. 후에 남편이 되는 만득에게도 그가 반대하는데도 불구하고 평양댁을 첩으로 받아들이자고 하는 것에서도 얼마나 여성이 제도적 관습에 얽매여 있는지를 여실히 보여 주고 있는 부분이다.

이 작품에서는 자식은 자신의 인생을 부모의 명에 의해 결정되어지는 것에 대해 어떤 행동도 보여주지 않고 순종한다. 이같은 자식들의 모습은 유교적인 사회에서 효라는 관념을 드러내는 옳은 행위로 비춰질 있다. 그러나 이 작품에서는 자신의 인생은 누구도 책임져 줄 수 없는 자신만의 인생이라는 것을 무조건적으로 효를 행하는 자식들의 비극적 인생을 통해 보여 주고 있는 것이라 하겠다. 외적으로는 개가의 당위성을 드러내지만 내적으로는 봉건적인 도덕관을 보여 주며 그들을 결합시키고 있다. 이것은 표면적 주제에서는 개화사상을 역설하나, 이면적 주제에서 이와 다른 전통적 가치관을 보이는 것이다.

4) 花의 血

이해조의 「花의 血」은 1911년 ≪매일신보≫에 연재되고 1912년 보급서관에서 출간된 장회소설이다. 1910년 한일합방을 기접으로 이해조의 소설적 양상이 변화하는데 이 소설은 「화세계」와 함께 그의 세계인식과 실천적 작업의 변화를 조망하는데 중요한 작품으로 인식된다. 「화의혈」에 대한 평가는 상당수 있다. 전광용은 "기생 선초의 효와 정절이 주류를 이루고, 이에 따라 동학난을 전후한 시대의 부패한 관료들의 이면상을 이시찰이라는 한 인물을 내세워 폭로한 작품"3)이라고 설명했다. 그에 의하면 "저명한 고대소설의 몇 편의 단편이 모아진 종합체계적인 작품"으로 권선징악의 테두리에서 벗어나지 못했지만, 소설에 대한 평소의 주관을 실천을 옮긴 것이라고 평가했다. 또한 조동일은 인물 중심의 서술방식으로 고대소설적 경향에서 어느 정도 탈피했다는 것에 주목하고 있다. 최원식은 「화의혈」의 주인공은 선초가 아니라 이도사라며 이도사라는 형상을 통해 왕조해체의 모순을 유효적절하게 묘파한 이 작품은 이해조 문학의 새로운 정점이라고 평했다. 이에 반해 『한국근대민족문학사』에서는 부분적으로 봉건체제와 지배층에 맞섰지만 전면적인 비판에는 이르지 못했고, 따라서 통속적인 흥미를 추구하는 사건의 발단을 마련해주는 소재적인 차원에 머무르고 말았다고 비판했다.

「화의혈」은 표면적으로는 이름난 기생 선초와 지배권력으로 대표되는 이시찰을 중심축으로 해 둘의 길항관계를 보여준다. 여기에 선초의 억울한 죽음에 대한 모란의 복수와 이시찰의 몰락과정이 더해진 것이다. 논의의 중심이 여성수난에 맞춰 있음을 감안해 선초를 중심으로 살펴보기로 한다.

(1) 최호방은 나이 40에 퇴기 춘홍을 얻어 선초와 모란 두 딸을 두었다.
(2) 선초는 재색이 뛰어난 기생으로 그 이름이 전국에 알려졌고 절개가 또한 뛰어났다.
(3) 난봉 이시찰이 수청을 요구하나 응하지 않는다.
(4) 이시찰이 최호방을 동학당의 누명을 씌우고 선초가 아버지를 구하기 위해 許身하기로 한다.
(5) 일시적으로 농락당한 선초는 자결한다.[4]

「화의혈」은 고소설 중 「춘향전」과 상당한 유사성이 있음을 알 수 있다. 실제 선초는 춘향을 자기의 이상으로 설정하고 있기 때문이다.

---

3) 전광용, 「花의 血」, ≪사상계≫, 1956.6, p.228.
4) 이후 줄거리는 다음과 같다.
　　모란이 언니의 원수를 갚으려고 기생이 된다. 공금횡령으로 옥살이하다 풀려난 이시찰을 우연히 만나 그의 정체를 폭로해 다시는 벼슬길에 나가지 못하게 한다. 비럭질하러 온 이시찰을 모란이 망신을 준다.

나도 사람인데 부모의 혈육을 타고나서 어찌타 이같이 천한 구덩이에 몸이
떨어졌노! 그는 이곳 풍속이 괴악해서 자식 나서 기생에 박는 것을 전례로
여기는 터이니 부모의 원망할 것도 없고 내가 한 곳 한 팔 병신으로 생기지
못한 것만 절통하지. 그러나 철(鐵) 중에도 쟁쟁이라고 아무리 기생이라도 다
개짐승의 행실을 할까? 광대타령의 말마따나 옛날 춘향이는 남원 기생으로
허탄히 몸을 버리지 아니하고 연기와 재질이 적당한 이도령을 만나 일부종사를
하였으므로 그 아름다운 이름이 몇 백년을 썩지 아니하였는데, 나 역시 팔자가
기박하여 천한 몸은 비록 되었으나 절행이야 남만 못할 것 있나?[5]

선초가 기구한 자기 운명을 한탄하는 장면으로 이를 극복하는 방편으로
춘향이와 같이 절행을 지키어 일부종사하기를 다짐하고 있다. 어찌 보면
이러한 현실에 대한 거부가 일개 기생으로써 가당치 않은 일이고 따라서
고대 영웅소설의 비범한 인물상을 그대로 빌어 온 혐의도 짙다. 실제로 선초
를 소개한 "선초는 짝이 없이 총명·영리한 여자라, 한번 듣고 한 번 본
것을 능통치 못하는 것이 없어 글 ·글씨·가무·음율이 교방 분대 중 제일
으뜸"이니와 같은 서두의 인물 소개는 기생이라는 부분만 제한다면 영웅소
설의 인물 소개법과 별반 다르지 않다. 조동일에 의해 인물형의 일치에서
신소설이 전대소설과 연관되어 있다는 점을 밝힌 바가 있다. 또한 공통적으
로 존재하는 가장 중요한 요소는 재능·덕성·미모 등에서 아무런 결함이
없는 긍정적인 선인이라고 하였다.
　　이러한 점은 선초의 이야기가 1-3은 춘향전의 구조를 4는 심청전의 모티
프를 가져온 것과도 상통된다.

---

5) 이해조, 「화의혈」, 『한국신소설전집』(을유문화사, 1968), p.350.

5) 牧丹屛

「모란병」은 이해조가 1911년에 박문서관에서 펴낸 소설이다. 「모란병」을 출간할 즈음은 이해조가 가장 왕성한 창작활동을 전개하던 시기이다. 또 한편으로 1911년은 일제 감정 이후 일제의 강압적 분위기와 미성숙한 사회적 환경으로 인하여 신소설은 전반적으로 그 전시기보다 오히려 퇴보되는 현상을 볼 수 있다. 사회의 격동기를 다루고 있는 「모란병」에 대해 연구자들은 그 당시의 풍속을 치밀하게 묘사하였다는 평가와 함께 인물들이 가지고 있는 전통적인 도덕관의 문제, 작가의 선험적인 가치관에 의한 문제의 해결 등을 부정적인 면으로 평가하고 있다.

「모란병」은 갑오경장으로 인해 정부조직이 개편되면서 봉건체제가 붕괴되자 양반계급에 기생하던 중인계층이 몰락하는 과정을 그리고 있다. 중인계층들의 경제적 몰락 속에서 나타나는 그들의 가치관의 변화와 그로 인하여 희생되는 여성, 금선이 그것을 극복하여 새로운 문물을 받아들이게 된다는 줄거리를 통해 작가가 지향하는 새로은 사회상을 제사하고자 한 소설이다. 대강의 줄거리를 보면 다음과 같다.

선혜청 고직이로 있던 현고직은 시대의 변화를 따락가지 못해 경제적으로 궁핍한 생활을 한다. 이 때 옛 친구였던 변선달이 접근해 13세의 외동딸 금선이를 시집보내 준다는 구실로 꾀어 최별감에게 팔아넘긴다. 기생 수업을 강요받던 금선은 자살을 시도하지만 실패하고, 최별감의 회유에 넘어가 다시 인천 화개동에서 색주가를 하고 있던 노창문에게 넘겨진다 노찬문의 집에서 어릴 때의 친구 벽도가 기생으로 지내고 있었다. 벽도는 원래 이름은 부전이로 금선과 마찬가지로 이조 서리를 하던 중인계층의 딸이다. 벽도는 이미 가치관이 변하여 금선에게 기생으로 지낼 것을 설득한다. 그러나 금선은 밤을 틈타 자살하기 위해 산으로 도망가다 순검에게 잡혀 인천 감영에 끌려간다. 그러나 인천 감리는 정치에 관심을 갖기보다는 오입을 일삼는 자로서 금선을 노창문에게 넘기려고 한다. 이 낌새를 알아챈 송순검은 금선을 서울 전동에 있는 자신의 이종 황지사의 집으로 도주시킨다. 황지사의 유복자 황수복은 금선이가 최별감 집에 있을 때 금선의 절조에 반해 인천까지 찾으러 갔다가 금선을 못만나 일본으로 유학가고 없었다. 금선은 그곳에서 황지사의 미망인 장씨 부인의 도움으로 신교육을 받으며 지내다가 현고직을 만나게 된다.

한편 수복의 사촌 형 수득은 장씨와 수복을 속여 장씨의 재산을 가로채고 금선을 팔아먹으려 한다. 그러한 위기상황에 수복이 귀국해 위기는 극복된다. 그 후 수복과 금선은 결환하고 온 가족이 미국으로 이주해 대학 공부를 마치고 귀국한다.

주인공 금선은 아버지의 무지와 무능력으로 기생으로 팔려가지만 자신의 운명에 순응하지 않고 극복하고자 하는 인물이다. 하지만 기존의 도덕관에 얽매어 자살을 시도하거나 자신의 운명 개척을 타인의 힘에 의해 이루는 소극적인 인물이다. 금선은 정동여학교를 우수한 성적으로 다니고 있으면서도 그 의식의 성장을 보여주고 있지 않다. 오히려 장씨부인은 신소설 「빈상설」을 읽고 날마다 신문을 읽어서 여자도 지식이 있어야 한다는 근대적 사고를 하는 인물로 형상화되고 있다. 그런 점에서 주인공 금선의 모습은 전근대 소설에 등장하는 고난의 여성과 동일하며, 구원자에 의해서만 자신의 운명을 극복할 수 있는 소극적인 인물이다. 또한 금선은 신교육을 통해 개화의식을 지닌 여성이 되야 함에도 불구하고 금선의 성장과 발전, 실패와 성공이라는 단순한 반복 구조에 머물고 있다.

소설은 다만 금선의 고난을 그리면서 인신매매라는 인습을 보여주고 그것을 비판하고 있으며, 신교육을 통해 그것이 극복된다는 논리로 비약시키고 있다. 그러나 고난의 극복의 결과인 신교육도 자기의 의지나 가치관에 의해 개척되고 타개되는 행동과정을 보여주는 것이 아니라, 우연과 피동에 의해 신교육을 받는 지점까지 도달한다.

또한 금선은 언제나 자신의 운명에 대해 전통적인 도덕관을 내세우고 있다. 금선은 아버지가 자신을 변선달을 통해 돈을 주고 팔아버린 것을 알고도 "딸의 덕에 부원군은 못되시나마 도리어 욕을 당하시게 하면 자식의 도리라 할 수 없으니"라고 한다.

이러한 것을 종합하면, 인신매매의 행위를 사회적 문제로 부각시켜 문제를 해결하고 대안을 마련한다기 보다는 한 인물이 고난에 빠져 그 고난들을 어떻게 해결하며 전진하는가 하는 흥미성에 더 많은 소설적 가치를 두고 있다는 것을 알 수 있다. 다시 말해 풍속의 부패를 비판하는 것이 목적이 아니라, 풍속의 부패 내용의 다양한 전시를 구경하는 재미를 목적으로 쓴 소설임을 알 수 있다. 게다가 「모란병」의 금선과 수복이 결혼한 후 미국으로 이주하는 장면은 부패된 사회에서 살 수 없다는 반자주적인 사고방식의 극단으로 보인다.

남자 주인공 황수복은 금선이 인천에서 탈주해 피신하던 곳의 주인인 장씨 부인의 유복자이다. 그는 무슨 일이든 진상을 밝히고야마는 기벽을 가진 인물로 우연히 금선의 고난을 알고, 금선이가 팔려간 인천의 화개동까지 금선을 찾아갔다가 실패하자 일본유학을 간다. 그가 금선을 찾아간 이유는 금선이 절조있는 여자라는 짐작에서 비롯된 것이다. 또한 그가 일본 유학을 하였음에도 불구하고 여성에 대한 가치를 "仁順有德"에 두고 있음은 유학 이전에는 절조있음에 두었던 것과 별반 다르지 않다. 소설에서 그려지는 그의 합리적 가치관이란 "야만시대 모양으로 규수의 의향은 좋았든지 언짢아하든지 도무지 불계(不計)하고 억륵(抑勒)으로 혼인하던 때와 같지 아니하오니"라는 식의 신결환관의 변화만을 보여 주고 있다.

요컨대 「모란병」은 작가의 계몽성이 작품의 전면에 드러남으로써 사회의 본질적인 모순보다는 사회에 표면적으로 나타나는 사회현상을 그리는데 머물러 있으며 그러한 것이 한 여주인공의 수난을 도식적으로 표현하는 것이다. 사회 속에서 그 사회의 본질적인 모순과 인물들간의 갈등이 충분히 드러나지 못하고 있다.

이해조를 비롯한 신소설 작가들은 신소설을 통해 봉건사회의 폐해를 지적하고 그것을 통해 자신들이 지향하는 근대적 세계관을 드러내야 한다는 당위성에서 창작을 한게 된다. 그러한 당위적 요구가 결국 현실의 세계와 소설의 세계간의 파향을 낳게 한 것이다. 왜냐하면 현실은 작가의 의식보다

늦게 변하기 때문에 그들의 지향은 언제나 관념에 머무를 수밖에 없었다

한편 그렇게 구축된 세계는 독자에게 주제를 제대로 전달하지 못하는 역기능을 낳게 한다. 독자들이 소설 속에서 승리하는 인물을 통해 얻을 수 있는 것은 흥미성이다. 현실의 모순을 그대로 드러내어 독자로 하여금 현실의 모순성을 깨닫게 하고 극복의지를 불러일으키는 리얼리즘 방식에서 벗어나 독자들을 인물의 고난과 희생, 그리고 그 운명의 극복에만 관심을 갖게 된다.

또한 작가의 세계관이 설득력 있게 드러난다면 현실과 분리된 것이지만 독자에게 전달될 수도 있을 것이다. 그러나 서사성의 원리에 어긋나 경우에는 주제의 모호성으로 인해 독자들은 흥미성에만 관심을 갖게 된다.

6) 九疑山

「구의산」은 1911년 6월 21일부터 9월 27일까지 ≪매일신보≫에 연재되었으며, 1912년 신구서림에서 단행본으로 출간된 작품이다. 고전소설 <김씨행렬록>의 개작인데, 평면적 서술을 고쳐 결과에서 원인으로 역행하는 입체적인 구성으로 바꾸었다. 총 2부로 구성되어 있는데 대체로 다음과 같다.

제1부
(1) 서판서는 부인이 아들 오복이를 낳고 죽자 이동집을 후취로 맞아 또복이를 낳는다.
(2) 이동집이 오복을 남달리 귀하게 여기고 오복도 이동집을 잘 따른다.
(3) 이동집이 오복이를 고양 김판서의 딸 애중이와 결혼시킨다.
(4) 혼인 초야에 이동집이 하인 칠성이를 시켜 오복이의 목을 자르게 한다.
(5) 억울하게 누명을 쓴 애중이 남장을 하고 서판서 집 근처에 잠복해 칠성모를 통해 사건의 진상을 서판서에게 고한다.

제2부
(6) 서판서는 이동집의 자백을 받고 법소에 보낸 후 팔영산 절로 입산한다.

(7) 김씨부인(애중이)이 신혼초야에 태기가 있어 효손을 낳고, 효손이 16세가
    되어 부모의 원수를 갚고자 집을 나선다.

(8) 효손이 팔영산에서 서판사를 만나고 우연히 칠성을 만난다.

(9) 칠성이 이동집의 명을 거역하여 다른 사람 시신의 목을 잘라 신방에 두고
    오복이를 일본으로 유학 보냈다

(10) 오복이 귀국해 온 집안이 다시 모여 잘 살았다.

오복의 처인 김씨 부인은 신혼 초야에 신랑이 살해당하는 참변을 겪었으
나 상황에 임하는 자세가 대범하고 문제의 해결을 스스로 실행하고자 하는
자세를 보인다. 그러나 결국 이러한 김씨 부인의 모험의 동기와 그 결과
역시 '결혼의 완성'이라는 보수적이고 세속적인 차원으로 떨어지고 결국
그녀의 모험이 완성되는 것은 아들 효손에 의해서이다.

이같은 점은 "저는 죽어도 시집에 가 죽고, 살아도 시집에 가 살 터이오니,
두패질러 삿갓가마를 차려주십시오"라고 말하는 김씨 부인에 의해 직접적
으로 드러난다. 결국 김씨 부인의 모험이 촉발된 원인은 유교적 가부장제에
기초한 가족질서의 유지에 있었다. 이러한 여성관은 「자유종」에서 신설현
등의 입을 통해 주장되던 여권신장과 여성의 자아각성, 여성교육의 필요성
등과는 동떨어진 태도이다.

4. 이해조 소설에 나타난 개화기 여성상의 의미

이해조소설에 등장하는 여성은 표면적으로 고대소설의 선한 인물을 답습
하고 있다. 여성이 고난을 겪는 이야기는 소설의 대부분을 차지하게 된다.
이런 점에서 여성 주인공이 어떤 고난을 겪느냐, 즉 여성 주인공의 성격과
수난의 성격을 규명하는 일은 매우 중요한 문제이다. 그 수난의 성격에 따라
작품이 형상화하는 가치와 이념도 달라진다.

이해조 소설에 나타나는 여성 수난의 성격은 가정내의 문제에서 비롯된
다. 본처나 첩, 혹은 계모 때문에 생기는 수난이 대부분이다. 이는 모두 가족

구성원간의 갈등을 토대로 이루어지며, 외적인 요인에 의해 발생하는 수난이다. 이로써 야기되는 갈등의 양상 역시 가족 구성원간의 갈등이 주를 이룬다. 고부 갈등, 부자 갈등, 처첩 갈등이 그렇다.

그렇다면 주인공들은 어떻게 고난에서 벗어나는가, 혹은 왜 벗어나지 못하는가, 그리고 이들이 행복해지는 요인은 무엇인지를 중심으로 그 의미와 내적 규범을 밝히는 논의를 진행해 보자.

주인공들이 문제를 해결하는 양상은 크게 두가지로 나눠진다.

첫째, 문제에 대처해 '죽으려고만'하는 인물들이다. 수동적 자세로 아무런 행위를 하지 못하는 무기력한 인물군이다. 이재선은 신소설에서 죽음의 천박화 현상을 언급한 바 있다. 신소설에 있어서 자살에 대한 감정은 너무나 쉬운 낙담과 결부돼 나타난다. 대개 자살은 그 시도로 그치고 조력자에 의해 문제는 해결되는 양상을 보인다.

둘째, 가출의 행동양식을 보이는 인물들이다.

주인공이 가출하는 경우는 집안 내에 혼인 반대 세력이나 자신을 핍박하는 세력이 존재할 경우이다. 이 경우 가출은 단지 갈등을 유보하거나 회피하는 결과를 초래할 수도 있다. 더구나 주인공이 집을 나갈 경우 문제의 해결은 집안에서 주체적으로 이루어지기 보다는 조력자 등의 도움으로 얻은 집밖의 결과물에 의해 성취된다.

가출이라는 능동적 대치라 여겨질 수 있으나, 이같은 행동양식 또한 전대 소설에서도 볼 수 있는 방편이다.[6] 그러나 주인공이 '조력자를 통해서' 반드시 행복해진다고 볼 수는 없다. 그녀의 행복은 이야기 구조상 이미 전제되어 있는 것이다. 소설 내적 원리의 차원에서 여인의 행·불행을 결정하는 것은

---

6) 여성영웅소설에서 주인공 여성의 男裝이나 變服은 여성의 공적 영역으로의 진출이 허용되지 않은 시대에 공적 영역에서 여성의 영웅적 활약을 가능하게 하는 방편으로써 관습적으로 사용되고 있다. 주인공 여성은 남장으로 변장하고 사적 영역에서 벗어나 공적 영역으로 진출하기 위해 가출하는 것이다. 이러한 것이 「구의산」의 경우 어느 정도 실현됐다고 보여지나-누명을 벗고 사건의 전모를 파악하고 돌아옴-「빈상설」의 경우 아무런 결과물도 보이고 있지 않다.

오히려 주인공의 '도덕성'7) 이다.   여성 주인공이 얼마나 선하냐에 의해 서사 결말은 결정된다. 특히 신소설에서 여성 인물의 선함은 여성의 순결성과 연결되어 나타난다. 여성 주인공의 순결성은 그가 어떠한 처지에 놓여 있든 보장되어 있다. 또한인물이 어떤 과정을 겪고, 얼마만한 내적 완성을 이루었냐는 문제시되지 않는다.

신소설의 여성수난에서 여성은 수난을 통해 완성되지도 않을뿐더러 남성인 조력자를 통해 수난을 극복한다. 여기에서 여성을 그러한 인물로 인식하는 사회적 맥락이 상당히 작용했다고 볼 수 있다. 여성 주인공들은 자신의 운명을 바꾸기 위해 적극적으로 행동하지 않는다.8)

이처럼 여성 주인공들은 자신의 고난이 우연히 만난 조력자에 의해 해결되었다면, 전대의 여성 주인공과 어떠한 변별력을 지니는가? 여기서 이해조 소설의 여성수난가 가정소설의 한 유형으로 살펴질 수 있음에 주목해보고자한다. 전대의 가정소설과의 비교를 통해 개화기 소설에 나타난 여성상의 변모를 살필 수 있을 것이다. 전대소설에서도 여성이 집 밖으로 쫓겨나와 수난을 당하거나 다시 복귀하는 구조는 흔히 볼 수 있었다. 이때 되돌아온 집이란 유교적 이상이 충만한 집을 의미한다. 반면에 여성 주인공 축출은 전통적 가치관의 거부에서 비롯되며, 신소설은 이러한 주인공을 오히려 선인으로, 그리고 전통적 가치관을 가진 구세대를 악인으로 그리고 있다. 이해조 신소설에서 궁극적으로 그리는 집은 근대적인 의미의 가족영역을 의미한다. 이는 신교육을 받은 여성에 의한 가정의 지휘체계라는 개화기가 요구하는 새로운 가족 윤리와 관계될 수 있다. 이같은 여권의 신장은 「자유종」9)에

---

7) 조동일은 신소설과 고소설에서 고난은 우연히 생기며, 도덕적 당위성에 의해 행복이 이루어진다고 지적한 바 있다. 조동일, 『신소설의 문학사적 성격』(서울대출판부, 1983).

8) 개가의 당위성을 피력하는 「탄금대」나 「홍도화」의 경우에서 개가를 역설하는 것은 남성들임을 주목할 수 있다. 「봉선화」의 경우 정혼자가 사라져 부모가 다른 곳으로 시집보내려하자, 가출을 해서 정혼자와 결혼한다. 이 경우 배우자를 찾는 적극적인 모습으로 이해할 수도 있지만, 정혼이라는 관념에 더 얽매여 있다.

9) 이해조의 대표작 「자유종」은 이해조의 대표작이지만, 여성 수난 구조 속에서 살

서 전면적으로 드러내 보이고 있다. 이해조는 여자들이 압제와 불평등, 봉건적 인습에서 벗어나 사회를 변혁하는 주체로 나서야 한다고 강조한다. 여성들을 시대의 선각자로서 사회의 불평등과 잘못된 구조를 인식하여 타파하고 개혁에 앞장선다는 것은 의미있는 일이다. 그것은 당시 새로운 사회의 주체로서 여성의 역할론을 제기했다는 점에서 높이 평가될 수 있다. 다만 이러한 역할이 가정내 새로운 주부학10)에 국한된 것은 아쉬움으로 남는다.

5. 결론

이해조 소설을 여성수난의 구조 속에서 살펴보았다. 이것을 바탕으로 이야기가 생산되고 지배한 당대의 의미에 대해 접근해 보았다. 여성수난은 대부분 가정소설의 유형에 속하고 있음을 알 수 있었다. 또한 궁극적으로 추구하는 가정의 모습은 가부장적인 가족관계가 아닌 부부중심의 평등한 가정이다. 하지만 문제의 해결에는 반드시 조력자가 존재해서 여전히 여성에 대한 인식의 한계를 엿볼 수 있었다. 이야기를 지배하는 인과성의 원리는 권선징악인데 이는 주제적 차원보다 형식적 차원에서 구현되고 있음을 알 수 있었다. 이같은 과정에서 여인의 정체성은 새로운 주부로서의 역할로 귀결된다. 신교육을 받은 여성의 가장 큰 역할은 자녀 교육이며 이를 통해 국가발전에 이바지 할 수 있다는 정도의 한계까지만 생각한 것 같다. 이해조 소설의 여성상은 수동적인 인간상에서 시대적 임무를 자각한 능동적 인물로 변모되고 있음을 확인할 수 있다. 그것은 소설에서 제시하고 있는 개화기에

피는데는 문제가 있어 다루지 못했다. 「자유종」의 주제는 신소설 전반에서 취급된 주제의 내용을 거의 포함하고 있다. 세분해 정리하면 다음과 같다. 1) 국가지상주의사상 - 여성교육이나 자녀교육의 궁극적 목표도 국가를 위한 지상과제를 달성하는데 있다고 본다. 2) 자주독립사상 - 종래의 교육방식을 비판하거나 지리와 역사의 중요성을 강조한다. 3) 민주주의사상 4)평등사상 - '자유'의 개념을 여성해방과 관련해 역설하고 있다.

10) 이재선은 윤리적 가치의 전화과 여성의 개체화를 논하는 자리에서 女性敎育論과 새主婦學을 언급한 바 있다. 이재선, 『한국 개화기 소설 연구』(일조각, 1972).

관한 환상에서 말미암고 있기는 하지만, 여성의 임무를 제시한 소설사적 충격이라고 말해도 그릇되지 않다.

시대의 요구가 무엇이고, 그에 적절하게 대응하는 것이 바람직한 여성의 가치관이라는 생각을 저버리지 않은 처사이다. 그래서 이해조 소설의 여성상은 다른 소설가의 그것과 남다른 가치가 있다고 하겠다. 바람직한 주부상은 바람직한 이상의 설정이었다고 보이는데, 그것이 오늘날에도 유효한 가치를 지니고 있으니 소설의 전망은 여전히 성취되지 않고 있다.

소성 현상윤과 「핍박」

차승기*

1. 머리말

현상윤(1893~?, 字는 執中, 號는 小星/幾堂)은 당대에 춘원, 육당과 함께 문단의 "혁명수령"[1]으로 불리울 만큼 새로운 문학의 담당자로서 현저한 위치에 놓여 있었던 인물로 보인다. 하지만 그는 작가(또는 시인)로서보다는 교육가이자 사학자, 민족사상가로 더 많은 흔적을 남겼다.[2] 이 사실은, 문학적 형식이 1910년대의 식민지 초기 조선에서 그가 세계와 마주 대하는 통로로서 어떤 의미있는 기능을 하였으리라는 짐작을 가능하게 한다. 즉, 초기 일본 유학생으로서 신학문을 접하면서 형성된 현상윤의 사회적 자아가 1910년대에 그 공적인 표현을 얻게 된 것이 유독 문학이라는 틀에서였다는 것[3]

---

* 연세대학교 강사

1) 白一生(東海岸), 「文壇의 革命兒야」, ≪學之光≫14호, 1917.12, p.49.

2) 소성이 작품활동을 한 시기는 거의 전적으로 1910년대(보다 정확히 말하자면 1917년까지)에 제한되어 있다. 그가 10년대 이후에 발표한 문학작품은 1935년 8월, ≪신동아≫지에 실린 한시 「偶感」이 유일한 것이다. 게다가 그가 와세다 대학에서 사학·사회학을 전공한 바 있으며, 귀국후 주로 교육계에 몸담고 있으면서 보성전문에서는 '조선사상사'를 강의하였고, 해방후에 『조선유학사』를 출판했다는 사실은 위의 평가를 확증해준다.

은, 당시 현상윤의 개인적인 심리와 사회적인 전망이 문학이라는 형태에서
만날 수 있었던 어떤 지점이 있었기 때문이라고 생각한다.

　이 글은 현상윤의 이러한 문제적 특징에 착목하여 (특히 그의 소설「핍박」
에서 찾을 수 있는) 1910년대 단편소설의 어떤 특유의 문법을 밝혀보고자
하는 데 목표를 둔다. 현상윤이라는 개인과 단편소설이라는 특수한 서사양
식이 어떻게 매개될 수 있었는지, 그리고 1910년대적 서사양식 내에서의
현상윤 단편은 어떠한 의미를 지니는지를 해명할 수 있다면, 근대적인 서사
양식의 전개 속에서 1910년대 단편소설이 차지하는 중요한 일면이 밝혀질
수 있으리라 기대한다.

　현상윤과 그의 소설에 대한 연구는 김기현의 본격적인 자료발굴과 연구
에 의해 촉발되었다.4)

---

3) 현상윤의 와세다 유학시절(1914~18)에 집중되어 있는 문학적 저술은 같은 시기에
　그가 발표한 사회적·정치적 평문에 비교해 볼 때, 양적으로도 압도적이다. 우선
　유학시절의 문집이라고 할 수 있는『小星의 漫筆 第五』에는 시 13편, 소설 3편,
　수필 등이 7편 실려 있고, 그외에 공식적으로 발표된 글도 소설 3편, 시 5편, 수
　필 6편인데 반해 그밖의 사회평론은 모두 7~8편에 불과하다.
4) 김기현,「신문학 초기의 소설고 — 매몰된 현상윤의 소설에 대하여」,『어문논집』
　제12집, 고려대학교 국어국문학 연구회, 1970.
　물론, 이미 1955년에 구자균에 의해 현상윤의 약력과『소성의 만필』의 내용이 소
　개된 바 있지만(구자균,「기당선생과 신문학」,『고대신보』1955. 9. 5 ～ 11. 7), 본
　격적인 연구라고 할 수 있는 것은 김기현의 것이 처음이라 하겠다. 그후의 대표
　적인 연구들을 추려보면 다음과 같다.
　김기현,「「소성의 만필」 소고」,『한국문학논고』(일조각, 1972)
　───,「현상윤의 단편소설」, 같은 책.
　심학동,「소성 현상윤론」,『어문학』제27호(한국어문학회, 1972)
　이재선,『한국단편소설 연구』(일조각, 1975)
　주종연,『한국근대단편소설 연구』(형설출판사, 1979)
　이동하,「1910년대 단편소설 연구」(서울대 석사, 1982)
　최시한,「현상윤의 장르의식」,『서강어문』제3집(서강어문학회, 1983)
　김현실,「현상윤의 단편소설 연구」,『국어국문학』제93호(국어국문학회, 1985)
　김복순,「1910년대 단편소설 연구 — 신지식층의 소설을 중심으로」(연세대 박사,
　　1990)
　양문규,「1910년대 한국소설 연구 — 사회학적 관련양상을 중심으로」(연세대 박

김기현(1970)은 『소성의 만필』을 중심으로 현상윤 소설의 주제와 구성, 배경과 인물, 문장 등을 살피고는 소성을 "이인직의 바통을 이어받은 작가, 이 땅의 "단편소설도(短篇小說道)"를 개척한 선구자"라고 평가하였으며, 이재선(1975)은 현상윤 소설에서 보이는 "교훈주의의 극복"이라는 측면을 긍정적으로 평가하면서도 "신소설의 축소판과 같은 국면"을 지니고 있음을 비판하였다. 주종연(1979)은 1900~1910년대의 단편소설들을 통해 근대적 단편소설의 형성과정을 살피고 있는데, 그는 이 시기 단편소설을 '준비기'와 '모색기'로 구분하여 현상윤을 춘원과 함께 모색기에 포함시키고 있다. 김복순(1990)은 현상윤 소설에서 찾을 수 있는 "실력양성론의 소설화" 양상을 주목하고 그의 소설들이 당대에 지녔던 비판적 리얼리즘적 의의를 높이 평가하였다. 김용재(1993)는 서사론적 분석방법을 소설사에 적용하여, 서술형식의 변모과정과 근대적 단편소설의 형성과정을 함께 살피고 있는데, 현상윤의 단편은 신·구소설의 양식이 혼재해 있는 '준비기'의 소설로 평가된다. 그리고 김명석(1997)은 세밀한 논증을 통해 「핍박」의 집필시기를 재설정하고 「핍박」의 수필적 속성을 검토함으로써 근대초기 소설사에 있어서의 양식적 전환의 문제를 제기한다. 한편, 북한문학사에서는 현상윤의 「한의 일생」을 양건식의 「슬픈 모순」과 함께 1910년대 비판적 사실주의 문학의 대표작으로 높이 평가하고 있다.5)

지금까지의 연구들을 통해 현상윤 소설이 근대문학사에서 차지하는 과도기적 성격에 대해서는 대체적인 합의가 이루어졌다고 보인다. 특히 현상윤의 소설들을 양건식의 작품과 더불어 비판적 '신지식층'의 문학으로 규정하면서 1910년대 단편소설의 문학사적 중요성을 입증하고 있다. 그런데 이

사, 1990)

김용재, 『한국소설의 서사론적 탐구』(평민사, 1993)

김명석, 「현상윤의 「핍박」연구」, 『연세어문학』 제29집(연세대 대학원 국어국문학과, 1997)

5) 정홍교·박종원, 『조선문학개관 Ⅰ』(사회과학출판사, 1986 ; 인동, 1988), pp.349~350 참조.

시기 현상윤의 소설들은 일의적으로 의미화시키기 어려운 형식적 차이를 내포하고 있다. 즉 그의 소설들 사이에서조차 서로 이질적인 형식들이 충돌하고 있는 것이다. 이러한 형식적 충돌은 단순히 현상윤 개인의 문제인 것으로만 환원시킬 수는 없으며, 근대 초기 소설의 형식적 진화라는 측면에서 설명되어야 할 것이다. 아울러 이러한 관점에 설 때, 작가의 세계인식 및 경험의 변화가 어떻게 소설의 문법으로 구조화되는가 하는 일반적인 문제도 조금이나마 해명될 수 있을 것이다. 서두에서도 언급했지만, 현상윤에게 문학이 특정 시기에 '선택된' 표현양식으로 제한되어 있다는 사실, 다시 말해 그의 문학적 비전문성이 오히려 이러한 일반적 문제에 대해 생각할 수 있게 해준다.

2. 현상윤의 소설관과 작품의 특성

현상윤은 평북 정주에서 태어나 어려서부터 15세까지는 한학을 공부하였으나, 16세 때인 1909년에는 정주 부호육영소학교를 수료하고 도산이 세운 평양 대성학교에 입학하였다. 그 역시 이광수와 같은 초기 지식인들처럼 도산에게 큰 영향을 받았는데, 그가 대성학교에 들어간 것은 신교육의 첫 출발이었을 뿐만 아니라, 도산의 민족주의를 받아들이게 되는 발단이 되기도 하였다.[6] 그러나 그가 『조선유학사』에서 유학을 전 민족이 숭상한 "민족의 중심사상"[7]으로 보았다는 사실은 그를 같은 유학생 세대인 육당, 춘원과 동류로 취급하기 힘들게 한다. 이렇게 볼 때, 현상윤은 낡은 것과 새로운 것 사이에서 모순과 갈등을 겪고 있던 특이한 개인이었다고 할 수 있을 것이며[8], 유학적 세계관의 보수주의와 신학문의 세례를 통해 형성된 보편주

---

6) 김복순, 앞의 글, p.70의 주) 7 참조.
　한편, 현상윤은 1912년에 서울 보성중학을 졸업한 후, 일본으로 유학하여 와세다 대학 사학과와 사회학과를 2등으로 졸업하였다고 한다. 윤홍로, 「근대 소설의 태동기」, 『한국소설의 해석』(단국대출판부, 1998), p.171 참조.
7) 현상윤, 『조선유학사』(민중서관, 1960), p.1.

의가 그의 독특한 민족주의를 이루었다고 하겠다.

한편, 식민지 초기 일제의 무단통치하에서 선각자로서의 의식을 가지고 민중계몽을 실천하고자 했던 유학생들은 잡지를 그 수단으로 삼으면서 포괄적인 교육과 선전에 힘썼다. 특히 육당의 선구적이고 헌신적인 노력에 의해 촉발된 이 시기의 잡지운동은 백과전서적인 계몽적 실천이 지니는 다양한 특징들을 지니고 있었다. 그 중에서도 『학지광』, 『청춘』 등의 잡지는 비교적 고정된 문학란을 지니고 있었는데, 신문학 운동을 의식하고 있던 유학생들에게 이들 잡지는 새로 접한 서구의 문학을 소개하고 새로운 문학관에 입각한 글쓰기를 시도하는 공간으로 이용되었다.9) 물론 이 잡지들의 독자층은 대체로 신학문을 접할 기회를 갖고 있던 지식층들에 한정되었지만, 당시로서는 상당한 호응을 불러일으키며 발행되었다.10) 전반적으로 도산의 준비론적 민족주의로부터 영향받고 있었던 이들 유학생 층들은 대중들에게 현실자각의 계기를 부여해주는 한 방편으로 문학이라는 형식을 취했던 것이다. 특히 이들의 소설이 신소설과 달리 단편을 지향하게 된 데에는 유학생들 나름의 '아마츄어리즘'이 작용하였을 터이고, 통속화된 장편 신소설에 대한 양식적 저항으로서의 의의도 염두에 두었으리라 판단된다.11) 여기서 그들의

---

8) 특히 이무렵 춘원이 '문명개화'라는 이념에 입각하여 개인과 사회를 추상적으로 바라보았던 것에 비해 (「핍박」에서도 드러나듯이) 현상윤이 현실을 보다 객관적으로 바라볼 수 있었던 것도, 그가 이러한 모순과 대립 속에서 긴장을 유지하고 있었기 때문이라고 추정할 수 있겠다.

9) 『학지광』과 『청춘』은 체홉, 위고, 모파상 등의 소설을 번역하여 서구의 단편양식의 전형들을 소개하였고, 특히 『청춘』은 제7호(1917. 5)부터 마지막 호인 제15호 (1918. 9)에 이르기까지 매월 현상문예를 기획하고 단편소설을 비롯한 각 부문의 문예작품을 공모하여 독자의 참여를 유도하였다. 주종연, 앞의 책, pp.9~31 참조.

10) 예를 들어 『청춘』은 매호마다 2~3,000 부가 팔렸다고 하며, 제6호(1915. 3)가 '국시위반'이라는 구실로 정간된 후 2년만에 속간호(1917. 5)가 발행되었을 때는 발행 3~4일만에 4,000부가 매진되었다고도 한다. 김근수, 『한국 잡지사 연구』(한국학연구소, 1992), pp.54~57 참조.

11) 양문규도, 현상윤의 「恨의 一生」과 「淸流壁」을 다루면서, 신지식층의 단편소설이 신소설 또는 당대의 대중소설들에서 소재를 취하고 있음에도 불구하고 현실에 대한 새로운 비판적 인식을 보여주고 있다고 평가한다. 양문규, 앞의 글, p.124 참조.

단편적 실험을 가능하게 했던 잡지라는 매체는 더없이 중요한 규정력으로서 작용하였다.12)

현상윤 역시 2년 연상의 춘원과 함께 이들 잡지를 중심으로 계몽적 문학 실천을 활발히 전개하였다. 그의 작품활동도 이와 같은 유학생 층들의 일반적인 계몽적 실천과 불가분한 관계 속에서 이루어졌던 것이다. 그런데 현상윤은 춘원과 같은 '문화주의적' 태도에는 불만을 품고 있었는데13), 어쩌면 그의 이러한 입장이 그를 문학적 실천으로부터 사회적·교육적 실천으로 전이하도록 하였는지도 모른다. 하지만 현상윤의 작품활동은 양적으로도 춘원에 버금갈 정도이며, 특히 10년대 문학사에서 중요한 의의를 가질 만큼 특징적이다. 그리하여 이곳에서는 현상윤이 품고 있던 소설관을 그의 작품을 통해 유추해보고, 「핍박」을 제외한 그의 작품들의 전체적 특징을 밝혀보고자 한다.

현상윤은 자신의 두 번째 소설 「박명」의 말미에 다음과 같은 설명을 덧붙여 놓았다.

> 이 한篇은 年前에 이 小說 가운데 말한 地方에 살던 親舊 두 사람이 나와 함긔 平壤 ○○學校에 와서 工夫하다가, 可痛하게도 두 사람 다 長逝의 사람이 된 事實을 슴틀어 써로 하고, 若干 고기를 부친 것인데 이 事情을 斟酌하시는 兄님들은 지금 이 拙著를 보아, 녯 생각에 쓰거운 눈물을 禁치 못하오리다.14)

---

12) 윤홍로는 이 시기 소설의 단편 지향의 원인을 대체로 ① 고독한 소외자로서의 유학생들의 심리적 단편을 밝히기에 적합한 문학쟝르라는 점, ② 유학생으로서의 경험 미숙, 깊이 천착할 수 없는 자기 고유의 정서나 역사 인식 부족과 예측할 수 없는 미래에 대한 전망, ③ 그 시기 문예작품 게재지가 극히 제한되어 있었다는 점 등에서 찾고 있다. 윤홍로, 앞의 글, 168~169쪽 참조.

13) 현상윤은 「우리의 이상」이라는 춘원의 글에 대한 논평을 통해 그의 논지를 대체로 수긍하면서도, "그러나 …… 「政治的 優越은 좃치 안타, 그러케 바래만한 것이 아니다. 그러기에 우리는 文化를 取하쟈. 文化는 唯一한 것이다.」하는 견지에서 나왓다하면 나는 大反對오 大不贊成이다"라고 하면서 춘원의 문화주의적 관점을 경계하고 있다. 현상윤, 「李光洙君의 「우리의 理想」을 讀함」, 《학지광》 제15호, 1918. 3, p.57.

14) 현상윤, 「박명」, 《청춘》 3호, 1914. 12, p.138.

이러한 부연설명은 춘원의 단편 「무정」의 말미에 있는 "(作者曰) 此篇은 事實을 敷衍한 것이니 ……", 또는 「헌신자」에 있는 "孤舟曰 이는 事實이오 ……"와 마찬가지로 작품의 신빙성을 강조하려는 첨언에 불과하다. 하지만 여기에서, 자신의 소설이 지니는 실제적 현실성(작품 내의 언표들이 실제적인 지시대상을 지니고 있다는)과 그것의 실제적 작용(감화력)에 대해 현상윤 스스로 상당히 의식적으로 가치를 부여하고 있다는 것을 주목할 필요가 있다. 이를테면, 그는 소설이 구체적인 현실 속에서 제재를 취할 때 힘을 지닐 수 있다는 것(리얼리즘)을 소박하게나마 의식하고 있었던 것이다.15) 이러한 리얼리즘적 견해는 그가 발표한 거의 유일한 문학평론이라 할 수 있는 글에서도 두드러지게 나타나고 있다. 작품활동을 그만 둔 후에 발표한 이 글에서 현상윤은 당시 문단의 경향을 비판하면서, "그네[당시 문단의 문사나 작가들 — 인용자]들의 作品 가운대 나오는 人物의 性格이 적어도 現在 朝鮮人 大多數의 또는 代表的 人物의 그것은 아님"을 지목하고 있다. 즉 그는 "文藝는 生活의 産物이오 反響"이라는 소박한 반영론의 입장에서 조선의 문학, 조선 사람의 문학을 강조한 것이다.16)

그러나 여기서 분명히 짚고 넘어가야 할 것은, 이러한 리얼리즘적 견해는 현상윤 자신의 작가로서의 태도를 드러내주는 증거라기보다는 오히려 그의 비전문성과 더 많이 관련된다는 것이다. 말하자면, 문학의 현실관련성을 어떻게 허구적 형상 속에서 해결할 수 있는가 하는 작가로서의 문제의식으로부터 비롯되는 태도라기보다는 현실에 토대를 둔 문학이어야 효과를 지닐 수 있다는 현실적이고 효용론적인 관심이 투영되어 있는 태도라는 것이다. 물론, 작품 내의 객관성으로서의 현실('있음직함')보다 작품 바깥의 현실('사

---

15) 아울러, '고기를 부친' 행위는 그의 소설에서 급작스런 발단의 구성, 시간의 역순 구성 등 새로운 서사적 장치들을 활용한 것과 관계된다는 점에서 그가 '허구적 서사'의 책략도 중시하였다는 것을 알 수 있다. 김기현, 「현상윤의 단편소설」, pp.141~147, 그리고 이재선, 앞의 책, p.16 참조.
16) 현상윤, 「文壇에 對한 要求 — 生活에 接觸하고 修養에 努力하라」, ≪동아일보≫ 1922. 1. 1.

실')에 더 비중을 두는 이러한 태도는 그가 근대문학 및 소설(특히 단편소설)이라는 장르에 대해 뚜렷하게 분화된 의식을 가지고 있지 않았다는 것을 말해준다. 따라서 작품 내의 형상화 역시 세련되어 있지 못하다. 그러나 이러한 현실적 태도로 인해 그는 홍미성 위주의 장편 신소설을 거부하고 비판할 수 있었으며, 또한 새로운 서술을 시도할 수 있었다고 여겨진다.

이제 그의 소설관을 염두에 두고 실제 작품들 속에서 공통적으로 나타나는 특성을 찾아보아야 할 터인데, 그의 소설들 중 마지막 작품인 「핍박」을 제외한 5편은 모두 3인칭 전지적 시점을 취하고 있을 뿐만 아니라 구조적으로도 동일한 형태를 띠고 있다. 따라서 앞 시기의 5편의 공통된 특징을 간략히 살펴보고 「핍박」에 대한 분석으로 넘어가도록 하겠다.

이 작품들의 공통된 특징이라 할 수 있는 것은 무엇보다도, 양식상에 있어서 장편 신소설과 단편소설의 혼합형의 형태를 띠고 있다는 것이다. 이 작품들은 모두 남녀이합 또는 가족이합이라는 신소설의 서사구조를 반복하고 있다. 하지만 대체로 비극적인 결말을 향해가고 있다는 점은 신소설과 차별되는 세계인식을 드러내고 있다. 「한의 일생」에서는 계급적 대립과 애정대립의 원한을 살인과 자살로 해결하고 있으며, 「박명」에서는 일본으로 유학 간 남편 「윤옥」이 병사(病死)하자 계모의 박해 속에서 고난을 겪던 아내 「영옥」도 자살한다. 또 「청류벽」은 방탕한 남편의 박대로 인해 첩으로, 기생으로 전락한 「영은」이 회개한 남편의 도움에도 불구하고 몸값을 지불하지 못하게 되자 자살하는 이야기이다. 이러한 비극적 결말은 단순히 개인적 차원의 원한에서만 비롯되는 것이 아니라 현실적인 문제(특히 돈이 지배하는 현실로 인해 파생된 문제들)에 토대를 두고 있다는 점에서 현상윤의 리얼리즘적 소설관과 긴밀한 관계를 갖는 구조이다. 하지만 앞서도 말한 바와 같이 그의 리얼리즘적 관점은 다분히 작품 바깥에서 작용하는 경향이 있다. 따라서 현실에 대한 리얼리즘적 인식이 있다고 해서 곧 그것이 근대적인 소설의 생산으로 연결되는 것은 아니다. 그의 소설들은 현실적인 문제로 고난받고 있는 인물을 객관적으로 그리면서도 단일사건의 장면적 제시와 작가의 요약, 설명, 감정적 개입, 그리고 인물의 일대기 서술 등이 공존하는 양식적인 괴리를 보이고 있는 것이다. 이렇듯 장편분량의 시간·공간대를 단편에서 모두 압축해 서술하고 있음으로 해서, 작가에 의해 통제된 플롯 속에서 하나의 위기에 집중함으로써 독자에게 단일한 인상을 주어야 하는 단편소설의 필수조건[17]을 전혀 충족시키지 못한다.

이렇게 볼 때, 현상윤은 단편소설을 장편의 축약형으로 여기고 있을 뿐으로, 단편소설이라는 양식에 대해 확고한 의식을 지니고 있지는 못했던 것으로 보인다. 물론 그는 이와 같은 '압축'에서 오는 무리함을 해소하기 위해 그 나름의 서사 전략을 채택하고 있기는 하다. 그것이 바로 '역전적 시간구성'이다. 구체적으로 말해서, 그는 소설의 앞부분에서는 '사건 현장'을, 뒷부분에서는 그 '사건의 내력'을 배치함으로써 시간을 재구성한 것이다. 그러나 이러한 구분은 그가 장편과 단편을 접합시키고 있음을 더욱 명시적으로 드러내 줄 뿐이다. 앞부분에서는 객관적인 거리를 두고 실제적인 상황을 독자에게 묘사적으로 제시해주는 데 반해, 뒷부분에서는 인물에 대한 작가의 동정적 시선을 노골적으로 드러내면서 그 사건의 '전사(前史)'를 요약하여 설명하고 있는 것이다. 이러한 플롯상의 비유기성은 기존(신소설의) 장편양식을 단편소설에 불안정하게 혼합시킨 결과 생겨나는 과도기적 양상으로 평가되기도 하거니와,[18] 일종의 장편과 단편의 접합양식으로서 내용과 형식의 괴리를 보여주는 것이다. 그러나 인물 중심의 일대기를 포기하지 못하고 접합된 양식(과도기적 양식) 속에 포함시키려 했던 현상윤은 「핍박」에 와서는 단일행위에 집중하는 근대적 단편소설의 특징들을 보여주게 된다.[19]

「핍박」은 소설 말미에 기록하고 있는 바(1913년 5월 27일 밤)로는 현상

---

17) Ian Reid, 『단편소설』, 김종운 역 (서울대출판부, 1982), pp.83~99 참조.
18) 김현실, 「1910년대 단편소설 연구」, 이화여대 박사학위 논문, 1989, p.86 참조.
19) 김영민은 1910년대 단편소설의 양식적 특질을 검토하면서 몇 가지 유형으로 분류하였는데, 그에 따르면 현상윤의 소설들 중에서 「박명」은 '축약형 단편소설', 「한의 일생」 「재봉춘」 「청류벽」은 '복합형 단편소설', 그리고 「핍박」은 '근대 완성형 단편소설'로 각각 나뉘어진다. 김영민, 『한국근대소설사』(솔, 1997), pp.349~395 참조.

윤 최초의 소설이며, 그것이 발표된 시일(『청춘』 8호, 1917. 6)에 따르면
그의 최후의 소설이다. 이곳에서는 「핍박」을 그의 최후의 소설로 보고자
한다. 소설이라는 사회적 형식의 성격상 그것이 활자화되지 않았을 때 그것
은 다만 가능성으로 존재할 뿐이며, 또한 1917년에 발표하면서 작가 자신의
가필이나 첨삭이 없을 수 없었으리라 여겨진다. 그러나 무엇보다도 위에서
서술했듯이 그의 다른 작품들이 여전히 단편소설로서 안정적인 양식적 특성
을 보이고 있지 못한 데 반해, 「핍박」에서는 외부 세계와 충돌하는 개인의
내면에만 초점을 맞추어 단편소설의 개념에 값하는 면모를 보여주고 있다는
점에서 그의 작품들 중 가장 완성된 형태로 보아야 할 것이다.

3. 「핍박」과 근대적 단편소설의 성격

　일반적으로 「핍박」은 1인칭 서술형이 시도된 최초의 근대적 단편소설이
라는 평가를 받는다.[20] 그런가하면, 현재형 어미의 지배적인 사용과 서술자
의 직접적인 내면 토로는 서사성 자체를 현저히 약화시키고 있기도 하다.
이러한 면모는 현상윤 자신의 다른 소설들과는 상당한 거리를 두고 있는
특징이다.[21]
　"이즘은 病인가 보다."[22]라는 다소 도발적인 허두로 소설은 시작된다.
식민지 초기 지식인의 내면을 다양한 층위에서 외적 세계와 대립시키면서,
작가는 지식인으로서 가지는 '사명감'이 양극으로부터 '핍박'받고 있는 모
습을 서술자의 주관을 통해 표현한다. 그 양극은 식민지 권력으로부터 피억
압 민중에게까지 걸쳐져 있다. 1인칭 서술자 「나」는 특별한 물질적 근거를
알지 못하는 '병'을 앓고 있다. 곧 밝혀지지만, 그 병의 원인은 "오직 이便저

---

20) 주종연, 앞의 책, p.89 참조.
21) 이러한 이질성에 착목하여 김명석은 「핍박」이 아직 수필적 속성을 떨치지 못한,
　　현상윤 최초의 소설일 가능성을 조심스럽게 제기한다. 김명석, 앞의 글 참조.
22) 현상윤, 「핍박」, ≪청춘≫ 8호, 1917. 6, p.86. (이하 작품에서의 인용은 본문에 쪽
　　수만 표시)

便에서 쏘아 오는 視線"(86쪽)이다. 「나」에게 향해진 억압적 시선은 극단적으로 말해서 "긴칼 느린 補助員"(88쪽)에게서도 오고, "農夫들의 集會"(88쪽)에서도 온다. 그러나 정확히 말하자면 그 '시선' 자체에 아픔의 원인이 있는 것은 아니다. 사물적 대상까지 포함하는 상호 이질적인 것으로부터 동일한 시선을 느끼게 되는 것은 그 각각의 시선의 동일성이 아니라 그것을 느끼는 「나」의 동일성에 기반을 하고 있을 때 가능하기 때문이다. 따라서 「나」의 아픔과 고통의 근본 원인은 다름 아닌 「나」, 특히 「나」가 지니고 있는, '지식'과 '양심'(87쪽)에 있는 듯하다. 이 '지식'과 '양심'은 단순히 자아를 이루는 구성요소로서 내부에 정태적으로 들어 있는 것이 아니라, 언제나 외부세계와의 관계 하에서 '실현'됨으로써만 존재할 수 있는 것이다. 그러나 지금 「나」가 지니고 있다는 '지식'과 '양심'은 외적으로 실현될 수 있는 통로를 찾지 못하고 있다. 따라서 상대적으로 닫혀져 있는 「나」는 보다 우월한 위치에 놓인 외부세계로부터 수동적으로 '시선'을 받을 뿐이며, 한편으로는 자신이 '양심'을 지닌(또는 지녀야 할) 지식인이라고 여기고 있기 때문에, 그리고 다른 한편으로는 자신이 가지고 있는 '지식'이 (실현되지 않는 한) 공허한 것에 불과할지도 모른다는 의혹이 있기 때문에 그 시선을 핍박으로 느끼는 것이다. 작품에 등장하는 헌병보조원과 농민들의 형상을 과잉해석하지 않는다 하더라도, 적어도 작중 서술자 「나」가 느끼는 주관적인 아픔과 핍박은 식민지 현실과 민중의 현실이라는 실재 세계의 두 층위 사이에 끼여 있는 지식인 「나」의 부정적 자기인식에 토대를 두고 있다고 할 수 있겠다.

전체적으로 보아 「나」는 내부로부터 현실과 이상, 물질적인 것과 정신적인 것의 괴리를 경험하고 있다. 「나」는 당대 민중의 삶과 이반되어 있는 생활을 하는데, 자신의 '고통스러울 이유 없는' 생활에 대한 서술 부분에서 서술자 자신의 가치정향이 역설적으로 드러난다.

> 그러나 아모리 생각하야도 病일 理由는 업다 —— 父母는 平康이 계시고
> 兄弟는 團圓이 즐기며 안해는 해족이 웃고, 썩지안은 生鮮이 몃가지 床에 오르

고 더럽지 안은 菜蔬가 각금 그릇에 담김애 도모지 病일 事實은 업다.(86쪽)

즉, 「나」는 무지한 농민들이 '많이 배운' 자신에게 품는 속되며 헛된 기대("임자 工夫도 잘 햇다니 일 안하고 돈 모으는 법이 무엇임마?" "여보소 그런 소리 그만두게…… 저 사람 德에 우리가 다 살터인데……"[89쪽])와 크게 다르지 않은 계열체들에 기대고 있다. 그러면서도 농민들에게는 입으로만 "權利니 義務니 倫理니 道德이니 平等이니 自由니"(90쪽)를 외치는 계몽적 지식인의 대표자처럼 간주되어, 의도하지 않은 희화의 주인공이 된다. 따라서 그가 헌병 보조원을 보면서 드는 억압적 느낌을 구체적인 위기나 압박으로 인식하지 못하는 것과 민중들의 비웃음을 건강하게 극복하지 못하는 것은 동일한 근거를 지니고 있는 반응이다. 사회적인 문맥에서 말하자면, '식민지 초기 민중과 제국주의/식민지 권력 사이의 대립 속에서 양극단 어느 쪽으로부터도 <주체>로 호출'23)받기 두려워하는 지식인의 관념적 현실대응을 진솔하게 보여주고 있는 것이다.

이러한 지식인 「나」의 위치는 작품의 서사구조에도 반영되어 있다. 현상윤은 「핍박」의 서사를 약화시키면서 위기를 겪고 있는 계몽적 주체, 또는 주체로 구성되지 못하는 지식인의 모습을 드러내고 있다. 다른 한편으로 「나」는 어느 쪽의 주체로도 구성되지 못하기 때문에 양극단 모두에 대해 거리를 두지 않을 수 없다. 즉 「나」와 외부세계는 배타적인 방식으로 대립하고 있으며, 「나」는 주체로서 설 자리를 찾지 못하고 있다. 그렇기 때문에 「나」는 일제 식민지 권력의 하수인인 헌병 보조원의 시선도 노동하는 민중들의 시선도 동일하게 '핍박'으로 느끼게 되는 것이고, 서사가 진행되면서도 눈에 띄게 변화하거나 발전하는 계기를 찾을 수 없게 되는 것이다. 작품의 서술관심이 수동적으로 핍박을 느끼는 지식인 「나」의 심리에 고착되어 있기

---

23) 알뛰세르에 의하면, 모든 이데올로기는 구체적인 개인을 구체적인 '주체'로 부르거나 구체적인 '주체'로서의 구체적인 개인에게 질문한다. (L. Althusser, 『레닌과 철학』, 이진수 역, 백의, 1991, p.178 참조.) 헌병보조원의 시선이나 농민대중의 시선은 <나>라는 개인을 어떤 이데올로기적 '주체'로 변형시키는 것과 같다.

때문에 서술자가 그 자신의 심리현상으로부터 거리를 둔다는 것은 어렵다.
따라서 작품내의 문장들은 언제나 '현재'일 뿐인 「나」의 심리 상태를 기술하
는 현재형 서술어로 이루어질 수밖에 없다. 「핍박」의 「나」는 객관적으로
전개되는 어떤 사태를 그리거나 그 과정에서 변화된 자신의 모습을 반추하
는 데에는 관심이 없다. 그러기에는 「나」는 지나치게 현재의 자기 상태에
묶여 있다.
  하지만 「나」는 심정적으로 농민들의 건강함에 기울어져 있다.

> 왼終日 허리를 구부리고 부은 땀을 흘니면서 일하다가 이째에 黃昏을 씌고
> 各各 집으로 들어가면 門에서 반가이 나오는 어린 아해들과 뜰에서 慰勞하는
> 父母와 함끠 맛잇고 조흔 저녁을 짓고 잇든 안해와 함끠 들어가 모혀서 우스며
> 즐기고 마시며 먹는 것을.
> 아아 이는 사랑에서 와 즐거움에서 와 우숨에서 오녀! (90쪽)

  물론 관념적 지식인인 「나」의 추상적인 현실인식이 대상을 이상화시키고
있기는 하지만, 농민들의 생활에 대해서 「나」가 근본적으로 동정적인 시선
을 보내고 있음은 사실이다. 따라서 농민들로부터 받는 핍박은 일종의 꾸짖
음처럼 들리게 된다. 이곳에서 「핍박」의 '탈교훈성'을 확인할 수 있다. 「나」
가 계몽주의 지식인이라면 무지한 농민은 계몽의 대상이 되어야 한다. 그러
나 소설 속에서는 오히려 계몽의 대상이 주체에게 깨우침을 주고, 농민들의
삶이 「나」의 삶을 반성하게 한다. 사실, 「나」가 줄곧 외부세계로부터의 시선
에 과민반응을 보인 것은 그 「나」가 약한 주체였기 때문일 터인데, 바로
이곳에서 현상윤과 「핍박」의 중요한 의미를 발견할 수 있을 것이다.
  아마도 경험이 결핍된 '지식'을 확신한 채 그 지식을 통해 구성된 이상을
추구했던 것이 이 무렵 계몽적 지식인들의 일반적인 정신적 분위기였다고
할 수 있을 것이다. 춘원으로 대표되는 이 추상적 이상주의의 정신 속에서
주체는 결국 흔들림 없이 강한 계몽적 주체를 지향한다. 그리고 이 강한
계몽적 주체의 의식에 표상되는 현실은 언제나 개조되고 변형되어야 할

대상이며, 그런 의미에서 이 주체는 외부세계에 대해 닫혀져 있다고 할 것이다. 물론 「핍박」의 「나」 역시 닫혀져 있다. 그러나 이 「나」는 자기 자신에 대한 회의와 의심이 가져다주는 불안에 의해 닫혀져 있는 것이어서 언제든지 스스로를 변형시킬 잠재성을 지니고 있다. 여기서 우리는, 현상윤이 「핍박」 이후로 특별히 작품활동을 하지 않은 것은 이 불안의 문제를 자기 나름으로 해소했기 때문이라고 판단해도 좋을 것이다. 계몽적 주체에 대한 회의와 의심이 외부세계와의 불안한 긴장관계를 유지하고 있던 순간에 「핍박」과 같은 예외적인 단편이 산출될 수 있었던 것으로 보이며, 이 순간을 현상윤 리얼리즘의 정점으로 평가할 수 있을 것이다. 이렇듯 리얼리즘의 정점이 곧 계몽적 주체와 계몽적 서사의 위기를 수반하고 있다는 데에 현상윤 소설의 독자성이 있을 것이며, 근대적 단편소설의 선구적인 실현이라는 문학사적 가치도 지닐 것이다.[24]

소설사를 통해 비유적으로 말하자면, 「핍박」의 「나」는 『은세계』의 「옥남/옥순」이 더이상 현실 속에서 계몽적 가치를 지니지 못하는 상황, 그리고 『삼대』의 「조상훈」처럼 역사의 전면에서 후경화 될 운명을 감지하는 상황에 놓여 있다고도 말할 수 있을 것이다. 즉, 식민지로 전락한 현실에서 관념적인 계몽의 담당층이 더이상 실제적인 가치를 담지하지 못하고 있음을 현상윤은 보았고, 또한 그들을 넘어서 생활 속에서 성장해 나오는 민중들의 건강한 힘의 맹아 —— 하지만 아직은 지식인과 유기적으로 교섭하지 못하는 —— 를 (단지) 보았을 뿐이다.

현상윤은 초기 유학생 세대의 주도적인 인사로서 계몽의 이념을 정치적 이데올로기로 품고 있었다.[25] 그러나 그가 품고 있던 리얼리즘적인 문학관

---

24) 1930년대에 들어서야 나타나는 '내성소설'의 탈계몽적 서사와 비교할 때, 「핍박」은 지나치게 조숙하다고 볼 수 있을 것이다. 그리고 아마도 이러한 조숙성 때문에, 「핍박」은 장르상 수필과 구별되기 힘들 정도로 서사성이 취약한 것일 테고, 또 동일한 이유로 현상윤의 소설 창작도 이 작품에서 그친 것이 아닌가 짐작된다.

25) 예컨대, 「핍박」을 발표한 같은 잡지의 다음호에 실린 그의 대표적인 시 「웅커리로서」에서 —— 시라는 독백적 장르가 상대적으로 작가 자신의 목소리를 그대

과 일인칭 서술시점으로 시도된 서술자의 내면 토로를 통해서 그는 계몽적 지식인이 더이상 현실적 의의를 지니지 못함을 발견하였다. 따라서 그의 정치적 이데올로기와 문학적 이데올로기는 그의 전체적인 세계관 내에서 갈등을 일으킨 것으로 보이는데, 그 갈등으로 인해 「핍박」은 한편으로는 계몽적 주체의 위기와 서사성의 약화를 불러오지 않을 수 없었고 다른 한편으로는 주관적인 내적 갈등에 집중할 수 있었다고 생각된다. 결국 그 덕분에 그의 작품은 당대 현실의 본질적 일면을 특징적으로, 자기반성적으로 포착할 수 있었으며, 단일 사건 또는 주관적 심리에 집중하는 근대적인 단편소설의 면모를 갖출 수 있었다고 여겨진다. 현상윤의 소설이 단편소설의 양식을 구현하고 있다는 것은 단순히 형식적인 문제로 그칠 수는 없는 의미를 지닌다. 단편소설이 장편의 압축형이 아닌 독자적인 양식으로서 존재의의를 갖게 됨으로써 이후 1920년대의 순문예 운동은 그 중요한 문학적 양식을 획득하게 된 것이기 때문이다.

4. 맺음말

1910년대는 조선이 구체적으로 일제의 식민지로 편입되면서 출발한 시기이고, 무단통치라 일컬어지는 억압적 지배하에서 근대적 자본주의 제도가 형성되던 시기이다.[26] 근대적 자본주의라는 내용은 식민지라는 형식을 빌어서만 존재할 수 있었고, 따라서 앞서도 언급한 바와 같이 이전 시기 근대화

로 드러내고 있음을 고려할 때 —— 그 무렵 그가 품고 있던 계몽적 이념을 발견할 수 있다. "어두움에 迷惑된 人子들아 / 웅커리로서 나오나라 —— / 구원의 홰가 여긔에 켜서 잇도다. / 煩憫과 懊惱에서 — 그날까지 다토아보고 그날까지 싸와보라 —— / 너희의 勇氣 너희의 努力으로."(「웅커리로서」 일부, 《청춘》 9호, 1917. 7, p.90)

26) 일제의 '화폐정리사업'(1905년 7월 ~ 1909년 말), '토지조사사업'(1910~1918), '회사령'(1910) 등은 식민지 조선에서 일종의 자본의 본원적 축적을 구성하면서 자본주의를 제도적으로 정착시키는 일련의 과정이었다. 서울사회과학연구소 경제분과, 『한국에서의 자본주의의 발전』(새길, 1991), pp.39~47 참조.

및 개화를 주창하던 초기 계몽의 담당층은 현실 속에서 자신의 설 자리를 찾을 수 없었다. 이전의 개화운동 및 애국계몽운동에서 이 시기 국내에 존재할 수 있었던 것은 노골적으로 친일적 근대화에 편승하거나 문화주의적 민족운동에 몸담는 길 뿐이었다. 그외의 급진적 민족운동은 국외로 탈출하거나 지하로 잠복해야만 했다. 소설사에 있어서도 1910년대는 이전 시기 계몽의 담당층과 같은 길을 걸었다. 망명지에서 쓰여진 신채호의 독특한 소설들을 제외하면, 신소설의 대부분은 통속화되었고, 일본으로부터 들어온 신파 번안 소설(조중환의 「장한몽」(1913) 등) 또는 활자본 고소설의 범람으로 인해 전반적인 문학적 경향에 있어서 통속적, 퇴행적 색채가 지배적이었다. 그 소설들은 신문에 연재되거나 단행본으로 출판되었는데 신문과 단행본 출판물이라는 매체는 통속적 서사를 독서대중의 일상과 더욱 밀착되게 만들었다.

이 무렵, 주로 일본 유학생들을 중심으로 한 젊은 신지식층들은 일반적으로 과거의 구태의연함을 혁파하고 근대적·과학적 세계관을 전파하고자 하는 계몽적 의도에서 잡지를 간행하였다. 춘원, 육당, 현상윤 등이 주도적으로 활동한 『학지광』과 『청춘』도 마찬가지의 취지를 지니고 있었음은 물론이다. 이들은 바로 전시기의 신소설이 식민지화 이후 급속히 퇴행하는 것에 불만을 느꼈지만 이에 곧바로 양식적인 대응을 할 수는 없었는데, 그것은 현상윤의 「한의 일생」 등이 장편 신소설의 축약형 또는 내용과 형식의 괴리를 드러내는 양식접합형이었다는 점에서도 입증된다. 그러나 짧지만 완성된 단독 주제로 이루어지는 단편소설 고유의 틀은, 이들로 하여금 완결된 서사(즉 작가의 일관된 플롯의 구조화와 형식적 실험을 동시에 가능하게 하는)를 훈련하도록 하였을 뿐만 아니라, 장편 신소설의 통속성에 대응하면서 미적 자율성의 인식에 입각한 순문예운동을 가능하게 하였다. 현상윤의 「핍박」이 이와 같은 서사양식의 변이에 중요한 계기를 점하고 있음은 앞서 언급한 바이거니와, "短篇小說이 우리 純粹文學의 基本的인 生産形態"[27]라는 임화의 지적은 신소설의 시대로부터 1920년대 단편소설의 시대에 이르는 우

---

27) 임화, 「短篇小說의 朝鮮的 特性」, ≪인문평론≫ 창간호, 1939. 10, p.128.

리 소설사의 특수성을 해명하기 위해서 반드시 밟아가야 할 경로를 지시하
고 있다.

제2부

이광수의 『유정』 연구

― 계몽성과 낭만성의 공존

홍혜원*

1. 이광수의 양면성과 『유정』

한국근대문학사의 대표적인 연구자인 백철은 '조선신문학사상『무정』은 획기적인 의미와 공적을 가진 것'이라고 지적하고, 또 '계몽기 신문학을 종합해 놓은 기념탑', '시대적인 거작'[1] 등의 용어를 사용하여 『무정』과 이광수의 문학사적 의의를 높이 인정하였다. 또한 조연현은 한국 근대 문학사를 다루면서 '최남선과 이광수의 문학'이라는 장을 따로 설정하여 이광수의 작품 전반에 관한 언급을 하고 있다. '구어체 문장의 최초의 개척자이며, 근대시 및 근대 소설의 최초의 작자인 동시에 근대사상의 최초의 혁명아'이고, 모든 분야(장르)에서 활동한 '문호적(文豪的)인 특질(特質)'을 지녔으며, 휴머니즘이라는 사상적 배경을 가진 한국 근대 문학사에서 가장 중요한 위치에 놓인 작가라고 평가한다.[2]

이에 반해 김현과 김윤식은 이광수의 친일행위가 가져온 정신사적 상처에 주목하고 이광수의 역사의식 결여의 문제를 집중적으로 다룬다.[3] 또한

---

* 이화여자대학교 강사

1) 백철, 『조선신문학사조사』 (수선사, 1948), p.110.

2) 조연현, 『한국현대문학사』 (성문각, 1969), pp.194~195.

3) 김윤식 · 김현, 『한국문학사』 (민음사, 1973), pp.115~128 참조.

조동일은 이광수의 소설에 대해 '저열한 흥미를 노린 통속소설이면서 주제 과잉의 설교적 소설이라는 양면성을 가졌다'[4]고 지적하고 있으며, 『한국근대민족문학사』에서는 이광수가 '막연한 반봉건 의식과 근거없는 비관주의'에 빠져 있고, 소설의 내용에 있어서도 '문명 개화의 구체적 내용이 피상적이고 빈약'하여 '현실적 맥락을 추구하는 데 실패'했다고 평가한다.[5]

이와 같이 찬사의 대상이었건 비난의 대상이었건 간에 그간의 문학사가 이광수의 문학활동을 문제삼았던 이유는, 그의 소설이 근대적 개인을 내세우고 봉건 윤리의 억압성을 고발하였으며 그럼으로써 우리 근대문학사에 새로운 장을 열었던 것은 분명하기 때문이다. 다만 그것의 문학적 형상화가 성공적이었는가 혹은 미비하였는가가 평가의 대상이 될 수 있을 것이다.

이 글에서는 이광수에 대한 가치평가에 주목하기보다는 그의 작품에 나타난 제반 특성들이 한국 근대 소설의 형성과 발전에 지속적으로 영향을 주었다는 전제하에 작가의 작품을 분석, 그 특성을 찾아보고자 한다. 이광수의 소설에 의해 우리 근대소설이 출발하였으므로, 이광수 소설의 특징을 고찰함으로써 한국 근대 소설의 한 경향을 확인할 수 있을 것이다.

이재선은 이광수 문학의 주요 특성을 이루는 현상이 작가 혹은 작품에 나타난 이원성이나 양면성에 있다고 지적하였다.[6] 이 문제는 이광수와 그의 소설을 이해하는 데 핵심적인 요소라 할 수 있으며, 이미 많은 연구자들이 다양한 용어로 언급한 바 있다. 이광수 연구의 출발점이라 할 수 있는 김동인은 『춘원연구』에서 '미를 동경하는 마음 대(對) 선을 쫓으려는 마음'이라 표현하였고, 이광수의 '페르소나(persona)에서 나오는 어조와 내신의 목소리'는 상당히 다르며 '그의 단호한 어조 뒤에는 언제나 흔들리고 있는 신념이 스며 있다'[7]는 언급에서도 확인할 수 있다. 또 '근대와 전근대의 이율배반'[8],

---

4) 조동일, 『제3판 한국문학통사』 4 (지식산업사, 1994), p.459.
5) 김재용 외, 『한국근대민족문학사』 (한길사, 1993), pp.198~208.
6) 이재선, 「형성적 교육소설로서의 『무정』」, 『한국문학의 원근법』 (민음사, 1996), p.413 참조.
7) 김상태, 『문체의 이론과 해석』 (새문사, 1982), p.189.

'열등의식과 우월의식', '일관성 없는 이원론적 성격'9), '민족주의와 금욕주의'10) 등의 표현에서도 이원성·양면성 등이 지적되었다. 이와 같이 사용하는 용어에는 차이가 있지만 서로 극단적인 특질을 지닌 요소들이 이광수 혹은 그의 작품 안에 공존하고 있는 것은 사실이다.

이 논문 역시 양면성의 측면에서 이광수 소설의 특징을 찾아보고자 한다. 특히『유정』을 대상으로 삼아 서사 구조, 서술방식 그리고 의미구조의 층위에서 양면성이 형상화되는 과정을 살펴볼 것이다. 기존 연구에서는 대개 작가의 성격적 특질이나 논설에 나타난 모순된 태도를 중심으로 이원성·양면성에 접근하고 있을 뿐, 실제 작품의 세밀한 분석을 병행하고 있지는 않다. 또한 그러한 특질과 근대 소설의 관련성도 분명하게 밝혀지지 않고 있다.11)

『유정』은 이광수의 소설 중 '형식과 주제가 가장 효과적으로 기능을 발휘하는 작품'12)임에도 불구하고 개별적 연구가 거의 진행되지 않았다. 더욱이 극단에 놓여 있는 상반된 두 감정의 갈등으로 인해 주인물이 분열되고 죽음에 이르는 과정을 다루고 있으며, 또한 소설의 형상화 방식에 있어서도 그러한 양면성이 적절히 드러나고 있어 주목할 만한 작품이라 생각한다.

2. 서사구조의 양면성—시간지향적 배치와 공간지향적 배치

『유정』(1933. 10 .1~12. 31, ≪조선일보≫)은 신문 연재 76회의 비교적 적은 분량의 장편소설이다.13) 선행 연구가들에 의해 장편소설로 분류되고

---

8) 천이두, 「근대와 전근대의 이율배반」, (동국대학교부설 한국문학연구소 편, 1972), 『이광수 연구(상)』(태학사, 1984). p.362.

9) 윤홍로1992, 『이광수 문학과 삶』(한국연구원, 1992), pp.23~24.

10) 서영채, 「이광수 사상에 대한 한 고찰」, 문학사와 비평 연구회, 『한국근대문학 연구의 반성과 새로운 모색』(새미, 1997), p.59.

11) 서영채의 논문이 근대성의 측면에서 이중성·양면성의 문제를 논의하고 있다.

12) 구인환, 『이광수소설연구』(삼영사, 1983), p.199.

13) 『유정』은 장편이라고 하기에는 짧고, 오히려 구성상 단편이라고 할 수 있다. 장편이되 장편이 아닌 듯하다. 김윤식, 「이광수와 더불어 바이칼호에 가다—이르

있으나 '본격 장편소설'14)로 취급되는『무정』,『흙』,『사랑』등과는 작품이
전달하려는 의미나 작품의 구성 방식에 있어 많은 차이점을 드러내고 있다.
우선 일인칭이면서 액자소설의 구성을 지니고 있다는 점과 작가 자신이
후세('後世)에 끼쳐질 만한 것'이자, 외국어로 번역될 만한 작품으로 꼽고
있으며15), '영의 구원을 모색하는 종교적인 구도 정신이 철저하게 고조'되어
있어 이광수의 '대표작적 가치'를 지닌다16)는 점 등에서 다른 작품과 변별된
다. 이렇게 작가 자신도 자긍심을 가지고 있고, 연구자에 의해서도 비교적
호평을 받을 수 있었던 이유를 이 장에서는 서사구조의 양면성을 통해 살펴
보고자 한다.

　『유정』은 최석과 남정임의 사랑을 제재로 삼고 있으며 남녀간의 사랑에
있어 정신적 아름다움을 추구하는 인물들의 고통스러운 여정을 그리고 있
다. 어릴 때 부모를 잃은 친구의 딸을 데려다가 친딸처럼 보살피고 키우나,
나중에는 그녀에게 이성으로서의 사랑을 느끼게 된 최석이 자신의 감정을
누르기 위해 방랑길을 떠나 끝없는 갈등을 겪다가 결국 죽게 되는 과정이
이 소설의 내용이다.

　그러나 작품의 서사구조는 이렇게 단순하지 않다. 작가는 딸과 같은 여성
에 대해 애정을 느끼는 한 남성의 내면을 그려내기 위해, 또한 그것이 통속적
이라고 비난받지 않기 위해 다양한 서사적 장치를 마련한다. 우선 액자구조
를 선택17)하여 두 개의 스토리 라인을 설정한다. 외곽의 틀을 형성하는 이야

<hr>

쿠츠크에서『유정』읽기」(≪한국문학≫ 1997 겨울호), p.290 참조.
14) 신헌재는 이광수 소설을 장편과 단편 소설로 나누고, 이를 다시 ㉠ 설화·전대
　　소설의 개작 ㉡ 역사·전기 소설 ㉢ 작가 신변 체험 소설 ㉣ 본격 소설로 분류
　　한다. 신헌재,『이광수 소설의 분석적 연구』(삼지원, 1986), p.24.
15) 이광수,「『無情』등 전 작품을 語하다」,『이광수전집』10 (삼중당, 1971), p.524.
16) 정비석,「작품해설」,『이광수 전집』4, p.606.
17) 액자소설은 이야기 속에 또 하나의 혹은 여러 개의 이야기가 포함되는 소설로,
　　이 때 포함된 소설을 내부소설이라 부른다. 액자는 주로 내부소설을 위한 기연
　　(機緣)의 제시·목적의 진술·거리화란 기능을 지닌다. 액자소설의 서술 방법상의
　　특질은 내부적인 핵심 이야기의 외측에 또 하나의 서술자의 시점을 설정하는 것
　　(다성성)에 있다. 이렇게 이중 서술자를 내세워 표현의 인증성을 기하고, 확실성

기는 최석의 벗인 N형이 '나'로 등장하여 소설 전체를 이끌어나가고, 내부소설은 최석의 편지로 구성된다. 즉 서술자 '나'가 이 글의 목적을 밝히는 것으로 작품이 시작되고, 최석의 편지가 소개된 후 다시 '나'가 직접 '최석 찾기' 사건에 참여하여 최석의 임종을 보게 되는 것으로 마무리된다. 그러므로 이 소설의 사건들은 두 개의 스토리 라인에 의해 각각 정리할 수 있다.

Ⅰ―액자에 나타난 사건의 연쇄
    Ⅰ―① 나는 최석과 정임의 관계를 밝히기 위해, 최석에게서 온 편지를 그대로
        옮겨 적는다.
    ② 최석의 부인에게 최석의 글을 전해주며 오해를 풀 것을 부탁한다.
    ③ 정임이 동경서 경성으로 돌아오다.
    ④ 몰래 시베리아로 최석을 찾아 떠난 정임, 순임의 편지를 받는다.
    ⑤ '나'는 봉천으로 가서 정임, 순임을 만나 돈을 전해주고 온다.
    ⑥ 최석의 병이 급하다는 연락을 받고 이르크트스크에서 더 떨어진 산림
        으로 최석과 순임을 찾아가다.
    ⑦ 최석의 일기를 보다.
    ⑧ 이르크트스크에 남아 있던 정임을 데리고 최석에게로 돌아오다.
    ⑨ 최석의 죽음을 목격하다.

    Ⅰ―①에 등장하는 최석의 편지는 내부소설을 구성하고 있는데, 정임과의 만남에서 시작하여 성장과정, 정임과의 관계에 대한 세상의 오해로 말미암아 학교를 그만두고 조선을 떠나기까지의 과정, 시베리아에서의 여정을 회상의 방식으로 서술하고 있다.

Ⅱ―내부소설에 나타난 사건의 연쇄
    Ⅱ―① 나와 남정임과의 관계를 분명히하기 위해, 유서로 이 글을 쓴다.
        ② 정임은 친구이자 선배인 남백파의 딸로, 부모를 잃고 나의 집에 와서

의 효과를 유발한다. 이재선, 『한국단편소설연구』 (일조각, 1975), p.83 참조.

살게 되나, 아내는 딸 순임보다 정임이 언제나 앞서자 정임을 미워하고
질투하여 집안의 분란이 그치질 않는다.

③ 정임이 동경으로 유학가자 잠시 집안이 평안해지나 나는 정임의 부재
로 적막감을 느낀다.

④ 정임의 병으로 동경에 다녀온 사이 정임의 일기가 공개되어 아내와
싸우게 되고, 사회의 비난으로 학교도 그만두게 되자 절망한 나는 조선
을 떠난다.

⑤ 일본에서 정임을 만나고, 하르빈을 거쳐, 바이칼호 근처 F역에 내린다.

⑥ 호숫가를 헤매이다 R씨 아들 부처를 만나 그들의 사랑의 도피행각에
관한 이야기를 듣게 되나, 나는 오히려 불만과 환멸을 느낀다.

⑦ 나는 열정으로 끓는 가슴을 누르기 위해 바이칼 호숫가를 떠나 대삼림
에서 죽을 결심을 한다.

최석의 편지가 화자 '나'의 이야기 Ⅰ―①과 ② 사이에 삽입되고 있으며,
이것의 분량이 작품의 2/3를 넘고 있다. 즉 『유정』은 최석의 편지가 중심
사건을 이루고 있고 액자를 이루는 '나'의 이야기는 최석의 죽음을 확인해
가는 부수적 사건에 해당된다.

최석의 편지는 '편지'의 차원에서 보면 순환적인 서사구조를 지닌다. 편
지쓰기라는 하나의 행위를 전제한 것이기에 Ⅱ―①의 시간적 배경과 Ⅱ―
⑦의 시간적 배경이 동시적이라 할 수 있다. 물론 방대한 분량의 편지이므로
그것을 작성하는 데 일정한 시간적 경과가 있게 마련이다.

Ⅱ―① 나는 바이칼 호의 가을 물결을 바라보면서 이 글을 쓰오. (전집 4, p.16)[18]

Ⅱ―⑦ 이 편지를 쓰기 시작할 때에는 바이칼에 물결이 흉용하더니 이 편지를
끝내는 지금에는 가의 가까운 물에는 얼음이 얼었소···(중략)··· 인제
바이칼에 겨울의 석양이 비치었소. (전집 4, pp.67~70)

---

18) 이하 인용은 『이광수 전집』(삼중당, 1971)이 출처이며, 권수와 해당 페이지만 표
시한다.

Ⅱ—①과 ⑦의 시간적 배경은 가을에서 겨울이라는 한 계절의 경과가 있음을 알 수 있다. 그러나 이러한 시간적 차이는 한 통의 편지라는 측면에서 '분절성'으로 작용하지 않는다. 즉 바이칼 호의 가을이든, 겨울이든 '편지를 쓰고 있다'는 사실의 현재성에 기반하여 그 시간적 차이가 무화되는 것이다. 이와 같은 동시성에 의해 내부소설의 전체 구조는 공간지향19)임을 알 수 있다. 그러나 글쓰기의 차원이 아닌 행위의 차원에서 본다면 정임과 최석의 만남과 헤어짐, 감정의 변화 등이 정임의 성장 과정을 따라 서술된다. 그러므로 내부소설이 제시하는 사건의 배열은 계기적이고 인과적 관계를 형성하는 시간지향의 서사구조를 지닌다. 결국 최석 편지의 시작과 끝은 글쓰기의 차원에서 동시적이고 현재적이며, 나머지 Ⅱ—②에서 ⑥까지의 사건들은 회고 형식을 보이면서 시간적 연속성에 따라 제시되고 있으므로, 내부소설의 서사구조는 공간성을 바탕으로 시간적 배치가 삽입된 것이라 할 수 있다.

이는 독자가 사건을 인식하는 데 있어서도 크게는 동시성의 원리, 즉 공간지향성의 원리에 의해 그 의미를 확보하지만, 작게는 계기성 즉 시간지향성에 의해 사건의 의미를 구성한다는 것을 뜻한다. 여기서 독자는 실제 존재하

---

19) 본고에서 사용하는 시간성·공간성, 시간지향·공간지향의 의미는 다음과 같다. 시간지향적인 서사구조를 지닌 텍스트는 사건의 배열에 있어 '시간성'을 기본으로 진행되며, 이때 시간성의 본질적 속성은 순차성(계기성)—인과성, 변형성 혹은 변질성(시간적 시차성), 분절성 등이다. 즉 사건 사이의 계기적 인과성이 특징이라 할 수 있는데, 여기서 하나의 사건이 문제시되는 것은 그 사건이 앞에 있는 원인이나 혹은 뒤에 오는 결과에 어떤 의미가 되는가에 의해서만 그 기능을 부여받을 수 있다. 물론 이러한 사건의 계기적 연쇄는 선후 혹은 인과의 변질성에 의해서 단절될 것을 전제로 한다. 공간지향적인 서사구조를 지닌 텍스트는 '공간성'을 기본으로 사건이 배치되고 있으며, 공간성의 본질적 속성은 동시성(병렬성)—등가성, 대응성(공간적 시차성), 분할성 등이다. 즉 별개의 사건이 동시에 제시되면서 등가적 의미를 암시하는 병렬성이 특징이라고 할 수 있다. 이때 각 사건들은 서론에 대해서 대응성을 갖기 시작하며 종국에는 총체적인 의미작용의 필수적 요소가 된다. 여기서 지적하고 있는 시간성과 공간성의 특징들은 다음의 논문과 저서의 도움을 받은 것이다. 김현, 「현대소설의 시간성 및 공간성 연구」(서강대 석사학위논문, 1987), pp.29~39; 김현, 『현대소설의 담화론적 연구』(계명문화사, 1995), pp.5~22; 졸고, 「이광수 소설의 서사성 연구」(이화여대 박사학위 논문, 2000) 참조.

는 인물이 아니라 '하나의 구성물', 즉 '텍스트의 환유적 인물화'[20]를 의미한다. 그러한 독자는 '내용의 의미를 파악'하거나 그것을 '하나의 세계'로서 재구성하는 수단을 삼아야 하는 수사법을 통하여 텍스트 안에 내포되어 있거나 규약화되어 있다.[21] 즉 텍스트는 일정한 순서로 사건들을 배열, 결합함으로써 독자의 이해 방향이나 태도를 지시하거나 통제할 수 있는 것이다.

그러므로 『유정』의 내부 소설에 있어 독자의 인식 방향을 지시하는 사건의 결합 방식은 시간적이면서도 공간지향적이라 할 수 있다. 독자는 '나'(최석)의 서사적 의도에 따라 시간적 순차성에 의해 제시된 사건들을 읽게 되고, 결국 최석과 정임의 관계가 순수한 것이라는 주제를 인식한다. 또한 시간적 추이를 따라 이루어진 독서에 의해 '정임의 누명벗기기'라는 동일 의미가 반복적으로 병렬되면서 궁극적인 주제에 대해 대응성을 갖게 되고, 하나의 의미로 통합되는 것이다.

작가는 내부소설을 통해 정임과 최석의 사랑은 결코 세상이 생각하는 대로 불순한 것이 아니라 순결한 것이며, 정임에 대한 사랑과 열정을 뒤늦게 깨달은 '나' 최석은 그 사랑의 감정을 누르고 '내 인격의 통일'을 찾기 위해 죽을 것임을 보여주고자 한다. 이로써 작가는 순결한 영혼들이 지닌 사랑의 아름다움과 도덕적 의지로 이를 누르려는 인간의 고통스런 내면을 형상화하려는 것이다.

외부의 이야기틀을 형성하는 액자의 주제적 의도 역시 동일하다. 학교 교장을 지녔고, 사회적으로도 훌륭한 인격을 지닌 자로 존경받았던 최석이 서술자를 '믿는 벗 N형'이라고 지칭함으로써 액자의 '나'는 신뢰성 있는 관찰자로 기능할 수 있다.[22] 그렇기에 '나'에 의해 서술되는 이야기는 그들

---

20) 장소진, 『현대소설 플롯론』(보고사, 2000), pp.11~12 참조. 이 책에서 저자는 의미 형성논리로서의 플롯 개념에 독자의 참여를 강조하는 개방성을 부여함으로써 기존의 플롯 개념이 가졌던 텍스트 중심의 폐쇄성의 한계를 극복하고자 한다.

21) S. 리몬—케넌, 최상규 역, 『소설의 시학』(문학과 지성사, 1985), pp.173~174 참조.

22) 그러나 이야기의 전개에서 서술자 '나'가 초기에 제공하는 정보와 이야기 서술 과정에서 제공하는 정보 사이에 편차가 있어 서술자의 신뢰성을 다소 저하시키고 있다. 이 소설의 시작 부분에서 '나'는 최석과 정임의 죽음을 추정할 뿐 정확

의 사랑에 대한 불신의 눈을 제거하고 독자에게 사랑의 순결함과 아름다움을 제시한다.

 '나'의 이야기는 최석의 편지에 이어서 그 뒤에 일어난 사건을 정리하고 있다. 편지 덕분에 최석 부인은 남편에 대한 오해를 풀게 되나, 정임과 순임이 최석을 찾아 나서자 '나'는 그들의 뒤를 좇아 도움을 준다. 결국 최석을 찾아냈다는 소식에 다시 이르크트스크로 향해 최석을 만나나, 그는 그리워하던 정임을 만나지 못하고 병사한다.

 이러한 사건의 제시가 시간적 순서에 의해 전개되고 있어 기본적으로 시간지향의 서사구조를 보인다. 그러나 도입액자에서 최석의 죽음이 이미 전제되어 있고, 또 소설의 주제가 반복적으로 서술되고 있어 단순히 시간지향의 구조만을 지닌다고 볼 수 없다.

 우선 서사의 전개에 있어 행동은 간략하게 서술하거나 생략시키고, 등장인물의 내면 고백을 주로 기록함으로써 동일 사건에 대한 다양한 목소리를 등장시킨다. 내부소설인 최석의 편지뿐만 아니라 액자에 삽입된 정임과 순임의 편지, 그리고 최석의 일기는 바로 작품의 의미를 강조하여 드러내기 위해 작가가 의도적으로 제시하는 증명자료이다. 특히 순임의 편지는 작가가 의도하는 독자의 인식 변화를 상징적으로 보여주는 글이다. 순임이 그동안 아버지나 정임에 대해 얼마나 잘못 생각했는지 반성하고 정임의 순수한 사랑이 얼마나 위대하며, 아름다운지 깨닫는 과정을 보여줌으로써 독자의 인식도 긍정적인 방향으로 유도하는 것이다. 즉 이들 자료들은 모두 동일 주제—최석과 정임의 사랑이 순수하다—를 담고 있으며, 의미상 동일한 주제가 형식만 달리하여 병치되고 있는 것이다. 이러한 반복적 제시를 통해 액자의 서사도 시간성을 포함한 공간지향적 구조를 지니고 있음을 알 수

한 행방을 모르는 상태이며, 일년 전 최석으로부터 편지를 받은 것으로 되어 있다. 그러나 이야기 후반부에서 '나'는 편지를 받은 지 한달 후에 최석의 죽음을 확인한다. 처음과는 달리 소설의 마지막에서 '나'는 최석의 죽음과 정임의 행방을 완전히 알고 있는 서술자로 등장한다. 이는 신문 연재소설이었기에 마무리되지 않은 상태에서 소설을 시작해서 생긴 착오로 보인다.

있다.

액자의 서사구조가 지닌 공간성은 이야기 Ⅰ에 나타난 '나'의 첫 사건과 마지막 사건의 호응에 의해서도 드러난다.

　① 이만하면, 나는 이 사람들(그들은 둘이 다 아까운 사람들이다)은 이 세상에 없는 사람으로 인정할 수밖에 없다. 설사 이 세상에 살아 있다 하더라도 그들은 다시는 조선에 들어오지 않을 것이다. (전집 4, p.15)

　② 지금 정임이가 그의 가슴에 엎어져 울지마는, 정임의 뜨거운 눈물이 그의 가슴을 적시건마는 최석의 가슴은 뛸 줄을 모른다. 이것이 죽음이란 것이다.
　뒤에 경찰의가 와서 검사한 결과에 의하면 최석은 폐렴으로 앓던 결과로 심장마비를 일으킨 것이라고 하였다.
　나는 최석의 장례를 끝내고 순임과 정임을 데리고 오려 하였으나 정임은 듣지 아니하고 노파와 같이 바이칼 촌으로 가버렸다. (전집 4, p.91)

①의 예문에서 볼 수 있듯이 서술자 '나'는 도입액자에서 이미 '최석의 죽음'을 기정 사실화하고 있다. 또 종결액자의 마지막 사건 ②에서는 그 죽음23)을 확인하고 있다. 이와 같은 사건의 동형성은 사건의 연결이 순환적임을 드러내고, 순환적 구조는 작품의 의미를 공간지향적으로 인식하게 한다.
　이상에서 본 바와 같이『유정』의 내부소설과 액자는 모두 양면적 서사구조 즉 시간지향적 배치를 포함한 공간지향적 서사구조에 의해 사건이 제시되고 있다.24) 결국『유정』은 동형의 서사 구조를 지닌 두 개의 서사물이

---

23) 이 소설에서 최석의 '죽음'은 작품의 의미에 있어 파국을 뜻하지는 않는다. '얽히고 설킨 복잡한 인간 관계의 그물망에서 벗어나 훨훨 자유롭게 시베리아의 광야를 달리면서『유정』의 주인공 최석은 고독한 벌판에서 진정한 자아를 찾는 모습'을 고백하고 있기 때문이다. 즉 갈등 속에서 '최석'의 자아는 성숙의 길을 달리고 있는 것이다. 윤홍로, 「이광수의 치따에서의 체험과 그의 작품 배경—새로운 시작품 발굴을 중심으로」,『어문연구』105호, 2000, p.221 참조.
24) 최주한 역시『유정』을 개인적 열정이 부각된 최석의 서사와 개인적 열정과 현실적 도덕률의 조화에 초점이 놓인 '나'의 서사가 서로 모순되고 있는 이원적 플롯이라 지적한다. 최주한, 「『유정』의 이원적 플롯」, 한국소설학회 편,『현대소설

하나의 소설을 이루고 있는 것이다. '나'의 스토리 라인과 '최석'의 스토리 라인은 각각 첫 사건과 마지막 사건의 동일성에 의한 순환적 결말 구조를 지닌다는 점, 각 인물의 회고에 의해 서사의 대부분이 구성된다는 점, 회고의 내용은 시간적 순차성을 지니고 제시된다는 점 등을 통해 내부소설과 액자 소설이 동형임을 확인할 수 있다. 더욱이 내부와 액자 소설 모두 최석과 정임의 순결한 사랑을 지키기 위한 노력을 보여주고 있다는 점에서 의미구 조까지도 동일함을 알 수 있다.

3. 서술 상황의 양면성

서사텍스트에는 항상 이야기를 중개하는 서술자가 있게 마련이다. '서술 자는 평가하는 사람이고 민감하게 지각하는 사람이고 관찰하는 사람'이다. 일반적으로 독자는 '세계를 그 자체로 이해하는 것이 아니라 한 관찰하는 정신이라는 매개를 통해 인식'[25]한다. 그러므로 서사텍스트에서 서술자와 그에 관련된 서술상황을 분석하는 것은 텍스트에 나타난 '관찰하는 정신'을 규명하는 일이며, 서로 다른 중개적 상황이 유발하는 효과를 밝히는 작업이 된다. 스탄젤은 서술상황을 일인칭 서술상황, 작가적 서술상황, 인물적 서술 상황이라는 세 가지로 구분한다. 여기서 일인칭 서술상황은 서술의 중개성 이 전적으로 소설의 인물이라는 허구적 영역 안에 속한다는 점이 특징이다. 매개자 즉 일인칭 서술자는 다른 인물들과 마찬가지로 허구적 세계의 한 인물이다.[26]

그러므로 이광수의 장편소설 중 유일하게 일인칭 시점을 보이고 있는 『유정』의 서술상황을 분석하는 것은 작가의 세계에 대한 평가와 지각 방식, 관찰 방식을 이해하는 데 도움이 될 것이다. 여기서는 정보의 질에 따른

플롯의 시학』(태학사, 1999), p.141 참조.
25) 스탄젤, 김정신 역, 『소설의 이론』(문예출판사, 1991), p.19.
26) 위의 책, p.19.

심리적 거리와 초점화 양상 등을 중심으로 분석하여『유정』의 서술상황에
나타난 양면성을 밝혀보고자 한다.

1) 객관적 정보와 주관적 정보

일인칭 서술상황에서 서술의 주체와 초점의 주체가 일치하지 않게 되면,
서술자가 서사적 사건에 개입할 수 없으므로 서술주체는 독자에게 객관적인
정보만을 제공하게 된다. 이는 일종의 간접서술로, 타인의 편지나 일기, 누구
에게 들은 이야기 등을 기록하는 데 중점을 둔다.[27] 서술자 이외의 인물들이
작성한 다양한 기록들을 소설 속에 삽입하게 되면, 타인의 경험이 중심이
되므로 그의 내면과 사건의 실제 상황 등에 대한 서술자의 정보는 제한적이
고 객관적 관찰 사실에 국한된다. 그러므로 사건의 총체적 제시를 위해 주된
인물이 직접 서술한 것들을 삽입함으로써 정보를 보완하려는 것이다. 즉
작품 전체의 서술자 '나'의 서술을 통해 사건이 진행되면서 실제로 작품
속에 전달하려는 주된 사건은 초점주체인 또 다른 인물의 서술에 의해 구체
화된다.

앞에서 언급한 대로『유정』의 서술구조는 크게 두 부분으로 나뉜다. 전반
부는 서술자 '나'가 최석의 편지를 그대로 옮기고 있고 후반부는 '나'가 정임
과 순임이 최석을 찾아 나서는 여행길을 관찰하고 또 때때로 동행하기도
하면서 보고 느낀 것을 적고 있다. 즉 서술 상황이 최석의 편지와 일기 · 정
임의 편지와 일기 · 순임의 편지 · 관찰자인 '나'가 관찰한 바 등으로 구성되
어 있고, 이로써 다양한 시점과 서사양식이 어우러진 다성적 소설이 된다
이때 사용되는 편지, 일기 등은 서술자 '나'가 지닌 정보의 한계를 극복하고,
서술되는 내용이 진실성을 담고 있다는 것을 강조하기 위해 작품 속에 도입
한 장치들이다.

우선『유정』전체의 서술자 '나'는, 초점의 대상이 되는 사건 '최석, 정임

---

27) 최병우, 「소설의 서술방법과 시점」, 한국현대소설학회 편,『현대소설론』(평민사,
    1994), pp.108~109.

의 사랑'에 참여하지 않는 존재로, 타자의 경험을 보고 듣는 입장에서 서술하므로 일차적으로는 관찰자라 할 수 있다. 여기서 서술자 '나'와 서술대상은 어느 정도 거리를 유지하게 되고 이로써 정보 제공 방식은 객관적 양상을 보인다. 다만 후반부에서 정임과 순임의 여정에 동반하고 그들의 편지와 일기를 수록하며 또 최석의 죽음을 확인하는 순간에 참여하고 있어, 간헐적으로 사건의 참여자적 역할을 수행하기도 한다. 이는 소설 서술자의 신빙성에 많은 도움을 준다. 믿을 만한 서술자라는 사실을 독자에게 인식시켜 독자의 신뢰를 얻어낼 수 있고, 이야기의 내용에 공감하도록 유도하기도 한다. 결국 독자에게 제공되는 객관적인 정보가 서술자의 신뢰성에 힘입어 설득력을 발휘하게 된다.

이러한 객관적 정보를 독자에게 제공함으로써 최석과 남정임의 사랑을 숭고한 형상으로 만든다. 일인칭 서술상황에서 서술자 '나'가 독자에게 말하는 모든 것, 즉 제공되는 정보들은 '그(서술자)가 우리에게 말하고 있다는 사실에 힘입어', 그것의 자료 가치에 어떤 특정한 특징적 의미를 부여한다.28) 그러므로『유정』에서 서술자 '나'에 의해 객관적으로 제공되는 정보들인 편지·일기 등은, 서술자 '나'가 제시하고 있다는 사실에 힘입어 두 주인공에 대해 오해 풀기라는 특정 의미를 구성하게 된다. 세상의 오해를 풀기 위한 하나의 자료가 되는 것이다.

독자는 이들 객관적 정보를 종합하고, 또 서술자 '나'에 의해 관찰된 사실들—정임과 순임의 최석 찾기, 최석의 죽음—을 통해 그들의 사랑이 불륜이 아님을, 그리고 이 세상에서 가장 순결한 사랑의 한 양상이며 또한 최석이라는 인물이 도덕적 숭고를 위해 얼마나 치열한 자기 싸움을 겪어내었는지를 확인하고 자신들의 오해를 교정하게 된다. 즉 편지와 관찰을 통해 독자는 인물 행위의 가장 깊은 동기를 알게 되고, 이로써 독자와 인물의 심리적 거리가 축소되면서 독자는 인물의 행동을 이해할 수 있게 된다.

그렇다면 서술자 '나'에 의해 제시되는 정보의 양상은 객관적인 것으로

---

28) 앞의 책, p.151.

보이나, 실제 그것이 독자에게 작용되는 방식은 '공감'과 '이해'라는 상당히 주관적인 경로를 통해서이다. 소설의 서사 전체를 에워싸는 액자 서술자 '나'는 사건에 개입하지 않고 객관적으로 서술하고 있어 서술 대상에 대해 독자는 어느 정도 거리를 느끼게 된다. 그러나 최석·정임·순임의 '나'에 의해 이야기가 서술되고 정보가 보충됨에 따라, 독자는 인물과 사건에 대한 거리를 제로화시킨다. 편지와 일기는 초점주체들의 심리를 직접적으로 드러낼 수 있는 내적 고백의 일종이므로 주관적인 정보 제공의 방식이라 할 수 있으며, 이는 공감을 유도하기 위한 장치인 것이다. 이를 통해 독자가 서술주체의 감정 상태에 동화된다. 그러므로 『유정』의 정보 제공 방식은 '편지 옮겨 쓰기'라는 객관적인 행위를 통해 초점자의 고백이라는 주관적인 내용을 제시하고 있다고 할 수 있다.

이와 같이 『유정』은 타인의 경험을 객관적인 거리에서 바라보는 서술자 '나'가 지닐 수 있는 정보의 한계를, 상반된 인지 방식의 상호작용에 의해 극복하고 있다. 독자는 인물들의 내면을 편지나 일기를 통해 직접 대면함으로써 객관적 정보뿐만 아니라, 주관적 정보까지도 인지하게 되는 것이다.

2) 단일초점화와 다중초점화

일반적으로 일인칭 서술상황의 초점화 방식은 단일하다. 주인공이든 관찰자이든 소설 속 인물인 서술자의 눈에 비친 초점 대상이 서술되기 때문이다. 그러나 편지 등의 기록물이 삽입될 때에는 문제가 달라진다. 편지 속의 서술자는 서술 주체이면서 동시에 초점 주체가 되므로 다수의 초점자가 등장하기 때문이다.

『유정』은 서술자 '나'가 이 글을 쓰는 이유를 밝히는 데서 시작한다.

> 그러나 나는 그들의 자취를 찾기 전에 하지 아니하면 아니 될 한 가지 일이 있으니, 그것은 곧 이 글을 쓰는 일이다. 왜?
> 세상에서 최석과 남정임에 대하여 갖은 험구와 갖은 모욕을 가하고 있다.
>
> (중략)

나는 믿는다. 아무리 완고한 사람이라도 양심의 뿌리가 바늘 끝만치만 붙어
있는 이면, 반드시 지금 여기 옮겨 베끼는 두 사람의 편지 사연을 보고는 다시
두 사람의 시비를 하지 못하리라고, 반드시 동정의 눈물을 흘리고야 말리라고.
(전집 4, p.15~16)

'나'는 '세상에서 최석과 남정임에 대하여 갖은 험구와 갖은 모욕을 가하
고' 있는데, 둘의 관계를 사실대로 밝히기 위하여 이 글을 쓴다고 한다. 여기
에서 '나'는 서술주체이면서 초점주체이다. 그러나 '나'가 '다소의 철자법적
수정을 가하면서 될 수 있는 대로 본문을 상하지 아니하도록 옮겨 쓴' 편지
로 들어가면 서술주체와 초점주체가 최석으로 바뀐다.

내가 이 편지를 쓰는 것이 오직 남정임과 나와의 관계를 분명히 하려는
데 있으니까 남정임과 나와의 관계를 형도 대강은 짐작하리라고 믿지마는 역시
다 아신다고 할 수는 없을 것이요 인제 와서 내가 형께 이런 말을 다 한댔자
세상을 하직하는 나에게야 무슨 이해관계가 있겠소마는 세상에 남아 있을 정임
의 누명을 씻는데 한 도움이나 될까하고 구차스럽게 이 편지를 쓰는 것이요.(전
집 4, p.17)

『유정』의 서술상황은 '오해 풀기'의 과정이라 할 수 있는데, 그렇기에
서술자 '나'의 서술에 있어서도, 또 최석의 편지에 있어서도 동일한 목적을
밝히는 것을 그 내용으로 하고 있다. 위의 예문에서처럼 최석은 정임의 누명
을 벗기기 위해 글을 쓰고 있다. 즉 최석이 다시 서술 주체 '나'가 되고
또 초점 주체가 되고 있음을 확인할 수 있다.

독자는 서술자가 제공한 세상의 평가를 이미 알고 있고, 그것이 잘못되었
다는 설명도 들은 바 있다. 이제 이 평가에 대한 수정이 가해질 차례이다.
그러나 최석의 언급에서 드러나듯 서술자 '나' 역시 사건을 정확히 알고
있지는 않다. 또한 최석의 편지 역시 정보의 한계를 지닌다. 최석이 초점
주체가 되면 정임과의 관계에서 그녀의 입장이나 내부의 심리를 분명히
알 수 없기 때문이다. 작가는 이를 보충하기 위해 정임의 일기를 삽입함으로

써 정임을 초점 주체로 등장시킨다.

> 나는 사랑이란 것을 경험한 일이 없다. 사랑이라는 것을 하고 싶은 마음도
> 없다. 다만 그 어른을 언제까지나 언제까지나 사모하고 있으면 그만이다. 그
> 어른이 내 마음을 알아 주시든지 말든지, 나만 혼자 내 가슴 속에 그 어른을
> 두고 밤낮에 생각하면 그만 아닌가. 그러나 보고 싶은 것은 어찌하나. 그이의
> 옷자락이라도 손끝이라도 스치고 싶은 것은 어찌하나. (전집 4, p.37)

정임의 일기는 최석 부인의 오해를 불러일킨 증거물이면서 동시에 자신
을 별로 표현하지 않았던 정임의 내면을 보여주는 자료이기도 하다. 일기를
통해 정임이 새로 초점 주체로 등장하여 서술 대상인 그녀와 최석의 관계를
분명하게 드러낸다.

또한 소설의 후반부에서는 서술자 '나'의 층위와 순임, 정임의 편지, 최석
의 일기 등이 등장하여 전반부에 비해 순임의 초점화가 하나 더 첨가되어
있다. 최석의 친딸인 순임의 편지는 최석과 정임의 사랑에 대한 주변인의
반응을 집약적으로 보여주고 있고, 동시에 그들의 관점이 잘못되었음을 우
회적으로 알려준다.

> 저는 그동안 며칠 동안 정임과 같이 있는 중에 정임이가 어떻게 아름답고
> 높고 굳세게 깨끗한 여자인 것을 발견하였습니다. 저는 제가 지금까지 정임을
> 몰라 본 것을 부끄럽게 생각합니다. 그리고 또 제 아버지께서 어떻게 갸륵한
> 어른이신 것을 인제야 깨달았습니다. 자식된 저까지도 아버지와 정임과의 관
> 계를 의심하였습니다. 의심하는 것보다는 세상에서 말하는 대로 믿고 있었습
> 니다. 그러나 정임을 만나 보고 정임의 말을 듣고 아버지께서 선생님께 드린
> 편지가 모두 참인 것을 깨달았습니다. (전집 4, p.77)

순임의 편지뿐 아니라 정임의 편지 역시 각 인물들이 초점주체가 되어
바라본 사건, 인물 평가가 개입되어 있다. 예문에서처럼 순임의 편지는 정임
과 아버지 최석에 대한 그간의 오해를 푸는 과정과 새로운 발견을 중심으로

서술되고 있고, 정임의 편지는 최석에 대한 순결한 사랑의 깊이를 드러내고
있다.

　　그러므로 최종적으로 『유정』에는 네 겹의 '나'가 등장한다.

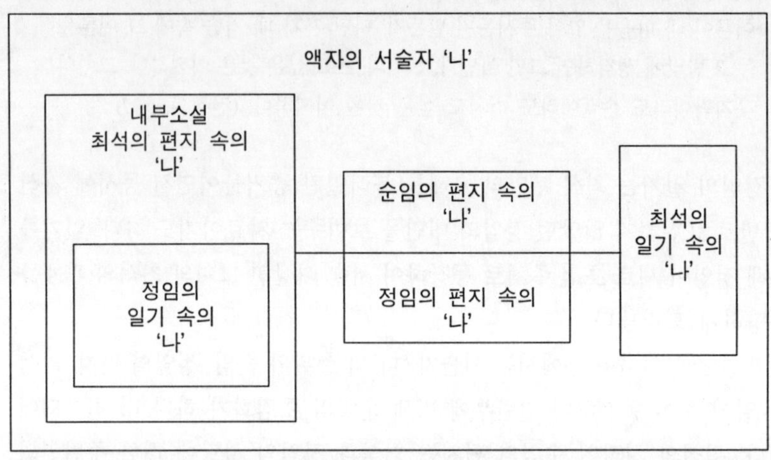

　　이와 같이 초점주체가 여러 가지의 층위로 나뉘어 동일한 사건에 대한
각자의 입장을 나타내고 있어 다성적인 양상을 보인다. 결국 '나'의 단일
초점에 의해 인지될 수 없는 다양한 인물들의 내면이 편지와 일기에 의해
보완되며, 소설을 읽는 독자 역시 사건을 총체적으로 인식하고 해석의 틈을
차츰 메꿔나가게 된다. 독자는 각 목소리를 듣고 사건의 전말을 이해하는
것이다. 다각적인 시선과 정보는 그만큼 서술 대상의 여백을 보완하고 사건
을 입체화시키며, 잘못 인식된 사건을 수정할 수 있는 계기를 마련한다.
　　결국 『유정』은 일인칭 서술상황이면서 다양한 편지와 일기에 의해 다수
의 초점 주체를 등장시켜 단성적 목소리를 극복한 소설이라고 볼 수 있다.
즉 개별 초점화의 병치에 의한 다중초점화 양상을 보여주는 것이다.

4. 의미구조의 양면성—금욕주의와 낭만성

소설에 있어 서사구조와 서술상황에 대한 분석은 단순히 '서사 텍스트가 어떻게 의미를 구조화하는가'에만 관여하는 것이 아니라, '서사 텍스트가 무엇을 의미하는가'[29]의 문제와도 깊은 관련이 있다.『유정』은 서사구조에 있어 공간지향적 구조를 바탕으로 시간적 인과성에 따라 사건을 제시하고 있으며, 서술상황에 있어 객관적 서술과 주관적 서술이 혼재하고 단일초점화와 다중 초점화가 복합적으로 결합되어 있다. 이와 같이 이중적이고 양면적인 양상은 소설의 의미구조에서도 나타난다.

『유정』의 최석은 금욕주의적 사고로 무장한 사람이다. '학교 선생으로 교장으로, 지사로서의 일생을' 보내기 위해 노력하였고, 당대에 요구되던 '청교도적 사상과 열렬한 애국심'을 지니고 있어 기미년에는 옥에도 다녀온 인물이다. 매사에 있어 '마치 얼음 같은 의지력'을 갖고 있었고, 가족과의 관계에 있어서도, 아내 이외의 어느 여자도 돌아 본 적이 없다. 아이들에 대해서도 '아버지의 위엄과 냉정함'으로 대하였고, 모든 것을 그 의지력과 신앙의 힘으로 눌러 버리고 '똑바로 깨끗한 길'만을 걸어온 것이다.

> 형! 나는 보통 사람보다는, 정보다는 지로, 상식보다는 이론으로, 이해보다는 의리로 살아왔다고 자신하오. 이를테면 논리학적으로 윤리학적으로 살아온 것이라고 할까. 나는 엄격한 교사요, 교장이었소. 내게는 의지력과 이지력 밖에 없는 것 같았소. 그리한 생활을 수십년 해 오지 않았소? (전집 4, p.68)

『유정』에 나타난 금욕적 사상의 연원은 이광수의 계몽적 사고에서 찾을 수 있다. 이광수와 계몽주의의 연관은 거의 모든 연구자들이 지적한 것으로 이광수=계몽주의자라는 도식이 일반화되어 있을 정도이다.[30] 당시의 시대

---

29) 토도로프, 곽광수 역,『구조시학』(문학과 지성사, 1977), p.38.
30) 이광수의 계몽주의에 대한 기존의 연구들은 합리주의 사고의 우월성을 전제하

적 배경이 계몽적 문학을 요구하였고, 이광수 역시 그러한 태도로 소설을
집필한 것은 사실이다. 이와 같은 계몽적 태도에 대해 그것의 미비점이나
모순점을 지적하기보다는 식민지의 극복과 근대화의 과업을 동시에 만족시
켜야 했던 당대의 시대상과 연관지어 이해할 필요가 있다. 식민지 상황의
극복을 위해서는 근대적 제도와 문물을 이식시키고 있는 일본을 거부해야
했고, 근대적 사회를 성립시키기 위해서는 일본을 모방해야 했던 딜레마가
이광수를 '근대와 전근대의 이율배반' 속에서 흔들리게 만든 것이다. 결과적
으로 보면 이광수는 일제의 거부보다는 '근대'화된 나라를 건설하는 것을
우선시하였고, 이를 위해 지속적으로 계몽의 태도를 유지하며 소설을 써나
간 것이다. 즉 소설에 나타난 계몽적 태도는 '근대에 대한 열망'의 표현이며
인간과 민족의 개조를 하나의 방법으로 제시한다.

　'근대·문명화된 나라'를 건설하기 위해 개조된 인간과 삶의 태도가 작품
속에서 구체화된 양상이 '금욕주의'이다. 이광수 소설의 의미상 공통점은
『무정』의 형식에서『사랑』의 안빈까지 금욕적 삶의 태도를 지닌 인간을
형상화하고 그러한 삶이 지닌 숭고미를 부각시키는 일이다. 그러므로 금욕
주의는 이광수가 경험한 근대성에서 핵심에 놓이는 것이며, 그의 전 소설
텍스트의 의미구조를 묶을 수 있는 개념이라 할 수 있다.

　금욕주의는 본래 근대 사회의 발생, 특히 자본주의 경제의 성립에 결정적
인 공헌을 한 개념이다. 자본주의와 근대사회가 가장 먼저 도래한 서구 유럽
의 경우, 금욕주의에 의해 부르조아라는 사회계급이나 합리성의 이념 등이
구성되었다.[31] 근대 자본주의 사회의 특징은 '실천적 합리주의'라 할 수 있

고, 민족 고유의 비논리적, 포괄적 사고방식은 열등한 것으로 취급하는 새로운
교화주의적 사고에 기반한 것이다. 이보다는 식민지 사회와 근대화 과정이 동시
적으로 진행되었던 당대 사회의 근본적 한계 상황을 전제하고, 이광수의 계몽주
의적 양상 또한 우리 사회의 식민지적 계몽성의 특성으로 고찰하려는 태도가
필요하다고 본다.

31) 박태호, 「근대적 주체의 역사 이론을 위하여」, 김진균·정근식 편저, 『근대 주체
　　와 식민지 규율권력』(문화과학사, 1997), pp.44~52 ; 막스 베버, 박성수 역, 『프로
　　테스탄트 윤리와 자본주의 정신』(문예출판사, 1988), pp.123~147 참조.

는데, 이것의 구체적 생활 형태가 '능동적 자제'를 요체로 하는 '현세적 금욕
주의'이다.32)

　이와 같이 근대 사회 초기에 등장한 '능동적 자제'로서의 금욕주의는『유
정』등 이광수 소설의 의미구조에 나타난 '자기 절제'의 모습과 흡사하다.
특히 식민지 조선에서 금욕주의는 훨씬 더 강력한 추동력을 갖는다. 단순히
근대 사회가 자신의 질서를 유지시키기 위해, 그 구성원의 자유를 합리성의
이름 하에 사회에 복속시키는 방편으로 금욕주의를 선택했다면, 조선 사회
에서 근대로의 전환기에 등장한 금욕주의는 식민지 상황이라는 특수성에
의해, 그리고 유교 사회의 전통적 사상과 부합하여 절대적인 것으로 여겨졌
다. 식민지 상황의 극복을 위해서는 민족의 자강이 필요한데, 이를 위해서는
자신의 개인적 욕망을 누르고 사회를 위해 희생·헌신하는 태도가 요구되었
다. 또한 금욕적 삶의 태도는 조선사회가 전통적으로 가져왔던 선비의 자기
절제나 청렴(淸廉)에 대한 선호와도 서로 통하는 측면이 있었기에 쉽게 받아
들여진 것이다. 더욱이 이광수의 개인적 취향이 금욕적 지향성과 닮아 있었
기에 더욱 적극적으로 수용되었던 것이다.33)

　그렇기에 이광수 소설의 주인공들은 금욕적 삶의 양상을 절대적 목표로

---

32) 실천적 합리주의는 특정한 반복적 실천의 방식이며, 개개인을 특정한 방식으로
　길들이는 일종의 '습속'이다. 여기서 특정 방식이란 각 개별 주체에게 근대가
　'개별적 자아의 자유의사를 존중하는' 사회라는 인식을 심어주는 것을 의미한다.
　이를 통해 서구의 합리적인 생활방식이 형성된다.
　또한 '현세적 금욕주의'는 자유로운 의지를 갖는 개개인이 능동적으로 자신의
　행동을 자제하고 통제함으로써 각자의 자유의사에 의해 스스로 강한 규칙과 통
　제에 따르게 하는 것을 의미하며, 자신이 선택한 금욕적 강제에 의해 '능동적
　자제'라는 무의식적인 습관과 삶의 방식이 만들어진다. 자연 상태를 극복하고
　인간으로 하여금 비합리적인 충동의 힘과 세계와 자연에 대한 의존을 탈피케
　하여 계획적 의지의 우선성에 복속시킴으로써 그의 행위를 지속적인 자기 통제
　와 그 행위의 윤리적 효과의 숙고아래 두는 것이 목표이다. 박태호, 위의 책,
　pp.50~52 참조.
33) 서영채는 이광수 사상의 중심으로 민족주의와 금욕주의를 꼽고 있으며, '윤리중
　심주의 혹은 절대적 금욕주의라는 그 자신의 정신적 성향과 현실의 당위적 요
　구에 의해 생성된 민족의식이라는 두 축이 극단적이면서도 서로 길항하는 힘으
　로 버티고 있다'고 지적한다. 서영채, 앞의 논문, pp.59~60 참조.

삼고, 이를 위해 스스로를 희생함으로써 궁극적으로 숭고미를 획득하는 모습을 보여준다. 그러나 『유정』의 경우에는 그 과정이 결코 쉽지 않을 뿐더러 주인공 최석이 도피하고 죽음으로써 금욕적 삶의 지향이 완성된 것도 아니다. 이러한 측면에서 『유정』은 다른 소설과 차이를 보이고 있으며, 이는 또한 상대적으로 형상화에 있어 우수성을 인정받는 근거이기도 하다.

『유정』에서는 억제하려던 '비합리적 충동의 힘'이 자신도 모르게 나타나고 그로 인해 겪게 되는 갈등과 고통이 작품 전반에 드러난다. 즉 금욕적 삶을 살아왔던 최석이 딸로 키워온 정임에게 열정을 느끼는 순간, 그의 삶은 온통 혼란에 빠지게 된다.

> 그 숨긴다는 것이 무엇이냐 하면 그것은 열정이요. 정의 불길이요, 정의 광풍이요, 정의 물결이요. 만일 내 의식이 세계를 평화로운 풀 있고, 꽃 있고, 나무 있는 벌판이라고 하면 거기 난데 없는 미친 짐승들이 불을 뿜고 소리를 지르고 싸우고, 영각을 하고 날쳐서, 이 동산의 평화의 화초를 다 짓밟아 버리고 마는, 그러한 모양과 같소
> 지위, 명성, 습관, 시대, 사조 등등으로 일생에 눌리고 눌렸던 내 자아의 일부분이 혁명을 일으킨 것이요? 한번도 자유로 권세를 부려보지 못한 본능과 감정들이 내 생명이 끝나기 전에 한번 날뛰어 보려는 것이요. 이것이 선이요? 악이요? (전집 4, p.68)

최석은 금욕적이고 민족주의적이며, 선각자로서의 확고한 자세를 지닌 인물이었지만 정임을 통해 새로운 감정 상태인 인간의 본원적인 욕망을 발견하고 혼란을 느끼는 것이다. 그것이 선인지 악인지조차 판단 내리기 어려운 상황은 아직까지 이광수가 인간의 본능과 감정은 인정하고 있음을 뜻한다. 그러나 결국 최석은 그런 자신의 감정을 용납하지 못한다. 최석의 도피와 방황은 이러한 맥락에서 설명이 가능하다. 최석 자신도 '사람인지라 애욕이 짐승처럼 꿈틀거리고' 정임을 딸로서가 아니라 이성으로서 사랑하고 있지만 그는 이러한 '애욕을 차디찬 이지의 입김으로 불어서 끄려'하는

것이다. 도덕적 책임과 윤리 의식에 의해 애욕의 감정, 사랑의 감정이 제어된다.34) 본능과 감정을 억제하기 위해, 고국과 명예와 지위를 모두 버리고 아무도 없는 시베리아에서 절대 고독의 방황을 스스로 감행하는 모습은 최석 다운 행동이라고 할 수 있다. 그러나 그것이 자연스런 감정의 흐름을 따르는 일이 아니었기에 극심한 갈등과 번민을 겪게 되고, 갈등 속에 최석은 '살기를 그만'두게 된다. 그런 상태를 인정하느니 차라리 죽음을 택하는 것이다.

이러한 입장에서 본다면 최석의 죽음은 금욕주의의 승리라고 말할 수 있다. 최석의 도덕률에 의하면 어떠한 경우라도 정임의 사랑을 받아들일 수 없기 때문이다. 그러나 최석이라는 존재의 소멸은 역설적으로 '애욕'의 인정을 의미하기도 한다. '애욕'을 누를 수 없어 죽는다면, 이는 근본적으로 극복한 것이 아닐 수 있다. 즉『유정』은 선각자적인 지식인으로서 사회와 국가, 민족에 대한 책임의식이 최석을 짓누르는 외적인 환경을 조성하고는 있으나, 그것이 주는 단호함보다는 그것과 대결하는 인간의 본래적 욕망을 수긍하고 그로 인한 고통스런 내적 분열의 형상화에 주목하는 것이다.

그렇다면 금욕주의의 대척점에 이광수 소설의 또 다른 세계가 놓여 있다. 낭만성이 바로 그것이다. 이광수 소설의 낭만주의적 경향은 몇몇 연구자들에 의해 지적35)되기도 하였고, 작가 자신의 언급에서도 등장한다. 이광수 자신이 "자기는 리얼리즘에 입각해 작품을 쓰는데 독자나 평가는 자신의 작품을 로만티시즘의 작품이라 한다"라는 언급에서 그의 작품에 나타난 낭만성을 일차적으로 확인할 수 있다.

『유정』의 낭만적 양상은 무엇보다도 열정적인 사랑과 그 대상으로서의 복고적 여인상, 원시공간 혹은 이상향에의 지향에서 두드러지게 나타난

---

34) 한승옥, 『이광수 연구』(선일문화사, 1984), pp.141~142.
35) 김우창, 「감각·이성·정신」, 이문열·권영민·이남호 엮음, 『문학이란 무엇인가』(민음사, 1995); 황종연, 「문학이라는 역어— 「문학이란 何오」 혹은 한국 근대 문학론의 성립에 관한 고찰」, 문학사와 비평연구회 편, 『한국문학과 계몽담론』(새미, 1999)

다.36) 우선 사랑에 대한 인물들의 사고를 살펴보자.

> 내 사랑하는 이시어! 나는 당신 곁으로 달아가고 싶습니다. 달아가서 당신의
> 품에 안기는 서슬에 죽어버리고 싶습니다. 그러면 저도 당신 품에서 죽는 것이
> 아니야요 남들이, 세상이 무어라고 하기로 그대에는 벌써 늦지 아니하였어요?
> 내 시체를 때리고 거기 침을 뱉고 갖은 욕설과 갖은 악형을 다 하라고 합시오.
> 그것이 무엇이야요? 나는 당신의 품에 안겨서 죽지 않았어요? (전집 4, p.37)

위 예문은 정임 일기의 한 구절이다. '이 세상에서 그립고 사모하던 이를
죽은 뒤에는 자유로 만나보고 언제나 마음껏 같이 할 수 있다'면 죽음이
무섭지 아니하다는 정임의 사랑은 절대적 사랑에의 지향이며 이상주의적
경향을 보이는 것으로, 19세기 낭만주의에서 비롯한 사랑37)과 자유연애의
한 양상이라 할 수 있다. 또한 극단적인 상황 설정과 과장된 감상주의적
반응 역시 낭만적 경향의 한 면을 보여준다.

이는 최석의 경우도 마찬가지이다. 딸처럼 키워낸 젊은 여인에게서 사랑
의 감정을 느끼고는 그러한 자신의 감정상태에 놀라고 당황한 나머지 심한
내적 갈등을 겪다 이국 땅에서 자신의 목숨을 내버린다는 설정은 사랑의
감정을 죽음으로 소진시키려는 역설을 통해 낭만적이고 순결한 사랑에의
지향을 보여준다고 할 수 있다.

정임은 '딸'과 같은 존재이므로 그녀를 이성으로 사랑한다는 사실 자체를
인정할 수 없었던 최석은 자신의 흔들림도 견딜 수 없었고 그녀의 사모의
감정도 받을 수 없기에 '조선을 버리고, 내가 지금까지 위해서 살고, 속에서
살고, 더불어 살던 모든 것을 떠나서 지향없이' 이국으로 가는 것이다. 사랑
의 감정을 억누르려는 최석의 태도는 제자와 사랑에 빠져 도망하고 결혼한

---

36) 낭만적 작품들의 의미구조상 나타난 공통점은 낭만적 사랑에 대한 집착, 과거지
　　향적인 사상과 복고적 여성상에 대한 선호, 과장된 감상주의적 반응 등이라 할
　　수 있다. 리타 펠스키, 김영찬·심진경 역, 『근대성과 페미니즘—페미니즘으로
　　다시 읽는 근대』(거름, 1998), pp.96~104 참조.
37) 김우창, 앞의 책, p.18.

R부처의 생활에 '불만과 환멸'을 느끼는 것에서도 잘 드러난다.

여기서 주목할 만한 것은 최석이 R부부에 대해 느끼는 불만이 단순히 자신의 감정을 누르기 위한 것만은 아니라는 점이다. 이는 R부부와 최석의 사랑관 자체가 다르기 때문이다. 최석의 정임에 대한 사랑은 '정임의 이데아'를 따르는 것이다. 그 '이데아'의 구체적 모습은 드러나지 않기 때문에 추상적인 것이지만 최고의 이념이 될 수 있다. 이와 같은 '사랑의 절대성'에 비해 R부부는 사랑에 대해 '속물적 태도'를 지니고 있어 최석과 대조된다.38)

정임과 최석이 추구하는 사랑은 추상적이면서도 '한 개인의 내면의 사랑, 육욕과 영욕의 분리라는 점에서 전형적인 낭만적 사랑의 범주에 속한다'.39) 소설 속에 표현된 낭만적 사랑은 사랑에의 강렬한 동경 그리고 성취될 수 없는 사랑의 고통과 그 사랑의 과정에 나타나는 인물의 감정 변화와 정서의 환기에 집약되어 나타난다. 그렇기에 사랑하는 사람과의 순결하고 숭고한 사랑을 성취하려는 의지와 그 사이에 놓인 방해자나 갈등요소로 인해 고통 받는 인물의 형상화는 낭만적 요소를 드러낸다고 볼 수 있다. 이와 같은 낭만적 사랑은 절대적인 것이기에 결국 이루어질 수 없고 그로 인해 사랑의 숭고성만이 남게 되는 것이다.

낭만적 사랑에의 동경과 성취를 향한 지향은 작가의 당대 인식의 한 면모를 보여준다. 계몽성으로 나타난 근대 경험이 발전과 진보를 향한 것이었다면, 낭만성으로 등장하는 근대 경험은, 발전과 진보의 신화 속에서 잃어버린 과거에 대한 향수의 표현이며, 발전의 기대 속에 숨겨진 그늘에 대한 새로운 인식의 측면이라 할 수 있다. 근대가 부정하였던 '신'과 같은 중심의 사고에서 벗어나는 순간, 인간은 다시 새로운 중심을 찾기 위해 노력한다. 그러나

---

38) 구인환, 앞의 책, p.198.

39) 낭만적 사랑이란 개념은 19세기의 산물로서 그것은 개인주의와 세속적인 양상이 두드러진 문화, 이 세상에서의 삶이 소중하다고 생각하고 개인의 행복이 중요하다고 강조한 문화로부터 탄생되었다. 근대 이후 인간은 개인의 권리의 개념을 발견했는데 개인주의는 인간관계에 혁명을 가져다준 창조의 개념이며 이에 맞추어 문학에는 낭만주의 운동이 일어났다. 최혜실, 「『무정』에 나타난 근대성, 사랑, 성」, 『여성문학연구』 창간호(태학사, 1999), p.176 참조.

현실 생활에서 그것은 결코 찾을 수 없는 것이고, 결국 인간의 정신은 이상적이고, 유토피아적인 것에 대한 동경을 시작하는 것이다. 도피주의적인 환상이나, 이상적 사랑에의 동경은 인간이 쉽게 거역할 수 없는 것으로 중심이 부재한 초기 근대에 있어 서사의 토대를 이룬다.

그렇다면 낭만적 사랑에의 동경은 작가가 경험한 중심 부재의 근대를 극복하기 위한 하나의 대안이 될 수 있다. 또한 이는 근대의 도래 이후 부정하였던 과거에 대한 새로운 인식의 계기를 마련하고, 『무정』 등을 통해 과감하게 부정했던 과거를 그리워하는 이율배반의 양상을 보이게 한다. 이는 소설 속에 등장하는 여성관의 모습에서 뚜렷이 나타난다.

> 그 투명한 살이 전깃불에 비친 양은 참 아름다웠고 가벼운 비단 양복이 그리는 몸의 선, 그리고 고개를 푹 수그린 양은 말할 수 없이 아름다왔소 나는 처음 이렇게 아름다운 정임을 발견하였소
> 다음 순간에 정임이가 혼란하던 어떤 감정을 진정하고 고개를 가만히 들어 정면을 정향 없이 바라볼 때에는 그 두 뺨에는 홍훈이 돌고 검고 큰 눈에는 눈물이 빛났소 정임이 다시 고개를 숙여 하얀 목덜미를 보이며 소매 끝에 넣었던 손수건으로 두 눈을 잠깐 눌러 눈물을 찍어내었소. 어떻게도 가련한 동양적, 고전적 미인의 선인고! 리듬인고! (전집 4, p.22)

근대 의식의 각성과 계몽성의 강조가 작품 전면에 드러나는 초기작의 경우, 전통적 사고를 지녔으면서도 새로운 지식의 자각에 의해 스스로 정체성을 획득해 나가는 여성상이 나타나기도 했으나, 후기작으로 갈수록 차츰 순수하고 열정적이며 성스러운 이미지를 지닌 여성들이 등장한다. 즉 이상적인 여성으로 요란한 꾸밈이 없는 자연미를 갖추고 있거나, 정신적 순결함과 성스러움, 몽상적·순정적인 성격을 지니고 있는 점 등이 대두되는 것이다. 이는 『흙』의 유순, 『애욕의 피안』의 혜련, 『사랑』의 석순옥 등에도 나타나고, 『유정』의 정임에게서도 발견할 수 있는 특성이다. 이는 '동양적·고전적' 여성의 이미지로 요약될 수 있으며 이광수가 상당히 선호하는 모습이기

도 하다.

동양적·고전적 미인인 정임은 외모도 아름답고, 선한 성품을 지니고 있으며 인내심도 강하기 때문에 어떤 역경도 극복해내는 성격의 소유자이다. 또한 정신주의의 경향을 보이면서 낭만적인 사랑을 지향하는 숭고한 정신을 지닌 존재이다. 소설 속에서 정임은 그 존재 자체가 문명의 속박에서 벗어날 수 있는 구원의 피난처 역할을 한다. 즉 '여성성을 과거에 대한 향수 어린 관점에서' 바라보고 있는 것이다. 이는 서구 낭만주의 초기 텍스트에 나타난 여성상과 상당히 흡사하다. 이와 같이 여성을 '물질주의의 증가, 과학적 이성의 숭상, 소외된 도시 환경 등과 동일시되고 있는 근대 문명의 구속에서 벗어날 수 있는 구원의 도피처로 삼는 양상'은 '낭만주의적 여성관'에서 출발한다. 즉 여성은 남성에 비해 전문화와 분화가 덜 되어 있고 가정과 가족 관계의 사사로운 관계망 속에 존재하며 생식 능력을 지니고 있어 자연과 보다 밀접하게 연관된 존재로 간주되었기 때문에, 외관상 근대적 삶의 소외와 파편화에 의해 손상되지 않은 무시간적 진정성의 영역을 구현한다고 보았던 것이다.[40]

특히 『유정』에 나타난 낭만적 경향은, 순결한 사랑의 열정이나 여성상에만 등장하는 것이 아니라, 사랑의 감정을 극복하려는 초세속을 향한 동경과 자기 초월의 의지에서도 찾을 수 있다. 현실의 삶으로부터의 도피와 이국적 풍경이 주는 유토피아적 모티프는 일상적이고 현실적 삶에서는 더 이상 의지할 중심을 찾을 수 없던 근대인이 찾아 떠나는 이상향을 향한 여정인 것이다.

> 게다가 먼 지평선으로부터 기어드는 황혼은 인제는 대지를 다 덮어 버려서
> 마른 풀로 된 지면은 가뭇가뭇한 빛을 띠고 사막의 가는 모래를 머금은 지는
> 해의 광선을 반사하여서 대기는 짙은 자주빛을 바탕으로 한 가지 각색의 명암

---

40) 리타 펠스키, 앞의 책, pp.43~49 참조. 그러나 소외되지 않은 충만함에 대한 향수 자체가 여성을 남성적인 사회적, 상징적 질서의 경계 너머에 존재하는 형언할 수 없는 타자의 위치에 놓는 근대의 이원론적 도식의 산물이다.

을 가진, 오색이 영롱한, 도무지 내가 일찍 경험해 보지 못한 색채의 세계를
이루었소. 아! 좋다
　그 속에 수은같이 빛나는 수 없는 작고 큰 호수의 빛! 그 속으로 날아 오는
수 없고 이름 모를 새들의 떼도 이 세상의 것이라고는 생각하지 아니하오.
(전집 4, p.56)

현실의 삶은 교육자이면서도 딸과 같은 정임을 농락했다는 세상 사람들
의 악평으로 가득 차 있고, 모든 것을 바쳐 헌신해온 학생들조차 자신을
'에로교장'으로 몰고, 가족은 불신의 눈초리로 자신을 멸시할 때, 최석의
눈은 세상의 편견으로부터 벗어난 절대공간, 원시의 공간을 향하게 된다.
그곳이 바로 시베리아의 바이칼호이다. 그곳에서 최석은 병들어 죽는다. 그
의 죽음은 병에 의한 것이나 실제로 스스로 목숨을 버린 것이나 마찬가지이
다. 그가 무인지경의 공간, 이상향의 공간을 찾아 나설 때 그는 스스로 죽을
것을 결심하였기 때문이다. 최석의 죽음으로 인해 바이칼호는 근원을 잃어
버린 근대인의 정신적 고향으로 남게 된다. 이상향이 이상향일 수 있는 것은
인간이 거주할 수 없기 때문이다. 이상향을 향한 호기심과 환상, 이것이
『유정』의 낭만적 경향의 또다른 측면이다.

이상에서 살펴보았듯이 『유정』의 의미구조에 나타난 이중성은 계몽적
금욕주의와 낭만성이라 할 수 있다. 이는 바로 작가 자신이 경험한 근대의
문학적 반영인 것이다. 근대의 경험은 이원적이고, 양가적이다. 『무정』의
형식에서처럼 미래에 대한 확신과 진화론적 발전 모델에 기대어 낙관적인
미래를 향한 진보가 나타나기도 하나, 또 다른 측면에서 보면 근대의 도래로
잃어버린 세계—이는 실체로서의 과거가 아니라, 상상 속의 낙원일 수밖에
없다. 이미 근대의 출발에서 실체로서의 과거는 부정되었기 때문이다—에
대한 근원적 그리움과 소외, 연대감의 상실, 파편화된 삶을 보상하려는 노력
은 상상적 과거에 대한 다양한 욕망을 표현하게 한다. 다시 말해서 근대에
도입된 계몽적·합리적 세계관은 사회가 이성적이고 자율적인 개인으로
구성되어야 한다는 사실과 모든 것을 일률적으로 균일화하는 도구적 논리만

을 지나치게 중시하였다. 그러나 (식민지적) 근대 사회의 생활 형태에는 합리성으로 설명할 수는 없으나, 여전히 중요한 위치를 차지하는 다양한 삶의 양상들이 존재한다. 그러므로 사랑에의 열망이나 복고적 여성지향, 이상향에의 동경은 역설적으로 근대 비판의 기제가 될 수도 있을 것이다.

5. 결 론

이상에서 『유정』에 나타난 양면성을 서사구조, 서술상황, 의미구조를 통해 분석하였다. 서사구조의 경우 시간지향적 배치와 공간지향적 배치가 이중적으로 작용하고 있으며, 서술상황은 일인칭 관찰자적 입장에서 객관적 정보를 제시하면서도 일기와 편지의 도입으로 주관적 정보 역시 동시에 제공한다. 또한 서술자 '나'의 단일초점화 양상을 보이면서도 최석, 정임 순임 등 다수의 초점 주체를 등장시켜 다중초점화를 시도하고 있다. 의미구조에 있어서도 계몽적 금욕주의와 낭만성이 혼재하고 있음을 확인하였다. 이와 같은 양면성이 바로 『유정』을 비롯한 이광수 소설 전반에 나타난 특징이라고 볼 수 있다.

특히 근대 사회의 도래 이후에 본격적으로 등장한 계몽성과 낭만성은 대립적이면서도 서로 보완해주는 것이라 할 수 있다. 세계를 객관적으로 인식하고 주체의 의지에 의해 세계와 인간의 변혁을 꿈꾸는 것이 계몽의 기획이라면, 낭만성은 그러한 객관세계에 대한 환멸에서 시작된다. 또한 환멸은 세계와 '나'의 단질을 초래하고 자아의 내면에 대한 관심을 불러일으키며 잃어버린 것을 향해 향수어린 눈길을 보내게 한다. 여기에 낭만성이 자리한다.

그러므로 이광수 소설에 나타난 계몽성과 낭만성은 작가가 경험한 당대의 경험 즉 근대성을 문학적으로 반영한 것이라고 볼 수 있다. 남녀의 사랑 문제를 지속적으로 제기하면서도 또 계몽적 태도를 버릴 수 없었던 것은 이광수가 살았던 시대가 근대였기 때문이다. 다만 근대가 식민지의 상황과 동시에 도래하였다는 사실에서 그것의 형상화 과정이 모순적이고 혼란스러울 수밖에 없었던 것이다. 그렇기에 작품에 따라 계몽적 태도가 극단적으로 표출되기도 하고 또 낭만적 태도가 지나치게 감상적으로 흐르는 경향을 보이기도 한다. 그러나『유정』의 경우 양면성이 서사구조나 서술상황, 혹은 의미구조에 있어 비교적 조화를 이루고 있다고 평가할 수 있다.

　이와 같은 계몽성과 낭만성은 한국 근대 문학사의 전개 양상에서도 꾸준히 발견할 수 있는　범주이기도 하다. 한국 현대 문학사를, '현대 역사가 요구하는 이성과 합리성의 조건에 적응하거나 아니면 적어도 그것과의 싸움이나 타협에 이르려는 경과'41)로 본다면, '적응'의 과정에 나타나는 성향은 계몽성이며, '싸움'은 낭만성의 경향으로 등장한다고 할 수 있다. 이러한 맥락에서 이광수 소설의 계몽성과 낭만성의 의미구조는 그 원형으로 작용한다고 볼 수 있을 것이다.

---

41) 김우창, 앞의 책, p.16.

이광수 전향 소설 연구

최주한*

1. 머리말

일반적인 의미에서 '전향'이란 '현실 사회와 배치되는 자기의 사상을 그 사회와 맞게 바꾸는 것'을 말한다. 이런 맥락에 따르면, 공산주의자가 자신의 사상을 포기하는 것이나 민족주의자가 자신의 사상을 포기하는 것은 모두 전향의 성격을 가진 것이라 할 수 있다. 물론 본고에서 관심을 가지고 있는 것은 1937년 중일 전쟁 이후 일제의 군국주의 파시즘이 가속화되면서 강요되기 시작한 국내 민족주의자들의 전향에 관한 것이며, 그 가운데에서도 우리 근대 문학사에서 가장 악명 높은 전향자로 지탄받았던 이광수의 전향에 관한 것이다.

1937년 중일전쟁을 전후로 하여 일제가 군국주의 파시즘의 체제를 본격화하면서 국내의 민족주의자들에게 가한 탄압과 회유에 관해서는 이미 잘 알려져 있는 바이거니와, 동우회 사건은 그 전형적인 면모를 보여준다. 1937년 6월 동우회 회원들을 대대적으로 검거하면서 시작되어, 검거된 181명 가운데 42명 기소, 예심, 전원 무죄 선고, 다시금 공소, 전원 무죄 등의 과정을 거치면서 무려 사 년 오 개월이나 끌다가 1941년 11월에 끝맺음된 이 사건[1]의 저의

---

* 서강대학교 강사

는 단지 민족주의자들에 대한 탄압에만 있지 않았다. 이 과정에서 도산의 서거 이후 동우회의 실질적인 책임자였던 이광수의 암묵적인 전향의 선언이 있었고, 뒤를 이어 1940년 향산광랑(香山光郎)으로의 창씨개명과 더불어 전면적인 전향의 선언이 뒤따랐으며, 그것은 이후 다른 지식인들에게도 손쉬운 전향의 빌미가 되어주었던 바, 이로써 일제가 국내의 지식인들을 자신들의 절박한 침략 전쟁에 동원할 수 있었다는 사실은 동우회 사건이 지닌 고도의 회유책으로서의 면모를 분명하게 보여주고 있기 때문이다.

이 같은 이광수의 전향을 두고 "일신의 안전을 위해 민족을 배반한 규탄받아야 할 행위"2)였다거나 "민족 전체를 '행복한 돼지'로 팔아버리려던" "천추에 용서될 수 없는 죄"3)이며, "작가이면서 제 나라 국어까지 버릴 것을 주장한 그 좁고 옅은 눈은 이미 작가의 시력을 상실한, 따라서 그때부터의 춘원은 한국의 문학가로서 평가할 만한 역할도 가치도 없는 것"4)이라는 도덕적 단죄나, 반대로 그것은 "친일을 위장한 민족 정신 보존 운동"5)이었다거나 "훼절함으로써 많은 인명을 구했으니, 반역을 위한 친일이 아니라 박애와 이타를 위한 보살 정신"6)에서 비롯된 친일이었다는 심정적 옹호 수준의 논의가 일단락지어지고, 이광수에게 있어서 전향의 논리가 차츰 그 윤곽을 드러내게 된 것은 다음 세대의 논자들에 의해서이다. 이들의 논의는 다양한 각도에서 이루어지고 있음에도 불구하고 모두 공통된 문제 의식을 보여주고 있는데, 그것은 한 마디로 그릇된 방식이었을망정 이광수의 전향은 민족

---

1) 동우회 사건의 전말에 관해서는 김윤식, 『이광수와 그의 시대』 2(솔, 1999), pp.322~328 참조.
2) 송건호, 「춘원 이광수론」, 임형택 · 최원식 편, 『한국근대문학사론』(한길사, 1982), p.627.
3) 임종국, 「이광수의 비극과 그 원천」, 『한국인』, 1985.3, p.52.
4) 이선영, 「이광수론 ─ 개화식민지 시대의 문학가」, 《문학과 지성》 22호, 1975, 동국대 편, 『이광수 연구』 상, p.481.
5) 김원모, 「춘원의 친일과 민족보존론」, 『동포에 고함』(김원모 이경훈 편역, 철학과 현실사, 1997), P.320.
6) 장백일, 「춘원의 역사소설론」, 『이광수 연구』 상, 앞의 책, p.659.

문제 해소의 한 방편으로 고민된 결과라는 것으로 요약될 수 있다. 그의 전향이 "차별로부터의 탈출"의 논리에 기댄 "거꾸로 뒤집어진 민족의식"에 기반한 것이었다는 궁전절자(宮田節子)의 지적7)이나, "강력한 아버지인 천황이라는 국체 하에" 개인적 민족적 고아 의식을 초극하고자 한 것이라는 점에서 현실에 대한 정당한 인식을 회피한 것이었다는 이경훈의 지적8), 그리고 국가 부재 상태에서 시민—신민으로 분열된 주체가 일본을 국가로 받아들임으로써 그 같은 분열을 해소하자 한 것이라는 점에서 궁극적으로는 주체의 소멸을 의미한다는 김철의 지적9) 등이 의미하는 바가 그것이다.

반면에 이광수의 소설에서 다루어지고 있는 전향에 대한 문제 의식은 그다지 주목받지 못했다. 이는 일반적인 의미에서 '전향 소설'이 '사상의 전향 현상을 취재한 문학'이라고 했을 때, 얼핏 그의 소설에서 '사상의 전향 현상'이나 '전향에 대한 문제 의식'을 다루고 있는 소설을 찾아보기가 쉽지 않은 데서 기인하는 것으로 보인다.10) 이광수가 동우회 사건을 계기로 전향의 문제를 고민하던 시기에 씌어진『사랑』(1939)이 "정신주의적인 애정"11)이거나 "성자적 사랑"12), 혹은 "보살의 자비행"13)과 같이 종교적 이상주의의 관점에서 주로 논의되고, 향산광랑으로의 전면적인 전향 이후 다시금 자신의 전향을 문제삼고 있는『원효대사』(1942)가 원효의 대승보살행의 종교적 의미에 주안점을 두거나14) 혹은 신라와 원효로 대표되는 한국 민족의

---

7) 宮田節子, 「내선일체의 구조」, 최원규 엮음, 『일제말기 파시즘과 한국사회』(청아, 1988), pp.357~359.

8) 이경훈, 『이광수의 친일문학 연구』(태학사, 1998), pp.84~85.

9) 김철, 「친일문학론: 근대적 주체의 형성과 관련하여」, 『국문학을 넘어서』(국학자료원, 2000), pp.104~105.

10) 본고에서 다루고자 하는 '전향 소설'은 '사상의 전향 현상을 취재한 문학'이라는 전향 문학 일반 개념에 의거한 것으로, '전향에 대한 문제 의식'을 중점적으로 다루고 있는 소설을 의미한다. 그런 의미에서, 내선일체와 천황제 권력에 대한 복종 혹은 지향을 전제로 하여 씌어진 '친일 소설'과는 구분된다.

11) 조연현, 『한국현대문학사』(성문각, 1969), p.183.

12) 신상철, 「『사랑』 논고」, 『이광수 연구』 하(동국대 편, 태학사, 1984), p.360.

13) 최정석, 「작품 『사랑』의 사랑 분석」, 위의 책, p.304.

근본 정신을 재현하고 있다는 점에서 민족 보존의 한 방도로 씌어진 것[15]이라는 관점에서 평가되어 왔던 저간의 사정이 이를 잘 말해준다.

이들 소설이 전향의 문제와 관련된 작가의 문제 의식을 다루고 있다는 사실을 포착하고 있는 논의들의 경우에도 사정은 다르지 않다. 『사랑』에 대한 김동인이나 김윤식의 논의는 동우회 사건과 관련된 작가의 문제 의식이 투영되어 있다는 사실을 지적하고 있으면서도, 서사 상황과 관련하여 그 문제 의식의 면모를 제대로 포착하지 못하고 다만 안빈의 성자화를 통하여 친일에 대한 자기 합리화를 꾀한 작품이라는 평가에 그치고 있으며,[16] 『원효대사』에 대한 김윤식이나 사에구사 도시카쓰의 논의 또한 파계에 의한 원효의 의기소침이 작자의 변절에 의해 더 강해진 위기 의식의 비유임을 지적하고 있으면서도, 다만 두루뭉실하게 원효의 민중 구제의 보살행을 통하여 자기 합리화를 꾀한 작품이라는 평가에 그치고 있을 따름인 것이다.[17]

그러나 이광수 소설의 특징이 근본적으로는 자신의 정치적 삶과 관련된 내면의 문제를 다루고 있음에도 불구하고, 그것을 정치적인 사실과 관련된 실재가 아니라 애정 관계를 둘러싼 허구에 비추어 대면한 데 있다는 필자의 견해에 따르면, 『사랑』이나 『원효대사』는 전향 소설의 범주에서 좀더 깊이 있게 논의되어야 하는 성질의 것이라는 사실이 금방 드러난다. 실제로 이들 작품은 당시 작가의 정치적 삶과 관련된 자전적 맥락과 더불어, 거기에서 비롯된 고민이 투사되어 있는 애정 관계를 둘러싼 서사 상황을 고려했을

---

14) 김태준, 「한국소설의 윤리적 가능성」, 『명지대 논문집』4집, 1971.
　　 전대웅, 「춘원의 작품과 종교적 의의」, 『동서문화』1호, 계명대, 1967.
15) 윤홍로, 『이광수 문학과 삶』(한국연구원, 1992)
　　 김원모, 「춘원의 친일과 민족보존론」, 앞의 책.
　　 신동욱, 「이광수 문학의 재평가」, 『고대인문논집』, 1977.12.
　　 이중오, 『이광수를 위한 변명』(중앙 M&B, 2000)
16) 김동인, 「춘원과 『사랑』」, 『김동인 전집』6(삼중당, 1967), pp.617~618.
　　 김윤식, 『이광수와 그의 시대』2, pp.291~294.
17) 김윤식, 위의 책, pp.293~294.
　　 사에구사 도시카쓰, 「이광수와 불교」, 『한국문학 연구』(베틀북, 2000), pp.219~221.

때 비로소 전향 소설로서의 면모를 드러낸다. 이광수 소설의 갈등 구조를 지배하고 있는 애정 관계는 항상 '의무'를 저버리고 '욕망'을 선택한 데 대한 '자책감'에 기반하고 있는데, 그의 소설에서 자기 존재에 대한 중심적이고 지속적인 반응으로서 강조되고 있는 이 '자책감'의 문제는 그의 자전적 삶의 맥락에서 특히 정치적 행로의 문제와 관련하여 떳떳하지 못했던 데 대한 이광수 자신의 내적 자괴감과 무관하지 않다.18) 따라서 『사랑』이나 『원효대사』에서 '의무'를 저버리고 '욕망'을 선택한 데 대한 '자책감'의 문제가 어떻게 다루어지고 있는가 하는 것은 곧 이광수 자신의 '전향에 대한 문제 의식'이 어떻게 다루어지고 있는가 하는 문제와 직결되어 있다고 할 수 있는 것이다.

이에 본고에서는 작가의 정치적 삶과 관련된 자전적 맥락과 거기에서 비롯된 고민이 투사되어 있는 애정 관계를 둘러싼 서사 상황을 중심으로, 『사랑』과 『원효대사』에서 이광수의 '전향에 대한 문제 의식'이 어떻게 다루어지고 있는가를 살펴보고자 한다. 그것은 이광수가 동우회 사건을 계기로 한 불가피한 전향에서 향산광랑으로의 창씨개명과 더불어 내선일체에 대한 신념에 도달하게 되는 논리적 궤적을 드러내고자 하는 본고의 궁극적인 과제와 연결될 것이다.

2. 피동적 전향과 그 불가피함에 대한 합리화: 『사랑』

전작 『사랑』은 동우회 사건이 한칭 진행중이던 1938년 1월에 시작되어 1939년 4월에 걸쳐 병석에서 구술로 집필되었다. 1937년 6월 동우회 회원들의 대대적인 검거가 있었고, 그 가운데 42명이 기소되어 1938년 8월에 예심이 있었으며, 1939년 12월 1심에서 전원 무죄 선고를 받았으니, 전작 『사랑』

---

18) 이에 대한 자세한 논의에 관해서는 졸고, 『이광수 소설 연구 — 애정 삼각 관계의 양상과 그 의미를 중심으로』(서강대 박사논문, 2000), 1.2 연구의 관점과 방법 장을 참조할 것.

이 씌어진 것은 도산의 서거 이후 동우회의 실질적인 책임자가 된 이광수가 동우회 회원들의 운명이 자기 손에 달려 있다는 책임 의식 아래 자신의 정치적인 행로에 대한 문제로 심각한 고민에 빠져 있던 기간이었던 것이다. 이와 관련해서는 이광수가 막 『사랑』 전편의 집필을 마쳤던 1938년 여름 당시, 김동인이 동우회 사건과 관련하여 춘원의 심경을 타진하러 갔던 당시의 일을 회고하고 있는 「춘원과 『사랑』」이라는 글에서 자세한 사정을 엿볼 수 있다.

> 그 날 나는 어떤 필요상 춘원의 심경을 좀 타진하러 갔던 것이었다. 그 날 타진한 바에 의지하건댄 춘원은 복잡 미묘한 선상에서 번민하고 있는 것이었다. 인제는 명예에도 부족함이 없었다. 인제 남은 것은 노와 쇠와 혹 잘못하면 전에 얻었던 명성에 트집이 갈 일이 생길는지도 알 수 없다. […] 그 뒤 나는 때때로 생각하였다. 그때 그런 거대한 고민(사상적 고민이 아니라 거취에 대한 고민) 가운데서 집필 중인 작품이 어떤 것이 될까? 물론 그 고민이 어떤 형식으로든 작품에 나타날 것은 정한 이치로되 兩路의 고민 때문에 작품에 무리가 안 생길까.19)

여기서 "그런 거대한 고민"이란 김동인의 또 다른 글인 「동우회와 이광수」에서 총독부에게 대하여 전향을 표명하면 혹은 용서될 수도 있겠거니와, 이광수가 버티면 동우회 4,50명의 생명은 형무소에서 결말을 지을 밖에는 없었다"20)고 명시적으로 확인되고 있는 것처럼, 총독부에의 전향이라는 정치적 결단의 문제를 앞둔 고민과 관련이 있는데, 전작 『사랑』이 이 같은 정치적 결단의 문제를 두고 고민하고 있던 시기 병석에서 구술로 집필되었다는 것은 작품과 작가의 고민간의 상호 관련성의 무게가 심상치 않은 것임을 말해준다.

『사랑』에서 이광수 자신의 이 같은 문제 의식은 순옥을 중심으로 한 안빈

---

19) 김동인, 「춘원과 『사랑』」, ≪박문≫, 1939.12, 『김동인 전집』 6(삼중당, 1967), pp.617~618.
20) 김동인, 「동우회와 이광수」, ≪신천지≫, 1949.7, 앞의 책, p.72.

과 허영 간의 '애정 삼각 관계'의 갈등에 기반하고 있는 서사 상황 가운데 투사되어 있다. 실제로『사랑』의 서사 상황이 제기하고 있는 문제는 사모하는 안빈을 두고도 허영과의 결혼을 선택할 수밖에 없었던 순옥의 모순적인 사랑과 관련이 있는데, 이는 동우회 사건과 관련하여 민족의 지도자로서 총독부에의 전향을 선택해야 했던 이광수의 모순적인 태도와 그대로 대응하는 구조인 것이다. 따라서 안빈을 위해서 허영과의 결혼을 선택해야 했던 순옥의 모순적인 사랑의 논리를 규명하는 일은 이광수 자신이 동우회 사건과 관련하여 총독부에의 전향을 선택할 수밖에 없는 모순된 상황과 어떠한 방식으로 대면하고 있었는가를 드러내는 일과 직결된다고 할 수 있다.

『사랑』에서 서사 구조 전체를 지배하는 애정 삼각 관계는 석순옥을 중심으로, 안빈과 허영 사이에서 이루어진다. 그것은 순옥이 한 편으로 안빈을 사모하면서도, 다른 한 편으로 허영과의 결혼을 선택할 수밖에 없는 모순된 처지에 놓여 있다는 데서 비롯된다. 순옥에게 있어서 안빈이 십여 년 가까이 그의 정신적인 세계에 대한 흠모에서 비롯된 "아우라몬", 즉 육체적인 애욕을 넘어서 정신적으로까지 고양된 의미를 가진 사랑을 상징한다면, 학생시대부터 끈질기게 순옥에게 구애해 온 허영은 "아모로겐", 즉 애욕의 고민에서 비롯된 육체적 사랑의 의미를 지닐 뿐이다. 따라서 안빈에 대한 "아우라몬"으로서의 사랑을 추구하고 있는 순옥에게 있어서 허영의 육체적인 사랑은 비교의 대상도 될 수 없다. 그럼에도 불구하고 순옥은 끝내 허영과의 결혼을 선택하게 되는데, 사모하는 안빈을 두고 내키지 않는 허영과 결혼을 결심하는 순옥의 태도는 일견 모순적인 것이라 하지 않을 수 없는 것이다. 이 같은 순옥의 모순된 태도는 다음과 같은 인원의 문제제기에서도 명료화되고 있다.

"순옥이가 우는 것을 보니깐 그렇게 설움이 북받쳐 오르는구만. 어째 모두들 둘러 붙어서 순옥이를 가기 싫다는 데로 억지루 끌어 넣는 것만 같단 말이야."
"언니, 인제는 그런 말은 말아요. 내 운명은 벌써 결정이 된 것을."
"글쎄, 그것이 알 수 없는 일 아니야. 왜 사랑하는 사람 곁에 있지를 못하고

원치 않는 사람한테로 아니 가면 아니 되느냐 말이야?"(p.253)

"어째 모두들 둘러 붙어서 순옥이를 가기 싫다는 데로 억지루 끌어 넣는 것만 같"다든가, "왜 사랑하는 사람 곁에 있지를 못하고 원치 않는 사람한테로 아니 가면 아니 되느냐"는 인원의 물음이 제기하고 있는 것처럼, 그처럼 사모하는 안빈을 두고 자신의 애욕만을 추구하는 보잘것없는 허영과 결혼을 결심할 수밖에 없는 순옥의 사랑은 모순된 것처럼 보이는 것이 사실이다.[21] 이를 안빈에 대한 "초이성적인 애정"[22]이라거나 "성자적 사랑"[23], "보살의 자비행"[24] 등등으로 해석해 보아도 사정은 마찬가지이다. 안빈에 대한 자기 희생적인 사랑까지는 이해할 수 있다 하더라도, 거기에 허영과의 결혼이 개입되어야 했던 필연성은 여전히 잘 납득되지 않는 것이 사실이기 때문이다.

안빈과 순옥의 정신적인 사랑에 허영과의 결혼이 개입되어야 했던 필연성은 다음의 두 가지 논리에 의해서 비로소 납득할 만한 것이 된다. 자기 희생의 역설과 인과적 인연의 논리가 그것이다.

순옥이 허영과의 결혼을 결심하게 된 계기 한 편에는 결핵으로 죽을 날을 받아 놓고 있는 안빈의 처 옥남이 안빈과 순옥의 관계를 오해하지 않고 마음 편하게 세상을 떠나게 해주려는 배려가 자리하고 있는 것이 사실이다. 그러나 거기에는 순옥의 보다 내적인 욕구가 더 크게 자리하고 있음을 볼

---

21) 사실 이 같은 인원의 문제 제기는 동우회 사건과 관련하여 이광수에게 무언 중 에나마 전향의 뜻을 촉구했던 동지들의 태도를 환기시킨다. 실제로 동우회 사건 이 한창 진행중이던 1938년 여름 김동인이 이광수를 찾아갔던 것은 "춘원을 만 나 춘원의 심경을 좀 따져 보라"는 가형 동원의 부탁 때문이었다고 그 자신 밝 히고 있는 바이거니와, 그가 "이것이 나의 독단인지는 모르지만 나는 형이 내게 한 말이 이광수를 전향시키어 동우회 40여 명의 생명을 구해달라는 뜻으로 들 었다"고 언급하고 있는 것으로 보아, 이광수의 전향에는 동지들의 무언의 압력 또한 작용했을 것으로 추측되기 때문이다.(김동인, 「동우회와 이광수」, 앞의 책, pp.71~72)
22) 조연현, 『한국현대문학사』(성문각, 1968), p.183.
23) 신상철, 「『사랑』 논고」, 『이광수연구』 하(태학사, 1984), p.360.
24) 최정석, 「작품 『사랑』의 사랑 분석」, 위의 책, p.304.

수 있는데, 어떠한 희생을 무릅쓰고라도 안빈에 대한 자신의 순결한 사랑을 지키겠다는 욕망이 바로 그것이다.; "내 다른 것은 다 희생해버리더라두, 하느님 앞에서나 사람의 앞에서나 석순옥이가 안선생께 대한 관계만은 청정하니라, 성스러우니라 허두룩 하고 싶어요. 그것이 내 소원야."(p.180) 말하자면 그것은 안빈과의 성스러운 사랑을 지켜나가기 위해서라면 내키지 않는 허영과의 결혼도 무릅쓰겠다는 자기 희생의 역설에 다름 아닌 것이다.

그러나 그러한 자기 희생의 역설만으로는 안빈과의 순결한 사랑의 완성에 왜 하필 내키지도 않는 허영과의 결혼이 개입되어야 하는지에 대한 이유를 여전히 납득할 수 없다. 그 필연성은 안빈이 제기하고 있는 인과적 인연설의 논리에 의해서야 비로소 분명해진다.

> "그러니까 금생의 순옥은 전생의 결과인 동시에 내생의 원인이라고 보는 것이 옳겠지. 이렇게 생각하면 순옥이 일생에 허영이란 사람이 나선 것도 결코 우연한 일이 아니라고 믿소. 다시 말하면, 순옥과 허영이란 두 사람의 전생으로부터 오는 恩怨 관계를 금생에 청산해버리지 아니하면 내생까지도 또 끌고 갈 것이란 말요. 한 번 떨어진 恩怨의 씨는 몇천만 생을 지나더라도 열매를 맺어버리지 않고는 결코 소멸되지 않는 것이 인과의 법칙이니까."
>
> "그래도 그 사람하고 결혼할 수는 없어요. 대하면 싫고 생각만 해도 싫은 걸 어떻게 합니까."
>
> "아니, 꼭 혼인을 하란 말은 아니오. 아까 그이가 왔을 때에 순옥이 하는 말에 성난 기운이 있어서 새로운 악업을 짓는 듯싶으니 말이요. […] 지금 허영 씨도 순옥이 말에서 받은 상처가 아프고 쓰릴 테지. 이리해서 세상에 악의 씨와 원수의 씨가 끊어질 줄을 모르고 눈사람 모양으로 굴러갈수록 더욱 커진 단 말야."(pp.78~79)

여기서 안빈이 제기하고 있는 인과적 인연설의 핵심은 "한 번 떨어진 恩怨의 씨는 몇 천만 생을 지나더라도 열매를 맺어버리지 않고는 결코 소멸되지 않는"다는 데 있다. 그것은 아무리 순결하게 안빈을 사모하고자 하는 순옥이라고 해서 예외일 수는 없다. 안빈의 논리에 의하면, 순옥이 그처럼 싫어하는데도 허영이 순옥에게 구애하는 것은 전생으로부터의 은원 관계에서 비롯된 것이며, 따라서 순옥이 허영의 구애를 거절하는 것은 순옥의 편에서 그것이 아무리 정당한 것이라 하더라도 "새로운 악업을 짓는" 행위가 된다. 순옥이 허영의 구애를 거절한다면, 그 당연한 결과로서 허영은 순옥에게 몇 갑절 커진 악의를 품을 것이고, 그것은 바로 "세상에 악의 씨와 원수의 씨"를 퍼뜨리게 되는 것을 의미하기 때문이다. 순옥이 그처럼 싫어하는 허영에게서 결국 "인연의 힘"(p.253)을 느끼고 그와의 결혼을 결심하게 된 데는 바로 이 같은 안빈의 인과적 인연의 논리가 자리하고 있었던 것인 바, 이런 맥락에서 안빈과의 순결한 사랑의 완성에 허영과의 결혼이 개입되어야 했던 필연성은 불교의 인과적 인연의 논리에서 비롯된 것이라 할 수 있는 것이다.25)

이처럼 이미 숙명지워져 있는 필연에 의한 것이기에, 순옥에게 있어서 허영과의 결혼은 좋고 나쁘고, 옳고 그르고의 가치판단의 문제가 개입할 여지가 없다. 다만 순옥에게 주어져 있는 것이라고는 오직 주어진 길을 얼마나 성실하게 걸어갈 것인가 하는 성실성의 여부일 뿐인 것이다. 실제로 허영과의 결혼 이후의 순옥의 삶은 저를 잊은, 그리고 오로지 허영을 위한 헌신 그것으로 요약될 수 있다.

물론 한때나마 순옥이 그 자신 처녀 때처럼 자유롭게 안빈을 사모할 수 없다는 사실을 깨닫고 허영과 결혼한 데 대해 '자책감'을 느끼고 있는 것은 사실이다. 순옥이 처녀의 몸으로 안빈의 곁에 있을 때의 기쁨으로 충만했던 "그날은 다시 돌아올 수는 없다"고 탄식하고, 그 자신 "순전히 정신적으로 사모하는 정이라 하더라도 함부로 안빈을 향하여서 발할 수는 없는 것"(p.333)을 의식하지 않을 수 없는 것도 바로 그에 대한 '자책감'에서 비롯된 때문인 것은 물론이다. 그러나 순옥에게 있어서 이 같은 '자책감'은 오직

---

25) 순옥과 안빈의 사랑에 허영과의 결혼이 개입해야 했던 필연성에 관해서는 순옥과 안빈이 결혼할 수 없는 필연성의 측면에서 사에구사 도시카쓰에 의해서도 지적된 바 있다.(사에구사 도시카쓰, 「이광수와 불교」, pp.206~209)

저를 잊고 허영을 사랑하는 것이 진정한 안빈의 뜻이라는 역설을 되새기는 가운데서 합리화된다. 아내가 남편 이외의 남자를 그리워한다면 "간음"(p.334)이니, 그것은 "너를 완전히 죽이고 진리 속에서 살라"(p.268)고 한 안빈의 뜻과는 거리가 멀다. 이에 순옥은 다시금 안빈에 대해서는 "선생님의 정신만 — 그 무언의 교훈만을 뇌시구 있어야"(p.335) 한다는 결론에 도달하고, 안빈에 비하여 턱없이 모자란 남편이지만 허영을 사랑하는 데 힘쓰기로 결심하게 되는 것이다.

순옥의 헌신적인 사랑은 허영이 순옥을 버리고 다른 여자와 다시 결혼까지 했음에도 불구하고, 새 아내마저 잃고 병을 얻어 쓰러진 그와 그의 노모를 위해 병간호를 자처하고 북간도로 떠나는 것으로까지 이어진다. 순옥에게 있어서 허영의 배신은 더욱더 허영을 위해 헌신하는 계기가 되고 있을 뿐, 거기에서 자신이 선택한 길에 대한 회의는 찾아보기 어려운 것이다.

주목할 만한 것은 이 같은 순옥의 자기 희생적인 사랑이 허영을 위하여 그녀가 북간도로 떠나는 데서 끝나지 않고 있다는 점이다. 북간도에서의 순옥의 삶은 순옥에 대한 허영의 질투와 그 질투 속에서 비참하게 죽어간 허영의 죽음 이 두 가지로 요약된다. 사실 순옥의 북간도에서의 삶은 허영의 비참한 죽음이라는 사건을 위해서 아무 이야기나 끌어 들여가며 되는 대로 마구 써내려간 흔적이 역력한데, 『흙』의 그 악명 높은 결말, 즉 허숭의 도덕적 인격에 감화받아 정선은 물론 모든 악인이 회개하고 있는 결말에 비추어 본다면, 순옥의 헌신적인 희생 행위에도 불구하고 끝내 구원받지 못하고 비참하게 죽어간 허영의 죽음이라는 사건은 디소 의외적인 것이라 할 만한 것이다. 그것은 허영의 죽음으로 인하여 순옥이 안빈의 곁으로 되돌아 올 수 있었던 대단원을 환기할 때 비로소 이해할 만한 것이 된다. 그랬을 때 허영의 죽음은 순옥이 허영과의 관계를 청산하고 안빈의 곁으로 되돌아 올 수 있었던 전제가 되는 사건으로 자리잡게 되기 때문이다.

"저는 이 세상에서 가장 행복된 사람 중에 하나라고 믿어요. 제 소원은 완전히 성취되었으니깐요 — 선생님 곁에서 거진 반생이나 보낼 수가 있었으니깐요. 제 만족은 완전해요. 제게는 이 이상의 소원은 하나도 없습니다. […] 그저 선생님 뜻이 이러시리라 하는 것을 생각하고 그것을 따라서 살아왔습니다. […] 그것은 저를 죽여라, 하는 정신이라고 보았습니다. 저를 죽이고 너와 인연 있는 자를 사랑하여라 — 무한히, 무궁히, 무조건으로, 이렇게 저는 생각하였습니다. 저는 한량이 없으신 선생님의 덕 중에서 이 한 가지를 배우는 것으로 일생의 목표를 삼고 살아 왔어요. 제가 그 정신으로 살 수가 있을 때면 제가 사모하는 선생님의 품에 드는 것이거니, 이렇게 믿고 살아왔습니다."(pp.463~464)

위의 인용문에서도 볼 수 있는 것처럼, 순옥의 행복은 일생을 안빈의 뜻에 따라 살았고 결국 안빈에게로 되돌아와 그의 곁에서 반생을 보낼 수 있었다는 데 있다. 이를 두고 신상철은 성자의 사랑으로 꾸며졌어야 했을 순옥의 행복의 본질이 뜻밖에도 존경하는 사람에 대한 정신적 사랑으로 결말지워지고 있다는 점에 불만을 표하면서, 그 원인을 자신을 우상으로서 합리화하고자 하는 작가와 인물간의 미적 거리가 확보되지 못한 데서 찾고 있지만[26], 그것은 사실 앞서 제기한 바 안빈과 허영 사이에서의 삼각 관계의 역설의 완성을 위한 스토리 구조상의 필연적인 결말로써 이해되어야 한다.

실제로 안빈을 사모하면서도 허영과의 결혼을 선택했던, 겉보기에 다소 모순적인 것처럼 보였던 순옥의 사랑은 순옥이 결국 안빈에게 되돌아오는 결말로써 중요한 의미를 획득하게 된다. 그 결말은 "저를 죽이고 너와 인연 있는 자를 사랑"하라는 안빈의 뜻에 따라 허영에게 헌신하는 것, 그것이 바로 "제가 사모하는 선생님의 품에 드는 것"이라는 순옥의 역설적인 사랑의 논리, 다시 말해 안빈과의 사랑을 완성하기 위한 하나의 도정이었을 뿐임을 구조적으로 가시화하고 있기 때문이다. 순옥이 사모하는 안빈을 두고 허영에게 자신의 삶을 헌신할 수 있었던 것은 이러한 각도에서 비로소 이해될 수 있다. 말하자면 허영에 대한 순옥의 자기 희생은 안빈에 대한 사랑의

---

26) 신상철, 「『사랑』 논고」, 앞의 책, pp.345~346.

완성이라는 미래의 가능성에 자신의 현재를 괄호에 묶어 둠으로써 비로소 가능할 수 있었던 것이다.

살펴본 바와 같이, 『사랑』에서 순옥의 사랑은 한 편으로 안빈을 사모하면서도 다른 한 편으로 내키지 않는 허영과의 결혼을 선택해야 했던 모순적인 성격의 것이었다. 그리고 이 같이 모순된 사랑은 인과적 인연의 논리와 자기 희생적인 사랑의 역설에 의해서 뒷받침되고 있었다. 이 두 가지 논리에 의해서, 순옥에게 있어서 허영과의 결혼은 전생으로부터의 인과에 의해 숙명적으로 결정되어 있는 불가피한 것이며, 기꺼운 마음으로 이 인연을 다해야만 안빈에게로 되돌아 갈 수 있다는 역설적인 의미를 획득할 수 있었던 바, 이로써 순옥에게 있어서 허영에 대한 헌신은 안빈에 대한 저버림이 아니라 안빈에 대한 완전한 사랑의 완성을 위한 도정으로써 자리매김될 수 있었던 것이다.

이처럼 순옥을 중심으로 한 안빈과 허영간의 '애정 삼각 관계'에 인과적 인연의 논리와 자기 희생적인 사랑의 역설이 내재되어 있다는 것은 민족의 지도자로서 총독부에의 전향이라는 모순적인 선택을 해야 했던 이광수가 그러한 자신의 정치적 행로를 납득시킬 만한 논리를 바로 이 두 가지 논리에서 찾고 있었음을 말해준다. 물론 총독부와의 정치적 타협의 문제에 대한 세상의 비난에 대해서는 결코 결백하지만 않은 것이 사실이었기에 평생을 '자책감'에 시달렸고, 도산의 체포로 일생의 사업이었던 동우회가 위기에 처하고 아들 봉근까지 잃고 나서는 그 모든 것이 그간의 죄의 대가라고 생각하고 참회하며 법화경 행자의 길을 걷고 있던 그로서는, 자신이 다시금 총독부와의 문제에 연루되어야 하는 상황이 매우 곤혹스러운 것이었을 것이 틀림없다. 그러나 이 두 가지 논리는 총독부와의 관계를 그 자신의 개인적인 선택의 문제라기보다 어떤 불가피함의 문제로 전환시킴으로써, 자신이 처한 모순된 상황에 대해 그 스스로 납득할 만한 논리를 제공해 주고 있다. 말하자면 그것은 그로 하여금 그러한 선택이 그 자신만 마음이 굳세었다면 흔들리지도 않을 수 있었던 개인적인 선택의 문제가 아니라 전생으로부터의 인과에 의해 숙명적으로 결정되어 있는 불가피함의 문제이며, 전생으로부터 오는 그 은원 관계를 무시한다면 몇 갑절이나 커진 악의가 되돌아올 것이 분명한 바, 내키지 않더라도 기꺼운 마음으로 그에 임하는 것이 궁극적으로는 조선을 위한 것이라는 역설적인 신념을 가능케 해주었던 것이다.

이런 맥락에서, "나 하나를 희생함으로써" "그렇게 해서라도 동우회의 사업과 동지들을 살리고 싶었다"27)는 그의 고백은 일말의 진실을 가진 것이 사실이라 할 수 있다. 다만 그 진실은 민족의 지도자로서 총독부에의 전향이라는 고도의 정치적인 문제에 대해 종교적인 윤리 차원에서의 개인적 진실만을 내세운 것이라는 점에서 위태로움을 내포하고 있는 것이 사실이다. 그 같은 종교적인 윤리 차원의 논리는, 이후 그가 "내선일체도 피할 수 없는 인과"28)라는 눈먼 신념에 이르게 되는 논리의 단초를 분명하게 보여주고 있기 때문이다.

3. 자발적 전향과 황민적 신앙으로의 귀의: 『원효대사』

『원효대사』는 이광수가 향산광랑으로의 전면적 전향 이후 내놓고 친일에 앞장서는 가운데 1942년 3월에서 10월에 걸쳐 『매일신보』에 연재된 소설로서, 《동아일보》, 《조선일보》 등 조선어 국문지가 폐간되고 조선어 폐지가 강요되던 시기에 국문으로 연재된 장편소설이라는 점에서 논자들의 주목을 받아왔다. "나는 검열이 허하는 한 이 소설 속에서 우리 민족의 전통적 정신과 영광과 애국심과 민족의식을 그려서 천황만세를 부르고 황국신민서사를 제창하지 아니하면 아니 될 운명에 있는 동포들에게 보낸 것"29)이라는 작가의 변이 말해주고 있는 대로 『원효대사』가 민족정신의 고취를 위해

---

27) 이광수, 「나의 고백」, 『이광수전집』 13(삼중당, 1962), p.263.
28) 이광수, 「반도청년에게 보냄」, 『신시대』, 1944.10(일문), 이경훈 편역, 『춘원이광수 친일문학전집』2(평민사, 1995), p.446.
29) 이광수, 「나의 고백」, 앞의 책, p.278.

씌어진 것이라면, 그 같은 소설이 당시의 상황에서 용납될 수 있었다는 것은 그 자체로 의문의 대상이 될 만한 것이었기 때문이다.

이에 『원효대사』는 이광수의 작가적 기여와 그의 친일 행위를 동일시해서는 안 된다는 입장 아래, 민족보존의 한 방도로 씌어진 것이었다는 관점에서 여러 논자들에 의해 옹호되어 왔다. 『원효대사』가 신라를 기반으로 한 민족성 연구와도 연계가 있는 만큼, 그것은 "당대의 민족 문화를 신라 시대의 문화로 꽃피워 보려는 춘원의 의도", 즉 "좋은 민족성을 계승하고 발전하여야 민족의 발전이 이루어진다는 정신적 운동을 전개하려는 의도"에서 집필된 것이라는 윤홍로의 지적30)이나, 춘원이 철저히 친일 행동을 하지 않았다면 일제는 절대로 "해동종의 시조로서 민족적 특징을 구비한 인물"인 원효를 내세워 "한국 민족의 근본정신을 재현"하고 있는 『원효대사』 집필을 허락하지 않았을 것이므로, 『원효대사』 집필은 "조선 민족 보존을 위한 한 방도"였다는 김원모의 주장31) 등이 그 대표적인 예이다. 신동욱의 경우도 그것이 "일제 하라는 어려운 상황 하에서 민족이 정치적으로나 문화적으로나 확고하게 자립되었던 역사적 시기를 택하여" "당대적 상황의 반성적 의미를 삼을 수 있게 했다"32)는 관점에 기반하고 있다는 점에서 이들의 논의와 다르지 않다.

그러나 『원효대사』가 연재될 당시 "멸사봉공하야 중생을 위한 생활에 나가던 당대(신라)의 사기를 총후 독자에게 보내고저"33) 한다는 작가의 변이 말해주고 있는 것은 『원효대사』가 내선일체와 총후봉공(銃後奉公)의 이념에 기반한 국책에 부응하는 기획 아래 씌어졌다는 사실이다.34) 게다가 당시

---

30) 윤홍로, 『이광수 문학과 삶』, 앞의 책, p.211.

31) 김원모, 「춘원의 친일과 민족보존론」, 『동포에 고함』(김원모 이경훈 편역, 철학과 현실사, 1997), p.329.

32) 신동욱, 「이광수 문학의 재평가」, 『고대인문논집』 77.12, pp.39~40.

33) ≪매일신보≫, 1942.2.27.

34) 여기서 총후봉공이란 1937년 중일전쟁 개시와 함께 총력전 또는 조선의 병참기지화와 더불어 나타난 일제의 전시동원 슬로건으로서, 소위 국민정신 총동원의 캠페인과 특히 관련되는 말인데(이경훈, 앞의 책, pp.92~93 참조), 그것은 한 마

씌어진 친일 논문 몇 편만 보더라도 신라라는 시공간이 민족정신과 관련된다는 생각이 얼마나 순진한 것인가는 금방 드러난다. 몇몇 논자들이 이미 지적한 바와 같이, 당시 이광수에게 있어서 우리의 고대사란 일본과의 근친성을 강조하는 내선일체의 논리적 기반으로써 재해석된 성격을 띠고 있는 바35), 그것은 신앙, 풍속, 제도는 물론이고 언어의 방면에 이르기까지 광범위하게 뻗어 있음을 볼 수 있기 때문이다.

그러므로 내지와 반도와의 언어, 신앙, 풍속, 제도의 차이는 平安朝 이후, 조선으로 말하면 신라 말 이후 천 년 동안에 생긴 것이다. 이 천 년간에 반도는 원, 명, 청의 영향을 받아서 신도가 쇠하고 유도가 성하고, 한문, 한어, 몽고어의 영향으로 조선어의 음운이 변하였으니 조선어도 본래는 지금 국어와 같이 모음으로 끝나는 언어였다. […] 조선의 정치가 과거 천 년간 자기의 支那化를 힘쓰는 동안에 이렇게 변해버린 것이니, 만일 천 년 전 우리 조상이 금일의 내지를 보고, 조선을 본다면 내지야말로 그들의 고향이라고 할 것이다. 신사참배도 그러하고 의복, 언어도 그러하다.36)

구마노 신사의 호부(護符)를 열면 "이시나미나미ㄱㅗ디 이사나기나미ㄱㅗ디 ㅅㅜ사나인나미ㄱㅗ디" 라고 씌여 있다. 이는 천 이백 년 이전에 씌여진 신패(位牌)인데, 고사기(古事記)도 이 신대문자(神代文字)로 씌어진 본이 있다고 한다. 이 문자는 금일에는 조선에서만 사용되고 있으나, 원래 내선(內鮮)이 나뉘기 전의 문자였던 듯하다. […] 조선에도 촌마다 신사가 있었으며, 지금도 그 유풍이 남아 있어, 그 제신(祭神)은 "서낭님"이라고 불리고 있다. […] 이로써

디로 "국민은 남녀를 물론하고 총들고 전선에 선 각오를 가질 것이다. 목표는 언제나 국가에 있다. 일거수일투족이 전혀 국가를 위한 일이오, 내나 내 것을 위하는 일이 없다"(이광수, 「신체제의 윤리」, 『이광수 친일문학 전집』 2, p.155)는 것으로 요약될 수 있는 바, 이는 『원효대사』가 근본적으로 국책에 부응하여 기획된 소설이었음을 분명하게 보여준다.

35) 임종국, 『친일문학론』(평화출판사, 1988)
  이경훈, 『이광수의 친일문학 연구』(태학사, 1998), pp.51~62 참조
36) 이광수, 「병제의 감격과 용의」, ≪매일신보≫, 1943.7.28~31, 『춘원 이광수 친일문학 전집』2, pp.396~397.

사주의 부모자식의 의의가 확실히 될 것이다.[37]

위의 인용문에서 볼 수 있는 것처럼, 여기서 고대의 반도는 독자적인 우리 민족의 근본 정신의 기원으로서의 의미를 지닌다기보다, 신앙, 풍속, 제도는 물론 언어에 있어서도 일본과의 근친성을 지닌 시공간으로서의 의미를 지니고 있다. 이런 관점에서 보자면,『원효대사』에 재현되고 있는 신라는 단순히 우리 고유의 민족 정신의 상징이라기보다 일본에 종속되어야 할 조선, 즉 내선일체의 대상으로서의 조선을 의미한다고 볼 수 있는 것이다.[38]

실제로『원효대사』에서 신라의 신앙, 풍속, 제도, 언어라고 재현되고 있는 모든 것은 내선일체를 염두에 둔 것이며, 그런 만큼 궁극적으로는 일본을 도와 총후봉공하여 대동아공영(大東亞共榮)의 이상을 완수하는 것이 마땅하다는 관점과 연결되고 있다. 그것은 다음의 삽화들에서 분명하게 엿볼 수 있는데, 신라의 피정복국인 가야의 유신이 이후 신라를 위해 대공을 세워 충성을 인정받는 대목(내선일체론), 신라가 강한 힘을 얻어서 전쟁을 하여 일시에 사람이 많이 죽더라도 고구려와 백제, 신라가 한 나라가 되어 화근을 끊어버리는 것이 옳다고 주장하는 대목(대동아공영론), 해를 쬐고 물로 씻으며 참회하고 수련하여 저를 비움으로써 도에 이르는 과정을 묘사하고 있는 원효의 고신도(古神道) 수련 대목(일본정신인 청명심(淸明心)의 획득, 황민화론), 진평왕의 아들이면서도 자기 존재를 인정받지 못하자 아버지를 원망하고 대궐을 저주하고 도적의 소굴로 들어갔던 도적의 왕 바람이 회개하는 대목(황민화론), 원효가 거지떼와 도적떼를 제도하여 신라가 고구려와 백제

---

37) 이광수,「국어와 조선어」,『신시대』, 1942.6,『이광수 친일문학 전집』2, pp.343~346.
38) 이경훈은 신라와 가야의 관계라는 역사적 모티프를 중심으로, "정복국 신라(일본)와 피정복국 가야(조선)가 결혼을 통해 맺어져 삼국통일을 이룩한다는 이 모티프야말로 내선일체를 통해 서양의 세력을 극복한다는 대동아공영론의 이념을 그대로 상징하는 것"(이경훈, 앞의 책, p.178)이라고 보고 있다. 그러나 이 같은 내선일체론을 하나의 모티프 차원이 아니라,『원효대사』전체 구조의 차원에서 이해한다면,『원효대사』에서 신라는 일본을 의미한다기보다 일본과 고대사적 근친성을 지닌 내선일체의 대상으로서의 조선을 의미한다고 수 있다.

를 칠 때 각기 나랏일에 유용하게 쓰이도록 하고 있는 대목(황민화론, 총후
봉공론) 등이 그것이다.

이러한 맥락에서 보면, 『원효대사』는 친일 행위 속에서도 민족 정신을
보존하고자 했던 춘원의 민족 의식의 산물이 아니라, 오히려 내선일체의
이념을 바탕으로 한 소설이라는 얘기가 된다. 조선과 일본은 하나이며, 조선
이 황민화를 완수하고 총후봉공할 때 조선은 일본과 더불어 영광스러운
앞길을 맞이할 수 있다는 신념, 이것이 바로 『원효대사』의 서사 상황을 둘러
싸고 있는 지배적인 정서임을 볼 수 있는 것이다.

그렇다고 해서 『원효대사』가 다만 내선일체와 총후봉공 이념의 선전을
목적으로 씌어진 소설인가 하면 그렇지는 않다. 『원효대사』의 서사 상황이
제기하고 있는 문제는 요석공주와의 인연으로 인해 파계한 원효가 자신의
파계에 대한 자의식을 어떻게 극복하고 있는가 하는 것의 문제이기 때문이
다. 주목할 만하게도 이는 향산광랑으로의 전면적인 전향 이후의 적극적인
친일 행위에 대한 세상의 비난과 그에 대한 이광수 자신의 자의식의 문제와
도 그대로 대응하는 구조이다. 따라서 『원효대사』의 원효에게 있어서 요석
공주와의 인연으로 인한 파계에 대한 자의식이 어떻게 다루어지고 있는가
하는 것은 이광수 자신 향산광랑으로의 전면적인 전향과 관련하여 세상의
비난과 그에 대한 자의식의 문제와 어떻게 대면하고 있었는가를 드러내는
일과 직결된다고 할 수 있다.

『원효대사』에서 서사적 갈등을 추동하는 애정 관계는 원효와 요석공주
사이에서 이루어진다. 그것은 원효가 한 편으로 불가의 승이면서도, 다른
한 편으로 계율을 깨뜨리고 요석 공주와 인연을 맺게 되는 데서 비롯된다.
원효는 '무애(無碍)'의 경지를 수행의 목표로 삼고 팔 년째 화엄경소 쓰는
일에 심혈을 기울이고 있는 학승이다. 원효에게 있어서 화엄경소 쓰는 일은
불경을 세상 사람들에게 널리 알리고 싶다는 염원에서 비롯된 것인데, 그의
개인사적인 맥락과 관련하여 보자면 보다 근원적으로 그것은 조상부모한
채 혈혈단신으로 지내왔던 고적한 생활을 불도를 닦는 것으로 승화시킨다는

의미를 더불어 지니고 있다. 주목할 만한 것은 이 같은 대원을 품고 있는 원효에게 요석공주로 대변되는 오욕의 번뇌가 그림자를 드리우고 있으며, 그것은 요석공주의 집요한 구애와 맞물려 결국 원효로 하여금 불가의 계율을 깨뜨리고 파계하게 하는 계기가 되고 있다는 점이다.

이태준의 「화관(花冠)」 연구

장두식*

1. 서 언

우리 근대 문학사에서 단편소설의 완성자, 스타일리스트, 순수문학의 기수로 평가받는 상허(尙虛) 이태준은 장편소설에서는 사뭇 다른 평가를 받는다. 당대에 김기림이 이태준의 장편소설을 '여학생소설'[1]로 평가했듯이 그의 장편소설은 대부분 문학성이 낮고 통속성이 강한 저열한 작품이라고 평가되었다.[2] 상허 또한 최재서와 대담을 하는 자리에서 장편소설에서 가장 중요한 것은 무엇보다도 '흥미성'이라고 진술하였고,[3] 상허 스스로도 자신의 장편소설(신문연재소설)을 '시키는 소설'이라고 낮게 생각했다.[4] 그의 장편소설 창작과정과 통속성은 상당히 밀접한 관계를 가지고 있음을 알 수 있다. 이렇듯 그의 장편소설들은 항상 통속 소설[5]의 의심을 받았다.

---

* 단국대학교 강사

1) 김기림, 「작가론—스타일리스트 이태준씨를 논함」, 《조선일보》, 1933.6.27

2) 강옥희, 『한국 근대 대중소설 연구』(깊은샘, 2000), p.135.

3) 이태준, 「평론가 대 작가문답」, 《조선일보》, 1938.1.1

4) 이태준, 「조선의 소설들」, 『이태준 문학 전집 17』(서음출판사, 1988), pp.283~284.

5) 김동인이 「춘원연구」 등에서 이광수의 소설을 혹평할 때 그 논거로 '신문소설'과 '통속소설'이라고 평하면서 논의를 전해했듯이 당대 문단에서는 '통속소설'이라는 명칭은 소설의 부정적 평가의 척도로서 거론되었었다.

이러한 의심의 근거로 삼을 수 있는 텍스트가 「화관」6)이다. 「화관」은 이태준 장편소설 중에서 대중소설적인 성격에 가장 짙은 텍스트이다. 즉 이 텍스트는 1930년대 연애소설이 가지고 있는 특성을 모두 가지고 있는 소설이다. 비슷한 시기에 발표된 「성모(聖母)」7)와 「청춘무성(靑春茂盛)」8) 같은 텍스트는 통속적인 삼각관계 모티프을 핵심으로 하는 남녀의 연애과정을 서사하고 있으나 주제가 연애문제에만 국한되지 않았다. 즉 텍스트가 남녀 주인공들의 연애 문제에 초점을 맞추기 보다는 여성의 사회진출, 사생아·여급 등 사회에서 소외받는 층의 문제 쪽으로 열려있었다.9)

그러나 「화관」은 임동옥과 박인철이 벌이는 연애장애 모티프를 중심으로 서사된다. 그들 사이에 배일현이라는 반동인물이 끼어 들면서 삼각관계 갈등이 시작되고, 인철이 뜻밖의 살인사건에 개입되어 연애가 파탄에 다다른다. 하지만 그럼에도 불구하고 두 사람은 서로의 믿음을 잃지 않으며 다시 한번 사랑을 확인하는 해피엔딩으로 끝이 난다. 이렇듯 「화관」은 임동옥과 박인철의 연애 장애 모티프를 중심으로 서사되는 연애소설이다.

본고에서는 이태준의 「화관」이 가지고 있는 텍스트 내적인 의미망을 살펴보고자 한다. 이는 이태준 장편소설들이 가지고 있는 대중소설적인 성격을 규명하는 작업이라고 할 수 있다. 또한 이러한 연구는 1930년대 후반기에 생산된 대중소설의 특성을 이해하기 위한 작업의 일환이라고 할 수 있다.

2. 1930년대 연애소설의 장르적 특성

연애소설은 "남녀간의 사랑을 행동발전의 중심축으로 하여 사건이 시작되고 종결되는 소설일반"10) 또는 "남녀간의 애정의 우여곡절이 이야기의

---

6) 《조선일보》 1937.7.29.~1937.12.22.
7) 「성모」, 《조선중앙일보》, 1935.5.26~1936.1.19.
8) 「청춘무성」, 《조선일보》, 1940.3.12.~8.11.
9) 장영우, 『이태준 소설 연구』(태학사, 1996), p.244.
10) 김창식, 「연애소설의 개념」, 『연애소설이란 무엇인가』(국학자료원, 1998), pp.9~10.

주된 골격을 이루는 소설일반"11)이라고 정의할 수 있다. 하지만 이러한 정의
는 연애소설에 대한 상식적인 차원의 정의다. 연애소설에서 형상화된 사랑
은 남녀간의 사랑과 함께 다양한 의미의 사랑이 나타난다.12) 또한 사랑이라
는 담론을 생산하고 유통하는 것이 연애소설이라고 점을 생각할 때 연애소
설의 개념을 정의한다는 것이 어려운 일임을 알 수 있다.

> 천고(千古)를 두고 문학이 연애를 영원한 '테―마'로 하고 있는 것은 무슨
> 까닭일까? 상식적으로 이러한 물음에 대답하기는 그렇게 곤란한 일이 아닐
> 것이다. 그러나 '연애'를 하나의 문학적 관념으로 정착시키긴 그렇게 용이한
> 일이 아닐지 모른다.13)

김남천의 글에서처럼 연애를 문학적 관념으로 정착하기는 쉬운 일이 아
니다. 또한 연애소설을 우리 근대 소설사 속에서 하나의 장르로서 논의한다
는 것 또한 매우 어려운 일이 된다.14) 하지만 장르란 문학작품들이 집적되어
모인 일련의 규범들이다.15) 문학 장르는 역사적인 산물인 것이다. 1930년대
후반기 생산된 연애소설도 이러한 사적 장르로 이해를 해야 한다. 문학은
일정한 장르의 형식을 취하면서 현실의 것이 된다. 각각의 요소가 구성상
가지는 의의도 장르와의 연관 속에서라야 비로소 잘이해할 수 있게 된다.16)
연애소설을 장르로 설정해야 할 이유가 여기에 있다.
　연애소설은 성격소설이 아니라 테마소설17)이면서 행동소설이다. 연애소

---

11) 한용환, 『소설학사전』,(고려원, 1992), p.307.
12) 정효택, 「사랑의 유형과 그 심리학적 특성」, 연세대 교육대학원 석사학위논문,
　　1994. pp.9~10.
13) 김남천, 「조선문학과 연애문제」, 『김남천 전집· 2』(박이정, 2000), p.153.
14) 한용환은 연애소설이 모티프나 줄거리 또는 소재의 차원일 뿐 장르명칭이나 양
　　식화의 일환은 아니라고 보았다. 한용환, 앞의 책, p.308.
15) 공임순, 『우리 역사소설은 이론과 논쟁이 필요하다』(책세상, 2000), p.114.
16) M. Bakhtin, 『문예학의 형식적 방법』(문예출판사, 1992), p.216.
17) 김문집은 이광수의 「사랑」을 성격소설이 아닌 테마소설로 규정하고 있다.
　　김문집, 「재생 이광수론」, 『문장』 제4호(1939.5.), p.156.

설은 연애의 의미에 대해 천착하기 보다는 연애의 과정과 실현에 초점이
맞추어져 있다.

> 연애소설에는 ① 사랑 또는 연애의 과정이 전면적으로 나타나야 한다. 만일
> 그 사랑이 부분적이거나 부차적 요소에 지나지 않는다면 이는 연애소설에 속하
> 지 않는다. ② 연애 과정 자체를 이야기 전개의 중심축으로 만들기 위해 그
> 사랑을 방해하는 요소나 인물들이 반드시 나타나야 한다. 만일 그런 장애 요소
> 가 무시해도 좋을 만큼 거의 미미하거나 약화되어 있으면 이는 연애소설로
> 보기 힘들다. ③ 소설 속이 사랑이 인간간의 깊은 이해나 화합을 목표로 해야
> 한다. 그렇지 못하다면, 곧 연애의 목표가 궁극적으로 인간에 대한 혐오나 진정
> 한 인간관계를 단절시키는데 있다면, 그런 작품을 연애소설에 포함시킬 수는
> 없다. ④ 사랑에 관한 작가의 생각이 분명하고 진지하게 표명되어야 한다. 만일
> 작가가 특정한 사랑 이야기를 그 자체로 다루지 않고 단지 독자의 흥미를 끌기
> 위한 수단으로 연애의 과정을 서술한다면, 이는 연애소설을 가장한 다른 유형
> 의 소설임에 틀림없다.[18]

김창식의 위와 같은 논의는 연애소설의 장르적 특성에 대한 단초를 제공
한다. 서사구조가 연애의 과정에 있어야 하고, 텍스트 내적인 갈등은 서로
사랑하는 주인공과 그 방해자에 의해서 전개되어야 한다는 점과 연애소설의
궁극적인 주제는 휴머니즘에 입각해야 한다는 점은 연애소설의 장르적 특성
을 지적하는 것이라고 할 수 있다.

조동일은 『한국문학통사·5』에서 봉건시대의 애정소설과 다른 '통속연애
소설'이리는 항목을 설정히고 그 기본헝으로 ① 여주인공이 순결하고 자유
로운 신여성이고, ② 삼각관계가 겹치고, 그 경우 두 남성 또는 두 여성의
성격이 대립되고 애정관이 다르다는 점을 제시했다.[19]

이정옥[20]은 1930년대 연애소설이 순정적 인물과 성적 욕망의 인물로 구

---

18) 김창식, 앞의 책, p.24.
19) 조동일, 『한국문학통사』(지식산업사, 1988), p.333.
20) 이정옥, 『1930년대 한국대중소설의 이해』(국학자료원, 2000), pp.145~192.

성되어 있고 사랑과 돈(욕구)의 선택 플롯으로 짜여있음을 지적하고 있다. 또한 연애소설이 멜로드라마적 상상력에 기반하여 연애소설에서는 선/악의 이분법으로 나누고, 미덕의 인물을 찬양하고 악행의 인물을 비판하는 구성 방식을 취하고, 선한 인물이 일방적으로 승리하도록 플롯화하고 있다고 보았다. 이상을 통하여 1930년대 연애소설의 특성을 정리하면 다음과 같다.

첫째, 근대소설의 하부장르들 중에서 연애소설이 다른 장르와 다른 가장 큰 변별점은 바로 연애가 주제와 제재의 초점이 되고 있다는 점이다. 연애소설의 주제는 사랑의 완성이다. 즉 근대인의 자유연애의 실현이라고 할 수 있다. 그런데 연애소설은 연애의 의미에 천착(穿鑿)하기 보다는 연애의 과정에 초점을 맞추고 있다.

둘째, 조선시대 애정소설에서 핵심적으로 사용되는 '혼사장애 모티프'가 1930년대 대부분의 연애소설에서도 주요사건(kernel)[21]으로 플롯화 되고 있으나 변용되어 사용된다. 즉 연애소설이 봉건시대 애정소설의 '혼사장애(婚事障碍) 모티프'[22]의 변형 모티프인 '연애장애 모티프'를 가지고 있다.

셋째, 텍스트 갈등 구조가 사랑하는 두 사람과 그 방해자로 짜여 있기 때문에 대부분 갈등의 삼각관계 구조를 가지고 있다. 삼각관계 모티프는 연애소설에서 반복적으로 나타나는데 연애장애 모티프와 동전이 양면을 이루는 관련 모티프라고 할 수 있다.

넷째, 인물 구성이 멜러드라마적인 선악의 이항대립적으로 짜여 있다. 주인공과 경쟁자인 연적은 대부분은 부정적인 인물로 그려진다. 이러한 이분법적인 구성을 통하여 작가가 의도한 주제가 선명하게 드러난다. 연애소설이 계몽적인 성격을 가지는 것은 이러한 특성에서 연유한다.

다섯째, 결말처리가 인과응보적인 해피엔딩으로 짜여진다. 텍스트 속의 연인들은 대부분 사랑의 승리자가 된다. 이러한 상투적인 해피엔딩은 연애

---

21) S. Chatman, 김경수 역, 『영화와 소설의 서사구조(*Story and Discourse: Narrative Structure in Fiction and Film*)』(민음사, 1990), p.62.
22) 이상택, 「낙선재본 소설연구(1)」, 『한국소설문학의 탐구』(일조각, 1978) 참고.

소설의 장르적 특성을 반영한 것이다.

　연애소설은 이상의 특성을 통하여 대중소설의 다른 하부장르와 변별된다. 그런데 이러한 특성이 바로 연애소설의 공식성(formula)으로 작용을 한다.[23] 이러한 상투적으로 반복되는 공식성은 텍스트의 주제와 구조에 보편적으로 적용되기 때문에 연애소설에서는 현실주의 소설에서의 핍진성(逼眞性)을 기대하기가 힘이 든다. 하지만　연애소설의 공식성 속에는 당대의 보편화된 담론화 방식이 개입한다. 이러한 담론화 방식은 당대 사회제도나 이데올로기까지 포함하고 있다.[24] 이렇듯 연애소설의 도식적이고 상투적으로 반복되는 모티프들 속에서 당대의 독자들의 기대지평선과 함께 당대 사회의 정신사적인 측면을 읽을 수 있다.

3. 텍스트의 내적 의미망

1) 연인(戀人) 탐색

　「화관」은 임동옥과 박인철의 연애장애 모티프로 서사된다. 그런데 이 텍스트의 서사진행을 살펴보면 여주인공 임동옥이 자기에게 맞는 연인을 구하기 위한 탐색의 과정으로 읽을 수 있다. 그러므로 동옥의 성격을 이해하는 것이 이 텍스트를 이해하기 위한 첫걸음이라 할 수 있다.

　동옥은 신여성으로서 당대사회의 모순과 여성적 현실에 관심을 가진 처녀다. 동옥은 '나는 무엇인가'라는 질문을 던지고, 그 대답으로 '여자고등보통학교 영어교원의 자격자', '결혼 할 수 있는 혼령기의 처녀'라고 정리한다. 그런 후에 '영어교원 자격보다 결혼 자격이 더 안전한 것이 아닌가?'라는

---

23) 공식성은 '구전 공식이론(oral—formulatic theory)'에서 사용되는 용어인데 한 공동체 사회의 구성원들이 공유하며 알고 쓰는 단어나　구절 또는 작품 형성원리라는 의미로 사용된다; 김강호, 「1930년대 한국 통속소설 연구」(부산대 박사논문, 1994), p.29.
24) 이정옥, 앞의 책, pp.148~149.

생각을 한다. 동옥은 혼인과 연애에 대해 계속 궁리를 한다.

> "사람은 반듯이 부모를 떠나 이성에 합해야만 되는가? 둘이 한 몸이 된다 하였으나 여자는 여자대로, 남자는 남자대로 완전한 한 몸, 한 개의 인간이 아니란 말인가? 오——라 어떤 철학자의 말이 생각난다. 사람은 본래 하나이더랬으나 이 세상에 나올 때에 두 쪽이 갈라저 나왔다는, 그 한 쪽은 여자가 되고 다른 한쪽은 남자가 되었다는, 그래 결혼이란 갈라졌던 자기의 쪽을 찾는 것이란 한 말이 정히는 벌써 그 쪽을 찾은 셈이다. 그럼 나는 아직 반쪽 대로인가? (p.11)[25]

동옥은 텍스트의 모두(冒頭)에서부터 혼인과 연애에 대해 관심을 표시하는데 갈라진 반쪽 중에서 제 쪽을 찾는 것이 참 연애라는 생각을 점점 굳혀나간다. 어머니가 아버지와 결혼을 한 이유가 연분, 궁합이었다는 말을 듣고 궁합이란 재래의 방식이 정확하지 않음을 비판적으로 인식한다.

> "왜 우리 어머니에게 우리에게 이만한 쉬운 비판이 없으신가? 사주니 궁합이니 다 남존여비 시대에 된 것이다. 우린 그런 악 시대의 제물이 되여 버렸지만 너이까지 그래서는 안된다 하고 딸 자식도 잘되되, 인간으로 잘되도록 바라고 지도해 주시는 현명이 왜 없으실가. 육신이 춥고 배 고풀때는 나타나시는 어머니의 손길, 그러나 정신이 그럴 때에는 아모리 불러도 나타날 줄 모르시는 어머니의 손길! 오늘 조선의 딸들은 대부분 정신상 고아(精神上孤兒)가 아닌가?"(p.20)

구세대인 어머니와 변별되는 동옥의 생각 속에는 자유연애의 당위성이 드러나고 그 배경에는 근대인의 자각이 깔려 있다. 구제도가 남존여비였다면 자유연애는 남녀가 동등한 사랑의 방식이다. 동옥은 연애에 대한 자신의 생각을 더욱 넓혀간다.

---

25) 분석 텍스트는 1938년에 출간된 삼문사 판 『화관』이다. 다음부터 텍스트 인용은 본문 괄호 안에 페이지 수만 표시한다.

　"연애는 이성을 사랑하는 것, 이성에의 욕망이니까 역시 성욕이다. 성욕이니까 아모리 연애란 이름을 쓰더라도 방종하기 쉬워지고 방종하니까 사회 약속을 깨트리기 쉽고 그러니까 문란을 피하노라고 연애하면 못쓴단 말이 나와지고 … 그러타고 연애가 금제되는 거인가? 만일 내가 정말 훌륭한 상대를 만나 사랑하는데 누가 나서 그를 사랑하지 못하게 금한다면?"(p.51)

　연애와 성에 관한 동옥의 생각은 상당히 구체적이다. 윤규섭은 "'性'과 '연애'와 '결혼'이 三者가 동일한 '모랄' 우에 합체될 제만이 이상적이며 가장 건전할 수 있"다고 보았다.26) 동옥이 정리하고 있는 연애에 대한 생각은 당대 독자들의 기대지평선 안에 있다고 할 수 있다.

　그런데 텍스트가 연인 찾기 탐색에 초점을 맞추고 있기 때문에 보편적인 연애담과는 달리 '남녀 주인공의 만남'27)이 세밀하게 서사되고 있다. 동옥은 친구 황정희가 있는 송전(松田) 해수욕장에서 세 명의 남자를 만난다. 정희의 약혼자 배일현, 정희의 오빠 황재하 그리고 김장두이다.

　먼저 동옥에게 접근하는 남자는 김장두다. 김장두는 동옥이 존경하는 사촌오빠 동석과 친분이 있다는 것을 내비치며 접근을 하고 갑자기 사랑을 고백한다. 김장두의 뜻밖의 고백은 동옥을 놀라게 하고 불쾌하게 만든다.

　동옥에게 접근하는 두 번째 남자는 황재하이다. 동옥은 황재하가 모던보이적 경박함을 가지고 있기 때문에 눈에 차지 않는다.

　동옥은 자기의 로맨쓰 지대에 표착된 사나이가 하필 황재하임에 불만이 없지 않다. 동옥은 역시 한 남성에게 바라는 것이 먼저는 그 철근(鐵筋) 콩크리트의 고충건축(高層建築)과 같은 높고 굳센 체구(體軀)도 체구려니와 나아가서는 그런 체구로도 오히려 지니기에 숨찰만한 더 몇 배 육중한 의지(意志)의 힘이다. 배일현에게는 체구는 짝달막할지언정 의지가 있다. 황재하에게는 몸이나 기분이나 다만 경쾌할 분 침중한 철(鐵)의 맛이라고는 찾어 내일 데가

---

26) 윤규섭, 「신연애와 구연애」(≪사해공론≫, 1938.8), p.57.
27) 박태상, 『조선조 애정소설 연구』(태학사, 1996), p.16.

없다

　　"될 수 있는 대로 황재하의 로맨쓰 분위기에서 탈출하자"(p.80)

　　황재하는 물에 빠진 동옥을 구해 주고, 적극적으로 구애를 하나 동옥은 재하를 사랑의 대상으로 삼지를 않는다. 재하가 생명의 은인임에도 불구하고 동옥은 '은혜를 갑는데 정조로써 하던 건 과거의 여성들, 인격이 아니라 남성의 향락물로만 자처하던 때의 관념'(p.101)이라고 생각하고 로맨쓰를 만들지 않는다. 여기서 동옥의　신여성적인 성격을 읽을 수 있다. 동옥이 마음 속으로 그리는 대상은 의지가 굳건한 믿음직한 남자였다. 배일현에서 그런 점을 발견할 수 있으나 황정하하고 비교할 때 그렇다는 것이지 이상적인 남자는 아니다. 또한 배일현은 친구 정희의 약혼자이다. 세사람 모두는 동옥의 연인이 될 수 없었다.

　　동옥은 배일현의 냉담한 반응 때문에 바닷가에 헤매다가 우연히 친구 선숙이 아버지인 유영안목사와 슈벨트라는 별명의 음악선생 오선생을 만나게 된다. 동옥은 유목사와 오선생이 정어리기름 짜는 사업으로 한 밑천을 잡으려고 한다는 말을 듣고 실망을 한다.

　　생활이란 그처럼 악착한 것인가? 조선사회란 종교나 예술같은 높은 문화일수록 그것만을 위해 살려는 사람에겐 생활을 주지 못하는 그처럼 빈약한 사회인가? 그러타면 내가 모르는 제이 제삼의 유목사나 오선생이 조선에 얼마나 많은 것일가!

　　동옥은 동석 옵빠가 자기 일도 아닌 것을 가지고 가끔 흥분하던 모양이 눈에 선—해진다. (p.116)

　　종교와 예술에 몰두하던 그들이 생활전선에 뛰어든 것은 당대 시대 상의 반영이라고 할 수 있다. 유목사와 오선생이 처한 상황을 접하고 동옥은 당대 현실에 대한 비판적인 인식이 싹트게 된다. 하지만 이 두 사람은 서사의 흐름을 주도하는 인물이 아니다. 이들을 통하여 동옥은 박인철을 소개받게

된다. 인철과 만남으로써 지금까지 진행된 동옥의 연인 탐색과정이 드디어
구체적인 대상을 만나게 된다.

> 청년은 동석이 오빠 생각이 나게 비슷한 데가 많다. 키가 큰 것, 손이 큰
> 것, 목소리가 굵직한 것, 아까 섰을 때 정면으로도 보았지만 동석오빠는 광대뼈
> 가 나오고 눈이 좀 두리두리 해서 심술사납게 보히는데 이 청년은 큰 눈이
> 시원만 할 뿐 좀 두리두리 하지 않고 뺨에 살이 좀 적을 뿐 거치게 두드러진
> 데가 없는 것만 다르다.
> 　동옥은 속으로
> 　'꽤 유순해 뵈는 사람!'
> 　하는 인상을 품는다.(p.109)

동옥은 인철에 대해 첫인상부터 호감을 갖게 된다. 이는 지금까지 등장한
남자들과는 사뭇 다른 감정이다. 인철은 구대를 졸업한 문학사였고 현실주
의적인 청년이었다. 인철은 동옥과의 첫 만남에서 유목사와 오선생이 벌이
는 사업이 전망이 없음을 냉철하게 분석을 하는 등 사리판단이 정확한 성격
임이 드러난다. 배일현이 이상하게 냉담한 반응을 보이는데 분개한 동옥이
어머니가 요양하고 있는 삼방으로 돌아 가는 기차 안에서 또 다시 인철을
만나게 된다. 이러한 우연한 만남은 인철이 동옥의 연인이 될 것이라는 사전
제시라고 할 수 있다.

이제 대상에 대한 탐색과정은 끝나고 연인 간의 만남이 시작된다. 동옥과
인철은 공식적인 연애담의 서사구조 속으로 들어간다. 하지만 이들의 사랑
앞에는 수많은 장애물들이 놓여있다.

2) 통과의례로서의 삼각관계

임동옥과 인철의 사랑 앞에는 배일현이라는 철두철미한 반동인물
(antagonist)이 존재한다. 배일현은 주식을 투자하여 오십만원이라는 거금을
번 것과 같이 자본주의가 생리에 밴 인물이다. 그가 그러한 생리를 버리고

첫 눈에 동옥을 사랑하게 된다. 성공한 사업가요 한 여자의 약혼자인 배일현이 동옥을 사랑하게 된 것은 애욕과 소유욕 때문이다. 배일현의 이러한 사랑은 일종의 '구렁에 빠져들어가는 것'[28]이라고 할 수 있다. 즉 사랑이 가진 일탈적인 성격이 배일현에게서 나타난 것이다. 동옥이 배일현의 사랑을 받아주지 않자 그는 정희와 파혼을 하고 전 재산을 정리하여 동옥을 자기 사람으로 만들기 위해 수 많은 음모를 꾸민다.

> 연애는 한 개의 싸움이라고 나는 생각한다.…… 「중략」……두 개의 남녀을 단위로 하는 연애전에 한 개의 제 3자인 이성(異性)이 뛰어들게 되면 문득 여기에서 삼파(三巴)의 파문이 이러나게 된다. 동시에 대상을 완전점령하랴는 단순한 연애을 상투로부터 대상을 점령하는 동시 란입한 외적을 무리치랴는 말하자면 종전보다 훨씬 다양성의 합전(合戰)으로 변한다.
> 너와 나의 연애에서 패하는 때에 있어서는 그 패는 단순한 한 개의 패에 끄치는 것이나 삼각전에서의 패는 연애의 대상에게 패하고 또 외적에게 함께 패하는 이중의 패를 가저오게 된다.[29]

한설야가 진술한 것과 같이 임동옥—박인철—배일현의 삼각관계는 전쟁의 양상을 보인다. 배일현의 사랑은 소유적 사랑(mania)이다.[30] 배일현에게 동옥은 일종의 경쟁에서 얻는 전리품처럼 이해되고 있다. 그래서 박인철이라는 경쟁자가 등장하자 더욱 투지를 불태우게 된다.

동옥의 마음을 잡기 위한 배일현의 음모는 치밀하고 계획적이다. 동옥을 석왕사로 유인하여 구애를 하는 것이나, 동옥이 다니는 학교에 일만원의 장학금을 기탁한 것, 동옥에게 근사한 조건의 남자를 시켜 중매를 넣었다가 일부러 파혼하게 하여 자포자기한 상태로 만들려고 하는 것, 탐정을 고용해 동옥을 철저하게 감시하는 것, 주택 사업을 하는 동옥의 오빠 동빈에게 접근

---

28) Rolland Barthes, 『사랑의 단상』(문학과 지성사, 1991), p.23.
29) 한설야, 「삼각관계의 경우—연애는 싸움이다」(≪사해공론≫, 1938.2), pp.58~59.
30) 정효택, 「사랑의 유형과 그 심리학적 특성」(연세대 교육대학원 석사학위논문, 1994), p.10.

해서 경제적인 도움을 주는 것 등 수많은 음모가 텍스트가 진행되는 과정 속에서 하나 둘씩 드러난다. 이러한 음모는 상당히 구체적이고 체계적이다.[31] 이 텍스트가 서스펜스를 가질 수 있는 것은 배일현의 음모가 텍스트 내에서 실현될 가능성이 매우 높다는데 있다. 배일현의 음모와 일방적인 구애는 텍스트의 대단원까지 이어지면서 서스펜스를 이끌고 간다.

서스펜스는 동옥이 가르치던 학생 금순이 때문에 벌어지는 일련의 사건 때문에 더욱 고조된다. 금순이 부모가 빚 때문에 금순이를 함흥에 있는 술집에 백삼십원을 받고 팔아버린다. 동옥은 이를 알고 금순이를 구하기 위해 노력을 한다. "일백 삼십원! 손재봉틀 하나도 일백삼십원이 넘는다! 재봉틀 하나 월부로 사는 셈만 치면 사람 하나를 구할 수 있다"라고 생각하며 동료교사들을 찾아 다니지만 돈을 구할 수가 없었다. 오히려 동료교사에게 금순이가 팔려가는 것을 막는 것은 좋지만 그 후 생활까지도 보장을 해줘야 한다는 이야기를 듣게 된다. 동료교사의 말에도 타당성이 있지만 당장은 금순이 팔려가는 것부터 막아야 하기 때문에 돈을 구하려 백방으로 뛰어다니나 어디에서도 그 많은 돈을 구할 수가 없다. 백삼십원을 구하는 것은 동옥의 능력으로는 역부족이었다.

이 때 뜻밖에 배일현이 동옥의 집을 방문한다. 동옥은 배일현에게 금전적인 부탁을 하고 싶으나 차마 그러지를 못한다. 이 장면에서 독자들은 모두 긴장을 하게 된다. 배일현의 방문으로 동옥은 연애소설에서 공식화된 사랑이냐? 돈이냐 하는 선택의 기로에 서게 된다. 동옥이 그에게 금순의 구명을 위해 돈을 부탁하는 것은 그를 허락하는 것이 되기 때뮤이다. 결국 동옥은 배일현에게 부탁을 하지 않고 순정을 지킨다. 이제 금순은 팔려갈 수밖에 없게 되었다.

하지만 이 텍스트는 독자들의 기대지평선에서 벗어나지 않는다. 배일현

---

31) 최혜실은 배일현의 이러한 음모가 등장한 것을 작위적인 것으로 보았다. 또한 배일현의 구애는 종래 부자들이 보이는 야비함과 대치되는 것이며, 탐정소설적인 경향도 보이고 있다고 보았다. 최혜실, 「이태준 장편소설에 나타나는 애정의 삼각구도」, 『한국 근대 장편소설 연구』(모음사, 1992), p.43.

이 돌아가고 그가 가지고 온 과자상자 속에 금강석이 박힌 백금시계가 들어 있는 것이 발견이 된다. 동옥은 그 시계를 팔아서 금순을 구한다. 이렇듯 배일현의 지칠줄 모르는 음모와 구애작전은 연애장애 모티프를 더욱 긴장감 있게 짜놓는다.

그런데 동옥과 인철 사이에는 배일현과 다른 성격의 장애물이 등장한다. 인철과 깊은 관계가 맺었던 조숙자가 갑자기 텍스트에 등장을 하게 된다. 조숙자의 등장은 플롯의 인과성에서 벗어난 의외의 사건이다. 그것도 살인 사건을 배경으로 하고 있다. 조숙자는 정인홍이라는 부자의 후처인데 경제 적으로 어려운 인철이네 집을 도와주어 인철의 호감을 얻게 되고, 그 후에 육체적 관계를 맺기까지 한 여인이었다. 인철은 조숙자를 사랑할 수 없어서 관계를 정리하게 된다. 그 후 조숙자의 간청으로 그녀를 만나게 되는데 그들 이 만나는 시간에 그녀의 남편이 독살되는 사건이 발생하고 조숙자는 남편 을 독살한 피의자로 구속된다. 조숙자의 알리바이를 알고 있는 인철은 이것 이 누명임을 밝히기 위해 자수를 한다. 이러한 일련의 사건으로 동옥과 인철 사이에는 최대의 위기가 발생한다.

'자 이러한 박인철이 남의 첩과 추한 관계를 매즌 박인철이 잘못하면 본부를 죽인 간부라는 죄명으로 무기징역을 살런지 까딱하면 사형이라도 바들지 몰을 박인철일 내 의연히 사랑할 것인가? '함을 자기 자신에게 물어보지 않을 수 없는 것이다. 처녀 동옥은 무엇보다 인철이가 이미 한 여자를 육체로써 알았다 는 것이 꺼림칙하다.

남자들이 우리 여자에게 정조를 요구하는, 똑같은 가정과 권리가 우리에게 도 있어야 할 것이다.

생각이 나온다. 인철은,

"나도 그 여자처럼 애초에 사랑을 느낀 것은 아닙니다. 지금도 그렇읍니다."

하였고 또,

"다만 고마운 사람의 호의와 히망을 물리치기 어려윗던 것뿐입니다. 그 때 그 경우가…"

하였다.

'그게 정말인가? 그럴 수도 있는 것인가? 사랑이 없이 어떻게 남의 여자와 손이라도 잡을 수 있는 것인가?'(pp.328~329)

인철과 조숙자의 관계를 알게 된 동옥은 갈등을 하게 된다. 동옥 앞에는 선택의 갈림길이 놓여진다. 배일현과의 관계에서는 돈이 개입된 선택이었다면 이번 선택은 정조와 참사랑에 대한 선택이라고 할 수 있다. 동옥은 성문제 강좌에서 남성과 여성의 성욕심리의 차이를 들었어도 인철의 행위를 용서할 수 없었다. "인철은 정조가 없는 사나이다. 불가항력으로 잃어버린 것이라면 문제를 삼는 사람이 잔인하고 불의일 것이다. 그러나 인철의 그 경우란 건 그처럼 절대한 불가항력의 것은 아니였을 것이다."(p.334) 결국 동옥은 "박인철이를 단념하는 것이 올타!"라는 결론을 내리게 된다. 동옥은 박계주의 「순애보」에 등장하는 여주인공 윤명희하고는 다른 선택을 하게 되는 것이다. 윤명희는 살인죄의 피의자인 최문선의 결백을 끝까지 믿고 사랑을 포기하지 않는다. 하지만 동옥은 박인철의 부정을 용서할 수 없다.

이제 동옥과 인철 사이에 진행되었던 사랑의 과정은 끝이 나고 연애장애 모티프가 완결된다. 하지만 동옥이 인철의 동생 인봉을 후원하기 위해 교원으로 취직함으로써 인철과의 사랑은 완전히 종결된 것이 아니다. 동옥의 마음 속에 인철에 대한 사랑이 아주 사라진 것이 아닌 것이다.

인철의 구속을 겪으면서 동옥은 한층 발전을 하게 된다. 동옥은 졸업 사은회 때 가장(假裝) 의상의 제비를 뽑고 '화관(花冠)'이 나오자 "한 남편을 위한 신부로서의 화관보다 시대의 선수로서 세기의 청춘으로서 민중과 시대가 주는 화관을 쓰겠다"(p.391)고 다짐을 한다. 이러한 다짐 속에서 근대적인 자각을 한 신여성의 모습을 찾을 수 있다.[32] 1930년대에 들어오면 여성의 사회 진출이 전 시대에 비해서 활발하게 전개되었다. 여성을 교육시켜 사회

---

[32] 2,30년대 '신여성'은 긍정적인 의미보다는 부정적인 의미로 사용되는 경우가 많았으나 신여성이라는 담론 속에는 여성의 근대적 자각과 사회적 진출이라는 발전적인 의미가 담겨 있다.

의 일군을 만들어야 한다는 『독립신문』의 사설에서도 볼 수 있듯이 남녀평
등과 여성의 사회적인 역할에 대한 문제는 근대초부터 줄곧 제기되었다.
그리하여 1930대에 들어서면 교육을 받은 여성들이 교원이나 직업인으로
활발하게 활동을 하게 되었다.[33) 현모양처가 아니라 자신의 능력을 가지고
사회에 봉사하겠다는 동옥은 이러한 신여성들을 대표하고 있다고 할 수
있다.

　동옥은 인철이 무죄로 풀려나오자 인철에 대한 사랑이 식지 않았음을
확인하게 된다. 그리하여 사업 자금을 모금하러 다니는 인철을 위해 배일현
을 찾아 간다. 동옥은 몸을 파는 것 같은 꺼름칙한 마음을 가졌지만 배일현에
게 십만원을 부탁한다. 배일현은 쾌히 승낙을 하고 금강석 반지를 꺼내든다.
낯익은 금강석반지 모티프의 등장이다.[34)

> "현명하신 동옥씨, 그만 각온 게시구 받으신 줄 압니다." 그러나 배일현의
> 이 소리가 떠러지기 바쁘게 동옥은 십만원 소절수를 봉투째 찍 절반을 찌저
> 테블 위에 동댕이를 친다. 그리고 한 번 돌아볼 것도 없이 배일현의 집을 나서고
> 말었다.
> 　하늘은 별하나 보히지 안는다. 동옥이가 다시 빠고다 공원에 드러설 때는
> 이슬비조차 또 나리기 시작한다. 어둠과 비에 젖는 시커먼 백양나무 그늘 아래
> 에는 인철이가 찌저진 지우산을 밧고 기다리고 있었다. 동옥은 악이 바치어
> 그의 앞에 선 채 한참이나 아무말도 내지 못한다.
> 　"좀 앉으실가요?"
> 　동옥은 자기 우산은 접고 인철의 지우산 속으로 같이 앉는다.(p.467)

　자신의 승리를 확신하는 배일현을 뿌리치는 동옥의 행동은 돈보다는 순
정이 귀중함을 다시 한번 보여준다. 동옥이 인철을 선택하는 것은 당연한

---

33) 최혜실, 『신여성들은 무엇을 꿈꾸었는가』(생각의 나무, 2000), pp.160~174 참고.
34) 조중환의 「장한몽」에서 심순애가 가난한 고학생 이수일을 배신하고 김중배에게
　　가게 된 계기가 바로 다이아몬드 반지다. 그 후 다아아몬드 반지는 돈이냐 사랑
　　이냐의 선택 모티프의 상징이 되었다.

일이다. 돈의 가치보다 사랑의 가치를 우위에 두고자 하는 독자들의 기대지평선 안에서 텍스트가 진행되기 때문이다. 이러한 선택은 근대 물신주의에 대한 당대 독자들의 부정적 인식을 반영한 것이라고 할 수 있다.

또한 이러한 선택은 이 텍스트의 주제를 보여주는 것이다.

> 연애는 즐거움만은 아니요, 결혼은 행복만을 가져오지는 않는다. 나는 연애함으로, 또 결혼함으로 말미암아 너무나 슬프게도, 깨끗하던 사람이 더러워지고, 용감하던 사람이 비겁해지고, 높던 사람이 낮은 데로 떠러지는 것을 허다하게 보고 듣는다.
>
> 이것은 연애나 결혼, 그 자체의 결점인가? 그것을 잘못 가진 당사자들의 죄인가? 여기에 한번 문제를 걸어봄은, 쓰는 나나 읽는 여러분이나 단지 흥미만에 끄치는 노력은 아닐 줄 믿는다.[35]

이태준의 위와 같은 진술은 당대 현실의 연애와 결혼의 부정성에 대한 비판이었다. '제도의 문제인가 아니면 당사자들의 문제인가' 하는 질문은 곧 텍스트 속에서 참다운 연애와 결혼에 대해서 형상화하겠다는 말이다. 동옥이 인철의 찢어진 지우산 속으로 들어간다는 것은 주제를 함축하는 은유(metaphor)라고 할 수 있다. 또한 가난한 연인의 탄생이지만 이들의 미래가 밝다는 것을 읽을 수가 있다. 지금까지 진행된 연애장애는 이들의 사랑을 완성하는 통과의례(initiation)라고 할 수 있다. 이 텍스트의 대단원은 동옥과 인철의 한 차원 고양된 연애담의 새로운 시작이라고 볼 수 있다.

3) 수려한 문체와 삽입된 계몽

「화관」은 당대 최고의 스타일리스트라는 칭호와 같이 텍스트의 문체가 수려하다. 연애소설은 사건 위주로 서사되지만 이 텍스트에서는 세밀한 묘사가 자주 등장한다. 이러한 장면 속에는 등장인물들의 생각과 진행되는 사건의 분위기가 용해되어 있다. 문체는 표현하는 형식만을 말하는 것이

---

35) 이태준, 「작자의 말」, 『신문연재소설전집·4』(깊은샘, 1993), p.259.

아니다. 문학은 형식과 내용이 살아있는 유기체로 존재한다는 현대 문체론
의 입장에서 문체는 내용과 융합하고 있는 표현이라고 할 수 있다.[36]

　①갑자기 시원함이 물 속을 달리는 것 같을 뿐, 기차는 바다를 그림인 듯
머리를 돌려 피하며 변두리로만 달아난다. 산이 오면 굴이 되고 굴을 나서면
다시 바다가 빙글빙글 돌아간다. 새로 딴 굴내와 같은 싱그러운 조수의 향기,
얼른 뛰여나려 맨발로 밟아 보고 싶은 오리 십리 씩의 금모래밭 새파란 칠판
우에 분필로 그려 놓은 것 같은 갈매기가 그림이 아니라 살아서 훨훨 날러가는
모양. 어대로 가는 배일가? 꿈 같은 실연기를 끄을고 아득한 수평선 넘어로
사라지는 기선의 모양, 바다의 풍경은 눈과 마음이 끗없이 날라갈 수 있는
것이여서 삼방일대(三防一帶)의 산협 풍경보다도 훨신 낭만적이다.(p.26)

　②밤은 꽤 길어졌다. 반침문 쪽에서는 베짱이가 찰깍거린다. 발―을 새여드
는 새벽공기는 벌서 베개닛이 싸릉거리게 차가웁다. 차가운 새벽공기지만 동
옥의 숨이 되여 나오는 것은 뜨거웁다. 동옥은 입술이 조이어 멧번 이나 헤
끄트로 축이엇다.(p.189)

①은 연애와 결혼에 대해 고민을 하던 동옥이 친구 정희가 있는 송전해수
욕장으로 가는 장면이다. 해수욕장에는 정희의 오빠와 친구들이 댄스 강습
과 미팅을 한다고 한다. 아직까지 사랑할 대상을 찾지 못한 동옥에게 해수욕
장은 굴냄새같이 신선하고 나는 물새처럼 활동적이다. 병든 어머니가 있는
상방 일대의 산골짜기와 젊은이들이 모여있는 바다가 대조되면서 동옥의
마음 속에서 일어나고 있는 어떤 가능성을 읽을 수 있다.
②는 인철을 사랑하고 있음을 확인한 동옥의 행동을 묘사하는 장면이다.
베짱이가 우는 계절은 가을이다. 무더운 여름 내내 동옥은 배일현이에게
시달리고 정희에게 오해를 받았다. 이제 가을은 그런 무더위가 사라지는
계절이다. 그리고 인철이라는 연인을 찾았다. 가을은 풍요와 결실의 계절이
다. 한 처녀가 사랑의 대상을 확인하면 그 다음에는 그 남자와 사랑이 결실을

---

36) 김상태, 『문체의 이론과 해석』(집문당, 1993), p.194.

맺기를 바랄 것이다. 여기서 가을이란 계절적인 요소는 동옥의 바램이 담겨 있다. 차가운 새벽공기조차 동옥의 뜨거운 숨결을 막지 못한다.

이렇듯 「화관」에서는 세밀한 묘사들과 수련한 문체들을 쉽게 발견할 수 있다. 당대 최고의 문장가라고 칭송을 받던 작가 이태준의 문장력을 확인할 수 있다.

또한 「화관」은 연애소설이지만 작가의 세계관과 문학관이 상당히 많이 개입되어 있다. 특히 박인철을 통하여 직접적으로 드러나기도 한다. 건강한 성격을 창조하기 위해서라고 하기에는 인철의 발언에는 계몽성이 강하다. 남존여비의 가부장적인 사회에 불만을 가지고 있는 동옥이지만 인철의 말에 는 대부분 다소곳이 수긍을 한다. 이상주의적 사촌오빠 동욱과 현실주의자 인철을 전향이라는 척도로 대조를 함으로써 인철의 사상이 더욱 긍정적으로 그려진다. 인철은 사상과 행동에서 오류가 없다. 다만 조숙자라는 여인과 저지른 불륜이 있을 뿐이다. 그러나 이러한 오점도 동옥이 이해와 용서를 함으로써 깨끗이 씻어진다.

"독일언 자음어(子音語)가 만습니다. 그래 듯기 여간 거세지 안습니다. 여자 가 하는걸 드르면 너무 보드랍지 못허죠. 남자들이 말다툼하기나 좋은 말이죠. 불란서 말은 그와 정반대죠. 맨모음어(母音語)가 돼 사내들 지껄이는 것두 여간 간사스럽지 않어요. 그런데 우리 말은 가만히 생각해 보니까 모음어 자음어가 반반정도겠어요 이상적이야요 발음만 그렇게 훌륭헌게 아니라요."

·····「중략」·····

"그런데 그런 피부의 감촉을 말하는 데 얼마나 그 음향부터 서문서문이니 근질근질이니 적당한 어감입니까? 말의 신경이 얼마나 솔직합니까? 그래 흥미 가 생겨 가많이 생각하니 특히 감각에 있어 여간 발달된 말이 아니야요 들어보 세요. 달다두 어디 달다 뿐입니까? 달크므레 달착지근 모두 다르조? 보는 걸루 두 붉다 하면 붉다 뿐입니까? 뻘거타 빨그레 불그레 보리끼레 얼마나 세밀합니 까? 또 자연음향을 얼마나 그대루 낼 수가 있읍니까? 물소리라던지 기적소리라 던지·····웃지마세요 옛날 이야기에 뭐 정신없는 사위가 처갓집에 갓는데 뭐 뭐 해가지구 왔냐니까 이름을 죄이저버리구 술을 올랑쫄랑이라 꿩을 꺽꺽푸드

데기라 흰떡을 하야반대기라 이차떡을 느러옴치래기라 했다는 것 같은, 모두
의음의태(擬音擬態)가 자유스러운 말이 아니곤 도저히 불가능한 표현입니다.”
　　“저두 우리말처럼 감각표현에 자유스런 말이 없는 줄은 학교서 들었어
요.”(pp.440~441)

인철이 동옥에게 우리 한글의 우수성을 길게 설명하고 있는 장면이다.
한글에서 발달한 상징어들의 사례들이 구체적으로 제시되고 있다. 작가 이
태준이 직접 개입한 장면이라고 할 수 있다. 인철의 설명과 동옥이 동감하는
장면 속에서 곧바로 해방직후 문인들의 좌담회에서 이태준이 행한 자기반성
을 떠올리게 된다.

　　나는 8·15 이전에 가장 위협을 느낀 것은 문학보다 문화요, 문화보다 다시
언어였습니다. 작품이니 내용이니 제2, 3이겠지요. 말이 없어지는 위기가 아니
었습니까? 이 중대 간두에서 문학 운운은 어리석고 우선 말의 명맥을 부지해
나가야 할 터인데[37]

일제가 조선어를 말살하는 상황 속에서 한글을 지킨다는 것은 바로 민족
문화와 민족을 지키는 길이었다는 논리는 타당하다. 이태준이 정지용, 이병
기와 함께『문장』을 주재하면서 상고주의(尙古主義)를 강조했던 것은 조선
의 정신과 문화를 지키고자 함이었다. 하지만 문화도 언어가 없으면 단절될
수밖에 없는 것이다. 식민지 작가로서 언어를 지키고자 함은 당연한 일이었
다. 이러한 이태준의 의도가 박인철을 통하여 강조되고 있는 것이다.

4. 결어

이상에서 살펴본 바와 같이「화관」은 연애 장애모티프를 근간으로 서사
된 연애소설이다. 임동옥과 박인철 그리고 배일현의 삼각관계가 텍스트의

---

37)「문학자의 자기비판」,『인민예술』(1946.10), p.46.

마지막까지 이어지고 돈이냐 사랑이냐 하는 공식적인 선택이 동옥의 앞에 제시되지만 동옥은 순정을 지킨다. 인철이 뜻밖의 살인사건에 연루되지만 두 사람은 서로의 믿음을 잃지 않고 사랑을 확인하는 해피엔딩으로 마무리 된다.

이 텍스트에는 연애장애 모티프, 삼각관계, 멜러드라마적 인물구성, 우연한 사건, 해피엔딩 등 연애소설의 특성이 거의 다 나타난다. 이태준의 다른 장편소설들이 대부분 연애를 수단으로 하여 주제를 제시하고 있다면 이 텍스트는 연애의 과정에 초점을 맞추고 있는 것이다. 그런데 그 연애의 과정 속에는 당대 독자들의 기대지평과 작가 특유의 문체적 특성이 잘 드러나 있다. 「화관」의 텍스트 내적 구조는 독자들의 통속적인 재미와 밀접하게 관련이 되어 있는 것이다.

하지만 이 텍스트는 단순히 '시키는 소설'이 아니라 임동옥의 내적인 발전과정이나 박인철의 발언 속에서 작가의 계몽적인 목소리를 발견할 수 있다. 즉 「화관」은 통속성과 계몽성이 결합된 이중적인 구조를 가지고 있다. 「화관」을 통속소설로 매도할 수 없는 이유가 여기에 있다.

「화관」에서도 살펴 보았듯이 1930년대 발표된 연애소설들은 남녀간의 연애담으로만 이해하는 것은 협소한 시각이라고 할 수 있다. 연애소설은 연애담이 서사의 중핵을 이루지만, 이 연애가 이루어지는 서사구조는 당대의 담론화 방식과 밀접한 연관성을 가지고 있다. 연애소설의 공식성 속에는 당대의 독자들의 기대지평과 함께 당대 사회의 제도와 이데올로기적인 측면이 반영되어 있다.

사회주의 리얼리즘과 이기영 『고향』

김연수*

1. 머리말

이기영의 장편소설 『고향』[1]에 대한 논의는 여러 학자들에 의해 다양하게 이루어져 왔다. 그러나 이러한 연구들을 종합해보면 크게 두 가지 관점으로 나눌 수 있다. 첫째로, 『고향』을 리얼리즘 소설로 보는 관점이다. 즉, 『고향』은 1930년대 농민의 삶의 모습을 담아낸 리얼리즘 장편소설로 일제로 말미암아 훼손된 농촌과 농민들의 삶을 주시하면서 그것을 문학적으로 형상화하여 총체성을 획득했다는 시각[2]이 그것이다. 둘째로, 카프문학의 결실, 즉,

---

* 단국대학교 강사

1) ≪조선일보≫, 1933.11.15~1934.9.21 연재. 본고에서는 이기영, 『고향』, 한국 문학 대표작 선집 19.(문학사상사, 1994)를 주 텍스트로 삼았다.

2) 이러한 관점을 지닌 연구자로는 민병휘, 「민촌 고향론」(≪백광≫3~6호, 1937.2~5), 조남철, 「일제하 농민소설연구」(연세대 박사논문, 1985), 정호웅, 「이기영론: 리얼리즘 정신과 농민문학의 새로운 형식」, 『한국근대 리얼리즘 작가연구』(김윤식, 정호웅편(문학과 지성사, 1989), 한형구, 「고향의 문학사적 의미망」, 『월북문인연구』(문학사상사, 1989), 김윤식, 「이기영론」, 『한국현대 현실주의 소설연구』(문학과지성사, 1990), 김명인, 「1930년대 전후의 농민운동과 그 소설적 형상화」, 임헌영.김철 외, 『변혁주체와 한국문학』(역사비평사, 1990), 김홍식, 「이기영 소설연구」(서울대 박사논문, 1991), 이주형, 「1930년대 한국장편소설연구」(서울대 박사논문, 1983) 등이 있다.

'사회주의 리얼리즘 소설'로서『고향』을 바라보는 관점이다. 당시의 카프문학이 문학의 사회적·정치적 역할에만 몰두하여, 대중들에게 외면을 당해 그 목적을 달성하지 못했을 뿐만 아니라, 창작의 빈곤이라는 결과를 초래했다면 이와는 달리,『고향』은 프로문학의 목적을 달성함과 동시에 문학성을 획득한 소설이라고 평가하는 시각이다.[3]

본고에서는 위에서의 두 가지 접근방법 중에 카프문학의 결실, 즉 사회주의 리얼리즘 소설로서『고향』을 살펴보고자 한다. 물론 이와 같은 시각의 연구들이 지금까지 적지 않게 계속되어 왔으나, 사회주의 리얼리즘이라는 창작방법에 대한 구체적이고도 이론적인 고찰이 제대로 이루어지지 않았기에, 이 작품을 제대로 심도 있게 분석하는데는 다소 무리가 있었다고 생각한다. 그러므로 본고에서는 사회주의 리얼리즘에 대한 현대적이고도 구체적인 이론적 접근을 통해 사회주의 리얼리즘 소설『고향』이 지니는 의미를 새롭게 파악하고자 한다.

2. 사회주의 리얼리즘 이론의 발전과 현대적 재해석

사회주의 리얼리즘은 1934년 제1차 소련작가대회에서 소련문학창작과 문학비평에 관한 기존의 다양한 논의[4]들이 하나의 체계적이고 공식적인

---

3) 이러한 시각을 지닌 연구자로는 다음과 같다. 김태준,『조선소설사』(학예사, 1939), 한효, 「새로운 성격 창조」, ≪적성≫, 1946.3, 권일경, 「이기영 단편소설 연구」(서울대 석사논문, 1989), 권영민, 「계급주의 문학의 선봉장 이기영」, ≪월간경향≫,1988.9, 하정일, 「고향과 농민소설의 방향」, ≪연세어문학≫22(연세대학교출판부, 1990), 김재용, 「일제하 농촌의 황폐화와 농민의 주체적 각성」,『민족문학의 역사와 이론』(한길사, 1990), 김병걸, 「1930년대 민족문학의 현실」,『이기영의 고향론』, 이선영 편(한길사, 1990), 김성수, 「이기영소설의 연구—식민지시대 소설의 리얼리즘 성격을 중심으로」(성균관대 박사논문, 1991), 권유, 「이기영 소설연구」(한양대 박사 논문, 1992), 이상경,『이기영 시대와 문학』(풀빛, 1994) 등이 있다.

4) 1917년 러시아 혁명 후 소련에서는 다양한 문학 그룹들이 존재하였고, 사회주의 문학창작과 문학비평에 대한 다양한 논의가 있었으나 이것들이 하나의 체계화된 이론으로서 확립되지는 못했다. 즉, 사회주의 리얼리즘이 하나의 이론으로 공식화 되기 전에는 그것이 여러 학자들과 이론가들에 의해 '프롤레타리아 리얼리즘',

이론으로 확립된 것이라고 할 수 있다. 그러나 우리가 주목해야 할 것은 '사회주의 리얼리즘'이라는 문학이론과 문학현상이 단지 소련문학에서만 존재했던 것이 아니라, 세계문학사에 있어서 다양하게 여러 측면으로 연구되고 있는 다른 '주의'들— 즉, 고전주의, 낭만주의, 자연주의 등 —과 같이 하나의 문화·역사적 사실로 존재했으며, 일부는 지금까지도 계속해서 실재하고 있다는 것이다. 그러므로 이것은 하나의 세계적으로 광범위한 문학이론 및 문학적 현상이며, 한국, 일본을 포함한 세계 여러 나라와 여러 지역에서 그 예를 얼마든지 찾을 수 있다.5)

그럼에도 불구하고, 우리는 과거 분단된 특수한 정치적·이데올로기적 상황으로 인해서 사회주의 리얼리즘의 이론과 문학현상에 대한 객관적 연구의 가능성이 제한되어왔던 것이 사실이다. 20세기말 소련 공산주의 붕괴로 냉전시대가 막을 내렸고, 21세기에 접어들면서 남북 정치적 상황이 화해의 분위기로 바뀌어가고 있는 지금, 사회주의 리얼리즘의 대한 연구도 이제는 객관적으로 접근해야 될 때가 되었다고 하겠다.

지난 과거 소련문예학에서는 사회주의 리얼리즘에 관한 수많은 연구들이 있었고, 그러한 모든 연구들은 그것의 개념과 본질을 밝히는 것에 그 근본과제를 두었다. 그러나 그것은 각 시대마다 여러 측면에서 다양한 방법으로 연구되었고, 여러 단계에서 연구의 방향이 바뀌었다.

1920년대 러시아 학계에서는 사회주의 리얼리즘에 대한 연구가 시작되었으며, 사회주의 리얼리즘의 발생을 여러 나라들에서 특히 러시아6)에서의 사회주의 이념의 출현과 확산, 그리고 그것의 첨예화와 관련하여 이해하였다. 위와 같은 견해를 지닌 문학 연구들은 주로 사회주의 이데올로기의 창시

'혁명적 낭만주의', '유물 변증법적 창작방법' 등으로 다양하게 불려졌다.

5) Конрад. Н.И., Запад и Восток. М., 1972.

6) 당시 러시아에서는 프롤레타리아 삶을 묘사하고 사회주의 이념이 투철한 작품들—예를 들어, 20세기초 고리키 소설 『어머니』와 희곡 『적들』이라는 작품들—이 이미 쓰여졌고, 사회— 민주당이 형성되고 그후 볼셰비키당이 되어, 1917년 권력을 쥐게되었다.

자들 — 칼막스, 엥겔스, 플레하노프, 레닌 그리고 20세기초 생존했던 그의 동료들인 바로프스키, 루나찰스키 등 — 의 업적에 관심을 두는 것에 큰 의미를 지녔다.[7] 또한 1930년대 이후 사회주의 리얼리즘의 창작방법이 확립된 후 그 이론의 개념을 보충하여 더욱 확고히 하려는 이론적 관심을 지닌 연구들이 특별히 의미를 지니고 있다.[8]

이러한 러시아 1920년대 — 1930년대 연구들에서 나타난 사회주의 리얼리즘의 개념에 대한 이해의 수준을 살펴보면 지금 우리나라에서의 사회주의 리얼리즘에 대한 이해[9]의 수준과 크게 다르지 않음을 알 수 있다. 즉 우리나라에서 현재까지도 사회주의 리얼리즘을 논의하는 경우에 항상 인용되는 1934년 제1차 소련작가대회에서 공식적인 이론으로 채택된 다음과 규약 내용이 그것이다.

사회주의리얼리즘은 소비에트 문학 및 문학비평의 기본적 방법이어서 현실

---

7) 사회주의 리얼리즘 발생과 형성 및 과정에 관한 연구에서 특별히 가치있는 것은 많은 실제적인 자료를 포함하며 사회주의 이념과 관계된 새로운 문학출현의 원인과 역사를 재검토하는 뻬드로브, 메첸꼬, 쉐스코프, 안드레브 들의 업적들이다. 또한 1920년대 문학연구와 사회주의 리얼리즘문학 형성과정 분석에 관한 연구도 많다. 부즈닉, 스크로스뻬로로브, 그로즈노바, 벨리마야, 지쿠시나, 두브로비나, 끼셀로바등의 연구들이다.
8) 이러한 연구의 예로는 이주이또브, 안드레예브, 이바노브, 꾸즈멘꼬, 랍첸꼬, 치마페예브, 빠스펠로브, 볼코프업적 등이 있다.
9) 우리나라에서의 '사회주의 리얼리즘'에 대한 논의는 1934년 러시아에서의 사회주의 리얼리즘의 이론 성립 후 1960년대까지의 진행되었던 고전적이고 고정화된 협의의 개념으로서(예를 들면 대부분 사회주의 리얼리즘을 제1차 소련작가대회에서의 작가동맹규약, 문학사전적의미, 사회주의 리얼리즘이론 확립당시의 고리키 입장 등을 기본으로 하여 파악하고 있다.) 사회주의 리얼리즘을 이해하는 수준에 머물고 있을 뿐만 아니라 몇몇의 한정된 이론가들(예를 들면 루카치, 시냐프스키 등)의 이론을 소개하는 데 그치고 있다. 사회주의 리얼리즘에 대한 논의들은 김학수 편역, 『러시아문학과 정신』; 시냐프스키 『사회주의 리얼리즘이란 무엇인가?』(을유문화사, 1986); 문덕수외 공저, 『현대문학의 이론과 비평』(시문학사, 1991); 백낙청, 「다시 문제는 리얼리즘이다.」, 『사회주의 리얼리즘론과 엥겔스의 발자크론』, 1992; 보리스카갈리츠키, 안양노역, 「사회주의 사실주의」, 『생각하는 갈대』(역사비평사, 1991); 오세영, 「사회주의 리얼리즘이란 무엇인가」, 『문학연구방법론』(반도출판사, 1988); G루카치, 황석천 역, 『현대리얼리즘론』(열음사, 1986) 등이 있다.

을 그 혁명적 발전에 있어서 진실하게 역사적 구체성으로 그릴 것을 예술가에
게 요구하고 있다. 더욱이 예술적 묘사의 진실성과 역사적 주체성은 노동자를
사회주의 정신에서 사상적으로 개조하여 교육하는 과제와 결부시켜야 한다.[10]

그런데 이러한 사회주의 리얼리즘에 대한 견해는 1970년대부터 이와는
다른 점차 새로운 시각으로 변하기 시작했다. 즉, 1970년대에 이르면 사회주
의 리얼리즘을 좀 더 확장된 개념으로 이해하는 새로운 이론들이 나오기
시작하는데, 그것은 "사회주의 리얼리즘은 역사적으로 'Открытая эстетиче
ская система 열린 미학적 체계(혹은 미결정적인 체계),"라고 한 마르꼬프[11]
의 이론으로부터 시작된다. 그는 '열린'이라는 용어를 사용하여 사회주의
리얼리즘이 역사적으로 과거나 미래로 열려있는 살아있는 유기체임을 강조
하고자 했다. 많은 학자들은 이것에 크게 동의하지 않았으나 그럼에도 불구
하고 사회주의 리얼리즘 개념의 확장된 이해라는 측면에서 주목받았다.

그러나 좀 더 본격적으로 사회주의 리얼리즘에 대한 견해가 이전과는
달리 바뀌기 시작한 것은 1980년대부터였고, 1990년대에 들어와서는 현대
적 관점에서 사회주의 리얼리즘의 본질과 그 의미를 찾으려는 이론가들의
다양하고도 새로운 이론들이 생겨나기 시작했다. 그 이론들은 사회주의 리
얼리즘의 근원에 대한 문제를 리얼리즘과의 상호관계로서 이해하려는 연
구[12], 사회주의 리얼리즘을 아방가르드, 모더니즘, 포스트모더니즘과의 관
련하여 이해하려는 연구[13], 사회주의 리얼리즘이 지닌 규범주의 속성에 대

---

10) 김윤식, 『한국근대사상사』(한길사, 1984).

11) Марков Д.Ф., Проблемы теории социалистического реализма. М, 1975.

12) 그들 중 중요한 것으로서 간구누스의 사회주의 리얼리즘에 대한 시초에 대한 견
    해인데, 이러한 토대가 이전엔 마르크시즘에 있다면, 그는 그것은 리얼리즘에
    그 토대가 있다고 주장하고 있다. Гангнус. А., На руиках позитивной эстетики,
    Новый мир, 1988, No 8.

13) 대표적으로 그로이스의 「러시아 아방가르드(전위) 정신에서의 사회주의 리얼리즘
    의 발생」이라는 논문을 들 수 있다. 논문에서 그는 아방가르드(전위주의)와 사회
    주의 리얼리즘의 유사점에 대해 쓰고 있는데, 당시 전위주의자들의 특징이었던
    즉, 그들의 여러 가지 예술형식으로 새로운 현실을 창작하려는 것과 삶의 개혁
    의 필요성의 확신이 널리 유행했던 까닭에 이러한 세계관이 (사회주의 리얼리즘

한 연구14), 그 밖의 연구15)들로 나눌 수 있다. 이렇게 다양한 새로운 이론들이 생겨나기 시작한 이유에 대해 미쩐16)은 '이는 나라 전반에 문학을 포함한 모든 분야에서의 이념적·도덕적 환경의 변화가 있었기 때문'이라고 지적했다.

그러므로, 사회주의 리얼리즘에 대한 이론 및 작품에 대한 연구가 21세기인 지금도 다양하게 여러 가지 측면에서 이루어지고 있다. 이러한 다양한 새로운 견해들 속에서 본고는 유형학적 입장에서 사회주의 리얼리즘의 본질을 이해하려고 한다. 여기서 유형학적 입장이라는 것은 사회주의 리얼리즘을 창작방법의 변수의 하나로서, 그리고 리얼리즘에서 출발한 발전단계의 하나로서 파악하는 것이다. 그러므로 본고는 리얼리즘의 발전 과정 중에서 특정한 한 단계인 새로운 형태의 리얼리즘으로서 그리고 창작방법17)으로서

의) 그것의 발생의 원인이 되었다고 생각한다. 그래서 그는 사회주의 리얼리즘은 비판적 리얼리즘과 관련되었다기보다는 1920~1930년대 아방가르드와 관련되었다고 주장한다. Гроис Б., рождение социалистического реализма из духа руского авангарда. В.Л., 1992. No1.

14) 갈룹꼬브의 논문은 사회주의 리얼리즘의 규범적인 특성에 대한 중요한 연구중의 하나인데 「1920~30년대 러시아민족적운명과 러시아 문학과정에 관한 연구」라는 논문을 들 수 있다. 여기서 그는 "사회주의 리얼리즘이라는 것 속에서 예술적인 작품들을 구별해야한다고 주장하였고 새로운 리얼리즘이라고 부를 수 있는 것을 가려내야 한다"고 주장하였다. 또한 그는 사회주의 리얼리즘과 관련하여 "사회주의 리얼리즘문학은 인식(있는 것에 대한 파괴, 삶에서의 미래적 관계, 사실적인 현실의 거부를 예견하는)의 유토피아적 형태의 구상화로 되어 있다. 그러므로 반인도주의적인 퍼포스(감격적 표현)와 세계의 이상적 모델을 요구, 그리고 이로부터 삶에 묘사에서 규범주의가 나오게 되는 것이다"라고 주장한다. Голувков М.М., русский литературный процесс 1920~30—х годов. как феномен национального сознания, доктор. филол. наук. М., 1995.

15) 예를 들어 세르게예브는 「몇몇의 구태의연한 문제들」이란 논문에서 "사회주의 리얼리즘은 리얼리즘과는 멀어 유사성이 없으며 현대적 고전주의 변형 중 하나와 유사하다"라고 주장했다. Сергеев Е., Несколько застарелых вопросов. Новый мир, 1988. No9.

16) Митин Г., От реальности к мифу. ВЛ, 1990. Апрель.

17) 1920년 후반 및 30년 초에 제기되어 1934년 후 즉, 제1차 소련작가대회 및 소련작가동맹 설립 후에 그 용어는 확립되었다. 그리고 그것이 창작방법으로서 성립되었다는 것은 주지의 사실이라고 하겠다.

사회주의 리얼리즘을 이해하고자 한다.

먼저 사회주의 리얼리즘을 창작방법으로서 이해한다면 그것의 정의는 어떻게 내릴 수 있을까? 이에 대해 러시아 문학이론가인 볼코프의 이론을 요약하여 살펴보면 다음과 같다. 그는 먼저 창작방법에 대해 "이것은 인간의 정신적 실제적 경험의 여러 형태이고, 삶의 제확장의 예술적·창작적 묘사의 근원으로 작가에 의해 창작적으로 습득된 것이며, 절대적인 원칙을 통하여 작가의 창작적 이해의 범위 안에 있는 모든 것을 작가는 다시 개작하여 만드는 것"이라고 하며, 또한 창작방법 형성의 매카니즘에 대해 "예술적 창작방법의 형성은 예술가의 오직 창작적 실제작품에서만 나타난다. 그러므로 그것은 독특하며 반복되지 않는다. 그러나 여러 작가들의 창작방법의 원천은 사람들의 정신적 실제적 경험의 같은 형태로 나타나기 때문에 이러한 작가들의 창작방법의 일치, 예술적 체계의 일반적이고 방법론적인 기초가 역사적으로 성립된다."[18]고 주장한다.

또한 이러한 창작방법에 대하여 문학백과사전에서는 "단순한 표현의 수단이 아니고 작가와 인식된 현실과의 창작적 관계의 일반적 원칙을 제시하는 수단이다. 즉, 일정한 전형화에 근거하여 현실을 재구성하는 수단이다"라고 정의하고 있는데 이러한 개념을 볼코프는 더 발전시켜서 "인식된 현실과 작가의 창작적 관계의 일반적 원칙은 작가들에 의해 창작적으로 습득된 인간의 정신적·실제적 경험의 형태(예술의 창작의 근원이 되는 것, 삶의 자료)로서 창작방법의 개념을 확실시한다. 결국, 이 기초 재구성의 방법론적 원칙은 삶의 실제적 특성의 확장된 예술적·창작적 재현의 절대적 원칙으로서 정의되어진다"[19]고 설명한다.

이와 같은 창작방법에 관한 정의는 예술본질에 가장 상응한 것으로 보이며 앞으로 창작방법을 더 깊이 해명하는데 효과적인 것으로 판단된다. 그러므로 본고는 이러한 볼코프의 이론을 바탕으로 하여 사회주의 리얼리즘을

---

18) Волков. И.Ф., Теория литературы. М, 1996, p.156.
19) 위의 책, 같은 면.

이해하고자한다.

이미 주지하는 바와 같이, 본질적으로 창작방법의 이해는 '리얼리즘(Реал
изм)' 및 '리얼리즘(Реалистический)'이라는 개념의 이해와 불가분의 관계
로 전체적으로 긴밀히 연결되었음을 알 수 있다. 그러므로 리얼리즘 본질의
이해 없이는 사회주의 리얼리즘이 무엇인가를 이해하는게 불가능하다. 러시
아에서 리얼리즘의 관한 논쟁이 50~60년대부터 진지하게 시작[20]되었으나
그 논쟁은 연구 대상의 완결적인 해명을 도출해내지 못하였다.

그렇기에 70년대에 인문과학은 문제제기에 있어 다른 견지, 즉, "리얼리
즘의 형태에 관한 문제"가 나타나게 되었다. 그러한 문제제기의 원인은, 연
구자들이 주목하는 것으로서, 창작방법에 관한 사고의 추상성으로부터의
탈피와 리얼리즘의 구체적 · 역사적 형태의 연구[21]에 관한 주의를 돌리는
필요성에 기인되었다. 대표적 연구결과로『러시아 문학에서의 리얼리즘의
발전』이라는 제목의 3권의 논집[22]이 나왔다. 그 책 중 특히 이론적인 장들
(돌로또바의 뚜르게네브에 대해서, 네드즈베스키의 곤차로브에 대해서, 마
쮸센코의 게르쩬에 대해서 등등)에서 19세기 중반 러시아 문학에서의 리얼
리즘 형성의 원인과 원천에 관한 논의가 전개, 발전 심화되었으며, "리얼리
즘 형성의 중요한 원인이 인간인식에서의 '역사주의'와 사람들 삶에서의

---

20) 50~60년대 있었던 논쟁에 관한 내용은 「리얼리즘의 문제」(Проблемы реализма
   М,1957.)와 「리얼리즘 유형학의 문제」(Проблемы типологии реализма. М, 1967) 등
   에서 참조 할 수 있다.
21) 예를 들면, "19세기(1840~1870년대) 러시아문학에서의 리얼리즘 발전" 혹은, "리
   얼리즘의 형태들", "비판적 리얼리즘 문학에서의 심리학적인 사조", "리얼리즘에
   서의 사회학적인 사조" 등.
22) 이 논집은 고리키 창작에서의 사회주의 리얼리즘의 발생에 관한, 그리고 19세기
   말 20세기초에서의 리얼리즘의 이론 형태에 관한 장으로 끝나는데 많은 구체
   적 자료를 사용함으로써 창작방법으로서의 리얼리즘의 근본적인 특징을 살피고
   있다. "다른(여러) 시기의 리얼리즘의 발전에 대한" 장도 이를 논증한다. 예를
   들면, "19세기(1840~1870년대) 러시아문학에서의 리얼리즘 발전" 혹은, "리얼리
   즘의 형태들", "비판적 리얼리즘 문학에서의 심리학적인 사조", "리얼리즘에서의
   사회학적인 사조" 등. Развитие реализма в русской литературе. М, Т. 1.1972
   Т.2. 1973, Т.3. 1977.

상황의 역할인식에 있었음"을 밝히고 있다.[23] 이 사상은 프리들렌데르의 「러시아 리얼리즘의 시학」(1971년)이라는 논문[24]에서 "가장 의미가 있는 경향은 리얼리즘이 무엇인가를 역사주의 이해에 근거하여, 상황 및 환경의 역할들에 관한 고찰방법과 환경과 인간사이의 관계로써 설명하는 것을 추구하는데 있다."라며 매우 적극적으로 논의되었다. 당시, 문학이론가 볼코프는 이와 같은 문제를 1970년대에는『파우스트와 창작방법의 문제』[25]라는 책에서 자신의 사상을 기술했으며, 그 후에는『창작방법들과 예술적 체계들』[26]에서 그리고 이미 90년대에는『문학이론』[27]이라는 책에서 그와 같은 문제를 기술했다.

『문학이론』[28]에서 그의 의견에 따르면, "창작방법은, 여러 다른 역사적 시기(고대, 중세, 르네상스, 계몽주의, 낭만주의, 리얼리즘)에서의 인간과 그의 본질을 어떻게 이해하고 해석하는지, 그리고 예술작품에서의 이것을 어떻게 반영하는지에 따라 달려있다."라고 하며 여기에서는 각 개인의 본질과 외부적 상황의 이해에서 "역사주의" 역할에 관한 것이 논의된다.[29]

여기서 우리가 주목해야할 것은 '보편적 리얼리즘'과 '새로운 시대의 사회적·역사적 리얼리즘'과의 구별이다. 이 주제에 대한 고찰의 독특한 결론

---

23) 이에 관해 그 해에 이미 빠스펠로프의 「문학의 역사적발전에 관한 문제」(1972년)에서 (리얼리즘에서의) 「예술가의 사회적 세계관에서의 역사주의」의 의의는 "가장 진보적인 작가들 뿐만 아니라 자신들의 창작적 경험을 사용하는 또 다른 재능있는 작가들의 창작에서 비판적 리얼리즘의 전성시대를 만든 것"이라고 주장했다. Поспелов Г.Н., Проблемы исторического развития литературы, М., 1972. p.57.

24) Фридлендер Г.М., Поэтика русского реализма. М.,1971.

25) Волков И.Ф., Фауст и проблема творческого метода. М., 1970.

26) Волков И.Ф., Творческие методы и художественные системы. М., 1978.

27) Волков И.Ф., Теория литературы. М., 1995.

28) Волков., 위의 책, p.231.

29) 볼코프는 "리얼리즘은 19세기 중세에 우세했다. 그 이유는 상황과 인간의 특성들과의 일정한 상호관계 (주어진 상황에서의 자신을 확고하게 만드는 특수한 구체적·역사적 인물이 지닌 스스로의 가치를 평가하는 특성과 다른 한쪽으로는 이 인간을 굴복시키는 구체적·역사적 상황과 사회적 본질에 따라 인물의 성격을 개조되는 것의 일정한 상호관계) 때문이었다."라고 밝히고 있다.

은 1987년도에 출판된 문학백과사전에 있는 실려있는 논문30)을 들 수 있다.
그러나 그 논문의 내용을 살펴보면 상당히 전통적인 정의를 내리고 있다.

리얼리즘(말기 라틴어, realis — 형이하학적인, 현실적인)은 예술적 방법이
며, 그에 따라서 작가가 삶 자체 현상의 본질에 상응하는 형상을 통해 그리고
현실의 사실들을 전형화하여 삶을 묘사한다. 리얼리즘에서는 사람이 자기자
신 및 주위 세계를 인식하는 수단으로서 문학의 의의를 주장하면서, 삶을 깊이
인식하도록 그리고 현실에 존재하는 모순을 넓게 간파하도록 노력하며, 예술
가의 제한됨이 없이 모든 측면들을 밝히는 권한을 인정한다. 리얼리즘 예술은
사람과 인간의 상호작용, 인간운명에 대한 사회적 조건의 작용(영향), 풍습과
인간의 정신적 세계에 대한 사회적 상황의 영향, 사회운동의 적극적인 개조적
역할을 보여준다.

그 다음으로,

광범위한 의미에서 리얼리즘의 범주는 비록 작가가 이런저런 학파나 경향
에 속해있다고 하더라도, 현실에 대한 문학작품과의 관계를 정의를 하기 위해
존재한다. 좀더 엄밀한 의미로서 리얼리즘은 창작방법이나 문학적 경향을 의
미한다.

여기서 리얼리즘 창작방법과 사조의 발생 및 그것의 형성 시기에 관한
문제는 논쟁거리로 남아있다.31) 그러나 가장 일반적인 견해는 다음과 같이
기술하고 있다.

---

30) Аникст А. А. Мотылева Т.Л., Реализм ЛЭС. М, 1987. pp.318~321.
31) 몇 몇의 소련연구자들은 다음과 같이 생각한다.: 현실을 반영하는 사실주의적인
　　원칙들은 고대시기에서 발생하였고 그리고 그 다음에 많은 역사적 단계를 지나
　　왔다.(≪고대 리얼리즘≫, ≪르네상스의 리얼리즘≫, ≪계몽주의적 리얼리즘≫,
　　≪19세기의 리얼리즘≫, ≪사회주의 리얼리즘≫); 다른 연구자들은 초기 리얼리
　　즘은 르네상스시대와 연결한다. 이와는 달리 또 다른 연구자들은 18세기, 즉, 가
　　정적—풍속 및 사회적—풍속소설 장르가 형성된 시기부터 계산한다.

창작방법(혹은 경향)으로서의 리얼리즘은 1830년대, 즉 유럽문학에서 세계를 진실하게 묘사하 는 원칙이 주장될 때 가장 충만하고 가장 발전된 사회적 · 분석적인 형태에서 형성되었다. 유럽문학에서 리얼리즘 바로 앞에 선행된 것은 18세기말 19세기 초 낭만주의였다. 리얼리즘은 사회적 관계를 이상화하는 것을 반대투쟁하며 낭만주의와 나란히 발전되었다.

그렇다면 창작방법으로서 그리고 유형학적으로 리얼리즘과 연결되어 있는, 즉 리얼리즘의 새로운 형태로서의 사회주의 리얼리즘을 어떻게 정의할 수 있을까? 먼저 유형학적으로 사회주의 리얼리즘이 리얼리즘과 연결되어 있다는 견해는 러시아의 수많은 연구들에서 논의되었다.32) 이렇듯 러시아에서는 사회주의 리얼리즘을 리얼리즘 창작방법의 하나의 발전으로서 생각하는 학자들의 견해가 많은데, 주목할 만한 것을 살펴보면 다음과 같다.

먼저 문학이론가인 안드레예프는 "사회주의 리얼리즘이란 것은 미래의 발전, 풍부화, 그리고 사실주의 창작방법이 본질적으로 지니고 있는 가능성의 확신, 예술가의 감정과 지혜에 관한 사회주의적인 판단으로 인해 완성되는 발전이라고 나는 이해한다."33)고 하였고 러시아 문학이론의 아버지인 빠스뻴로프는 "확신의 리얼리즘 혹은 일반적으로 그것을 부르는 것으로서 그의 세계관을 불러일으키는 이념들의 특성에 따라 사회주의 리얼리즘이라고 부른다. — 이것은 삶의 반영의 어떠한 특별한 원칙이 아니다. …이것은 하르크스네스에게 보낸 엥겔스의 편지에서 정의된 그와 같은 본질을 지닌 리얼리즘이다. 그러나 사회발전의 새로운 단계에서 발생되는 것"이라고 주장한다. 이러한 견해는 니꼴라예프의 견해와 가깝다. 그는 "사회주의 리얼리즘과 비판적 리얼리즘이 내적으로 동계관계에 있다"고 강조하고, 또한 "사회주의 리얼리즘이 삶의 예술적 반영의 원칙에 준거하고 있으므로, 이것은

---

32) 그 대표적 예로 러시아의 문학이론가인 게이는 "사회주의 리얼리즘의 근본적 연구방법은 유형학적 연구방법이다"라고 했다. Гей Н.К., Социалистический реализм как закономерность литературного развития, М, 1965. pp.443~445.

33) Андреев Ю.А., О социалистическом реализме. М., 1978. p.35.

리얼리즘이다."34)라고 주장했다. 이러한 견해는 객관적으로 이주이토바에 의해 지지되었는데 그는 1975년도에 "사회주의 리얼리즘이라는 것은 새로운 예술의 일반적인 원칙을 예술적으로 구상화하는 것— 근본적으로는 사실적인 것으로 이해한다."35)라고 그의 논문에 기술하였다. 그는 또한 세르비나가 "사회주의 리얼리즘에서 리얼리즘 자체가 새로운 특징을 얻게 되었으며, 그렇기 때문에 새로운 창작방법의 중요한 원칙은 리얼리즘에 근거하고 있다"36)라고 강조한 것을 인용하였다. 이상에서, 몇 몇의 대표적인 학자들의 의견을 살펴보았는데, 이러한 견해를 뒷받침할 다른 여러 연구자들(예를 들자면 문학백과사전을 서술한 문학이론의 대가들인 치마페예프와 마르코브 등을 포함하여)의 견해37)는 그들의 수많은 저서에서 쉽게 찾아 볼 수 있다. 그러므로 사회주의 리얼리즘은 리얼리즘의 후계자인 것이며 계속 발전하는 리얼리즘의 새로운 형태라고 할 수 있을 것이다.

그렇다면 리얼리즘과 차이나는 사회주의 리얼리즘만이 지니는 그것의 변별적 특성은 무엇인가? 이러한 문제 해결의 답을 찾기 위해 많은 학자들 및 이론가들이 노력하고 있다. 그러나 다수의 연구자들의 이론들을 종합할 때 창작 전제에 있는 세계관의 특수한 형태, 즉, 구체적·역사적으로 삶에 접근하고 현실에 존재하는 삶의 복잡성과 모순성을 연구하며 미래에서의 발전의 길을 예견하는 것을 가능케 하는 세계관에서 그 차이점의 근원을 찾음을 알 수 있다. 이는 우리나라에서의 사회주의 리얼리즘에 대한 연구의 방향과도 크게 벗어나지 않기에 본고에서는 구체적으로 자세히 다루지 않기로 하겠다.

결국, 사회주의 리얼리즘은 하나의 창작방법으로서, 구체적·역사적으로

---

34) Поспелов Г.Н., Теория литературы, М.,1978, p.89.

35) Иезуитов А.Н., Социалистический реализм в творческом освещении. М., 1975, p.37.

36) Щербина В.Р., Социалистический реализм как творческий метод. М., 1960, p.249.

37) 처음으로 이러한 견해가 말해진 것은 1934년에 열린 소련 제1차 작가대회에서 고리키가 비판적 리얼리즘과 사회주의 리얼리즘의 2가지 형태에 관한 문제를 제기할 때에 말해졌던 것이다.

삶에 접근하는 동시에 현실에 존재하는 삶의 복잡성과 모순성을 이해하며, 동시에 미래발전의 전망을 가능케 하는 세계관의 특수한 형태[38]를 내포한 새로운 형태의 리얼리즘이라고 정의할 수 있다.

사실 1930년대 시작하여 소련붕괴 전까지는 실질적으로 모든 소련문학을 사회주의 리얼리즘이라고 불러왔다. 이런 개념에서 사회주의 리얼리즘의 개념은 매우 광범위하다고 할 수 있다. 그러나 본고에서 새롭게 살펴 본 개념정의에 따른다면 진정한 의미에서 사회주의 리얼리즘 작품이라는 것은 예술적으로도 훌륭한 문학작품들을 지칭한다고 할 수 있겠다. 그러므로 우리나라에서 사회주의 리얼리즘에 대한 기존의 연구태도 —즉, 사회주의 리얼리즘 창작방법이 '사회주의 이데올로기에 의한 근로 대중을 개조하고 교육시키는 사상적 임무를 지닌 것'[39]으로, 그러한 특수한 세계관을 지님으로 해서 필연적으로 작품은 리얼리티를 상실하고, 그 결과 예술성이 없는 교조주의, 도식주의 작품으로 밖에는 될 수 없는 필연적인 한계를 지닌다는 것— 들은 사회주의 리얼리즘에 대한 객관적이고 이론적인 접근과는 거리가 먼 것이라고 하겠다. 실제적으로 러시아의 사회주의 리얼리즘 작품들[40]에서는 진정한 사회주의 리얼리즘 — 즉, 리얼리티가 있고 새로운 전망을 내재하면서도 훌륭한 예술성을 획득한 작품들이 상당수 있음을 알 수 있다. 그러므로, 과거 우리나라 사회주의 리얼리즘 작품들이 대부분 도식주의적이고 선전구호적인 작품들이 된 것이 그 창작방법 자체의 문제 때문에 나타난 것이 아니라는 점에 우리는 주의를 기울일 필요가 있다. 즉, 새로운 세계관과 전망을 내재함과 동시에 리얼리티 획득을 해야되는 이중부담을 지닌 창작방법의 특수성과 작가의 역량의 부족 그리고 시대의 특수한 정치적 상황(한국

---

38) 이를 좀더 구체적, 한정적, 좁은 의미로 언급하자면 마르크스주의의 세계관이라고 할 수 있다.
39) 제1차 소련작가대회 보고속기록, 모스크바, 1934. 김학수 편역, ≪러시아 문학과 저항정신≫(을유신서, 1986), p.716. 재인용.
40) 훌륭한 러시아 사회주의 리얼리즘 작품으로 파제예프(Фадеев)의 장편소설인 『궤멸(Разгром)』, 라브레뇨프(Лавренов)의 단편소설인 「41번째(Сорок первый)」와 그의 희곡인 「부서짐(Разлом)」 등이 있다.

같은 경우는 일제식민지치하)으로 그 창작방법에 충실하지 못할 때, 쉽게
리얼리티를 상실하게 되고 결국 세계관만을 생경하게 나타나게 되어 작품의
예술성 획득에 실패하고 규범주의로 빠지게 되는 것이기 때문이다. 결국
졸작인 낭만주의 희곡, 예술성 없는 상징주의 희곡 등이 있을 수 있듯이,
결국 사회주의 리얼리즘도 성공한 혹은 실패한 사회주의 리얼리즘 작품이
있을 뿐이지 그 창작방법이 문학창작방법으로서 가치가 없는 것으로 몰아가
서는 안될 것이다. 이러한 사회주의 리얼리즘의 이론적 이해를 바탕으로
이기영의 장편소설『고향』을 분석하고자 한다.

3. 사회주의 리얼리즘 소설 : 이기영『고향』

　이기영은 한국 근대문학사에서 뚜렷한 발자취를 남긴 작가이다. 그가 이
렇듯 평가되는 이유는 첫째로, 그의 전 생애에 걸쳐 이루어 놓은 방대[41]한
문학작품들이 한국의 역사와 밀착되어 있기 때문이며, 둘째로, 그가 1920년
대 중반 이후 우리문단의 커다란 중심축의 하나였던 카프문학의 성립과
발전 그리고 쇠퇴와 연관되어 그것의 흐름을 규정지을 수 있는 대표적인
작가이기 때문이다. 이와 같이, 이기영은 카프가 결성된 이후, 이론에만 치우
쳤던 당시 카프문학의 활동과는 달리 활발한 작품창작을 통해 그 이론을
구체화시킨 작가였다. 특히 카프문학의 후반부시기에 그의 작품『고향』에
소련의 사회주의 리얼리즘 창작방법을 도입하여, 지난 카프소설의 약점으로
지적되었던 추상적 관념성을 극복하고 사실주의적 문학세계를 구축해 나갔
다는 것에 우리는 주목할 필요가 있다.

　그러므로『고향』은 지난 카프소설의 도식적이고 교조주의적인 관념성을

---

41) 민촌 이기영은 1924년 ≪개벽≫지의「옵바의 비밀편지」가 3등으로 입선한 것을
　　계기로 1924~1945까지 대략 소설 100여 편, 희곡 2편, 평론 60여 편을 발표하였
　　고 북한에서도 많은 작품을 창작하였다. 월북이후작품으로는「개벽」(단편),「형
　　관」(중편),「립춘」(단편),「한 녀성의 운명」(중편),「화병」(단편),『땅』(장편),『조국』
　　(장편) 등이 있다.『남북한 문학사 연표』(한길사, 1990) 참조.

극복하고 사회주의 리얼리즘 소설의 진수를 보여준 작품이라고 하겠다. 주지하듯이, 1934년 8월 전 소련작가동맹 제1차 대회에서 사회주의 리얼리즘이 명문화되었다. 이러한 러시아에서의 사회주의 리얼리즘 이론의 성립은 우리나라 카프문학의 마지막 창작방법으로서 1934년 수용되었고 이러한 새로운 창작방법의 수용은 이기영에게도 큰 영향[42]을 주었다. 그러므로 이기영이 이전 카프소설과는 달리 '산 현실의 예술적 형상화'를 강조하며, 사회주의 리얼리즘 이론의 영향을 받아 실제적으로 작품으로 만든 것이 『고향』이라고 하겠다.

앞에서 살펴본 바와 같이, 먼저 '리얼리즘의 한 발전단계'로서 사회주의 리얼리즘의 이론으로 『고향』을 살펴보면, 1920~30년대 일제식민지 통치하의 파행적 근대화과정에 있는 농촌과 그들의 수탈에 의해 고통받는 농민의 궁핍한 삶을 사실적으로 형상화하고 있음을 알 수 있다. 즉, 일제의 토지조사사업 및 파행적 근대화(경부선의 완공, C철사의 개통, 제사공장의 설립, 읍내의 가속적 번성과 원터의 빈궁심화)로 인한 농민계층의 몰락 및 지주계급의 수탈과 횡포 등을 총체적으로 훌륭하게 그려내고 있다.

> 오년 동안에 고향은 놀랄 만큼 변하였다..... C사철은 원터 앞들을 가로 뚫고 나갔다. 전선이 거미줄처럼 서로 얽히고 그 좌우로는 기와집이 즐비하게 늘어섰다.[43]

> 양조소에는 물물이 술지게미가 많이 나왔다....거기다 비교하면 이 재강이야 말로 훌륭한 고등 요리가 아닌가?[44]

이렇듯 『고향』은 식민지 농촌 현실의 풍부한 생활묘사를 바탕으로 '원터'라고 하는 작품 내적 공간을 '총체적'으로 형상화함으로써 리얼리즘을 획득

---

42) 민촌, 「창작방법문제에 관하야」, 《조선일보》, 1934.5.28~6.4.
43) 이기영, 앞의 책, p.45.
44) 위의 책, p.84.

하고 있다.

이와 동시에, 『고향』은 이러한 시대 및 사회상이 투영된 인물들의 전형화에도 성공하고 있다. 그러므로, 모든 사건들이 주인공 위주로 전개된 이전의 카프소설과는 달리, 다수의 많은 인물들을 등장시킴으로써, 주인공과 무관한 많은 사건들이 함께 존재하는 데[45], 이는 이 작품의 구성상의 특징이라고 할 수 있다. 또한 『고향』에서의 등장인물들은 크게 긍정적 인물(김희준, 안갑숙, 김선달, 인동)과 부정적 인물(안승학, 정목사, 장수철 등)등으로 나눌 수 있는데, 과거 이전의 카프소설들과는 달리 긍정적인 인물인 주인공 김희준이 작가의 이념을 대변하는 '메가폰'적인 인물이 아닌 전형적인 인물로 그려지고 있음에 주목할 필요가 있다.

> 그런데 웬일이냐?그들은 희준이 행장이 너무나 초라한 데 그만 놀랐다…우리아들(역부)이 서울 갔다오는 길도 이보다는 낫겠구먼![46]

> 홀로가는 희준이는 적적한 들 가운데를 접어들며 마음속에 고독을 느끼었다… 그렇다! 그들도 사람이 아닌가. 잘 지도하면 된다.[47]

즉, 희준은 인텔리로서 폐쇄된 농민의 의식을 계몽하고자 노력하는 인물이나, 그 과정에서 그들의 보수성과 숙명론적인 인생관, 소소유자적 이기주의에 부딪혀 좌절하기도 하고, 자신속에 은밀히 도사린 인텔리 근성과 소시민적 패배주의를 극복하고자 끊임없는 자기비판[48]을 하며 고민하는 '살아있는 인물'로 형상화되고 있다.

> 그는 이른봄부터 밭도 매보고 모도 심어 보았다. 그는 틈있는대로 지성스레

---

45) 이주형, 위의 논문, p.107.
46) 이기영, 앞의 책, p.47.
47) 위의 책, pp.161~162.
48) 정호웅, 「이기영론—리얼리즘 정신과 농민문학의 새로운 형식」, 김윤식·정호웅 편, 『한국근대 리얼리즘 작가의 연구』(문학과지성사, 1988), p.90

농꾼들을 따라다니며 노동을 체험했다.[49]

> 한참을 다시 논을 맬 무렵에 희준이도 호미를 들고 논 안으로 들어 섰다...내
> 살을 꼬 집어서 남의 아픈 사정을 알랬더라고 자기가 직접으로 육체적으로
> 고통을 당하고 보니 그 전에 놀고 먹던 허물이 황송하다.[50]

그러므로 현실에 대한 각성이 긍정적 인물인 김희준에서 농민으로 확대
될 수 있는 것이며, 또한 선진적인 지식인—소작농민들과의 관계가 이전의
도식적인 계몽구조에서 벗어나 구체성을 획득하게 된다. 즉, 작품에서의 작
가가 만든 완결된 인물이 아닌 상승하며 발전하는 주인공 희준의 모습은
인물의 전형화에 성공하고 있다고 하겠다.
또한 이미 언급한 바와 같이, 『고향』에 나오는 많은 등장인물들은 작품
의 총체성을 더해주는 중요한 역할을 담당하며, 그 중에서도 원터의 농민들
은 제각기 독특한 성격을 보여준다.

> 대체 이것은 무슨 까닭인가? … 조첨지와 김선달은 서로 자기의 말이 옳다고
> 우기었다.[51]

> 그러나 지금의 인순이는 그런 생각은 한갓 공상에 지나지 못하는 것을 사실
> 로 인식함에 이르자 세상에 대한 새로운 지식을 차차 터득하게 되었다… 사회
> 의 일분자로서 한 사람구실을 해야겠다는 향상심을 가지게 되었다.[52]

이와 같이, 이 작품에서 김선달과 김원칠은 변화하는 시류를 이용하지
못하고 몰락한 당시 전근대적인 성격을 지닌 대다수의 조선농민의 모습을,
인동과 인순은 희준을 통해 발전하는 농민의 모습을 전형화하여 보여주었

---

49) 이기영, 앞의 책, p.253.
50) 위의 책, pp.264~265.
51) 위의 책, pp.171~172.
52) 위의 책, pp.431~432.

다. 이 밖에도 부정적인 대표적 인물인 안승학은 농민을 착취하는 지주계급의 대리자인 마름의 전형을 보여주고 있는데, 작가는 이러한 전형화 된 인물을 내세워 일제의 침탈과정에서 빚어진 힘의 공백과 제도적 허점을 한껏 이용함으로써 경제적 성장의 초입에서의 마름계층을 사실적으로 형상화하고 있다. 이렇듯, 『고향』은 1920년대 식민치하의 파행적 근대화 과정에서의 당대 농촌현실 및 그 속에 살았던 농민들의 전형화에 성공하고 있으며, 이를 통해 이 작품은 '리얼리즘'을 성취하고 있음을 알 수 있다.

그러나 『고향』은 단지 우리농촌을 매우 충실하고 정직하게만 증언하는데 그치지 않고, 다른 세계로 나아가려는 전망 즉 '새로운 세계관'을 지님으로써 사회주의 리얼리즘의 특성을 지니게 된다. 즉, 사회주의 리얼리즘의 현실·사회 변혁적 성격으로 해서 대부분의 작품이 발전된 미래에의 지향을 제시하고 있다. 작품에서 제시되는 이와 같은 미래지향을 우리는 '전망'이라 부르는데, '전망'이란 작품에서 제시되는 미래에의 목표 설정을 가리키는, 리얼리즘 이론에서 가장 중요한 개념들 중의 하나이다.[53] 루카치가 말하는 전망의 개념은 "한 사회의 발전과정을 어떤 인물의 행위와 사고를 통해 객관적으로 제시하는 것"으로 요약될 수 있는데, 이런 관점에서 보면 구체적 현실의 객관적 형상화를 통해서 드러나는 한 사회의 구체적인 발전경향만을 참된 의미의 전망이라고 할 수 있다. 그렇기 때문에, 작품에서의 전망이 이러한 동적 현실로부터 괴리된 양상으로 제시된다면, 그것은 충분한 설득력도 실천적인 힘도 발휘할 수 없는 것이다.

이와 관련하여, 지금까지 구체적 현실성의 측면에서 『고향』의 전형적 형상화의 성패를 앞에서와 같이 살펴보았다면 이제는 그것이 역사적 진보의 방향성을 담은 것이었는가의 문제를 살펴보아야 할 것이다. 전망으로서의 세계관, 즉, 작가의 세계관의 진보적 성격을 『고향』에서는 노동쟁의와 소작쟁의로 장식되고 있는 작품의 결말부분에서 찾아볼 수 있는데, 그것은 작가의 의식적 세계관이 강한 경향성[54]으로 특징지어지고 있음을 알 수 있다.

---

53) P.Ludz, SchriftenZur, Literatursoziologie, Luchterhand, 1977, pp.254~256.

그런데 여기서 주목할 것은 과거 카프문학작품의 그러한 경향성 — 즉, 사회
주의적 전망이 당대 실제의 봉건적 현실과 항상 괴리되어 있었다면, '사회주
의 리얼리즘' 창작방법에 의해 쓰여진『고향』은 이러한 과거의 모순으로부
터 그 돌파구를 찾았다는 것이다.

이 작품에서 작가 이기영은 관념과 현실의 괴리라는 모순된 이중적 상태
를 전형적 인물의 형상화를 통하여 그것을 극복하려했으며, 동시에 이중적
상태를 극복할 수 있는 이념적 범주로 '공동체주의'를 내세웠다. 다시 말해
서, 새로운 세계 —즉, 사회주의에 대한 공동체적 지향성과 현실적으로
존속되고 있는 봉건적 농민 공동체 사이에서 '공동체주의'의 범주인 '두레'
를 통해 세계관 상의 이중적 상태를 극복할 수 있는 길을 작가는 이 작품에서
구체적으로 그리고 있다. '두레'는 당시 농악을 동반한 문화양식이었을 뿐만
아니라, 보다 본질적으로 공동적 노동양식에 해당하는 것으로, 봉건적 한계
를 지닌 한국 민족 고유의 작업 공동체로서 일제 강점기에도 농촌 사회에서
널리 볼 수 있는 노동 조직이었다. 이렇듯『고향』에서 나오는 '두레' 양식은
현실적으로 존재하고 있었기에 작품 속에서 구체적 사실적으로 묘사할 수
있었다.

그러나 우리는 여기에서 두레의 의미가 그 존재자체 이상의 의미를 지니
고 있다는 점 에 주목할 필요가 있다. 즉, 작품『고향』에서 두레가 담당하는
실제적인 기능은 공동체적 생산양식을 통한 노동의 생산성을 높이기 위한
것이라기 보다는 농민들의 규합된 의식을 통해서 새로운 목표를 달성하기
위한 수단이라고 할 수 있다. 그러므로 두레의 성과는 '원터' 농민들의 생활
방식과 인생관을 바꿀 수 있도록 하는 계기를 마련했다는 점에 있다고 할
수 있다. 그래서 그들은 새로운 미래에 대한 전망과 계급의식의 바탕 위에서
집단적 행동을 보일 수 있게 되는데, 후에 그것이 바로 소작투쟁의 형태로

---

54) 본래 경향문학이란 청년독일파의 문학을 가리키는 것이었는데, 그것은 본래 순
　　수예술에 대립하는 것으로 정치에 있어서 진보적 성향, 즉 경향성을 띤 문학이
　　라는 의미이다. 앙리아르봉,『마르크스주의와 예술』, p.63.

나타난다.

　이렇듯, 작가 이기영은 '두레'라는 민족적인 공동적노동양식을 포착함으
로써 그의 세계관의 진보적 성격을 한층 고양시키고 있다. 그는 식민지사회
구조의 모순을 일부지식계층의 노력과 지식으로 해결할 수 있는 것이 아니
라 민족적 차원에서 공동으로 지향해야 할 문제라고 인식하여 사회적 양심
과 정서에 부합되는 '두레'로서 그 해결을 시도하려 한 것이다. 작품 속에
나오는 두레를 단순히 민족적인 문화양식으로만 보는 차원이 아니라, 작게
는 큰 지주계급과의 대결을 위한 단결로써, 크게는 식민지사회의 모순을
극복하기 위한 조직의 힘으로써 그 성격을 파악해야만 할 것이다. 그러므로
『고향』은 식민지 사회하의 봉건적 현실 위에서 새로운 세계로 나아가는
전망을 보여줌으로써 사회주의 리얼리즘의 소설의 특성을 확연히 보여주고
있다고 하겠다.

　끝으로『고향』을 연구한 많은 연구자들이 대부분 공통적으로 지적한 작
품의 한계인 결말 부의 '소작쟁이의 비정상적인 승리[55]'와 긍정적 인물 '갑
숙이의 형상화'문제[56]에 대해 언급하고자 한다.

　먼저 소작쟁이의 비정상적인 승리에 관한 문제인데.『고향』이 안고 있는
갈등해소의 결정적 대목인 부분을 인용하면 다음과 같다.

　　금번 본인 등이 귀하에게 요구하는 조건 등을 귀하께서 애호하시는 마음으
　로 승인하여 주심에 당하여서는 충심으로 본인 등이 감사하는 바이올시다.
　그 점에 대하여서는 귀하의 인상과 가문에 대해서 불명예스러운 무근지설이
　선파되는 것을 본인 등이 극력 방지하겠사오니 하량하심을 바라나이다.[57]

　　일찍이 문제를 해결해주지 않는다면 댁에서는 아무리 이 동네에서 행세를
　하고 싶어도 자기딸을 팔아가지고 위자료 오천원을 받아 먹으려하다가 코가

---

55) 이러한 문제를 지적한 　연구자로는 정호웅, 김윤식, 하정일, 김명인, 김재용, 류
　　보선 등이 있다.
56) 이러한 문제를 제기한 연구자로는 민병휘, 김남천, 안함광 등이 있다.
57) 이기영, 앞의 책, p.582.

납작해지구,… 안승학은 말없이 모가지로 승낙하는 의사를 보였다.[58]

위의 인용부분의 내용을 살펴보면, 마름 안승학이 소작인과 벌인 싸움에서 그가 패배하는 결정적인 요인이 '자기 집안의 스캔들' 때문이란 것을 알 수 있다. 이렇듯 소작료 싸움이 한 가정 내의 윤리문제에 연결되어 오직 그 사실이 결정적 이유로 작용하여 해결점을 본다는 것은 실상 아무런 사회경제사적 의미를 지니지 않는다.[59]라고 대다수 연구자들이 문제삼는다. 그러므로 김희준과 원터 농민들이 마름 안승학에 대해 거둔 승리는 혁명적인 것도 아니고, 의미있는 역사적 단계에의 진전일 수도 없는 것이라고 비판한다.

그러나 오히려 이런 고육책의 비정상적인 승리는 앞에서의 두레와 마찬가지로 봉건적 현실과 새로운 세계관의 간극을 좁혀주는 매개적인 통로역할을 해주고 있음에 우리는 주목할 필요가 있다. 만약 아직 계급의식이 무엇이지도 모르는 식민지 봉건 사회의 전근대적인 농민들이 노동조합을 구성하고, 그들의 철저한 계급투쟁에 의한 소작쟁의의 승리로 결말을 이끌었다면, 이 작품 또한 관념과 현실의 괴리를 낳을 수밖에 없었을 것이며, 또다시 리얼리티를 획득하지 못한 도식적이고 교조주의적인 생경한 이념적인 프로소설이 되었을 것이다. 그러므로 이 부분에 있어서 '두레'가 현실을 기초로 한 지주 세력을 대항할 새로운 단체로서의 발전할 전망을 지닌 양식으로 파악했듯이, 여기서 보이는 고육책에 의한 승리도 훗날 더욱 계급적이고 혁명적인 승리로 발전할 가능성을 내포한 것으로 파악해야 할 것이다. 이것이 바로『고향』이 지니는 사회주의 리얼리즘 소설의 미학이라고 할 수 있을 것이다.

다음으로 이상화 된 갑숙의 '평면적 인물의 형상화'에 대한 문제이다. 이에 대해 당시 김남천은 "소극적이고 구심적인 방향으로 치중할 때, 심리적인 자기생활이 형이상학적으로 추구되는 위험성"을 경고하며 "작가는 자기

---

58) 위의 책, pp.575~577.
59) 소작료 싸움이란 계급적 투쟁이며, 사회경제사적 법칙에 따르지 않는 한 의미가 없다. 김윤식, 앞의 책, pp.35~36.

와 근접한 연관을 가진 지식계급의 전형을 적극적인 방향에서 모색하고자
할 때 작가는 흔히 작중인물에 대하여 익애와 관념적인 이상화에 빠질 위험
이 있다."60)고 지적하였다.『고향』에서 안갑숙은 관념적 지식인의 표상이며
후에 소작쟁의를 승리할 수 있는 원동력이 되어주는 역할을 한다. '원터'여
성들 가운데 교육수준이 높은 그녀는 경제적 출신계급을 박차고 나와 노동
자로서 새로운 길을 걷는 인물로 그려지고 있다.

> 사람은 자연을 극복하여 물질을 풍부히 함으로써만 그들의 생활을 향상하
> 고 인간의 문화를 고상하게 발전할 수 있지 않느냐?...옥희는 무엇보다 더 그것
> 이 반가웠다.61)

이렇듯 이 작품에서 부르조아의 딸 갑숙이 갑자기 진보적 옥희로 변화하
는 것에 대해 많은 연구자들로부터 리얼리즘의 한계가 지적되었다. 즉, 처음
에 감상적이고 나약한 성격을 가진 갑숙이 자기 출신과는 먼 공장노동자로
변신하고 실천적 운동가가 되는 것 ― 공장으로 들어간 경로가 없고, 아버지
가 사는 원터 마을 지척에 있음에도 불구하고 이름을 바꾸고 자기의 계획대
로 옥희의 행동만 해간다는 기적을 수행하는 것 ― 은 현실성을 획득하지
못한 작가의 지나친 이상화를 보여주는 것이며, 이러한 인물설정은 일상인
이 누리는 현실적 감각으로 볼 때, 그것은 최소한의 개연성조차 없다고 비판
받는다.

그러나 이렇듯 연구자 대다수에게 비판되고 있는 이 부분을 이와는 다른
측면에서 살펴볼 필요가 있다. 왜냐하면,『고향』에서 안갑숙이 아주 도식적
이거나, 허무 맹랑한 인물의 설정으로만 보기에는 다른 의미를 지니고 있기
때문이다. 즉, 이기영은 제 3세대 인물들을 통하여 지주계층 내부의 모순을
고발 드러냄으로써 민족적 모순을 해결하려는 의지를 보이고 있다.62) 다시

---

60) 김남천,「지식계급의 전형창조와 고향의 주인공에 대한 감상」(≪조선중앙일보≫,
　　 1935.6), pp.29~30.
61) 이기영, 앞의 책, pp.411~412.

말해서, 지주계층의 2세대가 보여주는 보편적 규범으로부터 일탈을 제 3세
대가 도덕적 행위를 확보함으로써 친일지주 계층의 모순을 극복하려는 새로
운 전망을 내포하고자하는 작가의 의지를 엿볼 수 있다.

> 나는 여주인공에 대해 웬일인지 특별히 이상화하는 경향이 있다… .(중략)…
> 그리고 나의 그런 생각이 여주인공의 성격을 나의 의도대로 살려내지 못했는지
> 도 모른다. 나는 사실 도로(徒勞)를 많이 했다. 고향의 여주인공인 안갑숙이가
> 이렇게 이상화된 실제의 인물이 아니고 가공적 인물이란 비평을 받은 줄안
> 다…63)

이렇듯 안갑숙은 목적 의식이 앞서고 현실성을 배제한 작가의 이상화에
서 생성된 인물로 다소 인물의 전형창조에 실패했다는 것을 부인할 수 없지
만, 다양한 인간의 모습과 새로운 세계에 전망을 모색하려는 사회주의 리얼
리즘창작방법의 특성을 보인다는 점에 주의를 돌릴 필요가 있다. 즉, 기존세
대의 문제점을 극복하는 새로운 제 3세대의 인물 발전에 그 전망을 두고자
한 작가의 의지로 파악할 수 있을 것이다.

4.맺음말

1920~30년대 식민지 반봉건 사회에서 우리나라의 카프문학운동은 목적
의식을 문학에 담는 것으로 요약되며, 그러한 노동자 농민의 계급성을 강조
하는 문학운동은 예술성의 결여와 창작의 빈곤이라는 한계에 도달할 수밖에
없었다. 또한 대중적인 선동을 크게 의식한 나머지 예술적인 형상화가 결여
된 작품들이 많았다.

이를 극복하기 위한 것으로서 우리나라에서는 1934년 새로운 창작방법인
사회주의 리얼리즘을 수용하였고, 그것의 영향을 받아 이기영의 『고향』이

---

62) 김차진, 「이기영 농민소설에 나타난 친일지주계층 연구」(영남대 석사논문), p.51.
63) 민촌, 「동경하는 여주인공」(≪조선지광≫ 제42호, 1939.4).

창작되었다. 그러므로 이 작품은 카프문학운동 마지막의 창작 방법인 사회
주의 리얼리즘으로 쓰여진 소설이다. 사회주의 리얼리즘 소설인『고향』은
이전의 프로소설들과는 달리 리얼리즘을 성공적으로 획득하고 있는 동시에,
새로운 세계관을 지닌 인물들과 새로운 세계에 대한 전망을 보이고 있다.

그동안 많은 연구자들에게 비판받는 부분인 두레의 조직을 통한 소작쟁
의 운동이나 고육책에 의한 결말부분의 부당한 승리는 우리나라의 특수한
상황 하에서의 사회주의 리얼리즘의 형상화로 볼 수 있을 것이며, 그러한
것은 오히려 리얼리즘을 성공적으로 획득하도록 만들었다고 할 수 있다.
다시 말해서, 작가가 당시 시대상황으로 보아 김희준이 정당한 방법으로는
지주나 마름을 상대로 소작인의 승리를 얻어낼 수 없기에, 싸움의 과정에서
약간의 성격적 결함―고육계로 마름을 물리치는 정의감의 부족―을 보이는
결말부분은 이상적 승리와는 거리가 있으나 리얼리즘의 성취라는 면에서는
필요한 소설적 장치가 된다는 것을 염두에 두어야 할 것이다. 즉, 결말부분의
갈등의 해결방식이나 두레의 조직 등은 그 당시 사회상황 하에서의 적합한
상황으로 표현된 것이라고 하겠다. 만약 식민지상황하에서의 '두레'가 아닌
다른 것으로 그들의 규합된 힘을 표현했다면 이미 그것은 선동적인 교조주
의적인 작품으로 전락했을 것이며, 해결방법에 있어서도 그러한 고육책이
아니었다면 더욱 그 현실성이 떨어져 과거의 작품과 다름이 없었을 것이다.
'갑숙의 형상화' 문제 또한 사회주의 리얼리즘의 작품을 만드는데 있어 우리
나라 문학적 전통이 풍부하지 않음으로 인해 그 전형화에 다소 실패한 것은
사실이나 식민지 상황 하에서의 미래에 대한 전망을 제3세대로부터 보여주
려는 의도는 나름대로 그 의미를 지니고 있다고 하겠다.

러시아에서 공산당, 볼셰비키, 국내전쟁, 혁명 등이 역사적으로 실재했고
계급적 투쟁의 시각이 중요한 핵심을 이루었다면, 우리나라는 그러한 실제
적인 역사적 상황이 없었을 뿐만 아니라, 식민지라는 특수한 상황 하에 독립
이라는 선결적인 중요한 과제를 안고 있었다. 이렇듯 우리는 민족내부의
계급갈등이 아니라 일본과 조선이라는 식민지하의 이민족간의 갈등구조를

지녔음을 주목할 필요가 있다. 그러므로 사회주의 리얼리즘은 이론적으로는 러시아의 직수입적인 영향을 받았으나 우리나라 사회주의 리얼리즘 문학창작에 있어서 그렇게 간단히 수용하거나 적용할 수 없는 문제였고, 대부분 그것에 대한 논쟁으로 그치고 말았다. 그럼에도 불구하고 이기영은 그의 작품『고향』에서 한국 토양에 맞는 사회주의 리얼리즘 소설의 형상화를 훌륭히 이루어내고 있음을 알 수 있다. 그러므로『고향』은 1930년대 농촌현실인식과 그를 극복하는 새로운 이념적 전망을 구비한 우리나라 사회주의 리얼리즘의 대표적인 소설이라고 평가할 수 있을 것이다.

김유정 소설의 구술성 연구

신종한＊

1. 서언

　김유정은 끊임없이 다시 읽혀지는 작가이다. 1935년 ≪조선일보≫에「소낙비」가, 그리고 ≪조선중앙일보≫에「노다지」가 당선되면서 문단에 등단한 김유정은 일생동안 30여편의 소설을 발표하였다. 다른 작가에 비하면 너무나 적은 분량의 소설을 발표한 것은 그의 짧은 문단생활과 요절(夭折) 때문이다. 하지만 이 30여편의 소설들은 우리 소설사를 풍요하게 만든 사료이자 보고(寶庫)이다.

　김유정의 소설에 대한 연구는 다각도로 탐구되어 왔다. 어휘구사가 갖는 향토색 짙은 해학성에 관한 논의, 고전소설과의 관련성 문제, 소설의 독특한 구조문제, 잠재된 사회의식·역사의식의 문제, 소설문체가 가지는 카니발적인 성격 문제, 소설의 구술성 문제 등 다양하게 전개되어 왔다.

　그 중에서 주목되는 논의는 김유정 소설이 가지고 있는 고전소설과의 연계성에 대한 논의이다. 고전소설과 김유성 소설의 관련성 연구는 우리소설의 고유성과 근대소설사의 계통을 찾는 작업이라고 할 수 있다. 김문집은 그의 소설을 "조선 언어의 전통미를 살린 작품"이라는 지적을 했고, 백철은

＊ 단국대학교 교수

"裕貞작품의 유머는 우리 고전에서 발견되는 패턴과 연결된다고 볼 수 있다"고 평하였다. 신동욱도 "문학사상으로 볼 때 김유정의 작품은 조선평민소설의 계열에서 가장 건전한 창의력을 발휘한 위치를 차지함을 알 수 있다"고 논의하였다. 또한 장덕순은 "김유정과 같은 작가는 구비문학과 표면적으로는 무관한 듯 하면서도 구비문학의 미학을 깊이 있게 계승하는 평가할 만한 선례를 남겼다"고 주장하였는데 이는 김유정 소설이 가지고 있는 구술적 특성을 통찰한 탁견이라고 할 수 있다.

본 논문은 김유정의 단편소설들이 가지고 있는 구술적 서사 원리의 특성과 고전소설의 구술성과의 관계를 살펴봄으로써 김유정 소설이 가지고 있는 소설사적 의미를 재고하고자 한다.

2. 구술적 전통과 드러난 서술자

김유정의 소설은 서술시점 상에서 볼 때 3인칭 시점에서 시작하여 1인칭 관찰자시점 등으로 변모해 가고 있다. 「떡」을 제외한 1932년부터 1935년 10월 「봄밤」에 이르기까지는 그 전체가 3인칭시점이며, 이후는 3인칭 시점과 1인칭 시점이 교체되고 있다. 3인칭 시점은 28편 중 17편이며, 1인칭 시점은 11편에 이른다.[1]

초기 작품에 해당하는 작품들로는 「산ㅅ골 나그네」, 「총각과 맹꽁이」, 「소낙비」, 「정분」, 「만무방」, 「노다지」, 「금」, 「금따는 콩밭」 등이 있으며 3인칭 시점의 소설들이다.

여기서 시점이란 서술자가 이야기의 내용을 바라보고, 바라본 이야기를 독자에게 들려주기 위해 자리 잡은 위치를 가리킨다. 서술자가 이야기의 안에 자리를 잡게 되면 1인칭 시점의 소설이 되고, 이야기의 내용을 이야기의 밖에서 조망하고 있다면 그것은 3인칭 시점의 소설이다. 그러나 단지 '바라보는 위치'만으로 시점의 개념을 설명하는 것은 충분치 못하다. 왜냐하

---

1) 유인순, 『김유정 문학연구』 (강원대 출판부, 1988), p.22.

면 서술자의 역할에는 바라보는 일뿐만 아니라 듣는 일, 느끼는 일, 판단하는 일까지도 포함되기 때문이다. 그런 점에서 서술자의 폭넓고 입체적인 역할을 공정하게 부각시키기 위해서는 관점(perspective)이란 용어에도 관심을 줄 만하다.[2]

김유정 소설의 초기 작품들에서는 서술자의 존재가 감추어져 있으나 작품이 전개되어감에 따라 다양한 개입 양상을 보이고 있다. 때문에 '보여주기' 기법에서와 같이 완전한 객관성을 유지하고 있지는 않다. 때에 따라서 주관적인 한 인물의 시점이 되기도 하고, 조감적이며 전지적인 시점이 되기도 하는 것이다. 즉 인식주체와 서술주체가 혼효되어 여러 가지 관점에서 서술되고 있다.

흔히 시점론에서 논의되길 1인칭 소설에서는 서술자의 '보고의 범위'가 제한되고 축소되는 방식이고, 3인칭 소설에서는 '보고의 범위'가 확대된다고 한다. 이러한 영미권의 시점이론과 달리 독일권의 슈탄첼은 독자의 입장에 의해 시점을 분류한다. 즉 서술자가 독자에게 느껴지지 않고, 마치 독자 자신이 소설 속의 인물로서 사건의 현장에 있는 듯한 느낌을 주는 경우는 인물 시각적 시점이고, 서술자가 독자에게 분명히 의식되는 경우, 즉 서술자가 자신이 겪었던 이야기를 들려주면 1인칭 시점이고, 타인의 이야기를 들려주면 주석적 시점이 된다.[3] 그러나 이 세 가지는 물론이고 영미권의 시점이론도 구분이 명확한 것은 아니다. 다만 슈탄첼의 시점이론은 서술자의 성격을 밝혀 주는 장점이 있다. 서술자가 전면에 나서기를 좋아하는가, 아닌가와 서술자가 사건을 서술할 때 어디에 위치하고 있는가 하는 점이다. 그러나 이러한 논의는 영미권이나 독일권이나 서술자의 역할에 차이만을 설명할 뿐이지 또 하나의 시점을 논하는 것은 아니다.

그런데 비해 구술적 전통서사에서는 또 하나의 시점이 존재한다. 이것이

---

2) 시점의 상황에 대해서는 구조주의 시학에서 좀더 정교한 시점이론을 내세우고, 특히 제라르 쥬네트에 의해 초점화(focalization)라는 용어가 쓰여지기도 한다. (김치수 편, 『구조주의와 문학비평』, 홍성사, 1982, pp.149~74참조)
3) Franz K. Stanzel, 안삼환 역, 『소설형식의 기본유형』 (탐구당, 1982), pp.24~34.

바로 드러난 서술자의 시점이다. 이 드러난 서술자는 작품 속에서 서사적 경과의 전후를 전체적으로 조망하는 시야를 갖고 있어서 이야기 속도를 적절히 통어하고 조정한다. 또한 드러난 서술자의 개입으로 말미암아 소설을 읽는 독자는 작가의 존재를 뚜렷하게 의식하게 되면서 소설의 세계를 바라보는 일정한 거리를 가지게 되는 것이다.

예를 들어 「정조」의 경우를 들어보자. 「정조」는 행랑어멈과 주인아씨가 벌이는 사랑싸움을 주 모티프로 하고 있다.

> 과연 새벽녘 집에 다다랐을 때쯤 하야서는 하늘땅이 움지기도록 술이 잠뿍 올랐다. 탁시에서 나리어 어푸러지고 다시 일어나다가 옆집 돌담에 부다치어 면상을 깐것만 보아도 취한 것이 확실하였다. 그러나 대문을 열어 주고 눈을 부비고 섰는 어멈더러
>
> 「왔나?」하다가
>
> 「안즉 안왔어요. 아마 며칠 묵어서 올무양인가 봐요」
>
> 그제야 안심하고 그 허리를 꽉 부둥켜 안고 행낭방으로 드러간 걸 보면 전혀 정신이 없든것도 아니었다. 왜냐면 아츰나절 아범이 들어와 저 살든 고향에 좀 다녀오겠다고 인사를 하고 나간것을 정말 취한 사람이면 생각해 냈을 리 있겠는가.
>
> 　　　　　　　　　　　　　　　　　　　　　　　　　　「정조」[4]

위의 인용문 중 밑줄 친 부분은 분명히 드러난 서술자가 논평을 가한 부분이다. 이 부분에서 드러난 서술자는 인물의 행동에 대한 주석을 덧붙인다. 이 부분이 없어도 서술의 전개에는 아무 지장이 없다. 오히려 간결하게 처리되어 단편소설의 특징을 잘 살려낼 수 있다. 이 논평은 인물의 생각을 좀더 구체화시켜 준다. 그리하여 독자는 인물이 생각하는 바가 타당하다는 인식을 하게 된다. 이 때 독자는 앞에서 보여준 서방님의 행동을 통해서 알 수 없었던 부분, 그러니까 서방님이 한 행동이 단지 술에 취한 채로 정신

---

4) 『전집』, p.265.

이 없는 상태에서 이루어진 것이 아니라는 생각을 하게 되는 것이다. 또한 동시에 독자는 서술이 작가에 의해서 이루어진다는 사실을 자각하면서 진술 내용과 일정한 거리를 유지하게 된다.

드러난 서술자의 개입은 무엇보다도 소설의 도입부를 살펴보면 더욱 잘 들어난다.

> 산ㅅ골의 가을은 왜일고적할까! 압뒤울타리에서 부수수하고 떨입은진다.
> 바로 그것이귀미테서 들리는듯 나즉나즉 속삭인다. 더욱 몹슬건 물ㅅ소리 골
> 을 휘돌아 맑은샘은 흘러나리고 야릇하게도 음률을 읊는다.
> 퐁! 퐁! 퐁! 쪼륵 퐁!
>
> 「산ㅅ골 나그네」[5]

> 입입이 비를바라나 오늘도 그럿타. 풀입은 먼지가보얏케 나흘거린다. 말뚱
> 한 하늘에는 불덤이가튼 해가 눈을 크게떳다.
>
> 「총각과 맹꽁이」[6]

> 음산한 검은구름이 하눌에뭉게뭉게 모여드는것이 금시라도 비한줄기 할듯
> 하면서도 여전히 짓구즌 햇발은 겹겹산속에 뭇친 외진 마을을 통재로 자실듯이
> 달구고 잇엇다. ……(중략)…… 다만 맷맷한 미루나무숲에서 거츠러가는 농촌
> 을 울프는듯 매미의 애끗는 노래-
> 매-음! 매-음!
>
> 「소낙비」[7]

> 그믐 칠야 캄캄한 밤이엇다.
> 하눌에 별은 깨알가티 총총 박였다. 그덕으로 솔숲속은 간신이 희미하얏다.
> 험한 산중에도 우중충하고 구석백이 외딴 곳이다.
> 버석, 만하야도 가슴이 덜렁한다. 호랑이, 산골호생원!

---

5) 『전집』, p.3.
6) 『전집』, p.14.
7) 『전집』, p.23.

「노다지」[8]

> 땅속 저 밑은 늘 음침하다.
> 고달픈 간드렛불. 맥없이 푸리끼하다. 밤과 달라서 낮엔 되우 흐릿하였다.
> 거츠로 황토장벽으로 앞뒤좌우가 콕막힌 좁직한 구뎅이. 흡사히 무덤속같
> 이 귀중중하다.

「금따는 콩밧」[9]

> 산골에, 가을은 무르녹앗다.
> 아람드리 로송은 뻑뻑이 느러박엿다. 무거운 송낙을 머리에 쓰고 건들건들.
> 새새이 끼인 도토리, 뻣, 돌배, 갈입들은 울긋불긋. 잔디를 적시며 맑은샘이
> 쫄쫄거린다.

「만무방」[10]

이상과 같이 초기 작품의 도입부분을 살펴보면 당시의 다른 현대소설에서 보이는 발단의 의미로서는 너무나 동떨어져 있다. 그러므로 도입단계가 사건의 계기적 구성과는 전혀 상관이 없다. 오히려 시적인 간결과 압축, 문장이 짧고 군더더기가 없으며, 장면의 비약적 전환과 병렬로 늘어놓은 열거식 수사법, 시제의 현재형은 긴장감을 조성하기에 알맞다. 이것은 단순한 자연적 배경이 아니라 사건을 예감시키는 환정적인 힘, 즉 정서환기에 그 목적이 있다. 소설의 문장이라기보다는 수필이나 연극, 또는 시나리오의 지문을 읽는 기분이다. 또한 이것은 판소리에서 한자투어나 한문시를 인용하여 시적 분위기를 만드는 것과 같은 장치이다. 뿐만 아니라 운율적인 문장의 흐름이나 의성어 사용, 감탄부호 사용 등은 서술자가 아닌 드러난 서술자가 독자의 감수성을 예민하게 자극해보자는 의도가 엿보이기도 한다. 이 부분은 서술의 전개와 관계가 없기에 정서 환기를 시키고자한 드러난 서술

---

8) 『전집』, p.36.
9) 『전집』, p.47.
10) 『전집』, p.78.

자의 배려이다.

다음으로 이 소설들의 결말부를 검토해 보자. 도입부와 전개부는 서술자와 계속 가까운 거리를 유지한 주 인물의 시각을 빌어 진행하다가 결말부에 이르면 다른 양상이 나타난다. 그 양상을 검토하기 전에 먼저 러시아 형식주의자들의 '낯설게 하기'에 주의를 돌릴 필요가 있다.

초기 러시아 형식주의를 주도한 쉬클로프스키는 '문학작품의 내용은 그것에 사용된 예술적 기법의 총화이다'라고 말하며 기법을 중요한 개념으로 삼는다. 이 점에 대해 쉬클로프스키는 그의 논문 「기법으로서의 예술」에서 다음과 같이 밝히고 있다.

> 예술은 우리로 하여근 삶에 대한 감각을 회복할 수 있도록, 돌을 돌처럼 만들기 위해서 존재한다. 예술은 사물이 알려지는 대로가 아니라 그것이 인식되는대로 사물에 대한 감각을 전달하는 것을 목표로 삼는다. 예술의 기법은 사물을 '낯설게' 만들고, 형식을 어렵게 만들며, 인식작용을 난해하고 길게 연장시키는 데 있다. 왜냐하면 인식작용의 과정을 그 자체로서 하나의 심미적 목적이 되며, 따라서 그것은 길게 지연되지는 않으면 안되기 때문이다. 예술은 사물의 기교성을 경험하는 한 방법이다. 사물 그 자체는 별로 중요한 것이 아니다.[11]

이것이 바로 형식주의의 그 유명한 개념인 '낯설게 하기'이다. 이런 '낯설게 하기' 기법은 시어와 일상어를 구별하는데 적용되었지만 소설의 경우에도 예외는 아니다. 시적 언어와 일상어의 개념을 그대로 적용시킨 것이 플롯과 스토리이다. 수설의 '플롯'은 '스토리'를 낯설게 만드는 여러 가지 기법으로 구성된다. 여기에서 플롯은 단순한 인과관계에 의한 사건의 배열이 아니라 이른바 '낯설게 하기'의 효과를 가져오기 위해 사용된 기교이다. 그들에 의하면 주제로부터 이탈된 곁들이 한담과 같이 이야기를 중지시키거나 지연

---

11) Victor Shiklovsky, "*Art as Technique*", *in Russian Formalist Criticim*: Four Essays, trans. Lee T. Lemon and Marion J. Reis (Lincoln : University of Nebraska Press, 1965), p.12. 김욱동, 『대화적 상상력』 (문학과 지성사, 1988), p.87, 재인용.

시키기 위해 사용된 기교는 곧 플롯범주에 속한다.12) 또한 신체에 대한 그로 테스크한 이미지 역시 '낯설게 하기'의 일종으로 취급한다.13) 상투적이고 일상적인 언어가 문학 장치들의 압력을 받고, 변형된 낯설고, 생소한 언어 역시 '낯설게 하기'이다.14)

여기서 '주제로부터 이탈된 곁들이 한담', '신체에 대한 그로테스크한 이 미지', '상투적이고 일상적인 언어가 변형된 낯선 언어'가 낯설게 하기의 요체라면, 그것은 바로 구술적 전통서사의 요체가 아닌가. 그동안 다루어 온 곁들이 한담들이 공식구(formula), 부정적 인물들에 대한 인물치레묘사, 형용구, 관형어로 꾸며진 언어, 드러난 서술자의 미적거리 만들기 등은 예술 적 기법으로서의 장치였던 것이다.

이러한 '낯설게 하기'의 기법은 김유정 소설의 경우 여러 곳에서 발견된 다. 먼저 '플롯'에서 발견되는 것이 결말 부분들이다.

「산ㅅ골나그네」의 경우 도입부부터 덕돌모와 덕돌의 시각을 통하여 보여 지던 서술자의 진술이 결말부분에서 갑자기 나그네의 시각으로 변하며, 덕 돌과 나그네의 결혼 이유가 '거지남편의 옷을 마련하기 위함'이라는 생소한 결과로 끝을 맺는다.

「금따는 콩밧」의 경우도 서술자의 시점이 영식의 입장으로만 보여주다가 결말에 가서 수재의 외적인 행동과 내심이 보고 되며, 이 부분에서 수재가 지금까지 거짓으로 영식을 속여 왔음이 드러난다. 또한 영식과 영식의 처에 게는 갈등과 좌절감이 한참 고조되다가 희망과 화해로 급변하는 부분이기에 '낯설음'과 함께 아이러니가 형성된다.

「만무방」의 경우 결말 부분의 결과가 독자의 예상을 빗나가게 한다. 수확 을 앞두고 응오의 지주와 응오에게 장리를 놓은 김참판 등이 추수할 것을 재촉하지만 응오는 여러 가지의 이유를 제시하며 그들의 제안에 불응한다.

---

12) 김욱동, 위의 책, p.180.

13) Tony Bennet, *Formalism and Marxism*, London : Methuen, 1979, pp.82~92.

14) 유종호, 『문학이란 무엇인가』 (민음사, 1989), p.215.

한편 대장간의 성팔이가 응칠에게 응오의 논에 있는 벼를 누가 훔쳐간 것을
알려준다. 전과자인 응칠은 동네 사람들이 자기에게 혐의를 두지 않을까
하는 두려움으로 도둑을 잡으려고 결심하고 논 가까이 있는 산에서 밤을
세운다. 깊은 밤중에 과연 도둑이 나타나 응오의 논에서 벼를 훔치므로 이를
잡는다. 격투 끝에 잡은 도둑은 바로 그 논에 농사를 지은 자기의 아우 응오
였다. 자기가 농사를 지은 논에서 도둑질을 해야 하는 상황, 이 장면이야말로
영세한 소작 농민의 눈물겨운 현장이기도 하지만 '낯설게 하기'의 기법으로
는 백미이다.

「땡볕」의 경우 결말부분의 유언장면은 판소리 서사에서 자주 쓰이는 공
식구로 비장함으로 일상성의 일탈을 맛보게 한다.

　　여보시오 봉사님 저건너 김동지댁에 돈 열냥을 맡겼으니 그돈일랑 찾아다
가 나 죽은 초상에 내충으로 쓰옵시고 항아리에 넣은 양식 해산쌀로 두었다가
못다먹고 죽어가니 장사나 치른 다음 양식으로 쓰옵시고 진어사댁 관대 한벌
흉배에 수놓았다가 끝내지 못하고서 보에 싸 농안에다 넣었으니 남의 귀중한
의복일랑 나 죽기 전에 보내옵고 뒷마을 귀덕어미는 나와 친한 사람이니 내가
죽은 뒤에라고 어린아이 안고 가서 젖쫌먹여 달라하면 괄시는 아니하오리다.
　　　　　　　　　　　　　　　　　　　　　　　　　　　　　「심청전」

　　덕순이는 이것이 마즈막이라는 생각으로 나머지 돈으로 왜떡 세 개를 사다
주고는 그래도 눈물도 씻을 줄 모르고 그걸 오직오직 깨물고 있는 안해를 이윽
히 바라보고 있었다. 그러다 안해가 무슨 생각을 하였는지 왜떡을 입에 문체
훌쩍훌쩍 울며
　　「저 사촌형님께 쌀 두되 꿔다먹은거 부대 잊지말구 갚우」
　　하고 부탁할제 이것이 필연 안해의 유언이리라고 깨닫고는
　　「그래 그건 염녀말아!」
　　「그러구 임자옷은 영근어머이더러 사정애길하구 좀 빨아달래우」
　　하고 이야기를 곧잘하다가 다시 입을 이그리고 훌쩍훌쩍 우는 것이다.
　　덕순이는 그 유언이 너무 쳐량하야 눈에 눈물이 핑돌아 가지고는 지게를

도루지고 일어섯다.

「땡볕」

전자는 「심청전」에서 곽씨부인이 병들어 살아나지 못할 것을 짐작하고, 남편 심봉사에게 유언하는 부분이다. 이러한 유언 장면은 판소리서사에서 「춘향전」의 춘향의 옥중유언을 위시하여 여러 곳에 나온다. 후자는 유정의 마지막 작품인 「땡볕」15)에서의 유언장면이다.

덕순이는 아내가 배가 부른 이상한 병에 걸리자 지게에 지고 일본인 의사가 있는 대학병원을 간다. 이상한 병에 걸리면 월급도 주고 생활비도 준다는 기영이 할아버지의 말을 듣고 행동한 것이다. 14살 된 소년을 동물처럼 실험대상으로 선정하여 한 달에 10원씩 월급을 주고 연구대상으로 삼고 있는 비정한 현실을 그는 깨닫지 못하고 있다. 극빈으로 인하여 아내의 '요량 없이 부어오른 아랫배'의 이상한 병을 고칠 길이 없자 그와 같이 행동하게 된 것이다. '중복허리의 쇠뿔도 녹이려는 땡볕' 아래서 먹을 것도 먹지 못하고 병든 아내를 지게에 진 채 병원을 나오는 그의 행동에서 우리는 다시금 식민지 시대의 궁핍한 현실을 보게 된다. '바람기 한 점 없는 거리는 그대로 타 붙었고 그 위에 모래만 이글이글 달아'가는 식민지 시대의 도시 풍경은 그대로 땅을 잃고 도시의 날품팔이 노동자로 전락한 이농민의 참상이요, 식민지 시대의 상황을 추상화한 것이다. 덕순이 아내의 죽음을 앞둔 상황에서의 신신당부에서 우리는 궁핍한 현실 속에서나마 일상성을 유지해야 하는 인간의 삶의 조건을 인식하게 된다.

공식구를 통한 '낯설게 하기'의 본보기이다. 그밖에 그의 작품에서 '낯설게 하기'를 살펴보면 「봄봄」의 결말 부분의 기발한 착상(바지가랭이 속을 잡아당김), 비속화(장인과 사위관계의 갈등), 전도, 욕설, 과장과 수다스런 열거 등의 방법은 물론이고, 「안해」에서 안해의 얼굴 및 행동을 그로테스크한 이미지로 열거하기, 토속적인 언어를 통한 생소한 언어 보여주기, 「소낙

---

15) ≪여성≫, 1937.2.

비」나 「가을」에서 보듯이 도덕적인 일상성에서 벗어나기, 「금」에서의 덕순이가 금덩이를 훔쳐내기 위하여 발을 스스로 돌로 찍어 중상을 입게 하고 금덩이를 그 상처에 싸맨 것 등 정상적으로는 상상할 수 없는 일들이 독자들의 보편적이고 습관적인 인식을 '낯설게' 하고 있다. 이때 정상성의 파괴를 통한 생소화는 웃음의 골계가 아니라 아픔의 골계이다. 이러한 '낯설음'은 절망이나 넋두리가 아니라 체념과 극복이 동시에 담긴다. 김유정의 미학이자 해학은 바로 이런 곳에서 발견된다. 이는 판소리서사가 비장과 골계임을 감안할 때 전통의 맥을 생각하지 않을 수 없다.

여기서 간과할 수 없는 것이 그의 소설에 등장하는 인물과 배경이다.

먼저 "소설은 인물을 그려야 하며 인물은 성격을 그려야 한다"는 성격묘사의 차원에서 접근해 보자. 유정의 작품은 우선 인물의 이름짓기에 소홀히 하고 있다. 대부분 이름이 없는 작품들이 많고, 있다면 성격을 상징하는 의미가 아니라 평범한 이름들이다. 1인칭 소설에서는 그저 '나'이고, 그밖에 '남편', '안해', '나그네'도 역할 그대로이다. 이 부분에 좀 신경을 썼다면, '뭉태'(「총각과 맹꽁이」), '황거풍'(「가을」), '두꺼비'(「두꺼비」), '꽁보', '더펄이'(「노다지」), '점순이', '봉필'(「봄봄」, 「동백꽃」), '덕순이'(「땡볕」, 「금」), '수재', '영식'(「금따는 콩밧」), '응칠이', '응오'(「만무방」) 등 3인칭 소설에서 좀 보인다. 그러나 '성격화'된 이름은 아니다.

인물묘사만 하더라도 '키가 작다'(「봄봄」)던가 '못 생겼다'(「안해」) 정도이다. 또한 활동적이어서 혼례를 승락 받으라고 조종할 정도의 야무지고 당돌한 성격을 가진 「봄봄」의 '점순이'나 적극적으로 외향적이며 되바라진 「동백꽃」의 '점순이'나 「산골」의 '이쁜이', 콧대가 세고 외향적이며 활동적인 「따라지」의 '아끼꼬'는 꼼꼼하게 구분하기 전에는 너무도 닮은 꼴이다. 남자 주인공으로도 무뚝뚝하고 어리숙한 「산ㅅ골 나그네」의 '덕돌'이나 「총각과 맹꽁이」의 '덕만'이와 「봄봄」의 주인공 '나', 「가을」의 주인공 '나'는 어디로 보아도 같은 타입이다.

다음은 배경을 살펴보자. 아래의 도표는 그의 작품 배경(setting)을 분석한 것이다.

작품명	공간적 배경	시간적 배경
「소낙비」	산촌(강원도)	여름
「봄봄」	산촌	봄
「정조(貞操)」	도시(서울)	늦가을
「야앵(夜櫻)」	도시(서울)	봄(밤9시-10시)
「슬픈이야기」	도시(서울)	가을(밤2시-다음날 오전)
「연기」	도시(서울)	봄(아침)
「봄과 따라지」	도시(서울)	봄(밤)
「심청」	도시(서울)	봄(오정때 쯤)
「이런 음악회」	도시(서울)	가을(저녁6시30분 이후 2시간 동안)
「노다지」	산촌(강원도 금전판)	늦가을 (그믐칠야 캄캄한 밤중)
「동백꽃」	산촌	봄
「금따는 콩밧」	산촌	여름
「산골」	산촌	봄
「안해」	산촌	겨울
「떡」	산촌	겨울(아침-저녁)
「만무방」	산촌(강원도)	가을(추수때)
「솟」	산촌	겨울(저녁 후-다음날 새벽)
「산ㅅ골나그네」	산촌	늦가을
「금」	산촌	봄(점심 후-1시20분 전후)
「가을」	산촌	가을(점심 후-해질녘)
「총각과 맹꽁이」	산촌(강원도)	여름(낮부터 다음날 새벽)
「땡볕」	도시(서울)	여름(오전11시-오후 2시)
「따라지」	도시(서울)	봄(12시18분-해지기 전)
「두꺼비」	도시(서울)	겨울(8시45분-새벽 2시)

위 도표에서 보듯이 놀랍게도 그의 소설 배경은 공간적으로나 시간적으
로나 유기적 결합에 의한 '예상의 연쇄(Connected series of expectations)'를
조성하거나 의미의 급전(peripety)이나 발견(discovery)을 가져오기에는 부족

하다. 다시 말해서 그의 소설 배경은 서구적 형태로 쓰인 소설적 장치로서의 역할을 하기에는 너무도 변화가 없다. 변화 없는 배경에 개성적인 요소가 전혀 보이지 않는 평면적 인물들, 고정되어 있지 않은 관점, 단조로운 사건의 진행 등, 독자는 과연 어디서 극적 갈등과 반전을 통해 감홍을 얻어야 할까 의문이다. 지금까지의 소설에 대한 소양으론 당혹할 수밖에 없다.

하지만 그의 소설은 오늘날의 독자에게도 감동을 준다. 이러한 감동의 근원은 무엇인가. 그것은 바로 구술적 전통서사 원리에서 찾을 수 있다. 먼저 판소리 서사를 살펴보자.

판소리를 듣고 즐긴다는 것은 사설에 나타나는 이야기 줄거리를 인지하는 측면보다는 그 줄거리를 통해 제시되는 비장감, 즉 한(恨)의 정서와 웃음을 체험하는 것이다. 이것은 판소리 광대의 '더늠'(표현기교)에도 달렸겠지만 그보다는 판소리 창이 정보 전달기능보다는 정서환기 기능이 앞서며, 정교하고 정확한 표현이기보다 감정유발에 더 관심을 갖기 때문이다. 비장과 골계 그리고 정서환기의 기능, 이러한 특징은 김유정의 소설에도 그대로 적용된다. 김유정 소설의 특징은 심오한 사상이나 인생의 심층해부에서 찾기보다 생생한 생활의 경험으로 인간생활에 밀착되어 있는 삶의 양상들을 깊고 넓게 보여주는 일상적 담론에서 찾을 수 있다.

지금까지 우리는 소설에서 주인공을 중심으로 한 인물들의 지적, 육체적 행동양식 속에서 작가가 그 작품을 통해 표출하고자하는 사상이나 역사의식을 분석하고 추출하는 데 익숙해져 있다. 그러나 김유정의 소설에 이르러 이 방법은 일단 벽에 부딪친다. 왜냐하면 그의 소설 세계에 등장하는 인물들은 영세농민, 소작인, 머슴, 들병이, 유랑민 등 하층민들이다. 그들에게서 사상이나 역사의식을 찾고자 하는 것은 무리이다. 인물의 세계가 너무나 보잘 것 없기 때문이다. 또한 그의 소설에서 문제가 되는 것은 배경도 아니고, '1930년대 분위기'이다. 이 절망적 상황은 작중인물들의 의지와는 무관한 데서 시작된 것이요, 작중인물들이 극복할 수 없는 상황이다. 즉 인물들의 활동 무대로서의 상황이 아니라 인물들의 활동을 통제하는 닫힌 상황이다.

그러므로 소설 속의 인물들은 소설 속에서 자행되고 있는 부조리와 모순구조에 대하여 반발하지 못하고 자신의 처지에 순응한다. 여기서 한(恨)이 생긴다. 한은 슬픔을 내면화하되 의식화하지 않으며, 수고와 고통을 몸으로 겪으면서 그것을 숙명으로 감수한다. 그러나 결국 내면에는 한으로 응어리지게 되고 그 맺힘에 대한 풀이의 기능으로 웃음은 필요하게 된다.

이와 같이 맺힘과 풀이의 서사구조 속에서의 김유정 소설은 사회의 생활면 즉 일상성을 중시하는 데 특징이 있는 것이다. 일반적인 소설은 생활의 본체를 묘사하는 데 대하여 김유정 소설은 생활의 실상을 해부하려고 하는 것이다. 개인의 운명을 묘사하여 그 인물의 성격이나 행동, 운명에 중점을 두는 것이 아니라 인간이 살고 있는 시대 내지는 사회를 분석하고 그 생활을 해부하여 그 속에서 비판적인 웃음을 찾아내는 것이므로 어떤 개인을 대상으로 했다 하더라도 그것은 그가 처한 시대의 모습을 의미하는 것이다. 이렇게 '맺힘과 풀이(비장과 골계)'로서 유정의 문학은 사회를 통찰하여 생활의 이면이 드러나더라도 그 속에서 웃음을 선택하여 비판하기 때문에 현실적이지 못할 수도 있다. 그러나 풀이기능으로서의 웃음은 해학으로 삶의 모순이나 부조리를 아니꼽게 보기보다 어쩔 수 없는 인간의 약점으로 보고, 이를 너그럽게 받아들이는 마음자세에서 생겨난다. 해학은 보통이하의 인물언행에서 비롯되지만 대상을 감싸고 동정하며 연민의 정을 불러일으키는 웃음이다.

또한 많은 논자들이 그의 작품을 평할 때 구어체 문장을 거론한다. 구어체 문장은 필연적으로 토속화한다. 토속화된 구어체 문장은 당대의 보편타당한 가치를 공유한 담화 공동체 구성원 사이에 소통되는 친교적 언사이다. 이 또한 부담 없이 독자에게 밀착되어진다. 비장과 골계, 서두와 결말에서의 정서환기기능, 그리고 어휘나 문장이 정서환기의 기능이 앞서는 친교적 언사로 이루어진 그의 소설들은 진정한 해학이란 무엇인가를 보여주고 있다.

3. 해학지향의 서술방식

　소설의 서술방식을 말하기(telling)와 보여주기(showing)의 두 가지 양상으
로 구분하여 볼 때 김유정의 소설들은 대부분의 근대 소설들이 지향하는
보여주기의 기법과는 달리 말하기의 서술양식이다. 이 말은 슈탄첼의 '서술
상황의 유형'으로 표현하자면, 이야기의 내용을 설명해 주는 서술자가 소설
의 허구적 세계와 독자 사이의 경계선상에 한 자리를 차지하는 방식으로서
주석적 서술상황을 보여주는 보고적 서술방식이다.16) 즉 이야기를 끌어가는
서술자가 허구적 소설세계와 독자 사이에서 독자에게 소설세계의 인물과
사건 등에 대하여 이야기하는 방식을 취하는 것이다. 그런데 김유정의 소설
「만무방」을 비롯해 「떡」, 「노다지」 등 3인칭시점 작품에서 발견되는 서술자
는 허구의 세계를 변경시키고 독자에게 참견을 하거나 자신을 직접 드러내
독자에게 설명을 겸한 동의를 구하기도 한다. 우리는 여기서 드러난 소설자
의 존재를 확인할 수 있다.

　　① 때는 한창 바쁠 추수 때이다. 농군치고 송이파적 나올 놈은 생겨나도
　안엇스리라. 허나 그는 꼭 해야만 할 일이 업섯다. 십프면 하고 말면 말고 그저
　그뿐. 그러함에는 먹을 것이 더럭 잇느냐면 잇기커녕 부쳐먹을 농토조차 업는,
　계집도 업고 집도 업고 자식업고.

「만무방」17)

　　② 원래는 사람이 떡을 먹는다. 이것은 떡이 사람을 먹은 이야기다. 다시

---

16) Stanzel, 앞의 책, p.32, 참조.
　　독일어 'auktoriale Erzählsituation'의 번역을 안삼환은 주석적 서술상황으로 사용한
　　데 비해 김천혜(『소설구조의 이론』, 문학과 지성사, 1990)는 기록자적 시점으로
　　사용하고 있다.
17) 전신재 편, 『원본 김유정전집』(한림대출판부, 1987), p.79.
　　(이하 『원본 김유정전집』은 『전집』으로 표기함)

말하면 사람이 즉 떡에게 먹힌 이야기렷다. 좀 황당한 소리인듯 싶으나 그사람
이라는게 역 황당한 존재라 할일없다. 인제 겨우 일곱살난 계집애로 게다가
겨울이 왓건만 솜옷하나 못얻어입고 겹저기리 두렝이로 떨고있는 옥이 말이다.
이것도 한개의 완전한 사람으로 칠른지! 혹은 말른지! 그건 내가 알배아니다

「떡」18)

③ 꽁보는 금점에 남다른 이력이 잇느니만치 제가 선뜻 맛탓다. 부피를 대중
하야 다섯목에다 차례대로 메지메지 골고루 노앗든것이다. 헌대 이러 우수강
스러운 놈이 또 잇슬가.

「노다지」19)

밑줄 친 부분은 사건 전개에는 중요하지 않은 부분이다. 서술자는 충실히
보고를 하고 있는데, 누군가가 개입하여 따로 사건의 진상에 대해 느낀 바를
희화적인 논평을 통해 보고한다. 이처럼 소설세계와 독자 사이에서 직접
자신의 존재를 드러내며 설명을 하고 있는 방식은 바로 판소리 연희 현장에
서 창자가 청중에게 발화하는 '말건넴 어투'이다. 뿐만 아니라 ②의 가점부
분인 '~렷다' 라는 어미는 「흥부전」 초압 부분에 '북을 치되 잡스러이 치지
말고 똑 이렇게 치랏다'와 같은 맥락이다. 이것은 드러난 서술자가 개입한
것이다. 슈탄첼은 '주석적 서술상황'의 두드러진 특징으로 서술된 것에 대
하여 참견과 주석(註釋)을 하는 개인적 서술자가 임석하고 있다20)고 밝히며
서술자는 작가에 의해 창조된 하나의 독자적인 인물이라고 말한다.
　서양에서는 내포작가가 규범으로만 존재했지만 구술적 전통서사에 의한
근대소설에서는 작품 중에 구체적으로 등장한다. 이 드러난 서술자는 3인칭
시점의 경우에는 직접 나타나고, 1인칭시점의 경우에는 드러난 서술자의
의미를 대변하는 인물이 작중에 구체적으로 등장한다. 또한 어느 경우에는
간접적으로 나타나기도 하고, 어느 경우에는 드러난 서술자로서의 매체가

---

18) 『전집』, p.67.
19) 『전집』, p.38.
20) Franz k. Stanzel, 앞의 책, p.32.

부재할 경우도 있다. 드러난 서술자의 존재여부는 논리의 문제가 아니다. 김천혜는 하넬로레링크의 언술을 빌려 다음과 같이 밝히고 있다. 즉 구비문학의 경우 이야기의 화자가 최초에는 사실상 작가 자신이었지만 그 이야기가 다른 화자에 의해 전달될 적에 둘째 단계에서 벌써 화자와 작가는 더 이상 같은 존재가 아니라는 논리에 대해, 구비문학에서는 이야기를 창작하는 사람과 이야기를 들려주는 사람이 다를 수 있으나 글로 씌어진 문학작품에서는 그 둘은 항상 동일하다[21]고 주장하는 것이 그것이다. 결국 화자와 작가의 동일성 여부는 어떠한 논리에 의해서도 증명되지 않는다. 따라서 화자 문제는 논리성에 의해서가 아니라 효용성에 의해 해결되어야 한다고 그는 주장한다.

그런데 서술자나 드러난 서술자에 대한 효율성은 동아시아, 특히 우리나라의 경우 이야기꾼들은 유별난 데가 있었다. 같은 내용의 「춘향전」이나 「흥부전」도 이야기꾼에 따라 달리 전달되었다.

> 이야기꾼들 중 강독사(講讀師)는 소설책을 얼마나 흥미있게 읽어주느냐에 초점이 집중되지만 강담사(講談師)나 강창사(講唱師)의 경우는 창작에 적극적인 참여가 있었다.
> 강담사의 실례로 들었던 오물음(吳物音)의 경우를 보면 인색한 부자의 초청을 받아 이야기를 하게 된 자리에서 그의 인색을 깨우치기 위한 의미의 이야기를 즉각 지어서 했던 것이다. 민옹전(民翁傳)의 민옹은 상황에 따라서 해학을 민감·기발하게 지어냄으로써 자기의 존재를 인식시키고 있었다. 역대 명창들은 '더늠(長技)'을 후세에 전히는데 '더늠'은 음악적인 면도 있지만 보다 문학적인 면에서 특이하기 때문이다. 이때에 그들은 창의를 통하여 자신의 사회적인 입장과 의식을 반영하기 마련이다.[22]

위의 진술에서 보듯이 우리문학에서의 '이야기꾼'은 중간전달자에 머무

---

21) 김천혜, 앞의 책, p. 79 참조.
22) 임형택, 「18·9세기 '이야기꾼'과 소설의 발달」,『고전문학을 찾아서』(문학과지성사 1976), p.326

르지 않고 창작에 지적 가담하였다. 이 '이야기꾼'의 개입은 판소리서사의
경우 빈번하게 이루어지고 있고, 판소리 서사적 사고에 젖어 있는 작가들은
창작의 전략으로 이를 답습하게 되었을 것이다. 일례로 근대소설의 경우
서술방식으로 '말하기'가 되었든 '보여주기'가 되었든 그 예를 찾기가 힘든
것이 '인물치례'이다.

채만식의 「태평천하」에서도 보여주었던 인물치례는 김유정의 소설 「안
해」에서도 과장스럽게 이모저모를 완만한 병렬식 묘사로 주워섬기고 있다.

> 흔히 말하길 게집의 얼골이란 눈의 안경이라 한다. 마는 제 아무리 물커진
> 눈깔이라도 이 얼골만은 어쩨볼 도리 없을게다.
> 이마가 훌떡 까지고 양미간이 벌면 소견이 탁 티었다지 않냐. 그럼 좋기는
> 하다마는 아기자기한 맛이 없고 이조로 둥글넓적이 나려온 하관에 멋없이 쑥내
> 민 것이 입이다. 두툼은 하나 건순입술, 말좀하랴면 그리 정하지 못한 운이가
> 분질없이 뻔찔 드러난다. 설혹 그렇다 치고 한복판에 달린 코나 좀 똑똑이
> 생겼다면 얼마 나겠다. 첫대 눈에 띠는 것이 그 코인데, 이렇게 말하면 년의
> 숭을 보는 것 같지만, 썩 잘보자해도 먼산 바라보는 도야지의 코가 자꾸만
> 생각이 난다.
>
> 「안해」[23]

이와 같은 인물치례는 한껏 과장하여 우스꽝스럽게 표현함으로써 인물사
진보다 캐리커쳐가 더욱 친근하듯이, 풍자만화 한 컷에 골계와 비판정신이
함께 드러나듯이 이중의 효과를 지향하는 것이다.

소설의 서술전략은 작가의 세계인식과 불가분의 관계가 있는 것이다. 형
식이란 한 작가가 세계를 나름대로 질서 있게 파악하는 방법이기 때문이다.
김유정 소설의 시대적 배경인 1930년의 상황은 식민지적 갈등과 궁핍의
세계였다. 그곳에서 수고와 곤욕을 몸으로 겪으면서 그것을 기정의 사실로

---

23) 『전집』, pp.151~152.

감수하는 작중인물들에게는 팽팽한 긴장과 갈등이 야기될 수밖에 없다. 갈등이란 주어진 상황에 대한 적응이 급선무임에도 불구하고, 자신이 나아가야만 하는 당위가 상황과 배치될 때 필연적으로 파생되는 것이며, 이러한 갈등의 세계는 김유정과 같이 한 발짝 물러나 대응할 때 보다 효과적일 수 있다. 똑같은 궁핍의 삶을 그린 최서해의 「탈출기(脫出記)」와 김유정의 「안해」를 통해 그 특징을 대비하여 보기로 하자.

　　부즈런하다면 이 때 우리처럼 부즈럼함이 어데 잇스며, 뎡직하다면 이때 우리 식구가티 뎡직함이 어데 잇스랴? 그러나 빈곤은 날노 심하였다. 이틀 사흘 굶은 적도 한두번이 아니엇다. 한번은 이틀이나 굶고 일자리를 찻다가 집으로 들어가니 부엌압헤 안젓든 안해가 (안해는 이때에 아해를 배여서 배가 남산만하엿다) 무엇을 먹다가 깜짝 놀난다. 이때 불쾌한 감정이 내 가삼에 떠올낫다.- 무얼 먹을까? 어듸서 무엇을 어덧슬가? 무엇이길래 어머니와 나 몰래 먹누? 아! 네펜네란 그런거이구나! 아니 그러나 설마…… 그래도 무엇을 먹든데…… 나는 이러케 안해를 의심도 하고 원망도 하고 밉게도 생각하엿다. 안해는 아모 말업이 어색하게 머리를 숙이고 안저서 씩씩하다가 박으로 나간다. 그 얼골은 좀 붉엇다.
　　안해가 나간 뒤에 나는 안해가 먹다가 던진 것을 차지랴고 아궁지를 뒤지엇다. 싸늘하게 식은 재를 막대이로 뒤저내니 벍언 것이 눈에 띄엿다. 나는 그것을 집엇다. 그것은 귤껍질이다. 거긔는 베먹은 잇자국이 낫다. 귤껍질을 쥔 나의 손을 떨리고 잇자국은 보는 내눈에는 눈물이 고엿다.
「탈출기」[24]

　　계집 좋다는건 욕하고 치고 치고, 다 이러는 멋에 그렇게 치고보면 혹 궁한 살림에 쪼들리어 악에 받인 놈의 말일지는 모른다. 마는 누구나 다 일반이겟지. 가다가 속이 맥맥하고 부하가 끓어오를 적이 있지 않나. 농사는 지어도 남는 것이 없고 빚에는 몰리고, 게다가 집에 들어스면 자식놈 킹킹거려, 년은 옷이 없으니 떨고 있어 이러한 때 그냥 백일수야 있느냐. 트죽태죽 꼬집어 가지고

---

24) 최서해, 「탈출기」,≪조선문단≫,1925, pp.27~28.

년의 비녀쪽을 턱잡고는 한바탕 출두둘겨대는구나. 한참 그 지랄을 하고나면
등줄기에 땀이 뿍 흐르고 한숨까지 후, 돈다면 웬만치 속이 가라앉을 때였다.
담에는 년을 도로 밀처버리고 담배 한대만 피어물면 된다.

「안해」25)

두 작품이 모두 극심한 가난을 소재로 하고 있고, 특히 '나'라는 서술자를
통하여 아내에 대한 감정을 서술하고 있다. 그렇지만 그것은 작가의 시각과
서술양식에 따라 독자에게 수용되는 감정이 아주 상이하다. 전자는 가난을
비극적으로 표현하여 "안해는 이때에 아해를 배어서 배가 남산만하엿다"라
는 삽입문장까지 이용하여 비극적 감정을 고조시키고, 독자에게 감정이입을
시키려고 노력하고 있다. 이에 비해 후자의 상황은 비극적 상황임에 틀림없
지만 처음부터 비극적 감정을 환기시키려고 하지 않는다. 즉 욕설, 과장,
의성어, 의태어, 수다스런 열거, 감정적이고 논쟁적인 참여 등의 방법을 통해
골계화(滑稽化)된 웃음을 유발시킨다. 작중현실을 정상적인 것보다 과장하
여 일그러지게 표현함으로써 그 특징을 강조하는 수법이 골계인데, 이때
생겨나는 위화감이 웃음을 촉발한다.26)

이러한 골계를 통한 해학은 어떤 대상이나 상황을 드러냄에 있어 웃음을
자아내는 표현을 통해 감정이입을 차단(이완)시킨다. 작중현실에 몰입되었
던 독자는 웃음 속에서 그것과 자신과의 거리를 확인하고 여유를 얻어 객관
적이 된다. 또한 전자나 후자가 둘 다 서술자가 1인칭이기는 하지만 문체에
있어서, 전자는 편지체이고, 후자는 구어체이다. 즉 전자는 '씌어지는 언어'
요 후자는 '말하여지는 언어'이다. 여기에서 전자는 작가와 독자의 직접적인
관계이지만 후자는 서술자와 청자의 관계를 전제로 하게 된다. 서술자과
청자의 관계를 갖게 된다는 것은 읽는 소설이 아니라 듣는 소설에 가깝다는
근거가 된다. 때문에 판소리계 소설에서 볼 수 있듯이 주제 의식적이기보다
는 부단한 자극이 긴장과 이완의 역동성을 가지고 감흥27)시켜 줄 수 있는

---

25) 『전집』, p.153.
26) 김흥규, 「판소리의 서사적 구조」, 『판소리의 이해』 (창작과 비평사, 1978), p.120.

구조를 갖게 된다.

앞서 밝힌 바 있지만 근대소설의 경우 서술양식상 '말하기'와 '보여주기'의 두 가지 양상 중 거의 대부분 작가가 '보여주기'의 기법을 선호하고 있다. 현재 21세기 한국적 삶의 1930년대의 궁핍과는 축을 달리하지만 근대사회는 그 나름대로 인간소외라는 갈등이 팽배해 있다. 이러한 국면에서 다음과 같은 진술은 김유정 소설의 미학을 반추하는데 뒷받침이 되어준다.

> 현대의 문학은 유희적인 희극과 웃음의 기능을 외면해 버리려드는 경향이 없지 않다. 그 대신에 사실주의와 사회주의 문학론의 대두와 함께 현실성에 대한 밀착과 갈등의 고양화에 의해서 경직할 정도의 엄격성이 강조되기 시작한 것이다. 이런한 경직성과 단순성을 극복하기 위해서는 반어, 풍자, 기지 등 웃음의 기능적인 회복과 확산이 바람직한 것이다.[28]

김유정이 활동하던 1930년대 후반기는 일본이 만주사변과 중국침략을 일으키면서 야만적인 군국주의가 절정으로 치달리던 시기였다. 따라서 한반도에서는 집회·언론·결사는 물론 순수한 문화적 활동들까지도 무자비한 통제와 탄압을 받았다. 이러한 식민지 억압구조 속에서 많은 문인들은 과거에 대한 회고적 경향에 빠져 대중적 역사물에 파묻히거나 현실 문제를 외면하고 순수문학의 세계에 함몰되게 된다. 식민지 현실을 비판할 수도, 그렇다고 외면할 수도 없는 시대적 분위기 속에서 김유정은 해학과 골계와 같은 우회적인 비판의 방법을 자신의 창작방법으로 삼았다. 그가 선택한 창작방법은 채만식과 같이 구술적 전통서사의 방법을 통한 풍자였다. 곧 그의 해학과 골계의 소설들은 쓰고 싶은 대로 쓸 수 없었던 식민지 지식인의 아픔의 소산이며 단순한 기법적 차원을 넘어선 투철한 작가정신의 발로였다. 1930년대의 위기의 시대에 최재서는 "위기에 처한 조선이 나아갈 길은 풍자문학의 길 밖에 없다"라고 주장한 것과 같이 당대의 억압적 구조 속에서 김유정

---

27) 황패강, 『조선왕조 소설연구』(단대출판부, 1981), 앞의 책, p.80.
28) 이재선, 『한국개화기 소설연구』(일조각, 1973), p.246.

의 해학적 소설들은 최선이요, 확실한 민족주의 소설 창작 방법론이었다.

4. 결어

우리 소설사 연구에서 최대의 난제는 고전소설과 근대소설의 관계 정립이라고 할 수 있다. 고전소설과 근대소설의 관계가 선형적인가 아니면 비선형적인가에 따라 근대소설의 의미는 판이하게 달라진다. 기존의 연구는 후자 쪽이 주류를 이루고 있는데 이는 우리 근대 소설 연구를 서구적 관점에서 보아왔기 때문이다. 본 논문이 시각은 이러한 서구적 관점에서 벗어나 우리의 자생적인 근대소설이 없는가 하는데 초점을 맞추고 있다. 그리하여 판소리와 같은 고전 서사의 구술적 전통과 김유정 소설이 가지고 있는 구술성의 간텍스트성을 살펴보았다.

김유정 소설들은 구술적 전통으로서의 판소리서사와 근대소설이 자연스럽게 접목된 작품들이라고 할 수 있다. 판소리서사는 구술성이란 보편적 특성과 아울러 '비장과 골계'라는 미학을 갖추고 있다. 비장에 해당하는 울음과 골계에 해당하는 웃음은 머리가 하나인 신화의 동물처럼 어느 하나를 잡아끌면 다른 하나가 뒤따라 나오게 되는 것이다. 이러한 판소리 서사를 서술전략으로 삼아 탁월한 솜씨로 동시대의 시대적 분위기를 담아낸 작가가 바로 김유정이다.

김유정 소설의 서두는 시적인 간결과 압축, 문장이 짧고 군더더기가 없으며, 장면의 비약적 전환과 병렬로 늘어놓은 열거식 수사법, 시제의 현재형 등 사건을 예감할 수 있는 정서환기에 목적을 두고 있다. 이는 판소리에서 한자투나 한문시를 인용하여 상황을 암시하는 기법과 동일한 장치라고 할 수 있다. 뿐만 아니라 김유정 소설에서는 판소리와 같이 운율적인 문장의 흐름, 의성어·의태어·감탄부호의 빈번한 사용 등과 같이 독자의 감수성을 자극하는 요소가 강하다. 이는 소설 전개와 직접관계없는 드러난 서술자의 개입이 있기 때문이다.

드러난 서술자는 3인칭 시점에서는 직접 등장하고, 1인칭 시점에서는 작중 인물의 대화를 통해 드러낸다. 「봄봄」에서 뭉태와 점순은 데릴사위라는 명목으로 노동을 착취하고 있는 장인 봉필의 술수를 정확하게 파악하고 있는 인물로, 무작정 장인의 약속만을 믿고 머슴살이만 하는 우둔한 주인공 나와 양각화 시키면서 서술자와 독자간의 거리감 형성에 일조를 한다.

김유정 소설의 결말부분은 '주제로부터 이탈된 곁들이 한담', '신체에 대한 그로테스크한 이미지', '상투적이고 일상적인 언어가 변형된 낯선 언어' 등 러시아 형식주의자들이 시적 언어의 특성으로 논의한 '낯설게 하기' 장치로서의 언어와 구조를 가지고 있다. 이러한 특성은 구술적 전통서사의 기법에서 기인한 것이다.

또한 김유정 소설의 해학과 골계 속에는 일제 강점하의 모순과 부조리에 대한 통렬한 비판정신이 담겨 있다. 채만식이 풍자의 수법을 통하여 당대 상황을 우회적으로 반영하였듯이 김유정도 해학과 골계를 통하여 당해 현실을 비판하고 있다. 이는 우리 소설사에서 높이 평가해야 할 부분이라고 할 수 있다.

박종화의 역사소설 연구

유재엽*

1. 서 론

우리 현대문학사에서 월탄 박종화만큼 오랜 문단생활의 기록과 함께 많은 작품의 기록을 남긴 작가도 드물 것이다. 그는 60년의 문단생활을 통하여 모두 3권의 시집, 18편의 장편소설, 12편의 단편소설을 비롯 5권의 수필집과 평론집을 합쳐 방대한 분량의 작품을 남겨 놓았다.

≪백조≫ 동인으로 참여하면서 본격적인 문학활동을 시작한 월탄은 동지에 초기 낭만주의 계열의 시를 썼으며, 틈틈이 평필을 들어 잡지의 월평을 담당하기도 하였다. 단편「목 매이는 여자」 이후 그는 소설 창작에 힘을 기울여 수많은 역사소설을 발표, 우리 역사소설의 새로운 지평을 열기도 하였다.

그러나, 이처럼 오랜 문학생활과 다양한 장르의 창작활동에도 불구하고 그에 대한 본격적인 연구 성과는 미진한 편이다. 해방 이전에는 단지 그의 소설에 대한 단편적인 고찰이 있었을 뿐이고, 해방 이후에는 조연현[1], 정태용[2], 박용구[3], 정재완[4], 윤병로[5] 등이 월탄에 대한 작가론을 피력했을 뿐이

---

* 신구대학 교수
1) 조연현, 「월탄 박종화론」, ≪신태양≫, 1956.2.

다. 또한 대학원의 박사 학위 논문으로는 송백헌[6], 강영주[7], 홍성암[8], 조규
일[9]의 논문 등 겨우 너댓 편에 불과하다. 그것은 대부분 장편 중심의 역사소
설 연구의 일환으로 언급되었을 뿐 그의 단편역사소설에 대한 고찰은 거의
찾아보기 힘들다. 필자는 그의 역사소설의 연구를 위해서는 단편소설이 도외
시되어서는 안 된다는 생각에서 이를 역사소설연구의 범주 속에 포함시켰다.

2. 단편역사소설

월탄은 시 창작활동에 이어 1923년에 그의 첫소설 「목 매이는 여자」
발표 이후 소설 창작에 대한 관심을 갖는다. 단편 「이년 후」, 「아버지와
아들」, 「순대국」, 「여명」 등 신변잡기의 성격이 강한 작품 너댓 편을 제외하
고는 대부분의 작품이 역사적 사건을 그 소재로 하고 있다. 여기에서 그의
역사소설을 발표 연대와는 상관없이 단편과 장편역사소설로 나누어 고찰하
기로 한다.

1) 「목 매이는 여자」

「목 매이는 여자」는 신소설기의 전기소설에서 벗어난 우리 근대문학사상
최초의 역사소설이었다. 우리의 역사소설이 1930년대에 와서야 활발하게
발표된 것을 생각할 때, 이 작품은 우리 최초의 역사소설의 발표 시기를
5, 6년 앞당긴 셈이 된다.

「목 매이는 여자」는 계유정난과 사육신의 시건을 다루고 있다. 그러나

---

2) 정태용, 「박종화론」, ≪현대문학≫, 1967.8.
3) 박용구, 「월탄 박종화 연구」, ≪현대문학≫, 1968.10.~1969.1.
4) 정재완, 「박종화론」, ≪현대문학≫, 1980.12.
5) 윤병로, 『박종화의 삶과 문학』, ≪서울신문사≫, 1993.
6) 송백헌, 「한국근대역사소설연구」, 단국대학교 대학원, 1982.
7) 강영주, 「한국근대역사소설연구」, 서울대학교 대학원, 1986.
8) 홍성암, 「한국근대역사소설연구」, 한양대학교 대학원, 1988.
9) 조규일, 「월탄박종화의 역사소설연구」, 성균관대학교 대학원, 1989.

작가의 관심은 이러한 피비린내 나는 역사적 사건이 아니라 그 뒤에 숨어 있는 신숙주의 심리적 갈등과 그의 부인 윤씨의 인간적인 고뇌였다. 수양대군은 단종의 왕위를 찬탈한다. 새로 왕위에 등극한 세조는 재주가 뛰어난 신숙주를 회유하지만 이미 세종의 고명을 받은 바 있는 신숙주는 이를 거부한다. 그러나 여덟 아들의 목숨을 위협하는 세조에게 굴복하고 만다. 결국 신숙주는 충신이라는 이름 대신에 변절자가 될 수밖에 없었다. 그러나 윤씨 부인이 신숙주에게 기대하는 것은 다른 길이었다. 여기에서 이 소설의 갈등이 나타난다. 부인은 충신이라는 이름으로의 죽음, 그리고 충신의 아들로서의 죽음, 또한 충신의 아내, 열녀로서의 자신의 죽음을 각오하고 있었던 것이다. 남편과 가까웠던 이들이 하나씩 붙잡혀 들어간다는 집밖의 소식에 이제는 남편의 차례이거니 하고 기다리는 부인 앞에 오히려 품계가 승차되어 나타난 신숙주는 '아이들 때문에……'라는 변명을 한다. 이에 절망한 윤씨 부인은 안방에 들어가 목을 매어 자결한다. 남편의 행동이 부인에게 씻지 못할 치욕을 안겨준 것이다.

이 소설은 역사적 사건을 배경으로 하고 있으면서도, 그 사건의 전개에 관심을 두고 있는 게 아니라 한 인간의 고뇌에 초점을 두고 있다. 작가는 역사적으로 변절자라고 낙인찍힌 신숙주라는 인간이 자식에 대한 애정과 '충신은 불사이군'이라는 충성의 절대 명제 사이에서 어떻게 고민하고 갈등했는가에 시선을 두고 그것을 현대적인 관점에서 리얼하게 묘사하였다.

또 이 작품은 구국영웅의 전기물에서 벗어났다는 점에서 지금까지의 역사소설의 성격과는 그 궤를 달리한다. 「목 매이는 여자」는 확실히 작가의 근대의식이 스며 있는 작품이라 하겠다. 역사적 인물에 생기를 불어넣고 성격을 부여하면 그것은 소설이 된다. 박종화는 사육신의 단종 복위 사건과 관련하여 신숙주의 심리와 갈등을 독자에게 그려 보여줌으로써 그의 변절이 얼마나 인간적인 고뇌 끝에 나왔으며, 그 동안 '신숙주＝변절자'라는 고정관념에 대해서도 어느 정도의 이해가 필요하지 않을까라는 의문을 제기한다. 신숙주는 성삼문, 박팽년, 이 개 등의 사육신과 윤씨 부인보다도 훨씬 복잡한 심리를 가진 인물인 동시에 입체적인 인물이다. 또 이들과는 삶의 양식에 있어 차이점을 지니고 있을 뿐이다. 이 차이가 신숙주의 개성이며, 이로써 작가는 신숙주라는 역사적 인물에 뚜렷한 성격을 성공적으로 부여한 것이 된다. 이런 점이 이 작품을 높이 평가하는 이유 중의 하나이다.

2) 「삼절부」

「삼절부」는 송도의 기생 황진이와 지족선사, 서경덕의 인간 모습을 그린 역사소설이다. 이 작품은 황진이에 관한 야사를 그 소재로 한다. 황진이는 황진사의 서녀이다. 황진이의 이웃에 살던 총각이 그녀를 사모하던 끝에 상사병으로 죽는다. 총각의 상여가 황진이의 집 앞을 지나가려고 할 때 어쩐 일인지 상여가 땅에 붙어 조금도 움직이지 않는다. 황진이가 여종을 시켜 자기의 저고리를 관에 덮어주자 비로소 관이 움직여 장사를 치룰 수 있었다. 이 일이 있은 후 황진이의 인생관이 바뀌게 된다. 자기의 살이 닿았던 옷으로 총각의 관을 덮어줌으로써 자신의 혼과 육신을 이미 총각에게 주었다는 생각에 이른다. 마침내 황진이는 기생이 되고 이 세상에 대한 희롱의 길에 나선다. 이의 대상으로 등장하는 인물이 세상으로부터 생불이라고 칭송 받는 지족선사와 고고한 성리학자 서경덕이었다. 결국 30년을 면벽하며 수도에 정진했던 지족은 황진이의 유혹에 넘어가 파계를 하지만, 서경덕은 끈질긴 황진이의 육체적 공세에도 끝내 지조를 지켜 도학자로서의 품위를 간직한다. 이에 감복한 황진이는 서경덕에게 송도의 삼절은 '박연폭포와 서경덕, 그리고 황진이 자기 자신'이라고 말한다.

이 작품은 국문학사상 제일의 여류시인으로 알려진 황진이라는 한 기생의 인간적 면모를 부각시키고 있다. 황진이에 대한 역사적인 기록은 없다. 다만 그의 작품이 남아 있고, 『중경지』와 『연려실기술』 등에 단편적인 생애의 기록이 있을 뿐이다. 작가는 이런 기록과 항간의 전설을 바탕으로 하여 황진이라는 한 여인을 작품으로 재구성해내었다. 그 여인은 작품 속에서 계급사회의 조선시대를 조롱하고 가식에 찬 우리들에게 조소를 던지고 있

다. 「삼절부」는 역사적인 소재로 말미암아 역사소설의 범주에 포함시킬 수
밖에 없겠지만, 이 소설의 작가정신은 오히려 현대에 있다.

3) 「아랑의 정조」

「아랑의 정조」는 『삼국사기』 열전에 나오는 도미의 설화를 극화한 작품
이다. 소설은 설화와 그 내용이 조금 다르다. 먼저 설화의 내용을 살펴본다.
백제 개루왕 때에 도미는 비록 소민이나 성실하고 착하기 그지없었고, 그의
아내는 미인으로서 이름이 높았지만 정결한 여성이었다. 그녀의 미모는 사
람들의 입을 거쳐 마침내 대궐에까지 알려졌다. 평소 미색을 탐하는 개루왕
은 도미를 궁궐로 불렀다. 그리고는 도미에게 아내의 정조를 시험할 내기를
제안하고, 도미를 대궐에 붙들어 둔 다음, 한 근신을 왕으로 꾸며 도미의
집을 찾아가게 한다. 그리고 거짓말로 도미의 처에게 도미와의 내기에 이겼
으니 그녀를 후궁으로 삼게 되었다고 말하며 난행하려 한다. 그러자 도미의
아내는 그 근신을 속여 계집종으로 하여금 시침케 했다. 뒤에 도미의 아내에
게 속은 사실을 알게 된 왕은 대노하여 도미에게 일부러 죄를 씌워 눈을
빼버리고 작은 배에 태워 강에 흘려 보냈다. 그리고 도미의 아내를 불러
범하려 하자, 그녀는 또다시 왕을 속인 다음 도망하여 강가에 당도하여 도미
를 찾으며 통곡하니, 갑자기 조각배가 하나 떠내려와 그것을 타고 천성도에
도착했다. 거기에는 지금껏 풀뿌리를 캐먹으며 연명하던 남편이 있었다. 남
편과 함께 고구려로 도망, 산산 아래 도착하니 사람들이 불쌍히 여겨 의식을
마련해주어 거기에서 구차하게 살다가 생을 마쳤다.

소설 「아랑의 정조」는 설화와 사건 전개는 같지만 내용은 조금 다르다.
우선 도미의 직업을 목수로 설정했고, 처의 이름을 아랑이라고 명명했다.
그리고 개루왕이 비록 호색하지만 정치를 잘하는 왕이라고 설명하고 있다.
설화에서는 근신이 도미의 집을 찾아가는 데 반해 소설에서는 왕 자신이
직접 도미의 아내를 찾는 것으로 되어 있다. 또 설화에서는 근신과 동침한
여자는 계집종이고, 소설에서는 왕과 동침한 여자는 부전이라는 이웃집 여

인이다. 한편 설화 속의 지명 천성도가 소설에서 승천포로 바뀌어져 있다.

이 소설은 도미의 설화와 모든 면이 흡사하다. 소설의 기원이 설화이라 할지라도 설화 자체가 소설일 수는 없다. 그것이 소설이 되기 위해서는 무엇보다 리얼리티가 필요하다. 그러나 이 소설에서는 왕이 아랑을 차지하기 위한 일련의 행동과 아랑의 저항 등 여러 면에서 리얼리티의 부족함이 눈에 띤다. 이렇게 되면 이는 단순한 설화의 소개에 지나지 않는다. 또 이 작품은 월탄이 그의 대표작 중의 하나인 장편 「금삼의 피」와 「대춘부」 등을 이미 발표하고 난 다음인 1940년에 씌어진 사실과 작품의 수준으로 미루어 너무 안일한 태도로 창작에 임하지 않았나 하는 의문이 있다. 설화에는 없는 주인공의 이름을 아랑이라 명명한 것도 경남 지역의 아랑각 전설과 혼동을 일으킬 수 있는 부분이다.

3. 장편역사소설

1) 「금삼의 피」

1936년 3월 20일부터 12월 29일 사이에 ≪매일신보≫ 지상을 통해 발표된 「금삼의 피」는 폭군으로 알려진 연산군의 심리적 파탄과정을 무오사화와 갑자사화의 역사적인 사건과 병행하여 형상화한 소설[10]로서, 연산군의 생애를 좇아 서술한 작품이다. 따라서 '장한편' 등 모두 5 장으로 나뉘어진 작품은 폭군 연산에 대한 작가의 동정 어린 시선으로 일관한다.

어린 나이에 등극한 성종은 매우 영특한 임금이었지만 왕비 한씨가 죽은 후 호색하여 많은 후궁을 두었고, 이들 사이의 투기는 이미 대궐 안의 비극을 예고하고 있었다. 임금의 총애를 다투던 윤씨와 정숙의는 함께 후궁의 신분이었지만 윤씨는 아들 연산을 낳은 후 계비의 자리에 오르고 윤씨의 소생인 연산은 왕세자로 책봉된다. 그러나 임금이 왕비보다 다른 후궁들을 더 총애

---

10) 강영주, 앞의 책, p.88.

하는 데서 왕비의 질투심은 더욱 고조된다. 더욱이 임금의 사랑과 인수대비의 비호를 받고 있는 정숙의가 윤비를 대하는 태도가 고분고분하지 않자 윤비는 정숙의를 불러 심한 매질을 한다. 여기에 정숙의는 부적을 만들어 연산을 저주하게 되고 이 사실을 알게된 윤비는 정숙의의 화상을 그려 벽에 붙여 놓고 활로 쏘며 정숙의를 저주하는 굿을 벌이는데, 이를 알게 된 임금은 폐비를 거론하는 등 윤비를 미워하며 더욱 멀리 한다. 질투심에 눈이 먼 윤비는 성종과 심한 언쟁 끝에 용안에 손톱자국을 내게 된다. 이 사건으로 윤비는 폐비가 되어 사가에 돌아가고 인수대비와 정숙의 일파의 모함으로 사약을 받는다. 폐비 윤씨는 죽으면서 흘린 피눈물이 묻은 금삼을 친정 어머니 신씨에게 주며 아들 연산이 자라 왕위에 오르면 그것을 전해줄 것을 당부한다.

연산은 어려서 아주 총명했다. 그러나 현재의 왕비 신씨가 생모가 아니고, 자신이 폐비의 자식이라는 사실을 알고 나서부터 연산의 성격은 비뚤어진다. 성종의 뒤를 이어 왕위에 오른 연산은 생모의 복위를 꾀하지만 인수대비를 비롯한 많은 신하들의 반대로 뜻을 이루지 못 한다. 이 때문에 연산은 점점 성격이 포악해지고 술과 여자로 방탕의 길을 걷는다.

연산군 4년 선왕 성종의 실록을 편찬하기 위해 실록청을 열었을 때, 그 당상을 맡고 있던 이극돈은 김일손의 사초에서 김종직이 지은 「조의제문」을 발견한다. 의제는 진이 망할 무렵 초의 항우와 한의 유방이 함께 내세운 황제였다. 그러나 항우는 의제가 탄 배에 구멍을 뚫어 의제를 시해했다. 김종직은 항우가 의제를 죽인 역사적 사실에 빗대 세조가 왕위를 찬탈하고 단종을 죽인 것을 비방한 것이다. 이극돈은 유자광 등 훈구파와 공모하여 이 사실을 연산에게 고한다. 이에 격로한 연산은 이미 죽은 김종직의 관을 파헤쳐 그 시체의 목을 베는 한편 김일손, 권오복, 이 목 등을 죽이고, 정여창, 강 겸, 이수공, 김굉필 등 수많은 사람들을 귀양 보냈다. 이극돈, 윤효손 등도 수사관으로서 임무를 다하지 못 했다 하여 파직된다. 이 무오사화의 결과 연산의 황음과 방탕은 도를 더해갔고, 조정에는 간신배들만이 들끓었다.

그러던 중 폐비의 친정 어머니 신씨가 지니고 있던 피에 묻은 금삼이 연산에게 전해진다. 지금껏 생모의 잘못으로 폐비가 되고 사약을 받은 줄로만 알고 있던 연산은 이 사건의 배후에 인수대비와 정숙의, 엄숙의 등의 음모가 있었음을 알게 된다. 연산의 분노는 극에 달하고, 임사홍을 비롯한 간신배들이 앞장서서 연산을 사주한다. 연산은 이 기회에 생모 윤씨의 신원과 함께 자신에게 비협조적인 공신들을 제거하기로 한다. 연산은 먼저 정숙의와 엄숙의를 죽이고 그들의 소생 역시 멀리 귀양을 보냈다가 후에 모두 죽여 버린다. 또 조모인 인수대비마저 머리로 가슴을 받아 죽게 만든다.

연산이 폐비 윤씨를 복위시켜 성종묘에 배사하려 하자 권달수, 이 행 등이 적극 반대하자 권달수를 죽이고 이 행은 유배시킨다. 또 폐비 윤씨의 폐출 사건이 거론되었을 때 이에 찬성했던 윤필상, 이극균, 김굉필 등을 사형에 처했으며, 이미 고인이 된 한명회, 한치형, 정창손 등은 부관참시되었다. 이것이 바로 연산군 10년에 일어난 갑자사화였다. 윤씨의 사사 사건을 계기로 일어난 갑자사화는 참혹한 옥사였다. 이로 말미암아 백성의 원성은 높아지고 지조 있는 선비들은 조정을 등지게 되었다. 마침내 박원종, 성희안이 주동이 되어 진성대군을 왕위에 추대하는 중종반정이 일어나고, 연산은 하룻밤 사이에 권좌에서 쫓겨나 교동에 안치된다.

폭군 연산을 주인공으로 삼은 이 작품은 연산의 패덕과 횡포가 모두 생모 윤씨에 대한 그리움 때문이라고 보았다. 연산은 어머니에 대한 그리움과 정에 굶주린 하나의 평범한 인간에 지나지 않는다. 지독한 생모에 대한 그리움은 생모의 억울한 죽음을 알게 되자 광포와 잔인성으로 굴절되어 나타난다. 단지 연산은 악독한 군주이라기보다 어머니에 대한 그리움에 사무친 가엾은 아들에 불과할 뿐이었다. 이 작품에서 작가는 불쌍한 한 인간에 대한 동정의 시선을 보내는 동시에 역사에 대한 새로운 평가를 내린다. 그것은 「목 매이는 여자」에서도 마찬 가지였다. 역사소설은 역사적 사건에서 취재를 해오긴 하지만 역사에 대한 재해석은 어디까지나 작가의 몫이기 때문이었다.

그러나 이 작품은 그 평가에 있어 많은 문제점을 가지고 있다. 대부분의 월탄의 역사소설이 그렇듯 이 역시 궁중의 비화를 그 소재로 한다. 그칠 줄 모르는 왕의 여성 편력과 왕의 사랑을 두고 후궁들 사이에서 벌어지는 음모와 질투, 복수로 얼룩진 치정극과 여기에 연루된 사화 등 치부가 자칫 우리 역사의 전부인 양 인식되어질 우려가 없을 수 없다. 작품 속에 등장하는 인물 중 긍정적인 인물은 거의 없다. 성종과 연산 등 왕은 성에만 탐닉하는 황음의 존재로 그려지고, 궁중의 여성들 역시 음모와 질투의 화신이다. 한편 관료들은 일신의 영달, 가문의 영화와 함께 보신에만 열심이다. 역사적 인물에 대한 이러한 월탄의 부정적인 시각은 일제의 식민사관과 상응되기도 한다는 비판을 받기도 한다11).

결론적으로 말해, 이 소설은 지금까지의 많은 평가가 그러했듯 독자에게 흥미를 주는 데 중점을 둔 대중소설의 범주에 넣지 않을 수 없다.

2) 「대춘부」

「대춘부」는 1937년 12월 1일~1938년 12월 25일 사이에 걸쳐 《매일신보》에 연재된다. 외적의 침입에서 오는 민족의 수난과 항쟁을 서술하여 전작인 「금삼의 피」와 대조되는 이 작품은, 병자호란이라는 민족의 수난을 제재로 하여 민족의식을 고취시키려는 의도에서 집필되었다12). 제1장 '큰 별은 떨어지고'에서부터 제11장 '한숨'에 이르기까지 철저하게 병자호란을 맞는 조선의 비극이 그려진다. 인조비의 승하에서부터 북벌계획을 수립하고 이를 실천에 옮기던 중 효종이 승화하는 30년간의 이야기를 『실록』 등 각종 사료를 참조하여 사건과 인물 위주로 충실하게 서술하였다.

정묘호란이 끝난 후 나라에는 반청 정서가 팽배해 있었다. 이러한 때 인조의 비가 산후 조리의 잘못으로 승하한다. 이에 청의 황제는 용골대와 마부대를 조문사절로 파견한다. 그러나 용골대와 마부대는 무장한 군사들이 빈소

---

11) 강영주, 앞의 책, p.91.
12) 홍성암, 앞의 책, p.140.

를 지키고 있는 것을 보고 겁이 나서 도망치던 중 군중의 야유와 돌팔매를 맞는다.

병자년 동짓달, 의주의 백마산성에 적의 침입을 알리는 봉화가 오르고 의주부윤 임경업의 장계가 당도한다. 조정에서는 영의정 김 류의 아들 김경징을 강화도 검찰사로, 이민구를 부검찰사로 각각 임명하고, 봉림대군, 인평대군을 비롯 원손과 빈궁 등을 강화로 피난시킨다. 청군은 포로가 된 장단부사 황 직을 앞세워 서울 근교에 이르자, 인조는 최명길의 주청에 따라 남한산성으로 이어하게 된다. 소설에서는 청군의 내침을 충분히 예상하면서도 이에 대처하지 못한 조정과 대신들의 무사안일한 태도가 드러나 보인다.

조선은 남한산성에서 청병과 대치하한다. 영의정 김류는 도체찰사를 겸하고 있었는데 처음부터 청과의 화친을 주장하던 인물이었다. 마부대는 겉으로는 형제의 의를 말하고 뒤로는 화친하지 말 것을 평안감사에게 내린 비변사의 공문을 내보여 내침의 이유를 밝히면서 진정 화친의 의사가 있다면 첫째, 왕자를 볼모로 보낼 것, 둘째, 대신을 볼모로 보낼 것, 셋째, 척화를 주장하는 신하를 청으로 보낼 것을 요구한다. 이에 홍익한, 오달제, 윤 집 등 삼학사가 크게 반대하지만, 최명길은 화친을 주장한다. 한편 의주에 있는 임경업은 지략과 무용을 겸비한 장수로서, 한때 마부대가 몰래 의주에 와서 그를 시험해보고는 그의 행적에 놀라 신인으로 여겨 두려워 했다는 이야기가 서술되어 있다.

남한산성에서는 주화파와 주전파 사이에 격론이 벌어진다. 처음에는 김상헌, 신익성 등의 주전파가 우세하여, 이들의 건의에 따라 인조가 유음을 발표하고 널리 군사를 독려했지만 구원병의 소식은 없었다. 원두표 등이 소규모 전투에서 승리하긴 했지만, 더 이상 항전할 수 없는 지경에 이르자 최명길은 화의서를 작성한다.

전쟁으로 인한 백성들의 비극은 매우 극심했다. 유도대장 심기원은 서울을 방위하지 못한 채 도망하며, 서울을 마음껏 노략질하고 부녀자들을 겁탈하는 청나라 병사들의 흉악한 만행이 자세하게 서술되어 있다.

최명길이 항복서를 쓰지만 김상헌은 그것을 찢어버린다. 항복서를 쓰는 최명길과 항복서를 찢는 김상헌의 마음은 똑 같다. 그 속에는 임금과 나라를 위하는 뜨거운 마음이 있었다. 최명길은 항복서를 가지고 적장 용골대에게 간다. 용골대는 조선왕이 청 황제에게 직접 무릎 꿇고 항복할 것과 척화를 주장했던 인물을 모두 청으로 보낼 것을 요구한다.

강화에서는 충청수사 강진가가 배 7척으로 결사 항전하지만, 검찰사 김경징, 부검찰사 이민구는 군사를 버리고 도망한다. 한편 김상용은 폭약으로 순사하고, 이밖의 수많은 선비와 백성들이 청병에 대항하다가 순절한다. 용골대는 척화를 주장하던 인물들을 보내야만 산성의 포위를 풀겠다고 한다. 갑론을박 끝에 삼학사를 보내기로 한다.

청의 진에 들어간 최명길은 강화가 이미 함락되었다는 말을 듣고, 대군과 비빈들을 만나게 된다. 여기에서 최명길은 나라의 근본을 온전히 지킬 수 있는 길은 주화밖에 없다는 현실을 인식한다. 최명길은 조정에 돌아와 눈물을 흘리며 인조의 출성과 항복을 왕께 주청한다. 마침내 왕의 항서가 작성되고, 김상헌은 자결을 꾀하고, 이조참의 이경여는 머리를 주춧돌에 부딪쳐 피를 흘리며, 항복에 반대한다. 결국 인조는 삼전도에 나아가 청의 황제에게 항복하고, 환궁하게 된다. 청의 황제도 저희 나라로 돌아간 다음 청병은 많은 조공품과 소현세자와 세자빈, 봉림대군 등 볼모를 데리고 회군한다. 한편 김류는 이러한 난세를 틈타 용골대에게 아첨하며 청군의 위세를 업고 장차 권력을 잡고자 획책한다. 다음은 임경업이 청으로 끌려가는 홍익한을 융숭하게 대접하는 이야기와 함께 청병에게 잡혀가는 포로 200여명을 구출하는 내용이 소개된다. 끝으로, 심양에 끌려간 윤집과 오달제는 청 황제의 직접 회유에도 불구하고 끝까지 저항하다 고결한 순국을 맞는다.

신헐, 독보 두 승려와 임경업, 최명길이 홍승주, 오삼계등 명 장수들과 연합하여 국치를 씻고자 하는 내용이 펼쳐진다. 그러나 홍승주가 청에 투항하자 이 계획의 전모가 청에 알려진다. 임경업과 최명길은 붙잡혀 심양으로 압송되는데, 중도에 임경업은 탈출하지만 대신 부인이 끌려가 모진 고문을 당하고는 자결한다. 이때 김상헌도 청으로 압송된다.

　승려로 몸을 감추어 지내던 임경업은 다시 한번 명과 손을 잡기 위해 명의 등주에 도착하지만 홍승주에 의해 청에게 넘겨진다. 명의 수도 북경을 함락한 청은 소현세자와 봉림대군, 최명길, 김상헌 등을 돌려보내지만, 임경업은 김자점의 무고에 의해 극형에 처해진다.

　소현세자가 죽고, 대신 왕에 오른 봉림대군은 청에 설욕하기 위해 북벌을 계획하며 널리 인재를 모아 이 완, 김 척, 송시열을 중용하는 한편 명의 유민들을 환대한다. 효종은 남한산성을 보수하고 말을 기르며, 조총을 만들게 하는 등 적극적인 북벌을 추진하지만 반대 세력도 적지 않아 김자점을 비롯 친청파의 방해공작도 여러 차례 있었다. 그러나 북벌을 지휘하던 김상헌과 이경여가 죽고, 효종마저 기우제를 지내다가 급환으로 재위 10년만에 승하하게 되니 결국 북벌은 실행에 옮겨지지 못하고 만다.

　이 작품은 제목이 시사해 주는 것처럼 이민족의 침입과 거기에 저항해 싸우는 우리 민족의 저항을 소설화한 것으로서 은연중 일제 치하에서 우리 민족의식을 고취하려는 의도가 엿보이는데, 이런 점에서 춘원의 「이순신」이나 현진건의 「흑치상지」와 서로 공통되는 점이 있다.

　이 소설은 실록과 「산성일기」 등 많은 역사 자료를 인용하였기 때문에 월탄의 그 어느 작품보다도 사실에 충실하다. 많은 역사적 인물이 등장하고, 그들에 대한 인물의 형상화에 비교적 성공을 거두고 있다. 이는 이 작품이 여타의 작품과는 달리 병자호란이라는 역사적 사건을 소재로 하고 있기 때문이다. 「금삼의 피」나 「다정불심」이 어느 개인과 관련된 역사를 다룬데 비해 이 작품은 역사적 사건을 우선하고, 다음에 그 사건과 관련이 있는 인물을 형상화시켰기 때문이다.

　「대춘부」는 병자호란이라는 민족의 수난을 형상화하되, 단순히 좌절과 절망에 그친 것이 아니라 그것을 뛰어넘어 수난을 극복하고 민족의 자존심을 회복하고자 임경업, 최명길이 명과 연합하여 청을 치고자 했던 것과 효종이 신하들과 함께 북벌을 계획하는 등 일련의 행동이 시대적인 공감대를 이룩할 수 있었던 작품이다. 바로 이 점은 "역사소설은 과거의 사건을 통하여 현재의 의미를 재해석하고 역사의 방향을 탐색하면서 삶의 구체성을 제시하는 데 그 의식을 찾을 수 있다."[13]라는 윤홍로의 지적대로 병자호란이라는 민족적 비극이 1930년대 당시의 민족의 비극적인 삶과 유사점을 지니고 있다고 보아 무방하다. 또한 이는 "현재와의 생생한 관계없이 과거의 형상화란 불가능하다."[14]라고 말한 루카치의 이론과도 일치한다.

3) 「다정불심」

「다정불심」은 공민왕의 생애를 추적한 작품으로서 「금삼의 피」가 연산의 성격 파탄을 제재로 했다면 「다정불심」은 공민왕의 성격 파탄을 그린 작품이다. 연산이 어머니 윤씨 사사 사건의 진실을 알면서부터 광적인 행동을 일삼은 데 비해 공민왕은 사랑하는 노국공주가 죽음으로써 성격 이상을 일으킨다.

원의 왕녀인 노국공주 보탑실리와 혼인한 왕은 노국공주와 더불어 행복한 생활을 즐긴다. 그러나 노국공주가 죽자, 왕의 절망감은 극도에 달한다. 노국공주와의 사랑이 컸던 만큼 절망감도 매우 클 수밖에 없었다. 왕에게 있어 노국공주는 단순한 연인이 아니라 절대적인 신앙과 같은 존재였다. 절대적인 신앙이 무너졌을 때 왕은 상실감에 사로잡혀 빠져 나올 수 없게 된다. 노국공주는 공민왕이 왕위를 계승할 수 있도록 도와주었으며, 기 철 등 친원 세력의 횡포로부터 왕을 보호해 주었던 것이다. 이런 노국공주가 죽자 원래 다정하고, 나약한 성격의 소유자였던 왕은 신돈에게 섭정을 맡기고 정사마저도 게을리 한다. 신돈은 반혼법을 사용, 노국공주의 혼을 불러 왕을 즐겁게 하지만 그녀는 실상 반야라는 여인이다. 반야는 무니노를 낳는다. 한편 신돈은 고구려의 옛땅을 수복하고, 일본을 정벌하겠다는 큰 포부와 더불어 정치적으로도 수완을 발휘하지만 노국공주의 마암 영전 건립 문제로

---

13) 윤홍로, 『이광수 문학과 삶』(한국연구원, 1992) ,p.195.
14) G. Lukacs, 이영욱 역, 『역사소설론』(거름, 1987), p.14.

왕의 노여움을 사 사사된다. 신돈의 죽음 이후 동남을 궁에 들여 총애하던 왕은 결국 홍 륜 일당에 의해 시해된다.

이 작품은 예술가적 기질과 정치가적 기질의 상충을 그 모티브로 하고 있다[15]. 원래 예술가의 기질이 많았던 공민왕이 노국공주와 만남으로써 정치가로서의 길을 걷는다. 또 노국공주가 죽은 뒤에는 정치가로서의 왕의 면모는 사라진다. 다만 예술가의 면모만이 돋보인다. 더욱이 짝을 잃은 슬픔에 잠겨 정사를 돌보지 않는 예술가로서의 왕에게는 불행만이 있을 뿐이다. 당초부터 공민왕은 길을 잘못 선택한 인물이었다.

그 어느 작품보다도 작가의 낭만주의적인 기법이 두드러진 이 작품은 여러 면에서 같은 궁중비화를 소재로 한 「금삼의 피」와 대비되지만 그 가운데 민중의 삶이 그려져 있다든지, 『고려사』 등 사서에 요승으로 묘사되어 있는 신돈을 재해석한 점은 「금삼의 피」에 비해 한 걸음 나아간 것이라는 평가가 가능하다.

4. 역사소설과 고증

역사소설은 그 소재를 역사적인 사건에서 가져온다. 따라서 역사적인 사건 가운데 놓여 있는 인물은 시대에 걸맞는 사고를 하고, 시대의 상황 아래에서 행동한다. 또한 당시의 제도 아래 존재하며, 가치관 역시 시대의 조류를 좋아간다. 이는 당시를 살고 있는 보편적 인물의 보편적 모습이다. 사실에 대한 역시의식의 요구에서 비롯하여 상상력에 의한 사실의 재구성이 역사소설의 외적인 면을 구성하는 중요한 특성 중의 하나라면, 역사소설가는 여기에서 아무도 자유로워질 수 없다. 또 "역사는 두 세대 이전의 과거사를 취급하되 그 과거는 역사적 사건으로 정치, 경제, 전쟁 등 개인적인 운명에 영향을 주는 것이라야 한다."[16]라는 플레시맨의 언급은 시대의 상황이 어느 정도

---

15) 강영주, 앞의 책, p.94.
16) A. Fleishman, *The English Historical Novel*(Baltimore : The Jhons Hopkins Press, 1972),

중요한가를 일컫는 말이다. 이것은 역사소설에서의 고증 문제의 중요성을
강조한 것이라고 보아도 무리가 없을 줄 안다.

　월탄 역시 역사소설에서의 고증 문제를 중요시하여 다음과 같이 말한
바 있다.

> 　역사소설도 소설인 이상 하나의 소설이 될뿐, 소설 이상의 것도 아니요 소설
> 이하의 것도 아니다.
>
> 　작자가 어떠한 한 개 방편으로 대상의 제재를 이곳에 취했을뿐 보통 소설과
> 달은, 이론과 비법이 있을리없다. 〈중략〉 그러하므로 역사소설가는 소설가에
> 그칠뿐이지 역사가로 허락할 수는 없는것이오 역사소설은 소설이 될뿐이지
> 결단코 사학의 지위에 스지 않는다. 이런 까닭에 역사가는 한구절 한 대문을
> 소홀이 취급할 수 없는 엄정한 사학연구가요, 역사소설가는 어디까지든지 예
> 술의 부문에 한선도 넘어서는 안될 자유분방하게 공상을 얽을 수 있는 예술인
> 이어야 한다. 〈중략〉
>
> 　그러므로 소설가는 역사가가 찾아내랴하는 고심초조하는 사학적 고증은
> 필요치 않는다. 얼른 예를 든다면 백제의 하남 위례성이니 풍납리궁터니 이
> (미?)아리니 한양이니 하고 한 평생을 이 연구에 몰두할 것도 없고 황진희 나이
> 가 서화담보다 열살이 틀리느니 다섯 살이 틀리느니하고 다투어가며 이 문제에
> 억매여 휘둘린 까닭도 없다. 〈중략〉
>
> 　모든 현대의 다른 소설이 풍속에 어두어서는 아니되는 거와 마찬가지로
> 역사소설도 풍속에 어두어서는 아니된다. 〈중략〉 그러나 역사소설에 있어서
> 는 이미 지나간 시대의 생활과 풍속인만큼 눈에 어렴풋하고 머리에 히미하지않
> 을 수 없다. 이곳에 우리는 비로소 그 시대의 생활과 풍속도가 얼마나 긴요하게
> 되는 것을 새삼스럽게 절실히 느끼게 되는 것이다. 이것이 이른바 역사소설은
> 현대소설보다 고증을 필요하다는 한 개 까다로운 다른 점이다.[17]

　이 글의 논리는 전후가 서로 모순된다. 필자는 처음에는 역사소설의 고증
에 대해 그리 비중을 주지 않는다고 했지만 뒤에 와서는 시대상과 풍속도는

---

p.5
17) 박종화, 「역사소설과 고증」, ≪문장≫, 1940.10.

역사소설에 있어 매우 중요한 요소라고 말한다. 그러나 그것을 잘 알 수 없는 것이 문제라고 하였다. 이는 역사적 사건이나 생활상, 풍속, 인물 등에 관해 잘 알려진 사실이 있다면 소설 속에 이를 제대로 반영시켜야 된다는 말이 된다.

「목 매이는 여자」는 사육신의 단종 복위 사건을 그 배경으로 한다. 신숙주는 아들을 모두 죽이겠다는 세조의 위협에 배신을 결심한다. 그 배신은 충에 대한 배신이며, 선왕의 고명에 대한 배신인 동시에 성삼문, 박팽년 등 친구들에 대한 배신이다. 그러나 그것은 자신에 대한 배신이고, 아내 윤씨에 대한 배신이다. 여기에 신숙주의 고민이 있으며, 소설은 줄곧 그 갈등을 안고 진행된다. 그 중에서도 신숙주에게 가장 커다란 아픔은 자기에게 침을 뱉고 목을 매어 자결한 아내의 질책이었다. 결국 이 소설에서 작가가 말하고자 하는 바는 바로 윤씨 부인의 자결에 있다고 보아야 한다. 그러나 소설과 사실은 다르다. 사육신의 단종 복위 사건이 실패로 돌아가 많은 집현전 학사 출신의 인물이 죽어갈 무렵은 사실에 있어서는 윤씨 부인이 병사한 지 6개월이나 지난 뒤였다. 이 소설에서 무엇보다 중요한 것은 신숙주와 부인 사이에서 일어나는 갈등이고, 또 부인의 죽음이 소설의 절정에 해당된다면, 이미 죽은 부인을 소설 속에 되살려 놓은 것은 아무리 작가의 의도에 따라 그 필요성이 인정된다 하더라도 커다란 약점으로 꼽힐 수밖에 없는 부분이다. 이것은 단순한 고증상의 문제를 떠나 역사적 사실의 왜곡에 해당된다고 보아야 옳다. 「목 매이는 여자」에서 윤씨 부인의 행동에 따라 소설의 주제가 파악되어야 함에도 이미 고인이 된 인물을 살려내어 다시 소설 속에 등장시킨 것은 문제가 아닐 수 없다. 「목 매이는 여자」에서 윤씨 부인의 행동에 따라 소설의 주제가 파악되어야 함에도 이미 고인이 된 인물을 살려내어 다시 소설 속에 등장시킨 것은 문제점의 하나라고 지적할 수 있겠다.

그렇지만 월탄은 궁중비화를 그린 역사소설에서는 탁월한 고증 솜씨를 자랑한다. 풍속의 묘사, 의상의 묘사 등에서 작가는 특유의 섬세한 필치를 휘둘러 민족의 정서를 고양시키는 데 일익을 담당하였다.

5. 역사소설과 인물

월탄의 장편역사소설에 등장하는 인물은 대개 왕이나 관료 계층이다. 그
것은 그의 소설 대부분이 궁중을 그 배경으로 하고 있기 때문이다. 「금삼의
피」는 연산을 주인공으로 하고 있고, 「대춘부」는 인조와 효종 등 왕과 당시
의 신하들이 등장한다. 또 「다정불심」은 공민왕과 노국공주의 사랑 이야기
를 다루고 있다. 그러다 보니 소설 속의 인물은 유교적인 가치관에 의한
전형적인 인물만이 등장한다. 「금삼의 피」에 등장하는 신료들의 대부분은
출세와 보신에 연연하고, 궐내에 사는 여인들은 상의 사랑을 차지하기 위해
모략과 질투를 일삼는 단순한 성격의 인물이다. 또 「대춘부」의 등장인물
역시 두 부류로 구분된다. 국가의 장래와 백성의 안위를 걱정하는 최명길,
임경업, 김상헌, 홍익한, 오달제, 윤 집으로 대표되는 그룹과 김 류, 김자점
등 자신의 생명 보존과 출세 지향의 그룹이 그것이다. 물론 작가가 긍정하는
인물은 전자이지만, 개성적인 인물은 찾을 수 없다. 전쟁이라는 극한상황이
개성적인 인물의 등장을 용납하지 않을 수도 있지만, 이런 인물의 형상화는
「다정불심」 등의 작품을 보더라도 작가가 자주 사용하는 편이다. 이는 월탄
의 역사소설의 특성을 논의할 때 "역사소설이 작품의 주인공을 중도적
인물에서 가져 와야 하고 중도적 인물을 통해 한 사회의 총체성, 즉 상충과
하층의 모두를 함께 보여줌으로써 사회의 본질적 모순을 드러내야 한다."
는 루카치의 견해를 참고할 필요가 있지 않을까 생각한다.

한편 세 편의 단편역사소설의 인물은 모두 여성이라는 공통점을 가지고
있다. 「목 매이는 여자」는 신숙주의 부인 윤씨, 「삼절부」는 송도의 기생
황진이, 「아랑의 정조」는 도미의 처 아랑을 주인공으로 삼아, 사대부 집안의
여인, 기생, 소민인 목수의 아내 등 그 신분이 다양하다. 그러나 신분의 다양
함에도 불구하고 그들의 성격은 대동소이하여 한 마디로 절개의 여인상을
그렸다고 할 수 있다. 윤씨 부인의 절개를 충을 따르는 절개라고 한다면,

황진이는 자신의 감정에 충실한 절개요, 아랑의 절개는 열에 해당되는 절개이다. 다만 윤씨 부인과 아랑의 절개를 유교적 이념을 앞세운 절개라고 한다면, 황진이의 절개는 오히려 유교적 이념에 대한 저항에서 온 것으로, 앞의 두 인물에 비해 훨씬 근대적인 사고를 지닌 인물이라 할 수 있다.

월탄의 가계는 유교적 전통을 지니고 있다. 조부와 부친이 모두 한말의 벼슬을 하였으며, 월탄 자신도 휘문에 입학하기 전까지 한문을 수학했다. 또 월탄은 일생을 큰 굴곡 없이 살았다. 이런 점이 월탄으로 하여금 전통적인 사고를 하도록 만들었다. 월탄의 일기장에도 여러 차례 나타나듯 그가 중요하게 여기는 덕목은 충과 열, 그리고 효와 제였다. 이러한 월탄의 가치관이 역사소설의 인물이 지닌 가치관으로 투사되는 것은 흔한 일이다. 그러나 그런 가치관이 현실에서는 당연히 바람직한 것이지만 소설 속에서는 지극히 평면적, 몰개성적 인물로 형상화 될 수밖에 없음은 유감스러운 일이 아닐 수 없다.

6. 월탄 역사소설의 성격

김윤식은 우리 1930년대의 역사소설은 과거에 대한 그리움과 회억이란 취향을 가지고 있으며, '재미'와 '오락'이라는 성질을 지니고 있다고 보았다.[18] 또 이와 더불어 역사소설의 형식을 이념형, 의식형, 중간형, 야담형으로 구분하면서 월탄의 작품을 이념형으로 분류하였다. 김윤식이 월탄 역사소실의 성격을 이념형으로 분류했다면, 그것은 장편 「대춘부」와 단편 「목매이는 여자」를 염두에 둔 것이라 할 수 있다. 「대춘부」는 병자호란이라는 전쟁의 폐해와 국난 극복이라는 민족의 염원을 담고 있으며, 이는 국권 상실기인 당시의 독자들에게 단순한 재미와 흥미 이외에 그 무엇을 주기에 충분하였던 것이다. 또 「목 매이는 여자」에서는 지금껏 삼종지도라는 도덕률에 묶여 있던 여성들에게 윤씨 부인이 남편을 비난하며 자결하여 자아를 획득

---

18) 김윤식, 『90년대 한국소설의 표정』(서울대학교 출판부, 1994), p.603.

하는 과정이 공감을 불러일으켰을 것으로 보인다.

여기에 비해 「금삼의 피」나 「다정불심」과 같은 작품은 야담형에 가까운 것이라고 할 수 있다. 두 작품은 궁중비화를 다루었다는 점과 사랑이라는 소재를 취하고 있다는 점에서 공통된다. 이 작품은 홍미 위주로 사건이 진행된다. 물론 「금삼의 피」에서는 연산이 폭군이 된 연유에 대해 역사의 재해석이 보이지 않는 것은 아니지만 시대적인 상황 설명이나 백성들의 삶의 모습은 도외시하고 철저하게 연산의 행적만을 그린 점이라든지, 연산을 싸고도는 여인들의 음모와 질투, 나라와 백성을 생각하기보다는 자신의 보신과 추세만을 추구하는 신료의 굴절된 인간상들은 오히려 우리 역사를 왜곡시킬 위험마저 안고 있는 요소들이다. 「다정불심」 역시 여기에서 크게 벗어나지 않는다. 주요 등장인물은 모두 궁궐의 인물로 한정되어 있으며, 배경 또한 궁궐 내부이다. 그러다 보니 자연히 백성들의 삶은 외면된다. 사랑하는 인물을 잃은 공민왕이 성격적인 파탄을 보이고 국정을 돌보지 못하다가 비극적인 죽음을 맞는다. 왕과 공주의 아름다운 사랑과 공주를 그리는 왕의 애끓는 심정이 독자들의 홍미와 연민을 불러일으킬 수는 있겠지만, 그 연민은 연산과 공민왕에 대한 연민이 아니라 우리 역사에 대한 연민일 수도 있음을 알아야 한다. 투철한 역사의식이 없는 역사소설은 자칫 야담에 머물 수밖에 없는 위험을 안고 있는데, 위에 예시한 두 작품이 여기에 해당된다고 할 수 있다.

7. 결 론

월탄의 문학 활동 중 가장 큰 성과를 이룩한 장르는 소설이고, 그 중에서도 역사소설 분야에서 다른 이들보다 뛰어난 성공을 거두었다. 그는 1923년 우리 근대문학에 있어 최초의 역사소설인 「목 매이는 여자」를 위시하여 일제 강점기에 있어 「삼절부」, 「아랑의 정조」와 같은 단편과 「금삼의 피」, 「대춘부」, 「다정불심」, 「전야」 등의 장편을 발표하였다. 1930년대는 일제가 대륙 침략의 야욕을 채우기 위해 우리 한반도를 병참기지화 하고자 획책하던 시대였다. 따라서 이데올로기를 앞장세웠던 사실주의에 입각한 소설이 사라지고 대신 다양한 소설들이 나타나게 되었는데, 역사소설도 그런 모습 중의 하나였다. 역사소설의 평가가 어떤 형태로 나타나듯 당시의 작가들이 우리의 민족의식을 고취하기 위한 수단으로 창작에 임했다는 것은 그 누구도 부인할 수 없는 사실이다. 월탄의 작품에서도 이런 경향은 두드러진다. 특히 「대춘부」에서 작가는 노골적으로 국권 회복의 의지를 보여 준다. 병자호란이라는 역사상 가장 참혹했던 시기를 배경으로 삼아 외적에 유린되는 민중의 삶을 리얼하게 묘사하고, 그래도 적에게 굴복하지 않는 줄기찬 저항 정신과 더불어 전쟁이 끝난 다음 통한의 치욕을 씻기 위한 노력으로 북벌 계획을 수립하는 모습에서 식민지 치하를 살아가는 당시의 독자들에게 고무되는 바 적지 않았을 것이다. 그의 소설은 우리의 역사를 잘 모르는 독자들에게 흥미와 교훈을 주기에 충분했다.

제3부

해방기 소설과 '자기비판' 논의의 관련 양상

김일수*

1. 서론 - '자기비판' 담론의 정치적 의미

해방 직후 우리 민족에게 부과되었던 가장 큰 과제는 일제 잔재 청산과 새 조국 건설이었다. 문인에게 있어서 일제 잔재 청산이란 무엇을 가리키는가. 이는 곧 과거 자신의 친일 이력에 대한 자기비판 문제와 직결된다. 그러므로 해방기 문인들에게 주어진 역사적 과제는 자기비판의 문제와 민족문학의 건설이라는 화두로 재등장하게 된다.

해방은 잃었던 모국어를 되찾게 했을 뿐만 아니라, 위축되었던 민족정신을 일깨워 주었다. 해방의 감격과 흥분이 가라앉고, 문단이 차츰 재정비되어가자 대부분의 문학인들은 '식민지시대의 문학적 체험에 대한 반성과 함께 민족문학으로서의 한국문학의 새로운 진로를 모색하는 데에 관심을 집중'[1] 하게 되었다. 이 새로운 민족문학의 건설을 위해서 반드시 선행되어야 할 행위가 바로 문인들의 자기비판인 것이다. 즉 비록 외부의 강압에 의해 행해진 것이라 할지라도, 그리고 그 동기가 민족을 위해서였다는 식의 나름대로 정당성이 있었을지라도, 과거 몇 년간의 친일 행각에 대한 자기비판은 새

---

* 공주영상정보대학 교수.
1) 권영민, 「한국문학과 8·15해방」, 『한국현대문학사 1945-1990』(민음사, 1993), p.32.

조국을 건설하는 역사적 시점에 있어서 어떤 식으로든 반드시 짚고 넘어가야만 할 일종의 통과의례였기 때문이다.

해방 직후 문단에서의 실제적인 자기비판의 문제는 우선 좌담회나 합평회의 형태를 통해 본격적으로 제기되었다고 할 수 있다. 그러나 두세 번에 걸친 공개적인 좌담회와 합평회, 그리고 몇몇 개별 논문과 수필에서 다루어진 문인들의 자기비판은 그 자체의 당위성에 대해서는 일치하는 견해를 보이고 있으나 동일한 내용으로 전개된 것은 아니었다. 거기에는 크게 보아 두 가지 경향으로 구별되고 있다. 하나는 자기비판의 일반적 기준과 원칙을 거론한 원론적 수준의 자기비판 논의를 들 수 있고, 다른 하나는 자신의 과거 이력에 대해서 자기비판을 수행하면서 그 자기비판의 내용을 문인들의 창작행위로 옮겨 놓을 것을 주장하는 논의들이다. 즉 자기비판의 양심과 성실성은 구체적인 창작활동을 통하여서만 보증될 수 있다는 견해인 것이다.

하지만 원론적인 자기비판의 논의들이 발생텍스트가 되고, 자기비판의 내용을 담고 있는 작품들이 현상텍스트가 된다는 말은 성립될 수 없다. 자기비판의 문제가 시대적 당위의 성격으로 작가들에게 인식된 것은 인정하지만 그것이 작가들의 전반적인 창작활동을 이끌었다든지 혹은 규정하였다고는 볼 수 없기 때문이다. 그런 점에서 해방기의 작품 내에 용해된 '자기비판성'의 문제는 세심한 접근을 필요로 한다. 만약 자기비판 논의와 작품의 '자기비판성'을 일치시키는 기계론적 관점에 서게 되면 작가들의 창작활동을 부수적인 것으로 간주하는 오류를 범하게 됨은 자명한 일일 것이다. 또한 작품에 나타난 '자기비판성' 내에 혼재하고 있는 '참회'와 '변명'의 복합적인 심리와, 부끄러운 과거에 대한 순수한 고백과 미래를 위한 투쟁적인 결의 등에 대하여 연구자들이 오직 자기비판의 원론적 수준에서 재단하고 평가하는 잘못을 행할 지도 모를 일이다.

해방기에 있어서 원론적인 자기비판 문제를 표명한 것은 박헌영의 「조선공산당 1945년 8월테제」에서 찾아볼 수 있다. 그는 현정세를 분석하면서 조선의 해방이 우리 민족의 자주적인 투쟁과 힘에 의해서라기보다도 진보적

민주주의 국가에 의한 타력 해방임을 주장하면서 민족적 자기비판을 제기하
였다.

> 이번 반파시스트 반일전쟁 과정에 있어서 조선은 전체로 보아 응당한 자기
> 역할을 놀지 못하였다. 그것은 조선의 지주와 민족부르조아지들이 전체로 일
> 본제국주의의 살인강도적 침략적 전쟁을 지지하기 때문이었다. (……) 그러나
> 솔직하게 말하면 그것은 민족의 혁명적 투쟁이 대중적으로 전개되지 못한 약점
> 이다. 여기에서 우리 조선은 민족적 자기비판을 하여야 할 모멘트에 이르렀다.
> 이것이 앞으로는 국제정국에 있어서 진보적 역할을 놀기 위한 전제조건이 되기
> 때문이다.[2]

이곳에서 반드시 주목해야만 할 지점은 바로 '응당한 자기역할을 놀지
못하였다'는 과거에 대한 평가와 '진보적 역할을' 해야 한다는 미래로의
전망 사이에 놓여져 있는 간극이다. 바로 이 간극 속에 '자기비판'의 문제가
자리잡고 있는 것인데, 이때 자기비판은 미래에로의 진보를 위한 필수적인
전제가 된다는 점에서 본질적인 것이다. 조선공산당의 이 테제가 당시 일반
대중에게 얼마나 설득력 있게 받아들여졌는가하는 것은 따로 규명되어야
할 문제이지만, 자본주의의 고도로 발전된 형태로서의 제국주의의 지배하에
서 고통받은 경험을 지닌 다수 민중들에게 '비자본주의적' 발전의 길이 무시
할 수 없는 대안으로 받아들여질 수 있었던 상황을 고려해 볼 때, 어느 정도
의 영향력은 짐작할 수 있는 바이다. 더욱이 부정해야 할 과거에 대해 적잖이
피해의식을 지니고 있던 민중들에게 '자기비판'이란, 새로운 국가적 출발을
준비하는 단계에서 도덕적 전제조건으로 자연스럽게 받아들여질 수 있었으
리라 본다.

하지만 문제는 위의 그 간극을 통과하기 위해서는 필연적으로 어떤 '희생
제의'가 요구되었다는 것이다. 일제라는 거대한 '타자'가 사라짐으로써 무게

---

2) 조선공산당 중앙위원회, 「조선공산당 1945년 8월테제」 ; 송기한·김외곤 편, 『해방
   공간의 비평문학3』(태학사, 1991), p.213.

중심 역시 상실하게 된 변혁적 상황에서 자기비판의 형식을 통한 희생제의
는 그것을 대타적으로 인식하면서 정치적·도덕적으로 결집할 수 있는 조건
을 마련해주는 것이었다. 좁게는 악질 친일파의 처단이라는 형태로부터 넓
게는 개개인의 양심적 정결성의 제고라는 형태에 이르기까지 과거의 부정적
측면을 도려내는 역사적 제의를 둘러싸고 '진보적 역할'에로 나아가는 공동
체적 결집을 이끌어 낼 수 있었으리라는 것이다. 그러나 '모든 것이 가능'해
보이는 해방 직후의 '공간'은 결코 무시간적인 실험장이 아니었으며, 피할
수 없는 당시 세계정세의 역사적 시간성에 의해 본질적으로 규정받는 국면
이었다. 따라서 과거사 청산과 '자기비판'을 통한 새로운 시작이라는 관념은
이미 결정되어 있는 제한된 가능성에서의 선택이라는 본질을 은폐하고 있는
것이었다.

이것이 '선택'이라는 제한성이었으므로 '실천'에 대한 조급한 기대는 더
욱 배가되었고, 따라서 자기비판이라는 제의를 통한 '간극'의 메움은 신속하
고 집약적일수록 바람직한 것이었다. 그것은 부재하는 무게중심을 역사적
'진보'라는 사회주의적 전망 쪽으로 옮겨 세우고자 하는 정치적 의도가 다분
히 잠재하고 있던 것으로 보인다. 물론 체계적인 국가기구가 현실적으로
존재하는 것은 아니었지만, 전민족적으로 공유하고 있는 부정적 과거를 타
자화시키면서 사회주의적 미래를 지향하는 '자기비판'의 담론은 상당히 위
력적인 이데올로기적 효과를 지니고 있었다고 하겠다.

자기비판 담론의 이데올로기적 효과는 바로 '실천'에의 동원에 있었다.
개화기 이후 가장 폭넓고도 다층적으로 형성된 해방기의 정치적 담론의
장에서 자기비판의 담론이 품고 있는 정치학이 있다면, 그것은 도덕적으로
정화된 새로운 '주체(主體)'의 형성이라고 하겠다. 자기비판의 담론은 개개
인의 양심에까지 파고드는 정결성을 문제삼으면서 개인들을 각각 하나의
'주체'로서 호출한다.3) 그 주체들은 새로운 '시작'의 공간에서 적극적인 활

---

3) 알뛰세에 의하면 이데올로기란 '개인들이 부대끼며 살고 있는 현 실제관계에 대
   한 그 개인들의 가상적 관계'이다. 이러한 가상적 관계를 통해 이데올로기는 각

동을 통해 역사를 '창조'하는 역할을 기대받는다. 따라서 자기비판의 담론 자체가 이미 그 담론 내부에 적극적 실천을 담지하고 있었고, 이러한 실천을 통해 부정해야 할 과거로부터 새로운 미래로, 무력했던 소시민적 자아로부터 진취적인 혁명적 활동가로 비약할 것을 강령화하고 있었던 것이다.

이러한 비약을 위해 필요한 제의적 행위는 일종의 사회적 상징행위로서의 지위를 갖게 되는데, 여기에서 문학적 자기비판이 요구된다. 바로 「조선민족문화건설의 노선(잠정안)」에서 제시된 문학자들의 자기비판은 이 시기 자기비판의 담론이 허구적 형태를 통한 비약을 필요로 하고 있었음을 잘 보여준다.

이 글에서 자기비판은 앞의 「8월 테제」와는 다소 차별적으로, 작가, 예술가, 학자가 공유하고 있는 소시민성(小市民性)에 대한 자기비판(自己批判)을 촉구하는 형태로 전환되어 나타났다. 지식인 작가 개개인의 미시적인 자기비판 담론을 살펴보기 전에 참고해 볼 만하다.

> 자기비판의 문제는 어떤 시기, 어떤 경우를 막론하고 인민적 성실의 최대의 표현이나 현하의 우리 민족생활, 그 중에도 특히 개인의 성실성이 강한 정신적 의미를 갖는 문화분야에 있어 가장 준엄하고 성실한 자기비판이 있어야 할 것이다. 적지 않은 작가, 예술가, 학자가 왜적의 강압 밑에 본의 아닌 언행을 하여 소시민 출신의 두생석 취약성을 노정했음을 솔직히 인정하고 자기비판을 하지 않으면 아니 된다. 우리는 왜적의 강압을 저주하는 동시에 스스로도 많은 책임을 느껴야 한다. 이러한 자기비판은 문화의 모든 영역에 긍하지 아니하면 안될 것이나 더욱이 인간의 진실성이 생명인 문학자에 있어 특히 자기비판은 재출발의 한 원천이 되도록 해야 한다.4)

개인들로 하여금 '주체'로 기능하도록 질문을 던짐으로써 주체(subject)로 종속(subjection)시킨다. [L. Althusser, 이진수 역, 『레닌과 철학』(백의, 1991), pp.166~181 참조] 해방기에 자기비판 담론의 이데올로기가 각 개인들에게 던진 질문은 '너는 반민족행위(반프롤레타리아트적 행위)로부터 자유로운가?'하는 것이었고, 이 강한 질문 앞에서 개인들은 '신앙고백'을 통해 하나의 당당한 '주체'로 다시 서지 않을 수 없었던 것이다.

4) 조선공산당 중앙위원회, 「조선민족문화건설의 노선(잠정안)」 ; 송기한·김외곤 편,

이 시기 문학인들의 어깨에는 자기비판을 하지 않을 수 없는 삼중의 부담
이 지워져 있었다. 즉 일제 말기를 겪어온 모든 개인들에게 부과되는 민족적
자기비판의 과제, '개인의 성실성이 강한 정신적 의미를 갖는' 문학의 담당
자로서 져야 할 문학적 자기비판의 과제, '투쟁적 취약성'을 보였던 소시민
적 나약함을 일소해야 할 계급적 자기비판의 과제가 그것이다. 이와 같은
자기비판의 과제가 단순히 일방적으로 주어졌다고 볼 수 없는 것은 바로
'자기비판' 담론의 이데올로기적 성격에 근거한다. 따라서 이 시기 문학인들
은 자기비판의 강력한 이데올로기적 호출로부터 자유로울 수 없었고, 그들
이 이러한 질문에 적극적으로 응답하면서 '주체'로 서게 되었다는 것은 그들
이 여타 분야의 담당자들보다 앞서서 가장 진지하게 자기비판의 문제를
다루었다는 점에서 입증된다.

문학인들의 '자기비판'은 다름아닌 '개인의 성실성'과 관련된 문학 특유
의 자율성에 의해 어떤 형태의 자기비판 담론보다도 영향력을 보장받을
수 있는 양식이라는 데에서 요구되었던 것으로 여겨지며, 아울러 허구적
양식으로서 소설의 서사성은 '자기비판'이라는 '희생제의'적 과정을 효과적
으로 수행할 수 있는 이데올로기적 실천영역으로서 주목되었다고 생각된다.
그러므로 문학적 자기비판은, 과거의 배신행위를 깊이 참회하고 새 시대의
'역사적 주체'로 호출받은 이데올로기적 주체의 '결단'까지 요구할 수 있었
고, 또 사실상 그러한 '결단'의 형상을 내포하는 작품들이 자기비판소설에서
다수 발견된다.

그러나 문학이란 결코 이데올로기적 형식으로만 환원될 수는 없는 상대
적 자율성을 본질로 하기 때문에, 그 서사의 층위에서 다양한 균열들과 침묵
들을 내적 구성요소로 포함하고 있다. 작가의 서사적 관점이 아무리 일관성
을 유지하고 있다고 하더라도, 그러한 일관성이 뒤에 남겨 놓는 '말해지지
않은 것들'이 결국 다시 서사의 층위를 교란하며 텍스트를 불안하게 하는
것이 모든 서사장르의 본질적 특성인 것이다. 그런 이유로, 해방기 자기비판

____

『해방공간의 비평문학』(태학사, 1991), p.159.

소설에 있어서, '자기비판'의 담론 속에 위장과 허위와 침묵 또는 변명이 곳곳에 산재되어 있고, 확고한 결단의 형식 속에 불안과 동요의 그림자가 드리워져 있음은 문학과 이데올로기 사이의 거리를 나타내는 분명한 증표일 것이다.

그러면 다음 절에서는, 지금까지 살펴본 '자기비판' 담론의 정치적 의미를 염두에 두면서, 해방기 문학인들이 자기비판의 문제에 어떤 방식으로 대응하고 있는가하는 것을 좀더 자세히 살펴보겠다. 이 과정은 '자기비판'이라는 담론의 권력이 어떠한 이데올로기적 효과들을 산출해내고 있었는가를 확인하는 과정에 다름아닐 것이다.

2. 자기비판의 논의과정과 문예이념적 분화

해방기 사회의 자기비판 문제는 임화가 언급한 바 있듯이 '새로운 조선문학의 정신적 출발점'의 하나로 제기되었다. 이는 작가로서의 온전한 명예회복의 차원일뿐더러 지식인으로서의 양심의 확인이라는 이중적 의미를 지닌다. 즉 새 시대의 민족문학을 짊어지고 갈 역군으로서의 자격 심판이라는 외적인 요인뿐 아니라, 문인으로서의 양심의 점검과 반성, 그리고 그의 회복이라는 실존적인 문제와 관련되는 것이다.

새로운 조선문학의 건설에 있어서 자기비판과 관련하여 과거 카프가 노정했던 공식주의(公式主義)의 청산이 제기되었음은 특기할 만하다. 이 공식주의의 청산은 자기비판 작업과 병행되었는데, "조선문학의 지향"이라는 한 좌담회에서 임화는 자기비판의 기본이 되는 작가의 정신적 자세와 관련하여 다음과 같이 언급한 바 있다.

「볼셰비키스트들아 나는 아무것도 하지 않았다마는 너희들은 투쟁을 했구나」하는 에세-닌의 말처럼 우리의 피가 섞이지 않은 해방이라고 예술에까지 피를 섞지 않았습니다. 좌익이나 우익이나가 모두 이점에서 같다고 볼 수밖에

없습니다.5)

　위의 인용은 비록 해방이 제2차 세계대전의 부산물로서 우리에게 던져졌다고는 하나, 예술 분야에서까지 진정한 정신적 준비없이 손쉽게 다시 시작하려는 당시 문단의 안이한 분위기를 지적하는 말로 풀이된다. 이렇게 작가의 정신적 준비의 재무장에 대한 요구는 이후 "문학자의 자기비판"이라는 좌담을 통해 본격적인 자기비판론으로 발전된다.

　김남천, 이태준, 한설야, 이기영, 김사양, 이원조, 한효, 임화 등이 참석한 "문학자의 자기비판"은 식민시대의 주요 작가와 비평가들이 대거 참석했다는 점과, 그동안 일반론으로 혹은 전체의 방향에 대해서만 그저 추상적으로 논의되었던 자기비판론을 반성하는 취지에서 마련되었다는 점에서 주목을 요한다. 그러므로 이 좌담회를 통해 당시 문인들이 받아들이고 있었던 자기비판의 원론적 의미와 개개인의 자기비판이 어떻게 상호 연관되고 있느냐를 포착할 수 있으리라는 기대가 가능하다.

　일제 말기 일본어로 소설을 쓴 사실에 대한 김사량의 진지한 반성적 고백과 조선어에 남다른 애착을 토로한 이태준의 입장에 대한 확인이 이 좌담의 한 소득이었다고 본다면, 그 다른 하나는 임화가 제시하는 자기비판의 근거이다.

　　그런데 자기비판의 근거를 어디에 두어야 하겠느냐 할 때 (……) 가령 이번 태평양 전쟁에 만일 일본이 지지 않고 승리를 한다--이렇게 생각해 볼 순간에 우리는 무엇을 생각했고 어떻게 살아가려고 생각했느냐고 묻는 것이 자기비판의 근원이 되어야 한다고 생각합니다. 이때 만일 내가 한 명의 초부로 평생을 두메에 묻혀 끝내자는 한줄기 양심이 있었는가? 아니면 내 마음 속 어느 한 귀퉁이에 강렬히 숨어 있는 생명을 이 승리한 일본과 타협하고 싶지는 않았던가? (……) 이것이 자기비판의 양심이 아닌가 하고 생각합니다.6)

---

5) 좌담, 「조선문학의 지향-문인좌담회 속기」(≪예술≫ 3호, 1946.1), p.5.
6) 송기한·김외곤 편, 『해방공간의 비평문학 2』(태학사, 1991), pp.168~169.

임화의 주장은 일본의 승리를 가정한 상황에서의 양심과 생명욕과의 투쟁, 그리고 그것의 잠재적인 선택에 대한 반성과 비판이 보다 진실한 자기비판의 내용이 되어야 한다는 것이다. 이런 임화의 주장은 개인적인 모랄을 문제삼은 가장 근본적인 자기비판이라고 할 수 있다. 이를 작가 개개인의 내면에 있는 양심적 차원의 자기비판이라고 한다면, "창작합평회"에서 다루어진 자기비판 문제는 다른 일면을 확인할 수 있다.

1946년 4월 20일 취산장에서 행해진 "창작합평회"에서는 김래성의 「민족과 책임」, 송영의 「의자」를 비롯하여 총 7편의 작품을 평한 자리이다. 이원조, 채만식, 김남천은 송영의 「의자」를 현실을 추구는 작가의 노력이 없이 세계관에만 의존하여 공식주의라고 결론을 지으면서 자기비판 문제를 거론하고 있다.

> 김남천 : (······)나는 소설을 쓸 때 나 자신부터 취급하고 싶습니다. (······) 노동자라고 하면 그저 혁명을 담당하는 이상적 계급으로만 보는 데 공식주의가 나오는 것입니다. 이 공식주의는 현실을 너무 안이하게 보는 때문에 오는 것입니다.
>
> 이원조 : 과거를 돌아볼 때 제이차세계대전중 특수한 사람을 빼고는 거이 전부가 불유쾌한 생활을 했습니다. 그때의 일을 쓴 작가는 하나도 없습니다. 자기비판할 정도의 작품을 쓴 이도 없습니다. 우리는 그때의 생활을 조금도 뽐내여 과장해 말할 수는 없습니다. 비참한 생활이였습니다. 8·15이후에 자기비판과 문학의 성실성이 논의되였지만 그때에 착안했다는 것은 결국 현실에 대한 성실성 그리고 사회적 모랄에서였다고 생각합니다.
>
> 채만식 : 나 역시 대담하게 쓰고 싶었으나 주저하게 됩니다. 역시 죄인이니까 나의 죄를 써서 역효과를 내보려고도 했지만 주저하게 되는 것은 할 수 없더군요. 그러나 요즘엔 언제까지나 주저하고만 있을 필요가 없다고 생각합니다.
>
> 이원조 : 그건 채형의 성격상으로 보아 넉넉히 짐작할 수 있는 일입니다.
>
> 김남천 : 말하자면 예수가 아니란 말이지요? 십자가를 지고 감남산에 올라

갈 필요가 어디 있느냐는 거 아닙니까!
이원조 : 그러나 그 심리가 높은 것이라고 생각합니다.[7]

위의 인용을 자세히 보면, 이원조와 김남천은 대체로 사회적 모랄에 동의하면서 이상적 현실을 작품화하지 않고 있는 그대로의 사회 현실을 그림으로써 공식주의적 창작태도를 경계한다는 태도인 반면, 채만식은 사회적 모랄을 상실한 입장에서 우선 구체적인 대일협력 사실을 고백의 방식으로 작품화하겠다는 태도를 보인다. 임화가 제기한 자기비판의 근거와 내용이 역사적 가정에 바탕을 두고, 가장 은밀한 곳에 내재해 있는 개인적 양심을 문제삼았다는 점에서 매우 추상적이라면, 김남천, 채만식, 이원조는 과거와 현재 속에서 구체화된 그리고 되고 있는 인간 행위를 자기 비판의 근거로 삼겠다는 점에서 구별된다.

한편, 이 두 번의 좌담회 이외에 개별 논문에서 자기비판론을 피력한 문인들도 있다. 이들 문인들로는 한효와 김영석, 박영준, 김기림, 이무영이 대표적이다.

이중 여러 글에서 자기비판론을 피력한 바 있는 한효는 자기비판이 단순히 과거 행적에 대한 참회로서만이 아니라, 새로운 질서에 적극적으로 동참하려는 미래지향적 의지의 표출이라고 보았다.

> 오늘의 자기비판은 결코 참회가 아니다. 그것은 실로 상실했든 일체의 적극성과 부정성을 도로 찾어내기 위한 고민이고 결투이고 자기극복이다. (……) 일체의 소시민적 이데올로기-의 부패된 점착성으로부터 자기를 해방시키고 오날의 문학운동의 최량의 결정적인 투사로서 새로히 등장하는 계기가 되지 않으면 아니된다. 자기비판의 의의는 실로 여기에 있다.[8]

또한 한효는 조선의 문학자에게 있어서 현재 가장 중요한 것은 정치적이

---

7) 「創作合評會」(≪新文學≫, 1946.6), p.158.
8) 한효, 「문학자의 자기비판」(≪우리문학≫, 창간호, 1946.1), pp.66~67.

고 인민적인 정열임을 강조하면서, 이러한 정열은 자기비판의 과정을 통하여 한층 고조될 수 있다는 입장을 밝힌 바 있다.

> 어떤 좌담회에서 이태준씨는 이때까지 자기의 작가생활이 너무 소극적이었다는 것을 솔직히 고백하고 이제부터는 좀더 적극적이어야 하겠다고 말한 일이 있는데 이러한 고백이야말로 새로운 질서 위에서 자기를 확립하려는 뜨거운 정열이라고 나는 생각한다. 이러한 정열은 오늘날 냉정한 자기 비판 위에 입각해 있는 양심적인 작가들에게 있어서 거의 공통으로 끓어오르는 정열이다. 자기 비판은 결코 참회가 아니다. 그것은 새로운 질서 위에다 자기를 확립하려는 뜨거운 정열의 계류다. 그러므로 누구를 물론하고 그 자기 비판이 준열하면 준열할수록, 심각하면 심각할수록 그 정열은 한층 고조된다.9)

정호웅은 이러한 한효의 논의가 '소시민적 이데올로기에 포박되어 적극성과 부정성을 상실했던 문학자들의 「세계관상의 존재전이」을 강력하게 촉구하는 자기비판론'10)으로 규정하였는데, 이렇게 소시민적 이데올로기의 청산을 핵심으로 제시한 자기비판론에는 김영석의 논의 역시 여기에 포함시킬 수 있다.

김영석은 8·15 해방을 창졸히 맞은 프롤레타리아 작가들에게 자기비판이라는 문제가 긴급히 제기된다고 전제한 뒤, 다음과 같이 자기비판의 의미를 분명히 제시하였다.

> 물론 자기비판의 정신이 종래에 잇섯든 회유적 마조히즘적 자기만족적인 소시민성에서 울어나오는 그런 것이기를 요망하는 게 안이다. 어디까지나 자기를 사회계급의 유대에다 빅그러매인 진솔한 객관적 비판이어야 한다.11)

이렇듯 김영석은 당시 일반적인 현상이었던 자기만족적 소시민성에 의한

---

9) 한효, 「조선문학의 현재의 입장」, (≪인민예술≫, 2호, 1946.10); 송기한·김외곤 편, 『해방공간의 비평문학 2』, p.162.
10) 정호웅, 앞의 논문, p.7.
11) 김영석, 「작가의 자기비판」(≪중앙신문≫, 1945.11.21).

自己合理化를 경계하며 '진솔'과 '객관'이라는 잣대를 내세웠다. 그리고 자기비판의 구체적인 방법으로는 소시민성의 축출과 기존의 세계관의 청산을 들었다. 이는 앞서 살펴본 한효의 논의와 동궤에 놓인다. 다시 말해 새로운 질서에 적합한 새로운 세계관으로의 전환을 요구했던 것이다. 그리고 이어서 그는 이 소시민성과 허약한 세계관에 대한 성찰은 곧 '작가의 현실성과의 실천적 교섭'12)을 통해서만 강력해진다고 조언한다.

金起林은 1946년 2월 8일, 9일 양일간에 걸쳐 서울에서 개최된 조선문학가동맹 주최 제1회 전국문학자대회에 참석하여 시 부문에 대한 보고연설을 한다. 그는 보고연설에서 민족적 자기반성의 당위성을 역설한다.

> 누가 누구에게 돌을 던지랴? 돌을 던질 대상은 반드시 우리들 주위에만 있는 것이 아니고 실로 우리들의 정신의 내부에 먼저 있는 것이다. (……) 술을 마시며 머리를 뜯으며 모두가 "아- 나는 죄인이다"하고 신음하기까지는 우리는 더 형벌을 감수해야 될 민족인지도 모르겠다.13)

김기림은 시적 이미지를 빌어 '민족의 통곡소리가 좀더 침통하게 이 땅을 진동하지 않는 한 조선민족의 앞날에는 맑은 하늘이 얼른 개이지 않으리라'고 말하면서 '한 집단의 심장'인 시인들부터 가장 준열한 자기비판을 감행해야 할 것을 역설한다. 김기림의 목소리는 자기비판의 문제는 민족구성원 누구도 자유로울 수 없다는 민족적 자기비판론이라고 할 수 있다. 이러한 민족적 자기비판론은 이 시기 광범위하게 유포되어 친일의 죄의식에 시달리던 많은 지식인들에게 자기변호의 논리적 근거를 제공한 것으로 보인다.14)

한편 박영준은 앞에서 거론한 논자들과는 다소 거리를 둔 자리에서 자기비판의 문제를 논의하였는데, 그는 수필 형식을 통하여 확고한 자기인식의 결여와 예술적 태도의 미정립 등으로 작품행동에 동요를 일으키고 있는

---

12) 김영석, 위의 글.
13) 金起林, 「우리 시의 방향」; 송기한·김외곤 편, 『해방공간의 비평문학』(태학사, 1991), pp.324~325.
14) 정호웅, 「해방공간의 자기비판소설」(서울대 박사학위논문, 1993.2), p.6.

자신의 고민을 밝히면서 문학적 자기비판론을 개진한다.

> 나는 요즘에 와서 마음의 혼란을 느낀다. 물론 일제시대에서와 꼭같은 고민
> 은 아닐지 모르나 그 때와 거이 근사한 고민인 것 같다. 현실을 도피하려는
> 생각까지 드는 것은 아니지만 어쩐지 현실이 아름다워 보이지 않는 것만은
> 숨길 수 없는 사실이다. (……)
> 자기인식이란 지성의 배회나 감정의 혼란에서는 도저히 바라기 힘든 것인
> 줄 안다. 어데까지나 진지한 태도로 사회적 진리를 파악하고, 역사적인 과정을
> 과학적으로 통찰할 수 있는 전위적인 눈과 열이 있어야 할 것이다.
> 말처럼 용이한 것은 아니지만 조선의 문학은 자기를 가장 잘 인식하고 그러
> 한 자기에게 가장 성실한 문학인에 의해 발전되리라고 생각한다.15)

박영준은 정치적 의미를 내포한 '전위'와 '미학적 자기인식'이라는 두 개
념을 결합시키면서 독특한 자기비판론을 개진한다. 정치성와 문학성을 함께
포괄할 수 있는 아방가르드적 작품행동이 곧 그의 문학적 자기비판론에 해당
한다고 하겠다. 이미 모순을 드러내기 시작한 해방기 사회에서, 작가에게
요구되는 것은 전위의 눈, 예술적 정열 두 가지임을 인식한 결과로 보인다.

이무영은 현재 작가들에게 강요되고 있는 자기비판의 당위성을 인정하면
서도 정치적인 맥락과는 구별되는 문학에 관한 상식적인 원칙문제를 제기하
였다.

> 지난 一年間은 나의 一生을 通하여 가장 峻烈한 自己批判이 强要된 期間이
> 었다. (……) 過去 一年間의 우리의 文學運動이 革命上昇期에 있어서의 政治運
> 動과 함께 再批判되어야 할 것은 再論할 必要도 없고 또 現在 良心的인 文學人
> 들에게 依하여 이 運動이 展開되고 있거니와 나는 이 再批判의 대상이 1945년
> 8·15 以後에 局限할 것이 아니라 우리의 本格的인 新文學運動의 胚胎期이던
> 1920年代로 遡及시키기를 提議한다. 政治는 局部的인 批判만으로도 現實을
> 打開할 수 있으나 文學의 批判은 根本的이기를 要求하기 때문이다.16)

---

15) 박영준, 「자기인식과 성실-문학적 자기비판」(≪신문예≫, 1946.10), p.27.

이무영은 과거 일년간 '얻은 것은 정치요, 잃은 것은 문학의 성실'이었다고 주장하며, 정치형화(政治型化)한 문학인을 비판한다. 때문에 문학의 성실성을 문제삼는 보다 근본적인 자기비판이 있어야 한다는 것이다. 그러한 맥락에서 이무영은 문학운동의 근본을 언어의 발굴과 창조를 통해서 아름다운 사상을 조선화·생활화하고 이것을 다시 문학화하는 것에 두어야 한다고 주장한다. 다시 말하면 과거 프로문학이 지녔던 사상성 위주의 문학관을 꼬집는 것인데, 작가의 입장에서 문학의 사상성과 예술성을 통합하고자 하는 견해로 볼 수 있다. 즉 당시 문인들의 정치적 진로를 명백히 표명하는 좌익측의 자기비판 경향에 대해서 자신의 부정적인 입장을 문학성의 옹호로 재비판한 것이었다.

그 이외의 자기비판론으로는 "재출발에 있어 문학적 자기비판"[17]이란 제목 아래, 5명의 문인들이 각자 자기비판론을 개진하고 있는데, 윤곤강은 시인의 사명은 '자연…현실과의 싸움'이라 하여 전위예술의 부정성을, 홍효민은 '매문생활(賣文生活)'에 대한 반성을, 이원조는 자기비판이 곧 문학정신의 발로임을, 그리고 권환과 김영건은 실천적 행동과 활발한 정치투쟁을 강조하면서 참회와 고민에 만족하는 관념적 자기비판을 배격하는 입장을 보이고 있다.

이상의 자기비판론을 종합해 살펴보면 첫째, 일반적 개인의 반민족적 친일행위에 대한 직접적인 자기비판론 둘째, 이념적 개인의 계급적 각성에 의한 자기비판론 셋째, 직업적(문학) 개인의 자기영역에 충실하자는 의미에서의 자기비판론 등으로 범주화된다. 그리고 이러한 것들은 모든 개인을 포괄하는 민족적 자기비판론에 수렴되는 것으로 볼 수 있겠다.

해방 직후 문인들의 자기비판 논의는 크게 보아 일반적인 의미에서 개인(시민)으로서의 자기비판 혹은 정치운동가로서의 계급적 자기비판과 이와

---

16) 이무영, 「강요되는 자기비판」(≪경향신문≫, 1946.10.6).
17) 『신문예』(1946.7). 윤곤강의 「진실의 추구」, 홍효민의 「양심적인 생활」, 이원조의 「자기비판은 문학창조의 원천」, 권환의 「간단없는 자기비판」, 김영건의 「앞으로 나갈 길을 조심하라」 등을 수록.

달리 특수한 전문 직업인으로 작가(문인)로서의 자기비판으로 구분해 볼 수 있다. 이것은 이미 살펴본 자기비판 논의에서 명백하게 확인되는 문제인데, 즉 자기비판 논의에는 문학과 정치와의 관계 설정이 매우 중요한 요소로 작용하고 있다는 말이다. 대체로 좌익 문인들의 경우에는 문학의 정치성을 강조하면서 자기비판의 방향을 계급적 각성에 비중을 두고 있다면, 우익 문인들의 경우에는 문학의 정치 도구화를 강력하게 부정하면서 문학의 자율성과 순수성을 강조하는데, 따라서 자기비판의 방향은 자연히 예술적 성취도가 높은 작품의 창작으로 모아지고 있다.

이러한 자기비판의 대별되는 두 경향은 이후 좌·우익 진영의 상이한 문예이념으로 분화·발전되어 갔다는 것이 본고의 관점이다. 다시 말해 해방기 좌·우익 문예 진영의 대결 양상은 이미 자기비판의 논의 과정에서 그 단초를 보이고 있으며, 이후 문인들의 자기비판 논의는 좌·우익 모두 민족문학론이라는 문예이념으로 분화·발전된 것으로 본다.

이러한 맥락에서 문학적 자기비판 논의들은 당시 「청년문학가협회(이하 「청문협」)」의 입장과 상통하는 것으로 보여진다. 따라서 '문학적 자기비판론'에 속하는 논의들은 이후 김동리로 대표되는 「청문협」의 문예이념으로 수렴되는 경향을 보임으로써 자기비판론이 하나의 문예이념으로 분화·발전해가는 추세임을 짐작해 볼 수 있겠다.

김동리는 1947년 5월에 발표한 한 글에서 「문맹」의 '민족문학론'이 내세우는 과제들을 비판하면서 「청문협」의 입장을 강력하게 대변하고 있다.18) 그는 「문맹」이 내건 3대 과제(봉건잔재의 청산, 일제잔재의 소탕, 국수주의의 배격)를 '파괴주의'로 규정하면서 그들이 기존의 문단권력에 기대어 민족을 분열시키고 있다고 비난한다.

봉건잔재의 청산, 일제잔재의 소탕, 국수주의의 배격 이 모다 얼마나 떳떳하고 아름다운 구호들인가? 얼마나 옳은 소리들인가? 그러나, 그들이 과연 청산하

18) 김동리, 「문학운동의 이대방향」(《대조》, 1947.5), pp.6~11.

고 소탕하고 배격한 것은 봉건잔재와 일제잔재와 국수주의였던가? 「봉건잔재
의 청산」이란 미명 밑에서 조국광복을 攪亂하고, 「일제잔재의 소탕」이란 구호
아래서 민족해체를 선동하고, 「국수주의의 배격」이란 신호로써 열강(美蘇英中
의 四國)의 속국이 되기를 자원하지 않았던가? 아니다, 그들의 이러한 목적은
미리 서 있었고, 그러하므로서 그러한 표어를 제작하였던 것이다. 모든 것은
계획 밑에서 진행되었던 것이다.[19]

이러한 비판에 뒤이어 김동리는 "우리의 동지들"이라는 표현으로 「청문
협」 및 「대한독립촉성회」의 논리를 대변하면서 대안으로서 '파괴주의'에
반대되는 '건설주의'를 제시한다. 그가 내세운 '건설주의'의 3대 과제란 "一,
民族精神의 확립 一, 文學精神의 옹호 一, 自主獨立의 실현"[20]이다. 그는
이 과제를 '건설원칙'이자 '긍정원칙'이라고 칭하면서, 「문맹」 주도의 '부정
적'인 '자기비판' 담론에 맞섰던 것이다.

김동리는 특히 '자기비판' 담론을 겨냥한 듯한 부분에서 우화적인 표현으
로 「문맹」 계열을 비난한다. 그는 「문맹」의 의도는 집안의 빈대, 독안의 쥐를
잡자는 것이 아니라 오히려 집 자체를 불사르고 독을 깨뜨려 버리려는 데에
있다고 지적하면서 다음과 같이 말하고 있다.

> (……) 그렇다고 해서 바로 집에 불을 놓고 돌뭉치로 독을 깨라고 할 수는
> 없었던 것이다. 거기서 울분과 痛懷로 미칠 듯이 흥분해 있는 군중에게 석냥과
> 돌맹이를 주며 말했던 것이다. 「너이 집의 빈대와 독 안에 쥐를 잡으라.」[21]

즉 김동리에게는 「문맹」 측에서 익도하는 '자기비판'이 개개인의 도덕적·
양심적 반성을 지향하고 있다기보다는 그들의 정치적 목적 - 김동리의 논리
를 빌리자면 '국가전복' 또는 '민족해체' - 을 수행하기 위한 위장전술 정도
로 여겨졌던 것이다.

---

19) 위의 글, p.7.
20) 위의 글, p.9.
21) 위의 글, p.8.

김동리의 이러한 비판은 부분적으로 진실을 함축하고 있을지도 모른다. 그러나 '자기비판'의 정치적 의도를 밝혀내고자 하는 그의 목적은 또다른 정치적 견해(특히 「독립촉성회」의)에 근거하고 있는 탓에 그의 문제의식마저 심각하게 제한하게 된다. 특히 그가 '파괴주의'22) 대신에 내세운 '긍정주의', '자기비판' 대신에 주장하는 '자기 연속성'은 과거의 오류와 잘못을 은폐하는 결과를 빚게 되는 것이다. 그는 "1945년 8월 15일은 하늘에서 떨어진 것인가, 따에서 솟아 오른 것인가? 거짓말이다. 4천년간 連綿이 이으고 脉脉히 흘러온 민족생활의 역사와 전통에서 빚어진 것"23)이라고 말하면서 '해방'의 의미를 신비화시킨다. 즉 대전 후 국제적 정세의 흐름으로부터 집약적으로 영향받고 있던 당시의 상황을 주관적인 '민족주의'의 이데올로기로 포장하여 명석하게 바라볼 수 없도록 한 것이다. 그러므로 그의 글에서, 우리의 과거는 "아름다운 것"도 있으니 "우리의 과거란 전부 청산하고 소탕하고 배격할 것만은 아니었다"24)는 진술이 발견되는 것은 놀랍지 않은 일이다. 그가 노리고 있는 '청산', '소탕', '배격'이라는 단어 앞에 어떠한 목적어들이 결합되어 있었는가를 생각하면, 그가 해방기에 채택했던 정치적 입장은 보수우익의 전형적인 체제안정화 논리라는 것을 파악할 수 있다.

다른 한편, 좌익적 자기비판 논의의 문예이념적 분화·발전을 살펴보면 좌익 내부의 대립을 그대로 반영한 듯한 모습을 발견할 수 있다. 구체적으로 말하면 해방기에서 부각된 자기비판론은 조선문학가동맹의 자격심사에서 실제적인 기준이 되었을 때와 문학건설본부와 프롤레타리아 문학동맹측 사이에 공식주의 논쟁을 불러왔던 때라고 할 수 있을 것이다. 주목되는 것은 문건측에서는 넓은 의미의 민족적 자기비판론에 근거하여 민족문학론의 개념과 내용을 규정하였으며 프로동맹측은 프롤레타리아 계급의 세계관에 입

---

22) 사실 김동리의 '파괴주의'라는 명명 자체가 지극히 정치적이다. 그는 「문맹」이 내건 3대 과제의 '과거청산 기획'을 모든 것의 파괴와 부정으로 의도적으로 곡해하고 있는 것이다.
23) 위의 글, p.8.
24) 같은 글.

각한, 즉 계급적 자기비판론의 연장선상에서 민족문학론을 전개하였다는 점인데, 이러한 사실은 곧 해방기 자기비판론이 '민족문학론'의 정치-미학적 함의에 대한 차이에 의해 상이하게 변전되어간 것으로 볼 수 있을 것이다.

일제하의 과거행적에 대한 성찰과 비판은 좌익 문인들에 의해 상대적으로 더 신속하고도 활발하게 이루어졌는데, 이는 좌익 문인들의 도덕적 정당성이 우익에 비해 더욱 확고하기 때문이었다기보다, 식민지 시대 카프의 전통을 이은 전자 쪽이, 정치적 논리가 우위를 차지하고 있던 해방기에 더욱 기민하게 대처할 수 있었기 때문으로 여겨진다.

해방기 좌익 문인의 자기비판 모습은 앞에서 살펴본 대로 1945년 12월 12일 서울 아서원(雅敍園)에서 이루어진 좌담 기록인 "조선 문학의 지향(문인좌담회 속기)"과 그 즈음에 소재 미상의 봉황각에서 이루어진 좌담 기록인 "문학자의 자기 비판" 등을 통해 볼 수 있는데, 특히 앞 좌담에서 날카롭게 맞서고 있는 임화와 한효의 견해[25]는 1945년 8월 16일 임화, 김남천, 이원조, 이태준 등에 의해 조직된 「문건」과 1945년 9월 17일 이기영을 내세우고 한효, 한설야, 윤규섭, 윤기정, 권환 등에 의해 조직된 「프로문맹」 사이의, 민족 문학의 내용 문제를 둘러싼 갈등을 보여주었다.

「문건」이나 「프로문맹」 모두 박헌영의 8월 테제에 의한 부르주아 민주주의 혁명 노선을 따르고 있었지만, 문학에서만은 「문건」 '인민성에 기초한 민족 문학'을, 그리고 「프로문맹」은 '계급성에 기초한 민족 문학'을 각각의 문예이념으로 내걸었다.[26] 「문건」의 주장은 8월 테제를 문화적으로 변용한 임화의 「現下의 情勢와 文化運動의 當面任務」[27]에서부터 잘 나타나는데, 그는 이 글에서 부르주아 민주주의 혁명 단계를 주장하면서도 조선 부르주아지의 미생육성과 매판성을 이유로 소수의 진보적 부르주아지와 중간층, 농민, 노동자 계급의 민중 연대에 의한 주도성을 주장하였다. 같은 맥락에서

---

25) "조선문학의 지향"(≪예술≫, 3호, 1946.1), p.6 참조.
26) 韓曉, "藝術運動의 展望-當面問題와 基本方針"(≪藝術運動≫창간호, 1945.12), pp.2~10.
27) ≪文化戰線≫창간호, 1945.11.15.

그는 '문화통일전선론'을 주창하였는데, 「프로문맹」의 한효에게 이는 정치
와는 다른 문화의 계급성과 당파성을 이해하지 못한 탓으로 비쳤다. 한효는,
정치와는 달리 "藝術은 그 自身이 한 개의 이데올로기-적 形態이기 때문에
決코 虛飾과 政策的인 假裝을 容許치 않는다"28)고 강조하였다.

> 政治는 境遇에 따라 黨派性을 超越하여 民族統一戰線도 만들 수 있고 人民
> 戰線을 構成할 수도 있으나 藝術은 어떠한 境遇에 있어서든지 超階級的일 수가
> 없고 또한 超黨派的일 수가 없다. 왜그러냐하면 黨派性을 超越한 어떠한 이데
> 올로기-도 存在할 수가 없기 때문이다.29)

한효는 이 같은 논리에 비추어 「문건」의 확대 기구인 「조선문화건설중앙
협의회」의 결합을 무원칙한 타협주의에 입각한 소치라 비난하였다.

> (……)廣汎한 藝術家를 引導한다고 하는 것은 決코 그를 全面的으로 우리의
> 同盟에다 이끌어 넣어야만 한다는 것이 아니고 그들로 하여금 우리의 藝術理論
> 의 正當性을 理解케 하고 그 創作上에 리얼리스틱한 眞實性과 참된 藝術家로서
> 의 大膽性을 發揮케 함이다. 여기에 政治運動과는 다른 藝術運動의 特殊性이
> 있다.30)

한효는 일정한 원칙에 입각한 프랙션 활동을 방기하는 듯이 보이는 「문건」
의 태도를 '철두철미한 타협주의'로 규정하였다. 그러나 한효의 글과 비슷한
시기에 나온 「문학의 인민적 기초」31)에서 임화는 식민지 시대 문학이 객관성
과 주관성, 묘사와 주장, 사상과 예술의 통일을 못 이룬 것을 지적하면서, 마치
한효에 응답하듯이 다음과 같은 발언을 하였다.

> 문학에 있어서 객관성과 주관성, 개인과 사회, 개성과 보편성 심지어는 민족

---

28) 韓曉, 앞의 글, p.2.
29) 위의 글, p.3.
30) 위의 글, p.5.
31) 임화, ≪중앙신문≫, 1945.12.8~14, 위의 책, pp.98~105에 재수록.

성과 세계성이란 복잡한 모순은 결코 문학 내부에서는 해결되는 것이 아니다. 왜 그러냐 하면 이러한 제문제는 본시 문학 내부에서 발생한 것이 아니라 그 외부에 즉 사회 조직에 토대 깊이 근원을 두고 있는 것이기 때문이다.

그러므로 문학이 인민 가운데로 간다는 것은 문학이 자기 자신 위에 부여된 임무의 해결을 위한 노력임과 동시에 현실 전체의 근원적 과제를 해결하기 위한 일반 사업에 참가함을 의미하게 된다.[32]

문화통일 전선에서 전위의 영도성을 우선적으로 요구한 한효에 비해 임화는 장기적인 민중연대의 전략 속에서 그 영도성을 이루어 가고자 했던 것이다. 여기에 임화를 중심으로 한 「문건」쪽 민족문학론의 핵심이 있었다.

'자기비판'의 담론은 지금까지 간략히 살펴본 「문건」과 「프로문맹」의 조직적·문예이념적 담론투쟁의 교차로 가운데 놓여져 있었다. 즉 '자기비판'의 담론은 최종심급에 있어서 이들의 정치-미학적 견해의 대립에 의해 규정되었던 것이다. 따라서 자기비판의 문제는 당연히 이 시기 전체 문학적 담론의 주도권을 잡은 「문건」측의 논리로 수렴되었는데, 이 과정은 소설에 나타난 '자기비판성'의 제양상과 그 서술미학적 특질들을 살펴보면서 확인할 수 있을 것이다.

3. 정치적 전망에 따른 주체적 결단의 소설형식

해방기라는 특수 상황에서 미래 현실에 대한 방향성이 특정한 이데올로기와 관계될 때 실천적 행동(정치성)의 원동력으로 작용하여 개인으로 하여금 일종의 결단[33]을 감행케 하는데, 이른바 진보적 민주주의 즉 인민민주주

---

32) 임화, 같은 글. 송기한·김외곤 편, 위의 책, pp.102~103에 재수록.

33) 결단(Beschließen, Entschließen)이란 하이데거의 용어로서 세인적 생활 속의 자아상실 상태에 있던 '현존재'가 자신의 실존성 속에서 자신을 깨닫는 가운데 개시되는 '존재론적 단안'을 뜻한다. 그것은 과거의 영웅의 생을 재현(반복)하여 '민족공동체' 속에서의 '본래적 공동존재', 즉 天命(Geschick)의 차원에 뛰어들려는 현존재의 결단이다. L. Goldmann, 황태연 옮김, 『루카치와 하이데거』(까치, 1987), p.213 참조.

의 국가의 건설을 위한 문학적 대응양상인 '민주주의 민족문학론'과 창작방법론인 '진보적 리얼리즘'이란 논리도 그 한 예가 된다. '민주주의 민족문학론'과 '진보적 리얼리즘'은 <문맹>의 문학이념과 그 실천논리로서 해방기의 문학에 가장 큰 영향을 미쳤다.

그러나 많은 경우 당시 작가들은 현실 발전의 방향과 전망에 대한 과학적 인식의 부족으로 막연한 유토피아적 미래지향성으로 그치는 경우가 많았고, 이러한 유토피아적 미래지향성은 전망의 모색 과정만을 표현하는데 그칠 뿐이었다. 소설에서 이러한 전망 모색 과정은 '현실 드러내기'와 '현실 넘어서기'를 담지하고 있는 주인공의 삶으로 형상화되고 있다. 그러나 작품 속의 대부분의 주인공들이 전형적으로 그려지기보다는 추상적인 이념지향형으로 그려지고 있다. 민족국가 건설이라는 거대 과제 앞에서 작가들에 의해 당대 현실이 나아갈 방향성과 앞으로의 전망이 어느 시대보다 진지하게 모색되었다. 그리고 이러한 현실적인 모색의 과정은 작품의 주인공들이 대부분 이념지향적인 인물이고 작품 내적 전망이 추상적인 이념을 직접적으로 제시할 수밖에 없는 조건을 만들었다. 특히 <문맹>계열의 작가들에게는 이러한 조건이 의식적·무의식적으로 강한 관련을 맺고 있었다.

그러나 그럼에도 불구하고 해방기 소설 중에서 전망모색의 과정이 추상적인 이념추수에서 탈피하여 성실한 자기비판의 과정을 통한 구체적 전망을 제시하려는 주인공이 등장하는 작품들이 있다. 먼저 일제시대 때의 개인적이고 소극적인 삶을 청산하고 위축되었던 정치감각을 회복함으로써 새로운 현실인식의 場으로 나서는 주인공이 등장하는 작품이고, 다음으로 이념과 현실의 괴리를 깊이 인식함으로써 - 자기비판의 내용을 이루는 - 그 이념을 내면화하는 단계에 이르는 주인공들의 소설들이다.

1) 정치감각의 회복 : 「도정(道程)」

해방은 문제의 해결이 아니라 새로운 과제의 시작이었다. 해방은 지난 봉건사회와 일제 강점기 동안에 누적되어온 모든 모순을 한꺼번에 우리 민족

앞에 펼쳐놓았다.[34] 그리하여 해방은 우리 민족에게 진정한 자주독립과 진보적 민주주의 건설이라는 역사적인 과제를 부여하였던 것이다. 당시 左·右를 막론한 모든 사회적 역량들은 해방기의 이러한 과제를 수행하기 위하여 노력하게 된다. 그런데 이러한 노력을 적극적으로 작품화한 것은 사회주의 문학 단체인 <문맹>측의 소설가들이었다. 이 단체 소속 문학인들은 민족문학의 재건을 주장하면서 그들의 이념을 선전하기 위하여 노력하였다.

지하련의 「도정」[35]은 '소시민'이라는 부제가 말해주듯 일제시대 운동가였던 주인공이 소시민성을 극복하지 못한 자신에 대한 반성과 자기비판을 통해 노동현장에 투신하는 과정을 그리고 있다. 이 작품은 지식인과 운동가의 유사점과 차이점을 소시민의 시각에서 심도있게 분석하고 있는 역작이자 해방을 맞아 정치적인 운동에 고민하는 지식인의 현실에 대한 태도를 뚜렷하게 부각시킨 작품이라고 평가되고 있다.[36]

주인공 '석재'를 통해서 집중되는 자기비판의 문제는 부정적 인물인 '기철'과 대조되면서 제기된다. '석재'는 일제말기 투쟁현장에서 후퇴하여 죽은 듯이 지냈던 과거의 자신으로부터 헤어나지 못한 채 해방이후에도 방황을 하고 있다. 그러나 작가의 동정적 시선이 '석재'에게 맞추어져 있어, 머지않아 그의 방황이 건설적인 자기반성으로 전화될 것임을 예상하게 한다. 반면 '기철'은 전형적인 기회주의자의 모습으로 형상화되면서 허위적인 자기반성의 유형을 대표한다. 다음의 인용문은 '석재'의 시점으로 표상된 '기철'의 이미지와 '석재' 자신의 반성이 어떻게 대조를 보이고 있는가를 잘 보여준다.

> 문득 기철이 눈앞에 나타난다. 장대한 체구에 패기만만한 얼굴이다. 돈이 제일일 땐 돈을 몽으려 정렬을 쏟고, 권력이 제일일 땐 권력을 잡으려 수단을 가리지 않을 사람이다. 어느 사회에 던저두어도 이런 사람이 불행할 리는 없다. 그러나, 여긔 한 개의 비밀이 있었다. 이런 사람이 영예로워지면 질스록 흉악해

---

34) 정과리·홍정선, 「한국현대문학사 4」(≪문예중앙≫, 1989 봄), p.284.
35) ≪문학≫, 1946.7.
36) 김윤식·정호웅, 『한국소설사』(예하, 1993), p.290.

지는 비밀이었다. 대체나 "겉"이 그렇게 충실허구야, "속"(良心)이 있을 리가 없고, 속이 없는 사람이란 외곽이 화려하면 할스록, 내부가 부패하는 법이었다.

(…중략…)

그러나 다음 순간, 그는 얼골이 훗군 다러움을 깨다럿다. 조금 전 기철이 최고간부라는 데 앙앙하든 마음 속엔 (그럼 내라도 될 수 있다)-- 는 엄폐된 자기감정이 숨어 있지 않었든가? -- 그는 벌컥, 팔을 베고, 仰天하여 드러눗고 말었다.37)

'기철'은 어떤 상황에서도 자신의 개인적 이해관계에 따라 본능적으로 움직일 줄 아는 현실적 기회주의자의 부정적인 전형으로 묘사되는 반면, '석재'는 잠시의 사리사욕적 계산에 대해서조차도 준열한 비판을 가할 수 있는 반성적 자아로 그려지고 있다. 작가는 이러한 대조를 통해서 해방직후 '자기비판'의 과제를 해결하는 올바른 길에 대해 분명한 제시를 하고 있는 것이다.

한편, '기철'은 예의 기회주의적 본성으로 인해 해방직후 재빨리 재건된 공산당의 핵심간부의 자리에까지 올랐는데, 이러한 행동에 대한 자기변명적 발언은 이 시기 특정한 허위적 자기비판의 한 측면을 드러내준다.

"자넨 어찌 생각할 지 모르나, 정치란 다르이. … 지하에나 해외에 있는 동무들을 제처두고, 어떻게 함부로 당을 맨드느냐고 할 지 모르나, 그러나 이 동무들은 아직 나타나지 않고, 일은 해야 되겟고, 어떻건담, 조직을 해야지. 이리하여 일할 토대를 닥고, 지반을 맨드러 놓는 것이, 그 동무들을 위해서도 우리들의 떳떳한 도리가 안이겟느냐 말일세 …"38)

---

37) 지하연, 「도정」, ≪문학≫, 1946.7, p.60.
38) 위의 글, p.65.

'기철'은 자신의 행동을 긴급한 '일'과 떳떳한 '도리'라는 측면에서 합리화시킨다. 자신의 사사로운 이해와 관련된 행위를 공적인 차원으로 환원시켜 보증받으려는 것은 모든 기회주의자의 공통된 태도인데, 특히 긴급한 임무에 뛰어들어 실천을 통해 자기비판을 한다는 논리가 어떠한 맹점을 지닐 수 있는가를 잘 보여주는 대목이라 하겠다. 과거의 오류나 실책에 대한 근본적인 자기비판이 선행되기 이전에 침묵하거나 '실천' 속에서 해소해버리려는 경향은 곧 그 오류를 무한히 반복·재생산할 가능성을 확인하는 것에 다름아닌 것이다.

반면, 일제시대 좌익 운동에 참여했다가 징역을 살고 풀려나온 후부터 해방되기까지 일선에서 물러나 죽은 듯이 살아 온 자신의 나약한 삶에 대해 자책감을 느끼고 있는 '석재'는 해방 후의 열려진 공간에서 다시 공산당에 입당하게 되면서 지금까지의 자신의 삶은 결코 투사도, 혁명가도, 공산주의자도 아니었다는 자기반성과 함께 입당 원서에 자신을 '소부르조아'라고 쓰게 된다.

> 다음 순간 그는 몸이 헛전하도록 마음의 후련함을 깨닷는다--통쾌하였다.
> 그러나 이와 동시에 무엇인지 하나, 가슴우에 외처, 소생하는 것이었다.
> 드듸어 그는 전후를 잃고, 저도 모를 소리를 정신없이 중얼거렸다.
> (나는 나의 방식으로 나의 '소시민'과 싸호자! 싸홈이 끝나는 날 나는 죽고, 나는 다시 탄생할 것이다.…나는 지금 영등포로 간다, 그러타! 나의 묘지가 이곳이라면 나의 고향도 이곳이 될 것이다…)
> 별안간 홧홧증이 나도록 전차가 느리다.
> 그는 환-이 뚜러진 '영등포'로 가는 대한길을, 두활개를 치고 뛰고싶은 충동에, 가마니 눈을 감으며, 쥠대에 기대어 섰다.[39]

여기서 '석재'가 스스로 소시민임을 인정하는 것은, 자기비판의 본질적 차원을 보여주는 부분이다. 즉, 과거의 자신의 활동이 공산주의자의 그것이

---

39) 위의 책, p.67.

었다고 생각한 적도 있지만, 결국 보다 강화된 외적 억압하에서는 한낱 무력한 개인에 불과했던 것을 인정하는 것이다. 이는 그릇된 자기기만적 동일화로부터 보다 반성적인 사유를 통한 진정한 동일화로 나아가는 과정을 수반한다. 자신의 존재론적 한계를 인정할 때만이 그 한계를 넘어설 수 있는 가능성이 열리는 것이다. 이렇듯 '석재'는 과거 감옥살이까지 한 쟁쟁하고 화려한 투쟁경력에도 불구하고 자신을 소부르주아라고 규정하면서 그동안 자신의 내면에서 치열하게 전개되어 온 갈등에서 벗어나게 된다. 이것은 감옥에서 석방된 후 무기력하게 살아온 자신의 삶에 대한 냉정하고 겸허한 자기비판임과 동시에 돈과 권력에 눈이 먼 함량 미달의 인간들이 공산당의 최고 간부가 되고 일등공산주의자가 되는 혼란스러운 현실에 대한 批判이기도 하다. 즉 이것은 진정한 공산주의자로 거듭나기 위한 준엄한 자기비판이면서 동시에 가치전도의 왜곡된 현실에 대한 대사회적 고발의 이중적인 비판을 그리고 있는 것이다. 이러한 비판 속에 드러나는, 진정한 공산주의자가 되는 길은 내적으로 인식된 자신의 소시민성과의 투쟁으로 이를 극복하여 다시 태어나는 것이다. 그래서 그는 이 소시민성의 극복을 통한 자신의 거듭난 삶을 위해 그 투쟁의 장소로 영등포의 노동현장을 택하게 된다. '우상화된 노동계급'이 아닌 구체적인 실제의 노동현장에 있는 조선 노동자와 실천을 통해 만날 때 진정한 자기비판이 성취된다는 것이며, 또한 이렇게 자신의 존재론적 한계를 인식한 이후의 실천이 진정한 계급적 각성에로 이끌 수 있다는 것이다.

여기서 일제시대 6년간의 감옥살이까지 한 공산주의자 '석재'는 처음부터 이념적 인물이지만, 일제말기 자신의 무기력한 삶에 대한 자기환멸에 빠져 있기 때문에 내적 의식의 발전과정이 생략된 '완결된 인물'은 아니다. 즉 '석재'는 자신의 과거를 되돌아보며 끊임없는 회의와 고민 속에 빠져있는 소시민적 지식인이다. 그렇다고 자신의 이념을 완전히 포기한 것은 아니며, 자신의 삶이 이념에 투철하지 못했다는 것을 자기반성하고 있다는 점에서 '석재'는 '이념지향적 인물'이라고 할 수 있다. '이념지향적 인물'은 해방기

소설에서 나타나고 있는 전형적인 ‘문제적 인물’이다. 이 작품에는 매개인물이 등장하지 않는다. 다만 이상과 현실의 괴리에서 오는 이념의 실천 문제가 내면적 갈등의 핵심적 요소로 작용하고 있다. 그래서 이념지향적 인물인 ‘석재’가 해방을 맞이하면서 과거 자신의 무기력한 삶을 비판하며 보다 적극적이고 실천적인 삶을 위해 영등포의 노동현장으로 향하고 있는 것이다. 이것은 행동성이 결여되었던 지식인 주인공이 자신이 추구하는 이념을 생활현장에서의 구체적인 실천을 통해 자신의 소시민성을 극복하기 위한 것이다. 이 점은 자신이 투사도, 혁명가도, 운동가도 아닌 ‘소부르조아’였다는 각성에서 잘 드러난다. 따라서 ‘석재’가 노동현장으로 가는 것은 이념과 현실 논리의 괴리를 극복하기 위해 이념을 자신의 내면 속에서 구체화하는 것이며, 소박한 이념적 열정에서 비롯된 구호차원의 즉자적 이념투쟁과는 다른 의미로 이해해야 한다. 또한 그러한 이해 속에서 소시민적 지식인으로서 살아온 석재가 자신을 극복하며 나아가는 새로운 삶의 방향성을 읽을 수 있다. 그러나 주인공이 지향하는 삶의 방향이 드러나자 소설이 끝나고 만다는 점에서 이 소설의 진행과정은 주인공이 현실의 나아갈 방향과 전망을 획득하기까지의 모색의 과정에 대응되는 전망 모색의 소설구조이다. 이 점은 이 소설의 제목 ‘도정’이 상징하는 의미 속에서도 읽을 수 있다. 즉 이념지향적 인물인 ‘석재’가 영등포의 노동현장으로 향하기까지의 그의 삶과 내면심리의 전개 과정이 바로 이 소설의 제목 ‘도정’의 의미인 것이다. 여기서의 ‘길’의 의미는 바로 이념적 삶의 과정과 지향점이 된다.

　따라서 이 작품에서 작가의 서사 전략은 풀롯의 긴장보다는 이야기의 연속성으로 짜여져 있다. 이는 사적 유물론을 토대로 한 낙관적인 전망을 배후로 갖고 있기 때문이다. 이는 좌익작가들의 자기비판 논리가 과거보다는 미래에 중심을 두고 있기 때문이다. 그러므로 이 작품은 사이비 공산주의자가 아닌 진정한 공산주의자로서 나아가야 할 삶과 현실의 방향성을 뚜렷이 제시해 주면서 동시에 그것에 대한 전망도 함께 보여주고 있다. 그 전망은 결말에서의 ‘환-이 뚜러진 영등포로 가는 길’의 의미 속에서 잘 드러난다.

이 展望은 공산주의라는 실제의 실천적 이데올로기와 연결되어 있다는 점에서 현실변혁의 실천적 행동으로 유도될 수 있으며, 이로써 이 작품에서 모색된 전망은 '현실 넘어서기'로 이어지고 있다. 그러나 '현실 넘어서기'의 구체적 행동과 그 전개 과정은 다음 단계로 남겨진다. 물론 여기서 이념 지향적 인물인 '석재'가 택한 삶과 현실의 방향성과 전망의 옳고 그름의 문제는 별도의 문제일 것이고, 다만 체제 선택의 자유까지 주어졌던 해방기에서 한 공산주의자가 모색한 이념적 삶의 방향과 전망을 그려내고 있다는 점에서 의미가 있다. 다시 말해 해방기 자기비판 담론의 한 주요한 항목에는 정치감각의 회복을 통한 지식인의 적극적인 행동이 요구되었다고 할 때, 「도정」의 '석재'가 지향한 삶의 선택은 그러한 점에서 성실한 자기비판의 결과라고 할 수 있을 것이다. '개별적인 양심선언이나 참회 고백의 수준에서 그칠 일도 아니며, 자신의 사고와 행적에 대한 심도 있는 검색으로부터 출발하여 현실 위에 자신을 다시 세우는 구체적 실천으로 나아가야 할 것'40)이라는 자기비판의 한 원칙에서 그러하다는 말이다. 이와 같은 방향성에 강형구의 「脫皮」가 놓여 있다.

2) 이념의 내면화 : 「탈피(脫皮)」

강형구의 「脫皮」41)에서의 주인공 '차윤하'는 끊임없는 자기반성과 비판을 통해 지식인의 허위의식에서 탈피하여 농민의 의식 속으로 들어가 농민 대중과 일체가 되기 위한 이념적 삶을 살아가고자 하는 이념지향적 인물이다. 그러므로 '차윤하'는 구체적인 생활 현장에서 이념적 삶을 실천함으로써 생활 속에서의 이념을 내면화하고 있는 인물형상이다.

'윤하'는 Y군 일대의 전농(全農) 책임자로서 중앙에서 내려와 각 농촌으로 순회강연을 다니고 있다. 강연 후 질문시간에는 어느정도 지식을 갖추고 있는 '농촌지식청년'들이 농촌의 현실적인 문제에서 유리된 추상적인 정치

---

40) 신형기, 『해방기 소설연구』(태학사, 1992), p.117.
41) ≪우리문학≫(3호. 1947.3)에 게재됨. '비료이야기'라는 부제가 달려 있다.

문제만을 제기하여여 농민 대중의 절실한 문제를 약화시키고 있었다. 그런
데 간밤에 어떤 농민이 눈병을 호소하는 사건으로 '윤하'는 자기반성을 하게
된다. 즉 그는 지금까지 사소한 일상생활에서 발생한 문제도 정치화시키려
노력했었는데, 정작 농민들의 절실한 문제는 해결해 주지 못했다는 것을
깨닫는다.

> 그제서야 겨우 몸을 일으켜서 불빛에 비치는 얼굴은 나이가 한 육십 가까운
> 사람, 청중들은 그가 방서방인 줄 첫눈에 알 것이 아닌가, 인제 무슨 소릴 할래
> 나 모두들 희한해 하는데
> "전 밤만 되면이와요 아주 눈이 콩까풀이나 씨운 것 같이 침침헌댑쇼 어떠검
> 이건 고칠깝쇼"
> 미처 그말은 끝나기도 전에 '까르르'하는 여러 사람들의 그만 웃음바탕에
> 흐려지고 말았다.
> "선생님이 이건 뭐 의사냥반인 줄 아슈"하고 핀잔을 주는 사람도 있었다.
> 당자는 여러 사람들의 웃는 영문을 몰라서 머--ㅇ 하니 섰다가 기냥 풀없이
> 앉아버렸다.[42]

'윤하'는 '방서방'의 이러한 무지하고 사소한 질문에 자신의 내부에서 일
어나는 갈등을 해결할 어떤 계기를 발견한다. 그동안 '윤하' 이론과 현실의
괴리를 피부로 느끼고 있었다. 현실은 이념적 이론보다 훨씬 직접적이고
구체적이고, 농민운동의 지도자라는 자신은 농민들의 삶과 의식 속으로 밀
착해 들어가지 못한 채 겉도는 이방인이 되어 있는 것을 직시하게 된 것이다.
해방기라는 현실 속이지만 성급한 이념적 열정만으로는 농민의 계층의식을
뚫고 들어갈 수 없음을 직시하는 것이다. '윤하'의 각성 과정은 이념을 현실
속에서 실천하고 그 실천속에서 자신의 이념을 검증하는 변증법적인 구조로
그려지고 있다.

---

42) 강형구, 「脫皮」; 김승환·신범순 편, 『해방공간의 문학2』(돌베개, 1988) p. 196..

윤하는 그지음 자기비판을 경험하고 있었다. 지금 하고 있는 농민운동이
너무나 외형적이 아닐까, 가량 그가 이때까지 주로 해오는 순회강연을 보더라
도 그것은 어딜 가든지 이즉은 성황이다. 그가 연단을 내려설 때는 의랫건
여러 사람의 박수가 따르고 그의 얼굴은 아무개란 그의 일흠과 함께 농민들
앞에 커-다랗게 알려지는 것을 잠간 느낀다. 언제 촌사람들이 어두운 밤길을
서로들 떠들석하며 멀리 사라진 뒤, 주최한 측의 동지들과 막걸리잔이라도
난우는 그런날 밤은 확실히 일한다는 자부심에 부플러오르는 가슴을 안고 자리
에 눕는 것이나 가량 이런 일도 있어, 어떤 마을을 지난다고 하자, 싸리문안으로
혹은 울 넘어로 무심히 촌가를 듸려다보는 수가 많다. 하-얗게 까라앉은 공기는
어딘지 슬프다. 어둡고 무겁고 답답하다. 아무러한 이론보다도 먼저 그것은
즉접적이며 구체적이다. 거기 비한다면 그가 하고 단기는 연설이란 일종의
하기 쉬운 방언(放言)이 아닌가 저절로 몸서리가 끼친다.[43]

이 소설의 결말부분에는 비료 구입을 통해서 공명심을 발휘하려는 자신
의 심리적 메카니즘을 반성하며 마을로 돌아가기 전에 약방을 들러 '방서방'
의 안약을 사는 '윤하'를 그리고 있다. 이러한 '윤하'의 행동은 비로소 자신
의 명예 따위는 버리고 농민들의 사소하지만 절실한 문제를 해결해 줌으로
써 농민의 의식 속으로 파고 들어가 농민과 일체가 되는 농민운동을 시작하
는 것을 보여준다.

이번의 비료만 하더라도 농민들의 경제문제를 해결해준다는 점도 있지만은
그 속에는 자기의 공명심도 작용하지 않았다고 부인할 수 있을까. 눈을 감고
한도안 앉았던 윤하는 다방을 나왔다. 무슨 기운을 얻었다는 것도 아니오, 크게
깨달은 것이 있다는 것도 아니었다. 다만 안정된 마음 뿐이었다.[44]

위의 인용에서 살필 수 있듯이 '윤하'의 자기비판은 구체적인 실천 속에
서 성실하게 진행되었음을 읽을 수 있다.

---

43) 위의 책, pp.196~197.
44) 위의 책, p.217.

「탈피」는 이념을 명분으로 한 지식인의 시혜적인 농민운동이 한낱 지식
인의 허위의식에 지나지 않음을 심각하게 제기한다. 진정한 농민운동은 지
식인의 시혜의식과 허위의식에서 벗어나야 한다는 것을 말해주는 것이다.
이것이 이 작품의 제목인 '탈피'가 상징적으로 제시하는 것이기도 하다. 여
기서 이 작품의 이념에 대한 시각이 드러난다. 이념을 위한 이념이 아니라
현실(농민)을 위한 이념이 되어야 한다는 것이다. 이념이 무조건적이고 맹목
적으로 절대시되는 것이 아니라 이념이란 것도 인간을 우선할 수 없다는
생각이 바탕에 깔려 있다. 이것은 인간이 이념을 위해서 존재하는 것이 아니
라 이념이 인간을 위해서 존재해야 한다는 관점이기도 하다. 이 점에서 작중
인물 '윤하'에게서는 이념이 절대시 되지는 않는다. 그렇다고 이념이 무의미
하다거나 포기되는 것도 아니다. 이념적 조급성과 열정만으로는 결코 현실
농민운동을 성공적으로 지도할 수 없다는 작가의 메시지를 '윤하'라는 지식
인 운동가의 자기비판을 통하여 직접적으로 말해주고 있는 것이다.

　'윤하'는 이념에 근거한 농민운동이 농민과 일체가 되어 농민의 절실한
생활문제를 해결해 줄 수 있는, 그래서 농민을 위한, 농민과 함께하는 농민운
동이 될 수 있는 방향으로 지향해 가고자 하는 것이다. 따라서 이 작품의
작중인물 '윤하'는 이념지향적 인물이며, 그는 실제 삶의 현장에서 농민들과
부딪치면서 이념과 현실의 괴리를 극복해 가는 실천적인 이념적 삶을 지향
하고 있다.

　이 작품에서 주목할 점은 섣부른 이념적 조급성과 열정에서 벗어나 이념
을 구체적인 생활의 현장과 삶 속에서 생활화하고자 하는 이념의 내면화
문제를 제기하고 있다는 것이다. 그러므로 단순한 맹목적인 이념 지향성
소설과는 차원이 다른 작품이다. 이 점은 지하련의 「도정」의 '석재'가 지식
인의 소시민성을 극복하기 위해 실천적 삶의 현장인 영등포의 노동 현장으
로 향하고 있는 데서 끝나고 있음에 비해 「탈피」의 '윤하'는 실제 삶의 현장
속에서 부딪치면서 몸으로 체득하고 있다는 점에서 내면화의 질적인 면에서
보다 진전된 면모를 보인다 하겠다. 즉 「도정」의 '석재'가 지식인의 반성적

사고를 통한 이념의 내면화를 문제삼고 있다면, 「탈피」의 '윤하'는 실제 삶의 현장 속에서의 생생한 체험을 통해 체득된 이념의 내면화가 문제되고 있는 것이다. 이런 구체적인 생활 현실에 뿌리를 내리고 있는 실천적인 이념적 삶에의 지향은 지식인의 관념적이고 추상적인 이념적 삶과는 크게 다른 것으로 이 작품 「탈피」는 이념지향적 지식인인 '윤하'가 지식인의 허위의식에서 탈피하여 이론과 현실이 일체가 되는 올바른 이념적 삶의 방향을 찾기까지의 모색의 과정을 다루고 있다.

이들 작품 모두는 당시 <문맹>에서 제기한 자기비판의 문제를 주인공의 현실 정치운동 속에서 직접적으로 반영하고 있다. 즉 과거청산 보다는 현실 극복과 미래의 방향성 - 이념의 실천 - 에서 자기비판의 근거를 찾고 있는 것이다.

4. 결론

이 논문은 해방기 지식인의 자기비판논의를 면밀히 분석한 다음 작품의 의미구조와 상호연관되는 자기비판성을 규명함은 물론, 이것이 소설로 형상화되는 과정을 살펴본 것이다.

작가에 의해 텍스트 내로 수용되어지는 사회적 담론들은 동시대의 집단적인 가치지향을 내포한 것으로써 작가는 특정 그룹의 사회어를 선택하여 자신의 이데올로기를 드러내게 된다. 그러나 작품 세계는 작가의 이데올로기만으로 구성되는 독백적인 공간이 결코 아니다. 작가는 다양한 가치가 충돌하고 경쟁하는 사회언어적 현실에 존재하는 만큼, 그러한 현실을 반영한 작품 또한 서로 다른 가치체계나 이데올로기간에 매우 강력한 대립과 갈등의 장을 형성하게 되는 것이다. 따라서 작가의 이데올로기는 작품 내에서 대단한 추진력을 갖기도 하는 반면에, 다른 이데올로기와 상호작용을 하면서 굴절의 과정을 겪기도 하는 것이다.

특히 해방기 사회의 특수성 속에서 문학자들에게 요구되었던 자기비판은 작가 개개인의 구체적인 삶과 직결되는 민감한 문제인데 사회적 존재로서의 삶의 방식을 결정하는 것이기도 하였다.

이 논문에서 살핀 소설은 정치적 전망에 따른 주체적 결단의 형식을 갖는 것들로 자기가 지향하는 계급이데올로기의 호출을 받고 인물의 과감한 행동이 서술 전면에 전경화되고 있다. 인물들의 계급각성에 의해 세계관의 변화를 다룬 이 소설들은 소시민적 세계관 혹은 일제 말기 전선(戰線)에 갇혀 소극적·퇴영적 삶을 살았던 과거를 비판하고 새시대의 전위로 앞서 나가는 인물의 변화과정과 실천적 삶 속에서의 운동자의 허위의식의 극복과정을 그린 소설들이다. 해방기의 두드러진 특성인 정치성 우위의 문학관이 작용하여 자기 집단의 이데올로기를 맹목적으로 노출시키면서 권위적이고 특권화된 담론들을 일방적으로 전달하려고 한다. 이러한 담론 특성으로하여 현실의 변화에 대응하는 비판적 반성을 스스로 차단하는 결과를 낳고 있다. 자기 집단의 사회어들(혁명, 과학, 합리 등)은 확고한 가치를 내포한 것으로 간주하여 작품 내 담론상황에서 배타적이고 이분법적인 성향을 나타낸다. 여러겹의 이분법과 권위적 담론의 경색성, 폐쇄성이 낙관적인 미래전망과 결합하고 있다. 인물 또한 자기 집단의 우월성에 고착되어 눈앞의 현실에 대한 구체적 탐구를 생략한 채, 미래에의 낭만적 비약이 행해진다. 여기에 거친 이분법에 근거한, 개별성의 일반성으로의 무매개적 치환양상이 덧붙어 한 개인의 삶과 그것을 둘러싼 객관 현실의 역동적 변화에 대한 탐구가 차단되어 자기비판의 독선적 성격이 강화되고 있다.

자기비판은 현재와 미래를 위한 과거로의 돌아봄이다. 따라서 작가들은 객관 현실의 전체성과의 구체적 연관 속에서 자기비판문제를 형상화하여야 했다. 다시 말하면 해방기의 자기비판문제는 당시 사회적 요구사항에 값하는 것에 머무르지 않고, 양심적인 작가들에 의해 반복적인 내면화의 과정을 거침으로써 우리 문학사에 표상적인 가치개념으로 자리잡게 되는 것이다.

「고가(古家)」 담화 구조 고

양은창*

1. 머리말

정한숙의 「고가(古家)」는 1956년 7월『문학예술』16호에 발표된 작품으로 봉건적 의식을 고수하려는 조부와 개화의식을 지닌 숙부와의 대립을 통해 세대간의 마찰을 예각으로 그려낸 가족사 소설로서,[1] 전쟁을 계기로 신분과 계급구조의 변화를 현대사적 시각으로 표현한 작품이란 평가를 받고 있다.[2] 또한 한국현대사의 주요 변환기인 한말, 일제시대, 그리고 해방과 6·25로 이어지는 역사의 변천 속에서 장동 김씨의 봉건족인 토지소유의 지배층 가문이 겪는 권위와 결속의 분해 및 도전을 받는 과정을 그린 자연주의적인 수법의 작품[3]으로 한 시대의 역사적 성격을 캐려는 시도가 그려져 있다는 평가를 받는다.[4] 특히 이 작품이 연구자들의 많은 관심을 불러일으키고 있는 이유는, 역사적 의식이나 시대적 고민을 드러내고 있다는 점과 세대간의

---

* 단국대학교 교수

1) 이재선,『한국현대소설사』(홍성사, 1979), pp.375~376.
2) 이재선, '전쟁체험과 50년대 소설'; 김우종 외 27인, 『한국현대문학사』(현대문학, 1990), p.278.
3) 위의 책, p.279.
4) 이어령, '문제성을 찾아서', 『한국전후문제작품집』(신구문화사, 1960), p.338.

갈등이나 신분계층간의 갈등이 시대의 현장성을 여실히 담아내고 있다는 데 있다. 그러므로 「고가」에 대한 평가는 역사와 시대적 관점을 중심으로 텍스트의 미학이 탐구되고 있음을 알 수 있다.

그런데 어느 특정한 연대의 기술을 넘어서 문학성의 보편을 찾기 위해서는 보편적인 구심점을 찾아내어 의미화하는 작업이 필요하다. 그리고 문학 텍스트가 지닌 보편적 구조를 밝혀 본질을 해명해야 특수한 시대의 한정에서 벗어날 수가 있다. 따라서 텍스트가 역사, 또는 특수한 시기의 특수한 과정을 넘어서 전체의 문학사에 자리 매김 하기 위해서는 어느 시대에서나 보편으로 규정될 수 있는 구조의 본질을 밝히는 작업이 무엇보다 필요하다. 그러므로 텍스트를 시대의 상황이나 역사적 시기에 묶어두지 않고 보편성을 부여하기 위해서 구조론적 탐색은 중요한 의미를 지닌다.

또한 구조론적 분석 방법에 대한 세부적인 방법론의 제시는 지금까지 이루어진 왕성한 이 분야의 작업에서 제시된 바 재차 거론하지는 않는다. 특히 본고에서는 구조론의 하위에 속한 여러 가지 방법 중에서도 담화 구조에 따른 의미화 과정을 밝히는 데만 할애하고자 한다. 이는 좁은 지면의 활용 및 한 부분의 작업으로도 선명하게 전체 텍스트의 의미를 엿볼 수 있다는 믿음에 따른 것이다.

2. 담화구조

「고가」는 전체 7상의 형식적 구분을 시닌 텍스트이며, 이들 중 6장만이 다시 작은 단위의 의미단락이 5개로 구분되어 있는 특징을 지니고 있다.

또한 전체적인 의미에서 볼 때, 「고가」는 기호학적 텍스트의 분석대상인 공간성과 시간성의 배열이 주제화와 함께 구체적으로 드러나 있는 특성을 지니고 있다. 따라서 공간성과 시간성에 따른 미시적인 분석의 체계는 본원론적 구조를 밝히는 데에 있어서 중요한 의미소가 된다. 또한 공간성과 시간성에 따른 배역화의 생성도 전체 텍스트를 이끄는 관계에서 긴밀하게 조직되어 있음을 알 수 있다.

「고가」는 전체 7장의 구조로 이루어져 있음으로 각 장에서 공간성과
시간성 및 주제화, 배역화를 대표할 수 있는 중요한 담화체를 구분하여 각각
의 시퀀스 단위로 미시적인 분석을 가하면 전체 텍스트의 의미망을 산출할
수 있다. 그리고 각 장에서 드러난 의미망을 비교, 또는 대조하여 전체의
구조를 밝히고자 한다.

「Sq Ⅰ:마을」
　　1—①솟구쳐 흐르는 모양 뻗어 내린 소백산(小白山)준령(峻嶺)이 어쩌다 여기
　　　　서 맥(脈)이 끊기며 마치 범이 꼬리를 사리듯 돌려 맺혔다.
　　2—①그 맺어진 데서 다시 잔잔한 구릉(丘陵)이 좌우로 퍼진 한복판에 큰 마을
　　　　이 있으니 세칭 이 골을 김씨 마을이라 한다.
　　3—①필재의 집은 이 마을 종가(宗家)요, 그는 종손(宗孫)이다.
　　4—①필재의 집 앞마당에 있는 느티나무 아래 나서면 이 마을이 한눈에 내려다
　　　　보인다.
　　5—①지금 느티나무 밑에서 내려다보이는 그 넓은 시내가 오대조가 여기 자리
　　　　잡을 때만 해도 큰배로 건너야 할 강이었다고 했다.
　　5—②필재의 오대조가 여기 자리 잡았다는 것을 보면, 당당하던 장동 김씨(壯東
　　　　金氏)의 세도도 부리지 못하고 낙향한 패임이 분명했다.
　　6—①그 물줄기가 벌을 가로질러 흐르는 까닭에 김씨 마을은 번성했고 또한
　　　　부유하게 살았다고 했다.5)

텍스트의 서두 부분으로 장동 김씨 마을의 공간적인 배경을 세밀하게
묘사하고 있다. 그런데 이 공간적 배경은 두 개의 축으로 이루어져 있음을
알 수 있다. 즉, 수직적인 공간의 축인 '소백산', '범의 꼬리', '구릉', '고가',
'마을', '강', '벌'과 수평적인 공간의 축인 고가 안의 풍경이 서로 대비되어
있음을 알 수 있다.

---

5) 정한숙, 「고가」, 『한국전후문제작품집』(신구문화사, 1960), p.94.

우선 수직적인 공간의 축은 개별적으로 수평적인 공간의 축을 소유하고 있다. 즉, 소백산→산맥, 범의 꼬리→범의 몸통, 구릉→좌우 갈라짐, 고가→마당, 마을→골, 강→벌 등으로 수직의 축이 상층에서 하층에 닿기까지 각각의 개별적인 공간을 확보하며, 수평적인 축으로 전환된다. 그런데 1—①에서의 '솟구쳐'/'흐르는'은 '솟구치다'에서의 수직성과 '흐르다'의 지향성이 서로 호응을 이루고 있으며, '소백산 준령'/'맥을 끊다'는 수직성에 따른 수평적 공간임을 지시하는데, '범의 꼬리'/'돌려 맺혔다'에서와 같이 계기적 단속으로 공간성을 이룬다.

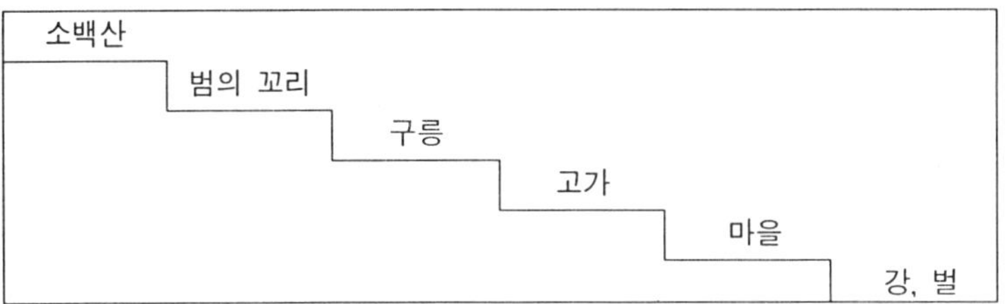

또한 고가의 공간범위로 이동되어 마당이란 수평적 이동이 이루어진 다음에도 수직성의 공간이 이루어지는데, 강과 벌은 소백산에서 출발한 수직성의 공간 차원이 끝나는 지점이 된다. 따라서 시퀀스 Ⅰ에서의 공간화는 수직성을 기준으로 수평화가 이루어지는데, 이러한 현상은 전체 텍스트 내에서 지속적으로 수직성의 공간화가 수평화로 이루어지는 구조를 갖게 된다. 그리고 수직적인 공간화는 하강의 특성을 지니고 있는데, 위에서도 알 수 있는 바와 같이 고가는 수직성의 공간에서 하층에 위치한 공간이 아니라 중층에 위치한 공간이 된다. 전체적으로 텍스트 내에서의 공간화는 수직적인 축을 기점으로 하강의 특성을 드러냄으로써 고가 역시 하강의 공간화를 이루는 대상이 된다. 특히 고가는 주된 공간이면서도 이상화된 공간이 아니라 유사화의 공간으로 설정됨으로써 비극성과 유기적인 관계망을 형성한다.

한편 수직성의 공간은 각각의 개별적인 수평성의 공간으로 정체되면서 영역을 확대시켜 나가는데, 고가의 공간 역시 수평화를 축으로 공간적인 영역이 확대된다.

필재의 어렸을 때의 기억이지만, 사랑채와 안채를 중심하여 사면에 누각(樓閣)과 같은 큰문들이 있었고, 뜰 안엔 네 개의 정자와 그 정자를 둘러싼 큰 연못이 있었다.[6]

네 개의 문은 수평적 공간 이동의 통로가 되며, 사랑채와 안채의 행위자들이 행위소를 이끄는 요소로 네 개의 정자와 네 개의 연못으로 수평적 공간화를 이룬다. 따라서 수평적 공간은 담화를 이끌어내는 정점으로서의 역할을 담당하며, 수직적 공간으로의 전환을 모색하는 공간이 되기도 한다. 그리고 고가의 수평적 공간이 이루어지는 지점은 수직성의 공간이 지닌 활동성과는 달리 부정적인 의미를 함축하고 있다. 즉, 수평적 공간 이동이 끝나는 지점인 강은 점점 강물이 줄어듦과 동시에 모래가 밀리고 지형이 바뀌게 됨으로써 시간화의 축이 부정적임을 예시하고 있다.

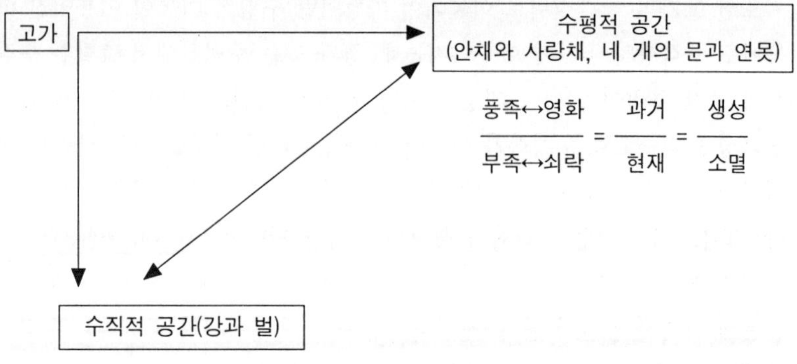

그런데 수평적 공간과 수직적 공간이 공유하는 시간대에서 의미화가 이루어지는데, 쇠락한 장동 김씨 집안의 대비가 과거와 현재를 통해 드러난다. 그러므로 시퀀스 I은 전체 텍스트의 모든 전개과정이 압축되어 있는 장이

---

6) 같은 자리에

다. 즉, 부유했던 5대조 시절에는 강물이 깊었으나 '해마다 모래가 밀리고 강물이 얕아짐은, 김씨 종가의 기운이 점점 약해지는 증거라고 수군거리는 진술'[7]을 통해 전체의 맥락이 제시된다. 그리고 공간화에 따른 인물들의 배역화 역시 전체적인 맥락과 유기적인 관계망을 형성한다.

> 정자마다 우거진 대숲으로 가로 막혔고, 대낮에도 곧잘 숲 속에서 뻐꾸기가 울어댔다.
> 그러나 이 넓은 성곽(城郭)과 같은 울타리 속에 사는 사람들의 얼굴에서 필재는 자기가 철 들면서부터 한 번도 호젓한 웃음이 떠도는 얼굴을 보지 못했다.[8]

대숲으로 가로막힌 행위자들의 폐쇄성은 대낮인데도 뻐꾸기가 우는 것으로, 그리고 이러한 폐쇄성은 웃음이 없는 얼굴이란 조건으로 전환된다.

$$\frac{대숲}{성곽} = \frac{뻐꾸기}{가족} : \frac{울음}{웃음} = \frac{하늘}{땅} = \frac{개방성}{폐쇄성}$$

개방성이 생성을 위한 기호학적 환원이라면 폐쇄성은 소멸의 환원이다. 고가의 공간 구조가 폐쇄성을 유지하는 과정은 죽음의 공간이 된다. 그리고 폐쇄성의 원인은 단절의 공간 기호로 드러나게 되는데, 단절은 세대간의 소통이나 신분간의 통로를 차단함으로써 죽음의 의미소와 관계를 맺게 된다. 이후 조부의 죽음이나 숙부 및 숙모님의 죽음, 그리고 길녀의 죽음은 이러한 단절의 폐쇄성의 공간에서 벗어나지 못하는 한 죽음의 결과를 드러내게 된다.

한편 고가의 폐쇄성에 놓인 행위자들의 죽음은 고가가 지닌 폐쇄성과 관련되어 이면의 양상을 드러내게 되는데, 이는 공간기호와 행위자의 행위

---

7) 같은 자리에
8) 같은 자리에

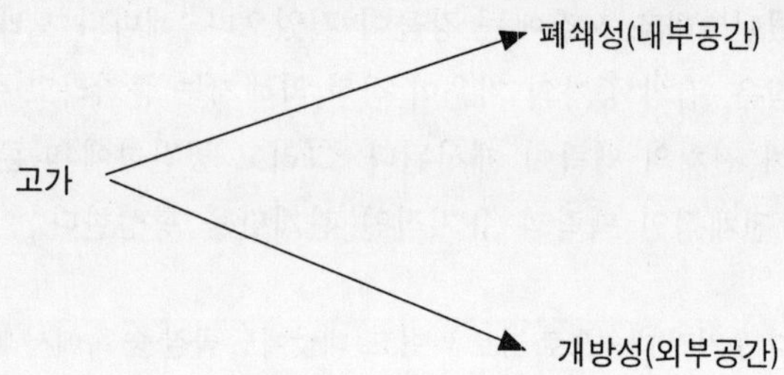

소는 밀접한 관련성을 지니고 있음을 알 수 있다.

인물들의 행위소는 공간성과 밀접한 관련을 이루고 있는데, 인물들이 지닌 공간성은 스스로의 운명과 밀접하게 관련됨으로써 주제화에 기여하게 된다. 따라서 「고가」의 인물들이 지닌 공간성에 따른 삶과 죽음의 시간성은 주제화와 함께 다음과 같이 도식화할 수 있다.

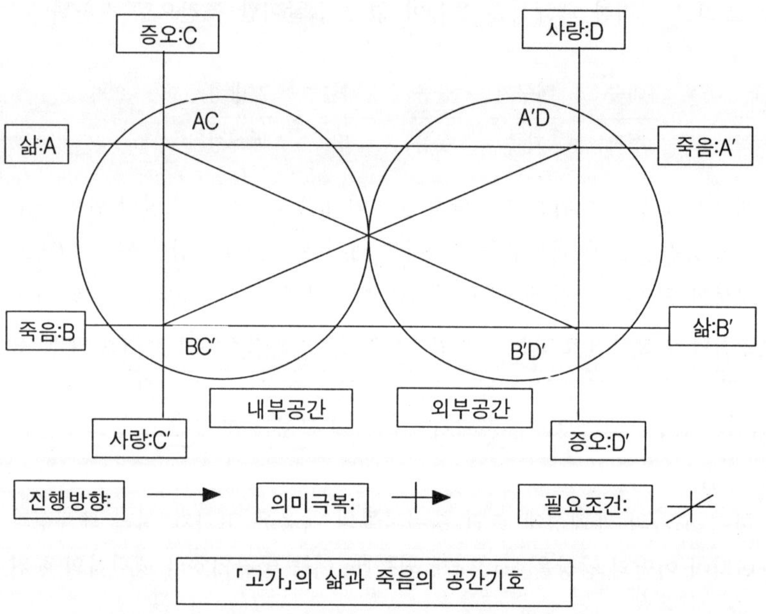

「고가」의 삶과 죽음의 공간기호

따라서 위의 그림에서 드러난 바와 같이 등장인물의 삶의 궤적을 추적하면 다음과 같이 나타난다.

필재 : A→AC→A'D→BC'→B'D'→B'

길녀 : A→AC→A'D→BC'→B

태식 : A→AC→A'D→BC'→AC→B'D'→B'

숙부 : A→AC→A'D→A'

숙모, 어머니, 할아버지, 큰할머니, 길녀 부 : A→AC→BC'→B

작은할머니 : A→AC→B'D'→B'

그리고 이들 인물들의 삶의 궤적은 비교와 대조를 통해 변별성을 확인할 수 있는데, 필재와 태식의 삶의 궤적이 지니는 변별성은 다음과 같이 나타난다.

$$\frac{\text{필재}: A→AC→A'D→BC'→B'D'→B'}{\text{태식}: A→AC→A'D→BC'→AC→B'D'→B'} = \frac{BC'→B'D'}{BC'→AC} =$$

$$\frac{\text{내부공간}→\text{외부공간}}{\text{사랑}→\text{증오(내부공간)}}$$

그러므로 태식이 증오의 삶의 궤적을 걷는 반면 필재는 내부공간에서 외부공간으로의 이동에서 드러난 바와 같이 갈등과 반목의 극복이란 주제화와 밀접한 관련이 있음을 알 수 있다. 특히 태식은 필재가 걷지 않은 BC'→AC의 증오의 축으로 진행하다 B'로 빠져나오는 과정에서 D'의 증오의 축을 극복하지 못한다. 그리고 길녀와 필재의 관계는

$$\frac{\text{필재}: A→AC→A'D→BC'→B'D'→B'}{\text{길녀}: A→AC→A'D→BC'→B} = \frac{BC'→B'D'→B'}{BC'→B} =$$

$$\frac{\text{죽음}→\text{삶(내부공간}→\text{외부공간)}}{\text{죽음(내부공간)}}$$

으로 드러나는데, C'인 사랑의 축을 극복하지 못하는 불충분의 조건으로

죽음을 맞이하게 된다. 그러나 필재는 증오의 축인 D'를 뚫고 B'의 삶의
공간으로 나아간다.

그리고 태식과 길녀와의 관계는

$$\frac{태식: A \rightarrow AC \rightarrow A'D \rightarrow BC' \rightarrow AC \rightarrow B'D' \rightarrow B'}{길녀: A \rightarrow AC \rightarrow A'D \rightarrow BC' \rightarrow B} = \frac{증오(내부) \rightarrow 증오(외부) + 삶}{죽음(내부)}$$

으로, 태식이 외부공간의 증오의 축을 극복하지 못한 채, 삶의 공간으로
유입되는 현상을 보여주는 반면 길녀 역시 태식과는 달리 사랑의 축을 극복
하지 못한 채, 내부공간의 죽음의 축으로 끌려 들어간다.

한편 심각한 대립을 보였던 숙부와 조부와의 관계는

$$\frac{숙부 : A \rightarrow AC \rightarrow A'D \rightarrow A'}{조부 : A \rightarrow AC \rightarrow BC' \rightarrow B} = \frac{삶(내부) \rightarrow 죽음(외부)}{삶(내부) \rightarrow 죽음(내부)}$$

으로 변별적 차이를 보이는데, 조부가 사랑을 실천하는 축으로 진행하다
내부공간에서의 죽음으로 귀착되는 반면 숙부는 증오와 사랑의 관계축을
극복하고 외부공간의 죽음으로 나아가는 사실에서 알 수 있는 바와 같이
사랑을 실천하거나 사랑의 관계축을 극복하는 인물들은 죽음의 공간으로
유도된다는 사실이 증명된다. 그리고 삶의 공간은 증오의 축을 곁에 두고
있어 증오의 관계의미를 획득하지 않는 한 삶의 공간으로 유도되지 않음을
알 수 있다. 그러므로 전체적인 「고가」의 주제화가 비극적인 의미와 관련이
이루어져 있음은 공간구조를 통해서도 증명된다.

「Sq II:연못」
　　7—①정자 밑 못 속의 물은 거울같이 맑았다.
　　7—②흰 구름이 뭉게뭉게 떠 흐르는 밑에 중의 머리가 된 필재의 얼굴이 크게
　　　　들여다 뵈인다.
　　8—①필재는 자기 얼굴 같으면서도 자기 얼굴 같지 않은 모습을 한참이나 들여

다 보다 지긋이 웃는다.

9—①물방게라는 놈이 어데서부터 헤엄쳐 왔는지 필재의 얼굴을 마구 흔들어
　　버리고 사라진다.[9]

　시퀀스 Ⅱ에서 다루는 내용은 숙부과 조부의 갈등이다. 조부가 필재에게
전통적인 유교식의 교육을 고집한다면 숙부는 신식교육을 고집하므로 둘
사이에는 상대적인 거리가 존재한다. 결국 조부의 뜻을 어기며, 숙부는 필재
의 긴 머리를 자르고 신식학교에 입학을 시킨다.

　그런데 시퀀스 Ⅱ에서 직설적으로는 조부와 숙부의 대립이 담화를 통해
드러나지 않지만 당사자인 필재를 통해서는 극명하게 드러남을 알 수 있다.
즉, 7—①과 7—②에서 공간화된 배경의 층위는 의미소들로 중첩되어 있는
데, 이는 의미화에 간여되는 배역화의 인물들의 행위자 층위와 동일한 양상
으로 이루어져 있다.

　따라서 아래의 그림에서 드러나는 바와 같이 행위소와 행위자의 관계는
필재가 머리를 깎은 얼굴의 수용양상에 따라 담화가 이루어지는데, 조부의
정자인 황암정에서 숙부가 필재의 머리를 깎는 이유는 조부와의 대립적인
의사 표시 기호이다. 그러나 조부는 이러한 숙부의 의도 동의하지 않음으로
써 필재의 얼굴을 인정하지 않는 행위소를 갖는다. 조부의 필재의 머리에
대한 수용은 숙부가 이미 깎아버렸기 때문에 숙부를 통해서 이루어질 수밖

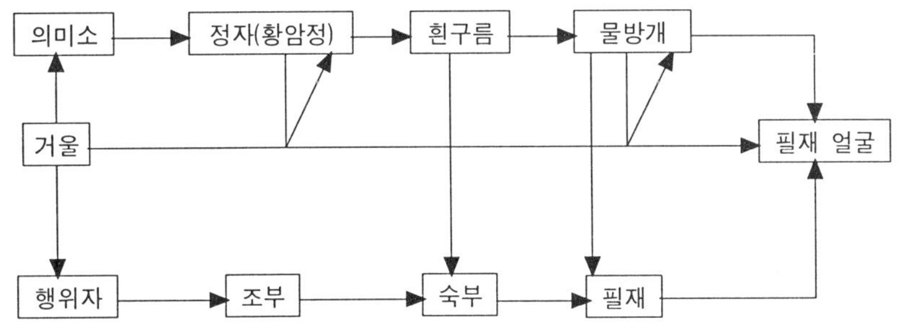

---

9) 위의 책, p.96.

에 없으며, 숙부는 흰 구름의 공간적 기호로 거울같이 맑은 물 속을 투과하여
거울 같은 수면에 모습을 비친 필재의 얼굴을 수용하게 된다. 한편 필재는
자신의 변화된 모습을 수용하면서도 수용하지 못하는 관계로 성립된다. 즉,
물방개는 물 속 생물로서 물의 수용성을 지닌 반면에 거울같이 맑은 수면에
비친 얼굴을 흔들어 버리는 존재로 양면성을 갖는다. 그러나 물이 내부공간
의 삶의 기호적 양식을 수용하는 측면에서 이후 진행되는 담화적 의미와
관련될 때, 죽음과 어둠의 범주로 귀속된다.

그러므로 시퀀스 II의 기호는 주제화를 위한 공간적 기호나 의미소들이
결합되어 있는 담화적 양식의 구조를 이룬다.

「Sq III:처벌」
   10—①"자! 네가 네 잘못을 알았다니 다시는 그런 일을 저질지 않기 위하여
           종아리를 맞아야지……"
   11—①필재는 할아버지의 명을 거역할 수가 없었다.
   11—②그것은 누구나 크게 잘못한 일이 있으면 할아버지한테 종아리를 맞아야
           한다는 것을 잘 알고 있었던 까닭이다.[10]

시퀀스 II에 대한 결과로 숙부가 집을 나가게 되고 화가 난 조부는 필재에
게 종아리를 때리는 처벌을 필재는 머리를 깎은 자신의 모습에 대하여 자신
의 의지를 투사하지 못하는 나이므로 모든 후회의 책임을 숙부에게로 돌린
다. 그런데 매질은 효를 근간으로 후손을 대하는 조부의 사고에서 출발한
것이므로 숙부와의 대립이 사고의 차이에서 야기되었음을 알 수 있다. 따라
서 효에 대한 조부의 매질은 서로 대립되는 의미에서 정형을 이룬다.

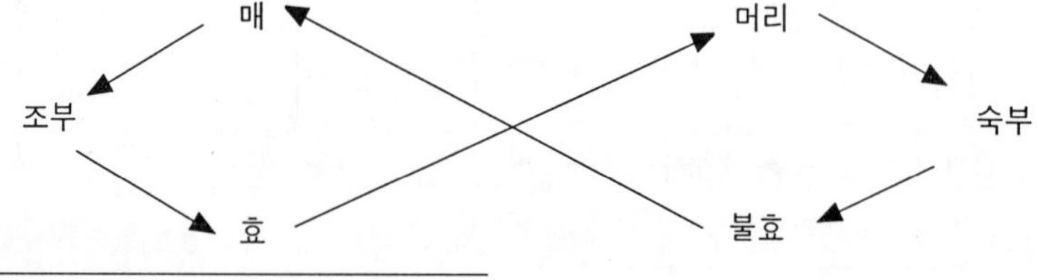

---

10) 위의 책, p.99.

그러나 의미가 순환을 이루고 있음은 조부와 숙부가 서로 이해의 관계가 됨을 의미하는 것이 아니라 '효'/'불효'가 서로 상반되는 반대항의 개념이기에 단절되어 있음을 의미하는 것이다. 따라서 봉건적인 효의 의식에 사로잡혀 종손인 손자에게 효 의식을 강요하는 반면, 숙부는 조부의 봉건적인 윤리적 질서와는 다른 위상으로 설정되어 있음을 알 수 있다. 잘못을 범하면 누구든지 종아리를 맞아야 한다는 규율과 관습성은 봉건적 윤리성의 근간이 된다. 그러므로 필재에게 내려지는 매를 맞는 처벌은 숙부님에 대한 처벌이 되며, 숙부는 봉건적 윤리관에서 벗어나 있음을 증명한다. 따라서 시퀀스 Ⅲ에서의 반목과 대립은 봉건적 윤리관과 새로운 사고의 대립적 관계망을 형성한다.

「Sq Ⅳ:후회」

　12—①파란 물 위엔 요전과 다름없이 필재가 보이건만 필재의 머리칼은 보이질 않는다.

　13—①조금 전 까지 반듯이 비쳐 보이던 필재의 얼굴이 무슨 까닭인지 물 속에서 술래를 돌 듯 빙글빙글 돌아가고 있다.

　14—①필재는 그것을 본 순간 놀랐다.

　15—①그늘이 있고 개구리밥이 흐르고 그리고 언제나 흐린 줄을 모르는 이 푸른 물까지도 자기의 불찰을 꾸짖어 주는 것만 같았다.

　16—①그러나 필재의 얼굴이 물 속에서 빙글빙글 돌고 있는 것은 다른 이유가 아니었다.

　16—②소금장수란 놈이 무엇을 잡아먹느라고 정신 없이 돌고 있는 탓이었다[11]

시퀀스 Ⅳ는 시퀀스 Ⅲ에서 일어났던 필재의 단발 사건이 전체 담화의 지배화소를 담당한다. 화병까지 난 조부를 보고 필재는 자신이 한 행동을 후회하게 되는데, 시퀀스 Ⅲ과는 달리 숙부의 정자인 쌍죽정을 찾아와 깎아서 버린 머리칼을 찾는다. 그러나 자신의 머리칼은 보이지 않는다. 그런데

---

11) 위의 책, p.102.

필재의 머리칼을 대상으로 행위자인 필재는 '보이는 것'과 '보이지 않는 것'의 이중적 의미소와 관계를 맺는다.

　따라서 필재의 머리칼은 보이지 않는 것과 보이는 것 사이에서 의미의 관계망을 형성하는데, 보이는 것은 얼굴임에도 보이지 않는 것은 물 속 깊이 잠겨버렸을 것이라고 단정하는 머리칼에 해당한다. 그리고 '얼굴'/'머리칼'은 보이지 않는 것이 아닌 개구리밥과 먹이를 찾아 맴을 도는 소금쟁이로

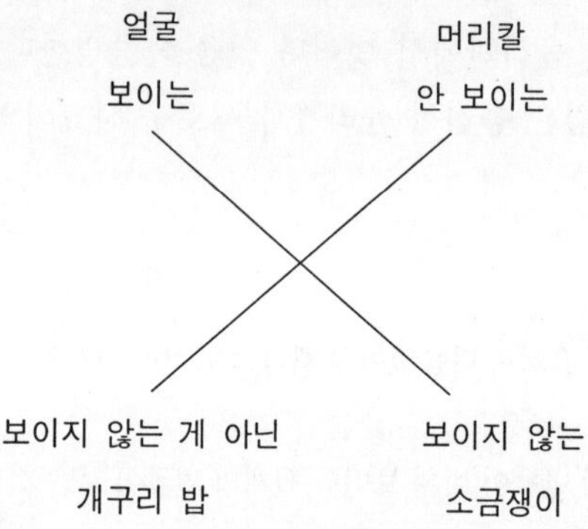

인하여 보이지 않는 것을 유도하는 소금쟁이와 관계로 확대된다. 그런데 '개구리밥'/'소금쟁이'는 수서생물로 다 같이 먹는 밥과 관련된다. 밥 또는 먹이가 섭취로 인하여 자신의 신체의　일부로 환산될 수 있는 것과 관련될 때, 보이지 않는 머리칼은 신체의 일부를 잃어버린 것으로 간주되어 불효의 의미로 환원되므로 후회라는 의미소를 만들게 된다. 즉, 자신의 신체의 일부를 잃어버림으로써 조부에게 종아리를 맞고 그 충격으로 인하여 조부는 화병을 얻게 되었으므로 물 속 깊이 잠겨버린 머리칼을 찾는 행위자의 행동은 효라는 기의에 천착하고 있음을 알 수 있는 것이다. 따라서 물에 비친 자신의 얼굴이 뚜렷하게 보이지만 소금쟁이로 인하여 흩어지는 물결이 15—①에서와 같이 자신의 불찰을 꾸짖는 행위로 간주된다. 그런데 필재의 후회는 숙부와 조부의 대립적 관계에서 숙부님의 뜻을 따른 자신의 행동을 뉘우치는 것으로 봉건적 질서를 따른다는 행위와 일치된다. 따라서 길재의 머리

칼은 봉건적 질서를 갖는 조부와 숙부의 대립이 의미화를 이루는 화소가
되는데, 길재의 머리칼에 대한 조부와 숙부의 담화적 구조에서 획득되어진
의미망은 이동되어 의미가 중첩된다.

그러므로 불효는 숙부님의 행위소와 관련되며, 효는 조부의 행위소와 관
련된다. 그런데 숙부와 조부의 행위소는 각자 개별적인 인물들이 위치한
공간성과 밀접한 연관을 지닌다. 즉, 조부는 시퀜스 Ⅰ에서 드러난 바와
같이 내부공간에 놓여있는 인물이며, 숙부는 내부공간에서 외부공간으로
전이되는 인물이므로 다음과 같은 의미망을 지닌다.

| 불효 | → | 외부공간 | → | Sq Ⅱ, Ⅶ |

| 효 | → | 내부공간 | → | Sq Ⅰ, Ⅲ, Ⅳ, Ⅴ, Ⅵ |

그러므로 효와 불효의 의미적 단위를 필재의 행위소별 시퀜스로 구분하
면 다음과 같이 대비된다.

$$효와 불효에 따른 필재의 행위화적 의미소 = \frac{Sq\ Ⅱ,\ Ⅶ}{Sq\ Ⅰ,\ Ⅲ,\ Ⅳ,\ Ⅴ,\ Ⅵ}$$

「Sq Ⅴ:눈」
　17—①아침결에 멎었던 눈이 다시 내리기 시작한다.
　18—①필재는 그날도 대문 앞 느티나무 옆에 서서 낙동강지류(洛東江支流)인
　　　　영주강(榮州江) 개천을 내려다보고 있었다.
　19—①가슴이 시원하도록 탁 트인 벌판이 한 눈에 모여 든다.
　20—①가물가물 떨어지는 눈송이를 바라보고 서 있자니 별안간 숙부님의 얼굴

이 떠오른다.

21—①필재의 생각엔 서낭당 고개에서 서럽게 울던 숙모님을 버리고 간 숙부님
은 지금 가물가물 눈송이가 떨어지는 그 곳보다도 더 머나먼 곳에 가
있는 것 같기만 했다.

22—①훨훨 퍼붓는 눈발도 숙부님의 생각이 떠오르는 지금에 있어선 필재의
가슴속을 무겁게 휘덮고 눌러 주기만 하는 순간이었다.[12]

시퀀스 V 에서의 지배적인 의미화소는 눈으로, 눈은 수직성의 공간성에
해당한다.

시퀀스 I 에서 수직성의 공간성은 수평적인 공간성으로 확대되는 현상을
드러내는데, 시퀀스 V 에서도 수직성의 눈은 수평적 축인 강과 벌로 이동하
는 과정으로서의 공간성이다. 그런데 수직성의 공간성은 수평적인 축으로
이동하는 순간 외부공간으로 확대를 꾀하게 된다. 이러한 공간성의 이동
뒤에는 인물들의 행위화가 뒤따르게 되는데, 시퀀스 V 에서도 외부공간을
지향한 숙부님에게로 전환되면서 시퀀스 I 에서와 같은 구조를 드러내고
있다. 따라서 「고가」에서의 행위화에 따른 공간성의 전이는 전체적으로 수
직성의 공간성에서 수평적 공간성으로 전환되고 이어 내부공간에서 외부공
간으로 전이되는 구조로 조직되어 있음을 알 수 있다.

그런데 필재의 외부공간에 대한 감응은 내부공간에 갇힌 자신을 외부공
간에 위치하려는 행위화의 의도를 지니는데, 이는 조부와 숙부의 양분법적
공간화를 모두 수용하는 공간조화의 세계에 자신을 위치시키기 때문이다.
따라서 필재의 공간성은 눈이 지향하는 공간성과 일치된다.

그런데 필재의 외부공간에 대한 감응은 실현되지 않는 채, 좌절되고 만다.
숙모님은 타관에서 병중에 있다는 숙부의 전갈을 받고 어머니와 함께 조부
에게 허락을 요구하지만 조부는 단호하게 "내 자식이 아니거든 내 자부가
아니다"며 불허한다. 결국 빨간 자전거를 타고 온 배달부가 전보를 가져와

---

12) 위의 책, p.103.

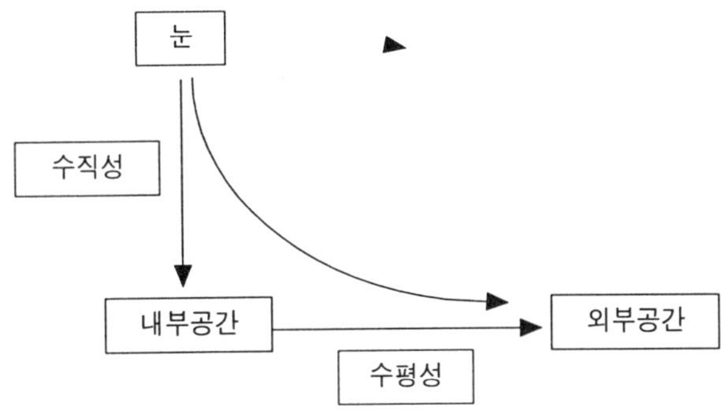

숙부의 죽음이 알려지자 숙모님은 쌍죽정에 목을 매달아 자살한다. 그럼으로써 필재의 외부공간에 대한 지향은 시련을 맞아 실패로 끝난다. 내부공간을 고집하는 조부가 존재하는 한 효에 천착되어 있는 필재는 자신의 외부공간에 대한 지향성이 방해를 받게 된다. 따라서 시퀀스 V에서의 눈은 외부공간으로의 탐색에 불과하다. 22—①은 이러한 필재의 행위자적 의미화를 구체적으로 드러내 주는 것으로 눈과 숙부님이란 두 가지의 개념이 의미화소로 전환되는 형상화의 단면이다.

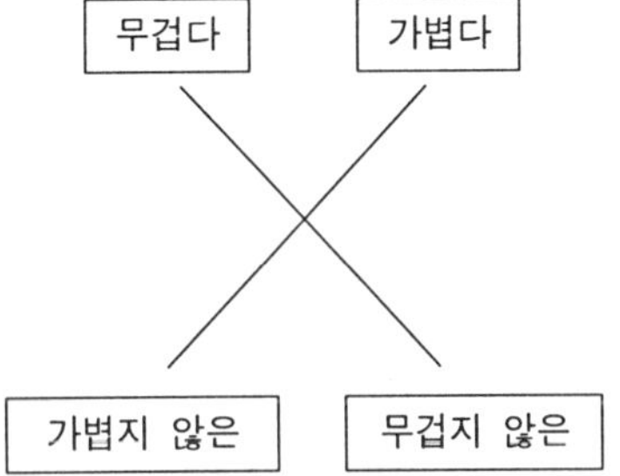

위에서 '무거운 것'은 필재의 마음으로 숙부와 조부의 대립으로 인한 행위자적 의미화소이며, 자신이 숙부와 이별하게 된 원인에 그 근원을 두고 있으므로 조부에 대한 행위자적 의미소 해당된다. 반면 '가볍다'는 눈으로, 숙부에 대한 행위자적 의미소에 해당되므로 숙부에 대하여 경도된 심리적

상태와 조부에게 묶여있는 몸의 양분화를 의미하는 화소가 된다. 또한 눈은
'분절의 공간화'로 나누어짐과 분할된 세계를 일시적이나마 원래의 상태로
되돌리려는 심리적 상태가 개념화된 것이다. 고통과 갈등의 대립적 양상을
극복하려는 인간의 본원론적 평화에 대한 의미소인 것이다. 그리고 필재의
외부 공간에 대한 지향은 조부의 죽음으로 방해자가 존재하지 않는 시간대
에서는 어려움없이 실현된다. 즉, 6장인 시퀜스 Ⅵ에서 필재는 자신이 추구
하던 외부공간으로의 전환을 실현하며, 새로운 계기를 마련하게 된다.

「Sq Ⅵ:전쟁」
　　23—①필재는 어머니도 모르게 길녀를 후원에다 묻어주었다.
　　23—②길녀의 무덤을 아는 사람은 오직 필재뿐이었다.
　　24—①필재는 자신이 자기를 보아도 꼭 얼빠진 사람인 것만 같았다.
　　25—①할아버지의 유언도 오늘날에 이르러선 아무런 소용 가치도 없어지고
　　　　　말았다.
　　26—①반드시 고향으로 돌아와 영락한 가문을 중흥시키고 자기 한 몸을 고향을
　　　　　위한 농촌 사업과 문화 사업에 바치려던 꿈도 여지없이 사라지고야
　　　　　말았다.13)

　　조부의 죽음은 내부공간의 필재를 외부공간의 필재로 전환시키는 계기가
된다. 조부의 유언은 '종손의 책무'로 외부공간으로 전환된 필재의 삶에서
용기를 주며, 삶의 원동력을 제공한다. 그러나 필재의 용기와 포부는 전쟁
앞에서 시련을 맞게 된다. 즉, 전쟁은 필재로 하여금 모든 것을 잃게 하는
원인이 되며, 태식의 가출과 사랑하는 길녀의 죽음, 그리고 어머니의 죽음으
로 이어지는 비극의 장이다. 그러므로 전쟁 전이 삶의 공간이나 시간 또는
꿈의 공간이었다면 전쟁 후의 공간은 죽음과 소멸의 공간 또는 시간대이다.
'삶과 죽음이 전쟁으로 인한 보편적인 결과'14)라는 사실에서 알 수 있듯이

---

13) 위의 책, p.112.
14) A. J. Greimas, *Maupassant—The semiotics of text practical exercises*, Benjamins publishing

극단적인 이분법으로 인간의 삶을 분할한다. 그런데 전쟁의 이분법적 분할
은 또 다른 의미축으로 전환되어 전체의 텍스트를 지배하는 하나의 룰을
이룬다.

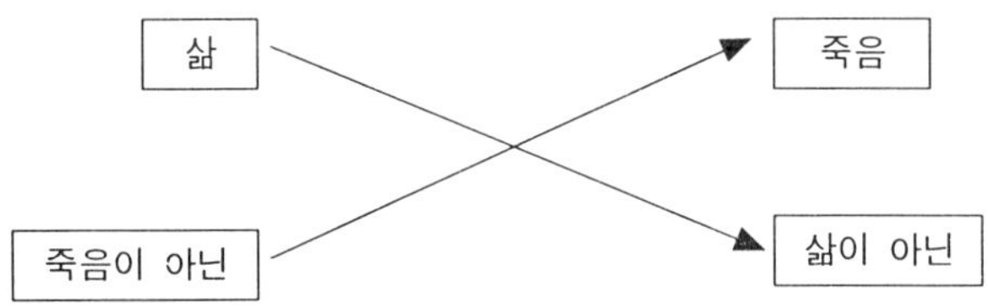

  '삶'/'죽음', '죽음이 아닌'/'삶이 아닌'의 개별적인 요소들은 '삶'→'생성'
의 축으로 확대되는 반면 '죽음'→'소멸'로 전환되므로 우주적 질서의 한
단면을 제시하는 것이다. 그리고 소멸은 대지로 간주되어 죽음의 의미와도
근접성을 이룬다. 즉, 길녀를 땅에 묻는 행위는 집의 공간기호적 의미가
죽음과 관련될 때, 대지와도 의미적 연접으로 환치되기 때문이다. 전체 텍스
트에서도 죽음의 가장 구체적인 공간은 정자인데, 정자는 집의 구조이며,
특히 죽음의 공간인 연못으로 둘러싸인 '비 삶'의 공간이다. 즉, 황암정에서
는 필재의 아버지와 배가 다른 숙부가 자살한 공간이며, 쌍죽정은 숙모,
사우정은 길녀의 죽음이 이루어지는 공간이므로 '비 삶'의 공간이다. 따라서
전쟁은 '비 삶'의 시간대이므로 죽음의 공간인 '물'과 그리고 집의 의미화소
와는 근접성을 이룬다.
  한편 삶의 공간대는 외부공간으로 집의 내부공간이 죽음과 관련될 때,
죽음의 시간대인 밤과 대치되어 낮이 된다. 즉, '삶'의 공간인 외부 공간이
불 또는 빛의 의미영역인 하늘과 연접되어 삶의 시간대를 형성하는 것이다.
따라서 시퀜스 VI은 전체 텍스트의 의미화가 구체적으로 삶과 죽음이라는
형상화를 이루는 장이 되는데, 마직막 종결의 장인 7장에서의 결말을 이루는
계기를 마련하는 장이기도 하다.

---

company, 1988. p.5.

「Sq Ⅶ:결말」

27—①밖은 그대로 어둡기만 했다.

27—②이 어둠이 가시면 새 아침이 오듯이 종가도 종손도 허물어짐으로 하여
　　　진정 길녀나 태식이나 자기 같은 사람들이 행복하게 살 수 있는 날이
　　　올 것만 같았다.

28—①수목이란 수목이 모조리 잘려 나간 넓은 뜰 안엔 아직도 버티고 고집만
　　　부리던 조부의 얼굴 같은 고가의 그림자가 별빛 아래 어렴풋이 보였
　　　다.15)

내부공간에서의 비극성은 필재가 고가를 포함한 종가의 모든 재산을 팔
기로 결정한 후 외부공간으로 지향할 것이란 결정에서 결말을 이룬다. 28—
①에서의 별빛은 하늘과 연접한 의미화소이므로 죽음의 공간인 '어둠' 또는
집의 공간과 상치된다. 따라서 외부공간인 삶의 공간으로 전환을 이루는
결말은 우주론적 기호학의 질서로 환원될 수 있으며, 이는 「고가」의 본원론
적 구조가 된다.

3. 결론

한편 이러한 본원론적 '이조토피가 삶과 죽음'16)이란 이항대립적 요소라
면 「고가」는 다음과 같은 의미화소를 지니게 된다.

우선 삶의 긍정적인 축은 개방성을 중심으로 외부공간성의 특징을 지니
며, 이는 낮·빛·하늘(뭉게구름) 등과 유기적인 의미망을 형성한다. 그리고
불과 관련됨으로써 재생성의 의미와 결합되는데, 죽음의 공간인 집을 태움
으로써 삶에 대한 지향성을 드러낸다.

---

15) 「고가」, 앞의 책, p.113.

16) A. J. Greimas, 『의미에 관하여』, 김성도 엮음(인간사랑, 1997), p.63. 참고. "삶의
　　긍정적인 요소는 변화·빛·열기·순수성·진리 등이며, 부정적인 요소인 죽음
　　은 부동성·암혹·냉기·혼합·거짓 등으로 나누어진다."

둘째, 죽음의 의미와 관계되는 부정적인 축은 물로 환원된다. 「고가」의 전체 텍스트에서 물의 의미는 연못으로 형상화되어 있는데, 물은 고가의 구조도에서 집을 에워싸는 형태로 존재한다. 특히 네 개의 정자를 감싸고 있음으로써 네 개의 정자가 지니는 죽음의 의미를 실체적으로 외면화시키는 배역화를 담당한다. 그리고 죽음의 의미와 연접관계인 물과 효는 또 다른 연접관계를 지님으로써 '불효'/'효'란 대립적 관계를 형성하여 한국의 전통적인 가계가 고집한 봉건적 사실을 구체화시킨다.

한편 이러한 우주론적 질서로서의 긍정과 부정의 축은 소멸과 생성이란 의미통합의 관계망을 형성하는데, 봉건적 사고의 고수가 변화하지 않는 보수성이라면 '변화'/'고정'이란 관계축을 형성한다. 그러므로 「고가」의 전체적인 구조는 대립된 항들을 통해 유기적인 관계를 이룬다.

<「고가」의 구조 대립항>

외부공간	내부공간
삶	죽음
불(빛)	물
하늘(공기)	대지
불효	효
변화	고정
진보	보수
평화	전쟁
낮	밤
개방성	폐쇄성
숙부	조부
생성	소멸
미래	과거

따라서 고가는 6·25란 '비 삶'의 공간성에 놓인 주체들이 '삶'의 공간으로 나아가기 위한 변화와 전환의 탐색을 위한 장이며, 죽음의 비극성을 극복하려는 의지로 평화와 미래의 세계를 지향하는 구조적 특성이 내포되어

있음을 확인할 수 있다. 특히 내부공간에서의 안식의 의미가 이루어지지 않음은 이 시대가 안고 있는 총체적인 비극의 양상을 제시한다는 점에서 담화구조나 공간구조가 시사하는 바가 크다. 또한 새로운 미래에 대한 비전을 제시하려는 작가의식이 표출되어 있음도 확인할 수 있으며, 구조의 심층적 핵심이 의미화의 연쇄고리에 맞닿아 있음을 고려할 때, 문학 연구의 활력을 엿볼 수 있다는 점에서 위안이 된다.

황순원의 「학」에서 주인공의 심리 묘사

이문구*

1. 서론

황순원(1915∼2000)은 분명 한국 현대문학사에서 선봉의 위치에 서야할 중요한 작가라는 것은 어느 누구도 부정할 수 없는 틀림없는 사실이다. 황순원은 다양하고 개성이 뛰어난 단편소설을 쓰면서도 높이 평가받는 장편소설을 발표함으로써 독자들의 뜨거운 호응을 받는 작가지만 막상 그의 작품에 대한 수없이 많은 관심이나 비평 또는 연구들은 주로 장편소설을 중심으로 이루어져 왔다. 그러나 그의 문단사적인 위치가 확고한 만큼 그에 대한 연구 논문들은 작품의 내밀한 의미와 작가 의식의 흐름을 세밀하게 분석하고 확인하는 작업이 이루어 져야 했으나 그보다는 개괄적인 면으로 오히려 비평적 관점에서 객관성이 결여된 주관적인 평가에 치우치는 경우가 더 많았다.[1]

황순원은 작품을 통해서도 계층간의 대립이라는 사회적 시각과는 거리가 멀다. 분단 시대의 민족적 비극을 천착해 보려는 역사적 시각과도 거리가 멀다. 황순원의 작품 속에서 독자는 사회적 현실의 모순을 볼 수 있기보다는

---

* 우송정보대학 문예창작과 교수.

1) 장현숙, 『황순원 문학 연구』, 시와시학사, 1994, p.11.

그러한 모순이 투영되었거나 간접적으로 나타나는 작중 인물의 심리를 읽을 수 있다. 그러나 그것은 황순원 작가의 개성으로 이해되어야 한다.[2] 그런데도 이런 그의 개성은 비판의 대상이 되기도 했다. 이 연구에서는 이러한 특징을 잘 드러내는 단편소설 「학」에서 주인공들의 심리에 집중되어 있는 작가의 창작 의도를 통해 이런 문제들을 해결하는 관점에 접근하게 될 것이다.

그의 대부분 작품을 통해서 발견할 수 있는 특징은 마치 이따금 고향의 품에 돌아와 목가적인 작품을 쓰는 것과 같다는 것이다. 그는 풍습이나 인정의 풍습에 쓰건 달건 따뜻한 눈길을 보내며 조금도 잿빛의 의념(疑念)을 개입시키지 않는다.[3] 이처럼 황순원 작품의 대부분은 따뜻한 인정의 세계에 바탕을 두고 있으며 그것은 생명 존중으로 이어지고 있다. 그의 문체나 문장 기교와 아울러 그의 작품에 자주 등장하는 동물은 그의 작품을 서정성에 바탕을 두게 하는 요인이 되고 있다. 그의 단편 「학」은 그러한 서정성을 드러내는 작품 중에 백미의 하나로 꼽을 수 있는 아름다움의 극치라 할 수 있는 작품이다.[4]

이 논문은 아름다운 서정성의 극치를 보여주는 우정을 주제로 삼은 소설 「학」에서 주인공 성삼이의 심리 묘사를 분석함으로써 그 우정이 드러나는 과정을 몇 가지 관점에서 고찰해 보고자 한다. 이러한 고찰을 통해 우리는 작가의 뛰어난 구성과 기교로 어떻게 압축되고 절제된 시적인 함축적 언어 표현의 특성을 구사해서 시처럼 아름다운 우정에 도달하고 있는가를 발견하게 될 것이다.

---

2) 오생근, 「전반적 검토」, 『황순원 연구』(문학과 지성사, 1983), p.11.

3) 이보영, 「황순원의 세계」, 위의 책, p.46.

4) 송하섭, 「현대소설의 서정 양상」, 『한국 현대소설의 서정성 연구』(단대출판부, 1989), pp.113~119.

2. 주인공의 심리 묘사

1) 제목 설정

황순원의 단편소설 「학」은 한국 전쟁이 끝난 지 얼마 안되는 상황에서 전쟁 중에 사상적으로 대립되어 있는 임무를 맡은 두 친구 사이의 우정을 주제로 작가 나이 39세인 1953년 1월에 창작되어 같은 해 ≪신천지≫5월호에 발표된 작품이다.5) 이 작품에서 「학」이란 제목은 다분히 시적인 상징적 함축성을 지닌다. 그것은 그의 다른 단편 소설 「소나기」의 경우와 매우 비슷하다.

「소나기」에서 소년과 소녀의 풋사랑은 한여름 무더위 속에 한바탕 쏟아지는 소나기의 느낌만큼이나 상큼하고 시원하다. 소나기는 지루한 장마비나 감질나는 이슬비와는 달라서 무더운 여름날 갑자기 한바탕 쏟아지고 나서 어느새 지나가 버려 뒤끝이 없이 시원하고 산뜻하다. 소년과 소녀의 단 한번의 뜨거운 만남이지만 소나기로 불어난 개울에서 소년이 업어 건네 준 기억을 지닌 채 소녀는 죽어 간다. 소나기의 이미지는 어린 소년과 소녀의 짧은 만남에서 재생된다. 이와 맞물리면서 또한 소나기는 소설에서 둘의 만남을 이루어 주는 중요한 매체가 되기도 한다.

학이란 새의 이미지는 그 외형에서 순결, 청초, 고고와 연결된다. 「학」에서 주인공 성삼이와 덕재의 우정이 이러한 동일한 이미지를 기진다. 그리나 붙잡았던 학을 놓아준 과거와 성삼이가 덕재를 놓아주는 현실을 연결시켜 학을 자유의 이미지로 파악해서는 안된다. 학이 덕재를 풀어주는 계기를 마련하는 매개체는 될지언정 결코 자유의 이미지와는 거리가 멀다. 자유를 굳이 주장한다면 학이 아니라 다른 어떤 종류의 동물을 잡았다가 풀어 주어도 그 동물의 이미지는 자유이어야 한다는 논리이기 때문이다.

---

5) 장현숙, 앞의 책, p.412.

성삼이의 순수한 우정은 학의 이미지와 밀착되어 있다. 어려서 학잡이 놀이를 하던 추억의 연상은 친구 덕재를 풀어 주는 우정의 절정을 마련하는 계기의 매체가 되는 것이다.

2) 담배를 통해 나타나는 성삼이의 심리

「학」에서는 어려서 친한 친구 사이인 성삼이와 덕재 두 주인공이 등장하지만 실제로 작가는 주로 성삼이의 시각과 심리에 초점을 맞추고 있다.

이 소설은 6·25 한국 전쟁을 배경으로 하고 있다. 공산 치하에서 악질적으로 부역을 했거나 빨치산으로 활약하는 사람, 또는 미처 피하지 못한 적군을 체포, 소탕하는 것이 임무인 치안대원으로서 고향에 돌아온 성삼이는 인민군 남침 시절 농민동맹 부위원장을 지낸 죄목으로 덕재가 포승줄에 묶여 있는 것을 발견한다.

어려서 둘도 없는 단짝 친구 사이였던 성삼이와 덕재가 청년이 되어서 적대적인 관계로 만난 것이다. '친한 친구였던 덕재를 나는 어떻게 대해야 하는가' 여기서부터 성삼이는 내면적 갈등에 휘말린다. 성삼이가 공산 치하에서 농민동맹 부위원장을 맡았던 덕재를 어떻게 대하여야 하는가를 이해하기 위해서는 한국 전쟁 당시의 상황을 다시 한번 살펴보아야 할 것이다.

공산군이 밀려들어 왔을 때 많은 사람들이 남쪽으로 피난을 갔지만 미처 피난을 가지 못한 사람들 중에 군인이나 경찰 공무원들은 이 공산 치하의 기간에 숨어서 힘들게 겨우 목숨을 부지해야 했다. 천장이나 벽장 속에 숨어 지내기고 하고 마루장을 뜯어내고 밑의 흙을 퍼 낸 다음 그 속에 들어가 숨고 마루장을 다시 덮어서 멍석 같은 것으로 위장한 채 숨기도 하고 또 어떤 사람은 장독 뒤 비탈진 곳을 파고 그 속에 숨어 지내기도 했다.

한편 미처 피난을 가지 못한 사람들 대부분이 숨을 죽이고 눈치만 살피며 살아 남을 궁리를 하고 있었지만 '인민군 만세!'를 외치며 두 손을 들고 환영한 무리도 적지 않았다. 이렇게 적을 환영하는 사람들은 평소 사회주의 성향을 가진 사람들도 있었지만 때로는 평소 마을에서 몹시 가난하거나 인품이 모자라서 다른 사람들로부터 무시당하거나 소외당하는 사람들이 많았다. 이런 사람들은 대부분 농민동맹 위원장, 부위원장 또는 여성동맹이니 뭐니 하는 소위 동맹위원장 부위원장 감투를 쓰고 붉은 완장을 차고 돌아다니며 설쳐댔다. 이렇게 자진해서 완장을 차고 설친 사람들은 자기 마을에 숨어 있는 사람들을 잡아내거나 고발해서 소위 인민재판을 통해 처형하는 일에 앞장을 섰다. 그런가 하면 한편 원하지도 않는 감투를 억지로 맡아서 감당해야 하는 사람들도 있었다. 이렇게 마지못해 직책을 맡은 사람들은 오히려 숨어 있는 사람의 집에 수시로 위기 상황을 알려 주어 미리 대피하도록 해서 살려 주는 일을 하기도 했다.

이렇게 숨가쁜 몇 개월이 지나고 국군이 수도 서울을 수복을 하고 북으로 진군해 가는 동안 소위 치안대원들은 미처 도망가지 못한 적군이나 빨치산, 또는 공산 치하에 적에게 부역을 한 사람들을 붙잡아서 치안 재판에 넘겼다. 치안대원들은 농촌의 큰 가옥을 임시 치안대 사무소로 빌어 쓰면서 잡혀온 사람들을 재판해서 처형하는 일까지 맡았다. 아직 전쟁 중이니 어느 일정한 장소에 가두는 형벌이란 무의미하였기에 무죄는 석방, 유죄는 사형이란 극단적인 방법을 쓸 수밖에 없었다. 사랑방 마루에서 치안대장이 붙잡혀 온 사람들을 한 명씩 심문하는 동안 사랑방에는 동네 유지들이 앉아서 작은 유리 쪽문이나 문틈을 통해 내다보면서 배심원 노릇을 하기도 했다. 이런 경우 결국 그 동네 유지의 말 한 마디 한 마디에 죄수의 목숨이 달려 있는 셈이 되기도 했다.

동네 유지가 잘 모르는 사람온 치안대장의 판단에 의해 판결이 내려지고 때로는 잘못된 판결로 잘못도 없이 붙잡힌 사람이 죽어야 되는 이런 위급한 상황에 마침 덕재가 농민동맹 부위원장을 맡았다는 죄목으로 치안 재판을 받기 위해 묶여 있는 것이다. 더군다나 덕재가 자기 동네나 같은 지역에서 재판을 받으면 실제로 죄가 없는 덕재는 무죄로 풀려날 확률이 크겠지만 덕재는 어느 치안대원 청년에 의해 다른 지역인 청단까지 호송하기로 되어 있었다. 그렇다면 덕재는 변호해 줄 배심원 역할의 유지도 없는 남의 동네에서 오로지 치안대장의 판단에 목숨을 맡겨야 하는 절박한 상황에 놓여 있는 것이다.

어린 시절에 둘도 없는 친한 친구인 덕재가 묶여 있는 절박한 상황에서 그와 맞부딪친 치안대원인 친구 성삼이의 갈등이 시작된다. 여기에서 덕재를 보는 순간 성삼이가 '야, 덕재야. 너 그동안 어쩌다가 빨갱이 노릇을 했어?' 하고 멍청하게 말을 걸을 수도 없었지만 그렇다고 ' 대장님, 저 사람은 내 친구인데 정말 착한 아이입니다. 어려서 학 한 마리도 죽이지 못할 정도로 착했으니까요. 제가 책임질 테니 풀어 주시지요' 할 수도 없는 일이다. 헤어져 지내는 몇 년 동안에 덕재의 성품이 변질되어서 공산주의 앞잡이 노릇해가며 마을 사람을 여럿 죽였는지도 알 수 없는 일이기 때문이다. 그렇다고 성삼이의 입장이 곤란하니까 모른 척하고 그냥 지나쳐 버릴 수도 없다.

이런 상황에서 성삼이는 우선 봉당 위에 앉아 담배를 피워 물었다. 그리고 성삼이의 담배 피우기는 계속된다. 작가는 이 부분에서 성삼이의 내면적 심리적 갈등을 다음과 같이 담배라는 매체를 통해 매우 뛰어나게 묘사하고 있다.

> 천태에서 같이 온 치안대원에게 어찌된 일이냐고 물었다. 농민동맹 부위원장을 지낸 놈인데 지금 자기 집에 잠복해 있는 걸 붙들어 왔다는 것이다.
> ①성삼이는 거기 봉당 위에 앉아 담배를 피워 물었다.
> 덕재를 청단까지 호송하기로 되었다. 치안대원 청년 하나이 데리고 가기로 됐다. ②성삼이가 다 탄 담배 꽁추에서 새로 담뱃불을 댕겨 가지고 일어섰다.
> A"이 자식은 내가 데리고 가지요"
> 덕재는 한결같이 외면한 채 성삼이 쪽은 보려고도 하지 않았다.
> 동구 밖을 벗어났다.
> ③성삼이는 연거푸 담배만 피웠다. 담배 맛은 몰랐다. 그저 연기만 기껏 빨았다 내뿜곤 했다. 그러다가 푸뜩 이 덕재 녀석도 담배 생각이 나려니 하는 생각이 들었다. 어려서 어른들 몰래 담모퉁이에서 호박잎 담배를 나눠 피던 생각이 났다. ④그러나 오늘 이깟놈에게 담배를 권하다니 될 말이냐?

한번은 어려서 덕재와 같이 혹부리 할아버지네 밤을 훔치러 간 일이 있었다. 성삼이가 나무에 올라갈 차례였다. 벼란간 혹부리 할아버지의 고함소리가 들려왔다. 나무에서 미끄러져 떨어졌다. 엉덩이에 밤송이가 찔렸다. 그러나 그냥 달렸다. 혹부리 할아버지가 못 따라올 만큼 멀리 가서야 덕재에게 엉덩이를 돌려댔다. 밤 가시 빼내는 게 더 따끔거리고 아팠다. 절로 눈물이 찔끔거려졌다. 덕재가 불쑥 자기 밤을 한줌 꺼내어 성삼이 호주머니에 넣어 주었다. …
　⑤성삼이는 새로 불을 댕겨문 담배를 집어 내던졌다. 그리고는 이 덕재 자식을 데리고 가는 동안에 다시 담배는 붙여 물지 않으리라 마음먹는다.[6]

　성삼이는 자신이 옛 친구인 덕재를 위해 어떤 행동을 취해야 할지 얼른 판단이 서지 않는다. ①에서는 성삼이가 어떤 판단을 내리기 위해 담배 한 대를 피워야 할만큼의 시간적 여유, 마음의 여유가 필요함을 나타내고 있다.
　②에서는 두 가지 각도에서 성삼이 심리를 이해해야 할 것이다. 그 하나는 담배 한 대를 다 피우고 일어선 것과 또 하나는 다 탄 담배 꽁추에서 새로 담뱃불을 댕긴 것이다. 물론 전자는 자신이 행동해야 할 어떤 판단을 내렸다는 것을 의미한다. 즉 덕재를 생사가 불분명한 치안 재판에 그냥 넘길 것이 아니라 성삼이 자신이 조용히 덕재와 마주하고 덕재의 죄상을 확인해 보아야 하겠다는 생각이다. 그래서 사람을 죽인 죄가 확실하다면 재판에 넘기겠지만 그렇지 않다면 자신이 풀어 주어야 하겠다는 생각을 한 것이다. 그러기 위해서는 둘만이 조용히 마주할 시간과 장소가 필요한 데 덕재를 청단까지 호송하는 일을 자신이 맡아야 하겠다는 결심을 한 것이다. 호송하는 동안 죄의 유무를 자근자근히 확인할 수 있기 때문이다.
　그러나 이런 결심을 한 성삼이의 마음은 불편하기도 하고 불안하기도 하다. 친구인 덕재를 위해 호송을 자청하려고 하기는 하지만 그 일이 결코 하고 싶은 즐거운 일이 아니기 때문에 마음이 괴롭다. 친구를 끌고 가면서 문초해야 하는 일은 불편하고 괴로운 일인 것이다. 한편 다른 치안대원 중의 하나가 이미 덕재를 호송하기로 결정이 나 있는 일을 자신이 그 임무를

---

6) 황순원, 「학」, 『황순원전집』2(창우사, 1964), pp.313~314.(이하 『전집』2로 씀)

맡겠다고 나섰을 때 치안대장이 허락해 준다는 확실한 보장이 없다. 오히려 의심을 받으면 일을 망쳐 버리기 때문에 성삼이 마음은 불안할 수밖에 없다. 이처럼 친구를 호송해야하는 마음의 불편과 자신에게 임무가 주어질지 모르는 불확실성에 대한 불안한 마음이 성삼이로 하여금 다 탄 담배 꽁추에 새 담배를 붙여 물게 한 심리 요인이 된다.

이제 호송하는 일은 해결이 되었으니 불안감은 사라졌다. 그러나 친구인 덕재를 끌고 가면서 심문해야 할 일이 불편하고 괴롭다. 담배를 연거퍼 피워 대지만 담배 맛이 날리 없다. 그만큼 마음이 혼란스럽다. ③에서는 이러한 성삼이의 심리적 갈등의 연속을 보여주고 있다.

흉악범인 죄수를 취조하는 수사관도 포박당한 죄수의 입에 담배를 물려 불을 붙여 주기도 한다. 그런데 성삼이는 친구인 덕재에게 담배 한 대 권하는 것을 어째서 ④와 같이 냉혹하게 거부하는 것일까. '차라리 모르는 녀석 같으면 담배 한 대 권할 수 있다. 그러나 믿었던 친구인 너마저 공산주의자가 되다니.' 하는 배신감 때문에 그랬다고 볼 수는 없다. 지금 성삼이는 덕재가 못된 짓을 한 부역자인지 아니면 시켜서 마지못해 일을 맡았던 것인지 그걸 확인하기 위해 끌고 가는 중이니까 아직은 배신감 같은 것을 가질 리가 없기 때문이다.

④에는 사실 성삼이가 친구인 덕재에게 담배를 권해 주고 싶은 마음이 강하게 담겨 있음을 엿볼 수 있다. 덕재는 어려서 함께 몰래 호박잎 담배를 나눠 피우던 사이가 아닌가. 혹뿌리 할아버지에게 쫓겨 와 밤 가시를 빼며 눈물 흘리는 성삼이에게 제 밤을 한 주먹 나눠주던 착한 덕재이고 보니 담배를 주고 싶은 강한 감성적 충동을 느끼지 않을 수 없다. 그러나 한편 성삼이는 덕재에게 담배를 권하면 안된다는 생각을 한다. 아무리 친구라 하지만 덕재가 사람을 죽인 못된 공산주의자라면 쉽게 우정을 앞세워 일을 그르칠 수 없는 것이 치안대원인 자신의 위치이기 때문이다. 무죄가 밝혀지기 전에는 우정이란 명분으로 말려들어서는 안되기 때문에 아직은 담배를 권해 줄 수 없다는 이성적 판단이 성삼이를 머뭇거리게 만드는 것이다.

성삼이의 내면에는 우정에 의해 담배를 주고 싶은 감성적 충동과 우정을 앞세워 일을 그르쳐서는 안되기에 아직 담배를 권해서는 안된다는 이성적 판단이 강하게 대립하고 있다. 이러한 대립적 갈등에서 더 크게 작용하는 것은 이성적 판단보다도 감성적 충동이다. 그렇다면 결과적으로는 담배를 줄 수밖에 없다. 그러나 결코 담배를 주어서는 안된다. 여기서 성삼이는 이성적 판단 쪽에 안간힘을 써 매달리려고 애써 노력하는 것이다. 그것이 '그러나 오늘 이깟놈에게 담배를 권하다니 될 말이냐?'하는 거부 의지로 나타나고 있는 것이다. 그만큼 담배를 주고 싶은 충동이 강하기 때문인 것이다.

담배를 주고 싶은 우정과 주지 말아야 한다는 의지, 다시 말해 감성적 충동과 이성적 판단의 충돌에서 오는 내면적 갈등은 심한 고통이 아닐 수 없다. 이 고통에서 벗어나는 길은 두 가지, 하나는 덕재에게 아예 담배 한 대를 줘 버리는 일과 또 하나는 내가 담배를 피우지 않는 일 뿐이다. 그래서 성삼이는 드디어 ⑥과 같이 후자를 선택한 것이다. 내가 친구를 끌고 가는 불편을 감수하면서도 차라리 담배를 피우지 않는 것이 나 혼자 담배를 피우면서 친구에게 담배를 주지 않는 고통을 당하는 것보다는 낫다는 생각이다. 이렇게 해서 성삼이는 담배로부터 오는 심리적 갈등의 고통에서 벗어나게 된다.

3) 압축된 대화에 내포된 심리

앞의 예문에서 밑줄친 A를 살펴 보기로 하자. 왜 성삼이는 옛 친구인 덕재를 지칭하면서 '이 자식'이란 모진 표현을 쓰게 되었을까.

덕재의 입장에서 보면 아무 죄도 없이 부역했다는 명목만으로 청단까지 가서 재판을 받아 잘못하면 사형당할 수도 있는 절박한 상황에서 친구인 성삼이가 치안대원으로 그 자리에 나타나 준 것만으로도 구세주를 만난 듯 반가운 마음이었을 것이다. 그런데 성삼이는 자신을 보고도 아는 체도 하지 않고 한 쪽에서 담배만 피우더니 일어나서 급기야는 자신을 가리켜 '이 자식'이란 험악한 표현을 할 때 덕재는 옛 친구에 대한 극심한 배신감을 느꼈을 것이다.

　사실 덕재의 호송자가 아직 결정되지 않은 상태라면 성삼이는 이렇게까지 말하지 않아도 된다. 그러나 이미 호송자가 결정되어 대기 중인 상태에서 자기에게 그 임무를 돌리려 하는 마음 속의 은밀한 계획이 남에게 알려져서는 일을 그르칠 수도 있기 때문에 성삼이는 일부러 겉으로는 과장된 감정을 보일 수밖에 없었던 것이다. 자신은 이 죄수와는 아무 상관이 없고 게다가 이런 공산주의 부역자들을 몹시 증오한다는 것을 일부러 과장해 꾸며 보여서라도 덕재의 호송 임무를 자신에게 바뀌어 오도록 노력해야 하지 않으면 안되기 때문이다. 그래서 호송 임무는 무사히 인계가 되었다. 다음에 성삼이가 덕재의 죄상을 문초하는 과정에서 대화를 통한 두 사람의 심리를 살펴보기로 한다.

　　　고갯길에 다달았다. 이 고개는 해방 전전 해 성삼이가 삼팔 이남 천태 부근으로 이사가기까지 덕재와 더불어 늘창 꼴 베러 넘나들던 고개다.
　　A 성삼이는 와락 저도 모를 화가 치밀어 고함을 질렀다.
　　①"이 자식아, 그동안 사람을 몇이나 죽였냐?"
　　그제야 덕재가 힐끗 이 쪽을 치어다보더니 다시 고개를 거둔다.
　　"이 자식아, 사람 몇이나 죽였어?"
　　덕재가 다시 고개를 이리로 돌린다. 그리고는 성삼이를 쏘아 본다. 그 눈이 점점 빛을 더해 가며, 제법 수염발 잡힌 입 언저리가 실룩거리더니,
　　②"그래 너는 사람을 그렇게 죽여 봤니?"
　　B "이 자식이!" 그러면서도 성삼이의 가슴 한복판이 환해짐을 느낀다. 막혔던 무엇이 풀려 내리는 것만 같은.[7]

　덕재를 청단으로 호송한다는 명분으로 성삼이와 덕재는 지금 옛날에 둘이 함께 다정스럽게 꼴 베러 다니던 추억의 고갯길에 이르렀다. 그리고 드디어 성삼이의 문초가 시작된다. 그런데 옛 친구였던 덕재에게 처음 말을 붙이

---

7) 『전집』2, pp.314〜315.

는 것으로는 밑줄 친 ①의 표현이 너무 험악하다. 주변에 아무도 없이 둘만 있다. 그러니 말할 때 누구를 의식할 필요가 없다. 그렇다면 '야, 덕재야. 너 나한테 솔직이 말해라. 그러면 네가 비록 실수를 했다 하더라도 내가 친구로서 너를 힘껏 도와 주겠다. 너 그 동안 사람을 죽인 적이 있니?'라고 해야 하는 것이 더 자연스럽다. 아직 덕재의 죄상이 알려지지 않은 이상 성삼이가 덕재를 미워하거나 배신감을 느낄 이유도 없기 때문이다. 그런데 왜 성삼이는 이처럼 험악한 어투로 덕재에게 말을 걸었을까. A처럼 성삼이 가 화가 치민 것도 덕재에 대한 분노가 아니다. 어쩌다가 친한 친구인 너와 네가 끌고 가는 자와 끌려가는 죄수의 꼴로 만나야 하게 되었는가 하는 상황에 대한 불만이다. 그러면서도 이 부분은 마치 독자로 하여금 마치 성삼 이가 덕재에게 분풀이라도 하는 것처럼 유도하려는 작가의 의도가 깔려 있기도 하다.

①에는 성삼이가 유도 심문하려는 의도가 담겨 있다. 죽였는지 안 죽였는 지를 평범하게 물었다가 '나는 사람을 죽이지 않았다.'고 대답하면 더 확인 할 방법이 없다. 그러니 <공산주의자들은 모두가 사람을 죽이는 나쁜 놈들 이다. 너도 그런 공산주의자의 한 사람이다. 그러니 공산주의자인 너는 아무 리 부정하려 해도 틀림없이 많은 사람을 죽인 놈이다.>로 확정짓고 <그렇 다면 너는 도대체 얼마나 많은 사람을 죽였냐? 열 명? 아니면 스무 명?> 하는 식으로 협박조의 유도 심문을 하는 것이다. 덕재가 사람을 죽게 한 죄가 있다면 이 심문에 말려들어 <야, 내가 어떻게 그처럼 많은 사람을 죽일 수 있겠니? 어쩌다 내가 실수로 한 명 죽게 되었는데 지금 생각해도 내가 왜 그랬는지 모르겠구나.> 하기라도 바라는 심정이다. 사실 성삼이는 덕재가 몇 명의 사람, 얼마나 많은 사람을 죽였는지를 알려고 하는 게 아니 라. 사람을 죽였는지 죽이지 않았는지 하는 사실만을 알고 싶은 것이기 때문 이다.

이러한 성삼이의 유도 심문에 덕재는 ②와 같이 엉뚱한 반문을 하고 있다. 그런데 이 상황에서는 이 반문이 덕재 자신이 사람을 죽이지 않았다는 가장 좋은 대답이 되고 있는 것이다.

사실 덕재가 사람을 죽이지 않았다 해도, 그리고 성삼이의 심문에 자신이 사람을 죽이지 않았다는 것을 아무리 잘 설명한다 해도 성삼이가 덕재의 말을 믿지 않거나 의심하면 덕재는 사람을 죽인 죄인이 되고 만다. 반면에 가령 덕재가 사람을 몇 명 죽인 잘못을 저질렀다 해도 덕재가 눈물까지 흘려가며 자신이 사람을 죽이지 않았다고 기막히게 변명을 잘해서 성삼이가 그 말에 깜빡 속아 버리면 덕재는 사람을 죽이지 않은 게 되어 버린다. 다시 말해서 덕재가 어떻게 말하느냐가 중요한 것이 아니라 그 말을 성삼이가 어떻게 받아들여 어떻게 판단하느냐에 따라 덕재의 유죄와 무죄가 결정되는 것이다. 이러한 절박한 상황에서 덕재가 대답할 수 있는 가장 좋은 방법은 「묻고 있는 성삼이 네 자신이 스스로 대답해 봐라」인 것이다. 물론 이 방법은 아무에게나 다 통하는 것은 아니다. 서로 매우 가까운 사이로서 이심전심으로 뜻이나 마음이 통할 수 있는 경우에만 해당된다.

②와 같이 대답한 이면에는 덕재와 성삼이 사이에 다음과 같은 내용의 대화가 마음 속으로 오고 갔다고 봐야 한다.

> 「날 보고 사람을 몇이나 죽였냐구? 그러면 너는 사람을 그렇게 많이 죽일 수 있단 말야? 야, 임마. 내가 어떻게 사람을 죽여? 그럼 네가 볼 때 내가 그렇게 사람을 죽일 것 같아? 야, 임마. 학 한 마리도 못 죽이는 네 주제에 사람을 죽이긴 어떻게 죽여? 그런데 네가 어떻게 나한테 그렇게 물을 수가 있어? 그래, 맞아 참 너는 사람을 못 죽이지.」

②는 결국 덕재가 사람을 죽이지 않은 대답을 성삼이 스스로가 하게 하는 명답이 되는 것이다. 물론 이런 대화를 통한 덕재의 무죄 결론은 서로를 너무도 잘 아는 친밀한 우정을 통하지 않고는 불가능한 것이다. 그리고 어려서 자기들이 놀이로 잡아 묶어 놓은 학의 생명이 위태해 지자 둘이 함께 위험을 무릅쓰고 달려가 구해준 경험이 있었기 때문에 그 추억이 덕재에게도 그런 대답을 할 수 있는 계기가 되었고 성삼이 역시 그로 인해 덕재가

사람을 죽일 수 없는 천성임을 확신하는 스스로의 대답을 내릴 수 있었던
것이다.

4) 꼬맹이의 역할로 드러나는 심리

결국 성삼이는 몇 마디로 덕재가 아무 죄도 없이 다만 공산 정권이 시켜서
어쩔 수 없이 농민동맹 부위원장이란 직책을 맡았을 뿐이라는 것을 밝혀
낸다. 그러나 그렇다고 성삼이와 덕재가 곧바로 예전의 우정으로 바로 돌아
갈 수는 없다. 아직 둘 사이의 서먹하고 긴장된 분위기가 해소된 것은 아니기
때문이다. 이쯤에서 성삼이가 갑자기 화제를 바꾼다.

> "장간 안 들었냐?"
> 잠시 후에,
> "들었다."
> "누와?"
> "꼬맹이와."
> 아니 꼬맹이와? 거 재미있다. 하늘 높은 줄은 모르고 땅 넓은 줄은 알아,
> 키는 작고 똥똥하기만 한 꼬맹이, 무던히 새침떼기였다. 그것이 얄미워서 덕재
> 와 자기는 번번히 놀려서 울려주곤 했다. 그 꼬맹이한테 덕재가 장가를 들었다
> 는 것이다.[8]

여기에서 꼬맹이는 작가가 성삼이와 덕재를 우정으로 돌려놓기 위한 매
개체로서 설정한 인물이다. 어려서 함께 놀려주던 여자 아이를 성장한 후의
덕재 아내로 설정함으로써 오랫동안 떨어져 지내던 성삼이와 덕재의 어린
시절 추억을 회상시키고 둘 사이의 서먹한 감정을 연결시키기 위해 작가가
의도적으로 설정한 인물이다.

작가는 이 여자 인물의 이름을 사용하지 않고 어렸을 때 함께 놀리면서
부르던 '꼬맹이'라는 별명을 설정했다. 여기에서 문제는 작가가 두 친구 사이

---

8) 『전집』2, pp.315~316.

의 연결을 위해 한 마을의 여자 아이를 설정하면서 동심을 불러 일으키기 위한 수단으로 막연한 한 여자를 설정하고 우연히 꼬맹이란 별명을 사용한 것이 아니라는 점이다. 별명이 「날씬이」라든가 아니면 「예쁜이」, 「깜찍이」 등이 아닌 「꼬맹이」란 별명의 여 주인공을 등장시킨 의도가 따로 있는 것이다.

여기에서 우리는 꼬맹이를 통해 작가 황순원씨가 우정 회복을 위한 결정적 수단으로 설치해 놓은 다음과 같은 의도를 발견할 수가 있다.

첫째, 비록 덕재에게 악행이나 부역의 혐의가 없음을 성삼이로서는 확인이 되었다 하더라고 아직까지는 성삼이와 덕재의 관계는 서먹서먹하고 긴장된 분위기로 남아 있다. 여기에서 꼬맹이는 이 분위기를 한결 부드럽게 만들어 주는 역할을 한다. 평범한 여자가 아니라 ‘하늘 높은 줄은 모르고 땅 넓은 줄은 알아, 키는 작고 뚱뚱하기만 한 꼬맹이, 무던한 새침데기’로 약간은 해학적인 외모의 꼬맹이와 덕재가 결혼했다는 사실에 성삼이는 터져 나오려는 웃음을 참을 정도로 재미있다고 생각한다. 이것이 작가가 꼬맹이를 통해 둘 사이의 분위기를 풀어가려는 첫 의도다.

둘째, 장가든 대상이 예쁜 여자도 아니고 이웃이나 도시의 여자도 아닌 어려서 놀림의 대상이었던 한 마을의 키가 작고 뚱뚱한 꼬맹이었다는 사실에서 성삼이는 덕재가 정치나 사상에 물들기는커녕 오직 순박하면서도 융통성 없는 농촌 청년일 뿐임을 마음 속으로 확인하게 된다. 성삼이는 덕재가 공산 치하에서 부역 혐의가 없음을 이미 알고 있었으면서도 이로써 간접적인 심증을 더욱 굳히는 계기가 될 수도 있는 것이다.

셋째, 꼬맹이는 성삼이와 덕재 사이에 아무런 마음의 찌꺼기도 남겨 주지 않는 중요한 역할을 감당한다. 만약에 두 친구가 어려서 함께 놀려 주던 여자 아이가, 성삼이가 은근히 마음 속으로 좋아하던 ‘예쁜이’나 ‘깜찍이’로 불리는 예쁜 여자 아이였다면 덕재가 그녀에게 장가를 들었다고 말하는 순간 별로 기분이 좋을 것이 없을 것이다. 대립된 상태에서 친구 사이의 우정으로 돌아가려는 순간에 작가가 기왕에 덕재의 아내로 선정할 여인을 성삼이가 좋아하던 사람으로 설정할 이유가 없다. 다시 말해서 작가로서는 두 친구의 우정 회복을 위해 한 여인을 설정하면서 그 대상을 성삼이가 아는 여자이면서도 덕재의 아내가 되어도 성삼이 입장에서는 조금도 섭섭하지 않은 여자가 필요하였고 그런 역할을 담당한 여자가 바로 꼬맹이인 것이다.

5) 학을 계기로 절정에 이르는 우정 심리

다음은 작가가 이 소설을 통해 우정을 보여주려는 치밀한 의도가 가장 순수하고 섬세한 심리로 표현되어 결정적인 핵심을 나타내는 부분이다.

> ①"얘 우리 학 사냥이나 한번 하구 가자."
> 성삼이가 불쑥 이런 말을 했다.
> 덕재는 무슨 영문인지 몰라 어리둥절하고 있는데,
> ②"내 이걸루 올가밀 만들어 놀게 너 학을 몰아 오너라."
> 포승줄을 풀어 쥐더니, 성삼이는 잡풀 새로 기는 걸음을 쳤다.
> ③대번 덕재의 얼굴에서 핏기가 걷혔다. 좀 전에, 너는 총살감이라던 말이 퍼뜩 머리를 스치고 지나갔다. 이제 성삼이가 기어 가는 쪽 어디서 총알이 날아오리라.
> 저만치서 성삼이가 홱 고개를 돌렸다.
> "어이, 왜 멍추같이 게 섰는 게야? 어서 학이나 몰아 오너라."
> ④그제야 덕재도 무엇을 깨달은 듯 잡풀 새를 기기 시작했다.
> 때마침 단정학 두 세 마리가 높푸른 가을 하늘에 큰 날개를 펴고 유유히 날고 있었다.[9]

위 장면이 소설이 아닌 실제 상황이라면 사실성이 빈약해 보인다. 위의 상황에서는 친구인 덕재를 묶은 채로 호송하던 성삼이가 이번에는 아무 죄도 없는 것이 확인된 덕재를 풀어주어야 하겠다고 혼자 마음 속으로 결심한다. 그리고 옛날에 학을 잡아 매어 놓고 놀던 시절 일본 순사들로부터 구해주겠다고 위험을 무릅쓰고 갈대 숲을 달려가 풀어주던 기억을 더듬은

---

9) 『전집』2, pp.317~318.

성삼이가 학잡이 놀이를 핑계로 덕재를 풀어준다는 장면이다.

이 장면이 실제 상황이라면, 성삼이는 덕재에게 '야, 덕재야 내가 지금까지 너에게 너무 심하게 굴어서 미안하다. 사실은 모두가 다 너를 위해서 그런 거니까 이해해 다오. 내가 너를 풀어 줄 테니까 멀리 도망가 있다가 전쟁이 끝나고 나면 우리 만나서 지난 얘기 나누며 술이나 한 잔 하자꾸나.'라고 하는 것이 더 자연스럽다. 그러면 덕재는 성삼이에게 '성삼아, 정말 고맙다.'하면서 성삼이의 두 손을 꽉 잡을 것이고 성삼이는 '고맙긴, 친구끼린데.' 하면서 잡은 손을 두어 번 흔들다가 서로 손을 흔들며 헤어져야 글의 흐름이 훨씬 더 부드럽고 사실적이다.

그렇다면 작가가 왜 ①과 같은 방법으로 성삼이가 덕재를 풀어주도록 소설을 마무리했을까. 여기에서 만일 성삼이가 어린 날 학잡이 놀이의 아름다운 추억을 회상하면서 낭만적인 분위기로 서로 우정을 확인하고 헤어지게 하려고 했다고 주장한다면 그건 잘못이다.

성삼이가 ①과 같이 덕재를 풀어 주려고 할 때 덕재는 무슨 영문인지 몰라 머뭇거리다가 ②에서 보듯이 이내 '아, 네가 이제야 나를 면전에서 총을 쏴 죽일 수 없으니까 학 잡아오라는 핑계로 나를 보내놓고 등 뒤에서 총을 쏘려 하나 보다'고 얼굴에 핏기마저 가시는 공포감을 나타내고 있다. 그렇다면 성삼이 자신은 어린 날의 아름다운 추억을 회상하는 즐거움으로 친구를 풀어 주고 친구인 덕재는 죽음의 공포에 얼굴이 하얗게 질리도록 하는 것이 진정한 우정일까 하는 것이 문제가 된다. 그런데도 작가가 이 장면에서 이렇게 설정한 데에는 이 소설의 주제인 우정의 절정을 나타내려는 의도가 담겨 있는 것이다.

여기에서 성삼이에게는 우선 덕재와 자신의 관계를 풀어주는 자와 풀려나는 자의 관계에서 벗어나고자 하는 의도가 담겨 있음을 엿볼 수 있다. 민족의 비극인 전쟁 때문에 자신이 치안대원의 한 사람이 된 것처럼 덕재도 인민군 치하에서 어쩔 수없이 농민동맹 부위원장을 맡게 된 것이다. 여기에는 누구의 잘못도 죄도 없다. 그렇다면 누가 죄인이며 누가 호송자가 될 수도 없는 일이다. 따라서 성삼이는 누가 누구를 풀어준다는 개념에서 떠나고 싶다. 그냥 내가 너를 풀어 주겠다고 하면 덕재는 당연히 고맙다는 인사말을 하지 않을 수 없다. 성삼이는 친구인 덕재를 그런 관계로 풀어 주고 싶지 않았다.

'우리는 예나 지금이나 순수한 친구다. 지금 우리는 그냥 친구로서 헤어지자. 나는 풀어주는 자로서 자비심을 가지거나 이를 과시할 필요도 없고 너는 풀려나는 자로서 고마움이나 미안함을 느낄 필요도 없다.' 이런 방법이 과연 무엇일까. 덕재를 풀어줄 궁리를 하면서 호송하던 도중에 어린 날 학잡이 놀이 추억을 회상하던 성삼이는 두 사람만이 아는 이 학잡이 놀이를 핑계로 헤어지는 것이 자신의 의도를 실천하는 가장 좋은 방법이란 것을 생각해 낸 것이다.

덕재도 성삼이의 재촉을 듣고서야 드디어 ④의 '그 무엇', 다시말해 성삼이의 그 순수한 우정을 깨닫게 된다. 속으로야 '야, 성삼아. 네가 나를 이렇게 풀어주는구나. 정말 고맙다. 성삼아.'를 수없이 외치겠지만 겉으로는 태연히 잡풀 새를 기어서 헤어져 떠나가는 것이다. 학을 핑계로 성삼이가 덕재를 친구로서 보내는 이 부분이야말로 진정 이 소설이 의도하는 주제인 우정의 절정을 보이는 핵심이라 할 수 있는 것이다.

그러나 물론 이 부분에 대한 비판이 없는 것도 아니다.

농민동맹 부위원장을 지낸 덕재란 이유야 어쨌든 이 편에서 보면 일단 심판을 받아야 할 대상임에 틀림없다. 일종의 범죄자인 셈이다. 그런 범죄자를 단지 어릴 때 단짝이라는 이유로 포승을 풀어주는 행위는 직무유기에 다름 아니다. 학 사냥을 빙자하여 그런 행위를 저지르는 일은 합리적 논리를 바탕으로 하는 세계에서는 결코 용납될 수 없다. 성삼은 덕재를 호송할 임무만 가졌지 그를 심판하거나 석방할 권리는 위임받은 바 없다.[10]

위의 논자는 이어서 합리적인 논리의 세계가 아닌 샤머니즘 세계에서 바라보면 자연스럽고 정당화할 수 있다는 논리를 앞세워 「학」을 민화적

---

10) 김윤식, 「민담, 민족적 형식에의 길」, 『소설문학』, 1986, p.203.

관점으로 다루고 있다

　여기에서 문제는 이 부분이 정말 합이적인 논이를 벗어나고 있는가 하는 점이다. 덕재가 죄가 있던 없던 심판을 받아야 할 대상임은 분명하다. 그러나 당시의 치안 재판이란 것은 앞에서도 언급한 것과 같이 정상적인 시대처럼 검사의 논고나 변호사의 변호 또는 판사의 최종 판결을 통하는 것이 아니다. 소설의 무대는 마을 마당에 꿇어 앉혀 놓고 마을 유지들의 증언과 치안 대장의 주관에 따라 무죄냐 사형이냐가 결정되는 절박한 비정상적인 전쟁 상황인 것이다. 전쟁에서 밀리고 밀리는 급박한 상황이기 때문에 죄질에 따라 몇 개월 또는 몇 년이란 형벌이 정해지고 형무소에 수감할 여유지가 없이 오직 즉결 처분인 사형 아니면 무죄로 석방되는 것뿐이다.

　이런 사실을 너무도 잘 아는 성삼이로서 물론 어수룩한 덕재가 죄도 없이 처형당할 가능성이 있음도 알고 있다. 여기에서 성삼이는 덕재를 '구출할 수도 있는 방법의 하나'로 덕재의 호송을 자진해서 맡은 것이지 명령에 의해 이 임무를 맡은 것이 아니다.

　성삼이는 '결코 어릴 때 단짝이라는 이유로 포승을 풀어주는' 행위를 하려고 하지 않았다. 물론 성삼이는 '덕재를 심판하거나 석방할 권리를 위임받지 않았'으나 누구보다 덕재의 상황을 잘 이해하는 성삼이 자신이 덕재의 죄상을 확인할 수 있다고 믿었다. 결과적으로 성삼이는 개인적인 공정한 심판을 통해 무죄를 확인할 수 있었고 석방이라는 엄청난 행위를 해 낼 수 있었다. 이것이 작가가 노리는 우정의 세계이며 작가는 그 과정을 심리적 바탕으로 철저히 사실적으로 묘사해 내고 있다. 작품에 드러나지는 않지만 어쩌면 성삼이 자신은 이 문제로 직무유기에 해당하는 처벌을 받을 각오까지 내포되어 있었다고 봐도 좋다. 그러나 다만 작가는 그런 것을 念頭에 두지도 않았거나 혹시 생각했다 해도 여기에서 그런 문제는 다루고 싶지 않았을 뿐이다. 이런 순수한 작가의 창작 의도가 담긴 이 부분을 「학 사냥을 빙자하여 그런 행위를 저지르는 일」로 매도할 수는 없다.

　이처럼 이 부분은 오히려 심리적 관점에서 정확하고 분명한 합리적 논리를 가지고 있다. 그러기에 이 부분은 우정의 절정으로 여기에서 독자들은 강하게 작가와 공감대의 형성이 가능한 것이다. 따라서 소설 「학」은 오히려 사실적이며 합리적이기 때문에 오히려 논리적 관점에서 접근해야 하며 샤머니즘이나 민화적 관점으로 대하려는 것은 무리가 아닐 수 없다.

3. 결론

이 논문이 완성되어 갈 무렵인 2000년 9월 14일 작가 황순원 씨는 85세를 일기로 세상을 떠나고 말았다. 세속에 물들지 않으면서 작품과 삶을 일치시킨 높은 품격과 기개로 작가 정신을 내보인 그는 술자리에서 '피앙 덩거장(평양 정거장)'을 부르며 홍을 돋울 만큼 제자들과 정답게 어울리면서도 깨끗하고 꼿꼿한 자세로 일관했고 7월에 제자들과 야유회를 다녀올 정도로 건강했던 그는 한국 단편 소설의 백미로 꼽히는 「소나기」등으로 독자들의 끊임없는 사랑을 받으며 학처럼 살다 갔다.[11]

좌우 이데올로기 대입의 해방공간과 해방 후 시대의 흐름 속에서 어느 특정한 이념에 함몰되지 않고 문학 자체에 전념한 그의 작가적 태도는 문학이 서야 할 본령을 제시한 점에서 그 문단사적 지표로서의 의미를 제시하였다.[12] 작가 황순원이 시를 쓰듯이 간결하고 아름답게 문장을 가다듬으며 역시 시적인 생략과 압축으로 사건을 전개하고 마무리짓는 그의 인물에 대한 뛰어난 서술 묘사는 결국 자연 행동이나 사건의 설명이나 해설을 피하고 심리적 함축성으로 인간미를 보여주는 기법으로 뛰어난 작품 「학」을 만들어 낸 것이다.

우리 문학에서 이미 정평이 나 있는 황순원의 문장미는 서정성과 절제만으로도 충분한 만큼 그 대가로 이념이나 사상의 직접적인 표출과 감정 홍분의 치열한 폭발을 억제한다.[13] 소설 「학」은 이런 심리묘사가 가장 뛰어난

---

11) 김광일, 「'학'처럼 살다 가다」(≪조선일보≫, 2000. 9. 15), p.27.
12) 장현숙, 앞의 책, p.10.

황순원 단편의 하나였다.

우정을 위해 작가가 이 작품에서 심리적 묘사를 세밀하게 다룬 부분을 정리하면 다음과 같다.

첫째 ; 치안대원인 성삼이가 농민동맹 부위원장을 지낸 이유로 체포되어 재판을 받기 위해 묶여 있는 친구인 덕재를 만나 청단으로 호송하는 과정에서 친구를 끌고 가야하는 내면적인 갈등과 그 갈등으로 인한 심리적 고통, 그리고 그 고통에서 벗어나기까지의 복잡한 심리 구조를 담배를 피워 물어서 연거퍼 피우다가 다시는 담배를 피우지 않겠다는 결심하면서 새로 문 담배를 던져 버리는 행위의 묘사 과정에서 담배라는 작은 소재 하나만으로 세심하게 묘사해 내고 있다.

둘째 ; 압축되고 절제된 지극히 간단한 몇 마디의 대화를 통해 성삼이는 덕재의 호송 임무를 자진해서 맡게 되고 덕재의 무죄를 확인하는 과정이 역시 깊은 우정을 바탕으로 한 간결한 대화를 통해 뛰어난 심리적인 묘사로 표현되고 있다.

셋째 ; 어릴 때 함께 놀려주던 작고 똥똥하기만 한 소녀였던 꼬맹이를 덕재의 아내로 설정함으로써 서먹한 대립적 분위기에서 부드러운 우정으로 돌아가는 섬세한 심리를 그려내고 있다.

넷째 ; 학잡이 놀이를 하자는 평계로 성삼이가 덕재를 풀어주는 과정에서 풀어주는 자와 풀려나는 자의 관계가 아닌 친구로서 헤어지기를 원하는 성삼이의 심리를 표현함으로써 순수하고 고결한 우정의 절정을 들어내고 있다.

이상의 분석에서 드러난 것과 같이 압축되고 절제된 작가의 개성적 묘사로써 아름다운 우정을 시적으로 표현해 낼 수 있었던 소설 「학」은 학처럼 살다간 작가 황순원의 가장 대표적인 뛰어난 작품이라 해도 과언이 아닌 것이다.

---

13) 김병익, 「순수문학과 그 역사성」, 『황순원 연구』(문학과지성사, 1988), p.26.

전후장편소설고

김태석*

1. 한국전후문학의 성격

1) 6·25와 4·19 그 간극에서 구별짓기

1950년대 문학은 해방공간의 문학을 지나면서 6·25라는 전쟁을 통해 엄청난 인명과 재산의 피해를 겪은 비극의 서사가 회오리친 격동의 역사적 시공간을 지나온 문학이다.

1950년대 소설은 전후소설의 시각에서 다루어지다가 분단소설의 투시대상이 되기도 하며, 근자에는 각론의 차원에서 작가론, 작품론, 비평론 등이 나오고 있다. 이러한 연구들의 주안점은 1950년대라는 10년 단위의 문학사 서술의 테두리에 안에서 전후문학이라는 세계문학의 범주로 감싸안으려는 경향을 살필 수 있다. 문학사의 서술에서 10년 단위의 구분은 그 출발선상의 중요한 사건들에서 비롯된다고 할 수 있는데, 1960년대는 4·19와 더불어 시작되었다고 해도 과언이 아니다.

본고는 전후장편소설을 대상으로 하여 6·25에서 비롯된 전쟁체험의 서사화를 전후문학의 구도 내에서 이해하며, 4·19가 가져다 준 이데올로기

---

* 단국대학교 강사

표현의 변이양상을 구세대와 전후신세대로 나누어 각 세대마다의 고유한 역사의식과 묘사를 고찰[1]하는데 목적이 있다.

우선, 전후문학의 성격을 이해하기 위해, 6·25의 의미와 1950년 전후의 시대상황을 살펴볼 필요가 있다.

1945년 일본이 연합군에 항복함으로써 우리는 해방을 맞이했다. 자주적 독립이 이루어지지 못한 상태에서 미·소에 의한 남북한의 군정주둔은 뜻하지 않은 민족분단의 씨앗을 배태하고 있었다. 1948년 남·북한 각자의 정부수립으로 인해 38선은 분단의 의미로 확고해지고 자유로운 남북왕래는 사라져버렸다. 이승만 정권의 자유당은 철저한 친미정책으로 미군의 원조에 의존하여 그 정권의 힘을 유지해 나갔다. 자주적 국토 수호는 且置하더라도 민족의 갱생마저 지탱해 내지 못하고 있었다. 소련의 진두 하에 김일성은 남침을 통한 6·25전쟁을 일으킴으로써 미제국주의를 몰아내기 위한 '민족해방전쟁'이라 명명한 민족의 수난을 자초한다. 어찌 보면 전쟁은 사회주의 체재를 대표하는 소련과 자본주의 진영의 미국 사이의 대리전을 치른 '냉전'의 양상을 띨 수도 있고 계급간의 모순과 분단의 모순을 혁파하기 위한 '내전'이나 '민족통일전쟁'으로 볼 수도 있다.

하지만 왜 휴전의 당사자가 유엔군 총사령관과 미육군대장과 조선인민군 최고사령관과 중국 인민지원군 사령관이어야 했던가를 생각해 보아야 한다. 군의 작전권마저 미군에 내준 상태에서의 휴전은 외세에 대한 객관적 인식을 어렵게 했고, 남한내의 조건반사적인 반공이데올로기와 분단이데올로기의 득세로 분단극복운동과 통일운동의 진전을 제약했다.

6·25는 이데올로기의 대립과 갈등의 연장선상에서 발생한 전쟁이다. 戰時는 엄청난 혼란과 파괴의 시기로서 윤리의 파탄과 모랄의 부재 등 폐허화된 시대상을 보이게 되는 '화전민의식'이 지배하는 시대가 된다.

---

1) '문학에서 6·25란 무엇인가'를 세대간의 역사인식의 차이로 접근한 연구로는 김윤식의 「우리근대문학사의 연속성에 대하여」(『한국의 전후문학』, 1991, 태학사)를 들 수 있는데, 여기서 세대를 구세대, 체험세대, 유년기체험세대, 미체험세대로 나누어 논구하고 있다.

UN군의 참전으로 한국은 세계의 관심국가가 되었고, 상실된 인간성 회복이라는 명제에 연계되는 휴머니티를 강조하는 각종의 사조가 밀려들어와 실존주의, 행동주의 등이 공감을 불러 일으켰다.

민족적 비극인 6·25는 전쟁의 참혹성과 그 뒤에 오는 허무, 그리고 고조되는 휴머니티에 대한 회의는 생활의 지표마저 상실하고 방황케 했다. 이러한 전후의식은 서구의 현대사조의 수용에만 의한 것이 아닌 전통적 서술문법을 벗어난 기법의 혁신으로 한국적인 전후문학을 형성케 했다.

서구의 전후문학과 동질성을 지닌 6·25의 체험은, 근대소설적인 기법의 부정과 혁신으로 소외와 고독을 주로 하는 현대의식을 수용해서 형성된 심리주의적인 경향의 것이었다. 이러한 경향은 전후 신세대 작가들에게 지배적으로 드러난다.

2) 4·19와 5·16이 낳은 1960년대 문학의 징표

4·19와 5·16이 가져다 준 1960년대 문학의 징표는 무엇일까? 이러한 질문에 대한 대답은 문학을 사회적 산물이라 할 때, 작가의 의식은 당대의 사회상을 반영하고 있다는 문학과 사회와의 관련 속에서 파악해 볼 수 있다. 1960년이라는 시대적 성격은 4·19라는 혁명을 통해 그 성격이 극명히 드러나고 있다.

이는 이전의 1950년대의 문학 작품과의 변별점을 지어주는 시기적 기준점이 되며, 새로운 시대를 맞이하여 근대시민의 나아갈 바를 제창하는 역사의 진보에 대한 의무감을 작기에게 떠 안겨 주는 계기가 된다.

4·19는 흔히 '미완의 혁명'으로 규정된다. 혁명의 주체가 학생이었으며, 그 주체가 정치의 대안 세력으로 부각되지 못한 상태에서 이듬해 5·16을 통한 자유의지의 붕괴는 그 역사적 성격 규명에 대한 확정을 유보하게 만들었다.

4·19혁명은 이승만 정권의 부패와 강압적 반공이데올로기로 인한 자유의 억압, 민족 생존권에 대한 외세의 간섭을 타파하고자 일어났던 지식인

혁명이었다. 이 혁명의 기반이 노동자와 농민을 중심으로 한 밑으로부터의 혁명이 아니었기에, 또한 지도적 인사에 의한 치밀하게 계획된 혁명이 아니었기에, 정권의 교체는 가져왔을지언정 현실체재의 변화는 없었다.

따라서 4·19혁명의 감동은 구호로 순간의 기쁨[2]으로 잠식되어 버리게 되는데, 결국은 5·16으로 인한 혁명의 좌절이다. 이것은 지식인 청년에게 있어 한국 현대사를 살아가는 크나큰 절망감[3]이다.

1950년대 문학은 전쟁을 체험한 세대에 의해 쓰여진 문학이다. 마치 원죄와도 같이 전쟁의 경험은 글쓰기에 있어서 자유로울 수 없는 소재이자 주제였다. 하지만 전쟁이라는 인류의 참담한 현실을 서사적으로 완벽하게 그려내고 있지는 못하다. 그것은 이데올로기로부터 자유롭지 못했고, 일제의 잔재를 청산하지 못한 이승만 정권의 권력 수호를 위한 친미행각은 반공이라는 허울 속에 자유로운 창작을 어렵게 만들었으며, 시공간적으로 전쟁의 후유증에서 완전히 벗어나지 못했기 때문이다. 그러나 1960년대 문학은 벽두에 4·19로 시작되는 민주주의의 참 맛을 만끽하게 된다. 이전의 문학과는 달리 자유로운 이데올로기의 피력이 가능해 진 것이다. 최인훈의 「광장」은 이러한 분위기를 반영하여 태생된 작품이다. 4·19세대 혹은 한글세대로 대표되는 작가들은 '문학과 현실의 이데올로기 사이에서 도피하거나 외면하였다'라고 보기보다는 시대적 상황논리에 맞는 '60년대적'이라는 술어를 만들어 내었다고 보는 것이 타당할 것이다. 문학사에서 '60년대적'이라고 말하는 것은 개인의 발견을 통한 작품의 내성화와 관념화 그리고 서구의 심리주의적 기법 등을 받아들인 문체의 혁신을 들 수 있다.

---

2) 박봉우의 표현을 빌리면 "누구보다 먼저/ 죽었어야 할 시인이/ '참으로 오랜만에'/ 하늘과 세계와 시와 언어를 찾은" 분위기가 들어 있다.
3) 박봉우라는 시인은 4월의 감격에 이어 5·16으로 인한 좌절의 아픔에 병들어 하는 모습을 「진달래도 피면 무엇하리」라는 시(6~9연)에서 그리고 있다.
  어린 사월의 피바람에/ 모두들 위대한/ 훈장을 달구/ 혁명을 모독하는구나 //
  이젠 진달래도 피면 무엇하리 //
  가야 할 곳은/ 여기도,/ 저기도, 병실. //
  모든 자살의 집단. 멍든/ 기를 울려라/ 나의 병든 「데모」는 이렇게도/ 슬프구나.

본고는 6·25에서 4·19사이에 관통하고 있는 전쟁체험을 바탕으로 한 장편소설[4] 중에서 염상섭의 「취우」를 통해, 전쟁에 대한 피상적 묘사와 이데올로기의 회피현상을 다룰 것이며 이는 염상섭의 중립적 태도에 기인함을 규명하며, 박경리의 「시장과 전장」을 통해서는 후방에서 느끼는 여성의 소외와 인간에 대한 사랑을 시장과 전장의 의미를 통해 살필 것이며, 박경리의 소설이 이전의 소설과는 달리 인민군에 대한 애정 어린 시선을 보내고 있으며, 그것은 최인훈의 「광장」에서 분단의 현실이 직접적으로 형상화되어 전쟁과 분단에 대한 비극의 서사화가 일정 정도 성과를 거둔데 영향을 받았음을 증명하는 것이다. 또한 「광장」을 통해 60년대 문학의 특성을 규명하며, 역으로 얼마나 최인훈의 작품이 '60년대적'인가를 살펴볼 것이다. 이를 통해 전후문학의 테두리 내에 존재하는 전전세대와 전후세대간의 전쟁에 대한 인식과 표현기법의 차이 이와 더불어 50년대와 60년대 소설의 특징과 간극 사이가 밝혀지리라 본다.

2. 전쟁체험의 서사화

1) 피상적 전쟁묘사와 일상성의 세계

① 염상섭과 전쟁 그리고 「취우」

「취우」는 한국전쟁이 한창 진행되고 있던 시기인 1952년 7월 18일부터 이듬해 2월 20일까지 ≪조선일보≫에 연재되었던 장편소설로, 원래 「난류」, 「취우」, 「새울림」이 삼부작[5]으로 구성되어 그 중간고리의 몫을 하고 있다.

---

4) 전후 신세대와 구세대에 의해 쓰여진 장편소설은 상당수가 있다. 하지만 본고에서는 다소 임의적인 선택이라고도 할 수 있지만 나름대로의 기준으로 가능한 한 문학사에서 논의 평가되고 있는 작품을 구세대와 신세대, 여류작가를 고려하여 선정한 것이다.
5) 김종균은 「소나기 삼형제」의 연관관계를 "「난류」가 해방 직후에서 6·25까지의 사회상을 보여준데 이어 6·25동란 중의 적치하의 서울 생활을 그리어 보여준 것

염상섭은 1936년 만주국의 ≪만선일보≫ 편집장직을 맡으면서 10년 간 창작활동을 중지한 바 있다. 그의 현실주의적이고 중립적인 세계관과 생활 태도는 그로 하여금 적극적 친일도 저항도 하지 않을 수 있는 길을 선택하게 한 것이다. 1946년 3월 고국으로 돌아온 그는 ≪경향신문≫ 편집장이 되면서 다시 창작을 하기 시작한다. 하지만『만세전』이나『삼대』가 쓰여질 당시의 예리한 현실인식을 찾기란 쉽지 않다. 치열한 자기비판의 과정을 거치지 않은 채 문단에 복귀했다는 사실은「취우」를 설명하는 단서가 된다.

「취우」가 창작될 시기 염상섭은 피난을 가지 못했으며 따라서 인민군이 장악한 서울에서 숨죽여 지내야만 했다.

> 나는 이번 난리를 겪으면서 문득문득 머리에 떠오르는 것은 썰물같이 밀려가는 피난민의 떼를 담배를 피우며 손주새끼와 태연 무심히 바라보고 앉았는 그 노인의 얼굴과 강아지의 우두커니 섰는 꼴이다.
> 길 이편에서는 소낙비가 쏟아지는데 마주 뵈는 건너편에는 햇살이 쨍이 비취는 것을 눈이 부시게 바라보는 듯한 느낌이다. 생각하면 이런 큰 환난을 만난 뒤에 우리의 생각과 생활과 감정에는 이와 같이 너무나 왕청뛰게 얼룩이 진 것이 사실이다. 그 얼룩을 그려보려는 것이다.「소나기 삼형제」를 써 볼까 한다.6)

염상섭은 작가의 말을 통해 전쟁에 대한 이야기이자 전쟁이 남긴 얼룩에 대한 기록을 쓰리라고 밝히고 있다. 여기서 문제가 되는 것은 염상섭에게 전쟁의 의미이다. 염상섭은 자신의 체험을 '무심'하다고 적고 있다. 소나기가 내려 우왕좌왕하는 모습을 햇빛이 드는 반대편에서 구경하고 있는 자세이다. 이데올로기의 첨예한 대립 속에 개인과 가정이 몰락해 가는 과정을 염상섭은 무심히도 일순간에 지나가는 소나기에 의한 흙탕물이 틴 '얼룩'이라 표현한다. 살육의 현장인 전쟁을 그는 상처가 아닌 얼룩이라 표현하고

이「취우」이며, 부산 피난생활을 보여준 것이「새울림」「지평선」인 것이다"(『염상섭 연구』, 고대출판부, 1974, p.236)라고 설명한다.
6) 염상섭,「작가의 말」, ≪조선일보≫, 1952.7.11.

있는 것만 봐도 그가 얼마나 전쟁에 대해 피상적으로 이해하고 접근하고 있는 가를 알 수 있다.

② 3인칭 관찰자 시점과 중립성

길 건너편에서 소나기를 바라보는 시점은 타자의 시선이다. 물론 객관적 시선의 확보를 통한 현실의 리얼리티 확보차원이라면 3인칭 관찰자 시점은 탁월한 선택일 수도 있다. 하지만 전쟁의 체험을 주체가 아닌 객체의 입장에서 이해한다는 것은 참혹한 실상에 대한 단절적 거리를 줄여주거나 해결해주지는 못한다.

한국전쟁이 발발하자 무역회사 사장인 김학수는 미화와 한화가 가득 담긴 보스턴 백을 챙겨 들고 비서이자 애첩인 강순제와 함께 피난길에 오른다. 그러나 국군에 의해 한강 다리가 폭파되어 도강을 할 수 없게 되자 그들은 다시 시내로 돌아온다. 이 부분은 작품의 첫 절인 '절벽'에 나오는 스토리로 나름대로 긴박한 전쟁의 광경과 피난민 행렬에 대해 리얼하게 그리고 있다.

> 그러나 학수 영감이 반드시 자기 집으로 들어가자는 생각이 아니기로 혜화동 일대가 전쟁터가 되거나, 어쩌면 불바다가 될지도 모르리라는 생각은 아까 강순제 집에서 나올 때까지 상상도 못한 일이다. 어제부터 맥아더 사령부가 무기를 비행기로 나르고 있고 오늘 중으로 맥아더 휘하의 전투 사령부가 서울에 들어와 앉았을 것이다. 이것은 군의 기밀이라 어디서 어떻게 움직이고 있는지는 모르지마는 정계 소식에 밝은 정필호에게 직접 들은 지 몇 시간도 안되어서 신문 호외로 보도된 것이니 적확한 사실에 틀림없다. 더구나 의정부가 탈환되고 국회에서 수도 사수를 결의한 터인즉 대포 소리야 이편에서 쏘는 것이요, 설마 서울이 오늘 내일로 어떠랴 하는 안심과 신뢰로 누구나 꿈쩍하러 들지는 않았던 것이다.[7]

인용은 김학수에 초점을 맞춘 부분이다. 김학수의 생각과 행동을 '나'라는 1인칭으로 해도 될 것을 굳이 서술자가 화자를 통해 사건을 외부에서

---

7) 「취우」, 『염상섭전집』 7(민음사, 1987), p.14. 앞으로의 인용은 해당 페이지만 밝힌다.

관찰하거나 지각하지 않고 등장 인물들의 눈을 빌어 사건을 관찰하고 지각하는 가변적인 '내적 초점화'를 사용하고 있다.[8] 이런 경우 서술자는 사태를 적극적으로 해석하거나 개선하려는 의지를 표명하기 어렵다. 다만 객관적 사태를 단지 수동적으로 받아들이고 상황의 논리에 따라 우유부단하게 사건을 처리하게 마련이다. 또 작중 인물들에게 일어나는 모든 사건들은 예외 없이 '우발적인 일들의 연속'으로 받아들여지게 되는 수가 많다.[9]

김윤식은 "염상섭과 같은 가치중립적인 지식인으로서 6·25는 한갓 천재지변의 사건에 지나지 않는다. 이념이라든가 정의감이라든가 분노라든가 억울함이라든가 원통함 따위가 감히 스며들 틈이 없다. 누구의 의지로 6·25가 난 것도 아니며, 누구의 잘잘못과도 무관한 한갓 사건에 지나지 않는다"[10]며 염상섭의 가치 중립성을 해석한다.

작중인물들은 한강을 도강하지 못하자 다시 집으로 찾아든다. 하지만 그들은 북한군이 잠시 빨리 지나갈 뿐이므로 그동안 잘 숨어 지내면 그뿐이라고 생각한다. 강순제는 남편인 장진이 빨갱이로 월북하자 헤어져 남쪽에 남게되고 그가 서울에 돌아왔는데도 별 다른 마찰이나 갈등은 보이지 않는다. 북측의 의용군 모집 속에서나 내무서원의 감시활동에 대해서도 비판적인 시각은 보이지 않는다. 이 또한 일상의 범주 안에서 전개되어질 뿐이다.

주인공들은 이데올로기에 대한 강박관념이나 기피 현상은 없는 것처럼 보인다. 다만 무의식적으로 외면하고 남의 일처럼 여길 뿐이다. 이처럼 신영식과 강순제의 삶의 태도는 냉소적이고 방관자적 자세라 할 수 있다.

---

8) S. 리몬 케넌, 최상규 역, 「초점화」, 『소설의 시학』(문학과지성사, 1985), pp.109~128 참조.
9) 아우얼 바하, 김우창·유종호 역, 『미메시스』(민음사, 1979), p.255 참조.
10) 김윤식, 『염상섭 연구』(서울대 출판부, 1987), pp.822~823.

③ 전쟁이 들추어내는 욕망의 변주 — 속물적 근성

객관적 시선을 이유로 염상섭은 이데올로기의 치열한 대립과 싸움의 와중에서 벗어나 방관자의 자세를 취하게 된다.

> "차라리 말이나 통하지 않았더라면!"
> 영식의 입에서는 탄식이 나왔다.
> "저까짓 입에서 젖내나는 아이들 말수에 넘어갈 사람은 태어나지두 않았으니까 걱정 마세요"
> "물이 들까봐 걱정이 아니라, 차라리 이민족에게 짓밟혔더면 눈을 곤두세우고 이를 갈고서라도 덤볐을 테지. 저렇게 쓸개가 빠져서 입을 해에 벌리구 귀를 기울이구 섰더란 말애요!"
> 아까는 앞뒤를 사리고 순제더러 말조심하라고 주의를 시키던 영식이가 입을 삐죽 내밀고 낯을 붉힌다.
> "아무리 분통이 터져두 별 수가 있게 됐에요? 혼란을 막자는 수단이기루, 감쪽같이 속이구 빠져나갈 사람은 다 빠져나가면서 다리를 툭 끊어놨으니, 옴치구 뛸 수도 없는 독 안에 든 쥔데! 인제는 무서울 것두 없구 바랄 것두 없이 악에 받쳐서 어벌쩡 달래놓구 봇짐 싸 들고 나간 어머니가 원망스럽다거나 밉다는 것은 고사하고 될 대로 되라고 맥이 빠진 것이죠. ……자 어서 가십시다요"
> "그야 그렇지마는 깃대를 여만은 개 만들어 두고 이 놈이 들어오면 이 깃대를 들고 저 놈이 들어오면 저 깃대를 들고 나가는 중국 사람의 신세가 되어가니, 기가 막히지 않아요"(40~41쪽)

그들은 마치 자신에게는 아무런 문제도 되지 않는다는 듯이 다른 이들의 행동이나 모양새를 갑론을박하고 있다. 이 와중에 자신은 빠져 있는 것이다. 전쟁이 다른 사람들에게는 어떠한 변화를 몰고 오든 나와는 상관없다는 방관자적 자세는 주체가 배제된 객관화된 시선이 아니면 쉽지 않은 것이다. 이 객관화된 시선은 전쟁에 가려 전쟁으로 더욱 극심해진 이기와 욕망의 행태를 드러낸다. 재벌가와 재벌가의 애첩 그리고 재벌가에 빌붙어 출세의 발판을 만들고자 하는 자들의, 이데올로기보다 근원적인 욕망의 사슬을 드러내게 되는 것이다.

김학수는 서울의 다리가 끊어져도 가족들의 안위나 자신의 목숨보다도 달러와 귀중품이 가득든 보스턴 백을 지키기에 여념이 없다. 김학수가 피난을 가는 상황에서 가장 먼저 챙긴 것이 돈가방이며 피난에 실패하고 다시 서울로 돌아와 영식의 집에 숨어살게 되면서 가장 먼저 한 일이 방구들을 뜯고 자신의 돈가방을 안전하게 감추는 일이라는 점이 인간의 끝없는 욕망을 잘 드러내 보여준다.

신영식과 강순제는 욕망이라는 소설의 구심점 역할을 하는 속물적 인물11)이다. 신영식은 韓美貿易의 과장으로 회장인 정필호가 피난을 가자, 그 역시 사장인 김학수와 피난을 가려다 도강이 어렵게 되자, 서울에 남아서 김학수를 자신에 집에 피신시키고 회사를 걱정한다. 이러한 신영식의 행동은 한미무역이라는 회사의 성격과 파행적 자본의 흐름12)을 짐작케 한다.

신영식에게 있어 애정의 문제는 더 속물적이다. 서울에 고립된 신영식과 강순제는 서로에게 호감을 느끼고 애정을 갖게 되는데, 이는 3개월 간 갇힌 공간의 부산물이라고 할 수도 있지만 그 低流에 흐르는 것은 돈과 욕정의 산물임을 알 수 있다. 강순제의 경우 욕망의 변주는 더욱 뚜렷하게 나타난다. 강순제는 이데올로기에 빠진 남편과 헤어져 김학수의 비서 겸 애첩으로서 살아가던 여인이다. 그러나 전쟁이 나고 김학수가 금전적으로 별 도움이 되지 않자, 관계는 철저한 이해타산에 놓여지고, 그녀의 욕망은 젊은 남자에게로 향하게 되는데 그가 바로 신영식이다. 욕망의 표적으로 신영식이 설정되자 그녀는 무서운 속도로 신영식을 사로잡는다.

---

11) 「취우」의 인물에 관해서는 신념을 가지지 못한 속물적 인물임을 김영화(「염상섭의 '취우'」, 1983)와 조건상(「안일한 속물들의 드라마」, 1987) 등이 지적한 바 있다.

12) 이종훈, 「미군정 경제의 역사적 성격」, 『해방전후사의 인식 1』(한길사, 1985), pp.478~485, 498~514 참조.

④ 일상성의 의미와 삶의 지속성

　작품 전체를 통해 전쟁은 풍경으로서 존재한다. 영식이 의용군소집을 피해다니다 끌려가 고생하다 탈출하는 사건이나 순제의 집이 인민군에게 접수되어 여맹사무실로 쓰인다는 등 전쟁이 이 작품의 전 부분에 등장하지만 단순한 소재적인 것 이외에 의미는 없다.

　일상성이란 일반적으로 사람들의 개별적 삶을 매일 매일의 테두리 속에서 조직하는 것을 의미한다. 그들의 삶의 반복가능성이 매일 매일의 시간배분 속에서 고정되는 것이다. 다시 말해서 일상성이란 개인의 삶의 역사의 진행을 지배하는 시간의 조직이며, 반복된 리듬이다.[13)

　「驟雨」란 소나기를 뜻한다. 즉 한줄기 지나가고 마는 것이다. 전쟁이란 한 여름의 소나기와 같이 요란하나 금새 지나가 버리는 것이고, 인생에서 중요한 것은 일상적인 삶, 즉 돈과 애욕으로 범벅된 현장이 진정한 삶이라는 현실인식을 보여주는 것이다. 이와 같은 염상섭의 세계관과 태도는 전쟁은 한낱 소재에 지나지 않으며, 일상적 삶이 더 중요하다고 생각하는 그의 보수적이며 가치중립적인 사고방식을 드러내는 것이라 할 것이며, 한편으로는 6·25뿐만 아니라 1950년대를 새롭게 인식하는 전후신세대 작가와의 분별점이 된다.

　「취우」는 戰時小說임에도 불구하고 현실과 맞서 세계와 대립하는 자아의 정신적 각성이나 희망의 탈출을 모색하는 전망의 제시나 새로운 주제에의 접근은 찾아 볼 수가 없다. 비록 소설의 중심을 돈과 그것과 결합된 애정에 위치시키고 있지만 단지 그것만을 지적하고 있을뿐 돈과 애정이 지닌 심층적 의미에 대한 천착은 나타나지 않는다. 다만 전쟁 중에도 일상의 삶을 보여주고, 전시의 생활을 끊임없는 삶의 지속성으로 파악하는 독특함을 보여준다.

---

13) 카렐 코지크, 『구체성의 변증법』(거름, 1985), p.66, 정희모, 『1950년대 문학과 서사성』(깊은샘, 1998), p.78 재인용.

2) 삶과 죽음 혹은 이념의 경계에 선 인물의 대비

① 「시장과 전장」을 바라보는 시각

「시장과 전장」을 이해하기 위해서는 일단 작가의 자라온 환경과 그의
정신적 문학관과 연관지어 살펴볼 필요가 있다. '여류작가'라는 별칭이 따라
다니는 한국에서 작가 박경리는 자신의 체험을 바탕으로 창작을 한다고
밝혀왔으며, 이런 그의 창작태도는 줄기차게 진행되어왔다고 보여진다.[14]
작가가 전쟁을 통해 말하고자 하는 바가 무엇인지 그것이 어떻게 작품에
반영되어 나타나는가는 '시장'과 '전장'이 지닌 의미를 인물에 견주어 봄으
로써 해명되리라 생각된다. 이는 시장과 전장이 마주하는 공간에는 지영과
기훈 같은 인물이 경계선상에 놓여져 있기 때문이다. 이 둘이 만나는 경계선
상의 접점에서 극한의 상황은 더욱 가열차지며, 또한 해결의 실마리도 제시
되는 다층적인 공간으로 합일의 장을 이룬다.

「시장과 전장」을 읽기 위한 또 하나의 전제는 기존 평가의 고려이다. 백낙
청의 비판과 박경리의 반박에 이은 유종호의 정리 평가[15]는 이후의 독자들
에게 시사하는 바 크다. 이후의 정명환, 김치수, 조남현, 윤병로 등의 평가를
종합해 보면, '가장 우수한 전쟁문학', '최인훈의『광장』과 함께 민족의 비애
를 형상화한 문학사에 기록될 작품'이라는 평가와 함께 '기훈'이라는 인물
형상을 '우리나라가 창조한 가장 독특하고 비공식적인 인물', '좌익적 인간
공식을 깬 문학상의 새로운 개성'이란 평가가 있다. 한편으로는 현실인식의
한정성을 드러내고 있고 전쟁과 개인을 통합하지 못했으며 통속적 멜로드라

---

14) 작가 박경리는 1955년 단편 「흑흑백백」으로 등단한 이래, 「불신시대」(57), 장편
　　『표류도』(59), 『김약국의 딸들』(62), 「파시」(66), 대하소설 『토지』로 이어지는 집필
　　경력을 보이는데, 전편이 후편의 주제의식과 서술방식을 예고케 함을 알 수 있다.
15) 백낙청, 「피상적 기록에 그친 6·25 수난」, ≪신동아≫, 1965.4.
　　박경리, 「띄엄띄엄 읽고 갈겨쓴 비평일까」, ≪신동아≫, 1965.5.
　　유종호, 「작가와 비평가」, ≪신동아≫, 1965.8.

마화에의 위험이 있다고 지적하고, 부차적으로 다른 장편소설들과 함께 감
상성과 낭만벽 및 현재형의 사용에서 오는 피상성과 경박성, 생소한 이론
취미 및 보다 밀도 있는 언어의 필요성을 지적하기도 한다.

「시장과 전장」은 작가 나름대로 현대사의 시각을 가지고 전쟁이 무엇인
지, 민족의 상흔이 무엇인지, 우리에게 남은 것은 무엇인가라는 문제를 대화
를 통한 직접적 서술보다는 작품 전체에 흐르는 비유적 함의로써 던져주고
있다.

이에 대한 텍스트 내적 근거는 1부의 제1장에 나타나는데, '북위38도(北
緯三八度)'이라는 제목은 해방이 지니는 공간적 시간적 의미를 내포하고
있다.

지영은 연안으로 가는 기차 안에서, 신문을 보던 대학생과 여자의 대화에
서 대학생이 임진강이 흙탕물인 것은 "남북의 허리통을 짤라 놨으니 피가
흐른 게죠 아마", "남이 갖다준 독립이니까, 반쪽이라도 끽소리말고 있으라
는 것 아닙니까. 쳐부셔야죠, 우리가."라고 말하는 것을 듣고, 젊은 지식인
계층을 대변하는 대학생과의 공감을 통해 모순된 분단현실을 직시한다. 분
단의 현실은 분단이 존재하는 경계의 공간에서 극대화된다. 38선을 지키는
강대위와 정혜숙의 대화에서 삼팔선은 우리가 원해서 만들어진 것이 아닌,
미소 양국의 의사에 의해서 된 것이라는 강대국 사이의 냉전 체재를 대변한
다. 하지만 이러한 작가의 역사인식은 작품 전편에 드러나지 않으며 2부
11장에서 지영의 절규와 같은 단편적 언급에 그치고 만다.

② '머무름과 넘어섬'의 경계에 존재하는 인물

「시장과 전장」의 내용 전개는 지영(총22장)과 기훈(총18장)을 두 축[16]으

---

16) 한승옥은 「시장과 전장」을 A축의 지영과 B축의 기훈으로 나누어 A축은 가족을
중심으로 관계가 이루어지며, B축은 하기훈과 이가화의 사랑의 관계가 중심이라
고 보면서 삼각관계도 없고, 인물들간의 복선적인 만남이 거의 없이, 대부분 지
영과 기훈의 행동에 따라 진행된다고 보았다. 따라서, A축과 B축은 결말에 가서
사랑과 평화라는 한 접합점으로 수립되어 통합된다고 보았다. (「한국전후장편
소설연구」, 『국어국문학』 97, 1987, pp.285~287).

로 하여 1·2부의 40장을 채우고 있는데, 여기에 부수적으로 석산선생과 이가
화, 장덕삼이 하기훈과의 갈등구조를 이룬다. 지영의 갈등구조는 전쟁이전
의 남편과 어머니에 대한 불만으로 38선 근처의 연안으로 간 것이 전부라
해도 지나치지 않다. 지영은 전쟁중에 공포를 체험하면서 삶을 새롭게 인식
하고 남편에 대한 경멸이 생에 대한 집착으로 변모하기 때문이다.

전쟁 전의 지영과 기석의 관계는 1부의 핵심적 묘미라 할 11장 '전야(前
夜)'에 이르러서야 설명되어진다. 전쟁의 위험이 도사리고 있는 연안에서
지영은 자신의 삶을 되돌아본다.[17] 그것은 남편 기석에 대한 편지체의 글에
잘 드러난다. 이 부분은 박경리의 여류적인 섬세한 문장으로 지영에 대한
성격의 형상화가 잘 부각되어 있다.

다시 말해, 「시장과 전장」의 중심인물은 남지영과 하기훈이다. 둘은 제수
와 시아주버니의 관계로 그들을 연결해 주는 지영이 쪽의 인물은 남편 기석
이 있고, 지영의 홀어머니 윤씨와 두 남매인 희와 광이가 있다. 여기서 기본
골격은 '가족'임을 알 수 있다.

기훈 쪽의 인물은 사상 전향의 문제로 갈등을 빚는 석산선생과 김여사가
있고, 공산주의에 대한 회의를 느낌으로 해서 갈등을 빚는 장덕삼과, 사랑의
힘으로 인해 기훈이 냉소적 또는 유화적인 이중적 성격을 드러내게 하는

---

17) 결혼을 하면 직장에 나가지 않아도 정신대에 끌려가지 않으리라는 어리석은 계
    산에 결혼을 결심한 지영은 결혼생활에 불만을 지니고 산다. 남편 기석이 결혼
    전에 남의 이름을 함부로 그것도 일본말로 부르는 것에 대해 지영은 파혼을 결
    심할 정도였고, 이는 기석을 탐내하는 가문의 청혼이 들어왔다는 소문을 듣고
    반발심에, 자신의 명예를 지키기 위해서 결혼함으로써, 남편에 대한 불만은 잠
    재되어 있었던 것이다. 결혼 후 남편 기석이 책방에서 책을 세권 사고 두 권 값
    밖에 내지 않은 것을 보고, 또 감자밭을 지나가다 감자 서리를 하는 것을 보고
    남편에 대한 신비감과 생활에 대한 좌절감을 느끼는데 이는 그녀의 결벽증에
    기인한 불만인 것이다. 한편 현실적이고 경제적인 살림원칙을 지닌 어머니 윤씨
    에게서 그녀는 자신의 뜻대로 행할 수 없는 이유로 인해 주부로서 느끼는 생활
    의 재미를 모르고 집 속에서 식모 구실을 할 수밖에 없는 처지에서 생활의 자
    유를 박탈당한 소외감을 느낀다.
    이러한 연유로 인해 지영은 자신의 자장 범위를 벗어나 연안으로 오게 된 것이
    다.

백치같은 이가화가 등장한다.

지영의 집은 전쟁 전에는 사랑이 없는 '있는 곳, 머무는 곳'에 불과했다. 이 점은 가화가 기훈에게 같이 가 달라고 부탁하는 곳이 '집'이 아닌 '있는 곳'이라는 의미항과 동일한 것으로 볼 수 있다. 이와 같은 동일한 의미항(구조적 상동성)은 이가화가 남지영의 대리자의 성격을 띠고 있음을 판별하는 근거가 되기도 한다.

북위 38도선은 남과 북이 오고 갈 수 있는 통로의 경계이면서 사상과 체재의 대립에 의한 분단의 경계이기도 하다. 이 경계의 선은 평시에는 따로 떨어진 별개의 세상을 존재케 하지만 전쟁이라는 무력의 힘 앞에서는 경계의 무화(無化)와 더불어 하나의 이념과 체재를 선택하도록 강요하는 분기선이 된다.

전쟁은 生과 死의 경계선을 지니고 있다. 전쟁의 참혹함과 죽음에 대한 공포는 지영을 가족에게 돌아가게끔 만든다. 배를 얻어 타기 위해 군인 가족이라 속이고 집에 돌아와서는 식량이 떨어지면 도둑질도 하겠다고 어머니 윤씨에게 말한다. 38선이라는 경계의 붕괴는 지영에게 이전의 삶과는 다른 새로운 삶을 살도록 유도하는 변모의 계기를 마련해 준 것이다.

소설의 2부에서는 전시에 살아남기 위해 전장이라는 공간으로 자의반 타의반으로 뛰어들어 식량과 의복을 비축하며, 인공치하에서 입당 원서를 제출한 이유로 인해 국군에 의해 끌려간 남편을 구하기 위한 지영의 노력이 중심적 행위소를 차지하며, 공간적인 측면에서는 중공군이 밀려들어오고 남편의 행방이 묘연해짐에 따라 지영이 이모부를 따라 남쪽으로 내려가게 되는 '자유회향'18)의 여정이 펼쳐진다.

기훈은 삼십 이세 가량의 코뮤니스트로 기석의 형이며, 자신의 사상에 대한 확고한 신념을 지니고 있지만 가화를 만남으로써 사랑과 이념 사이에 갈등을 겪게 된다.

---

18) 김정자는 「소설의 공간적 의미분석」(부산대 인문논총 31, 1987)에서 박경리의 60년대 장편이 남향 회귀성 공간 이동도를 보인다고 설명한 바 있다.

    한편 기훈은 그의 스승이자 친부모와 다름없는 석산선생과 김여사에 대해 전쟁발발 전후 서울에서 대면하는 태도가 냉혈한적으로 달라진다. 부상당한 순길을 후송 보내주는 다정함도 보이지만 지리산을 도망치는 동지를 향해 총을 발사하는 냉혹함을 지닌 이중적 성격[19]의 소유자다.

    기훈은 박경리에 의해 인격이 부여된 공산주의자이며, 사람다움을 느낄 수 있는 존재이다. 그는 추상적이고 모호한 인물로 묘사되기도 하는데, 그의 행동은 의외적인 것이라 독자들의 혼란을 가중시킨다. 특히 가화와의 사랑에 대해 "나는 아무도 사랑한 일이 없다. 나는 내 이념을 사랑했을 뿐이다."라고 말함으로써, 가화가 기훈이 사랑한 여러 여자 중 하나일 뿐이라고 강조한다. 이런 그가 결말에 이르러 장덕삼의 회유에도 굴하지 않더니만, 가화의 사랑에 못 이겨 그녀를 토벌대에 귀순시키려는 행위는 인물의 전형성이라는 측면에서 손상을 입게 된다.

    「시장과 전장」에서 가장 긍정적인 인물은 이가화이다.[20] 그녀는 애인의 남자로부터 아버지와 오빠가 총살당하고 혼자서 월남한 여자로 의지할 때 없는 서울에서 백치같이 떠돌아다닌다. 우연히 길에서 기훈을 만나 도움을 받고 그를 사랑하게 된다. 가화는 사랑을 이루기 위해서 맹목적으로 삶에 뛰어들며, 이데올로기의 대립에 대해서 최소한의 관심조차 지니지 않음으로

---

19) 기훈의 성격에 대해, 정명환은 기훈이 근본적으로 허무주의자로서 이를 벗어나기 위해 공산주의자임을 가장한 것이라 보았고, 김치수는 "폐쇄된 상황을 깨뜨리고자 하는, 그래서 운명의 불공평함을 파괴하고자 하는 것"이며, "이러한 허무주의 때문에 기훈은 틀에서 벗어나 새로운 생명력을 지닌 인물로서 부각되고 있는 것"이라고 설명한다. 이에 대해 조남현은 통상적인 공산주의자이기보다는 행동주의에 더 근접해 있는 존재로 보아야 한다고 주장한다.
  정명환, 「폐쇄된 사회의 문학」, 『한국작가와 지성』(문학과지성사, 1978), pp.202~203 참조.
  김치수, 「비극의 미학과 개인의 한」, 『박경리와 이청준』(민음사, 1982), p.30.
  조남현, 「'시장과 전장'론」, 『박경리—한국문학의 현대적 해석 8』(서강대출판부, 1996), p.135.
20) 박경리는 그의 '自序'(현암사, 1964)에서 "여태까지 부정적 인물밖에 그릴 수 없었던 작자는 처음으로 이 작품 속에서 긍정적인 여자 이가화를 만들 수 있었다는데 대하여 기쁨을 느낀"다고 표현했다.

써 이를 무화시키는 강력한 사랑의 화신[21]으로 등장한다.

38도선의 이념의 경계는 지리산의 빨치산과 토벌대 사이에서 또 다시 분할되어진다. 경계의 선상은 「머무름」과 「넘어섬」이란 두 영역에서 갈등을 일으킨다. 경계선에 있는 인물이 바로 주인공이라 할 수 있는데, 바흐찐에 의하면 경계선에는 항상 '위기의 순간'만이 존재한다. "운명의 예기치 않은 급변이 벌어지고 금단의 경계선이 무너지고 갱생이 이루어지거나 소멸 당하기도 한다."[22]

1부에서의 경계선은 38선으로 이 경계가 무너짐으로 해서 지영이 고초를 겪게 되고 갱생을 위한 모진 노력으로 나아가게 되고, 2부의 결말에서는 경계선이 가화와 기훈의 귀순을 저해하는 감시병으로 인해 금단의 선상으로 존재하게 된다. 기훈은 이 금단의 선을 넘지 않을 것으로 보여지는데, 경계의 「깨뜨림」이 없음은 새로운 삶에 대한 생성과 발전의 가능성을 소멸시킨 것이다. 작가는 이에 대해 멜로드라마로 귀결되는 것을 막기 위해 선택된 것이라 하지만, 독자의 '기대지평'과는 거리가 느껴지는 부분이다.

③ '시장'과 '전장'의 이미지 대비를 통한 경계의 구분 혹은 無化

지영의 공간은 일상적 삶의 공간으로서 6·25 이전이나 전쟁중의 후방도시를 뜻하는 시장의 이미지를 지니고 있으며, 전장은 민족 상흔이 마주치는 생사의 갈림길로서 기훈이 사상적 신념을 고취하고 적과 대치하는 기훈의 공간이다. 시장과 전장이 마주하는 경계의 접선은 상호간의 동질성, 즉 상동성이 느껴지는 극한의 공간이며, 반면 이질적 두 층위가 만남으로써 갈등을 야기하는 공간이다.

시장의 모티프는 그때 그때마다 다른 의미와 용도를 지닌 것으로 나타난다. 전쟁 전의 시장은, 기훈이 동대문 근처의 시장을 지나가는 광경이나

---

21) 아버지와 오빠를 죽인 건 그 남자(애인)가 아니라 공산주의 이념이라 생각하기에 별로 원망함이 없는 부분과 2부 20장 '달맞이꽃'에서 지리산의 삶과 죽음의 경계 선상에서 기훈과의 사랑을 확인한 후 기쁨의 꽃 꺾기를 하는 부분은 순백한 사랑이라 볼 수 있다.

22) 바흐찐.M, 김근식 옮김, 『도스또예프스끼 시학』(정음사, 1989), pp.247~248.

지영이 황해도 연안에 있는 교사로 부임하면서 지나가는 일과성의 공간적 배경이다. 이 시장의 이미지는 '가난' 이 지배하는 곳이다. 그러나 지영에게 시장은 가난·현실·싸움 등의 이미지로만 존재하지는 않는다.

제9장 '페르샤의 시장'을 보면, "시장은 축제같이 찬란한 빛이 출렁이고 시끄러운 소리가 기쁜 음악이 되어 가슴을 설레게 하는 곳"이며, '어린날의 동화의 세계로 인도'하며, '싸움이 벌어져도 곧 화해로 유도하는 장'이다. 지영은 이런 시장의 평화와 위안을 얻으며, 희망과 화해를 주는 동화 같은 환상의 공간이 인간의 존엄을 지켜주기를 바란다.[23]

반면 기훈에게는 '전장'은 인간이 소모되는 곳이고, '시장'은 상품이 소모되는 곳이다.

> 전장과 시장이 서로 등을 맞대고 그 사이를 사람들은 움직이고 흘러간다. 사람도 상품도 소모의 한길을 내달리며, 그리고 마음들은 그와 반대 방향으로 내달리고 있는 것이다. 사라져 가는 민심을, 사라져 가는 인민들의 불길을 억지로라도 되살리기에는 오직 승리가, 사람과 상품의 소모를 막아줄 결정적인 승리가 있을 뿐이라고 기훈은 생각한다.[24]
>
> (1부 제18장 '김여사', p.178.)

'시장'의 이미지는 기훈에게는 전장과 동일한 소모의 이미지로 비쳐지는 반면, 지영에게는 다소 환상적이고 낭만적인 공간으로 자리잡고 있다.

人共治下의 남대문 시장에 대한 묘사에서도 시대나 역사를 상징하는 공간의 기능성을 외면하고, "사회의식보다는 자의식이 훨씬 강한 지영의 내면세계를 윤색해주는 것으로 그 주기능을 행사한 것"[25]이라 할 수 있다.

---

23) 김복순, 「'시장과 전장'에 나타난 사랑과 이념의 두 구원」, 『'토지'와 박경리 문학』(솔출판사, 1996), pp.412~413.
24) 박경리, 『시장과 전장 — 오늘의 역사 오늘의 문학 17』(중앙일보사, 1987). 앞으로 본문 인용은 이 책에서 하며, 출처는 해당 장의 제목과 페이지만 적기로 한다.
25) 조남현, 앞의 책, p.123.

　　연방연방 옷가지를 싼 보따리가 시장으로 들어온다. 해방 직후의 시장 터처
럼 헌옷 장수들이 길을 메운다. 시골로 곡식 하러 가는 장사꾼들이 그것을
흥정한다. 떡장수, 메밀묵 장수, 국수 장수, 활기에 넘치고 가지 소리가 있는
시장, 페르샤의 시장이 아니고 전쟁이 밟고 지나간 장터에도 음악은 있다. 장난
감 파는 가게에 인민군들이 서 있고 그들이 돌아갈 때 누이와 동생, 아들과
딸들에게 선물할 장난감을 고르고 있지 않은가.

(1부 제17장 '서울의 거리', p.173.)

　　지영에게는 시장과 전장의 이미지는 별개의 이미지이다. 시장에 대한 묘사
는 현실적 리얼리티가 떨어지는 부분이다. 작가 박경리는 「창작의 주변」[26]이
라는 글에서 '객관적 사실의 재현'이라는 외적 '리얼리티'에 선행하여 작가의
내적 의지를 선행시키고 있는데, 작가가 내세우는 것은 일종의 내적 진실,
또는 작가의 '의지'에 따라 '소설을 위해 윤색'된 '리얼리티'라는 것이다.

　　인민군의 묘사에서도 이념상의 적대적 개념은 보이지 않고, 전장에서 선물
을 고르는 인간적인 면모를 부각한다. 이것은 아마도 중립적 태도를 취함으로
써 인간의 존엄과 그의 구원을 얘기하고자 하는 작가의 의도로 보여진다.

　　지영이 가서 보고 느낀 시장은 화해·희망·활기·음악·동화·안심·
기쁨 등과 같이 동질성을 지향하는 언어들과 이미지로 채색되어 있다.

　　작가는 '시장'과 '전장'의 대비를 통해, 지영이 희망하고 기대하는 삶의
존엄은 그의 남편과 어머니의 죽음으로 좌절되는 것으로 서술하고 이를
대신할 가화를 내세웠다고 볼 수 있다. 독자는 지영이 주인공임을 인지한
상황에서 주인공이 아닌 그 대리자가 작가의 의도를 수행함으로써, 기존의
50년대 소설이 지닌 문학관습에서 벗어난 서술이 작가와의 거리감을 느끼게
하고 독법의 난해함을 가져다주었다 할 것이다.

　　장덕삼은 지리산에서 어린애까지 죽창으로 살해하는 공산주의의 현장을
목격하고 토벌대에 일단 잡혔다가 거기서 전향해 버리고 토벌대의 대장이

---

26) 「Q씨에게」, 『박경리문학전집』 16(지식산업사, 1981), pp.140~147.

되었으나, 기훈은 자기네 세력이 궤멸될 것을 뻔히 알면서도 끝까지 자신의 이념을 버리지 않는다.

이러한 결말 처리는 멜로드라마로 빠지는 것을 방지하고 이념에 대한 중립적 태도를 지향한 작가의 고심이라 하겠다. 또한 인민군에 대한 인간적 시선의 부여와 미군에 대한 부정적 시각은 한국 현대사에 대한 객관적 시선27)을 견지한 점에서 이 소설의 의의로 들 수 있다.

3) 분단컴플렉스가 낳은 환멸의 서사

① 합일할 수 없는 이데올로기의 이항대립

60년대 문학의 가장 큰 특징은 남북 이데올로기에 대한 자유로운 서술이다. 물론 이런 감격이 오래 간 것은 아니지만, 전대의 문학에서 남과 북의 현실을 객관적 시선으로 담아낸 전후문학이 없던 터에 『광장』의 주인공 이명준이 남과 북을 넘나들며 양 체재의 모순과 민족사(민족현실)에 대한 비판은 신선한 충격이자 도전이었다. 최인훈은 『광장』 서문에 작가 스스로의 감회를 드러낸다.

> 亞細亞的 專制의 椅子를 타고 앉아서 民衆에겐 西歐的 自由의 풍문만 들려줄 뿐 그 자유를 '사는 것'을 허락하지 않았던 舊政權下에서라면 이런 소재가 아무리 口味가 당기더라도 감히 다루지 못하리라는 걸 생각하면 빛나는 4월이 가져온 새 共和國에 사는 作家의 보람을 느낍니다.
>
> (≪새벽≫, 1960.10)

---

27) 특히 인천상륙작전으로 서울에 들어온 미군에 대해서 박경리는 부정적 시각으로 그리고 있는데, 흑인을 피하기 위해 김씨의 큰딸인 상혜와 천장으로 숨고, 길거리를 지날 갈 때는 얼굴에 검정 칠을 하고 지나가야만 하는 불합리한 현실을 겪어야만 했던 지영을 '어느 氷河인가'(2부 11장)에서 "아무도 오지 말라! 이 땅에 아무도 오지 말라! 이 땅에! 내 혼자 자식들하고 얼음을 깨어 한강의 붕어나 잡아먹고 살란다"(p.307)고 울부짖게 함으로써 외세에 유린당하는 조국의 강토를 직시한다.

35년 간의 일제의 국권수탈을 겪고 또다시 군정에 의한 남북의 대립·분단은 자주적 독립국가의 형성을 저해 받았다. 남한은 남한대로 미군정의 지원 하에 헌정에 의한 대한민국이 수립되었고, 북한은 소련의 지원 하에 조선인민민주주의 공화국이 출범하게 된 것이다. 이것은 대다수의 민족 구성원이 원하지 않던 바이다. 그럼에도 불구하고 이렇게 남북으로 나뉜 것은 이데올로기에 대한 일부 지식층의 신념(?)에 의한 것도 있지만 서구적 개념의 타자에 의한 것임을 작가 최인훈은 밝히고 있다.

『광장』의 주인공 이명준의 아버지는 남로당의 당원으로서 가족을 버리고 월북하여 활동 중이었다. 이명준은 아버지가 있되 존재하지 않음으로써 사랑의 결핍을 느끼게 된다.

남한의 철학과를 다니면서 그는 자신의 운명을 회피하려 들었지만 이 사회는 그를 내버려두지 않았다. 운명이 맞닿는 중앙으로 그를 끌어들이기 위해 그는 남한의 정보기관에 의해 고문을 받게 되고, 아버지와 그의 이데올로기에 대해 생각하게 된다. 아버지는 공산주의라는 이데올로기의 상징이었고 혁명의 주동세력이었다.

이명준은 아버지가 있는 곳이 혁명의 신화가 이루어지는 곳이라고 믿었다. 그래서 이남의 무기력한 상태에 절망하여 월북한 것이다. 그러나 일상에 안주하는 아버지의 생활을 통해, 혁명의 소문만이 존재하는 경직되고 보수화된 이북의 이데올로기를 비판한다.

① 명준이 북한에서 발견한 것은 잿빛 공화국이었다. 이 만주의 저녁 노을처럼 핏빛으로 타면서 혁명의 흥분 속에 살고 있는 공화국이 아니었다. (117쪽)
② 어느 집회에나 판에 박은 토론과 절차가 있을 뿐이었다. 정열이 아니고 정열의 모방이었다. 혁명이 아니고 혁명의 모방이었다. 신념이 아니고 신념의 풍문이었다. (119쪽)
③ '인민이 어디 있습니까? 자기 정권을 세운 기쁨으로 넘치는 웃음을 얼굴에 지닌 그런 인민이 어디 있습니까?'(120쪽)[28]

28) 본고에서 인용되는 『광장』 텍스트는 문학과지성사, 1984년도 판으로 앞으로는

이명준이 판단하기에 이북의 혁명은 혁명이 아니다. 그것은 자체내의 모순을 해결하기 위해 일어난 것이 아니라, 소련에서 주어진 혁명이었다는 것에서 기인한다.

사사건건에 저는 느꼈습니다. 제가 주인공이 아니고 「당」이 주인공이라는 걸. 「당」만이 흥분하고 도취합니다. 우리는 복창만 하라는 겁니다. 「당」이 생각하고 판단하고 느끼고 한숨지을 테니 너희들은 복창만 하라는 것입니다. (122쪽)

관념의 모방에 의한 혁명, 이러한 관념은 또 하나의 모순을 낳게 되는 것이니, 북의 평등을 내세우는 이데올로기는 상대적으로 자유를 억압하고 있는 것이다.

아버지의 부재는 이데올로기의 부재로 이어지며, 남북 이데올로기의 이분적 대립의 구도속에 이념과 실제의 합일을 찾을 수 없는 인물들은 '絶對零의 공간'[29]으로 내몰린다.

이런 상황 하에서 주인공의 선택은 '사랑과 시간'이다. 그리고 구원의 대상은 모성의 이미지를 지닌 여인이다. 하지만 『광장』의 이명준은 죽음을 선택하였다. 이러한 두 이데올로기 사이에서 합일하지 못하고 좌절과 환멸을 겪는 한국 현대의 비극을 김현은 헤겔의 정·반·합의 법칙으로 설명하고자 한다. "이북은 좌파의 윤리를 즉 혁명을, 이남은 우파의 인식론을 즉 사랑과 시간을 표상"[30]한다고 보는 것이다. 이 좌우의 지양이 합일을 이루지 못하는 것은 한국적 이념의 풍토가 서구의 그것과 다르기 때문이고 풍문에 지나지 않는다는 점에 있다고 설명한다.

그래서 작가 최인훈은 한국에서의 근대화선언이란 '가족은 없다. 그러므

해당 쪽수만 밝히기로 한다.

29) 강은아는 이 '절대영'의 공간을 남북의 두 이데올로기가 마주할 수 없는 접점이 없는 무(zero)의 공간이라고 설명한다.(「1960년대 소설에 나타나는 분단콤플렉스의 양상」, 한성대 석사논문, 1998.8)

30) 김현, 「헤겔주의자의 고백」, 『소천 이헌구선생 송수기념논총』, 1970, p.127.

로 나는 자유다'라고 말하는 데, 이는 서구의 '신은 죽었다. 그러므로 우리는 자유다'라는 말의 변용이다.

② 서술의 관념화, 내성화

『광장』은 이명준이라는 주인물이 압도적 우위를 차지하며 이야기를 끌어 나간다. 이런 주인공의 대척점엔 유일한 타자의 개념으로 여인이 존재한다.

『광장』이 이명준 개인의 심리와 의식에 의해 이데올로기가 서술되고 갈등이 빚어짐으로 인해 리얼리티가 떨어지고 서사구조가 약화되어 나타나는 것이 사실이며, 여러 논자들에 의해 관념화, 내성화는 60년대 소설의 특징이라 지적되어 왔다.

이러한 서술의 태도는 외면적 삶에 의해 야기되는 내면적 삶의 모습을 보이기에 치중하고 있기 때문이다. 즉, 유년기의 체험 같은 것은 당시의 사회상을 보여주는 역할보다는, 외부현실과 개인과의 대립관계를 일깨워주는 역할을 하면서 성인이 된 주인공의 의식 안에서 행해지는 사변들의 동기로서 작용하고 있다.

내성화, 관념화의 경향은 한 개인의 갈등과 고민에 주목하여 그 심리적 추이와 원인을 서술하고 있는 것이다. 그렇지만 그러한 과정이 현실에 대한 무관심 혹은 몰가치에 의한 것이 아니라 현실에서 이루어지는 일련의 부조리한 현실을 한 개인이 가지는 인간존재의 부조리성으로 전환시켜서 표현하고 있는 것이다.

최인훈의 소설은 '관념적'이라는 비판을 많이 받아왔다. 이러한 지적은 그의 현실감각이 투쟁적이거니 직접적이지 않고 '사변적'이기 때문에 나온 말이다. 이에 대해 최인훈은 "문학의 매재인 언어는 사물이 아니라 공동체의 사고형과 정서에 의해 조직된 <관념>이다. 문학 작품을 쓴다는 것은 작가의 의식과 언어와의 싸움이라는 형식을 통하여 작가가 자기가 살고 있는 사회에 대하여 비평을 행하는 것이다."라고 전제한 후 "언어 자체가 공동체의 효용을 위한 도구이기 때문에 언어를 택한 예술가인 문학자는 이미 공동체의 현실에 참여하고 있는 것이며, 문제는 어떤 자세로써 참여하고 있냐이다”31)라고 답변한다.

③ '사랑과 구원'의 공간모티프

『광장』에서 또 하나 제기되는 것은 원초적 성에 대한 경험을 통한 자기 자신의 구원 문제이다.『광장』에서 윤애와 은혜라는 남북의 여인을 놓고 구원을 얻기 위해 이명준이 온몸으로 구애하는 것을 보았다. 이것은 결말이 이명준의 자살로 귀결되기는 하나 구원의 가능성은 '사랑'이라는 메시지의 전달력을 강력하게 만든다.

그를 잡아둘 수 있는 요인이자 사랑의 깨달음을 가져다 준 윤애는 그에게 밀실의 도피처이자 광장으로 내모는 이중적인 모티프로 작용한다. 이명준에게 윤애는 전부였다.

> 정말이다. 윤애면 다였다. 스무 살 고개에 처음 안 여자는, 모든 것을 물리치고도 남았다. 몸의 길은 취하는 길이었다. 그는 누구보다도 더 잘 사랑할 수 있다고 믿었다.(p.80)
>
> "윤애 가슴에 있는 그 벽을 허물어 버려, 그 타부의 벽을, 그 벽을 뛰어넘는 남녀만이 참다운 인간의 뜰을 거닐 수 있어. 남자나 여자나 마찬가지야. 여자는 파산했을 때를 예비해서 잔돈푼을 몰래 저금하는 거야. 그따위 부스럭지 돈이 미래를 보장할 것 같애? 버려, 버리고 알몸으로 날 믿어줘, 윤애가 날 믿으면 나는 변신할 수 있어. 무슨 일이든 하겠어. 날 구해줘. / 제가 뭔데요? / 제가 뭔데요? 분명히 그녀와 나란히 서 있다고 생각한 광장에서, 어느덧 그는 외톨박이였다. 발끝에 닿은 그림자는 더욱 초라했다. 그녀의 저항은 무엇 때문인지 알 수 없었다."(p.98)

하지만 윤애에겐 사람으로서 지니는 그녀만의 터부와 밀실이 존재했다. 남한이 제공하는 거짓 자유보다는 개인의 자유와 돈이 가져다주는 최소한의 안락을 그녀는 행복으로 받아들였는지도 모른다. 결국 그녀는 태식과 결혼한 상태에서 다시 운명적으로 명준을 만나는 상황을 맞이한다. 명준은 점령

---

31) 최인훈, 『문학과 이데올로기』(문학과 지성사, 1979), pp.31~32.

자의 보위부원으로, 태식은 남한의 반동부르주아로 서로 적대적 관계로서 이전의 친분이나 친구 관계는 존재하지 않는, 한 인간이 막다른 공간에서 악마로 변신해 가는 과정을 경험한다.

이런 극단적인 공간이 존재하는 곳은 '전쟁터'이다. 더구나 동족간의 相殘은 인간으로서 할 짓이 아닌 짐승의 행위들이었다.

윤애를 떠나 북으로 온 명준이 만난 것은 '잿빛 공화국'이었다. 그가 북으로 온 이유는 아버지가 그리워서도 아니고, 남녘에선 보람을 느끼면서 살 수 있는 광장은 아무데도 없고, 있다손 치더라도 너무나 더럽고 처참한 광장이었기 때문이었다. 이런 그에게 주어진 「노동신문」 기자라는 직업은 '개인적인 '욕망' 이 타부로 되어 있는 고장'이라는 점과 '광장에는 꼭두각시뿐 사람은 없'는 공간이라는 점을 더욱 뼈저리게 알게 만들었다.

다시금 밀실의 공간에서 그를 깨우친 것은 사랑의 힘이며, 그 대상은 은혜였다. 그들이 만나서 사랑을 나누는 공간은 명준의 하숙방이며, 전쟁중에는 동굴이다. 그들은 사랑의 장소로 밀실을 선택했다. 하지만 그들에게 시대적 현실은 밀실에 머물기를 허용하지 않았다. 밀실의 반대편에는 이데올로기에 의한 삶과 죽음이라는 처절한 살상만이 존재하는 싸움의 광장이 마주하고 있기 때문이다.

명준은 자신이 지녔던 남한에서의 밀실을 버리기 위해 윤애를 버리고 배를 탔다. 은혜는 명준을 떠나지 않겠다고 약속했지만 모스크바로 떠났다.

이들 세 명의 인물이 맞닥뜨리는 운명의 공간은 자신의 힘만으로는 좌우될 수 없는 절대적 힘의 공간이다. 이것이 작가 최인훈이 말하는 "인생을 풍문듣듯 산다는 건 슬픈 일입니다. 풍문에 만족치 않고 현장을 찾아갈 때 우리는 운명을 만납니다. 운명을 만나는 자리를 광장이라고 합시다."(1960년판 『새벽』 서문)라는 말에 부합하는 것이다.

이상의 내용은 주인공 이명준이 타고르호를 타기 전에 겪었던 '밀실과 광장', '이데올로기와 사랑' 사이의 대립과 갈등의 현장이라고 말할 수 있다.

④ 소외의식과 이데올로기의 환멸

『광장』의 이명준은 신분상의 허점으로 인해 사회체재 내에서 환영받지 못하고 주변을 맴돌게 되는 소외인의 인물상을 보여준다. 그래서 더욱 내성화되고 관념화된 서술만이 나올 수밖에 없게 되었는지도 모른다.

『광장』에서 이명준은 타고르호를 타고 가면서 자신의 삶을 돌이켜보고 매 순간마다 찾아온 운명에 대한 자신의 판단과 행동이 자신과 주변 사람들에게 어떻게 영향을 끼쳤는지를 주억거리게 된다.

이명준은 휴전이후 '중립국'을 선택하고 타고르호를 타고 캘커타를 향해 떠나게 된다. 결국 이명준은 자신이 선택한 광장과 밀실을 부정하고 싶었던 것이다. 이것은 작가의 서문에서 확인할 수 있다.

> 광장은 대중의 밀실이며 밀실은 개인의 광장이다. 인간을 이 두 가지 공간의
> 어느 한쪽에 가두어버릴 때, 그는 살 수 없다. 그럴 때 광장에 폭동의 피가
> 흐르고 밀실에서 광란의 부르짖음이 새어 나온다. (1961년판 서문)

하지만 중립국이라는 환상이 가져다주는 이상향[32]도 한낱 꿈으로 느껴지는 것이다. 어느 곳에서도 환영받지 못하는 포로의 신분을 자각한 순간에 느끼는 좌절인 것이다.

인간은 어디에 있든지 어느 순간이든지 운명과 마주하게 된다. 타고르호 안에서 석방자들의 요구를 중개하지 못한 명준이 마주친 것은 김과의 싸움이었다. 무리한 조건임을 알고도 요구하는 석방자들을 명준은 추하게 느꼈으며 짐승의 몸부림으로 받아들였다. 그가 김과 싸운 것은 자신이 그들과 동일시되는 것을 부정하고 싶었기 때문이다.

자기의 선택에 대해 고민하는 인물, 그것이 행복과 평온을 가져다주지 못할 때, 희망은 사라져 버리고 환멸의 신화[33]로 존재하게 되는 것이다.

---

32) 이명준 바라고 희망하는 유토피아는, "있는 것마다 있을 데 놓여져" 있는 세계이며, "가장 바람직한 아귀에서 단단히 톱니가 물린" 세계, "아무 짐도 없는 배부른 장단만을 가진"상태를 말한다. (『광장』, pp.33~34)

3. 결론 — 전쟁의 비극성과 그 극복

본고에서는 전후장편소설을 대상으로 전쟁의 의미를 전전세대와 전후세대가 보여주는 세계에 대한 인식의 차이를 통해 살펴보려고 하였다. 또한 4·19를 전후한 남북 분단에 대한 인식과 표현의 차이가 어떻게 소설 속에 형상화되었는지 규명해보고자 했다. 본고에서 다룬 세 작품으로는 미흡한 점이 많다. 필자의 능력부족과 지면관계로 다루지 못한 작품 중에서 황순원, 강신재, 장용학, 오상원 등은 좋은 분석 대상이자 비교대상이다. 여기서는 본론의 내용을 요약하고 관련 작가의 대표작을 소개하는 정도로만 그친다.

전후 구세대라 할 염상섭의 「취우」는 전쟁이라는 참혹한 현실을 전시중임에도 능동적으로 대처하지 못하고 철저한 반성적 인식과 문제점을 직시하지 못한 채 전쟁에 대한 피상적 묘사와 일상성과 삶의 지속성을 강조하고 있음을, 결과적으로 속물화된 인간상만이 부각될 수밖에 없음을 비판적으로 살펴보았다.

전후 구세대로 거명되는 작가로는 김동리와 황순원이 있는데, 황순원의

---

33) 이에 반대의견을 내는 논자들은 결말에 등장하는 두 마리 갈매기의 존재에 주목하여 구원의 방법인 사랑을 좇아 죽음을 선택한 것이라고 설명한다. 최근에 나온 김주언의 연구(「한국비극소설연구」, 단국대 박사논문, 2000)를 보면, 이명준의 좌절을 "적멸 속으로 사라지는 것이 아니라 삶의 극단을 끝까지 간 자만이 아는 한계를 전해주며, 그 좌절의 순수함과 아름다움은 우리가 얼마나 불순한 혼효 속에서 타협하고 있는가를 말해준다. 이 점에서 젊은 그의 궁극적인 불화의 운명은 우리를 허무주의의 세계로 주저앉히는 것이 아니라, 살아남은 자들의 부끄러움을 충격하는 힘으로 다가온다"(p.107)고 설명하면서 '비극적 비전'이란 용어를 사용하여 두 마리 갈매기의 상징인 은혜와 은혜의 딸을 따라 사랑을 택한 것이라는 결론을 내린다.
하지만, 본 필자는 이명준이 구원(사랑)을 얻기 위해 은혜를 좇아 죽음을 택했다기보다는 현실에서는 자신의 뜻대로 아무것도 할 수 없는 아니 자신을 가만히 내버려두지 않는 현실에 대한 자신의 존재를 드러내는 최후의 저항으로서 죽음을 선택한 것이라고 본다. 결국 그는 현실의 삶에 대한 더 이상의 미련을 던져버린 것이다.

「나무들 비탈에 서다」(《사상계》, 1960.1~7)는 2부로 나뉘어져 있으며, 동호와 현태를 주인공으로 하여 1부에서는 피비린내 나는 전쟁 현실을, 2부에서는 전쟁에서의 정신적 상처를 전후현실 속에서 그려낸다. 전쟁이 야기한 비극, 그 동족상잔의 죄의식으로 방황하는 젊은이들을 구원해 낼 수 있는 방법은 사랑과 모성임을 얘기하고 있다.

박경리의 「시장과 전장」의 한계는 전장의 현장에서 한발 물러난 관찰자적 시점과 인물을 중심으로 사건을 제시하다보니 각 개별 인물의 자의식이 너무 강하게 드러난다는 점이다.

작가의 분신이라 할 지영이란 여성인물을 통해 소외 받는 인간의 구원의 길은 사랑임을 강조한다. 이 사랑은 이데올로기의 극복은 물론이고 남북화해의 따듯한 시선을 잉태하는 자궁이다.

문학사적으로 볼 때, 「시장과 전장」은 전쟁을 배경으로 하여 지영과 기훈이라는 인물이 별개의 자장 안에서 가화를 암묵적 매개체로 하여 합일의 장을 이룸으로써 단순한 이데올로기적 대립을 벗어난 인류 구원의 사랑을 전달하고자 하는 작가 정신의 소산으로 빚어진 당대 전쟁문학의 문제작이다. 또한 인민군에 대한 애정 어린 시선이나 미군에 대한 부정적인 시각은 이전의 소설에서 진일보한 시각이라 할 것이다.

박경리와 더불어 여류작가로 擧名해 볼 수 있는 소설가는 강신재가 있다. 「젊은 느티나무」(1960) 이후 「임진강의 민들레」(1962)를 통해 생존의 본능과 생활의 美를 추구하는 여성다운 문체를 엿볼 수 있다. 전쟁은 소재로만 등장할 뿐 구체적인 상황의 제시나 설명은 없다. 다만 아름다움을 추구하는 인간 본성에 초점이 맞춰져 있는 작품이라 하겠다.

끝으로 최인훈의 『광장』을 통해 50년대 소설의 성격을 벗어난 60년대 소설의 특징을 살펴보았다. 최인훈 소설의 주인공들은 대체로 自愧적인 모습을 보인다. 자기 구원의 문제에 있어 현실적인 욕망의 실현에 걸림돌이 되는 것은 해체시킨다. 그리고 나서 자유를 찾는다. 그것이 회피이든 아니든 자신의 자유로운 사고가 집단에 반영되든 안되든 상관없이 그 자체로 자신의 삶을 이루는 태도를 유지한다.

『광장』의 이명준은 '광장'과 '밀실' 양쪽을 왔다갔다하는 방황을 숙명으로 받아들이는 존재로 남과 북 어디에도 몸담지 못하는 탈이데올로기적 인물이라 할 것이다.

『광장』과 더불어 4·19의 세례를 받는 작가들은, 상징과 은유를 통하여 소설적 거리를 유지하면서 객관성을 확보하고 풍자, 그로테스크 그리고 희화화 등을 통하여 민족의 문제를 다루었다. 이른바 관념소설로 비사실적 사변적 이야기로 끝나는 것이 아니라 역설적으로 세밀하게 현실을 조망하면서 비판하고 있는 것이다.

이른바 전후 신세대 작가들 중에서 장용학의 「원형의 전설」(1962)과 오상원의 「황선지대」(≪사상계≫, 1960.4)를 주목해 볼 필요가 있다. 특히 장용학은 보편적인 서술방법과는 달리 시간구조의 파괴나 상징적인 명명 등 관념적 서술로 일관되어 난해한 작가로 평가받는다. 「원형의 전설」은 이러한 특성을 반영한 장편소설로 한국전쟁의 비극성과 전쟁이후의 부패한 사회를 근친상간이라는 상징적 기호를 통해 제기하고 있다. 전후 구세대 작가와는 달리 서술이 관념화되고 심리적 기법을 사용하여 규범적 세계의 부정과 관념적 유토피아 지향의 신세대적 문제의식을 드러내고 있다.

오상원의 「황선지대」는 중편이기는 하지만, '황선지대'(미군 주둔지)라는 특수한 공간을 상정하고 전쟁이 그 공간을 존재케 했으며, 폐쇄적 공간 속에서 절망과 좌절을 겪는 인물들의 전망상실을 다루고 있는 문제작이다.

이상의 작품들을 고려해 볼 때, 1950년대는 전쟁을 직접 체험한 세대에 의해 작품이 창작되어졌으며, 전쟁의 의미나 이데올로기에 대한 객관적 시선과 주체적 인식이 이루어지지 못했음을 알 수 있다. 일제하 36년을 살아오면서 배태된 처세술이 해방이후의 미군정과 친미적 정권 하에서 그들의 행동반경은 자유롭지 못했기 때문이다. 이러한 문학적 흐름은 4·19라는 외부적 충격으로 인해 자유로운 이데올로기의 피력과 더불어 분단에 대한 객관적 인식을 가져왔다고 볼 수 있다. 다만 5·16을 거치면서 또 다른 군사

정권의 반공이데올로기에 갇히게 되는데, 1960년대의 작가나 작품들이 현실을 외면하거나 도피했다기보다는, 그 시대의 논리와 상황에 맞는 창작방법을 수행함으로써 '60년대적'이라는 술어를 만들어내었다고 보는 것이 옳을 것이다.

전후문학을 좁은 의미에서 논의 할 때, 그 한계점은 1950년대 문학이 지닌 한계점과 동일한 바 4·19 세대의 등장으로 인해 극복되어 진다. 김병익이 말한 대로 50년대의 "문학적 화석화"를 극복하고 "경악에서 성찰로, 체험에서 언어로, 실존주의에서 시민의식으로, 패배감에서 극복에의 의지"로 문학적 방향으로 돌린 것34)이 60년대 문학의 긍정적 성격이라 할 것이다. 다만 여기서 집고 넘어가야 할 것은 작품이 60년대에 쓰여졌느냐가 중요한 극복의 계기가 된다기보다는 전후세대에 의한 작품이냐 아니면 4·19세대에 의한 작품이냐에 따른 창작주체인 세대간의 인식 차이가 한계와 극복을 나누는 기준이 된다는 점이 전제되어야 할 것이다.

요컨대, 1950년대 전후장편소설에서 전쟁의 비극성과 그 극복을 문제삼은 작품은 많으나 이를 민족사적인 문제로 이해하기보다는 개인적인 비극으로 처리하고 그 극복방안으로 개인적 노력이나 사랑 등을 제시하고 있다는 한계를 발견하게 된다. 이는 전쟁의 연원이나 민족사적 의미에 대해 천착하지 않은 결과로 이해된다.

---

34) 김병익, 「60년대문학의 가능성」, 『현대한국문학의 이론』(민음사, 1978), p.164.

오영수 소설의 반근대성과 생태주의적 상상력

김봉군*

1. 머리글

20세기의 한국 문학의 정신사는 전통 지향성, 자유주의 지향성, 사회주의 지향성의 세 갈래 큰 흐름을 보이며 전개되어 왔다. 오영수는 김동리, 황순원 등과 함께 전통 지향성에 집요하게 매달린 작가로 정평이 나 있다. 오영수는 1914년 경남 울주군 언양면에서 출생하여 1949년 ≪신천지≫7월호에 「남이와 엿장수」(「고무신」으로 개제)를 추천받고, 서울 신문 신춘 문예에 「머루」가 당선되어 문단에 나온 후부터 1979년 1월 ≪문학사상≫에 발표한 「특질고(特質考)」가 특정 지방민의 극한적 반발을 비등케 하여 절필, 칩거·영면하기까지 117편이 넘는 단편을 쓴 철저한 단편 작가다. 그가 설정한 작품의 배경은 그의 성장 배경과 마찬가지로 대개 농어촌의 순수 자연이나 도회의 소외 지대다.

그의 연보 가운데 주목을 끄는 것은 그가 25세 때인 1937년 일본에 건너가 동경 국민 예술원을 마쳤고, 1945년 이래 김동리와 교유하였으며, 1955~66년간 ≪현대문학≫지에 편집을 맡았던 일 등이다. 일찍이 김윤식이 규정한 바 있는 이른바 '문협 정통파'의 행로를 고수하여 온 것이다.

---

* 가톨릭대 교수 · 문학평론가

오영수 소설의 연구사도 이 같은 특질을 밝히는 데에 국한된 것들이 대다수다.

1980년대 중반까지의 오영수론은 강단 비평보다 소박한 저널 비평에 그쳤다. '온정과 선의', '서정의 온상', 또는 '인간의 긍정'이라는 말로 요약되는 것이 오영수의 문학이다.[1]

오영수 문학에 대한 본격적 논의 또는 학문적 연구는 1980년대 말에 시작된다. 오영수 소설에 대한 연구사는 크게 세 가지 경향으로 나뉜다.

첫째, 작가 오영수의 생애와 작품과의 관련성을 조명해 낸 역사주의적 연구의 성과가 있다.

이혜진('89)은 오영수 문학의 특징을 서정성으로 판단하고, 그 의미와 작가의 서정적 기질에 대해 살펴보았다. 그리고 여기에서 작가는 어린 시절의 가난과 허무 사상, 오랜 타국 생활 등으로 서정적 기질을 갖게 되었으며, 이러한 작가의 서정성이 작품의 인물, 배경, 구성, 문체 등에서 반영되고 있음을 보여 준다. 결국 작가는 상실된 인간을 긍정하면서 본래의 인간성을 자연에서 회복하려고 했다고 결론짓는다.[2]

박동규('89)는 오영수의 작품 세계가 작가 자신의 생애 및 사회적 체험과 많은 상관성이 있다고 지적하면서, 전체적으로 '자연→도시→자연'의 과정을 밟은 작가 자신의 삶과 '융화→불화→융화'의 과정을 밟는 소설적 삶이 일치되고 있으며, 그 둘 사이의 공통 축을 이루는 세계가 바로 '증오'와 '향수'의 세계라고 설명한다. 그런데 이러한 시대적 체험을 작품으로 구현한

---

1) 초기의 오영수론으로 대표적인 것은 다음과 같다.
  ① 김동리, 「온정과 선의의 세계―'명암'을 중심으로」, ≪신문예≫(1959. 1).
  ② 문덕수, 「서정의 온상―'명암'에 대하여」, ≪현대문학≫(1959. 3).
  ③ 천승준, 「인간의 긍정」, ≪현대문학≫(1959. 9).
  ④ 이형기, 「오영수」, ≪문학춘추≫(1964. 7. 11).
  ⑤ 김용운, 「오영수 작품론」, 「연세국문학」(1965. 12).
  ⑥ 천이두, 「한적 인정적 특질」, ≪현대문학≫(1967. 8).
  ⑦ 김병걸, 「오영수의 양의성」, ≪현대문학≫(1967. 9).
  ⑧ 홍기삼, 「오영수의 입원기」, ≪현대문학≫(1973. 6).
2) 이혜진, 「오영수 소설에 나타난 서정성과 주제 연구」, 연세대 석사 학위 논문(1989).

작가의 역사 의식 부재 현상은 매우 유감스러운 일이라고 비판한다.3)

둘째, 오영수 소설의 구성 요소와 미적 특질을 중심으로 한 작품 분석에 치중한 연구 성과가 있다.

김경수('89)는 오영수의 문학 세계를 '인정의 미학', '원시 지향의 세계관', '현실 부정의 풍자'라는 관점에서 분석하면서, 결국 오영수 문학의 본질은 '우리'라는 공동체가 인간 본연의 자세 속에서 자연과의 조화된 생활을 꿈꾸는 것이라고 설명한다.4)

김광희('92)는 오영수 소설에 나타난 작중 인물의 성격 분석을 통해 작가의 세계관과 작품의 가치를 조망한다. 즉, 등장 인물들은 세계에 순응하는 자의 모습, 세계를 비판하는 지식인의 모습, 순응도 비판도 아닌 순진무구한 어린이의 모습 등으로 구분되며, 작가는 이를 통해 삶이 도달하고자 했던 인간 존중 정신에 대한 고귀한 이상의 형상화를 목표로 했다고 본다.5)

박상호('92)는 오영수 소설의 중핵을 자연성으로 파악하고, 이를 소설 일반론인 인물, 객관적 상관물, 배경, 문체, 주제 등을 통해 종합적으로 고찰한다. 즉, 오영수 소설에 등장하는 인물들은 대부분 순진무구한 토속인이나 어린이들이고, 객관적 상관물로서의 자연은 사건의 진행과 조화를 이루고 있으며, 지리적 배경 또한 자연이 대부분이고, 간결한 문장과 사투리 사용에서 오는 토속성도 자연성과 상통하며, 주제 역시 물질 문명의 폐해와 인간성의 부재를 회복하는 데서 드러나는 자연성이다.6)

박규홍('93) 역시, 오영수 소설의 인물들은 소박하고 대립적이지 않으며, 문명과는 단절된 공간과 시간의 배경을 통해 인긴 긍정의 톤으로 일관하고 있음을 그의 대표작인 「갯마을」의 분석을 통해 보여 준다.7)

---

3) 박동규, 「오영수론」, 『전후 한국 소설의 연구』(서울대출판부, 1996), pp.172~222 참조.
4) 김경수, 「오영수 소설론」, 동국대 교육대학원 석사 학위 논문(1989).
5) 김광희, 「오영수 소설에 나타난 작중 인물 성격 연구」, 동국대 교육대학원 석사 학위 논문(1992).
6) 박상호, 「오영수 소설에 나타난 자연성 연구」, 영남대 교육대학원 석사 학위 논문 (1992).

정혜미('95)는 오영수 소설의 미적 특질을 전통성과 한국적 리리시즘에 입각하여 살펴보고 문학사적 의의를 규명해 보였다. 결론적으로 오영수는 자연과 인간의 조화를 이루는 아름다움을 표출하여 서정적이고 순수한 문학을 지향했을 뿐 아니라, 우리의 전통성을 견지하면서 작품 속에서 꾸준히 독자적 세계를 구축한 한국 전통주의 작가라고 평가한다.[8]

셋째, 사회·역사주의적 접근 방법으로 오영수 소설의 분단관을 조명한 논의가 있다.

김영화('86)는 오영수가 분단 시대를 산 작가로서 소설을 통해 어떻게 분단 상황의 문제를 다루었는가를 알아보았다. 오영수는 역사적 현실에 관심을 두고 이데올로기보다는 민족을 통해 분단 극복을 모색했다는 것이 그의 견해다. 그리고 오영수의 전체적인 작품 세계를 작중 인물, 배경, 기술의 양상, 한국적 요소 등으로 분류하여 탐구함으로써, 그가 기교파 작가이며, 예술성에 대한 의식이 강하고, 재래 한국인의 감정과 생활을 깊이 있게 형상화하여 우리 소설사의 폭을 확대하는 데 기여했다고 평가한다.[9]

장승우('95)는 작가의 생애를 작품 경향과 결부시켜 독특한 작가 정신인 인정과 긍정의 세계관을 살폈다. 그리고 그의 대표작들은 순박한 서민들의 정서, 분단의 비극적 인식, 동양적 이상향의 추구라는 주제로 분류할 수 있으며, 작가는 나름대로 현실 참여를 하였으나, 그것이 역사적·사회적 깊이를 통해 삶의 본질적인 고민까지는 나아가지 못했다는 한계를 지적한다.[10]

이 글은 근대의 합리주의, 모더니티와는 대척적인 좌표에서 독특한 창작관을 고수한 오영수 소설이 선택한 '말하기 방식'[11]에서 반근대성과 인간

---

7) 박규홍, 「오영수의 '갯마을'」, 『한국 현대 소설 문학의 이해와 감상』(학문사, 1993), pp.161~168 참조.
8) 정혜미, 「오영수 소설 연구」, 성신여대 교육대학원 석사 학위 논문(1995).
9) 김영화, 「분단 상황과 문학적 형상화—오영수의 '머루'에서 '환상의 석상'까지」, 제주대 논문집, 1995.
10) 장승우, 「오영수 소설 연구」, 계명대 교육대학원 석사 학위 논문(1995).
11) R.웰렉 등의 *Understanding Poety* 제4판의 *the way of saying*에서 원용한 말.

긍정의 정신을 구명하고, 아울러 그에 함축된 생태주의적 응전력의 기미를 포착하기 위하여 쓰인다. 이에 동원되는 방법론을 분석주의와 역사주의의 통합적 시각에 기반을 둔다.

2. 오영수 소설의 특성

오영수의 작품을 일별할 때, 먼저 눈에 띄는 특색이 작가 관찰자 시점, 시적 직관, 서정, 토속적인 인간, 동물우의(動物寓意) 등이며, 그가 취택한 소재나 배경은 거의 농촌, 어촌, 산촌이거나 서민의 애환이 무르녹아 드는 도회의 뒷골목들이다. 다시 말하면, 그의 영지는 반문명의 그늘에다 온정의 햇살을 지피는 곳에 있다. 그의 단편집 「머루」(1953), 「고갯마을」(1956), 「메아리」(1960), 「수련」(1965), 「황혼」(1975), 「잃어버린 도원」(1977) 들이 대체로 리리시즘의 세계에 근원을 두고 있으며, 「명암」(1958)이 다소 절박한 현실 감각으로 씌었으나, 그것 또한 희비로 점철된 서민의 생활상을 떠나지 않고 있다.

오영수는 반근대주의자다. 거듭 말하거니와, 한국 문학의 정신사적 계보12)로 보아 전통 지향성(tradition orientation)에의 끈질긴 집착을 보인 작가다.

오영수 소설의 반근대적 말하기 방식의 특성은 작품들의 구조적 요소를 인물·구성·문체·주제로 나누고, 그 미학적 세목(細目)들을 찾아 분석함으로써 드러날 것이다.

1) 인물

서구의 서사 문학은 주동 인물(protagonist)과 반동 인물(antagonist), 빛의 자아와 어둠의 자아의 대립(contrast)이 빚는 갈등 구조로 이루어지며, 그에 드러나는 액션은 비극적 인간상에 의하여 빚어지는 사건과 결부된다. 이것은 삶의 원리를 경쟁 곧 '투쟁의 방식'으로써 해명하려는 사고의 이분법에서

---

12) 김윤식·김현, 『한국문학사』(민음사, 1973), p.189 참조.

유래한다.[13]

　오영수의 작품에 등장하는 사람들은 투쟁하여 승리 또는 파멸에 이르는
현대적 영웅[14]이나 지적 엘리트가 아니라 무지 소박한(ignoramous)[15] 토속적
인물이며, 화해의 인간상이다. 따라서 그들은 지성과 양심을 공유한 인물이
라거나 교양인, 문명인의 법도 같은 금기 체계를 신봉하는 문화적 수준과는
거리가 먼, 노인, 아동, 과부, 실직자, 불구자, 피학자, 범법자 등 소외 계층
곧 그늘의 사람들이거나 소박, 우직한 인간형이다. 그래서 이름도 남이(「남
이와 엿장수」), 해순이(「갯마을」), 춘례(「용연 삽화」), 달오(「여우」), 구칠이
(「후조」), 윤도(「개개비」), 이계원(「시계」), 월례(「섬에서 온 식모」), 화산
댁이(「화산댁이」), 염초네(「염초네」) 등 거의 예외 없이 토속적인 것들이다.
혹 이름이나 지식 수준에서 예외가 있더라도 오영수의 소설 속에서는 식자
와 무지렁이가 따로 없게 되고 만다. 그의 작품에는 엘리티즘[16] 같은 객기야
말로 영 어울리지 않는다.

① 익살스런 토속 인간

　인정과 합리, 가슴과 머리 중 어느 것으로 살 것인가? 이것은 현대인의
구체적인 삶 속에서 많은 질문거리를 낳는 문제다. A. 토인비는 오래 전부터
이 문제를 두고 고심해 왔다. 특히 서구인의 과학과 산업 문명에 대한 그의
비판의 소리, 그 볼륨은 크다. 현대 서구인의 역사적 지평이 공간과 시간의
두 차원 함께 거창하도록 확대된 반면, 역사에 관한 시야는 급속도로 축소의
길을 걷게 되었다고 말하면서, 토인비는 인류 역사상 지금처럼 인도주의적
감정이 보편화된 적이 없으면서도 한편으로는 세계사에 유례가 없는 계급

---

13) 조동일의 『한국 소설의 이론』(지식산업사, 1977)도 이런 맥락에서 벗어난 것은
　　아니다. 그 역시 삶의 원리를 '투쟁'에서 찾고 '자아와 세계와의 싸움'을 한
　　국 서사 문학의 기본 구조로 보고 있다.
14) 근대 소설(novel)엔 영웅이 사라졌지마는, 일체의 현실에 대하여 대자적(對自的)
　　자각 증상이 있는 인간에게는 이런 명명이 가능할 것이다.
15) 단순히 '무지한' 것과는 차이가 있으므로 조어를 썼다.
16) 이런 유의 elitism에 관한 연구로는 Jeffrey & Sammons의 *Literary Sociology and Practical
　　Criticism*(Indiana University Press, 1977)이 그 대종이다.

투쟁, 국가주의, 민족주의의 바닥에 추락해 있으며, 이 사악한 격정이 과학적으로 계획된, 피도 눈물도 없는 잔학한 행위 속에서 출구를 찾고 있다고 지적한다. 현대인은 전에 없던 생산력을 향유하면서 역시 물자의 결핍을 동시에 경험하며, 사람 대신 일하여 줄 기계를 발명하였으면서도 인간에게 유익하게 봉사할 기회, 예컨대 어머니가 그의 갓난아기를 돌볼 시간을 갖지 못하기에 이른 아이러니를 그는 통렬히 지적한다. E. 프롬의 「소유냐 존재냐」 이전의 신랄한 문명 비판이다.[17]

오영수는 이러한 산업 문명 속의 인간상에 몰입되지 않는 역문명의 인간, 아니 문명 이전의 인간을 그린다. 그가 그린 인간상에는 그의 원시주의(primitivism)가 투영되어 있다. 그러나 그의 원시주의는 멜빌(H. Melville)의 야성주의(barbarism)[18]와는 다른 토속성과 리리시즘에 근원한다.

> "자, 이거 보통이 깊숙이 감춰. 네 월급을 모은 거다. 차표 살 돈은 따로 됐다."
> "운 돈이 이래 많아유?"
> "운 돈이라니, 네 월급이지."
> "쬐금만 주시유."
> 내외는 비로소 웃음을 터뜨렸다.
> "그런 게 아니야. 깊숙이 넣어."
> "이렇게 많은 돈 무서유!"
>
> ("섬에서 온 식모」)

이것은 섬에서 온 가정부 월례의 인간상이 잘 드러난 대목이다. 현대인은 흔히 호모 에코노미쿠스(homo economicus) 곧 경제인으로 일컬어지지마는, 이 월례에게선 호모 에코노미쿠스의 자취를 찾아볼 수 없다. 정(情)의 인간

---

17) T.Toynbee, *Civilization on Trial*, 지명관 역, 『현대문명비판』(을유문화사, 1964), p.405 참조.
18) Michael Bell, *Primitivism*(Methuen & Ltd., 1972), pp.20~28 참조.

이요 '스스로 그러함'인 자연의 인간이다. 그리고 이런 인간이 바보라는 느낌을 주기보다는 짙은 정감 때문에 도저히 미워할 수 없는 인간형이다. 이런 인간형의 특질은 오영수 특유의 해학으로 구체화된다.

이런 인간상은 오영수 소설에서 보편적 인간군으로 등장하여, 소위 뼈 있는 집안의 식자 출신 박학도도 마찬가지다. 호의호식으로 유년을 지낸 박학도는 집안이 영락하자 나중엔 여관 심부름꾼, 카페 뒷설겆이꾼, 목욕탕의 화부 노릇, 형사 앞잡이, 길가에서의 뺑뺑이 놀음 등 세상 바닥을 전전하며 생존이 간두(竿頭)에 있으면서도, "그 누구요?" 하면, "학도 앙이고, 봉도 앙이고, 강산 두루미라커는기라!"고 대꾸하며 친구의 집 대문 안을 들어서는 웃지 못할, 그야말로 소금기 가신 울음과 웃음의 주인공이다.

다음, 작품 「염초네」에서 염초네에겐 경제라는 것, 수요와 공급이라는 것, 그런 것이 의미가 없다. 그냥 사는 것이다. 나무처럼, 풀처럼 사는 것이다. 그러나 나무나 풀과는 달리 정으로 사는 것이다. 이것은 오영수가 택한 반문명, 반현실의 결산이라고도 할 다음과 같은 발언에서 더욱 분명해진다.

> "……비근한 예로 '토종' 말이다. '재래종'이라고 해도 좋다. 개나 돼지도 내가 아는 한 트기나 잡종보다는 토종이 월등 맛이 좋더라. 그러니까 즉 토종을 찾아 가꾸자는 거다, 이 잡종 새끼들아!"
>
> (「목에 걸린 가시」)

한 대학생의 도전적 발언이다.

오영수는 줄곧 토종에 매달려 생애를 마친 순 토종 작가요, 따라서 그는 그의 작품에 철저히 토종 무지렁이를 등장시킨 것이다.

② 패배자 · 피학자 · 소외 인간

오영수의 인물들은 거의 다 패배자 또는 학대받거나 소외된 인간 군상이다. 박학도만 해도 자신의 불행을 불행으로조차 의식하지 못한다. 월례가 우직한 낙천적 인물이되 관찰자나 독자에게 비극적 주인공으로는 비치지 않는 데 대하여 박학도의 즉자적(即自的) 생존 방식은 대자(對者)인 관찰자에겐 비극 그것이 되고 만다.

이보다 좀 발전한 것이 '합창'의 '헌'이다. 그는 '노래를 부를 경황도 계제도 아니면서, 그나마 노래라도 부르지 않고는 배길 수 없는 주인공'이다.[19] 실직자인 판잣집 주인인 '헌'은 시장통에서 장사하는 아내의 벌이로 생계를 잇는다. 장사 수완상 그의 아내는 홀어미 행세를 해야 하고, 어느 날 그의 판잣집으로 젊은 사나이가 찾아온다. 그리곤 그의 아내와 함께 버젓이 안방을 차지하고, 그는 군불 지피러 내쫓기는 신세가 된다.

합리주의자인 현대인, 프로메테우스적인 산업 시대의 인간상[20]에 비추어 볼 때 '헌'이야말로 허파에 바람 빠진 인간 허깨비일시 분명하다. 이것은 남성이 거세된 무기력한 인간의 표본이다. 이 장면에서 동원된 물리적 정신적 요소(배경)도 걸맞다.

그렇다면, 오영수는 왜 이 같은 얼빠진 인간을 그려야만 했는가? 이것이 문제로 남는다.

이런 '헌'보다 조금 발전한 것이 '여우'의 달오다. 순하고 우직하고 착한 무지렁이 달오는 느닷없이 찾아든 옛 친구 성호에게 전세금을 빼앗기고, 아내마저 농락당하며, 심지어 그에게 구타를 당하기까지하는 철저한 피해자로 그려진 인물이다. 성호는 오영수가 그린 유일한 악인이지만, 이 작품의 액션(action)은 성호의 악성에 있지 않고, 성호의 가학에 대처하는 달오의 자세에 있다. 따라서, 이 작품은 주인공 달오의 성격과 액션을 보여 주는 데 그 초점이 있는 것이며, 따라서 주인공 달오 역시 박학도와 다름없는 철저한 피해자다. 달오는 물론 최선을 다한다. 성호에 대결하여 그 녀석의 가슴팍에 머리를 쳐박아 부딪쳐 본다. 그러나 그의 힘에는 적수가 아님을 알자 피투성이가 된 채 신음하듯 부르짖는다.

……뭔지 외롭고, 설움 같은 것이 치밀어 목구멍을 막는다. 코허리가 씨잉

---

19) 「메아리」(백수사, 1960)의 지은이 자설 '머리말'.
20) 개척, 모험, 투쟁, 성공에 분주한 Prometheus적 인간상과 향락과 도취에 빠지려는 Dionysus적 인간상을 대조시켜 쓴 말임.

메워진다. 눈투성이가 된 몸이 아이놈을 껴안는다. 아이놈은 자꾸 '피피…' 하고 운다. 눈을 한 움큼 움켜 코 밑을 문질러 본다. 눈에 코피가 딸기물을 쓴 가루얼음같이 곱다. 또 눈을 움겨 코피를 문지르고 하다가, 그만 팔에 우끈 힘을 준다. 으스러지도록 아이놈을 껴안고는, ― 인석아, 어서 커라, 네가 어서 커라, 인석아!

(「합창」)

1970년대에 '억울하면 출세하라'는 유행어가 득세하였듯이, '법보다 주먹이 가깝고', '돈이면 안 되는 일이 없던' 적반하장의 여우굴―양호원(養狐園)을 방불하게 했던 1950년대 말(「여우」는 1957년의 작품)의 시대상을 보여주는 작품이 바로 이 「합창」이며, 달오는 바로 그 시대의 피해자를 대표한다. 달오는 왜 남성을 거세당하여야 했는가? 이것은 그 시대를 꿰뚫어 볼 줄 아는 형안의 소유자에게만 이해될 것이다. 이것이 오영수의 '리얼리티'다. 아무튼 짓밟히고도 저항할 줄 모르거나 저항하려 해도 용기가 없는 인간, 이는 일제 강점기 후반 한국인의 통증, 6 · 25의 폭력과 자유당의 폭정 아래서 얻은 고질과도 같은 아픔을 회잉(懷孕)한 환자다. 그러나 오영수의 의중은 그런 논리와는 다른 데 있다. 가학자와 피학자의 대결, 투쟁에서 모티브를 얻지 않는다. 가해자, 그는 오영수의 작품 세계에선 제거된다. 「염초네」가 그 예다.

이 때 술이는 힐끗 돌아보면서 보따리를 들어 보였다. 염초네는 그제서야 그것도 입속말로,
"애고 문둥아, 뱃속에 든 거는 어쩌라커노―"
했을 뿐 술이는 끝내 모르고 갔다.

(「염초네」)

염초네는 술이에게 책임지라는 다그침도 자신의 운명에 대한 격렬한 자탄도 보이지 않는다. 이와 같은 유형의 인간상은 '불구'의 필애에게서도 나타난다. '개개비'의 윤도도 피해자지만, 염초네나 필애와는 달리 피해 의식

이 있는 유형이다. 주인집 딸을 얻을 생각으로 뼈가 휘도록 일했으나, 엉뚱한 작자에게 빼앗기고 마침내는 시골로 돌아오고 만다. 이 같은 패배적인 인간상의 극한은 '응혈'의 명구다. 폐결핵 환자인 전직 교사 명구는 아내가 매춘을 하여 벌어오는 돈으로 생명을 이어야 하고, 병을 다스리면서 한 줄기 희망을 부여잡아야 했다. 인간사에서 최대의 비참, 최악의 비굴이다. 이런 상황에서도 오영수도 주인공 명구를 죽음의 파국으로 몰고 가진 않는다. 이것이야말로 오영수가 보여주는, 치사하리만큼[21] 끈질긴 인간과 그 삶의 긍정, 그 자체다.

오영수의 인물들은 이처럼 한결같이 평판적 인물이다.

2) 구성 · 문체

오영수 소설의 서두는 ① 인물의 정황 소개(「코스모스와 소년」·「춘한」· 「종차」·「화산댁이」 등), ② 인물의 성격 소개(「여우」·「개개비」 등), ③ 배경 소개·묘사(「갯마을」·「용연 삽화」·「고개」·「추풍령」·「은냇골 이야기」 등), ④ 대화(「박학도」·「휴일」 등), ⑤ 기억 환기(「태춘기」 외), ⑥ 작가의 해체 (「우의」·「후조」·「섬에서 온 식모」·「시계」 등), ⑦ 해후(「수련」 외) 등 다양하다.

그리고 그의 소설에 컷백(cut back)의 기법을 쓴 것은 그가 입체적 구성에 치중하여서가 아니라 서정적 분위기나 정감어린 회상을 위해서 쓰인 수법이다.

다시 말하면, 오영수의 소설은 체험의 시간(time in experience)보다 자연의 시간(time in nature)에 충실하다.[22] 평면적 연대기저 순서, 설화저 전개 쪽에 친근하다. 그래서 그 소설은 소설이라기보다 수필, 일기에 가까운 것이 많다. 3인칭 시점으로 쓴 것이면서도 사소설적 성격을 띤다. 「입원기」는 사소설적이라기보다 일기에 가깝다.

---

21) 오영수는 '합창'의 창작 동기를 이렇게 말한 바 있다. 단편집 『메아리』(1960), 머리말 참조.

22) Hans Meyerhoff, *Time in Literature*(University of California Press, 1955), p.4 참조.

오영수 소설의 결말도 다양하지만, 여운, 미해결로 끝나는 것이 많다. 따라서 그 결말보다는 분위기가 중요한 구실을 한다.

> 차가 움직이기 시작하자 종우는 차장을 잡고 몇 걸음을 따라가다가 손을 놓았다. 삼촌은 뭣을 생각했는지 멍하니 바라보기만 하다가 문득 알았다는 듯이 그 꾀죄죄한 손수건을 꺼내, 결코 그럴 계제도 경황도 아니면서 창 밖으로 흔들기 시작했다.
> 삼촌의 눈에는 아무래도 눈물이 어린 것 같았다. 아내는 손수건에 대고 두어 번 손을 흔들었으나, 종우는 어둠 속에 희뜩희뜩 사라져 가는 손수건이 어쩐지 마음이 언짢았다.
>
> (『종차』)

이 작품의 결말은, 어쩌면 마지막이 될지도 모를 삼촌과의 석별의 정황(情況)을 기차가 떠나가는 순간에 맞추어 여운 속에 묻고 있다.

'후조'도 마찬가지다. 이 작품은 일선 지구 미군 부대로 돈벌이를 떠난 구두닦이 소년 구칠이를 기다리는 중학교 교사 민우의 그리움으로 끝난다.

> '수련' 이 지고, 수련이 또 폈다.
> 이 해도 B는 정욱이를 기다리면서 여기 장자 늪 뱀못 낚시터 이 자리를 지키고 있다.
>
> (『수련』)

수련의 종말도 같다.

이것은 '이별→기다림→만남'의 미학을 본질로 하는 오영수 소설의 비결이기도 하다.

'비오리', '내일의 삽화' 같은 경악 종말(驚愕終末, surprise—ending)로 끝낸 것도 있고, '미완성 해도', '설야'와 같은 비극적 종말도 있긴 하지만, 그것은 예외다. 오영수의 소설은 본질적으로 인정극인 까닭이다.

더욱이, 세속의 종말과 빛에의 환상의 실현으로 끝맺는 F. 커모드의 '요한

계시록적 종말'23) 같은 것과 오영수 소설의 결과와는 거리가 멀다.

　오영수 소설의 문체는 간결체에 우아체를 결합시킨다. 낱말의 선택에 있어서는 철저히 토속어를 가려 쓰고 있으며, 속담의 적절한 구사, 앨리고리와 해학의 기법 동원 등이 오영수 소설 문체의 총목록이다. 설명과 묘사 가운데 우세한 것은 설명의 방법이고, 묘사는 해설적 방법과 극적 방법을 경우에 따라 적절히 부려 쓰고 있다.

　　"―말로서 허랑깨, 말로서 혀. 사람 한 번 살작 미친당깨, 이 잣것이…….
　그래 잘들 가드라우 이잉."

(「전라도」)

　　"우야꼬, 이 문딩이야, 내가 암만캐도 미쳤제. 저런 추끼……보름달인데 안
　밝아. 사움은 말리고 중매는 붙인데이."

(「경상도」)

　　이 말을 하고파서 이렇게 장광설(長廣舌)을 늘어논 거다. 다시 거듭하거니와
　나는 앞으로도 방언을 사수할 작정이다.

(「특질고」)

　「특질고」의 마지막 발언에서 드러났듯이, 오영수는 '방언을 사수'하려다가 엉뚱하게도 특정 지방민의 오해를 사서 불행한 종언을 맞이하기까지 했다. 저 아리스토텔레스가 '있었던 일이 아닌, 있을 수 있는 일'을 쓴다는 시학 기본 원리에, 「특질고」의 독자는 정면으로 도전한 것이다. 이는 오영수 소설이 가진 자기 표백적 수필적인 '말하기의 방식'이 빚은 불상사라고도 할 수 있다.

---

23) Frank Kermode, The Sense of Ending(Oxford University Press, 1966) 참조.

3) 주제

오영수는 작품의 소재를 어마어마하거나 깜짝 놀랄 데서 구하지 않는다.
자연이나 여염집, 뒷골목, 시장 어구, 판자촌 등 농어민이나 막일꾼의 생활에
서 구한다. 이 같은 그의 소재 선택은 그가 쓴 작품의 주제가 역시 소박한
인간사에 깊이 관련되어 있다는 사실과 통한다.

① 선악관의 극복 곧 화해주의

"인간은 인간에 대하여 양이다."고 할 때 그것은 성선설이 되고, "인간은
인간에 대하여 이리다."고 하면 그것은 성악설의 근거가 된다.

오영수의 미학이 '한적 인정적 특질'을 기초로 한다는 것은 천이두가 이
미 밝힌 바 있지만,[24) 그의 소설은 김열규의 소위 '한맥 원류(恨脈怨流)'처럼
'한(恨)'을 '원(怨)'이나 '원(冤)'으로 연장시키지 않는다. 오영수의 한은 곧
선(善)으로, 종국에는 그것이 미(美)로 화(化)하고 만다. 이것은 우리의 고소
설에서 한이 원(怨)·원(冤)과 결부되어 일대 복수전을 벌이는 것과는 차이
가 있다.[25)

오영수는 인간의 본성과 행위를 선·악의 척도로써 인식하지 않는다. 선
인·악인이란 사고의 이분법을 지양, 극복한 것이 오영수 미학의 정체다.

앞에서 말한 염초네, 필애 등이 피해자이면서 조금도 원한을 품지 않는다.
「풍차」의 삼촌, 「고개」의 사나이, 「명암」의 범법자들이 모두 악인으로 그려
지지 않았으며, 심지어는 인민군 소대장까지도 선인, 휴머니스트로 그려지
고 있다.

> "꼭 한번 만나봐야 할 사람이 있어 삼십여 년만에 이렇게 고향 땅을 밟았소
> 만, 만나지기나 할지, 살아 있기나 할지……."
> "누군데요, 그 사람이?"

---

24) 주 1)~⑤ 참조.
25) 그러나 고소설이나 오영수의 작품에서 결말의 의미에는 큰 차이가 없다.

"계모죠, 계모는 앳됐지. 그러나 지금은 많이 늙었을걸, 죽었다면 그 무덤이 라도 한번 찾아보고 쇠고랑을 차야겠는데……."

사나이는 어깨를 푹 내려 앉히고 또 눈을 감는다. 귀뚜라미 소리가 별나게 시끄럽다.

할머니는 움켜쥐었던 마음이 자꾸 풀어질 것만 같아 입을 앙다물고 안간힘 을 쓴다. 울대로 멍울 같은 것이 자꾸 치밀어 오른다. 할머니는 손바닥으로 입을 막고 방으로 들어가 버린다.

서슬에 사나이가 눈을 뜨고,

"할머니, 술값이 얼마죠?"

"……"

"술값이 얼마냐니까요?"

할머니는 어둔 방에서 울먹한 소리로,

"노비나 보태 하슈!"

(「고개」)

이런 만남은 차라리 없어야겠다고 현대인은 생각할 수 있다. 그러나 오영 수는 이런, 만남 아닌 만남의 장면을 즐겨 그린다. 한국인은 일생 동안 한 번이라도 이런 만남마저 갖지 않고는 못 산다. 이런 사정은 할머니의 다음과 같은 동태에서 발견된다.

어느 새 뛰쳐나온 할머니는 사나이의 뒷모습에 합장을 하고 고개를 숙였다.

다음날, 사나이가 금사 나루터에서 쇠고랑을 찬 것과 거의 때를 같이 해서 할머니는 백일 기도를 작정하고 쌍계사로 떠났다.

그러나 누굴 위한 기도인지는 아무도 몰랐다.

이뿐 아니다. 감옥살이하는 수인(囚人)에게도 오영수의 인정의 볕살은 머무른다.

신참은 연신 걸음을 옮기면서 두어 번 손을 혼든다. 그와 함께 무구한 손가락

들이 창살 밖으로 한꺼번에 빗발처럼 움직인다. 흐려진 눈망울들이 자꾸 멀어
져 간다.

(「명암」)

오영수의 인간에 향한 끝없는 애정은 이데올로기로 무장된 공산주의의
조직에까지 미친다. 남한 출신으로 강제로 의용군이 되어 월북한 주인공(나)
은 인민군 소대장의 도움을 받아 월남한다는 이야기—'내일의 삽화'에서
우리는 민족 통합의 실마리 같은 것을 시사받는다. 불륜의 아내에게까지도
증오심 대신 연민과 애정을 버리지 않는 '응혈(凝血)', '설야(雪夜)' 등에서
우리는 인간의 뜨거운 숨결과 만나게 된다.

이러한 오영수의 주제 의식은 이별의 아픔을 만남의 미학으로 변용시킨
다. 「비오리」의 경우가 그 대표적인 예다.

성장 환경과 경제적 지위, 그리고 성격까지도 다른 부부가 자칫 헤어짐의
위기를 맞는다. 그러나 그 헤어짐, 분리(detachment)의 위기를 이어주는 것은
합리적 사고에 의한 타결이나, 대결과 투쟁에 의한 승패의 결과, 곧 챔피언십
의 획득이 아니다. 그것은 천(天)과 지(地), 인(人)과 수(獸), 목(木)과 금(金),
자(自)와 타(他), 주(主)와 객(客), 좌(左)와 우(右), 상(上)과 하(下)의 합일,
조화에 의하여 획득된다. 「비오리」의 남편 섭(燮)과 아내 경이와의 경우는
그것이 이질의 표면이지 선악의 차별상이 아니다. 이들의 이질성은 진달래
가 질 무렵 봄이 가는 것이 안타까워 밤에만 운다는 비오리새의 우의(愚意)
와 농촌의 밤, 자연과의 교감, 합일이 이루어지는 분위기에 의해 만남에
도달한다. 자연과 문명, 농촌과 도회의 조화, 합일이 이루어진 것이다. 이런
점으로 보면 오영수의 반문명주의도 결코 문명 그 자체의 거부로만 파악될
것이 아니다.

송뢰를 듣는 겨울 밤 같은 때, 목이 타도록 인정이 아쉽고, 뼈에 스미는
고독도 경이가 온다는 전제 밑에서만이 한낱 낭만일 수도 있었다.

(「비오리」)

이 대목만 보아도 문명의 화신인 경이를 악의 울타리에 가두어 보지 않고, 그것에 반발하여 자연으로 뛰어내려 온 자신의 행위도 경이와의 재결합을 통해서만 의미를 띠는 것임이 밝혀진다.

오영수의 소설에서 악성을 커버하는 것은 바로 오영수 특유의 해학과 자연을 배경으로 한 짙은 신화성과 인정을 담뿍 머금은 분위기의 미학이다.

이런 화해의 미학이 완성의 경지에 들고, 인간에게서 표한한 피가 제거된 결정적인 작품은 「지나버린 이야기」다. 오영수 낙향 단편집 「잃어버린 도원(桃源)」(1978. 8)에 실렸다. 40 평생 소장사로 착실히 재산을 불려 만년을 유족히 지내게 된 윤생원이 어느 두멧마을로 들어가 낯선 젊은 내외의 의부(義父)가 되어 사는데, 얼마 후 그 댁에 웬 낯선 할머니가 들어와 의모가 되었다. 실상 노인끼리 대면하고 보니, 바로 그 할머니야말로 고향 집에 남기고 온 아내였다는 줄거리로된 작품이다. 여기 등장하는 주인공이나 부수적 인물에게선 악성이 완전히 제거되어 있다.

이것은 『메아리』(《현대문학》, 1959. 4)에서 보인 이상적 원시주의의 현실화로서, 맥락을 같이한다.

지리산 골짜기에 사는 양동욱 내외와 목수 노인, 청년 윤방구, 이네 사람에게서도 표한한 핏기를 찾아볼 수 없다. 돈이 필요하지 않고 타산에 상관않는 오영수의 이상주의가 형상화된 것이다. 이런 이상주의가 정점에 이른 것이 「잃어버린 도원」일 것이다.

② 현실 풍자

오영수의 현실 감각은 결코 무디지 않다. 그를 '피안의 환상에 빠진 작가'[26]라고만 할 수는 없다. 현실을 바라보고 그것을 고발하는 자세와 그 치유 방법이 다를 뿐이다.

현실의 불의·부정·모순을 고발, 풍자한 오영수의 작품에는 「두꺼비」, 「어떤 대화」, 「내일에의 삽화」, 「여우」, 「노이로제」, 「목에 걸린 가시」 등이

---

26) 김병걸, 「오영수의 양의성」, 《현대문학》(1967. 9) 참조.

있다.

「여우」 와 「두꺼비」 는 모두 동물 알레고리로 엮인 작품이다. 「여우」
의 여우 사육장(양호원)은 바로 피해자 달오의 셋방 자체고, 의미를 확대하
면 불의의 강자에게 유린되는 약자의 억울한 세상이다. 여우는 후안무치(厚
顔無恥)한 성호라는 작자[27]요, 나아가 양심이 마비된 현실의 인간 일반이며
사회악 자체다. 양서원의 쥐(여우의 먹이)는 물론 달오 내지 피해자, 약자다.

> ―자, 소위 국회 의원이란 작자가 시계 밀수입을 했다. 부통령 저격 사건에
> 순경이 가담했다. 정부미 횡령이다, 입학금 이천만 환을 몽땅 들어 먹었다,
> 세금을 받아 뺑소니를 쳤다, 이건 또 뭐야, 열차 속에서 헌병이 강도질을 했다,
> 자 어때? 이런 판국이야! 어느 놈을 믿겠느냐 말야, 그럼 우리는 어떻게 살란
> 말야, 대체 우리는 어떻게 살란 말야, …… 도둑질도 누구만 해 먹으란 말야?
>
> (「여우」)

이것은 당대의 현실을 폭로한 대목으로서, 이상 더 적나라할 수가 없다.
「두꺼비」 는 두꺼비를 기르는 까닭을 밝힌 글로서, 연암의 「호질(虎叱)」,
안국선의 「금수 회의록」 과 동궤의 것이다.

> "저번 선거 때도 말야, 뭐 피난민을 어쩌고, 무산 대중을 어쩌고 해서 싸운다
> 고 막 울잖아, 그래서 찍어 줬지―."
> "그래, 그 사람 됐나?"
> "됐지. 그런데 그 뒤로 사 년 동안 코끝도 한 번 못 봤어……."

오영수는 1950년대 우리의 정치 풍토에 대한 분노의 표정을 「어떤 대화」에
담고, 「내일의 삽화」에서는 인민군 장교의 입을 빌려 공산주의를 비판한다.
『메아리』('60)에서 다소 한과 인정의 바닥으로 잠복했던 현실 비판 의식
은 그의 마지막 작품집 『잃어버린 도원』('78)에서 되살아나, 신랄한 현실
비판, 문명 비판에로 발전한다. 「목에 걸린 가시」가 대표적인 작품이다.

---

27) 이것이 오영수 소설의 유일한 악인형임은 앞에서 말한 바 있음.

이는 '전통과 창조'의 문제, 부당하고 더러운 현실에의 타협과 허위에 찬 현실의 진상을, 인습에 충실한 젊은 한 대학생과 도전적, 비판적이고 활달한 또 다른 한 대학생과의 성격 대조를 통하여 노출시키는 장면이다.

다음은 문명 비판인데, 이는 「노이로제」(『잃어버린 도원』에 실림.)에 여실히 나타나 있다. 경제 개발을 지상 목표로 하여 내닫던 1960~70년대 우리 사회의 병증을 이 작품에서 다음과 같이 진단한다.

> 관리의 세계: 감투놀음장. 노다지판. 역천(逆天)의 현장.
> 정당: 폭력단.
> 국가: 길거리의 점포.
> 자가용족: 비봉사, 비협동, 비애국의 표본.
> TV: 감각 신경을 마비시키는 저질 프로의 원흉·무국적(無國籍)의 문화 매
> 　　개자.
> 당국: 무능력과 불신의 엄포놀음을 일삼는 자.

대충 이렇다. 그래서 오영수는 불평등, 역천의 이 사회를 신랄히 고발한다. 이러한 문명 세계의 노이로제에 시달리던 오영수는 드디어 서울을 떠나 낙향해 버리고 말았다. '도원'에서 이를 치유하기 위함이다.

③ 전통 지향의 애정관

리얼리즘 문학은 당대 사회의 금기(taboo)에 대한 도전에서 비롯된다고 해도 과언이 아니다. 그 시대 사회에서 가장 신성시하는 모럴에까지 도전하여 ㄱ 진상을 밝히려 든다. 그리하여 필경에는 인간의 속성 중에 신성한 모두를 제거하고 추악한 동물적 형체만 남겨 놓기에 이르기도 한다.

한국의 근대 서사 문학에서 남녀의 애정 모럴은 이광수의 '석순옥형' (「사랑」)과 김동인의 '복녀형'(「감자」) 내지 '김연실형'(「김연실전」)의 두 줄기의 흐름으로 대립되는데, 1960년대까지는 전자가 주류였고,[28] 1970년대에는

---

28) 정비석의 「낭만 열차」나 「자유 부인」의 애정 모럴은 한국 문단의 주류가 아니었음에 유의.

후자가 주류로 바뀌었다.

오영수의 애정 모럴은 위의 두 유형 이전의 전통 지향의 그것이다. 그 대표적인 것이 사제의 정과 이성적 애정의 모럴 문제를 다룬 「실걸이꽃」과 「한탄강」이다. 「실걸이꽃」(≪현대문학≫, 1968. 3)은 여행지 제주도에서 옛 제자를 만나 나누는 인정의 정화인데, 이는 이성애에로 급전할 위기에서 「실걸이꽃」의 전설에 담긴 우의에 의해 보편적 인간애로 승화되는 아름다운 이야기다. 「한탄강」(≪서울신문≫, 1956)의 배경은 6·25 전쟁이다. 고교 교사 성도일이 수재인 제자 혜영의 학비를 대어 일류 대학에 진학하게 하였으나, 6·25를 맞아 생사조차 모르게 되자, 그는 육군에 입대하여 북으로 진격한다. 드디어 한탄강에 이르러 적군인 줄 알고 쏜 성도일의 총탄에 어처구니없게도 혜영이 죽고 만다. 성도일도 죽었음은 물론이다.

이는 오영수의 희귀한 비극적 결구에 경악 종말법을 쓴 작품이다. '한탄강≒恨歎江'의 회언(punning)과 함께, 경악할 비극을 불러온 6·25, 그리고 그 비극은 한탄강의 흐름처럼 민족의 심장(국토)을 관류(貫流)한다는 의미를 내포한 것이 바로 이 「한탄강」이다.

에로스로서의 정은 '소유'를 전제로 하는 것이나, 이의 장애 요인이 되는 것이 신분이요 그 터부가 되는 것이 또한 사회 윤리다. 개인이 사회 윤리로서의 '질서'를 파괴하려 할 때, 사회 윤리의 강력한 방어 체제에 의해 개인의 욕망은 좌절되고, 그 개인은 끝내 비극적 종말을 맞이하는 것이 운명 비극의 일반적 결구다.

이 두 작품이 품은 숙명적 체념의 미학은 일단 비난받을 수 있겠으나, 인간이 지닌 수성(獸性)의 폭로에 편향, 유전 법칙과 환경 결정론의 노예가 된 자연주의 문학의 극단적 관점이 극복된다는 점에서 오영수의 모럴은 의미가 있다.

④ 인정과 한

오영수 문학의 바닥에 깔린 기본 정서가 인정과 한임은 이미 말한 바 있다. 특히, 그의 작품 「한(恨)」(≪현대문학≫, 1960. 6)은 궁핍한 문인의

경우를, 「추풍령」(≪현대문학≫, 1967. 5)은 6·25의 잔영인 죽음과 그 상처
인 한을 다루었다. 애지중지하던 아이를 피난통에 이 추풍령에서 잃게 되어
가매장하고 떠났던 부부의 통한의 사연이 「추풍령」의 기본 화소(話素)다.
이 작품은 해방 전후의 궁핍, 6·25와 아이의 죽음, 추풍령 노파와 아들의
인정—이런 화소들(bound motifs)의 집합으로 되어 있고, 이것은 곧 오영수
문학의 골간이 되는 한과 인정의 표본이다.

　「한탄강」, 「추풍령」에서 보인 ‘한’의 흐름은 6·25 전쟁이 임진 왜란쯤으
로밖에 느껴지지 않는 전후 세대에겐 한 충격이 될 것이다.

　이런 사정은 「울릉도의 뱃사공」(『잃어버린 도원』에 실림.)에서 부유와
허무, 죽음에의 견인 등으로 나타난다. 그러나 만남과 헤어짐, 고독과 애환,
죽음과 향수가 있는 곳, 거기에서 오영수의 미학은 오히려 빛난다. 「갯마을」
이 또한 그러하듯이.

⑤ 도원에의 꿈

　오영수의 소설 미학은 그의 노(老)·동(童)·장애인·짐승·피해자를 주
인공으로 하는 정과 한 계열의 작품에서 출발하여 「미완성 해도」와 같이
피안의 욕망을 불태우다가, 현실 비판, 문명 비판의 소설 「두꺼비」, 「여우」,
「어떤 대화」, 「내일의 삽화」, 「명암」, 그리고 「화산댁이」, 「노이로제」, 「목
에 걸린 가시」의 세계를 지나, 「은냇골 이야기」의 시련을 거친 후, 「메아리」,
「지나버린 이야기」, 「두메 모자」, 「두메 낙수」 등에서 보인 피안에의 갈등을
겪어, 「잃어버린 도원」에 이르러 결정(結晶)을 이룬다.[29]

　「잃어버린 도원」에선 패배자, 장애인, 궁핍자, 못생긴 사람(‘어떤 여인
상’), 억눌린 백성, 이들의 한과 통곡보다 더한 울음이, 타는 갈망이 모두
정지된다. 맑은 물과 무언과 노인의 달관이 있을 뿐이다.

　이것은 오영수 문학, 그 의미의 결산이 되는 반메카니즘의 도연명적 무릉
도원의 이미지, 그 구체화에 해당한다. 이제 도잠(陶潛)의 ‘도화원기(桃花源

---

[29] 이들 작품의 나열은 연대기적 배열에 구애되지 않은 것임.

記)'의 내용과 오영수의 「잃어버린 도원」의 그것을 대비하기로 한다.

무릉도원	금 배 미
어　부	나(歸鄕民)
포어(捕魚)	완행 시외 버스에서 촌로(村老) 해후(邂逅)
연계행(緣溪行)	"골짜기 개울을 따라 분지로 내려갔다."
봉도화림 (縫桃花林)	"개울을 사이하고 이쪽 저쪽에는 복숭아꽃이 온 골짜기를 덮다시피 했다."
남녀의착실여외인 (男女衣著悉如外人)	"자연석(自然石) 그대로가 바로 섬돌인 축담 앞에 머리가 파뿌리가 된 파파 할머니가 감자와 푸성귀를 앞에 놓고 잠들어 있다." "낯선 사람—더구나 젊은 남자를 보고도 놀라기는커녕 눈빛 하나 달라지지 않는다."
피진래차불부출언 (避秦來此不復出焉)	임진 왜란 때 이리로 피난 '병(兵)', '영(營)'이 양각(陽角)된 유기(鍮器) 물 그릇
정수일사법 (停數日辭法)	할머니의 유래담(전설)에 한나절 취하였다가 작별
태수유인심향소지, 미불부득로견 (太守遺人尋向所誌, 迷不復得路見)	"날이 갈수록 방향은 더 모르겠고, 나침반도 지도도 아무 소용이 없었다."

　이처럼 오영수의 도원은 '무릉도원'의 이미지와 완벽하게 일치한다. 그러나 이것이 H. 소로우의 '왈든'(Walden)에 나타난 동양적 자연관[30]에서 보는 동경의 영지나 T. 모어의 유토피아와는 거리가 멀다. '도원'은 유토피아가 아니다. '도원'은 어디까지나 '도원'이다. 서구 정신 속에서 이런 세계를 찾는다면, '독사와 어린 아이가 함께 노는' 이사야서 내지 범죄 이전의 에덴 동산일 것이다. T. 모어의 '유토피아'는 현실 지향의 이상향일 뿐 현실을 초월한 도원은 아니다.

　'유토피아'는 농업·공무원 제도·경제와 직업·사회와 교제 관계·여행과 해외 무역·금은 및 그 보관 방법·노예 제도·환자의 간호와 안락사·결혼 풍속·처벌·소송 수속·방교(邦交)·전쟁·종교·도덕 내지 철

---

30) ① 미국인 Henry David Thoreau(1817~1862)의 　*"Walden"* 이나 　*"A week on the Concord and Merrilmack Rivers"*.

학·교육 등을 그 내용으로 하고 있어, 천국의 이미지와는 판이하다.[31] 사회주의적 공동체를 그린 것이 '유토피아'다.

4) 오영수 미학의 기본 요소

오영수 특유의 미학적 요소에 관하여는 앞에서 산발적으로 언급한 바 있다. 이를 정리하면, 다음의 4가지 정도가 된다.

① 낭만적 배경, 서정적 분위기

오영수의 소설에서 악성과 비극성을 커버하는 것이 그의 특유한 해학과 서정적 분위기, 낭만적 배경임은 앞에서 말하였다.

> ……패들이 킥킥대면서 옆 골목으로 꺾이자 억수는 옆으로 두어 걸음 비틀거린다. 흰 포장 같은 것이 눈앞을 가린다. 그와 함께 억수는 도끼에 찍힌 나무 둥치처럼 모로 쓰러지고 말았다. 눈이 펑펑 쏟아져 내린다. 얼굴에 닿는 눈이 한결 시원타.
>
> 막 잠이 들려는 때와도 같이 지극히 평온한 한 순간이 있었다. 아리숭아리숭 해 가는 억수의 의식 속에 그 날의 전선(戰線)이, "아, 수고했네." 하고 등을 두드려 주던 분대장의 모습만이 무지개처럼 떠올랐다.
>
> (「설야」)

상이군인 억수의 최후인데, 눈이 내린다. 비참하다기보다 로맨틱하다. 그의 죽음에는 비극 이상의 아름다움이 있다. 비애미, 그것이 비극성을 소거한다.

> 화면은 단순한 구도였다. 그러나 그 하늘이 금세라도 녹아 내릴 듯 타는 저녁 노을. 이 노을이 반영된, 비등 직전의 기름같이 무섭게 잠잠한 바다, 노을을 비껴 받고 돌아오는 고깃배, 뭍에는 고깃배를 기다리는 한 무더기 여인들의 붉게 물들 옆 얼굴들—이 모두가 바밀리언을 기로로 한 낙조 직전의 바다 풍경이었다.

---

31) 토마스 모어(Thomas More), 「유토피아(*Utopia*)」, 『세계사상대전집』 6(대양서적, 1970) 참조.

(「미완성 해도」)

위에서 보인 낭만어린 이 장면은 화가 석애의 죽음에 대한 비참한 느낌을 소거시킨다. 이 요소는 오영수의 예술 정신, 그 바탕이다.

> ……매미 소리가 낭자한 포플라 그늘에 옷을 벗어 던지고 철렁 물 속에 뛰어들면, 물 젖은 눈시울에 하늘을 더 푸르고, 구름은 더 희다. 해를 향해 물을 뿜으면, 눈앞에 무지개가 선다. 이내 사라지는 무지개가 소년은 안타까워 자꾸 물을 뿜는다. 현기증이 난다. 하늘이 돌고, 산이 달아난다. 물 속에 잠긴다. 숨을 재본다. 징검이가 발바닥을 간질인다. 돌 밑을 들추어 게를 잡아 낸다. 누나가 빨래통을 이고 나온다. 빨래통에서 참외를 던져 준다.

(「누나 별」)

이는 황순원의 「별」과 함께 리리시즘(lyricism)이 무르익은 장면을 보여 준다. 오영수는 그의 리리시즘에 관하여 비판하는 평자에게 다음과 같이 응답한다.

> '레알'에서 '레알'에 그친 작품이라 정이 붙지 않는다. 세계 명작이란 모두가 '레알'과 '낭만'의 조화에서 빚어지고 있다는 사실을 요즘 더욱 절실히 느낀다. 주관을 떠난 객관도 우스운 얘기다. 산문에 시의 분식(粉飾)은 아니나, 서정을 빼고 문학을 생각할 수는 없다.[32]

여기서 보듯이 서정은 오영수 미학에서 생명과 같은 것이다 그가 이렇게 소설이란 것을 쓸 때, 그가 쓴 작품들의 장르가 문제될 것이다. 서구의 장르 개념에서 보면 서정, 직관, 감각—이런 것들은 서정적 양식 곧 시의 요소이기 때문이다.

② 해학

유머, 익살 즉 해학 역시 오영수 미학의 본질이다. 「두꺼비」, 「박학도」,

---

[32] 오영수, '나의 공부' 참조.

「두 피난민」, 「천가와 백가」, 「화산댁이」, 「욱이란 아이」, 「명암」, 「섬에서 온 식모」, 「염초네」, 「목에 걸린 가시」 등에서 해학은 빼놓을 수 없는 요소가 되어 있다.

> ……"일꾼들이 나오는데, 일일이 몸 조사를 하두만, 그런데 늙수그레한 영감이 말여, 내 우스워서, 똥구덕에 허리 밑까지 빠져 그대로 어적어적 걸어나오잖아. 하, 내 그래서 또 팔을 들고 미군 앞으로 다가가니까 미군은 코를 쥐고 뭐라고 꽘을 지르면서 손을 흔들고 자꾸만 나가라지—내사 온 벨꼴 다—그런데, 그 영감 눈치가 좀 이상해서 슬금슬금 뒤따라가니까 영감은 개굴창에 들어서서 똥을 씻는데, 나도 "영감, 춥겠수다." 하고 물을 껴 없고 대강대강 씻어 줬지. 그러니까 영감은 바지가랭이에서 무엇을 집어내더니 내 손에 쥐어 주잖나. 보니까 라이타돌이여. 돌! 세 보니까 서른 네 개여. 그래 팔십 원씩에 넘겼어!……"

(「두 피난민」)

피난살이의 고통, 미군 철조망 곁에서 그들이 먹다 버린 깡통 찌꺼기, 꿀꿀이죽을 받아 먹던, 미군들이 뿌려 주는 껌 조각을 향해 돌진하던 우리 어린이들, 이런 비극적 상황(비극의 주체들이 자각할 겨를도 없는)을 위와 같은 해학으로써 커버한다.

고리대금업의 구두쇠 백가와 차용 증서를 꿀꺽 삼켜버리곤 "날 잡아 잡숴라." 는 억척같은 사나이 천가(「천가와 백가」)의 행동은 선악 이전의 해학이다.

작품 「화산댁이」의 주인공인 할머니의 인분 세례는 도시 문명에 대한 모멸이다. 그러나 그것이 역겨움을 동반하지 않는 것은 바로 그런 행위의 해학성 때문이다.

③ 인정(人情)

「제비」, 「은냇골 이야기」, 「낙엽」, 「지나버린 이야기」, 「어느 나루 풍경」, 「불구」 등 오영수 작품치고 인정과 한을 기조로 하지 않은 것이 없으나,

「후조」는 구두닦이 소년의 알레고리다.

구두닦이 소년 구칠이와 중학교 교사 민두 사이의 인정극. 여기에는 어떤 이해타산이나 합리 같은 것은 쓸모가 없다. 손님의 신발을 도둑질해서라도 민우의 인정에 보답하려는 구칠이의 눈물겨운 인간애가 서린 작품이 바로 「후조(候鳥)」다.

구칠이의 도둑질은 분명 악행이요 범죄다. 그러나 그것이 독자에게 전혀 악행이나 범죄 행위로 보이지 않도록 하는 것은 오영수 미학이 품은 인간에의 끝없는 애정 때문이다.

④ 설화와 알레고리

'비오리', '나비', '여우', '제비', '후조', '두꺼비', '개개비', '수련', '소쩍새', '실걸이꽃', '게와 술' 등의 전설은 우리의 전통 지향적 감수성을 일깨우고, 동·식물의 알레고리에 의해 물상과 의미의 미묘한 대응 관계를 이룬다.

'비오리'와 경이, '나비'와 남성, '여우'와 가해자, '제비'와 홀아비, '후조'와 구칠이, '두꺼비'와 우직한 선인, '개개비'와 실속 없이 수고만 하는 자, '수련'과 애틋한 사랑 등이 대응을 이루면서 전개되는 것이 오영수가 흔히 취하는 우의의 기법이다.

이들은 "첫째, 그것은 많은 의미의 요소로 구성되어 있다.33) 둘째, 각 요소는 한 의미, 오직 한 의미만을 품고 있다. 셋째, 요소 사이의 관계는 의미 사이의 관계와 대응된다. 넷째, 그것은 추상적인 것(의미)을 구체적인 말로 표현한다."는 알레고리의 요건들34)에 들어맞는다.

3. 오영수의 소설과 생태주의적 상상력

문학의 생태주의적 상상력은 기본적으로 환경 파괴와 생명체의 위기 현

---

33) 이미 분석해 보인 바 있는 '여우'의 각 요소가 그 예.
34) C. Carter Colwell, *A Student's Guide to Literature*, 이재선·이명섭 역, 『문학개론』(을유문고 105, 1973), p.132.

상을 묘사, 고발하는 데서 출발한다. 모더니즘의 냉혹한 이성과 역사적 진보주의에 대척적인 오영수 소설의 정신적 지주는 정감적 인간주의와 우주 만유에 대한 생명적 일체감이다. 물활론(物活論)이나 범신론의 위기를 극복하고 궁극적으로 인간주의에로 귀착하고 마는 오영수의 생명적 일체감은 생태주의적 상상력과 어떤 관계에 있는가?

그는 자연 파괴나 환경 오염에 대한 적극적 고발이나 비판의 톤을 노출하지는 않는다. 그럼에도 우리가 오영수의 소설에서 생태주의적 상상력의 기미를 찾는 것은 무리한 일이 아닌가?

이 글의 관심은 이러한 우리의 물음에 대한 응답을 찾는 데 있다.

1) 문명사의 변혁과 오영수의 소설

서구 시학의 비극적 상상력에 따르면, 오영수 소설의 세계관은 감상적(感傷的)·소극적·현실 도피적·퇴영적이다. 주인공은 무지렁이, 토속적 인간이어서 비합리적 정감주의에 머물러 있으며, 서사적 자아와 세계와의 관계 양상도 피학대자·소외 인간을 표상하는 자아의 패배로 귀결된다.

이러한 세계관과 인간상은 모더니티 지향의 근대 합리주의 사회에서 이미 승패가 갈렸다고, 서사론은 일찍이 결론지었다. 다윈과 스펜서의 진화론과 콩트의 실증주의(實證主義), 헤겔의 변증법적 역사 철학에 지배된 역사적 진보주의와 투쟁 사관은 인류의 무신론적 오만을 부추기며 인간과 신, 인간과 인간, 인간과 자연의 분리 현상을 가속화하여 왔다. 20세기말, 진화론의 좌측 이데올로기인 마크크시즘이 붕괴된 다른 우측 극점에서 승기(勝機)를 독점한 신자유주의는 밀레니엄 전환기의 문명사를 주도하며 지구촌 전반에 '세계화'를 강요하는 유일 최대 권력으로 지금 급부상하여 있다. 적자 생존의 21세기형 다위니즘이 새로운 중심 권력으로 대두된 것이다. 그러나 다른 한쪽에서는 주체의 해체와 미학적 대중주의로 요약되는 포스트모더니즘의 기세 또한 만만치 않다. 바꾸어 말하여, 이 시대의 문명사는 새로운 중심 세우기와 다중심주의적 해체론이 충돌하는 모순된 양상을 보이고 있다고 할 것이다.

실로 신자유주의적 세계화 경향은 이제 피할 수 없는 대세이고, 따라서 미국 중심 문화권과의 관계론적 대응력이야말로 한국 문화, 한국 문학에 요구되는 21세기 최대의 과제라 하겠다. 그리고 새 시대 역사의 멀지 않은 지평에는 미국 중심의 서구 문명권과 중국 중심의 동아시아 문명권의 두 축이 거대 담론의 치열한 길항 관계를 조성할 것이다. 이 같은 문명사적 대변혁의 흐름 속에서 한국 문학은 줄곧 '받는 세계화'의 주변성에만 머물러 있을 수 없다. '주는 세계화'를 위한 탐색과 제안이 긴요해진 것이 바로 이 즈음이다.

여기서 우리는 데카르트 이후 전개된 이성(理性) 중심의 서구 지성사(知性史)와 자연 친화의 동아시아적 세계관에 착목하게 된다. 이 두 가지 문명은 소위 '충돌'35)과 '공존'36)의 에너지를 발산하면서 중심권 쟁탈의 도전을 마지않을 것이고, 제3·제4 세계 문명권은 주변성을 극복하기에 역량을 집중할 것이 분명하다.

한국 소설의 주변성을 극복하고 '주는 세계화'에 기여할 수 있는 가능성이 오영수 소설에 내포되어 있다는 것을, 이 글은 가설로 삼고 있다.

2) 오영수의 소설과 생태주의적 상상력

오영수 소설의 상상력 자체를 생태주의 문학의 그것과 동일시하는 것에는 물론 무리가 따른다. 생태학의 19세기적 개념은 생물·무기적 환경·공생하는 여타 생물과이 관계를 연구하는 학문에 국한되어 있다. E.헤켈의 정의가 이를 대표한다. 그러나 지금은 단순한 '종의 생태학'의 범주를 넘어 자연과의 관계에 대한 총체적 관점과 자연 환경·지구 환경·사회 환경에 대한 윤리적 규범을 포괄하는 것으로 그 의미가 확대되어 쓰인다.37) F.과타

---

35) Samuel p. Huntington, *The Clash of Civilization and the Remaking of World Order*. 이희재 역, 문명의 충돌(김영사, 1996), pp.243~245 참조.

36) Harald Müller, *Das Zusammen der Kulturen*(Frankfurt am Main : Fischer Buch Verlag GmH, 1998) 참조.

리는 마음 생태학·사회 생태학·환경 생태학을 종합한 것이 진정한 생태학이라고 한다.[38]

생태 문학 문제의 근원은 세속적 인본주의와 진화론적 세계관에 있다. 서양의 르네상스적 인본주의는 중세의 신 중심주의를 거부하고 인간 중심주의적 역사 전개의 전환점을 마련하였으며, R. 데카르트 이후에는 이성(理性) 중심의 지성사를 전개하게 되었다.

여기서 우리가 염려하는 생태 문제는 이성과 감성, 주관과 객관, 인간과 세계의 분리와 대립에 기반을 둔 데카르트적 2원론과 진보주의적 개발 제일주의에 큰 책임이 있다. 돌이켜 살피면, 인류 문명사는 신화에서 과학, 통합에서 분리를 지향하는 쪽으로 전개되어 왔다. 현대 자유주의 신학이 말하는 탈신화론·탈신비주의는 그 극단이다. 통합적 사고에 친근한 동양인도 서양에서 온 자연 과학의 영향으로 이 같은 2원론적 사고에 익숙하게 되었다.

석탄·석유 산업과 자연 과학 지상주의의 도구적 이성이 이끌어 온 산업 문명은 자연 생태 공동체, 사회 관계, 인간 정신에 충격을 주는 비보(悲報)의 진원이다. 자연 세계의 파편화, 인간 세계와 경험의 상품화와 객관화 현상까지 빚는다는 데 문제의 심각성이 있다. 환경 오염이 초래하는 신체 질환은 말한 것도 없고, 정서 불안·난폭증·우울증·염세증 등 신경·정신계 질환까지 일으키는 진보 지상주의 문명사의 치명적 부작용에 맞선 대안을 생태 문학은 제시하여야 한다.[39] 최근 R.앤더슨 등은 이런 총체적 관점에서 '문학과 환경' 문제를 다루고 있다. 인간과 자연, 주거 환경, 경제와의 관계 그것이 조성하는 심리적, 사회 환경적 변화의 문제 등을 진지히게 모색한 것이다.[40]

---

37) 장원철, 「자연·생태 그리고 문학: 생태 비평의 가능성」, 경상대학교 인문과학연구소(엮음), 『인문학과 생태학』(도서출판 백의, 2001), p.147 참조.

38) Fléx Guattari, *dex Ecologie*(Editions Galliê, 1989), pp.5～72 참조.

39) 김봉군, 「소설에서의 환경 수용」, ≪월간문학≫(월간문학사, 2001.4), pp.26～31 참조.

40) Lorraine Anderson, Scott Slovic John P.O'Grady, *Literature and Environment*(New York:

　오영수 소설은 생태주의적 상상력의 기반을 제공한다. 중국을 중심 문화권으로 하는 동아시아의 고전 문학은 생태주의적 상상력의 비옥한 텃밭이라 할 수 있으며, 오영수 소설은 우선 동아시아 문학과 속성을 공유한다. 동아시아 문학의 상상력은 대자연의 천지문(天之文), 지지문(地之文)과 인지문(人之文)의 통합을 지향한다. 서양의 근대 문학이 대체로 인간과 자연을 분리하여 자연을 대상과 재료(materials)로 전락시킨 것[41]과 대조적이다. 이는 동양의 통합적 사고와 서양의 분석적 사고[42]가 낳은 첨예한 대립 현상에 갈음된다.

　오영수 소설에서 생태주의적 상상력의 징표가 되는 것은 다음과 같다.

　먼저 등장 인물들의 성격은 주목할 부분이다. 오영수 소설의 인물은 대체로 익살스럽고 우직한 토속 인간, 고급 교양과는 거리가 먼 노인, 아동·과부·실직자·장애인·병자 등 소외 계층 사람들이다. 근대 산업 문명에 희생된 인간 유형이다. 천이두가 '한적 인정적 특질'로 규정한 그런 성격의 인물들이다. 「섬에서 온 식모」에서 볼 수 있듯이, 그들은 산업 사회의 프로메테우스적 반역이나 원색적 이기주의, 계발적 이기주의에 오염되지 않은 본연적 인간상을 표상한다.[43] 생태주의적 관점에서 보면, 오염된 환경에 희생되는 생명체들이다. 오염된 환경은 근대 산업 사회의 합리주의와 사회 구조의 모순이 빚은 폭력적 상황이다. 문제는 그들의 응전력이 '도피'와 '울음'임에 그친다는 데 있다.

　그럼에도 그들은 자연과 인간, 인간 상호간을 관류하는 풍부한 감수성 영역에서 존귀성을 확보한다. 데카르트·헤겔·마르크스로 연계된 이성 지상주의의 냉혹한 인간상에 대한 도전적 의의가 그들의 성격 안에 함축되어 있다. 우리가 추구하여야 할 21세기의 인간상은 이성과 감성이 조화를 이룬 전인(全人)이고, 그 감성 영역의 몫을 오영수 소설의 인물들은 감당할 수 있다는 뜻이다.

Addison—Welsey Educational Publeshers Inc., 1999), pp.1～18 참조.
41) 낭만파 시인들의 작품은 예외적임.
42) 김영진, 『동양과 서양』(지식산업사, 1984) 참조.
43) 강기철, 『새 지평』 상(대정진, 1992) p.70 참조.

오영수 소설의 화해주의 또한 소중하다. 오영수의 소설 미학은 전통 지향적이면서도 종래의 선악관을 극복한다. 대립과 갈등의 대단원이 제시하는 사건의 비극성을 소거하는 그의 화해주의는 서구의 플롯 이론에 대립하는 양상을 보여 준다. 이를 '인위적 결구'로 보아 그것의 '전근대성'을 지적·혹평할 수도 있으나, 이는 삶과 역사의 원리를 대립과 투쟁에 국한시키는 일면적 단순성에 빠지기 쉬운 편견이다. 삶과 역사를 율하는 원리는 ①인과론 ②진화론 ③변증법 ④도전과 응전 ⑤화해주의 ⑥초월 사상 등 여럿이다. ①∼⑤는 상황 논리에 따라 다양한 적용 가능성을 열어 놓고 있으며, ⑥은 ①∼⑤의 '궁극적 관심'과 절대 가치의 차원에 자리한다.

화해주의는 천·지·인 합일의 통합적 존재관의 귀결이다. 생태주의적 상상력이 생명주의적 관계론을 축으로 한다는 점에서 오영수의 화해주의는 생태주의적 도전욕을 내포한 것으로 볼 수 있겠다.

오영수 소설의 도원 귀의욕(桃源歸依慾)은 근대 사회의 오염된 환경 조건에 대한 소극적 응전의 지향성으로 풀이된다. 「갯마을」·「메아리」·「잃어버린 도원」에서 오랜만에 해후하게 되는 자연 낙원(Greentopia)의 인간상 자체가 산업·정보화 사회가 추구하는 기술 낙원(Technopia)의 인간상과 대립된다.

지금 기호지세(騎虎之勢)로 대닫기만 하는 신자유주의적 진화론과 그 문명사의 질주를 저지할 어떤 권력도 존재하지 않는다. 그것은 일면 인류의 생존과 복지에 기여한 '빛'인 동시에, 한편으로는 반생명적 '악'이다. 인류 문명사가 이제 식물적 자연으로 회귀할 수는 없다. A. 투플러가 예견하였듯이, 제4 물결의 정보화 시대는 기술 낙원과 자연 낙원의 긍정적 지양의 과정을 통하여 환경 낙원(Ecotopia)을 펼쳐 보일 사명의 몫이 우리에게 주어져 있다. 오연명의 '도화원기(桃花源記)'를 원류로 하는 오영수의 소설은 환경 낙원의 태반이 될 자연 낙원의 원형을 제시한다.

우리 소설 「도요새에 관한 명상」(김원일)·「불바람」(우한용)·「불타는 폐선」(한정희) 등이 현대의 본격적 생태주의 소설이라면, 「잃어버린 도원」

을 주축으로 한 오영수의 소설은 「흙의 노예」(이무영), 「나무가 기도하는
집」(이윤기) 등과 함께 생태주의적 상상력의 프로토타입으로서 그 전범(典
範)이 된다고 하겠다.

히로시마·아우스비츠와 함께 원자력의 체르노빌과 스모그의 런던은 20
세기 문명사의 치욕이다. 이제 우리는 인간 존재의 의의를 바르게 자리매김
하여야 한다. 인간 존재의 유일성을 주장하는 존재론적 인간 중심주의 ,
아는 자가 우위에 있으므로 대상은 경멸해도 좋다고 보는 인식론적 인간
중심주의, 인간을 우주의 중심으로 보는 인간 중심주의44) 모두에 대한 비판
의 안목을 작가와 독자는 길러야 한다.

4. 맺음글

오영수의 소설은 반근대적 인간관과 '무릉 도원'을 프로토타입으로 하는
자연 낙원 지향성을 보인다. 주인공은 고급 고양의 지적 엘리트와는 먼 거리
에 있는 무지렁이 토속 인간이나 도외의 소외자들이고, 자연 회귀의 원시주
의 미학을 주조로 한다. 그의 서사는 설화적이므로 평면적, 연대기적 구성에
친근하며, 컷백의 기법은 입체적 구성에 치중하여서가 아니라 주로 서정적
분위기와 정감어린 회상을 위하여 도입된다. 주제는 선악관을 극복한 화해
주의, 현실의 모순에 대한 고발과 풍자, 전통 지향적 애정관, 인정과 한,
도원 지향욕 등이며, 오영수 소설이 추구하는 정신의 궁극적 고향은 말기
작품 「잃어버린 도원」이다. 그리고 그의 이상향 '도원'은 토마스 모어의
사회주의적 이상향 '유토피아'와는 다른 동아시아적 '무릉도원'의 서정적
이미지 그 매개어다.

오영수 소설 미학의 기조는 ①낭만적 배경과 서정적 분위기 또는 토속적
리리시즘, ②해학, ③인정, ④설화와 알레고리, 풍자 등이다. ①, ②, ③은
인물의 악성과 사건의 비극성을 커버하는 중요한 미적 요소로서 오영수

---

44) 박이문, 『더불어 사는 인간과 자연』(미다스북스, 2001), pp.113~122 참조.

소설 미학의 열쇠가 되며, ④는 전통 지향에의 감수성을 일깨우고, 사물과 의미의 미묘한 대응 관계를 형성, 서사의 요소인 시간·사건·의미의 통일성을 부여한다.

이 같은 오영수 소설 미학의 문학사적 의의는 무엇인가? 그것은 뜨거운 인간주의 정신이다.

인간의 수성(獸性)과 소유욕에 편향된 산업 시대의 냉혈 인간, 프로메테우스적 모험과 투쟁 위주의 성공 지상주의, 원색적 이기주의적 인간상, 이것은 데카르트식 이성과 감성 분리 의식, 합리주의와 과학 정신으로 무장한 현대인의 모습이다. 이에 대하여 오영수 소설의 인간주의, 선악의 대결과 투쟁을 넘어선 화해주의적 본연의 인간상이야말로 현대 사회, 현대 예술의 비인간화에 대한 응전의 의의를 함축한다.

오영수 소설 미학은 특히 생태주의적 상상력의 텃밭이요 그 전범이 된다는 점에서 창조적 의의를 띠고 거듭난다. 오영수 소설의 생명주의적 주제와 인간상, '도원'이 표상하는 자연 낙원 지향욕은 현대인의 기술 낙원 지향욕과의 충돌을 지양한 환경 낙원의 구축이라는 설레는 지평의 기점에 놓여 있다.

아우슈비츠·히로시마·체르노빌·런던의 대재앙, 혁명과 전쟁의 20세기 철학자 한스 요나스가 "신은 우리를 도울 수 없다. 우리가 신을 도와야 한다."고 한 절규를 우리는 들어야 한다. 이 때에 요청되는 것이 생태주의 윤리를 정립하는 일이다. 그러나 이 문제는 21세기 인류의 지난(至難)한 과제다.

오영수 소설의 원시적 생명주의, 인간주의를 존중하는 것이 곧 식물적 원시 공동체로 회귀하는 것을 의미하지는 않는다는 것은 이미 말한 바 있다. 우리는 가치론적, 존재론적, 인식론적 인간 중심주의를 부정하는 범신론이나 애니미즘, 힌두교나 불교의 일체 무차별상(無差別相)의 세계관·우주관에는 동의할 수 없는 것이다. 단지 이들이 전하는 욕망 조절의 메시지와 생태주의 문화적 담론을 수용하는 지성과 감수성을 수용하는 데 오영수 소설 미학 이야기는 뜻이 있다.

신의 시계(時計), 우주의 시계에 일대 교란을 초래한 20세기 문명의 연장 선상에서 진리와 생명의 시계를 복원할 생태주의 문학의 책임은 막중하며, 그 한국적 텃밭에 오영수의 소설 미학이 자리하여 있다.

오영수는 우리의 옛 얼굴이다. 그것은 미래라는 이름의 소용돌이 속에서 비극적 종언을 맞이할 위기에 처하여 있다. 까닭에, 오영수 그의 한과 체념과 울음은 극복되어야 한다. 그러나 그렇게도 소금기 없는 그의 해학의 밭에서 피어난 그 얼굴들이야말로 우리의 그리움 그 이상인 것이 사실이다.

오영수의 인간주의와 생태주의적 상상력이 구축할 환경 낙원이 세속사가 도달해야 할 '환상의 섬'일 수밖에 없을 것인가? 이것이 문제다.

의식적 리얼리즘의 길

―서정인의 「미로」

김주언＊

1. '의식적 리얼리즘'이라는 대안

간략한 문학사적 논급에 따르면 작가 서정인의 일관하는 기본 시각은 어떤 절대적 가치도 인정하지 않는 상대주의이다.[1] 또, 작가의 문학적 이력을 작성한 한 평론가에 의하면 그는 누구보다도 소설적 언어의 문제에 지대한 관심을 기울인 작가이다.[2]『달궁』·『봄꽃 가을열매』에 이르면 서정인은 "우리 소설사에서 찾아볼 수 없는 새로운 형식을 창출"[3]한 작가라는 평가도 받는다. 시종일관 상대주의를 견지하면서 언어 형식 문제에 많은 관심을 기울이고 있는 작가라면 그의 작가로서의 운명적 귀결은 아마도 모더니스트의 한 별칭 정도로 사용되는 '스타일리스트' 같은 평판을 벗어나기 어려운 것이다. 그러나 작가 서정인에게는 외화내빈의 부정적 뉘앙스가 농후한 '스타일리스트'라는 규정보다는 '리얼리스트'라는 비교적 우호적인 평판이 지배적인 것 같다. 무엇보다도 인간 삶의 안팎을 정확하게 꿰뚫는 예리한 통찰

＊ 단국대학교 강사 · 문학평론가

1) 김윤식 · 정호웅,『韓國小說史』(예하, 1993), p.368.
2) 김경수,「『달궁』의 언어에 이르는 길」(≪작가세계≫, 1994년 여름), p.19.
3) 정호웅,「타락한 세계에 대한 비평적 진단―서정인의『달궁』『봄꽃 가을열매』론」
　　(≪작가세계≫, 1994년 여름), p.78.

력과 세계 인식의 견고함이 신뢰를 주지 않는다면 이런 평판은 아마도 불가능한 것이다. 하지만 서정인을 리얼리스트로 바로 이해하기 위해서는 무엇보다도 그의 리얼리즘론을 참조해 볼 필요가 있다.

리얼리즘이란 이미 그 자체로 일정한 가치평가적 함의를 갖고 있는 것이기 때문에 작가 스스로 리얼리스트임을 부인하는 경우란 흔치 않다. 서정인 역시 이 점에서 예외는 아닐 것이다. 단, 그는 소박한 의미의 리얼리스트보다는 이를테면 방법적 리얼리스트가 되기를 원하는 것 같다. 물론 소설의 종류만큼이나 리얼리즘의 종류는 다양한 것이다. 작가는 다음과 같이 「리얼리즘考」라는 논문에서 그랜트(D. Grant)를 인용해 '의식적 리얼리즘'을 대안적인 리얼리즘의 개념으로 제시한다.

> 양심적 리얼리즘의 파탄이 문학을 보도와 선전으로 타락시켰다면, 리얼리즘을 양심적으로가 아니라 '의식적'으로 생각하는 것은 문학의 활로가 될 수 있을지도 모른다. [……] 그러나 예술을 타락시킨 양심적 리얼리즘의 파탄을 보완하는 의식적 리얼리즘이 삶의 실체를 객관적으로 보이는 외부세계의 사회적 현실에서가 아니라 개인의 주관적인 내면의 의식세계에서 찾은 것은 당연한 일이다. 보통, 리얼리즘이라고 하면 시대개념으로서의 양심적 리얼리즘을 의미하고, 상징주의, 초현실주의, 퇴폐주의, 미래주의와 같은 현대적 예술운동은 이 리얼리즘에 대한 반동이었다. 의식적 리얼리즘은 현대인의 하루의 삶을 고대 영웅의 십 년 모험에 버금가게 한다. 외부의 세계를 와해하고 내면의 '마음을 극화(劇化)'하는 의식의 흐름 수법은 "a more genuine, a deeper, and indeed a more real reality"를 보여줄 수도 있다.4)

이상의 논지는 그랜트가 『리얼리즘』에서 리얼리즘에 관한 이론을 초기의 '양심적 리얼리즘'과 후기의 '의식적 리얼리즘'으로 대별하고, 양심적 리얼리즘보다는 의식적 리얼리즘에 더 중점을 두는 입장에 대체로 동의하는 것이다. 사실과 진실을 안이하게 동일시하는 관점을 탈피하는 의식적 리얼

---

4) 서정인, 「리얼리즘考」, 『벌판』(나남, 1984), pp.421~422.

리즘은, 모방에 의하여 성취되는 것이 아니라 창조에 의해 성취된다.[5] 따라서 이 경우 리얼리티를 구현하는 데 창작 주체의 상상력의 매개가 묘사 자체의 단순한 사실성보다 더 절대적이다. 그러나 서정인이 양심적 리얼리즘의 한계를 지적하며 "있는 물건을 보는 것이 아니라 없는 물건을 보이게 만드는 의식적 리얼리즘"[6]을 대안으로 제시하는 것은, 리얼리즘 자체에 대한 현학적인 인식론적 회의 때문만은 아닌 것 같다. 서정인이 아우얼바하(E. Auerbach)[7]에 비해 상대적으로 소루한 논급에 그치고 있으나, 당대 최고의 리얼리즘 이론가 중의 한 명인 루카치는, 이미 문학 작품의 형상화에 무엇보다도 강조해야 할 것은 객관적인 총체성을 통해 현상과 본질의 올바른 변증법적 통일을 이루는 것이라고 하여 리얼리즘을 대상 세계의 단순한 외적 모사론이나 만사를 재현하자는 극단적인 직사주의(直寫主義)에 국한시킬 수 없는 이론적 근거를 마련한 바 있다.[8] 보다 근본적인 문제는 리얼리즘의 기능이나 미학적 가능성에 대한 인식론적 회의가 아니라 객관적인 현실 자체에 대한 가치 평가일 것이다. 서정인에게는 루카치처럼 리얼리즘이 당대의 진보적 사상들을 계승하는 것으로 존재하지 않는다. 그의 역사에 대한 태도가 이를 단적으로 입증한다. "역사의 발달에 목적이 있다면 그 목적을 위해서 역사가 발달되는 것이 아니라, 그 목적이 역사발달에 의하여 꾸준히 수정되면서 형성되었을 것"[9]이라는 입장과 역사 발달 그 가능성의 중심에 마르크스주의를 놓고 '비판적 리얼리즘'을 주창하는 리얼리즘 이론가와의 사이에는 좁힐 수 없는 입장의 간격이 있는 것이다. 따라서 우리는 리얼리즘 론에 나타나는 서정인의 역사 인식에서 역사의 절대 목적이 없기 때문에 수정 가능성이 있는 상대적인 잠정 목적을 그 시대의 지평 내에서 찾으려는

---

5) D.Grant, 김종운 옮김, 『리얼리즘』(서울대학교 출판, 1987), p.21.

6) 위의 책, 같은 곳.

7) 아우얼바하의 실존주의적 의미의 리얼리즘은 그랜트가 말하는 바, '의식적 리얼리즘'과 일맥 상통하는 것으로 볼 수 있다.

8) G.Lukács, 홍승용 옮김, 『문제는 리얼리즘이다』(실천문학사, 1987), pp.78~79 참조.

9) 서정인, 앞의 글, p.414.

대안적 노력과 그 노력이 낳는 전망이 아니라, 사회 현실에 대한 내면 현실의 가치론적 우위라는 근본 태도를 확인하는 것이다.

서정인의 데뷔작인 「후송」의 작품 세계는 작가의 관심과 지향이 당대 현실의 객관적 묘사라는 일반적인 리얼리즘의 기율 안에서 해결될 수 없는 것임을 예고해 주는 것이었다. 「후송」에서 무엇보다도 문제되는 현실은 일상적·사회적 현실이 아니라 죽음에 대한 실존적 의식으로부터 비롯되는 내면적 현실이었기 때문이다. 그러나 앞에서 작가의 「리얼리즘考」에서 인용한 대로 "외부 세계를 와해하고 내면의 '마음을 극화(劇化)'하는 의식의 흐름 수법"을 본격적으로 사용한 '의식적 리얼리즘'이 서정인의 실제 작품을 통해서 구현된 예는 많지 않다. 이 글에서 논의 대상으로 하는 「미로」(1967) 정도를 대표적인 경우로 거명할 수 있을 뿐이다.

2. 길에 이르는 길들

의식의 흐름 수법을 사용한 '의식적 리얼리즘'이 구현되고 있는 「미로」[10]는, 서정인의 작품 가운데서도, 로버트 험프리(R. Humphrey) 같은 사람이 '의식의 흐름 소설'이라고 명명하는 것에 가장 가까운 것이라는 점을 지적할 수 있다. 의식이란 무엇인가 하는 심리학적이고 철학적인 까다로운 문제를 일단 접어놓고 본다면, 의식에는 망각 바로 직전의 최저 단계에서부터 언어에 의한 커뮤니케이션으로 표현되는 최고 단계에 이르기까지 여러 단계의 의식이 있을 것이다. 이 여러 단계의 의식을 대별하여 언어 표현 이전의 단계와 언어 표현의 단계로 구분할 수 있다면 험프리는, '의식의 흐름 소설'은 합리적인 언어로 표현되기 이전의 혼미 단계에 있는 의식을 다루고 있다는 점에서 심리 소설과 다르다고 구별한다.[11] 구체적인 시·공간의 좌표에

---

10) 「미로」, 『江』(문학과지성사, 1976). 이하 텍스트의 인용은 본문에서 페이지를 명시하는 것으로 개별 각주 처리를 대신한다.

11) R.Humphrey, 이우건·유기용 옮김, 『현대소설과 의식의 흐름』(형설출판사, 1989), pp.12~15.

존재하는 인간이 아니라 무정형의 의식이 진정한 주인공이라고 할 수 있는 「미로」는 언어 표현 이전 단계의 의식과 언어 표현 단계의 의식이 난해하게 착종되어 있다. 이 난해함은 한편으로는 우리들에게 서구 현대 문학에서 카프카(F.Kafka)에서 보르헤스(J. L. Borges)로 이어지는 일련의 미로 이미지·비유들을 상기시킨다. '성(城)'의 부름을 받아 그 성에 가고 있지만 그 성에 이르는 길이 돌연 결코 도달할 수 없는 미궁으로 돌변해 버리는 카프카의 『성』이나, 결코 인간으로서는 발견할 수 없는 신적인 절대적 질서가 미로의 이미지로 나타나는 보르헤스의 「바벨의 도서관」 혹은 「바빌로니아의 복권」에서 미로는, 불가해한 불합리의 세계상과 혼돈의 우주상으로 놓여져 있기 때문이다.

「미로」에서 '나' 역시 그가 누구인지는 잘 모르지만, 일단은 '나'보다 초월적인 존재로 보이는 '박사'를 만나러 간다. 왜냐하면 "첫째, 내가 박사에게 무엇을 물어보았으면 좋겠는지 물어보기 위해서. 둘째, 내가 도대체 여기서 무얼 하고 있는지 알아보기 위해서. 셋째, 혹시 나에게 박사가 되고 싶은 생각은 있는지 없는지 물어보기 위해서"(p.121)이다. 물어보려는 물음의 방식 자체는 '첫째', '둘째' 식으로 항목화되어 논리의 외양을 띠고 있지만 사실 물음의 내용은 물음에 대한 물음이라는 도저한 메타성 때문에 논리적인 이성의 언어 이전의 차원에 놓여 버린다. 이 비논리와 논리의 경계, 혼돈이 정리되지 않은 의식의 지점을 포착하는 사이비 진술과 논리적 언어 사이의 길항에 「미로」라는 작품이 감행하는 의식 탐사의 진정한 모험이 있다고 할 것이다. 혼미 상태의 의식의 저점(底點)만을 유영해 간다면 서사 실현 자체가 불가능해지기 때문이다. '의식적 리얼리즘'의 명분을 역설하면서도 그랜트가 적절하게 지적하고 있듯이 의식은 육체를 전적으로 피할 수 없고, 그 물질 없이 존재할 수 없다.[12]

'나'는 박사를 만나러 가기 위해 정거장에서 기차를 기다리고 있지만 기차를 어디서 타는지 모르는 사람이다. 이렇게 해서 어리둥절한 여정이 시작

---

12) D.Grant, 앞의 책, p.24.

되므로 "틀릴 것이 틀림없을 박사의 집을 찾아가는 도중"(p.110)은 이미 구체적인 시·공간의 좌표 위에 현실로 존재하는 박사의 집에 이르는 과정이 아니라 누구에게도 또는 무엇에게로도 이르지 않는 자동사적 의식의 편력이 된다. 그것은 길은 길이되 어디에도 이르지 않는 길 자체의 길, 곧 '미로'가 아닐 수 없는 것이다. 따라서 '미로'라는 길 없는 길, 혹은 길 자체뿐인 길은 여정의 서사에 기여하지 않는다. 길은 길이 함몰되는 지점까지 이어지고 돌연 끊겨버린다. 서사의 내적 논리가 파괴되는 이 돌연한 함몰 지점에서 우리는 무의식의 표정을 보기도 하고, 누구도 비켜갈 수 없는 생의 근원적인 아포리아를 만나기도 하지만 무엇보다도 먼저 현실을 풍경으로 현상시키는 창백한 의식을 만난다.

> ……날은 밤이나 흐린 날이 아니었는데도 사물들에는 그림자가 없었다. 공간은 끈적끈적한 중간색으로 채색되어 있었고 물건의 모서리들은 그 중간색 속으로 조금씩 녹아들어가 있어서 윤곽이 뚜렷하지 않았다. 그리고 그 윤곽을 이루는 선은 울퉁불퉁했었는데, 그것은 대기 속으로 빨려들어간 정도가 곳에 따라서 조금씩 달랐기 때문이었다. 아마 바람 탓이었을 것이다. 하늘에는 구름도 없었고 별도(그리고 물론 태양도) 없었지만, 찐득찐득한 그 중간색 위로 바람이 지나간 자국은 있었다. 사람들도 역시 그들을 둘러싸고 있는 공간 속으로 조금씩 퍼져 있었…든지, 그렇지 않으면, 공기가 사람들의 윤곽 속으로 배어 들어와 있었든지 했다. 하여튼 사람들은 움직이지 않고, 대개 흐믈흐믈한 상태로 있었는데, 더러 움직이는 사람을 보면, 그는 그가 움직이는 방향으로 미리 가 있는 자신의 부분 속으로 단순히 합류해감으로써 움직이고 있었다. 그래서 사람이 움직이는 것은 보이지 않았지만 그가 멀어져가는 것을 보아서 움직이고 있다는 것을 알 수 있었다. 한 쌍의 남녀가 나로부터 멀어져가고 있었다. 나는 그들을 잘 알고 있었지만 누구인지는 알 수 없었다.(pp.94~95)

'장소'란 지리적으로 위치된 사회적 활동의 물리적 장을 의미하며, 지역이라는 관념이 그것을 가장 적절히 개념화해 준다.[13] 엄밀히 말해서 여기서

---

13) A.Giddens, 이윤희·이현희 옮김, 『포스트 모더니티』(민영사, 1991), p.33.

이런 '장소'는 존재하지 않는다. 다만 이런 '장소'로부터 분리된 어떤 '공간'이 있을 뿐이다. 장소는 공간화되어 있으며, 존재자는 익명의 사물이 되어 있고, 행동은 멀어져감이나 뒤로 물러남이라는 움직임의 단위로 미분되어 있다. 이 파편화가 우리의 보이지 않는 근본 현실을 마주보게 하는 일종의 낯설게 하기라는 충격 효과 없이 순수 추상에 머문다면, 그것은 삶을 의식 상태들의 집합으로 환원시켜 버리는 소외와 고립화의 태도 이외의 것이 아니다. 그리고 그것은 다름 아닌 사르트르(J.P. Sartre)가 카뮈(A. Camus)의 「이방인」을 비판하는 주요 논거이기도 했다는 점을 상기할 필요가 있겠다.14) 그러나 「미로」가 여기에서 그치는 것은 물론 아니다. 학교에 가서 '교육책'을 "고육책(苦肉策)"(p.98)이라고 말하고 학교 직원실의 나른한 권태를 묘사하는 데서는 「강」이나 「나주댁」 등에서도 간혹 등장하는 교육 현실에 대한 풍자 의지를 읽을 수 있다. 또, 북소리로 군중을 조종하며 "사기와 배임과 배반의 저 돼지 대가리"(p.106)의 허상을 놓고 벌이는 이른바 '축제'의 현장에서는 권력의 간계 놀음을 알레고리화하고 있다. 풍자의 경멸에 찬 조롱에는 암시된 이상주의가 내포되어 있으며,15) 알레고리는 연상작용을 발동시킨 상태대로 지속시키는 상징과 달리 연상의 한계가 분명하게 설정되어 있다.16) 요컨대 풍자와 알레고리를 통해 표현되는 세계는 현실 원칙에 입각한 보다 분명한 이성의 언어로 번역이 가능한 것이므로 「미로」의 의식 체험이 파편화된 몽유나 자동사적 편력으로 일관하는 것은 아니다.

3. 비극을 응시하는 제3의 초월적 관점

　길을 가는 도상에서 '나'는 "이왕 맞춰주셨으니 하나만 더 묻겠는데, 내가 왜 기차를 타려고 했었는지 모르시겠소?"(p.110)라고 생면부지의 사람에게

---

14) M.Merleau-Ponty, 오병남 옮김, 「형이상학과 소설」, 『현상학과 예술』(서광사, 1983), p.239.

15) L.Hutcheon, 김상구·윤여복 옮김, 『패로디 이론』(문예출판사, 1992), p.95.

16) P.Ricœur, 양명수 옮김, 『악의 상징』(문학과지성사, 1994), pp.29~30.

묻는다. 이 물음은 근본적으로 길 떠남의 동기와 목적이 불분명하거나 아예 처음부터 존재하지 않기 때문에 가능한 것이다. 동기와 목적이라는 논리의 차원 이전에 길 떠남과 길 감이라는 행위가 존재한다. 이 맹목적인 행위의 순수성은 얼핏 이해할 수 없는 모순인 것처럼 보이기도 한다. 그러나 따지고 보면 그 순수성은 인생의 목적이 무엇인지 모르지만 그것을 모르는 채로 인생을 시작하는 인간 삶 자체의 모순적인 맹목성에 비하면 아무것도 아닌 지도 모른다. 그렇다면 '나'의 여정은 삶 자체의 근원적인 비논리성 혹은 초논리성이라는 심층 논리에 의해 이해될 수 있는 것이다. '나'의 여정에서 박사라는 존재가 명백한 목적의식으로 확신되지 않는 것도 그 여정 자체가 논리 이전의 것이기 때문이다. 그럼에도 불구하고 박사를 찾아가는 길 위에 있는 '나'에게 길을 간다는 행위의 정당성을 보증해 주는 의미의 원천은 박사일 수밖에 없다. 박사는 누구인가. 박사의 존재는 구체적으로 제시되지 않는다. 이 추상성은 한편으로는 '나'의 여정에서의 박사라는 좌표가 갖는 형이상학적 성격의 증좌인 것으로 보이는데, 박사를 찾아간 곳에 박사는 없었다. 아주 오래된 박사의 고택에서 '내'가 발견한 것은 박사가 아니라 오래 전에 "박사는 죽었"(p.122)다는 사실이다. 그러나 '나'는 이 좌표의 상실 앞에서 별로 당혹하지 않는다. 박사를 만나 물으려고 했던 첫째 문제와 둘째 문제는 이미 해결되어 버렸고, 남은 것은 셋째 문제였는데 "셋째 문제라면 나의 생각에 관한 것이었고 사실 내 자신의 생각에 관한 일이라면 내가 박사보다 더 잘 알는지도 모를 일"(p.122)이기 때문이다. 여기서 박사의 죽음은 서구 형이상학에서의 신의 죽음에 대한 한 은유로 읽힌다. 박사라는 신이 없거나, 혹은 적어도 신이 없는 것처럼 박사는 없는 것이다. 절대적 권위이자 의미와 가치의 중심 혹은 기원인 궁극적인 실재는 존재하지 않는다. 따라서 삶의 의미에 대해서 누구에게도 물어볼 수 없고 답변이 주어질 수도 없는 이 세계에서 이제 '나'는 스스로가 창출해 나가는 운명의 주인공이 될 수밖에 없는 것이다.

바로 이 지점에서 비극의 주인공은 탄생한다. 그러나 이러한 비극적 세계

인식과 관련하여 주목해 볼 부분은 초월적인 존재자의 죽음에 관한 문제만이 아니다. 바로 우리들 자신의 죽음에 관한 문제가 또한 진정한 문제인 것이다. 「후송」의 작가라면 이처럼 본격적인 '의식적 리얼리즘'에서 이 문제를 피해 갔을 리 없다. 데뷔작 「후송」에서 죽음은 단순한 사회·문화적 관습이 아니라 작중 인물을 삶과 화해시킬 수 없는 비극의식의 원천이었기 때문이다.

> 인간의 죽음은 종종 한 문화의 가장 깊은 의미를 나타내 주는 형식이다. 우리가 죽음을 대할 때, 슬픔, 추모, 그리고 매장의 사회적 의무 속에, 개인들로서, 그리고 하나의 사회로서 삶의 가치에 대한 우리의 의식을 한데 모으는 것은 당연한 일이다. 그러나 어떤 문화에서, 또는 그 문화의 쇠퇴기에 삶은 언제나 죽음의 사실에서부터 소급되어 해석되는 바, 그것은 우리의 가치들의 집점(集點)일 뿐만 아니라, 원천인 것처럼 생각될 수 있다. 그렇다면 죽음은 절대적이며 우리의 삶 전체는 상대적일 뿐이다. 죽음은 필연적이고 다른 모든 인간적 결말은 우연적이다. 이것이 강조될 때 어떤 고통과 무질서도 흡사 지배적인 실재(實在)와 관련되어서 해석되며, 그러한 해석은 이제 흔히 삶의 비극적 의식으로 표현되고 있는 것이다.17)

여기서 레이먼드 윌리엄즈의 논조는 비극을 하나의 액션이 아니라 교착상태(deadlock)로 고착시키는 죽음에 대한 개인주의적이고 자유주의적인 인식 태도를 비판하는 데 무게 중심이 실려 있다. 하지만 이러한 논조 속에서도 죽음에 대한 의식이 비극의 기초라는 사실은 역설적으로 확인된다. 레이먼드 윌리엄즈가 말하는 것처럼 죽음의 절대성을 강조하는 어떤 특정 문화가 있다면 1960년대 작가의 경우, 그것은 전후 실존주의를 떠나 생각할 수 없을 것이다. 사실 우리 문학사에서 많은 작가들이 전후의 실존주의 '문화'가 후경화될 때, 죽음의 문제에 대한 관심을 다른 곳으로 돌린다. 실존주의를 하나의 일과성 시대 사조로 보고 경박하게 그것을 추수했다는 반증이기도

---

17) R. Williams, 임순희 옮김, 『현대비극론』(학민사, 1985), p.66.

하다. 그러나 한편으로는 삶에 대한 비극적 의식의 원천이 되는 죽음의 문제
는 한 시대의 사조라는 역사적 현상을 넘어 어느 시대, 어느 문화에나 편재하
는 삶의 가장 근본적이고 보편적인 문제가 아닐 수 없다. 다만 죽음 그 자체
가 아니라 죽음에 대한 의식은 차츰 그 예각성이 이지러져 둔각화될 수밖에
없다. 어느 누구도 죽음이라는 충격적 사실이 주는 불안 의식을 날카로운
긴장으로 계속 유지하기도 힘들고, 그것의 중압에 짓눌려 있는 것도 영원히
반복될 수는 없기 때문이다. 그래서 죽음의 문제는 그 자체가 직접적인 제재
나 소재로서 다루어지기보다는 일정 시기가 지나면 세계 인식의 방식 속에
투영되어 간접화되기도 한다. 그러나 서정인은 「후송」에서 죽음에 대한 의
식의 문제에 천착한 작가답게 「미로」에서는 이 풀리지 않는 죽음의 숙제를
논쟁이라는 직접적이고 집중된 방식으로 풀어놓고 있다.

　박사를 만나러 가는 길에 '나'는 심포지엄을 벌이고 있는 한 떼의 사람들
을 만나는데, 그들의 심포지엄 논제인즉 '죽음'에 관한 것이다. 논쟁은 "단연
인생이란 자살"(p.111)이라는 주장과 인생은 타살이라는 주장으로 대립된
다. 여기에 자살과 타살이라는 개념을 지양한 제3의 해결책이 출현하는데
그것은 '자연사'라는 것이다.

　　"그 점은 안심을 해도 좋소. 나는 그 대신 쌍방이 다 만족할 수 있는 새로운
술어를 소개하겠소. 자연사. 어떻소. 결국 자연사가 아니겠소? 죽음이란 그것이
자살이라고 주장된 자살이건 타살이라고 주장된 자살이건, 또는 자살이라고
주장된 타살이건 타살이라고 주장된 타살이건간에 죽어버렸다는 점에서는 자
연사임에 틀림없소. 세상에 어떠한 일도 일어나버린 다음에까지 부자연한 것
은 없소. 자연은 그 속에 옹[sic]할 수 없을 만큼 부자연한 것을 가지고 있지
않소. 자연스러운 것인지 부자연한 것인지 알 수 없을 때에는 부자연한 것이
있을 수 있지만, 일단 둘 중의 어느 한편으로 결정되어버린 다음에는 부자연은
있을 수 없소. 가령 부자연한 것이라고 단정되었다 하더라도, 단정되기 전까지
는 부자연할지도 모른다는 점에서 부자연이 있을 수 있었지만, 부자연하다고
단정되는 순간 그것은 자연이 되어버리기 때문에 단정된 다음에는 부자연이
있을 수 없소. 죽기 전에 자연스러운 죽음도 없지만, 죽음 다음에 부자연한

죽음도 없소. 그런데 죽음이라는 것은 죽은 다음의 죽음을 죽음이라고 하는 것이 아니겠소? 모든 죽음이란 자연스러운 것이오. 거기에는 자살도 없고 타살도 없소. 물론 삼십억 분지 일의 책임이 있고 없음도 없소. 이것은 사실이오. 나는 죽음의 자연설을 여러 가지 의미에서 추천하지 않을 수 없소."(pp.116-17)

이 내용만 놓고 본다면 죽음은 이제 세상의 많은 일 가운데 하나로서 일반화되고 기정사실화되는 것처럼 보이기도 한다. 일반화되고 기정사실로 수긍되는 죽음은 그 죽음의 의식으로부터 오는 불안 의식의 예각성을 지운다. 둔각화된 죽음 의식은 더 이상 문제될 것이 없다. 그러나 위의 '죽음의 자연설'을 이렇게 축자적 해석으로 그친다면 그것은 일면적 이해이거나 오해에 가까운 것 같다. 무엇보다도 '나'는 결코 '하나의 길'로 일반화될 수 없는 '미로'에서 아직 헤매는 자이다. 엄밀히 말해서 헤매는 자의 정체성을 보증하는 것은 길들여지지 않은 모험밖에 없다. 따라서 이런 점들을 중시한다면 '죽음의 자연설'은 결론적 진술의 일부로 해석될 것이 아니라 그 '자연설'이 도출되는 논쟁의 전체 맥락으로부터 이해되어야 온당하다. 대부분 논쟁의 결론들이 그렇듯이 '자연설' 역시 거기에는 결론이 유도되는 과정을 떠나 이해할 수 없는 과정적 진실이 있다. 이 과정적 진실은 생략할 수 없는 것이다. 오해는 생략할 수 없는 것을 생략하는 데서 비롯된다. 논쟁의 과정에서 '자살'이나 '타살'을 주장하는 사람들은 갖가지 종류의 자살들과 타살들을 열거하고 자기 주장에 다양한 죽음의 사실들을 견강부회한다. 그런데 한편으로는 이러한 다양한 죽음의 사례들은 생략가능한 수다가 아니라 역설적으로 삶의 풍요를 반증하는 것이기도 하나는 점이 중요하게 지적되어야 한다. 따라서 '자살'이나 '타살'이라는 세상의 분별을 무차별화시키고 무색하게 하는 '자연사'라는 개념은 단순한 절충항이나 변증법적 지양의 테제일 수 없다. 죽음이란 그것을 자살 혹은 타살로 보는 입장 차이를 넘어 "죽어버렸다는 점에서는 자연사임에 틀림없"는, 누구도 이의를 달 수 없는 동일한 절대 사건인 것이다. 이 무차별화의 제3의 초월적 관점은 아직 작가가 죽음을 바라보는 절대적 관점을 세상의 시비거리 밖에서, 갖가지 형태로 실제적인 삶과 죽음이 이루어지는 세상의 시점 밖에서 유지하고 있다는 증거이다. 그리고 이 절대의 관점이야말로 서정인의 소설에서 다양한 변용을 통해 거듭 되살아나는 비극적 세계관의 핵심인 것으로 보인다.

4. 부재 증명의 알리바이 서사가 가는 길

움베르토 에코는 미로의 유형을 세 가지로 분류한다.[18) 첫째는 고전적인 것으로 선적이다. 크레타의 미로(labyrinth)에 들어간 테세우스(Theseus)에게는 선택권이 없었다. 그는 중심부에 도달할 수밖에 없었으며, 그 중심부로부터 출구로 나올 수밖에 없다. 이러한 미로는 맹목적인 필연성에 의해 지배된다. 이런 종류의 미로에서는 길을 잃을 수가 없으므로 '아리아드네(Ariadne)의 실'[19]은 쓸모가 없다. 곧 그 미로 자체가 아리아드네의 실이다. 두 번째 유형은 선택 미로(maze)이다. 선택 미로는 대체적 통로들 사이에서의 선택들을 나타내고 있으며, 어떤 통로들은 끝이 막혀 있다. 선택 미로에서는 실수할 수가 있다. 선택 미로를 풀어보면 특정한 종류의 수형도(tree)를 얻을 수 있는데, 거기에서는 어떤 선택들이 다른 것에 비해 우대된다. 어떤 대체들은 우리가 오던 길로 되돌아가지 않을 수 없도록 막혀 있는가 하면, 다른 것들은 새로운 가지들을 치기도 하며, 그것들 중 오직 하나만이 출구로 인도한다. 이러한 종류의 미로에서는 아리아드네의 실이 필요하다. 그것이 없으면, 동일한 움직임들을 반복하면서 돌아다니느라 일생을 다 소비해 버릴지도 모른

---

18) U.Eco, 서우석 · 전지호 옮김, 『기호학과 언어철학』(청하, 1987), pp.131~134.
19) 그리스 신화에서 미노스 왕은 반인반수(半人半獸)의 괴물 미노타우로스를 감금하기 위해 건축가 다이알로스에 맡겨 미궁을 만든다. 다이알로스는, 통로를 분간하는 표지가 될 만한 것은 모두 뒤헝클어버리고, 수많은 우회로와 굴곡으로 사람들의 눈을 흘리는 아주 이상한 미궁을 지었다. 영웅 테세우스는 크레타 공주 아리아드네의 도움을 받아, 미로에 들어갈 때 명주실을 풀면서 들어갔다가 이 괴물을 죽이고는 나올 때 그 명주실을 잡고, 아무도 살아나온 사람이 없는 미궁을 무사히 빠져나왔다.
(P.Ovidius, 이윤기 옮김, 『변신 이야기』(민음사, 1994), pp.259~261 참조)

다. 세 번째 유형의 미로는 그물형 미로이다. 그물의 주요 자질은 모든 점이 다른 점과 연결될 수 있음이고 연결들이 아직 고안되지 않은 곳에서는 그러한 연결을 상정할 수 있고 고안할 수 있다. 하나의 그물이란 제한 없는 영역이다. 미국이라는 영역은 어느 누구에게도 뉴욕에서 달라스로 가는데 미조리주의 세인트 루이스를 거쳐서 가도록 강요하지 않는다. 또한 뉴올리언즈를 통해서도 갈 수 있다. 그물에 대한 추상적 모형은 중심도 없고 외부도 없다. 그물에 대한 가장 좋은 이미지는 들뢰즈(G. Deleuze)와 가타리(F.Guattari)가 제안한 '리좀(rhizome)'이라는 식물적 은유에서 얻어진다. 리좀의 구조적 특징들은 다음과 같다: ⅰ) 땅 속 줄기의 모든 점은 다른 모든 점과 연결될 수 있고 되어야 한다; ⅱ) 땅 속 줄기에는 점이나 위치는 없고 선들만이 있다; ⅲ) 땅 속 줄기는 어떤 점에서든 끊어질 수 있고 그것 자신의 선들 중 그 다음의 선과 다시 연결될 수 있다; ⅳ) 땅 속 줄기는 비계통적이다; ⅴ)땅 속 줄기는 그것으로써 다른 땅 속 줄기를 만드는 그 자신의 외부를 가지고 있다. 따라서 땅 속 줄기적 전체는 외부도 없고 내부도 없다; ⅵ) 땅 속 줄기는 어떤 복사물이 아니라 그것의 모든 차원에서 다른 어떤 것과 연결될 수 있는 하나의 열린 도표이다. 그것은 분해될 수 있고, 역행 가능하며 계속되어 수정될 수 있다; ⅶ) 모든 방향에서 열려 있는 수형도들의 망상 조직은 하나의 땅 속 줄기를 창출할 수 있다; ⅷ) 아무도 전체 땅 속 줄기에 대해 전체적으로 기술할 수는 없다. 왜냐하면 땅 속 줄기가 다차원적으로 복잡하기 때문만이 아니라 그것의 구조가 시간에 따라 변화하기 때문이기도 하다. 그것의 여하한 매듭에서라도 어느 누구도 그것의 모든 가능성들에 대한 전체적 시각을 가질 수는 없고 다만 가장 가까운 것들에 대한 국부적 시각을 가질 뿐이다. 그 그물에 대한 모든 국부적 서술은 그것의 앞으로의 과정에 대한 하나의 '가설'일 뿐으로 허위임이 판명되도록 되어 있다. 땅 속 줄기에서는 맹목이 보는 유일한 방법이고, 사고란 '더듬어 나아감'을 의미한다.[20]

---

20) U. Eco, 앞의 책, pp.132-134. '리좀'에 대한 보다 자세한 내용은, G. Deleuze & F.

이와 같은 미로의 유형에서 가장 심각하고 복잡한 미로는 세 번째 그물형 미로일 것이다. 「미로」에서의 ‘미로’는 ‘내’가 박사의 죽음을 확인하고 “사실 내 자신의 생각에 관한 일이라면 내가 박사보다 더 잘 알는지도 모를 일”(p.122)이라고 말함으로써 그물형의 곤경을 일단 벗어나는 것으로 보인다. 곧 자기 자신이 자신의 문제에 관한 한 문제 해결의 주인공으로 등장함으로써 ‘아리아드네의 실’을 다름 아닌 자기 자신에게서 발견할 수 있다. 그러나 갖가지 의식의 난마 속에서 뽑아드는 자기 자신이라는 ‘아리아드네의 실’은 적어도 아직 튼튼한 실은 아니다. 문제 해결의 중심으로서의 자기 자신이란 아직 ‘겨우’ 존재하는 주체에 지나지 않기 때문이다. 따라서 자기 자신이 끝까지 끊기지 않는 ‘아리아드네의 실’이 될 수 있을지는 불투명하다. 「미로」에서의 ‘나’의 여정은 이 모호한 곤경 속에서 그친다. 그것은 여러 가지의 실험과 물음을 통해 도달하는 자기 확신의 여정이 아니다. 곤경에 처한 자신의 삶을 정당화시키고, 자신의 세계와의 불화의 운명을 증명하는 업무를 서정인의 소설 주인공들은 아직 수행하지 않고 있다. 그러나 여기서의 곤경이란 존재론적으로 파악된 정태적 진실에 가까운 것이고 보다 진정한 문제는 그 곤경을 고난이나 시련이라는 운명의 모습으로 살아내는 것이 아닐 수 없다. 말로(A.Malraux)와 사르트르는 거의 동일한 용어를 사용하여 인간은 그가 감추고 있는 것 속이 아니라 그가 행하는 것 속에 있다고 공언한 바 있다.[21] 우리는 「미로」 주인공의 자기 동일성이라는 것도 결국 그가 길을 가는 행위 속에 있다고 말할 수 있다. 그러나 「미로」에서의 이 길을 가는 행위는 「후송」의 성중위의 그것과 마찬가지로 독보적(獨步的)인 것이다. 그 길이 실존과 의식의 유곡 속에 있기 때문이다. 따라서 이들의 실존적인 존재 증명은 다름 아닌 현실적인 부재 증명이기도 하다. 여기서 작가 서정인에게는 무의식의 탐사나 무의 세계의 신비스러운 접신을 향해 나아감으로써 부재 증명을 통해 존재를 증명하고자 하는 소설적 선택이 있을 수 있다.

Guattari, 김재인 옮김, 『천 개의 고원』(새물결, 2001), pp.11~55 참조.

21) J.M.Domenach, 김성택 옮김, 『세기말의 사상』(솔, 1995), p.86.

그러나 서정인은 이 현기증나는 길을 더 이상 선택하지 않는다. 피상적인 현실이라고 치부하여 일상과 자연의 대상 세계를 의식 세계에서 완전히 지우지 않는 한, 부재 증명의 알리바이의 서사는 실제 운명들이 생성되는 삶과 사건의 중심으로 용해되지 않을 수 없을 것이다. 정향 없는 의식의 순수 리듬 운동은 추상적으로나 가능할 뿐, 실제로는 의식 역시 선택적 본질을 부여하고 부여받고 있으며, 그 선택적 본질이 운명을 향해 가고 있기 때문이다. 그러므로 이제 진정으로 중요한 것은 존재의 조건이 아니라 실존의 운명이고, 좀더 정확히 말하면 그 운명의 전개이다. 이 지점에서 서정인의 소설은 「후송」이나 「미로」에서 볼 수 없었던 전혀 새로운 길을 찾아간다.

제4부

한국현대작가의 존재방식

조남현*

1. 서론

개화기에 현대적 의미의 작가가 나타나기 시작한 이래 한 세기가 경과하는 동안 작가의 존재방식도 크게 달라졌다. 창작활동과 사회활동의 중심이 되는 선대작가들의 존재방식은 후배작가들에게 작가지망의 동기로 작용할 뿐만 아니라 문학적 관념이라든가 제도로 나타나기도 한다.

개화기 이후 지금까지의 우리 소설의 역사는 작가는 (1)글을 써서 생업을 도모하는 직업인, (2)특정 이데올로기를 지니거나 널리 알리는데 힘쓰는 이데올로그, (3)사상가를 지향하는 지식인, (4)의미와 재미를 지닌 이야기를 만들어 낼 줄 아는 이야기꾼, (5)한 사회나 삶의 모습을 충실하게 그려내는 기록자 등 여러 가지 모습을 보여 주고 있다. 소설가는 예인이나 장인으로 부단히 자기를 연마하면서 도인이나 사상가를 지향하는 이중적 존재로도 설명할 수 있다. 그런가 하면 흔히 베스트 셀러 작가라는 형태로 입증되는 인기인이나 문화영웅의 측면을 보여 주기도 한다. 개화기에서 해방정국까지의 소설의 역사는 행동주의적 작가(writer—activist) 또는 사상가로서의 작가가 이끌어 온 것임을 부정하기 어렵다. 작가로 성공했다는 것은 많은 독자들

---

* 서울대학교 교수 · 문학평론가

에게 자기 작품이 읽히고 있다는 것을 의미한다. 작가는 자기 작품이 독자들에게 읽히는 순간 바로 그 독자들을 지배하게 된다. 작가는 독자를 지배하되, 권력이나 금력으로 하는 것이 아니라 작품을 통로로 한 지식이나 인식을 지배수단으로 한다.

우리 소설사에서 전업작가라는 말이 보편화되고, 전업작가가 주류를 이루고, 작가의 존재방식의 중심이 소설쓰기에 놓이게 된 것은 길게 잡아도 20년을 넘지 못한다. 전업작가들 중 소득이 중간층 이상이 되는 작가들이 그 이하가 되는 작가들보다 훨씬 적은 현실을 꼬집어 전업작가의 시대라는 표현은 아직은 성급하다는 견해도 있다. 소설가란 어디까지나 직업의 한 명칭이라는 주장은 당연한 것으로 볼 수도 있지만, 소설가를 단순한 직업명으로 보는 것은 작가의 사회적 위상의 약화로 비칠 수 있다는 인식도 쉽게 파괴될 수 없다. 작가는 사상운동도 하고, 정치활동도 하고, 대승적 지식인의 길도 걸어야 한다는 고정관념에서 헤어나지 못할 정도로 20세기 전반기까지의 한국작가들 중 대다수는 창작활동 못지 않게 사회활동에도 관심과 정력을 기울였던 것이 사실이다. 창작활동을 아예 사상운동 또는 사회활동의 한 방안으로 자임하는 작가도 많았다. 창작에 필요한 정신적 물질적 여건이 열악하여 불가항력으로 부동적(浮動的) 지식인(die freischwebende Intelligenz)의 길을 걷게 된 작가는 실제보다 큰 작가로 보일 수 있다. 이에 반해, 작품을 통해서만 영향을 주는 작가는 기능적 지식인으로 비치기 쉽다. 물론 이는 착각이기 쉽다. 해방 이전에 창작활동과 사회활동(사상운동, 단체활동——)을 겸업한 작가들이 주류를 형성한 깃에 반해 해빙 이후에는 창작활동을 그야말로 본업으로 여기는 작가들의 비중이 점점 커지고 있다. 한국현대소설의 역사는 각도를 달리 하면 겸업작가보다는 전업작가가, 이데올로그나 사상가보다는 이야기꾼이나 장인이 더 많은 호응을 얻고 더 큰 힘을 발휘하기까지의 과정이 된다.

직업인으로서의 작가가 작은 비중을 차지하고 있던 때의 작가들은 보다 다양하게 분류된다. 문학활동은 곧 사회활동이라고 등식화할 정도로 또 문학활동은 사회활동의 한 전략이요 실천방안이라고 할 정도로 일제 때의 작가들은 여러 가지 활동을 펼쳐 보였다. 그만큼 작가 분류방법은 시대, 문예사조, 문학단체, 사건, 이념선택, 소설유형, 작품의 질 등과 같이 다양해 질 수 밖에 없다. 개화기, 1920년대, 1930년대, 1950년대 하는 식으로 작가를 구분하는 것은 평면적이라는 판단을 안겨 준다. 어떤 사조에 넣을 수 있는가, 어떤 문학단체에 가입하였는가, 어떤 이념을 품고 있는가, 어떤 사건에 연루 되었는가 하는 기준들은 실제로는 서로 연결되어 있으면서 한국현대작가들 의 아비투스를 입체적으로 보게 만든다. 이러한 기준들은 우리 작가들에게 충분히 잘 적용될 수 있는 것으로, 어쩌면 가장 한국적인 것이 될지 모른다.

위와 같은 분류법을 거치는 것은 한국현대작가의 존재방식을 제대로 파 악하는 첫 번 째 단계가 될 수 있다. 여러 가지 기준에 의한 분류를 종합적으 로 검토하면 우리 현대작가의 존재방식이 다양함을 깨닫게 된다. 이미 자연 스럽게 언론인작가, 이데올로그 작가, 교수작가, 전업작가 등의 유형을 내세 울 수 있게 되었다.

2. 한국현대작가의 원형

한국현대작가의 원형적 존재는 개화기에 왕성하게 창작활동을 한 이인 직, 이해조, 신채호와 1910년대를 독무대로 삼은 이광수에서 찾을 수 있다.

이인직(1862~1916)은 40이 다 된 1900년 2월에 한국정부의 관비유학생으 로 일본 동경으로 건너 가 동경정치학교를 다녔다. 그런 한 편 1901년 11월부 터 1903년 5월까지 미야꼬 신문사의 견습생으로 있으면서 근대신문에 대해 많은 것을 배웠다. 이때 일본어로 「입사설」, 「몽중방어」, 「한국잡관」, 「한국신 문창설취지서」 등 여러 편의 논설을 발표했다. 그는 "나는 신문을 가지고 세계문명을 그대로 옮기는 사진기계가 되고 새로운 소식을 말로 전하는 기계 가 되겠다"(「입사설」)고 하여 신문기자가 되겠다는 야심을 털어 놓았다. 그런 가 하면 이때의 논설들에서는 한국비판, 정치적 관심, 일본예찬, 개화주의 등을 드러내었다. 이인직 나름의 현실인식과 희망은 훗날 「혈의 루」, 「은세계」 등의 작품에서 알맹이를 갖추어 드러난 편이다. 이인직은 1904년 노일전쟁 당시 일본 육군 사령부의 통역으로 2월부터 5월까지 종군한 바 있다. 이어 친일단체 일진회에서 발행한 ≪국민신보≫의 주필(1906.2~6), 천도교 문명파에서 발행한 ≪만세보≫의 주필(1906.6~1907.6), 이완용 내각의 지원을 받아 창간된(1907.7.8) ≪대한신문≫ 사장 등을 역임했다. 합방 후에는 경학원 사성에 부임하여 기관지 ≪경학원 잡지≫의 발행을 맡아 보기도 했다. 이완용의 지시를 받아 한일합방을 적극 추진한 공에 비추어 보면 그는 충분히 보상받지 못한 것이라고 할 수 있다.

이인직은 언론인작가의 모습을 처음으로 분명하게 보여 주었다. 물론 당시에는 계몽적인 지식인이 잡을 수 있는 직업은 극히 제한적이었다. 「혈의 루」, 「은세계」, 「귀의 성」 등과 같은 작품들을 만들어 낼 줄 아는 이야기꾼으로서의 역량도 충분히 갖추었지마는 언론사나 정치사에서 발자취가 뚜렷한 결과를 남기기도 하였다. 친일유교 집단인 공자교에의 가담, 일본 신극 소개, 한일합방 추진 등과 같이 문화활동과 정치활동을 겸할 줄 아는 능력을 지닌 존재였다. 친일개화로 표현되는 그의 이념이랄까 사상은 작품을 또 하나의 표출통로로 삼기도 했다. 그의 삶에 있어서 창작활동은 모든 활동을 이끌어 가는 역할을 하지 못했다. 그를 한국현대의 최초의 주요작가로 꼽게 한 근거가 되는 창작활동은 정치활동의 한 방안에 지나지 않는 것으로 볼 수도 있다. 이인직은 많은 작품을 썼던 것도 아니고 창작 그 자체에 유별난 열정을 품고 있었던 것도 아닌데 그의 창작활동은 정치가 지망생이나 친일적 개화주의자로서의 사회활동과 비견되는 평가를 받고 있다. 이인직은 언론인작가, 개화 이데올로그로서의 작가, 왕성한 사회활동과 창작활동이 대등하게 조화된 소설가 등과 같은 모습을 보여 주었다.

이해조의 삶은 조부 이재만의 처형(1883), 부친 이철용의 화야의숙(華野義塾) 설립(1906), 실천적 애국결사체인 광무사(光武社) 참여(1907), 제국신문사 기자(1907), 대한협회 평의원 및 교육부 사무장(1908), 기호흥학회 평의원,

월보편집원, 겸임교감(1908), 매일신문 편집 참여(1910년대), 친일 유생단체 대동사문회(大東斯文會) 가담 등과 같은 내용으로 요약된다. 이해조가 1907년 2월에 참여했던 광무사는 "철도상환을 계획으로 유지신사 기인이 단체결사한 것"으로 발기인은 이종일, 남궁준, 양기탁, 주시경, 이준 등 당시의 쟁쟁한 지식인이요 지사인 44명이었다. 이해조는 제국신문사가 창간 때부터 자금난에 봉착하여 그 타개책의 하나로 무보수 편집기자를 늘렸을 때 박정응, 이인직과 함께 참여했다. 실제로 이인직과 이해조가 제국신문사에서 잠간이라도 같이 일했는지의 여부는 확인할 수 없다. 대한협회는 대한자강회에 뒤이어 창립된 애국계몽단체로 교육의 보급, 산업의 개발, 행정제도의 개선, 관민폐습의 교정, 권리·의무·책임·복종의 사상 고취 등 7가지 강령1)을 내세웠다. 당시 전국 각지에서 설립된 애국계몽단체들은 대개 이와 비슷한 강령을 내세웠다. 이해조는 월보 편집원으로 있으면서 「윤리학」, 「학계의 건망증」 등과 같은 논설을 발표했다. 이해조는 제국신문사 기자로 있던 전후에 「고목화」, 「빈상설」 등과 같은 소설을 연재한 바 있다. 이해조가 매일신보에서 근무했던 기간은 정확하게 밝혀지지는 않았지만 매일신보에 관계하고 있었을 때 「화세계」, 「월하가인」, 「화의 혈」, 「구의산」, 「소양정」, 「춘외춘」, 「봉선화」, 「비파성」 등 많은 소설을 바로 그 신문에 연재했던 것으로 드러나고 있다. 이해조는 신문기자로서의 신분을 최대한으로 활용하여 발표지면을 확보했던 것으로 볼 수 있다. 발표지면을 얻어야 창작활동을 제대로 할 수 있음을 가르쳐 주고 있는 셈이다. 그는 가장 많은 신소설을 써 내었을 뿐만 아니라 다양한 소설유형을 보여 주기도 했다. 「자유종」은 토론체소설이면서 사상소설이고 「화의 혈」은 정치소설, 복수담, 동학소설 등의 유형이 합성된 것으로 볼 수 있다. 「화의 혈」에도 공안류 소설의 색채가 있거니와 이해조 소설 가운데서 공안소설의 색채가 뚜렷한 것으로는 「구마검」, 「화세계」, 「구의산」 등이 있다. 「춘외춘」은 계모형 소설로, 「소양정」은 가정소설로, 「원앙도」는 정치소설로 분류된다. 소설가 이해조의 활동방식은 한일합방을 분기

---

1) ≪대한협회회보≫, 제1호, 1908.4, p.2.

점으로 한다. 그는 한일합방 이전에는 소설가로서의 창작활동보다는 기자·교육자·실천적 계몽가로서의 사회활동이나 사상운동에 주력했던 것이 된다. 개화주의, 애국계몽주의, 점진적 개량주의 등으로 규정해 볼 수 있는 1905~1910년의 이해조의 존재방식은 한일합방을 맞으면서 달라지고 말았다. 그는 단순한 이야기꾼으로 변하게 되었다. 사상가의 길을 포기하고 스토리텔러로서의 길을 걸어 감으로써 오히려 소설사에의 기여도가 더 커진 면이 있기는 하다. 이인직과는 달리 이해조는 자신의 삶의 내용이나 사상의 내용을 작품에 살려내지 못했다. 이인직이 한창 정치적 야심이나 정치적 상상력에 젖어 있을 때 소설을 썼던 것에 반해 이해조는 한창 계몽주의자로 활동했던 때에는 소설창작을 활발하게 하지 않았다. 그의 작품들 대부분이 한일합방 이후에 나온 점에서 그의 창작동기와 계몽주의를 기계적으로 연결시키기는 어렵다. 이인직이 실천가로서의 작가(writer—activist)로 일관했던 것이라면 이해조는 실천가로서의 작가에서 예술가로서의 작가로 넘어간 것이라고 할 수 있다. 대한협회와 기호흥학회의 이념이라든가 그가 그 단체에서 활동했던 모습들은 그 자신의 작품에서는 살아나고 있지 않다.

신채호(1880~1936)는 독립협회 가입 및 투옥(1898), 충분 청원군 소재의 문동학원, 산동학원 강사, 성균관 박사(1905), 황성신문 논설기자(1905), 대한매일신보 주필(1906), 비밀애국단체 신민회 참가(1907), 해삼위에서 이동휘, 이갑 등과 함께 광복회 조직(1911), 상해 박달학원에서 계몽활동(1913), 북경에서 신한혁명당 조직(1915), 임시정부 전위원회 위원장으로 선출(1919), 조선사 연구 저작 집성(1922), 신간회 참가(1927), 일본 경찰에 체포(1928), 여순감옥으로 이감(1930), 《조선일보》에 6월~10월 「조선사」 연재(1931), 옥사(1936) 등과 같은 활동상으로 정리된다.

신채호는 한일합방 전에는 「수군 제일 위인 이순신」(1908), 「을지문덕」(1908), 「동국거걸 최도통전」(1909~1910) 등과 같은 전기를 써내었으며 중국에서 활동할 때에는 「꿈하늘」(1916), 「용과 용의 대격전」(1928), 「일목대왕의 철퇴」, 「백세노승의 미인담」 등과 같은 역사소설을 발표했다. 역사서로는 1915년과 1928년 사이에 「조선사 연구초」, 「조선상고사」, 「역사총론」, 「고구려사」 등 여러 권을 집필했다.

이처럼 신채호는 자신을 희행하는 조직운동과 사상활동을 하는 가운데서도 부지런히 저술활동을 하였다. 그에게는 소설, 역사, 논설을 쓰는 것 자체가 사상활동의 중심작업에 해당된다. 신채호의 소설 중 주목할 만한 것으로는 구국을 위한 영웅대망론을 구체화한 「을지문덕」, 상고사를 소재로 하여 자신 특유의 투쟁적 역사관을 잘 드러내고 있는 「꿈하늘」, 우화소설이자 사상소설인 「용과 용의 대격전」 등을 꼽을 수 있다. 신채호는 독립운동의 연장선에서 역사연구를 했고 다시 역사연구의 바탕에서 소설을 썼다. 그리하여 그의 소설은 사상소설로서의 역사소설로 정형화된다. 신채호는 귀감이 되는 독립운동과 사상활동으로, 또 주체성이 뚜렷한 아나키스트적 활동으로 자신의 소설창작활동을 한 단계 끌어 올리는 결과가 되었다. 즉 실천가로서의 작가이기는 하되 행동주의자로서의 면모가 작가로서의 입상을 조명해 주고 뒷받침해 준 경우가 된다. 그는 사상가 작가의 원형이 된다. 이러한 사상가 작가의 원형은 자기희생적인 실천을 요구하는 것이기에 후대작가들 사이에서 재생되기 어려운 면이 있다.

이광수는 동학입교(1903), 천도교 소공동학교 일어교사(1904), 오산학교 교원과 경영(1910~1914), 《신한민보》 주필, 도일, 조도전대 입학(1913), 조선청년독립단에서 독립선언서 기초(1919), 임시정부 간행 《독립신문》 사장(1919), 흥사단 입단(1920), 《조선문단》 주필, 《영대》 동인(1924), 《동아일보》 편집국장(1926~1927), 조선일보사 부사장(1933~1934), 수양 동우회 사건으로 수감(1937), 친일어용단체 조선문인협회 회장 취임(1939), 동우회 사건 전원 무죄 판결(1941), 반민법에 의해 수감되었다가 불기소처분(1949), 납북(1950.7.12) 등과 같은 경력을 보여 준다.

그는 한시도 쉬지 않고 사회활동을 하였음에도 엄청나게 많은 작품을 써내었다. 그는 계몽소설(『무정』), 실험가소설(『개척자』), 영웅소설(『선도자』), 역사소설(『마의태자』, 『단종애사』, 『이순신』, 『이차돈의 사』, 『공민왕』), 주의자소설(『혁명가의 아내』), 이민소설(『삼봉이네 집』), 연애소설(『유정』, 『사랑』, 『개척자』), 불교소설(『무명』, 『꿈』), 농촌소설(『흙』) 등 여러 가지 소설유형을 보여 주었다. 이광수는 동아일보사 편집국장과 조선일보사 부사장을 지낼 그 동안에 『마의태자』, 『혁명가의 아내』, 『삼봉이네 집』, 『이순신』, 『유정』, 『그 여자의 일생』, 『이차돈의 사』 등과 같이 많은 작품들을 써내었다.

그는 소설가로서는 영광을 누렸으나 지도자나 사상가로서는 치욕의 길을 걸어야 했다. 소설가를 재미있는 이야기를 만들어 내는 예인이나 기술자로 보는 사람들에게 그는 영웅적인 소설가(novelist—hero)로 부각될 수 있으나 소설가를 사상가나 이데올로그로 보려는 사람들에게는 부정적으로 비치게 된다. 그는 교사, 언론인, 사회단체 가담자 등과 같은 여러 가지 사회생활을 해 내면서도 많이 쓰는 작가, 많은 독자를 끌어 들일 줄 아는 소설가 등과 같은 평판을 획득하고 있다.

3. 언론인작가의 줄기

해방 이전의 주요작가들이 가졌던 직업들 가운데서는 단연 신문 잡지 기자가 수위를 차지한다. 직업도 다양하지 않은데다가 작가들이 가장 쉽게 접할 수 있는 직업이 바로 기자였기 때문이다. 이미 앞에서 검토한 바와 같이 이인직, 이해조, 신채호, 이광수 등과 같은 한국현대작가의 원형적 존재들은 언론인이라는 공통점을 지니고 있다. 이들 작가들에 이어 192,30년대에는 염상섭, 최서해, 김동인, 현진건, 김남천, 심훈, 이태준, 채만식, 한설야 등이 기자소설가로 나서고 있다. 물론 김동인, 김남천 등은 기자소설가라고 보기 어려우리 만큼 매우 짧은 기간 동안 기자로 일했다. 이들 192,30년대 기자소설가들은 문제작가, 일급의 작가, 문학사적인 작가라는 공통점을 지니고 있다.

192,30년대에 가장 많은 장편소설을 써내었던 염상섭은 《동명》 기자

(1921), 《시대일보》 사회부장(1924.3~1924.9), 《조선일보》 학예부장 (1929.9~1931.6), 《매일신보》 정치부장(1935~1936.3), 만주국 《만선일보》 편집국장(1936.3~1939.9), 《경향신문》 편집국장(1946.10~1947.7) 등과 같이 언론인으로서도 화려한 경력을 지니고 있다. 염상섭은 《시대일보》 사회부장으로 있을 때 「만세전」을 《시대일보》에 연재(1924.4.6~6.7)한 바 있고 《조선일보》 학예부장으로 있을 때 『광분』을 《조선일보》에 연재(1929.10.3~1930.8.2)한 바 있고 또 『삼대』를 연재(1931.1.1~9.17)한 바 있다. 《매일신보》 정치부장 시절에는 『모란꽃 필 때』를 같은 신문에 연재 (1934.2.1~7.8)하였고, 정치부장 사직 직후에는 『불연속선』을 연재 (1930.5.18~12.30)했던 것으로 되어 있다.

기자로 있으면서 신문연재소설을 쓰는 것은 결코 쉬운 일이 아니다. 한국 현대소설사를 통틀어 보면 소설가와 기자의 겸업에 성공한 작가가 훨씬 적었던 것으로 나타난다. 염상섭은 기자직이 작가로 성공하는데 크게 기여한 보기 드문 경우가 든다. 염상섭은 신문연재소설을 쓰기 위해 신문사 부장직을 기꺼이 맡았다고 할 수 있을 정도다. 염상섭은 언론인 노릇하기도 벅찬 마당에 많은 소설을 썼고 거기다가 해방 이전의 명작의 대열에 드는 「만세전」이라든가 『삼대』를 써내기까지 했다. 이해조, 이광수와 마찬가지로 염상섭도 작가는 일단 많이 써야 문제작이 나올 가능성이 커진다는 이치를 일깨워 주고 있다.

소학교 이상은 다닌 적이 없이 부두노동자, 음식점 심부름꾼, 도배장이 등 노동자 경험이 풍부한 최서해는 간도에서 국내로 들어 와 《조선문단》의 사환겸 편집사원을 출발점으로 하여 《현대평론》 문예담당자를 거쳐 1929년에 《중외일보》 기자, 1931년에 《매일신보》 학예부장까지 올라간 이듬해 위문협착증으로 세상을 떠나고 만다. 최서해가 《매일신보》 학예부장으로 있을 때 장편소설 『호외시대』를 바로 《매일신보》에 연재 (1930.9.20~1931.8.1)했었다는 사실은 잘 알려져 있지 않다. 『호외시대』는 값싼 대중소설은 아니지만 「고국」, 「전아사」, 「홍염」 등과 같은 단편들만큼 최서해의 이름을 빛내주기에는 어려운 작품이다.

현진건은 ≪동명≫ 기자(1922.9), ≪시대일보≫ 입사(1923.4), ≪시대일보≫ 사회부장(1925.7), ≪동아일보≫ 입사(1925.9), ≪동아일보≫ 사회부장(1928.3) 등을 거친 후 1936년 8 월 27일에 ≪동아일보≫ 일장기 말소사건으로 무기정간 당하고 난 후 영어의 몸이 되고 말았다. 그는 ≪동아일보≫ 사회부장을 맡고 있을 때 당대소설인 『적도』를 ≪동아일보≫에 연재(1933.12.20~1934.6.17)하였으나 1920년대의 「빈처」, 「불」, 「고향」, 「사립정신병원장」 등의 단편소설 만큼의 성가는 누리지 못하였다. 그는 일장기 말소사건으로 ≪동아일보≫를 그만 두고 난 후 『무영탑』, 『흑치상지』, 『선화공주』와 같은 역사소설을 발표하였으나 『무영탑』(≪동아일보≫, 1938.7.20~1939.2.7)만이 완성작이요 문제작으로 남게 되었다. 일장기 말소사건과 같은 사건이 없이 ≪동아일보≫에서 계속 사회부장이나 그 이상의 자리를 맡았더라면 『무영탑』은 나오지 못했을지도 모른다. 신문기자 생활이 작가로서의 활동을 억제하는 결과가 되고 만 현진건의 경우는 염상섭과는 좋은 대조가 된다.

심훈(1901~1936)은 3.1운동 때 시위에 가담했다가 잡혀 약 4개월동안 옥살이를 한 바 있고 1924년에 동아일보에 입사하여 일하던 중 임금인상 투쟁을 주장한 '철필구락부'에 가담한 것 때문에 파면 당했다. 심훈처럼 신문사에서 임금인상투쟁을 하다가 쫓겨 난 작가의 경우는 한국현대작가들 사이에서는 거의 그 유례를 찾을 수 없다. 심훈은 쫓겨 난 그 이듬해 ≪동아일보≫에 영화소설 「탈춤」을 연재할 기회를 가졌다. 심훈은 이미 1924년에 영화 '장한몽'의 주인공의 대역을 맡는 경험을 한 바 있다. 그는 ≪조선일보≫ 기자(1927), 경성방송국 프로듀서(1931), ≪조선중앙일보≫ 학예부장(1933.8) 등의 경력을 밟은 후 ≪조선중앙일보≫ 자매지 ≪중앙≫을 창간하는 일을 맡아보았다. ≪중앙≫의 편집책임은 『상록수』 집필의 주요동기의 하나가 된다. ≪중앙≫(1935.5)에는 훗날 『상록수』의 여주인공인 채영신의 모델이며 실제로 요절한 최용신 양의 업적과 생애에 대한 글이 수록되어 있기 때문이다. ≪조선중앙일보≫에서는 심훈의 장편소설 『영원의 미소』와 『직녀성』을 연재한 바 있다. 그러니까 심훈은 ≪조선중앙일보≫에 입사하지 않았더라면 『상록수』를 남기지 못했을지도 모른다.

심훈은 만세사건 가담으로 인한 투옥과 학교제적, 첫째 부인 이해영과의 이혼, 동아일보사로부터의 파면, 「동방의 애인」, 「불사조」 등의 미완성, 경성방송국으로부터의 추방, 시집 『그날이 오면』의 출간 금지 등과 같이 40도 못되는 인생을 살아 오면서 끊임없이 거부 당하고 쫓겨나는 모습을 보여준다. 심훈의 창작활동과 사회활동은 그가 반골기질로 태어난 존재임을 확인시켜 주고 있다.

채만식은 장기결석 및 학비미납 때문에 제적처분을 당한 1924년에 경기 강화의 사립학교 교원으로 취직한 후 단편 「세 길로」로 ≪조선문단≫에서 이광수로부터 추천 받아 등단하고 나서 동아일보사 정치부 기자로 활동 (1925.7~1926.10)한 적이 있다. 그후 채만식은 개벽사 사원(1930~1933), 조선일보사 기자(1933~1936.1)를 거친 후 개성, 안양, 광장리, 충정로 등을 전전하며 전업작가로 활동하였다. 채만식은 개벽사 기자로 있던 1930~1933년에 「병조와 영복이」, 「창백한 얼굴들」 등과 같은 단편도 발표하기는 하였지만 「낙일」, 「농촌스케취」, 「밥」, 「그의 가정풍경」, 「미가대폭락」, 「두부」, 「사라지는 그림자」, 「감독의 안해」 등 많은 단편희곡을 집중적으로 발표하였다. 그리고 「평자로서의 불복」, 「문예평가 함일돈군의 기극」, 「현인군과 카프에」 등과 같은 여러 편의 평론을 발표하기도 하였다. 조선일보사기자로 있을 때는 단편소설 「레듸메이드 인생」 정도를 발표하였을 뿐이다. 그는 ≪조선일보≫ 기자를 그만 두고 난 후 「명일」, 『탁류』, 「천하태평춘」, 「치숙」, 「소망」, 「금의 정열」, 「모색」 등과 같은 주목할 만한 작품들을 써내었다. 채만식은 염상섭과는 달리 기자직을 그만 두고 전업작가로 활동할 때 문제작을 만들어 내었던 것이다. 평소 결벽증이 심했던 채만식은 염상섭과는 달리 심리적, 시간적 압박을 이겨내지 못하였던 것이다.

한설야는 군수의 아들로 함흥법학전문학교에 입학했으나 동맹휴교 사건으로 제적당했으며 북경의 익지영문학교, 동경의 일본대학 사회학에서 공부

했고 가난을 견디지 못해 만주 무순지방으로 이주하기도 했다. 그는 카프에 가맹한 직후 귀향하여 조선일보 함흥지국을 경영한 적이 있고 조선지광사 기자(1932), 조선일보사 학예부 기자(1933)를 거친 후 다시 귀향하여 인쇄소를 경영한 바 있다. 한설야는 조선지광사나 조선일보사에 있을 그 무렵에 「사방공사」, 「교차선」, 「추수후」 같은 농촌소설을 썼다. 기자로 근무하기 전에 썼던 작품들 중에도 여러 편의 문제작이 있기는 하지만 기자를 그만 둔 후에 썼던 소설들은 자기응시를 강화한 것으로 나타난다.

김남천(1911~1955)은 1935년 5월에 동대문 경찰서에 카프 해산계를 제출한 이후 여운형이 사장인 ≪조선중앙일보≫에 기자로 들어 갔고 손기정 선수 일장기 말소사건과 관련되어 ≪조선중앙일보≫가 폐간됨에 따라 귀향하고 말았다. 김남천의 이력에서 신문기자 생활은 매우 짧았던 때문인지 무산자연구회 가입(1930), 평양고무직공 파업 참가(1930), 카프 제 1,2차 검거 사건 연루(1931~1934)보다 결코 큰 의미를 지니지 못한다.

이태준도 한설야나 심훈과 마찬가지로 휘문고보 동맹휴교 사건에 주모 자로 인정되어 4학년 1학기에 퇴학 당한다. 25세인 1929년에 개벽사 취직 을 시작으로 하여 1931년에 ≪중외일보≫ 기자, 1933년에 ≪조선중앙일보≫ 학예부장, 1939~1941년에 ≪문장≫ 경영 등과 같은 10여년에 걸친 저널 종사의 경력을 보여 준다. 그는 이 기간에 많은 작품을 발표하였으며 적지 않은 문제작을 써내었다. 「고향」(≪동아일보≫, 1931.4.21~29), 「달밤」(≪중 앙≫,1933.11), 「가마귀」(≪조광≫, 1936.1), 「복덕방」(≪조광≫, 1937.3), 「패강 냉」(≪삼천리문학≫, 1938.1), 「영월영감」(≪문장≫, 1939.2~3) 등과 같은 단편 소설을 썼는가 하면 『구원의 여상』(≪신여성≫, 1931.3~1932.8), 『제2의 운명』 (≪조선중앙일보≫, 1933.8.25~1934.3.23), 『불멸의 함성』(≪조선중앙일보≫, 1934.5.15 ~1935.3.30), 『성모』(≪조선중앙일보≫, 1935.5.26~1936.1.9), 『화관』 (≪조선일보≫, 1937.7.19~12.22), 『청춘무성』(≪조선일보≫, 1940.3.12~8.11), 『사상의 월야』(≪매일신보≫, 1941.3.4~7.5) 등과 같은 많은 장편소설을 써내었 다. 이태준은 1930년대를 잡지 편집자, 신문기자로 보내면서도 아주 많은 작품을 써낸 작가로 기록된다. 물론 단편들에 대한 고평경향과 장편들에 대한 부정적 평가 경향이 엇갈리고 있음을 인정하지 않을 수 없다. 그의 대부분의 신문연재장편소설이 연구자들로부터 따뜻한 시선을 받지 못하고 있는 것을 보면 ≪조선중앙일보≫ 학예부장경력은 이태준에게 좋은 결과만 가져다 준 것이 아니다. 이태준은 해방이 되면서 많은 사람들이 놀랄 정도로 좌익으로 전향해 버리고 말았으며 마침내 월북행을 실천에 옮기게 된다. 이태준의 경우, 1930년대가 문학적으로 가장 긴장한 시기라면 1945년 이후 월북해서 숙청당할 때까지는 사상적으로 가장 긴장했던 시기라고 할 수 있다.

홍명희(1888~1968)는 언론인으로 활동했으되 평기자로 일한 적은 없다. 그는 37세인 1924년 5월에 ≪동아일보≫ 주필 겸 편집국장에 취임했고 1925년 4월 동아일보사를 사직하고 시대일보사 편집국장과 부사장직을 맡았고 1926년 3월에 사장에 취임하였다. 홍명희가 대하역사소설 『임꺽정』을 연재하기 시작한 것은 1928년 11월 21일 ≪조선일보≫에서였으나 중간에 감옥살이라든가 병으로 연재가 여러 차례 중단되곤 했다. 그가 언론인으로 활동한 것은 소설쓰기에 특별한 영향을 끼치지 못하였다.

해방 이후에도 기자작가들은 적은 편이 아니었다. 작가로서 어느 정도 성공했으면서 기자 경력도 뚜렷한 작가로 김성한, 선우휘, 오상원, 최일남, 서기원, 김용성, 문순태 등을 들 수 있다. 김성한은 ≪동아일보≫ 논설위원을 지내기까지의 세월 동안 『이성계』, 『요하』, 『임진왜란』 등과 같은 대하소설을 써낸 근면을 과시하였으며 선우휘도 ≪조선일보≫ 기자에서 논설위원, 편집국장, 주필에 이르기까지 단편 60여편, 중편 7편, 장편 10편이나 되는 많은 작품들을 써내었다. 선우휘는 기자를 하면서도 다작의 작가로서의 면모를 보여 주었던 점에서 이광수, 염상섭, 이태준 등과 같은 줄에 서게 된다. 그런가 하면 서기원은 조선일보사 기자, 서울신문사 주일 특파원, 중앙일보 논설위원등을 지낸 후 국무총리 공보비서관(1976), 청와대 대변인(1979), 서울신문사 사장(1989), KBS 사장(1990) 등과 같은 자리를 거쳤다. 언론인으로서는 가장 화려한 경력을 지닌 작가라고 할 수 있다. 그는 중앙일보 논설위원 시절에 풍자소설 「마록열전 1,2,3」, 장편역사소설이자 종교소설인 『조선백자마리아상』을 썼고, 1980년대에 역사소설 『왕조의 제단』을 단행본으로 출간했다. 서기원은 결코 다작의 작가는 아니었다. 최일남은 평기자시절과 문화부장 시절에 소설을 충분히 쓰지 못했던 것을 보상이라도 하려는 듯 70세가 다 된 지금도 건필을 과시하고 있다.

4. 이데올로그, 사상가, 행동주의자

해방 이전 소설가들은 작품 발표를 하는 과정에서 표현자유의 원천봉쇄, 열악한 창작여건, 앞날이 불투명하기 짝이 없는 역사적 상황 등으로부터 영향을 받지 않을 수 없었다. 작가들은 교육기회도 적고 구습에 얽매여 있고 가난에서 헤어나지 못하는 일반독자들을 대상으로 하여 소설을 써야 했기에 계몽가, 정보제공자, 사상가, 엔터테이너 등을 자임하지 않을 수 없었다. 당시의 작가들 사이에서는 소설쓰기와 현실극복운동은 아무 관계가 없다, 소설쓰기가 곧 현실극복운동이다, 소설쓰기와 현실극복운동은 별개의 것이다, 소설쓰기와 현실극복운동은 상호보완적인 것이다 등과 같은 다양한 견해들이 나오게 되었다. 1920년대 들어 문화정치의 표방 아래서 부분적으로 허용되었던 언론, 집회, 결사, 표현의 자유에 따라 많은 문인들이 조직을 통하여 집단적으로 사상운동을 전개한 것은 한국문학의 특수성을 일러 주는 또 하나의 자료가 된다. 192,30년대 작가들은 작기들온 소설쓰기가 아닌 특정 이념단체 가담을 통해서도 사상활동이 가능함을 입증해 보인 셈이다. 1923년에 조직된 파스큐라에는 박영희, 이익상, 김팔봉 등과 같은 작가가 참여했는가 하면 염군사에는 이적효, 최승일, 김영팔, 심훈, 송영 등과 같은 작가들이 가담했다. 이 두 세력이 중심이 되어 카프가 결성된 것은 익히 알려진 사실이다. 파스큐라의 일원이었고 카프의 주도세력이었던 김팔봉은 훗날의 회고록에서 초기의 프로예맹의구성분자들을 나중에 엠엘파로 바뀌는 서울청년회파(김복진, 박영희, 임화, 윤기정, 한설야, 이기영, 박팔양(후일 자진탈퇴), 이익상(상동), 최승일, 안석주)와 북풍회파(송영, 이적효, 김영팔, 이호)로 나누고 있다.2) 서울청년회파가 1921년 벽두에 결성된 것인데 반해 북풍회는 1923년 1월 동경에서 김약수, 송봉우, 김종범 등에 의해 만들어진 사회주의 단체 북성회가 국내에 들어오면서 이름이 바뀐 것이다. 나중에 북풍회는 신흥청년동맹으로 이어졌으며 서울청년회는 조선청년총동맹으로 이어졌다. 조선프로예맹은 1926년 12월 24일 현재 동맹원 22명과 위원 7명 으로 구성된 것으로 나타나고 있는데 동맹원에는 이기영, 김영팔, 조명희, 이적효, 김기진, 최학송, 최승일, 박영희, 김동환 등 절반 가까운 소설가가 들어 있다. 위원에는 김기진, 박영희, 최승일 등 3명의 소설가가 포함되어 있다.3) 조선프롤레타리아 예술동맹은 1927.9.1에 조직개편을 단행했는데 중 앙위원회 위원으로 김복진, 박영희, 조명희, 한설야, 최학송, 윤기정(경성), 이북만, 홍양명, 조중곤, 한식, 홍효민(동경), 이상화(대구), 박용대(원산) 등이 선정되었고 중앙상무위원회의 서무부는 윤기정이, 교양부는 박영희가, 출판 부는 최학송이 맡았다.4) 1930년에 들어 서면서 임화, 김남천, 안막, 권환 등은 공산당 재건계획에 따라 예술운동의 볼셰비키화에 역점을 두면서 카프 조직을 개편하기로 하였다. 중앙위원회 위원으로는 박영희, 임화, 윤기정, 송영, 김기진, 이기영, 한설야, 권환, 안막, 엄흥섭 등이 선정되었고 조직부는 윤기정이, 출판부는 이기영이, 교양부는 박영희가 맡았다. 카프 제 2차 방향 전환의 골자의 하나는 문학, 영화, 연극, 미술, 음악 등과 같은 기술부를 설치한 것에서 찾을 수 있는데 문학부는 권환, 송영, 엄흥섭, 이기영, 임화, 한설야, 박영희 등이 맡았고 영화는 윤기정, 김남천, 임화 등이 담당했고 연극은 김기진, 최승일 등이 맡았다.5) 이들의 면면과 또 이들이 써낸 작품들

---

2) 김기진, 「우리가 걸어 온 30년(3)」(≪사상계≫, 1958.10, pp.278~279.
3) ≪동아일보≫, 1926.12.27.
4) ≪조선일보≫, 1927.9.4.
5) ≪조선일보≫, 1930.4.29.

의 수준을 보면 카프는 단순한 실천가보다는 실천가적인 작가(writer—
activist)가 지배했고 이끌어 갔던 것이 된다.

카프는 작가들이 집단이나 조직을 통해 자신들이 품고 있는 이데올로기
를 실천에 옮긴 경우가 된다. 개화기에 이해조가 적극 참여했던 대한협회나
기호흥학회에는 여러 분야의 지식인들이 두루 가담했던 것에 반해 카프는
전적으로 문인들이 만들고 이끌어 갔다. 카프결성을 계기로 하여 당시의
한국작가들 사이에서는 조직을 통한 사상운동이 창작활동 못지 않게 중요한
것이라는 인식이 확산되었다. 이때의 카프를 통한 집단적 사상활동은 가맹
작가들이 소설쓰기라는 작가로서의 본업을 제대로 이행하지 못했을 경우
그것을 보전해 주는 역할을 하기도 하였다. 카프 가맹작가들 중 최서해,
조명희, 이기영, 한설야, 김남천 등은 이미 1930년 전후에 주요작가로 꼽히
었다. 아무리 투쟁성이 강하다고 하더라도 작품이 좋지 않으면 1급 작가가
되기 어려운 것임을 카프는 잘 일깨워 주고 있다. 표면상으로 볼 때 이는
역설이다. 작가들에게 단합, 공동체의식, 정치투쟁 등을 강조했던 카프가
작가는 무엇보다도 좋은 작품을 쓰는 것이 제일이라는 점을 일깨워 주었다
는 것은 아이러니가 아닐 수 없다. 해소파든 비해소파든 카프의 주도권을
잡았던 임화, 김남천, 이기영, 한설야 등은 문학적 실력을 지니고 있었다.
그들은 시, 소설, 평론을 제대로 썼기에 큰 소리 칠 수가 있었다. 이들 카프
문인들이 상호평가에 있어서 사실상 투쟁성이라든가 행동성은 두 번째나
세 번 째의 기준이 되었다. 작품이 부실한 작가에게는 사상활동이 가져다
주는 것이 별로 없으나 작품이 우수한 작가에게는 적극저인 사회활동이나
사상활동은 훈장이 될 수 있다.

카프 창립과 제1차 방향전환까지의 활동을 주도했던 김팔봉은 전향을
한 직후에 당시의 조선문학의 계보도를 작성할 기회를 가졌다. 그는 「조선문
학의 현재의 수준」6)에서 당시의 조선문학을 우선 크게 민족주의와 사회주
의로 나눈 다음 민족주의의 하위갈래로 국수주의, 봉건적 인도주의(이광수,

---

6) ≪신동아≫, 1934.1, p.46.

윤백남), 소시민적 자유주의, 절충적 계급협조주의를 두었다. 김팔봉은 '소시민적 자유주의'를 포용성이 큰 개념으로 설정했다. 그는 '소시민적 자유주의'의 아래에다 낭만주의, 기교주의(김기림, 박태원, 이태준), 이상주의(15명의 시인), 자연주의(현진건, 방인근, 최상덕, 이익상, 김운정, 김일엽), 사실주의(김동인, 염상섭, 주요섭, 강경애)를 넣었다. 소시민적 자유주의라는 상위개념과 낭만주의, 기교주의, 이상주의, 자연주의, 사실주의라는 하위개념들은 잘 호응되지 않는다. 1930년대로서는 더 이상의 적합한 기준도 안출해내기 어려운 면이 있었겠지만 한국작가를 사실주의니 자연주의니 기교주의니 하는 갈래로 나눈 것에는 설득력이 없다. 이 도표에서 주목해야 할 것은 실질적으로는 전향의 분위기에 빠져 있었음에도 김팔봉이 사회주의 문학의 세력의 우세를 인정하고 있었던 점이다. 그는 사회주의의 하위갈래로 '동반자적 경향파'와 '카프파'를 두었다. 전자에는 유진오, 장혁주, 이효석, 이무영, 채만식, 조벽암, 유치진, 안함광, 안덕근, 엄흥섭, 홍효민, 박화성, 한인택, 최정희, 김해강, 이흡, 조용만 등 무려 17명이 들어 가 있고 카프파에는 이기영, 송영, 한설야, 김남천, 이북명, 임화, 권환, 박영희, 안막, 신고송, 백철, 이갑기 등 12명이 들어 있다. 동반자적 경향파의 17명 중 소설가는 11명이고 카프파의 12명 중 소설가는 6, 7명이다. 숫자로 볼 때 가장 큰 계보는 동반자적 경향파가 된다. 이 도표는 카프 제 2차 검거사건이 있기 직전에 작성된 것으로, 카프에 들지는 않았지만 카프에 직접 간접으로 동조하는 문인들 즉 동반자작가들이 많았다고 김팔봉이 인식한 것이 표출되어 버린 것이다. 한마디로 동반자작가는 확대되어 있고 카프는 축소되어 있다. 동반자 작가가 최대계보가 된 것은 김팔봉이 동반자 작가를 1930년대의 주류로 파악하였다는 의미가 되기도 하고 동시에 '작가'가 큰 비중으로 '실천가'가 작은 비중으로 결합되기는 하였지만 '실천가적 작가'를 이상형으로 꼽았다는 의미가 되기도 한다.

1935년에 해산된 카프는 1945년에 해방을 맞아 똑같이 사회주의를 표방하면서도 방법론에서는 분명한 차이를 드러내고 있는 조선문학건설본부와 조선프롤레타리아 문학동맹으로 분화되어 재건된다. 1945년 12월 13일에 다시 조선문학동맹으로 통합되었다. 소설가로는 조선문학건설본부(138명의 맹원 주장)에는 김남천, 박태원, 이태준, 안회남 등이 가담했고 조선프롤레타리아 문학동맹(78명이 맹원 주장)에는 이기영, 한설야, 윤기정, 권환, 엄홍섭, 홍구, 이동규, 조벽암, 송영 등이 참여했다. 조선문학가동맹은 1946년 2월 8일과 9일에 제 1차 전국문학자대회를 개최하였는데 1946년 2월 7일자 ≪자유신문≫에는 213명의 문인이 초청받은 것으로 되어 있다. 초청자 명단 속에는 참석할 것같지 않은 김동리, 박화성, 계용묵, 박종화, 김영수, 박영준, 조용만, 최정희, 채만식, 황순원 등의 이름이 보인다. 이러한 좌익 문인단체의 결성과 대회를 본 우익진영에서는 문학, 언론, 미술, 음악 등 여러 분야를 망라한 전조선문필가 협회(1946.3.13)를 거쳐 조선청년문학가 협회를 1946년 4월 4일에 결성한다. 명예회장 박종화, 회장 김동리, 부회장 유치환 김달진, 시부 박두진 서정주 박목월 조지훈, 소설부 김동리 황순원 계용묵 최태응 임서하와 같이 조직이 짜여졌다. 조선청년문학가 협회는 하나의 이데올로기가 강화되면 그에 대립하는 이데올로기가 발생할 수 있다는 칼 만하임 류의 법칙을 확인시켜 준다. 전조선문필가협회가 여러 분야를 망라했다든가 좌익을 포용하려고 했다든가 하는 태도를 보인 것에 반발해 청년문학가협회는 좌익단체를 향해 주체이면서 타자성의 성격을 분명히 하려고 했다. 해방 직후의 여러 문학단체는 조직의 형태로 나타난 이데올로기이며 이에 개별 문인들은 지배당하거나 외면하거나 맞서 싸울 수 밖에 없다. 해방 직후 문인들의 특정 문학단체 가입은 꼭 미래지향적인 이념선택의 형식만을 취했던 것은 아니다. 해방 직전의 행적에 스스로 압박을 받은 나머지 그야말로 도생의 차원에서 특정단체를 선택하였던 문인들의 경우도 생각해 볼 수 있다. 전조선문필가협회가 추천한 437명의 명단 속에는 도무지 참석할 것같지 않은 한설야, 홍명희, 허준, 안회남, 김사량, 조벽암, 최인준 같은 좌익단체가담작가들이 여러 명 포함되어 있었다.

한국전쟁이 끝나고 난 후 월북작가라는 범주와 월남작가라는 범주가 이루어지게 되었다. 주요 월북작가로는 김남천, 김만선, 김사량, 김소엽, 김영석, 김영팔, 박로갑, 박승극, 박태원, 송영, 안동수, 안회남, 엄흥섭, 유항림, 윤기정, 윤세중, 이근영, 이기영, 이동규, 이북명, 이석훈, 이선희, 이태준, 정인택, 조벽암, 지봉문, 지하연, 최명익, 최승일, 최인준, 한설야, 허준, 현덕, 홍구, 홍명희 등이 있다. 월남작가로는 안수길, 임옥인, 황순원, 최태응, 김이석, 이호철 등이 있다.

1940년대 후반기는 작가들이 창작활동보다는 사회활동에 힘을 쏟지 않을 수 없었고 이념선택을 하지 않으면 안된다는 강박관념에 휩싸였던 시기로 설명된다. 한설야, 김남천, 박태원처럼 동일한 이데올로기를 선택했으면서도 선택의 동기나 선택의 이후의 운명이 달라긴 작가들도 있었다. 그런가 하면 염상섭처럼 많은 작가들의 향배에 초연하면서 평소의 자신의 신념을 강화해서 내보인 작가도 있었다.

이데올로그 한설야는 스토리 텔러 한설야를 한 단계 끌어 올렸다. 그는 이데올로그로서 조직활동을 할 때나 감옥살이를 하면서 좌절을 겪거나 관계없이 계속 문제작을 써내었다. 그는 카프 제 2차 검거 사건 전에 「홍수」, 「부역」 같은 농민소설이나 「씨름」, 「인조폭포」 같은 노동자소설을 써내어 주목을 받았고 출옥 후에는 『황혼』, 「귀향」, 「이녕」, 「모색」, 「태양」 같은 성공작을 써내었다. 작가라면 모름지기 이데올로그로서의 성패에 관계없이 문제작을 써 낼 줄 알아야 한다고 한설야는 가르치고 있는 듯하다. 이를 보면 이데올로그로서의 성패가 명작의 생산능력과는 무상관임을 알게 된다.

한설야보다는 김남천이 투쟁적인 편이다. 그는 일본에서 프로문학운동을 하고 돌아 온 후 평양고무공장 직공파업에 적극 참여한 바 있다. 김남천도 한설야와 마찬가지로 이데올로그로서의 성패와 관계없이 문제작을 써낼 줄 알았다. 그는 공장소설(「공장신문」, 「공후회」), 전위소설(「나란구」), 주의자소설(「남편」, 「그의 동지」), 자기고발소설(「처를 때리고」, 「춤추는 남편」), 지식인소설(「제퇴선」, 「요지경」), 가족사소설(『대하』), 종교소설(「동맥」), 전향소설(「경영」, 「맥」, 「포화」, 「속요」) 등을 써냄으로써 한국현대소설사에 분명한 자취를 남기고 있다. 김남천은 이데올로그로서는 기가 꺾였을 때 오히려 성공작이 나왔음을 확인시켜 준다.

박태원은 1930년대 순수소설, 기교파, 심리파 등으로 불리워진 이태준, 최명익, 허준, 안회남 등과 함께 해방이 되자 전향해 버렸다. 그는 소설가소설(「적멸」, 「거리」, 「피로」, 「소설가 구보씨의 일일」), 자전적 소설(「음우」, 「투도」, 「채가」), 세태소설(『천변풍경』), 모델소설(「애욕」, 「제비」, 「염천」), 여급소설, 역사소설 등을 썼다. 그는 경성제일고보에 다녔을 때 천재의식과 신경쇠약을 동시에 앓아 휴학한 적이 있다. 해방이전에 그는 소설가소설과 세태소설로부터 비슷한 인력을 느끼는 모습을 보여 주기도 했다. 기본적으로 그는 집단의식보다는 개인의식에 민감한 작가라고 할 수 있다. 그는 소설가소설에서 잘 나타나고 있듯이 자신의 문제를 중심으로 한 작은 문제를 소재로하여 작품을 썼을 때나 사회적 풍경화를 그리는 경우에도 상당히 제한된 공간만을 대상으로 했을 때 문제작을 만들어 낸 것으로 되어 있다. 1930년대에 카프로서는 타자성을 가장 많이 의식하게 해 준 존재였던 박태원이 해방 직후에 카프의 후신인 문건이나 동맹에 적극 참여했던 이유는 아직도 충분히 해명되지 않았다.

해방 직후에 「삼팔선」, 「이합」, 「재회」 등의 작품들을 통해서 남북한을 향해 양비론을 내세우면서 당시로서는 보기 힘든 중립주의를 견지했던 염상섭은 특히 1948년 5·10선거를 전후하여 작품을 통해서나 언론인으로서의 활동을 통해서나 좌우합작논리를 주장하였다. 염상섭은 ≪신민일보≫ 편집국장으로 있으면서 ≪자유신문≫에 장편소설 『효풍』을 연재하였는데 ≪신민일보≫가 5·10선거를 방해한다는 이유로 미군정청은 염상섭에게 책임을 물어 4월 28일부터 며칠간 구류를 살게 하였다. 그런 탓에 『효풍』은 5월 4일부터 9일까지 연재가 중단되기도 했다, 그는 구류를 살기 직전 문화인 108명이 남북회담을 지지하는 서명운동을 하는데 동참한 바 있다. 염상섭은 이렇듯 좌우합작논리를 주장하는 지식인으로서의 활동을 펼치는 가운데서도 또 1948년 4월 19일부터 23일까지 평양에서 남북한의 여러 정치단체들이 모여 개최한 남북연석회의의 성패를 지켜 보는 가운데서도 좌우합작주의와 38선 철폐를 주장하는 신문기자 박병직을 주인공으로 한『효풍』을 무사히 끝내었다. 염상섭은 박태원과는 달리 시세에 따라 이데올로기를 바꾸어 버린 듯한 모습도 보이지 않았고 한설야나 김남천과는 달리 이데올로기를 정치적으로 예각화하지도 않았다.

한국의 정부수립 이후로 작가들이 주도한 집단이나 조직 차원의 활동으로 중요한 것을 추리면 다음과 같다.[7] 전조선문필가협회와 청년문학가협회가 모여 한국문학가협회 결성(1949.12.9), 김팔봉·박영준·정비석·최태응·김송 등이 중심이 되어 육군종군작가단 창단(1951.5), 마해송·조지훈·최인욱·황순원·김동리·최정희 등이 참여하여 공군작가단 창단(1951.1), 염상섭·윤백남·이무영·안수길·이선구·박계주·박연희·이종환 등이 참여하여 해군작가단 창립, 한국자유문학가 협회 발족(1955.6.12), 한국문인협회 결성(1961.12.30), 이호철 등 문인 61명 개헌청원 서명운동 개시(1974.1.7), 문학인 101인 선언과 함께 자유실천문인협회창립(1974.11.18), 자유실천문인협의회 165인 문학인 선언 발표(1975.3.15), 창작과 표현의 자유에 대한 문인 401인 선언 발표(1985.8.1), 고은, 이호철, 문병란 등이 공동대표인 민주헌법쟁취 국민운동 본부 발족(1987.5.27), 민족문학작가회의 창립총회(1987.9.17), 문공부 월북작가 해금조치(1988.7.19), 한국소설가협회 남북소설가 교류 회의 제의(1989.2).

개화기 이후 지금까지 한국작가들은 작가들은 창작활동을 중심으로 하되 전쟁, 혁명, 천재지변과 같은 비상시에는 창작 밖의 활동으로 문학정신을 대신하거나 채워 갈 수 있는 것임을 실증해 주었다. 한국현대작가들은 이데올로기의 호명에도 응하고 동시대인들의 요청에도 답하는 장면들을 많이 보여 주었다. 이럴 때에도 창작활동과 사회활동을 별개로 놓고 보면서 창작활동에 매진한 작가만이 문학사에서 살아 남게 된 것이다.

---

7) 가람기획 편집부 편,『한국현대문학 작은 사전』, 2000, pp.655~667 참고.

5. 교수작가와 전업작가

　해방 이전의 작가로 교육경력을 갖고 있는 작가로는 이해조, 신채호, 이광수, 염상섭, 강경애, 유진오, 이효석, 채만식, 이태준 등이 있다. 이중 오늘날 대학의 전신인 전문학교의 전임교수로 있었던 사람은 숭실전문학교와 대동공업전문학교교수로 있었던 이효석과 보성전문학교 법과 교수로 있었던 유진오 정도다.

　과거에 대학교수를 했거나 현재 대학교수로 재직 중인 작가는 다음과 같이 추릴 수 있다.

　구인환(서울대), 김국태(추계예술대), 김동리(중앙대), 김승옥(세종대), 김승희(서강대), 김용성(인하대), 김원우(계명대), 마광수(연세대), 문순태(조선대), 민현기(계명대), 박기동(서울예대), 박덕규(협성대), 박범신(명지대), 박양호(전남대), 박영준(연세대), 박정규(서울산업대), 서정인(전북대), 서종택(고려대), 송기숙(전남대), 송하춘(고려대), 오탁번(고려대), 우한용(서울대), 유금호(목포대), 윤흥길(한서대), 이규정(부산여대), 이균영(동덕여대), 이동하(중앙대), 이동희(단국대), 이문열(세종대), 이범선(외대), 이승우(조선대), 이인성(서울대), 이인화(이대), 이청준(한양대), 전광용(서울대), 전상국(강원대), 정한숙(고려대), 조갑상(동의대), 조건상(성균관대), 조성기(숭실대), 조정래(동국대), 조해일(경희대), 최상규(공주대), 최수철(한신대), 최시한(숙대), 최인훈(서울예대), 최창학(서울예대), 한수산(세종대), 한용환(동국대), 현길언(한양대), 황순원(경희대) 등

　이들 교수작가들은 처음부터 교수와 작가를 겸임했던 경우와 작가로서 명성을 쌓아 교수로 초빙되었던 경우로 대별된다. 처음부터 교수와 작가를 겸임했던 작가들은 교수로서의 활동과 작가로서의 활동을 잘 조화시킨 경우, 작가로서의 명맥을 유지해나가는 정도에 머문 경우, 교수가 되면서 사실상 창작활동이 중단된 경우로 다시 나눌 수 있을 것이다. 작가로서 거의

초기에 대학교수가 된 사람들 가운데서 웬만한 전업작가들보다 활발하게 활동을 하는 작가를 찾기란 쉽지 않다.

작가로서 이름이 많이 나 대학으로 초빙되어 간 작가로는 김승옥, 김원우, 윤홍길, 이문열, 이승우, 이청준, 조성기, 조정래, 최수철, 한수산 등이 있다. 초빙교수가 1990년대 들어 급증한 이유의 하나는 문예창작과의 급증에서 찾을 수 있다. 창작에 대한 기본관념을 기준으로하여 1990년대 이전과 이후를 갈라 볼 수 있을 정도다. 1990년대 이전에는 소설창작은 교실에서의 배움의 대상이 아니라 개인적인 습작과 지도의 형태로 되는 것이라는 인식이 지배했다. 그러던 것이 1990년대 들어 소설창작도 대학에서 체계적으로 교육시켜야 성공할 수 있는 것이라는 인식이 확산되기 시작했다. 1990년대 이전을 소설창조설이 지배했던 것이라면 1990년대 이후는 소설생산설이 득세한 것이라고 할 수 있다. 길게는 수년 짧게는 1년 동안 초빙교수로서 활동하다가 그만 둔 작가들에게는 교직경력이 소중한 체험이 될 수 있다. 초빙교수로서의 작가는 소설쓰는 법을 가르치는 한편으로 오늘날 한국의 젊은이들이 무엇을 생각하고 또 독자들은 무엇을 작가들에게 원하는지를 아는 기회가 되기 때문이다.

소설가가 소설 쓰는 것을 직업으로 삼는 것은 당연한 일이다. 그럼에도 우리 현대소설사는 그동안 소설가가 소설을 직업적으로 쓰기에는 어려운 현실이 빚어졌음을 잘 보여 주고 있다. 한국현대소설사는 각도를 달리 해서 보면 소설쓰는 것을 본업으로 삼는 작가들이 숫적으로나 분위기로나 중심에 들어 서기까지의 역사가 될 수 있다. 192,30년대에도 소설을 쓰는 것만으로도 생계를 꾸리고 명예를 누리고자 했던 소설가들이 있기는 있었다. 일제 때의 작가들 중에서 생계를 유지하기 위해 다른 일을 하는 것은 거의 보여 주지 않고 오직 글쓰기에만 매달렸던 작가로는 김동인, 김유정, 강경애, 이기영, 박태원, 이상 등을 추릴 수 있다. 오직 글쓰는 데만 많은 시간을 바쳤던 작가들까지 합치면 전업작가들의 수는 더욱 늘어난다.

오늘날에는 박경리, 박완서, 이청준, 김원일, 김주영, 오정희, 조정래, 이문구, 이문열, 이호철, 윤후명, 홍성원, 유재용, 박영한, 구효서, 은희경, 신경숙, 조경란 등과 같은 전업작가들이 주류를 이루고 있다고 할 수 있다. 기본적으로 직업은 생계라는 낮은 단계의 욕구에서 자아실현이라는 높은 단계의 욕구까지 충족시켜야 하는 것으로 설명되고 있다. 오늘날 소설쓰기를 업으로 삼는 작가들 모두가 자신의 직업이 높고 낮은 욕구를 고루 충족시켜 주고 있다고 생각하는지 의문을 가질 수 밖에 없다.

21세기가 된 오늘날 작가로부터 소설로부터 영향 받으려 하는 사람들이 점점 줄어 들고 있어 작가의 사회적 위상이 점점 낮아지는 듯한 느낌을 떨구기가 어렵다. 작가를 교사나 사상가를 지향하는 존재로 보아 달라는 것은 작가들만의 일방적인 바람일지도 모른다. 이러한 작가들의 바람은 창작활동 이외의 활동으로 충족될 수 있는 것은 아니다. 우리 현대소설사는 작가는 궁극적으로는 창작활동으로써 사상가도 되고 교사도 될 수 있다고 가르치고 있다.

*이 글은 제 21차 한국문학평론가 협회 (2001.10.17) 국내 학술회의 "한국적 문학제도의 재인식"의 주제논문의 하나로 발표되었던 것입니다.

고원정 소설연구

김양호*

1. 그릇된 권력에 대한 불복종으로서의 글쓰기

80년대부터 90년대에 걸쳐 활발한 창작활동을 하고 있는 고원정[1]은 평단에서 그가 던지고 있는 메시지에 비해 그다지 거론되지 않고 있는 작가들 중 한 사람이다. 이 글은 고원정의 작품세계의 의미망이 어떤 분야에 걸쳐 있는가, 그리고 나아가서는 작가 자신의 시대상의 현실인식과 주제의식이 어떤 요소를 반영하고 있는가를 검토해 보는 작업의 일환이다.

그러한 작업을 위해서는 우선 작가 자신의 문학관과 집필의도를 더듬어 볼 필요가 있다고 본다. 텍스트에서 추출되어지는 콘텍스트의 의미는 결국 작가의 의도와 작품의 의미, 그리고 독자가 부여하는 의의의 총화에 의해서 총체적으로 규정되어지는 것이며 그 기저에는 작가의 문학관, 사상적 맥락,

---

* 숭의여대 문예창작과 교수
1) 고원정에 대해 본고에서 사용된 기본 텍스트는 다음과 같다.
  『빙벽』(현암사, 1989), 1~9권.
  『칼 한 자루의 사상』(세계사, 1990).
  『최후의 계엄령』(범조사,1991),1~3권
  『사랑하는 나의 연사들』(현대문학, 1993).
  『내일은 없다』(열림원, 1995),1~3권.

그리고 집필의도가 깔려 있기 때문이다.

"9권이나 되는 분량을 갖고 있으면서도 작품이 진행되는 동안 내내 숨 돌릴 겨를도 주지 않고 독자를 붙잡아 놓는 마력을 과시한 대작"[2]이라는 평가를 받는『빙벽』의 서두에서, 그리고 1995년도에 발표된『내일은 없다』의 작가 후기에서, 고원정은 자신의 글쓰기를 다음과 같이 제시하고 있다.

> 내게 있어서 기성의 모든 제도와 가치란 13세에 이미 그 의미를 잃었다. 이것은 그 회의와 절망과 분노와 불복종의 기록이다.[3]

> 나는 바로 그런 신진세력들의 개혁의지를 소설 속에서 그려보고 싶었던 것이다. 물론 현실적으로 그들은 패배했고, 한명회 등은 성종의 즉위와 함께 다시 한번의 전성기를 누리게 된다. … 하지만 역사의 진실은 어떤 것일까……. 나는 바로 이 점을 짚어보고 싶었던 것이다. 물론 조선왕조실록은 한명회 등 권신들의 득위의 당위성을 명백하게 기록하고 있다. 하지만 '기록된' 역사란 항상 승자의 편이게 마련이고, 소설이란 그 그늘에 가려진 패자들의 진실을 찾아가는 작업이라고 나는 믿는다.[4](밑줄필자)

이러한 작가 자신의 집필의도를 감안하면서 고원정의 작품군을 해석하려면, 필자는 사르트르가 소설가에게 던져야 한다고 본 다음과 같은 질문들이 필요하다고 본다.

첫째, 작가인 당신은 어떤 목적, 어떤 기획에 의해서 작품을 쓰고자 하는 것이며, 왜 그 기획은 반드시 글의 도움을 필요로 하는가? 둘째, 당신은 세계의 어떤 모습을 드러내고자 하는 것이며, 그 드러냄을 통해서 세계에 어떤 변화를 가져오기를 기대 하는가? 셋째, 당신이 글쓰기를 통해서 변화시키고자 하는 것은 무엇인가?[5]라는 물음이다.

---

2) 이동하, "권력의 문제에 대한 집요한 집착", 고원정,『사랑하는 나의 연사들』(《현대문학》, 1993), p.320.
3) 고원정,『빙벽』(현암사, 1989).
4) 고원정,『내일은 없다』, pp.287~288.

이 세가지 물음들은, 글쓰기란 '세계에 대한 참여행위'라는 특정의 정의
(definition)를 전제로 하고 있기 때문에 상호밀접한 연관을 갖는 질문이다.
물론 글쓰기에 대해 다른 정의를 내리는 입장에서는 이러한 물음 자체를
잘못된 것이라고 할 수도 있다. 나아가서는 글쓰기를 어떤 목적과 결부시키
려는 불순한 의도가 엿보이는 질문이라고 무시할 수도 있다. 따라서 순수니
참여니 하는 단순한 이분법의 한 편에 서서 작가의 글쓰기를 재단하려는
사람들, 소설이란 무엇인가라는 질문에 어떤 정답이 있다고 생각하는 사람
들, 그런 사람들에게 있어서는 이런 물음들이 전혀 의미가 없을 것이다.

하지만 필자는 이 논점의 어느 한쪽에 보다 타당성이 있다는 것을 언급하
기 위해서 고원정에게 동일한 질문을 던지려는 것은 아니다. 다만 필자는
사르트르 식의 물음을 고원정의 글쓰기에 대해 던져 봄으로써 동작가의
문학세계에 보다 심도있게 접근할 수 있다고 생각한다.

대부분의 평자들이 고원정이 천착하고 있는 작품의 주제를 권력으로 본
다는 점에서는 이견이 없다. 그러나 필자는 그 권력의 범주에 대해 거론할
필요성이 있다고 본다. 왜냐면 그 권력을 자칫 정치권력으로 국한해서 파악
한다면, '왜 쓰는가?'에 대한 고원정의 불복종의 의미가 단순화 되어버릴
수 있기 때문이다.

물론 고원정의 글쓰기에서 보여지는 대부분의 소재들이 정치권력과 연계
되어 있는 것은 사실이다. 하지만 정치권력은 고원정에게 있어서 권력의
전형을 드러내는 하나의 소재일 뿐이며, 정치권력만이 그의 글쓰기의 주제
라고 보는 것은 협소한 시각이다.

'왜 쓰는가?' 라는 물음에 대한 답은 앞서 언급한 것처럼 우선은 고원정
자신의 창작의 변에서 그 일단의 모습을 찾아볼 수 있다. 그로 하여금 회의와
절망과 분노에서 비롯된 불복종이라는 글쓰기 작업(기록)에 이르게 한 것은,
단순히 정치권력만이 아니라 그것을 포함한 모든 '기성의 제도와 가치'에
대한 의미상실이다. '기성의 모든 제도와 가치', '힘 · 권력', 또는 '역사'에

---

5) 사르트르, 『문학이란 무엇인가』(문예출판사, 1993), pp.30~35.

대한 의미상실은 고원정으로 하여금 역사에 대한 회의감에 젖어들게 한다. "기록된 역사란 항상 승자의 편이게 마련이고, 소설이란 그 그늘에 가려진 패자들의 진실을 찾아가는 작업"이라는 그의 발언은, 그의 소설쓰기가 힘·권력에 의해서 기록되고 정당화되는 역사적 현실에 대한 불복종의 행위라는 말에 다름 아니다.

그렇다면 이러한 불복종의 행위를 통해서 고원정이 밝히고자 하는 진실은 무엇인가? 그것이 패자들의 진실이건 개인의 진실이건 혹은 역사의 진실이건, 과연 진실이라는 말로 그가 드러내고자 하는 것은 과연 무엇이며, 그것은 도대체 현재적 상황에서 어떤 의미를 지향하고 있는가?

고원정이 말하는 기성의 모든 제도와 가치란 사실상 현실을 움직이는 실질적인 힘(power/권력)의 다른 표현일 뿐이다. 그것은 단순히 정치권력만이 아니다. '기성의 모든 제도와 가치' 또는 '힘·권력'이라는 것은, 역사라는 시간의 흐름 속에서 형성되어 집단화된 형태로 존재하면서 현실의 방향을 이끌어갈 뿐만 아니라 현실을 좌지우지하는 실체적 주체이다. 그것은 눈에 보이는 형태로 존재하는 것이 아니기 때문에 그림자처럼 느껴지기도 하지만 그러나 그것은 역사와 현실을 지배하며 또한 그것들을 끌고가고 있는 명백한 실체다. 즉 개개의 인간들이 역사와 현실을 이끌어가는 주체가 아니라 권력이 주체라는 말이다.

따라서 고원정에게 있어서는, 개인이 자신의 삶의 주인이 되지 못하고 권력의 하수인이나 객체로 전락해버린 현실의 진상을 드러내는 것이 그의 진실규명의 일차적 의미리고 할 수 있겠다. 이 때 드러냄은 단순히 무언가를 드러내 보여주는 것 이상의 역할을 한다. 그의 드러냄은, 우리는 누구나 의지만 있다면 각자 자신의 삶의 주체일 수 있다는 일반 사람들의 믿음이 그릇된 환상에 불과하다는 것을 폭로하는 행위이다.

그러나 진실을 드러내고 허위를 폭로한다는 것은, 사람들에게 허상으로부터 벗어나 진상에 입각하여 사고하고 행위하기를 요구하는 적극적 개입행위이다. 이것이 바로 진실규명이 갖는 이차적 의미이다. 따라서 누구를 대상으로 하여 어떠한 방법으로 어떻게 해야 현실에 대한 자신의 개입행위가 성공적일 수 있는가, 즉 진실규명의 이차적 의미의 힘을 획득할 수 있는가의 방식에는 사람마다 개개인의 고유한 방식이 있을 수 있을 것이다. 그것은 고원정에게 있어서 바로 소설쓰기로 나타난다.

많은 철학자들이나 사상가들은 권력과 인간의 관계에 대해 나름대로 이론을 개진해왔고 보다 바람직한 세계를 체계적으로 구상해왔다. 그러나 만약에 "지금까지의 철학자들은 세계를 단지 해석만 해왔을 뿐이나 문제는 세계를 변혁시키는 것"[6] 이라는 말을 빌어 비유해 보자면, 고원정은 철학이 아니라 이야기를 통해, 논리나 이론이 아니라 사람들의 가슴의 변화를 통해 현실을 변혁하고자 하는 방식을 택했다고 볼 수 있다.

그의 주제가 전통적으로 소설보다는 주로 철학에서 다루어진 것이라 해서 그가 철학자인 것은 아니다. 그는 이야기꾼으로서의 행위방식을 택했고, 바로 하나의 이야기꾼으로서 자신의 현실에 변화를 가져오고자 하는 참여자의 역할을 하고 있을 뿐이다. 따라서 보다 중요한 것은, 그의 이야기가 얼마나 객관적 시각을 유지하고 있느냐가 아니라 그의 이야기가 얼마나 사람들의 가슴을 움직이느냐의 문제이다. 그가 진실이라고 여기는 것이 사람들에게 진실로 와 닿는다면, 그리하여 사람들이 머리가 아니라 가슴으로부터 의식의 변화를 일으키는 계기를 만든다면, 그의 글쓰기는 성공적일 것이다. 그는 철학자가 아니라 이야기꾼으로서 세계에 개입하고 있기 때문에, 객관적이고도 보편적인 공평한 관점이라는 부담으로부터 벗어나, 소재의 선택 및 인물의 개성을 극단적으로 밀고나갈 수 있는 특권이 있는 것이다.

현실을 지배하는 막강한 힘으로서의 권력을 주제로 하여, 이러한 역사적 권력 앞에 무력한 개인들 그리하여 패자들이 되어버리는 사람들의 진실을 찾는 작업은 고원정에게 주로 역사적, 사회적 약자의 이야기로 나타난다. 그러나 그러면서도 고원정의 작품에는 역으로 강한 반항아의 이미지, 문제아적인 기질이 나타나고 있다. 그는 권력 앞에 무력한 인간 군상들의 모습을

---

6) 마르크스, 『포이에르바하에 관한 테제』

그리지만, 연민이나 동정을 유발시키는 방식이 아니라 오히려 냉소적인 방식이나 혹은 문제아적 반항아의 실패를 선택함으로써, 독자를 부끄럽게 만드는 힘을 갖는다.

따라서 필자는 고원정에 대해 기왕에 내려졌던 평가들, 즉 '정치적 비관주의', 혹은 '허무주의', 혹은 '이야기꾼이기보다는 철학자'[7]라는 평가보다는, 오히려 '시지프스적인 반항아'적인 요소가 그의 문학세계에 내재되어 있으며, 또한 '철학자라기 보다는 진짜 이야기꾼'이라는 관점으로 그의 문학세계를 재고해 보고자 한다. 그리하여 그의 글쓰기에서 드러나는 불복종의 의미를, 한편으로는 현실의 지배적 의식과 싸워나가는 진상규명의 차원에서의 불복종과 다른 한편으로는 자신의 고유한 진상의식을 현실의 의식으로 확산시키고자 하는 현실개입의 차원에서의 불복종이라는, 이중의 행위로서 해석해 보고자 한다.

전자가 고원정 개인 자신의 세계인식의 과정에서 체험했던 문제적 상황에 대한 자각으로서의 불복종을 의미한다면, 후자는 완강하게 존재하는 현실의 지배적 의식에 대항하여 자신의 자각적 인식과 의지를 현실 속에 각인시켜 현실을 변혁하고자 하는 불복종을 의미한다. 이것은 고원정 자신의 사적 체험으로서의 불복종을 공공적 체험으로 전환시키고자 하는 불복종이라는 점에서 이중의 불복종을 보여주는 글쓰기이다.

2. 불복종의 대상으로서의 권력 : 사회제도적 권력과 사회적 강자

실제로 현실에서 개개인의 삶의 목표설정과 행위방식을 결정짓는 것은, 각자가 의식을 하건 하지 못하건 간에, 자신이 속한 특정 사회의 가치관 및, 눈에 보이게 혹은 눈에 보이지 않게 존재하는 제도, 관행, 관습, 편견 등이다. 즉 역사 속에서 만들어져 온 현재라는 틀이다. 그것은 인간이 특정의

---

7) 김윤식, 『오늘의 문학과 비평』(문예출판사, 1988), p.101.
　　이광호, 『위반의 시학』(문학과 지성사, 1993), p.178.

시공간에서 태어나는 한 그 어느 누구도 벗어날 수 없는 것이며, 이러한 역사적 동굴의 제도와 의식과 관행이라는 틀이 곧 그 사회를 실질적으로 움직이고 있는 힘(권력)이라 할 수 있다. 그것은, 「칼 한 자루의 사상」, 『내일은 없다』 등에서 정치권력의 형태로 나타나고, 『빙벽』에서는 군대라는 조직 사회를 이끌어 가는 힘, 또는 박태환과 최근우의 가족사에서 나타나는 신분제도의 힘으로 나타난다. 또한 『사랑하는 나의 연사들』에서는 학교라는 조직을 유지하고 이끌어 가는 힘, 그리고 가부장적 사회에서 나타나는 부권의 형태, 즉 아버지라는 이름으로 대별되는 가치관 등으로 나타난다.

고원정의 장편 대하소설과 창작집 등에서 예외없이 드러나는 것은 이러한 권력과 관계되는 삶의 다양한 모습들이다. 그것은 권력을 지향해서, 혹은 권력에 반항해서, 혹은 권력을 피해서, 혹은 권력 앞에 속수무책으로 움츠러들면서, 혹은 권력에 편승하는 하수인으로서, 혹은 권력의 흐름에 순응하는 형태 등으로 나타난다.[8]

이동하는 단순히 정치권력이 아니라, 현실을 지배하는 힘의 역학관계로서 권력 자체를 바라보는 고원정의 시각을 비교적 정확히 갈파하고 있다. 권력이라는 주제에 대한 고원정의 관점에서 공통되는 요소는, "인간에 관한 일체의 환상을 내버린 자리에서 비로소 얻어질 수 있는 냉철성"이자, "권력의 문제와 관련하여 특별히 순결하다는 보장을 받을 수 있는 존재를 설정하지 않음"이자 "인간들 속에 보편적으로 미만해 있는 권력욕의 정체"이다.[9]

---

8) 한승옥은 특히 「지사의 거울」에서 작가 특유의 정치적 알레고리의 수법으로 정치적 현실을 풍자하고 있음을 지적하고 있다. 한승옥, 『한국 전통비평론 탐구』(숭실대 출판부, 1995), p.316.
   이광호 또한 재야인사의 위선과 권력지향적 속성을 예리하게 풍자한 작품이라고 본다.
   우찬제는 고원정의 칼을 분석하면서 그의 소설적 상상력이란 칼날은 권력의 심층을 해부하는 연금술의 기제이며, 그 칼날을 들이대는 순간 실상과, 허상, 선과 악의 구분이 드러나게 된다고 해석했다. 우찬제가 말한 '복수의 칼날갈기'는 바로 그릇된 권력구조에 대한 불복종의 역사라는 의미를 내포하고 있으며, 필자가 전제로 한 '시지프스적 반항아'와 맥락을 같이 하고 있다.
9) 이동하, "권력의 문제에 대한 집요한 천착", pp.320~321.

그런데 만약 권력욕이 인간들 속에 보편적으로 미만해 있고 따라서 어느 누구도 권력과 관련하여 순결하다고 할 수 없다면, 고원정의 주인공들 중의 한 편, 즉 권력지향적인 주인공뿐만 아니라 권력에 반항하는 주인공들 역시 자신의 권력욕구를 충족시키기 위해서만 싸우는 것일까? 그리고 모든 권력은 오로지 부정적인가? 그렇다면 권력욕의 정체는 무엇인가 라는 질문이 야기될 수밖에 없다.

권력욕이라는 말은 일단은 부정적인 어감을 지닌다. 그리고 고원정의 작품들에서 권력이라고 부를 수 있는 것들은 일단은 부정적인 것으로 묘사되고 있는 듯하다. 그러나 만약 권력욕이 부정적이기만 하다면, 인간의 보편적 권력욕은 인간의 보편적 부정(타락)을 의미한다. 과연 권력을 주제로 하는 고원정의 글쓰기를 그렇게만 읽을 수 있는 것인지 우리는 재고해 볼 필요가 있다고 생각한다. 이런 맥락에서 필자는 일단 권력을 부정적인 것과 부정적이지 않은 것으로 구분해볼 필요가 있다고 본다. 이 장에서는 먼저 고원정이 부정적인 것으로 판단하고 불복종하고자 하는 권력이 무엇을 의미하는지 살펴보기로 하겠다.

중기는 불쌍하고 더러운 한 여인에게 반항해서 타락해 갔지만. 철기는 달랐다. 철기가 맞서 싸우려는 것은 엄청나게 큰 덩어리였다. 아마도 알고 보면 그림자뿐일지도 모르지만.10)

너희들은 모른다… 세상의 끝을 봐 버린 자의 마음을. 그리고, 너희들이 싸우려고 모이는 그 자체가 결국 너희들이 싸우려는 상대와 동일한 것임을. 그런 싸움이란 철저하게 혼자일 때만 의미가 있다는 것을, 나는 내가 혼자일 때만 싸운다. 정의이건 불의이건 덩어리 속으로 들어가지 않는다. 덩어리는 덩어리인 자체로 이미 악이니까.11)

---

10) 『빙벽』 1권, p.240.
11) 『빙벽』 6권, pp.183~184.

　　　역사에 고딕체로 기록되는 사람들…… 호오간에 그들은 결국 하나라구요…
<u>각본은 늘 하나</u>이고 배우들의 얼굴만 바뀔 뿐이라는 것을요…… 어렸던 나의
눈물나는 꿈도, 철든 분노와 적의도 모두 그렇게 (<u>역사에 의해</u>) 얼러지고 뺨
맞은 자의 한갓 넋두리에 지나지 않았음을 나는 알았습니다.… 그러니까 나의
칼은… 그들과 역사에 대한 복수의 칼이라고 해야 하겠습니다. 그렇습니다.
나는 역사를 향해 이 칼로 한번 저질러보고 싶은 겁니다. 무작위로, 무의미하게
저질러보고 싶은 겁니다.[12) (밑줄필자)

　　고원정이 반항하는 권력은 '덩어리'이며, 어떤 '각본'을 갖고 있으며, '역
사'라는 이름으로 불리기도 한다. 각본이 늘 하나라는 말은 권력의 속성이
란 언제 어디서나 항상 동일하다는 것이며, 역사란 어떤 근본적인 변화를
의미하는 것이 아니라 다만 배우들의 얼굴만 바뀌는 동일한 연극에 불과하
다는 것이다. 즉 권력이란 언제 어디서나 (역사 속에서), 항상 동일한 속성(하
나의 각본)을 갖는다는 주장이다. 여기에서 권력의 동일한 속성이 무엇을
의미하는지를 이해하게 해주는 핵심어는 덩어리이다. 덩어리란 단순히 한
개인에 대비하는 다수를 의미하지 않는다.
　　'덩어리'란 오히려 그것 자체가 각각의 개개인들을 혹은 다수를 움직이게
하는 어떤 것으로서, 현실의 인간들을 지배하는 실체(주체)이다. 우리는 주
체라는 말을 어떤 의도와 기획을 지닌 개개 인격들에게만 적용한다. 그런데
만약 개개인격들이 주체가 되지 못하고 오히려 덩어리가 개개인간들을 좌지
우지 하는 주체이며 개개인격들을 객체로 전도시켜 버리는 근원이 되어
버린다면, 이러한 덩어리에 의해 움직이는 현실은 인격을 지닌 개개인이
주체로 살아가기 위해서 싸워야 할 대상이 된다.
　　고원정에게 있어서 덩어리는, 어떤 한 개인이나 혹은 다수의 개인들이
지닌 힘이 아니라, 사회제도적으로 그리고 집단의 힘으로 유지, 존속되고
재생산되는 그러한 사회제도적 힘이라고 할 수 있다. 그것은 눈에 보이지도,
명시적으로 가리켜보일 수도 없는 것이며 그런 의미에서 그림자라는 반어법

---

12) 『칼 한 자루의 사상』, pp.102~103.

으로 표현되지만, 그러나 그것은 때론 정치권력의 형태로, 때론 부의 힘, 신분의 힘, 또는 조직의 힘 등의 형태로 모습을 드러낸다. 그것이 바로 고원정이 반항하고자 하는 그릇된 권력이다.

현철기의 반항과 의복형 중기의 반항을 차별화시키는 근거는, 반항의 대상이 덩어리화된 권력이냐 아니면 한 인격에 대한 반항이냐 이다. 중기는 약한 여인에게는 반항하면서도 반면에 강력한 현실의 덩어리(권력)에 편승하기 위해서는 최근우의 하수인 역할을 충실하게 해낸다. 반면 현철기는 개인에 대해서가 아니라 개인이 배후에 업고 행사하는 그 권력, 군대라는 조직체와 조직적으로 왜곡된 신화에 반항한다. 현철기의 이러한 모습은 최근우의 다음과 같은 자세와 대별해서 또한 선명하게 드러난다.

난 이 나라 전체가 얼마나 부당하게 장악되었는지는 잘 알지 못해. 하지만 나는… 부당하든 정당하든 정해진 법의 테두리 안에서 싸우는 것뿐이라네 나는 말이지… 자네와는 자라온 환경이 달라. 우리 아버지… 자네 아버님의 종이었던 그 분은 바로 이 테두리 안으로 들어오기 위해서 평생을 뼈를 깎는 고통으로 버텨낸 분이라네.… 다만 우리는 법과 제도가 인정해주는 테두리 안으로 들어와 사람답게 살기 위해 애를 썼다는 말일세.… 그렇게 들어온 테두리 안에서 내가 내발로 나가라는 말인가? 그렇게는 못해. 나는 싸워도 내 방법으로 싸울 수밖에 없다… 이 말이야.

……

근우는 스스로 묻지 않을 수 없었다. 대체 뭐냐? 자신이 싸우려고 하는 것은, 싸워서 이기려고 하는 것은, 그래서 얻으려고 하는 것은 대체 무엇이라는 말인가. 어느 순간에는 명확해졌다가도 또 어느 순간에는 가물가물 흐려지곤 하는 것이 그 상대였다. 무엇일까? 누구일까? 아니 어쩌면 적은 존재하지도 않고 혼자서 자기 그림자를 상대로 지치도록 싸우고 있지는 않을까.… 분명한 것은 근우 자신이 아마도 평생 이 싸움을 그만두지 못하리라는 예감이었다. 그리고 그 싸움은 그들과 동일한 방법으로 해야만 했다. 돈에는 돈으로, 술수에는 술수

로, 권력에는 권력으로… 건호나 정우와 같은 길을 간다는 것은 상상할 수
없는 일이었다. <u>무엇보다도 근우는 자신의 적들과 같은 부류인 것이다. 다만
강하고 약하고의 차이가 있을 뿐이었다. 근우는 더 강해져야만 했고, 그들을
피해가서는 안되었다.</u>(밑줄필자)13)

　최근우와 같은 사람들이 어떻게든 거기에 속하기 위해 애쓰는 권력은,
인격과 개성에 의해서 통제되는 권력이 아니라, 오히려 권력자체의 유지와
존속 그리고 확대재생산의 논리에 따라 사람들을 부리는 권력, 따라서 집단
의 힘으로 유지되는 권력, 사회제도적으로 실체화 되어있는 권력이다. 현철
기는 그러한 권력에 대해 정면으로 반항하는 것이며, 이러한 권력이야말로
고원정이 투쟁하고 있는 불복종의 대상이 되는 것이다.
　우리는 흔히 '권력에 맛을 들이면 헤어나지 못한다'는 표현을 듣는다.
'그렇게 냉철하고 공정하던 사람이 권력에 발을 들여놓더니'라는 표현을
쓰기도 한다. 이런 표현을 쓸 때, 나타나는 권력은 부정적인 정치권력을
의미한다. 「지사의 거울」에서 여권 고위층의 부름을 기다리며 자신의 회고
록을 뜯어고치는 지사에게서 우리는 우리네 정치인들의 편력사에서 신물나
게 보아온 추한 모습을 본다. 여권의 강력한 라이벌로서, 유력한 재야인사로
서, 자신이 어떤 실질적인 힘을 행사할 수 있는 기회를 기다리며 자신의
비만해져가는 몸뚱이를 홀쭉하게 보이게 해주는 일종의 요술거울 앞에서
만족해하는 지사의 모습은 추하다.
　그러나 권력은 정치권력만 있는 것은 아니다. 학급의 반장, 직장의 상사
등에 대해서 '그것도 권력이라고 잘난 척한다'는 비판을 가할수도 있다. 그
러나 그 비판 속에 무의식적으로 그런 권력을 지향하는 무의식적인 자신의
소망이 투영되어 있지 않은지 검토해 볼 필요도 있다고 본다. 예컨대 「사랑
하는 나의 연사들」에서는 반장이 되기 위해서 부모의 배경, 뇌물, 거짓말
등이 공공연하게 동원되는데, 그러한 행위를 하는 사람들에 대한 비난 속에

---

13) 『빙벽』 9권, pp.42~44.

는 어쩌면 권력을 지향하는 우리 자신의 질투심이 투사되어 있을 수도 있다는 것이다.

이런 것들은 모두 제도적으로 확보되는 권력이다. 부정적 정치권력의 측면에서 보자면 야당정치인 보다는 여당정치인이, 하급직원보다는 상급직원이, 일반 학생보다는 반장이나 회장 등이 권력상으로 상대적인 강자이다. 그러나 또한 야당정치인도 일반시민보다, 하급직원이라도 일용직이나 잡급직보다, 일반적으로 평범한 학생이라도 무학인 사람보다는 상대적으로 강자일 수 있다. 핵심은, 누가 강자이냐의 문제가 아니라, 한 사회 내에서 누군가를 상대적 강자로 만들어주는 것은 그 개인 자신이라기 보다는 해당 사회의 제도와 관행과 의식들이라는 점이다.

특정의 사회제도나 관행, 관습, 의식, 가치관 등은 해당 사회의 구성원들을 약자와 강자로 나누어 놓는 역할을 한다. 왜냐하면, 즉 해당 사회의 제도나 가치관은 특정의 것은 인정하고 옹호하여 보호함으로써 그러한 것을 지닌 누군가에게 힘을 실어주는 역할을 하기 때문이다. 한 개인으로 하여금, 그 자신의 본래의 모습에 의해서가 아니라, 그가 가진 여타의 조건에 의해서 강자 약자를 미리 판정해 버리는 힘, 나아가서는 개인의 고유한 개성의 실현을 말살시켜버릴 수도 있는 힘, 그것이 바로 권력의 속성이다. 그것은 한 개인을 생의 출발점에서부터 좌절시켜 버리게 할 수도 있는 힘이기도 하다.

어떤 종류의 기질, 성격, 자질, 집안, 부모, 직업, 성별, 피부색, 외모, 출신지역 등은 바로 그 시대를 지배하는 사회제도나 가치관에 의해 이미 강약이 정해져 버리기 때문에, 태어나는 누군가는 자신의 노력이나 의지 유무와는 상관없이 태어나는 순간부터 특정된 사회적 강자나 약자의 처지에 처하게 되어버릴 수 있는 것이 권력이 행사하는 실상들 중의 하나이다.

그런데 사회적 강자와 사회적 약자를 가르는 권력은 앞에서도 보았듯이 상대적이다. 강자와 약자가 두부모 자르듯 편가를 수 있는 것이 아니라 권력이 힘을 실어주는 정도에 따라 상대적으로 강자일 수도 상대적으로 약자가 될 수도 있다. 『빙벽』의 주인공 현철기는 군대라는 조직의 상급자들의 의지,

혹은 장석천의 신화를 유지하려는 집단적 힘에 대해서는 상대적으로 약자이다. 그러나 동시에 그가 소위라는 장교이자 소대장이라는 직급의 권력소유자라는 측면에서 보자면, 그는 자신에 반하여 장석천의 신화를 고수하고 반항하는 하위급의 소대원들에 대해서는 상대적으로 강자이다. 현철기로 하여금 일면에서는 상대적으로 강자이면서 또한 다른 면에서는 상대적으로 약자이게 만들어주는 것은 바로 군대라는 조직의 제도와 지위체계 그리고 규율 등에 의해서 인정·보장되는 힘이다.

『빙벽』의 두 주인공인 현철기와 박지섭의 두 인물의 행적을 볼 때, 전혀 무저항적이고 소극적인 박지섭이라는 인물이, 그와는 반대로 오히려 끊임없이 돌출하고 저항하는 현철기에 비해 훨씬 더 힘든 군생활을 하는 역설이 발생하는 까닭은, 바로 그 두 사람에게 허용된 제도적 권력의 범위가 다르기 때문이다. 장교(현철기)와 사병(박지섭)으로 구별지워진 제도적 권력의 차이는, 군대의 일사불란한 복종체계를 감안해 보지 않더라도 이미 박지섭에게 불리하게 작용할 수밖에 없는 것이다.

현철기는 그것을 인식하고 있기 때문에 R.O.T.C 장교를 택한다. 개인이 허용되지 않는 군대에서 '최소한의 개인의 자존심을 지키기 위해' 장교를 택했다는 현철기의 발언은 그가 제도적 권력의 역학관계(속성)를 정확히 알고 있다는 말이다. 물론 현철기가 권력의 속성을 알고 있다고 해서 그것이 그가 권력을 지향한다는 의미는 아니다. 현철기는 분명 권력을 지향하는 인물이 아니다. 그렇다고 박지섭처럼 권력에 대해 방관자 역할을 하지도 않는다. 그는 권력에 방관자가 있을 수 없다는 것을 누구보다도 냉철하게 알고 있다. '늘 제 한몸 둘 곳을 못 찾아서 물에 기름처럼 겉돌고 있는 지섭의 모습'은 권력이란 것이 그 속성상 인간이 방관할 수 있는 대상이 아니라는 것을 모르고 있는, 박지섭에 대한 현철기의 인식이다. 결국 여기에서 드러나는 권력에 대한 고원정의 시각은 다음과 같다. 즉 권력은 그것에 적극적으로 편승하거나, 아니면 그것에 속하기 위해 순응하도록 노력하거나 아니면 그것에 맞서 싸워야 하거나 하는 것이지, 어느 누구도 권력과의 관계에서 자유로울 수 없다는 것이다.

3. 개인의 삶의 의지(권력에의 의지)와 집단적 권력이 갖는 힘의 역학관계

집단적 실체로서의 권력이 역사와 현실과 개개인들을 지배해왔다는 말은 이상하게 들릴 수 있다. 결국 권력이란 그것을 담지한 사람들에 의해서 행사되는 것이 아닌가. 집단적 실체로서의 권력의 근원은 무엇인가? 그것은 개인이라는 실존의 내부가 아니라 실존자들의 배후 저 너머 어딘가에 존재하고 있는 실체라는 말인가? 필자는 그렇지 않다고 본다. 그러한 권력의 뿌리도 결국은 인간 실존의 어떤 근원적 욕망에서 비롯된 것이다.

인간은 모두 살아있는 생명체로서 그러나 동물과 달리 의지를 지닌 존재이다. 단순히 본능에 의해서가 아니라 자신의 삶을 자신의 뜻에 따라 영위하고자 하는 존재, 의지란 바로 인간의 그러한 능력을 의미한다. 그리고 이러한 의지(인격)에 의해 통제되는 힘(권력)은 그 자체만을 놓고 볼 때 부정적인 것이 아니다. 오히려 그러한 의지의 힘(권력)은 개인의 고유한 개성실현의 필수수단이라고 할 수 있다.

실존하는 모든 개개인들의 삶의 의지가 현실에서 충돌을 일으킬 때, 개개인은 자신의 의지의 강약만큼 자신의 의지를 관철시킬 수 있을 것이다. 즉 자신의 의지의 힘의 강도만큼 자신을 실현할 기회를 쟁취하는 것이다. 따라서 한 개인의 세계 내의 실존에는 힘이 필요하다. 힘이 있어야만 자신의 고유한 개성의 발현에 저해되는 장애를 물리칠 수 있는 것이다. 그런데 하나의 개성의 실현에 방해되는 장애물이 만약에 타자의 의지일 때, 양자는 자신의 능력껏 싸울 것이고, 각자의 힘의 정도만큼 실현의 가능성을 나누어가질 것이다.

그러나 만약 실존하는 한 개인의 개성실현에 장애물이 되는 타자가, 단순히 타자개인의 힘(의지)이 아니라 집단적으로 제도화된 힘(권력)을 배후에 업고있는 타자라면, 이때 제도화된 힘의 도움을 받고 있는 타자와의 싸움은 시작부터 패배가 전제된 것일 수밖에 없다.

이러한 현실은 부당한가? 이것을 부당하다고 생각하는 것이 고원정의 평가이다. 그리고 그러한 평가에도 불구하고 현실과 역사는 그렇게 진행되어 왔다는 것이 고원정의 시각이다.

역사의 초기 단계에서는 개인의 힘이나 투지가 곧 사회적 강자로 인정받았던 경우가 있었을 것이다. 아직도 뒷골목의 깡패세계에서는, 혹은 청소년들의 골목대장의 쟁탈전에서는 개인의 힘이나 투지 혹은 기싸움에 의해 강자가 결정된다. 그러나 이런 상황에서도 한 사람에게 두 사람이 함께 덤비는 것, 혹은 부모나 삼촌이나 형이 가세하는 것은 비겁한 행위가 된다.

고원정의 정의관은 이러한 맥락 위에 서 있다. 『빙벽』의 주인공 박지섭이 회장선거에서 스스로의 힘만으로도 당선될 수 있었는데도 애국지사인 할아버지 박태환 선생의 교묘한 찬조연설이 결정적인 역할을 하자 스스로 부끄러워하는 모습은 고원정이 제시하고자 하는 정의관의 단면을 드러내 보여준다.

그러나 고원정이 비판하는 집단적 권력의 구성원들의 입장에서는 다음과 같은 반박이 가해질 수도 있다.

도대체 왜 비겁한가? 내가 도움받을 수 있는 다른 힘, 기댈 수 있는 다른 힘이 있는데도 불구하고 왜 그것을 이용하지 말아야 하는가? 내가 나 자신의 힘을 신장시킬 수 있는 방법이 있는데도 불구하고 그것을 이용하지 않는 것이야말로 어리석은 것이다. 너도 억울하면 네가 끌어모을 수 있는 힘, 기댈 수 있는 다른 힘에 의존하면 된다. 네가 기댈 수 있는 힘이 부족해서 졌다고 불평하는 건 어리석은 짓이다. 진건 진것일 뿐이다. 한 개인의 의지와 가치와 기준은 패자가 되는 순간 현실에서 사라져 버리고 마는 것이다. 중요한 것은 네 자신이 원하고 의욕하는 것을 얻기 위해서 이용가능한 모든 세력을 이용하는 것이다. 그렇게 해서 결국 강자의 가치와 기준이 살아남는 것이고, 그것이 곧 역사이자 현실의 모태가 된다는 반박이다.

하지만 한번 강자라고 해서 영원한 강자일 수 없다. 계속 새로운 자아들과 개성들이 나와서 언제 위협이 될지 모르기 때문에 강자는 끊임없이 집단적으로 자신의 힘을 유지·존속하며 재생산해야 한다. 자신의 의지를 소멸시키고 싶지 않은 자는 결국 강자에 붙는 것만이 살아남는 것임을 알게 될 것이고 개인의 힘은 결국 강자집단 쪽으로 모이게 되는 것이다.

이 지상에서 결국 모든 개개인들의 개성과 가치가 함께 실현될 수 없다면, 강자에 편승하여 보다 강자에 속함으로써 자신의 실존의 의미를 유지할 수밖에 없는 것이다. 결국 집단적 권력의 실체라는 것도 사실상 그 뿌리는 개개인의 삶의 의지에 근원을 두고 있다고 할 수 있을 것이다.

그렇다면 개인의 삶의 의지를 실현하기 위한 수단으로서 작용해야할 힘(권력)이 어떻게 해서 개인의 의지를 제약하거나 통제하는 주체로 변질되는가? 도대체 어떻게 해서 개인과 권력의 관계에서 주객전도 현상이 나타나는가?

개인이 자신의 고유한 삶을 실현하기 위하여 발휘하는 힘(권력)은 그 자체로 부정적인 것이 아니다. 이때 힘은 그 자체 주체가 아니라 개인의 의지 발현의 수단일 뿐이다. 주체는 개인의 의지나 인격이다. 그런데 이러한 수단으로서의 힘도 그것이 둘 이상 결합하기 시작하면, 이 때부터 힘은 인격의 발현수단인 객체에서 인격을 통제하는 주체로 변질되어버릴 수 있다. 왜냐하면, 개인들은 다양하므로 각기 서로 다른 방향들을 추구하게 마련인데, 힘들은 결합될 경우 오직 하나의 방향으로만 행사되기 때문이다. 따라서 결합된 힘들은 그 자체 결합을 하나로서 유지하고 존속시키기 위해서, 그 내부의 개개인들의 인격과 의지를 제한하게 되고, 결국은 결합된 힘으로서의 권력 자체가 주체가 되어 개개인들의 목적과 방향을 통제하고 지시하는 상황까지 이를 수 있다. 역사적 권력의 이러한 주객전도 현상은 현실에서 비일비재하게 나타나고 있는 현상이다.

물론 현실의 역사는 이러한 권력의 게임 위에 그럴듯한 정당화 명분을 입혀 놓았다. 그러나 "기록된 역사란 항상 승자의 편이게 마련"14)이라는

---

14) 고원정, 『내일은 없다』, pp.287~288.

고원정의 진단은 역사의 진보, 역사적 정당화를 믿지 않는다. 오히려 고원정에게 있어서는 역사적 승자를 판정짓는 것, 즉 현실의 모태는 집단화된 권력의 역학게임이며, 그것은 고원정의 시각에 따르면 비겁한 개인들의 권력욕의 야합체에 불과하다. 권력이, 개인들간의 공정한 게임에서 비롯된 역학관계가 아니라, 이처럼 야합된 개인들의 집단화된 힘의 역학관계에서 행사되는 한, 권력은 그 속성상 개인의 인격이나 의지와는 무관한 방향으로 행사되기 때문이다.

4. 부정적 권력에 대한 불복종의 세 가지 형태

권력에 맞서 싸우는 방법에는 투쟁의 동기에 따라 세 가지가 있을 수 있다. 투쟁의 동기가 될 수 있는 것으로는 첫째, 현재 권력의 편에 서 있지 못하는 내가 권력의 편에 들어가기 위해서이든지, 아니면 두 번째로는, 현재의 권력이 부당하기 때문에 내가 그 권력의 속성을 바람직하게 개혁시키기 위해서든지, 아니면 세 번째로는, 어떠한 권력이건 그것이 나의 주체적 인격과 충돌하는 경우에 나 자신의 주체확인을 위해서든지다. 이 세 가지 경우에 대한 고원정의 시각들을 차례로 살펴보면서 권력에 대한 불복종의 의미를 고찰해 보기로 하겠다.

먼저 첫째 경우를 보자.

만약 현실의 권력의 편에서 '너희들'을 다만 '우리들'로 대치하고자 하는 욕망일 때, 그것은 단순한 권력욕에 불과할 뿐 아무런 의미가 없다. 고원정은 이러한 권력욕을 비판한다. 「대령들은 아무도 죽지 않는다」라는 작품이 의미하는 것, 「칼 한 자루의 사상」에서 암살대상자로 설정된 여야의 인물들, 「지사의 거울」에서의 재야지사, 『빙벽』의 최근우 등처럼 배우만 바뀔 뿐 권력의 속성이 바뀌지 않는다면 그러한 투쟁은 고원정에게 아무런 의미도 없을 뿐 아니라 오히려 냉소의 대상이 되는 것이다.

이러한 투쟁에서 성공하면, 다만 권력의 얼굴 외양만 바뀐 채로 동일한 권력과 동일한 역사의 반복이 있을 뿐이다. 또한 이러한 투쟁에서 실패하면, 회의적이고 소시민적이고 평범하고 냉소적이면서 권력의 눈치를 살피는 사람으로 남을 뿐이다. 이러한 투쟁은 그것이 성공하건 실패하건 변화시키는 것은 아무 것도 없다.

「사랑하는 나의 연사들」에서 정인호라는 인물은, 유년시절에는 덩어리 편에 서고자 제도적으로 인정되는 반장이라는 지위에 오르기 위해 끊임없이 투쟁하는 인물이다. 그러나 자라면서 점차 실패를 거듭하다가 성인이 되서는 권력에 타협하고 순응하는 인물로 되어간다. 그래서 딸이 반장선거에 나가는 것을 만류하면서도 동시에 내심으로 바라고 있는 자신을 되돌아보며 두려움을 느낀다. 이런 인물은 실상 우리 대부분의 자화상일지도 모른다. 우리가 우리 스스로에게서 이런 모습을 발견하는 것은 무슨 까닭인가? 권력욕이 우리의 보편적 속성이기 때문에 실패한 사람들에게 나타나는 전형인가, 아니면 권력의 정체를 정확히 인식하고 있지 못하기 때문에 저지르게 되는 어리석음인가? 이러한 물음들은 권력의 정체와 권력에 대한 투쟁의 의미를 보다 더 고찰하게 만드는 물음들이다.

그런 측면에서 두 번째 경우를 살펴보기로 하자,

사회제도적으로 집단화된 권력, 덩어리 형태의 권력이 고원정에게 있어서 맞서 싸워야할 권력으로 제시된다면, 이러한 권력은 항상 그리고 언제나 부정적이기만 한가? 이러한 권력에 정의란 존재할 수 없는가? 이러한 물음에 대한 답변은 거의 모든 작품에서 부정적이다. 만약 권력의 속성이 이처럼 부정적이기만 하다면, 정의는 세 번째 경우처럼 집단적 권력에 대한 개인의 외로운 반항 속에서만 비로소 존재할 수 있을런지도 모른다. 그러나 가능성은 그것만 있는 것은 아니다. 만약 현존하는 권력에 정의를 바랄 수 없다면, 정의의 편에서 권력을 장악하여 권력의 속성을 개혁시키는 가능성이 있다. 이러한 가능성 하에서 우리는 두 번째 동기에서 비롯된 불복종의 경우를 생각해볼 수 있다.

두 번째 경우의 가능성과 동기를 우리는 『빙벽』의 최정우와 운동권에서 볼 수 있고, 그리고 『내일은 없다』에서 볼 수 있다. 하지만 후자에서 불복종은 결국 실패로 끝나고 결국 '내일은 없다'라는 부정적 절규를 남길 뿐이다. 이 작품은 조선왕조 세조 말년에서 예종 대에 이르는 시기의 남이 장군 등의 개혁세력과 한명회 등의 수구세력간의 권력게임을 다룬다. 한명회 남이 귀성군 유자광 등 실존인물을 등장시키는 역사소설이면서도 실제 주인공이라 할 수 있는 인물은 이환 윤유봉이라는 허구적 인물이다.

> "설명을 해주지. 자네들이 입으로는 이 한명회를 비롯한 권신들이 국사를 전횡하는 것을 막겠다고 했지만…… 그건 <u>또 하나의 야심</u>에 지나지 않았던 거야… 그래, 만에 하나 자네들이 우리를 몰아내고 권력을 잡았다고 치세. 그런 다음 자네들은 도대체 이 나라를 어떻게 이끌어가려고 했는가?… 우리하고 다를 게 하나도 없었을 걸세. 즉, 사람만이 바뀔 뿐이라는 말이지. 그렇다면 말이지… <u>그 속성이 바뀌는 것이 없고 사람만이, 얼굴만이 바뀔 뿐이라면</u>… 자네들보다는 아직 힘이 있는 우리들이 이기는 게 당연하지 않았겠나?"
> … 그렇다… 하고 이환은 스스로 인정할 수밖에 없었다. 한명회의 말은 그르지 않았다. <u>그 속성이 바뀌지 않고 다만 얼굴만이 바뀌는 것이라면 보다 힘이 있는 편이 이기는 게 당연하다</u>… 그랬다. 그런 것이었다.15)

만일 권력이라는 것의 속성이 누가 그것을 장악하느냐와 상관없이 언제나 동일한 것이라면, 한명회의 이러한 주장은 곧 고원정의 시각을 대변한다고 할 수 있다. 그리고 이것은 앞서의 첫 번째 경우와 동일한 시선일 뿐이다. 만일 고원정이 이러한 시각에만 머물러 있다면, "고원정의 태도는 허무주의에 해당하며 결과적으로 현실세계 속에서 실제로 부당한 권력을 쥐고 있는 집단에게 힘을 보태주게 된다"16) 비판이 타당할 수도 있다. 그러나 고원정은 『내일은 없다』라는 작품의 의도를 다음과 같이 밝히고 있다. "나는 외람되나마 이 시대의 진보세력 혹은 차세대 주자임을 자부하는 사람들에게 아픈 충고를 던지고 싶었다. 프로그램이 없는 개혁, 이념이 뒷받침되지 않는

---

15) 『내일은 없다』 3권, pp.281~282.
16) 이동하, "권력의 문제에 대한 집요한 천착", p.322.

개혁으로는 절대로 판을 바꿀 수 없다는 것을. 다만 사람만을 바꾸는 개혁은
성공할 수 없다는 것을… 역사가 이미 그 점을 웅변해주고 있는 것이다."17)
　　이 말 속에는, 권력의 속성이 항상 동일한 것만이 아닐 수도 있다는 기대
가 담겨있다. 만일 이념과 프로그램에 의한 개혁이 있을 수 있다면, 권력의
속성 자체를 바꿀 수 있는 미래가 전혀 불가능한 것만은 아니라는 믿음을
고원정은 포기하지 않고 있다고 보아야 할 것이다. 즉 인간이 주체가 되어,
스스로의 이념과 프로그램에 따라, 권력을 수단으로 하여 정의를 실현할
수 있다는 기대가 환상만은 아닐 수도 있다는 전망이 아직은 남아있는 것이
다. 그러면서도 고원정은 역사적으로 실패한 개혁을 모델로 하면서 다음과
같은 결말을 남긴다.

> 언젠가는 바로잡히겠지.
> 　버릇처럼 자위해 보았지만 이제는 그것마저도 믿을 수가 없었다. 과연 언젠
> 가는 남이나 이환이 역적의 누명을 벗는 날이 올까. 소위 춘추필법에 의해서
> 이 시대의 정의와 불의가 제대로 평가되는 날이 올까… 돌아오는 내일은 과연
> 오늘과 다를까. 자신이 없었다.… 이환은 속으로만 외쳤다. 이승에서의 마지막
> 한마디를.
> 　내일은 없다.18)

　"내일은 없다"는 이환의 외침은 여전히 동일하게 반복되고 권력의 속성은
불변인 채로 존재하며, 어제와 오늘은 여전히 동일하며 따라서 내일은 과연
변화 불가능한 것인가? 고원정은, 역사와 권력의 이러한 동일성에 대한 시각
을 재확인하고 그것을 폭로하기 위해 이러한 결말을 남겼다고 볼 수도 있다.
하지만 그러한 평가는 표피적인 해석에 지나지 않을 수도 있다. 그러한 상황
제시를 역으로 해석해 본다면 역설적으로 다른 무엇인가를 말하기 위한
장치라고 볼 수도 있기 때문이다. 실패한 개혁을 모델로 하는 글쓰기를 단순

---

17) 고원정, 『내일은 없다』, p.288.
18) 『내일은 없다』 3권, p.284.

히 회의적 비관주의로만 보기에는 주인공들이 지향하는 의지가 너무도 강렬하고 절실하다. 따라서 필자는 작품을 보다 총체적으로, 즉 그 표면과 이면을 통해 이야기되고 있는 의미망을 종합적으로 바라보는 글읽기가 요망된다고 생각한다. 이 점은 세 번째 경우를 먼저 검토해 본 연후에 다음 장에서 살펴보기로 하겠다.

세 번째 경우는, 개인이 자신의 주체확인의 과정에서 맞부딪치는 권력에 대한 투쟁이었다.

만일 권력이 정의로운 자의 손안에 들어가서 정의로운 의지가 주체가 되어 권력의 속성을 변화시킬 수 있는 가능성이 차단된다면, 그리하여 권력의 속성이 부정적이기만 하다면, 다음으로 야기될 수 있는 질문은, 그렇다면 정의는 과연 어디에 존재하는 것일까 라는 회의이다. 필자는 그런 경우에 정의는 결국 실체화된 권력에 맞서는 개인의 외로운 반항 속에서만 비로소 그 명맥을 유지할 수 있다고 본다. 따라서 이런 세 번째 경우에 해당하는 불복종은, 그것이 어떠한 형태로 나타나건, 각기 제 나름대로의 의미를 지니게 될 것이다. 우리는 이것을 『빙벽』의 현철기나 박건우 등에서, 「칼 한 자루의 사상」, 「지사의 거울」의 암살자 등에서 볼 수 있다.

이들은 자신이 처한 상황 속에서 현실이 자신에게 요구하는 역할을 그대로 수용하려 하지 않는다. 이들은 자신의 의지와 인격에 끊임없이 간섭하는 현실의 권력(외부의 유무형의 압력)에 맞서 자신이 하나의 살아있는 개인임을 주장하기 위해 여러 가지 돌출행동을 하게된다. 실체화 되어버린 권력의 각본의 배우(객체)가 되지 않고, 하나의 인격으로서 고유한 주체를 드러내는 방법은, 권력의 유지·확대·재생산을 위해 개인에게 요구하는 캐릭터가 그 개인의 인격·의지와 충돌할 때마다, 자신의 고유한 캐릭터로서 맞서 투쟁하는 방법 외에는 없다. 고원정의 작품에서 반항하는 주인공들의 행위가 때론 무의미하고 때론 무모하게 보이는 까닭은 바로 그 충돌이 발생하는 상황의 특수성 때문이다. 그것은 마치 다시 떨어지더라도 끊임없이 돌을 산위로 밀어 올리고 있는 시지프스의 행위를 연상시킨다.

개인의 개성적 의지가 다양하면 다양할수록, 그리고 개인이 처한 상황의 특수성이 다양하면 다양할수록, 충돌의 양태와 강도는 천차만별이고 충돌 시의 대응방식도 천차만별이다. 하나의 개인이 갖는 고유한 개성은, 바로 그가 처한 특수한 상황에 대처하는 그의 고유한 대응방식에서 드러난다. 따라서 개인이 다양하면 다양할수록, 인간적 합리성 혹은 보편적 정당성이 라는 잣대는 무력하다. 그리하여 개인의 의지를 허용치 않는 역사에 대해, "나는 역사를 향해 이 칼로 한번 저질러보고 싶은 겁니다. 무작위로, 무의미 하게 저질러보고 싶은 겁니다"[19] 라는 암살자의 외침에서부터, "늘 남들과 등을 돌리고 그들의 반대되는 자리에만 서다가…끝내는 돌이키지 못할 위치 에까지 이르고… 그래도 좋다… 자신은 늘 정당했었다. 지금도 정당하다" 는 현철기의 외침은, 개인을 무력화시켜 버리는 엄청나게 큰 덩어리로서의 역사와 권력에 대해 맞서고자 하는 개인들 각각의 고유한 대응방식이다. 그리고 이러한 대응방식들은, 그렇게 해서라도 자신의 최소한의 실존적 주 체를 표출하고자 하는 시지프스적 개성들을 보여주고 있다는 점에서, 이러 한 인물들은 작가의 의도를 잘 드러내 보여주는 형상이기도 하다.

비록 그러한 개인적 대응이 역사 자체를 움직이지 못하고 권력의 속성을 바꾸어 놓지 못한다는 점에서 객관적으로 보자면 무작위·무의미의 행위일 수도 있지만, 반대로 "행위의 결과를 얻기 위해서가 아니라, 단 한 번, 이 세계 속에서 자신의 의미를 실현할 수 있는 섬광과도 같은 순간을 위해 세계와 대결"[20]하고 있다는 점에서 보자면, 실존적으로는 오히려 극히 의미 있는 불복종의 행위라 할 수 있다.

지금까지 필자는 고원정의 작품 속에서 역사와 권력에 불복종하는 세 가지 형태를 살펴보았다. 표면적으로 드러나는 바에서만 보자면, 고원정은 그 중 세 번째 형태의 불복종 즉 '실체화된 권력에 맞서는 개인의 외로운 반항'만을 유일한 대안으로 주장하는 것처럼 보인다. 그렇기 때문에 대부분

---

19) 고원정, 「칼 한 자루의 사상」, p.103.
20) 이광호, 『위반의 시학』, p.178.

의 평자들도 "개체적 진실, 초월적 화해, 정치적 비관주의"[21]라는 평가를 내리고 있는 게 아닌가 본다. 그러나 필자가 보기에는 그러한 평가는 고원정의 작품구조의 표면상의 의미일 뿐 그 이상의 이야기가 함축되어 있는 것으로 생각한다. 이 점과 관련하여 필자는 이제 고원정의 작품구조의 특성을 분석해 볼 필요가 있다고 본다.

5. 방법론상의 특성 : 거대한 주제를 표현하기 위해 단순 추상화된 구조

고원정은 권력을 주제로 삼으면서도, 그것을 통시적으로 뿐만 아니라 공시적인 관점에서 주제적으로 바라보면서, 권력이 곧 역사와 현실의 실체라고 진단하고 있다.

역사와 권력을 주제로 삼는다는 것은 이미 거대이야기를 주제로 삼는다는 것이다. 그것은 이 세계에 대해서 거시적으로 바라보는 시각을 전제로 한다. 그러나 세계란 그 자체가 역동적이고 다층적이며 복합적인 텍스트임은 이론의 여지가 없다. 그러한 세계를 있는 그대로 객관적으로 묘사할 수 있다는 것은 하나의 환상이며, 오늘 날 그러한 환상은 사라진지 이미 오래이다. 주어진 세계 내의 미세한 한 점에 불과한 작가는 이미 사회와 인간조건을 공평무사하게, 있는 그대로의 다양성을 거울처럼 묘사할 수 있다는 꿈을 포기해야 한다. 오히려 작가는 자신이 서있는 그 상황 속에서 자신이 처한 문제의식으로서 문제적 세계상황을 폭로하는 것이다.

고원정은 자신의 문제의식(개인과 권력)을 정점에 놓고 그것을 주제적으로 표현하기 위해 역사와 현실이라는 거대한 대상에서 불필요한 것은 사상(捨象)하고 필요한 줄기를 다듬어낸다. 다듬어내는 작업에서 버려지는 것은, 그것이 현실이 아니므로 버려지는 것은 아니다. 그의 주제가 정밀묘사보다

---

21) 김윤식, 앞의 책, p.101.
　　이광호, 앞의 책, p.178.

는 단순 스케치를 더 필요로 할 수도 있기 때문에 사상하여 버리는 것일 뿐이다.

어떤 사람은 거기에서 무엇이 강조되고 무엇이 버려졌는지에만 초점을 맞추는 글읽기를 할 수도 있다. 그러나 그러한 글읽기보다는 다른 방식의 글읽기도 있을 수 있다. 특히 고원정의 단순구조의 스케치가 대상의 긍정적인 것보다 부정적인 것을 굵게 강조하는 글쓰기라면, 우리는 그러한 단순구조 속에서 역으로 무엇을 지향하기 위해서 그 부정성이 강조되는지를 읽을 수도 있다. 만약 우리가 이러한 글읽기를 받아들인다면, 고원정의 작품 속에서 두드러지게 나타나는 단순구조와 강조들은, 하나의 작가가 세계에 대해 갖는 절실한 문제의식으로 읽을 수 있으리라 본다.

우리가 이러한 글읽기 방식을 택한다면, 우리는 역사와 권력이 주체가 되는 그 상황구조와, 그에 대한 추상화된 단순성, 또한 그에 대해 작가가 드러내 보이는 부정적이고 회의적인 시각, 그리고 '내일은 없다' '대령들은 죽지 않는다' 라는 외침을 통해서 오히려 고원정이 진정 무엇을 이야기하고자 하며 또한 무엇을 변화시키려 하는지를 역으로 물을 수 있다. 다른 말로 하자면, 표면적으로 드러나는 부정성과 비관과 회의의 구조 속에서, 이면적으로 드러나고 있는 이야기에도 함께 귀를 기울여야 한다는 것이다.

하나의 작품을 우리가 총체적으로 바라본다면, 그 작품 속에서 언어로 표현된 것과 침묵을 통해서 드러나는 것은 그 모두가 함께 어울려져 이야기가 되는 것이다. 마치 음악에서 쉼표가 악보의 일부이고 음악의 일부이듯이, 그리고 음표와 쉼표의 절묘한 배열이 함께 어우러져 음감을 구성하듯이[22], 작가가 명시적으로 말하고 있는 것 뿐만이 아니라 반어적으로 말하고 있는 것, 그리고 또한 침묵을 통해서 드러내고자 하는 것들, 이런 것들 모두가 어우러져, 하나의 이야기를 말하고 있는 것이다. 즉 음표(말하고 있는 것)와 쉼표(침묵하고 있는 것)가 함께 어우러져 음악(이야기)을 만들어 낸다면, 음표만이 아니라 쉼표 역시 우리가 듣고있는 것이며, 아울러 그 추상화된 단순

---

22) 사르트르, 『문학이란 무엇인가』, p.34.

구조 자체가 하나의 강력한 이야기 방법일 수 있다는 것이다.

예를 들어, 역사적으로 실패로 끝난 개혁을 소재로 하는『내일은 없다』라는 작품은, 고원정이 '이러 이러할 경우 내일은 없다'라는 메시지를 전하고자 설정한 반어적 이야기들이 될 수 있는 것이다. 그것은 '내일이 있기 위해서는 그렇게 해서는 안된다'는 인식의 드러냄이며, 그곳에 작가가 의도한 주제가 설정되어 있다. 그러한 드러냄은, 내일은 없다는 것이 하나의 완결된 진단이 아니라, 내일은 없어 보이는 현실에 내일이 있어야 한다고 개입하고자 하는 하나의 참여행위이자 작가의 사상 및 주제의식이라고 볼 수 있다.

> 흔히들 세상일은 순리대로 흐르게 마련이라고들 하지 않는가. 사필귀정이라고도 하지 않는가. 그것은 불의한 세력들이 한 때 득세하는 일은 있어도 결국에는 정의가 이기게 마련이라는 말이 아니겠는가. 하지만 현실은 어떤가. 이 시대의 정의는 남이나 이환 자신에게 있었다고 지금도 자부할 수 있었다. 그러나 지금 그 정의는 형장으로 무력하게 끌려가고 있을 뿐이다. 반면에 불의한 방법으로 권력을 장악했던 한명회 등 권신들은 앞으로도 계속 권세를 누릴 것임에 틀림없었다.
> 이럴 수는 없다…
> 이럴 수는 없다…[23]

작품의 표면구조로만 보면, 이러한 현상으로부터 역사에는 내일이 없으며 권력의 속성은 불변이라는 '동일성의 역사관'에 귀결하는 듯하다. 그리하여 이러한 역사관은 일종의 단순추상화의 시각에 머무른 것이라고 할 수도 있다. 고원정에게는 이처럼 역사와 권력을 특정의 시각으로 정리하고 부정적으로 묘사하려는 경향이 작품 속에서 두드러지게 드러나는 것이 사실이다. 또한 이처럼 표면구조만을 본다면, 역사는 권력의 유희의 무대이며 인간은 권력지향적이므로 권력의 속성은 바뀌지 않을 것이라는 역사관은 일면적이라는 지적과 비판을 면하기 어려울 것이다. 그리하여, 그런 식의 역사관은

---

23)『내일은 없다』3권, p.283.

분명히 "축소될 수 없는 경험세계의 역동성을 억압"24)할 수 있는 측면이 있으며, 또한 역사와 권력에 대한 자신의 시각을 보여주기 위한 고원정의 글쓰기는 "역사의 시공을 자주 넘나드는 상상적 태도와 수다한 역사적·정치적 질료들을 요약해 가능한 한 빠른 속도로 보여주고자 한 담화전략"25)을 보여주지만 동시에 거기에는 단순 추상화의 원리가 작용하는바, 현실의 문제는 그토록 쉽게 단순화될 수 없다는 비판을 받을 수도 있을 것이다.

그러나 다른 방식의 글읽기도 충분히 가능하다. 어쩌면 권력의 역사라는 것이 거대역사를 통해서 형성되온 만큼, 거대역사라는 배경 위에 이름 없는 한 점에 불과한 개인의 저항구조는 단순화된 구조를 지닐 수밖에 없을지도 모른다. 그의 주제와 문제의식 자체가 거대한 것이므로 단순구조의 방법이 필요할 수도 있다는 것이다. 물론 그렇다고 해서 보다 더 나은 탁월한 구조와 역동성을 지닌 글쓰기가 전혀 불가능하다는 말이 아니다. 필자가 다만 언급하고자 하는 바는, 고원정의 주제와 세계관을 관철하는 글쓰기에는 단순 추상화된 매개구조가 하나의 훌륭한 방법으로 나타날 수 있다는 것이다. 그가 무엇을 쓰고자 하는가는 그가 써야 할 방법론에 영향을 미친다. 그가 쓰고자 하는 내용을 선행해서 분석하지 않고 형식만을 비판하는 것은 지엽적인 평가에 그치게 될 소지가 있기 때문이다.

그렇다면 이제 필자는 우리가 어떤 관점에서 "고원정의 작품읽기"를 하는 것이 효과적인지를 말해야 할 것이다. 그것은 우선 다음과 같은 전제를 받아들이는 것이다. 즉, "소설이 세계를 완벽하게 설명할 수 있다는 공허함 믿음보다 선행되어야 하는 것은, 소설은 그 생산과정부터 이미 사회적 관계에 들어가 있다는 인식이다. 소설 속에 세계가 들어있는 것이 아니라, 소설이 세계의 일부일 뿐이다."26) 이것은 하나의 출발점이다. 고원정에 대한 진정한 글읽기는 이러한 인식으로부터 한 걸음 더 나아가는 데에 있을 수도 있다.

---

24) 이광호, 앞의 책, p.179.
25) 우찬제, 『욕망의 시학』(문학과 지성사, 1993), p.194.
26) 이광호, 『위반의 시학』(문학과 지성사, 1993), p.179.

즉, 글쓰기란 단순히 현실세계에 무언가를 하나 덧붙이는 행위가 아니라, 글쓰기는 바로 현존하는 세계에 어떤 방식으로건 개입하는 적극적인 행위라는 것이다.

세계에의 참여행위는 여러 가지 방식이 있다. 집단적으로 조직을 결성하는 방식이 있고, 테러리스트일 수 있고, 계몽운동이 있을 수 있다. 정치에 참여할 수도 있고, 기존의 권력에 들어가 개혁을 시도할 수도 있다. 전통적으로 문학은 이러한 참여행위로부터 구별하여 독특한 지위를 부여하려 해왔다. 참여와 순수라는 논란은 계도성과 어용성이라는 또다른 논란에 닿아있기도 하다.

그러나 인간이 자신의 행위를 어떻게 설명을 하건, 인간이 현실에서 하는 행위 하나하나는 사실상 현실에 대한 찬반을 표명하는 일종의 현실개입 행위이다. 고원정의 시각은 이러한 맥락하에 서 있다고 할 수 있다. 현실을 살아가는 그 누구도 현실에 대한 방관자가 될 수 없다는 것이 고원정의 근본적 인식이다. 그가 현실에 대해서 찬반을 표명하건 침묵하건, 스스로 방관자로 생각하건 아니건, 그의 일거수 일투족은 모두가 현실을 지배하는 권력에 대해 힘을 실어주거나 아니거나 이다. 침묵은 때론 일종의 긍정행위일 수도 있고 때론 일종의 부정을 의미할 수도 있다. 이 모든 것은 상황에 따라 다를 뿐이다.

그의 이야기에서, 특히 어떤 것을 이야기 할 때는 왜 목소리가 높아지며, 왜 다른 것도 많은데 그 어떤 것만을 줄기차게 이야기하는가는, 그의 글쓰기가 사실상 현실의 바로 그것에 개입하고자 하는 행위이기 때문이다. 그의 상황세계에서는 바로 그것이야말로 부정되어져야 하며 개선되어져야 할 문제상황이라는 인식이 선행해 있기 때문이다. 그 자신의 글쓰기는 스스로 그것에 불복종하고자 하는 의지행위이며, 그런 의지를 자신이 창조해 낸 주인공들을 통해서 끊임없이 드러내고 있다. 그의 화두는 '왜 불복종해야 하는가'에 대한 집요한, 그리고 깊고 끈질긴 외침이다.

고원정은 인간이 스스로 만들어 온 권력에 대해서, 그것이 부분적이든 전면적이든 간에 그것이 현실에서 각 개개인들의 삶의 개성을 억압하고 지배하고 있는 현실을 문제상황으로 자각한다. 그는 그러한 상황의 불변성과 완강함을 자신의 글쓰기에서 표면적으로는 강조하는 구조를 보여주지만, 강조의 강도가 높으면 높을수록 역으로 그러한 상황이 부정적인 것임을 드러내는 이면구조를 갖는다. 그리하여 표면구조에서 강조하는 바의 강도가 높아질수록 역으로는 그런 현실에 불복종해야 한다는 강렬한 지향을 이면구조로 갖게 된다는 것이다.

6. 글쓰기 행위에서 나타나는 이중의 불복종

이제 필자는 앞서 사르트르의 두 번째와 세 번째 질문을 염두에 두면서 고원정 읽기를 위해 이렇게 물어 볼 수 있다고 본다. 고원정은 내일이 없는 역사와 권력의 동일성을 드러냄(폭로함)으로써 어떤 변화를 세계에 가져오려고 하느냐? 어째서 그는 바로 이것에 관해서 말하며, 왜 그처럼 단순 추상화의 방법을 통해서 '드러냄'을 '고발함'으로 변용시키는가? 무엇에 관여하고, 글쓰기를 통해서 어떻게 개입하고자 하는가? 이런 질문들에 간단히 답변하자면 다음과 같이 말할 수 있다. 즉, 고원정은 내일이 없는 현실을 비판하고 고발하며, 그러한 비판행위의 이면에는 오히려 내일이 있어야 한다는 지향이 함축되고 있다는 것이다. 오늘에 대한 불복종의 행위들이 수행된 뒤에라야 비로소 내일이 가능할 수 있기 때문에, 고원정은 오늘과 다른 내일이 있기를 지향하는 글쓰기를 자신의 과제로 삼고 있다.

그렇다면, 그러한 지향은 고원정의 글쓰기 속에서 어떠한 방식으로 드러나는가가 정리되어야 할 것이다. 인간의 행위는 그 어떤 것이건 모두 현실의 권력게임, 즉 4장에서 보았던 권력의 세 가지 역학관계들중 어느 하나에 속한다. 고원정에게 있어서 첫 번째 권력게임은 아무런 의미가 없는 냉소의 대상이다. 내일을 위해서 의미있는 불복종은 두 번째와 세 번째의 경우인데, 문제는 이 두 가지를 어떻게 연결시키느냐이다.

'내일'이 가능하기 위해서는, 권력을 행사하는 배우들의 얼굴만이 바뀌어서는 안되고, 이념과 프로그램이 뒷받침된 개혁, 즉 권력이 더이상 주체가 아니라 이념과 프로그램을 지닌 인격의 손에 든 수단(객체)으로 바뀌는 개혁이어야 한다. 인간과 권력의 주객전도된 현실은 인간이 주체가 되는 구조로 바뀌어져야 한다. 그러기 위해서는 세 번째 경우의 개인들처럼 개인의 주체확인의 자각이 선행되어야 한다. 주객전도된 현실에 대한 인식과 아울러 주체회복에 대한 강렬한 의지가 구비된 개개인들, 즉 현철기나 이환과 같은 개인들이 먼저 존재해야만 한다. 그리고 이러한 개인들의 의지가 권력을 통제할 때에라야 비로소 두 번째의 불복종이 가능하다.

그런데 이러한 개개인들은 저절로 생겨나는 것이 아니다. 그것은 현존하는 개개인들의 의식을 지배하는 허상이 깨어짐으로써만이 가능하다. 따라서 현실의 지배적 의식을 깨뜨리기 위한 개입이 지속적으로 이루어져야 한다고 할 수 있다.

이런 의미에서 고원정의 글쓰기에서 우리는 이중의 불복종을 읽을 수 있다고 하였다.

일차적으로 그것은, 주객전도된 현실에 대한 작가 자신의 인식과정을 드러내는 글쓰기이다. "회의와 절망과 분노와 불복종의 기록"27)이라는 표현은 현실의 부정에 대한 인식, 뒤집어 말하면 현실의 정(正)이라고 불리는 것에 대해 '아니올시다'를 인식하는 불복과정의 드러냄이다. 이것은 4장의 세 번째 유형의 불복종처럼, 고원정이라는 한 개인이 자신이 처한 상황에서 맞부딪친 현실세계와의 외로운 힘겨루기의 행위이다.

그러나 이러한 개인적 행위는 그가 작가적 글쓰기라는 공공행위에 참여함으로써, 주어진 현실에 개입하고자 하는 적극적 불복종이라는 이차적인 의미를 지닌다. 이러한 이차적 의미는, 고원정이 스스로가 자신의 공공적 글쓰기를 통해서, 한 개인의 외롭고도 흔적없는 불복종을 단순히 일회적 섬광처럼 사라져 버리는 사건으로서가 아니라 현실에 존재하여 끊임없이

---

27) 고원정, 『빙벽』(현암사, 1989).

되살려지는 사건으로 살아남도록 현실에 개입함으로써 획득되는 것이다. 즉 흔적없이 사라져 버리는 행위들, 따라서 현실에 아무런 의미를 남기지 못하는 사건을 붙잡아 현실에 상존하게하는 글쓰기 행위는 이미 완강하게 버티고 있는 오늘이라는 현실에 개입하는 것이다. 이러한 이차적 의미는, 우리가 고원정의 글쓰기 자체를 완고한 현실에 대한 하나의 불복종의 행위로 간주하고 읽을 때 볼 수 있으리라 생각한다. 필자가 고원정을 기왕의 평가처럼 '정치적 비관주의'나 '허무주의'로 보지 않고 '시지프스적 반항아'라고 해석하고자 하는 까닭이 바로 그곳에 있다.

앞서 세 번째 유형의 개인적 불복종은 역사 자체를 움직이지 못하고 권력의 속성을 바꾸어놓지 못한다는 점에서 객관적으로 보자면 일회적·무작위·무의미의 행위일 수 있는 측면을 지닌다. 하지만 이러한 개인의 행위가 기록되고 알려진다면, 그것은 이제 단순히 개인의 주관적 삶의 일회성을 넘어서 객관적으로 존재하는 하나의 현실사태로 존재한다는 점에서, 이차적 의미를 획득하게 되며, 그것은 보다 적극적으로 객관적 현실에 개입하게 될 수도 있는 것이다.

만약 어떤 한 작가의 행위가 이러한 이차적 의미를 획득할 수만 있다면, 그것은 곧 권력에 맞서 반항하는 세 번째 유형의 개인적 불복종을 권력의 속성을 바꾸고자 하는 두 번째 유형의 불복종으로 전환시키는 힘이 될 수 있다. 왜냐하면, 이차적 의미가 획득되었다는 말은, 그 글을 읽은 독자들이 존재한다는 것을 뜻하며, 더 나아가서는 그들이 자신의 허상으로부터 벗어나 작품의 의지에 동참하는 의식의 확산이 가능할 수도 있다는 것을 뜻하기 때문이다.

역사적으로 권력에 의해 정당화된 기록이 아니라도, 기록은 그 자체 하나의 현실을 형성한다. 기록은, 일회적으로 사라져버릴 사태를 언젠가 누군가에게 현실로 되살아나게 만들어주는 힘을 지니고 있다. 고원정에게 있어서 기록은, 바로 되살아나야 할 어떤 사태를 현실로 되살리는 힘을 의미한다.

고인택은 살아야 한다. 그러면 <u>모든게 밝혀진다.</u> 고인택도 입을 열고 박도기
도 입을 열면 둘 모두가 군대라는, 잘못된 가치관에 사로잡힌 체제의 희생자라
는 게 드러나리라. <u>그 때가 바로 한 판을 겨룰 때였다.</u> / 고인택은 살아야
한다. <u>사형을 당하는 한이 있더라도 지금은 살아서 가슴속의 말들을 해야 한다.
그의 고통이. 그의 죽음이 아무런 의미를 가지지 못하는 하나의 '사고'로만
치부되도록 놔둬서는 안되었다.</u> 고인택도 입을 열고, 박도기도 입을 열어서
결국 두 사람 모두가 같은 희생자였음을 증명해 보여야 한다.[28]

예? 이게 뭐냐구요? 보셨습니까? 글쎄요, 이건 아버지께도 보이지 않으려고
했는데 …. 할 수 없군요. 이건 … 유서입니다. <u>먼 훗날의 그 누구에겐가로 보내질
내 유서입니다.</u> 장판 밑에 깊이 넣어두려고 합니다. 이 또한 하나의 도박이라고
해야겠지요. 이 유서는 누군가의 눈에 띌 수도 있고 띄지 않을 수도 있습니다.
… 아니 왜 웃으십니까? … 이 유서 한 통으로 해서 내가 진거라구요? <u>역사로부터
자유로울 수 있는 자는 아무도 없음을 증명해버렸다구요?</u> 나의 거사 또한 정해
진 각본대로의 한바탕 연극에 지나지 않는다구요? [29](윗줄필자)

전편의 고인택과 박도기는 1980년 광주에서 시민과 공수부대원으로 만난
사이이다. 그들은 그 상황의 희생자로서 군대에서 다시 만나 새로운 비극을
만들어 내게 되는데, 이러한 사태의 진실을 알려야 한다는 요구는 현실에
대한 적극적 개입행위이다.

후편의 「칼 한 자루의 사상」에서 제시되고 있는 암살자는 "역사를 향해
이 칼로 무작위로, 무의미하게 저질러보고 싶은"[30] 욕구 때문에 테러행위를
하는 사람이다. 그러나 그런 사람조차도 자신의 행위가 무의미하게 사라져
버린다는 사실을 용납할 수 없다. 그리하여 그는, 현재의 권력이 설혹 자신의
행위에 어떤 형태의 덧칠이나 조작 및 왜곡을 가하든지 간에, 자신이 남기는

---

28) 『빙벽』 8권, p.71, p.142.
29) 고원정, 「칼 한 자루의 사상」, p.109.
30) 고원정, 위의 책, p.203.

유서를 통하여, 덧칠된 왜곡화된 기록이 아닌 진상의 기록이 남기를 바라는 것이다.

현실에 적극적으로 개입하는 글쓰기로서의 기록은, 『내일은 없다』처럼 역사적으로 실패로 끝난 사건을 대상으로 하는 글쓰기에서 또한 그 의도가 분명히 드러난다. 여기에서는 역사적으로 기록되지 못한 자의 진실, 쓰여지지 않으므로 사라져버린 사태, 그래서 더 이상 존재하지 않는 어떤 것에 대해서, 고원정은 허구형식을 빌어서, 하나의 사태를 재구성해 기록하고자 한다. 그것은 사라져버린 역사적 사건을 찾아서 단순히 기록하기 위한 차원이 아니다. 그것은 오히려 현실의 문제상황에 개입하기 위해서 사라진 역사를 현재적 관점에서 문제적 의식으로 재창조하는 글쓰기 행위이다.

결국 이렇게 볼 때, 고원정의 글쓰기는 두 번째와 세 번째의 불복종을 상호연결시키는 고리의 역할을 할 수도 있다. 역사와 권력이라는 현실의 거대한 덩어리에 맞서 부딪치다 섬광처럼 사라져 버리는 개개인의 진실은, 기록되고 알려짐으로써 현실에 되살려지고 사람들의 현실인식에 변화를 일으킬 수 있다. 그리하여 주체적 의식을 자각하는 그러한 사람들이 많아지면 많아질수록, 그러한 사람들의 결합된 힘은 권력의 속성을 변화시키는 기폭제가 될 수도 있기 때문이다.

7. 결어 : 시지프스적 반항에서 본 글쓰기의 의미

지금까지 필자는 고원정의 글쓰기를 가능한한 긍정직인 측면에서 그의 의를 규명해 보고자 하였다. 이제 마지막으로 검토되어야 할 것은, 고원정의 글쓰기가 지향하는 것이 과연 얼마만큼 현실적 의의를 지닐 수 있으며 또한 실현가능성이 있느냐 하는 것이냐. 이 점과 관련해서는 다음 두 가지 물음이 최종적으로 물어질 수 있다고 생각한다.

첫째는, 고원정의 작품은 과연 권력의 지배적 의식에 길들여진 현실의 개개인들의 가슴을 움직이는 실질적 힘을 획득하고 있느냐? 이것은 달리 말하자면 고원정의 작품의 성공성을 묻는 물음이다. 두 번째 물음은, 만약 권력을 바라보는 개개인들의 의식이 변화되고 의식개혁이 확산된다면, 과연 권력의 속성은 바뀔 수 있는 것이냐? 이것은 다시 말하자면, 만약 개인들의 의식이 변하면 권력과 역사의 동일성이 깨어지고 그리하여 인간이 주체가 되는 "내일"이 과연 가능할 수 있는지, 그 실현가능성을 묻는 물음이다.

필자는 고원정의 글쓰기를 시지프스적 반항의 측면에서 고찰한 만큼, 시지프스적 반항이 갖는 의미에서 이 두 가지 물음에 답하고자 한다.

먼저 두 번째 물음부터 살펴보겠다. 개인의 진실을 소중히 여기는 의식화된 주체적 개인들이 권력을 장악하면 과연 권력의 속성은 변화될 수 있을까? 권력의 속성이 그리 쉽게 바뀔 수 있다고 생각하는 것은 낭만적인 사고에 불과한 것이 아닌가? 지금까지 그래오지 못했는데 그것은 너무나 손쉬운 낙관이 아닌가라는 의문이 있을 수 있다. 필자는 고원정이 결코 이러한 낙관적인 사고를 갖고 있다고 생각하지 않는다. 오히려 고원정은 훨씬 더 비관적인 사고하에 서있다고까지 할 수 있다. 그러면서도 고원정은 결코 비관적 허무주의에 빠지지 않는다는 것이 필자의 관점이다. 고원정은 오히려 낙관적인 전망이 권력의 속성을 변화시키는데 기여하기보다는 권력의 하수인들을 정당화시키는데 더 기여한다는 것을 통감하고 있다.

고원정이 작품의 표면구조를 통해서 이야기하는 것은 바로 이러한 경계심에서 비롯된 비관적 전망이다. 그러나 동시에 그러한 표면구조의 강조는 역설적으로 그 이면에 강한 부정을 함축한다. 그리하여, 끊임없는 비판의 필요성과, 개인의 진실에 대한 권리를 위한 투쟁과 불복종만이 주체로서 살아남는 길임을 보여준다.

그러나 그렇다고 해서 현실을 지배하는 거대한 덩어리가 과연 이런 식의 불복종과 인식의 확산을 통해서 그 속성이 변화될 수 있다고 고원정이 단정하고 있는 것은 아니다. 오히려 설혹 사람들의 의식의 개혁이 이루어진다 하더라도, 과연 새로운 내일이 가능할지는, 고원정뿐만이 아니라 현재를 살고있는 그 어느 누구도 정답을 제시할 수 있는 문제가 아니다.

다만 시지프스적 관점에서 우리는 이렇게 말할 수 있을 것이다. 오늘과 다른 내일을 가능하게 하는 것은 오늘을 사는 사람들이 무엇을 지향하고 무엇을 행위하는 가에 따라 결정되는 것일 뿐이다. 오늘을 지배하는 속성이 이러이러하다고 해서 내일의 속성도 동일하게 유지되는 것은 아니라는 것이다. 지금까지의 역사가 그러하다고 해서 내일의 역사도 그러하다는 인식은, 오늘의 역사에 순종하는 행위일 뿐이다. 사람들이 무엇을 지향하고 어떤 행위를 얼마만큼 수행하는가에 따라, 내일은 오늘과 동일할 수도 있고 달라질 수도 있을 뿐이다. 왜냐하면, 오늘의 행위가 내일을 결정짓는 것이지, 오늘을 지배하는 속성이 내일을 결정짓는 것은 아니기 때문이다. 오늘을 살아가는 개개인들이 현재를 지배하는 우리 자신에 반항하여 새로운 내일을 지향하는 불복종의 행위를 수행할 때에라야만, 우리는 비로소 내일의 가능성을 희망할 수 있다.

그러나 그러한 희망이 과연 성취될지를 오늘에 알 수는 없다. 그것은 먼 훗날 역사의 종국에나 말할 수 있는 문제일 것이다. 지금까지의 경험에 비추어 내일을 판단하는 것은 지금까지의 현실에 찬성, 순응, 복종하는 행위일 뿐, 어떤 객관적 인식의 판단차원이 아닌 것이다. 내일은 내일을 지향하는 행위를 통해서 올 수도 있고, 또한 설혹 오지 않을 수도 있지만, 그럼에도 불구하고 내일이 오기를 원한다면 그것을 위해서 행위하는 존재, 그러한 존재만이 시지프스라고 부를 수 있다는 것이다. 성패는 내 손안에 있는 것이 아님에도 불구하고 내가 지향하는 것을 위해 행위하는 것, 그것이 곧 자신의 하루 하루를 지배하는 시지프스적 반항이 의미하는 것이기 때문이다. 즉 낙관적 전망이나 비관적 전망을 떠나서, 나는 내가 지향하는 것을 향해서 내 전 존재를 던지는 것일 뿐이다.

두 번째 물음에 대해 이러한 시지프스적 답변이 주어진다면 우리는 첫 번째 물음에 대해서도 마찬가지 답변이 가능하다는 것을 알 수 있을 것이다. 즉, 고원정 작품의 성공성 여부는 아직 판단할 수 있는 시기가 아니라는 것이다. 그러나 고원정의 글이 독자를 붙잡는 마력이 존재하는 한, 그리고 그의 작품이 독자의 가슴에 의식의 변화를 일으키는 한, 그러한 독자들이 몇 명이냐에 상관없이 그의 작품은 현실에 개입하는 힘을 갖고있다고 말할 수는 있다.

그러한 몇몇 독자들의 변화가 무슨 현실을 변화시킬 수 있겠는가 라는 냉소적인 말은 시지프스적 인물에게 아무런 영향도 미치지 않는다. 그는 자신이 지향하고자 하는 것을 향해 글쓰기를 수행할 터이고, 그것이 독자들의 가슴을 변화시키도록 자신의 전존재를 던지는 글쓰기를 수행하는 것만을 자신의 과제로 갖는 존재이기 때문이다. 작가는 오직 작품으로서만 자신의 지향을 성취시킬 수밖에 없는 존재이지만, 그럼에도 불구하고 시지프스적 작가에게 중요한 것은, 얼마만큼 자신의 목표를 달성했느냐는 결론보다는 오히려 자신의 지향을 위해 얼마만큼 자기 자신을 거기에 던져넣었는가가 더 중요하기 때문이다. 시지프스에게 중요한 것은 과연 이 바위를 산 정상에 올려놓을 수 있는가가 아니라, 얼마만큼 성실하고 열심히 그 바위를 올리고 있는가이기 때문이다. 그리고 더 나아가 그 바위가 다시 떨어지고 말더라도 또 다시 되올리고자 하는 용기와 힘이기 때문이다.

결국 지금까지의 논의를 통해서 필자가 분석한 고원정은 권력의 역사적 동일성이라는 현실에 대해 반항하는 시지프스라는 모습이었다. 그의 글쓰기는 바로 그러한 불복종의 의지행위이며, 그런 의지를 자신이 창조해낸 주인공들을 통해서 끊임없이 드러내는 행위로 볼 수 있다는 것이다. 그의 화두는 '왜 집단적 권력에 불복종해야 하는가'에 대한 집요한, 그리고 깊고 끈질긴 외침이다. 필자가 그의 작품세계의 특징을 '시지프스적인 반항아'로 전제한 까닭이 여기에 있다.

따라서 시지프스적 반항아라는 시각하에서 고원정의 글쓰기를 바라볼 때, 한편으로 그것은 거대한 덩어리인 현실에 대해 고원정이라는 하나의 개인적 주체가 부딪치는 섬광같은 몸부림에 불과한 찰나적 개인행위이지만, 또 한편으로 그것은 작가적 글쓰기라는 사회적 공공행위의 힘을 획득함으로써 현실에 개입하여 현실을 만들어가는 적극적 참여행위이기도 하다. 그리

고 고원정의 이러한 글쓰기는, 하나의 개인이 자신의 삶의 고유한 의지를
이 세계 속에서 실현하고자 하는 열정과 의지와 글쓰기 능력의 강도에 따라
그 성패가 결정될 것이다. 고원정이라는 한 개인이 자신의 지향을 관철하기
위해 행사하는 권력에의 의지(3장의 긍정적 의미)가, 이 완고하고 거대한
현실세계에 과연 얼마만큼 영향을 끼칠 수 있을지는 미지의 문제이지만
그러나 그에게 흥미를 갖는 평자들에게는 항상 주시의 대상이 될 것이다.
결국 고원정의 '시지프스적인 반항아'로서의 글쓰기는 자신이 앞으로 형상
화해 낼 작품으로서만 판정되는 진검승부이기 때문이다.

은폐된 역사의 비판적 인식

— 김원일의 『겨울골짜기』

김명준*

1. 머리말

한국의 분단소설은 기본적으로 '역사적 사실을 내면적으로 투시'하고 있는 문학이다. 그러므로 분단소설에 대한 관심과 연구는 '이미 죽은 자들에게 자리를 마련해 주는 일이면서 동시에 오늘 살아 있는 사람들을 위한 자리를 굳히는 행위'라고 할 수 있다.[1] 그것은 또한 현재를 의미 있는 것으로 하기 위하여 문학의 진실을 통해 역사적 사실을 반추해보는 행위이기도 하다. 그렇기 때문에 분단소설이 우리에게 관심을 끄는 이유가 무엇인지를 생각해 볼 필요가 있다.

우리의 역사는 일제의 식민상태를 벗어나자마자 외세와 "동질성의 파열"[2]에 의한 분단으로 민족은 분열되고 이데올로기의 관념만이 이 시대를 지배하게 된 경험을 갖고 있다. 즉, "관념화된 이념의 편협성에 의하여 철저한 이분법이 삶의 기준이 되고 극단적인 흑백논리가 법의 근간"[3]이 되었던

---

* 단국대학교 강사

1) 이동하, 「총체성의 포착을 향한 도전」, ≪문학사상≫(문학사상사, 1986.6), p.271.

2) 신복룡, 『한국분단사연구—1943~1953』(한울아카데미, 2001), p.55.

3) 김승환, 「분단문학과 분단시대」, 김승환·신범순 엮음, 『분단문학비평』(청하, 1987), p.46.

"

질곡의 역사를 우리는 살아왔던 것이다. 이 시대의 문학사상과 역사원리를 "형제의식 상실"과 "형제살해의식"4)이라고 규정한 것은 이 점에서 일리 있다. 이와 같은 '무섭고 편협한 관념의 아비'들의 분극현상은 결과적으로 처참한 한국전쟁을 야기하였고 오늘날까지 정치·경제·사회·문화 등 제반 사항을 구속하여 왔던 것이다. 그러므로 분단문제는 한국사회의 제 모순과 부조리가 응어리져 있고 문학을 포함한 삶의 영역 전반을 관통하고 있는 이 시대의 특징이라고 할 수 있다. 특히 한국전쟁은 휴전을 거쳐 오늘에 이르기까지 우리의 분단소설에 인위적인 재난의 상상력을 폭넓게 유발시켜 주는 토양이다. 말하자면 전쟁이라는 재난과 파국 속에서의 죽음과 상처, 가치의 붕괴체험, 희생과 안주부재, 방향상실·균열·굶주림, 증오와 같은 일련의 피해나 정서적으로 손상된 삶의 상황과 조건에의 제시가 편재화 하게 되고 이로 인해서 상속된 현재까지의 분단과 이산의 비극적인 조건이 소설의 영역으로 거듭 받아들여지고 있기 때문이다.5) 그러므로 한국전쟁이 라는 소재는 "역사이면서 문학"6)이라고 규정할 정도로 작가의 정신을 관류 하는 하나의 맥과 같다. 많은 작가들은 이 문제에 무관심할 수 없었던 것도 이 때문이다. 이와 같이 사안의 중요함에 비춰볼 때 분단에 대한 문학적 형상을 이룬 작품에 대한 본격적인 연구는 특정시대에 국한되어 연구되거나 또는 비중있게 다루어지지 않았다.

　　김원일의 『겨울골짜기』7)는 빨치산의 생활을 본격적으로 형상하고, 이데 올로기의 자기 기만적이고 폭력적인 속성을 그대로 노출시켜 평온한 마을의

---

4) 위의 책, p.46.
5) 이재선, 『현대 한국소설사―1945~1990』(민음사, 1991), pp.82~83.
6) 김윤식, 「6·25와 소설의 내적형식―서사적 형식의 시각에서」, 『우리소설과의 만남』(민음사, 1986); 『김윤식 선집·소설사』 2(솔, 1996), p.364.
7) 이 작품은 1985년 가을부터 87년 봄까지 「빼앗긴 사람들」(『숨은 손가락』)로부터 시작하여, 「적(敵)」(《외국문학》), 「내부의 적」(《문예중앙》), 「겨울골짜기」(《세계의 문학》)란 제목으로 단행본과 계간지에 발표되었다. 이 작품의 초판은 민음 사에서 상·하 전2권(1987)으로 간행되었으며, 1994년 도서출판 둥지에서 1·2권으로 개정판이 간행되었다. 이하 인용은 민음사 판에 따르기로 한다.

일상사를 뿌리 채 흔들어 놓은 전쟁과 지배 이데올로그들에 의해 그동안 은폐되어 왔던 역사의 광기를 문학적 진실로 그려 놓은 분단소설이다. 한국전쟁 중 이른바 거창 양민학살 사건8)을 주축으로 하여 한 마을 주민의 집단적 수난을 극화 서술하고 있는 이 작품은 하지만 그 사건의 진상을 생생히 파 해치기보다도 작가의 말처럼 "전쟁이 얼마나 혹독한 굶주림으로 인간을 옥죄이고, 살아남음에 따른 고통의 극한을 인간이 어느 한계까지 견디어 내는가"9)에 초점이 맞추어져 있다. 때문에 더욱더 역사의 그늘을 환기시켜 주는 의미가 크다. 거창 양민학살사건은 이데올로기와 한국전쟁이 야기한 적대적 대립국면 속에서 발생한 역사의 비극적 사건이다. 그동안 이 사건은 정치 지배 이데올로그들의 반공이데올로기 정책을 통해 철저하게 은폐되어 왔다. 그러나 이 사건은 이 시대를 바라보는 작가의 역사적 자각과 현실인식에 의해 그 폭력적 세계를 담아내는 계기가 된다. 다음과 같은 작가 자신의 목소리는 이러한 사실을 예견할 수 있는 한 부분이라고 할 수 있다.

> 해방과 육이오 전쟁 사이를 시대로 잡아 분단과 관련된 소설을 주로 쓰다 보니, 내 의식도 늘 그 시대의 삶에 매여 있는 형편이다. 그런데 분단 문제에 따른 소설을 지금까지 써 올 동안 끊임없이 나를 괴롭힌 질문이 있었다면, "너의 글이 그 시대의 핵심에 얼마만큼 접근해 있느냐"란, 나 자신을 향한 힐책이었다. 이 소설도 따지고 보면 속죄의식으로 구상되지 않았나 싶다.10)

---

8) 거창 양민학살 사건은 중공군의 참전으로 인민군이 다시 전세를 역전시키자 지리산 등으로 숨어든 빨치산들의 활동이 활발해지던 무렵인 1951년 2월 9~11일 사이, 경상남도 거창군 신원면 일대에서 공비토벌을 명령받고 진주한 군병력이 10세 이하 어린이 313여명, 60세 이상의 노인 66여명을 포함한 719명의 마을 주민을 '통비분자'라는 명목으로 무차별 학살하고 이를 공비소탕의 전과로서 왜곡 발표한 사건이다.
   김삼웅, 『해방 후 양민학살사』(가람기획, 1996), p.152.
   좌익에 대해 강경하게 대처했던 이승만 정권이 만들어낸 처절한 양민학살이었던 이 사건은 전시라는 특수한 상황과 이데올로기 대립의 현실 논리에 의해 정당화되어 오늘에 이르렀으나 최근에 정부로부터 그 진상을 규명하려는 노력이 진행되고 있다.
9) 위의 책, 상권, '작가의 말'.
10) 김원일, 앞의 책, '작가의 말'.

작가 자신의 시대정신에 대한 힐책과, 그 속죄양으로서 작품을 구상하게 되었다는 진술은 곧 문학정신의 핵심에 해당하는 발언이다. 사실 역사적 사실의 문학적 형상화는 문학적 진실의 형상을 통해 가능한 것이다. 문학적 진실은 '역사적 진실이 훼손한 부조리의 현실을 예술적 장치에 의해 당위적 현실로 변형하여 질서화'하는 것이다.[11] 『겨울골짜기』는 바로 이같이 훼손된 세계와 부조리한 역사의 질곡에 대한 형상을 통하여 거창 양민학살을 비로소 역사의 전면에 다시 등장시킬 수 있었던 것이다.[12] 즉 한국전쟁 전후를 배경으로 분단소설이 심각한 문제성으로 다가간 '삶·죽음·.역사·이데올로기·민족·恨·복수심 등등을 잘 매개하여 시원하게 입증해준' 작품[13] 이라고 할 수 있다.

이 글은 이와 같이 우리의 분단과 이데올로기 그리고 전쟁의 제반 현실을 의미 있게 형상하고 있는 『겨울골짜기』의 서사적 인식을 검증하는 데 목적이 있다. 작가는 분단현실을 어떻게 인식하고 그것을 작품 속에 어떻게 의미화 하였는가가 분단현실의 서사적 인식을 적시하는 척도가 될 것이다. 또한 소설의 주인공을 경계선적 주인공으로 보고 이들의 갈등의 근원을 찾아보고자 한다. 그것은 이 작품에서 신원면을 중심으로 이루어지고 있는 사건 그 자체로 경계선적 주인공의 의미를 지니고 있기 때문이다. 『겨울골짜기』에

---

11) 구인환, 「훼손된 현실과 당위적 질서」, 한국문학평론가협회 편, 『문학적 진실과 역사적 진실』(백문사, 1992), p.18.

12) 거창 양민학살사건의 문학적 형상화는 김원일의 『겨울골짜기』(1987) 외에도 표성흠의 「토우(土偶)」(1985), 김영현의 「불울음소리」(1987), 노순자의 「분노의 메아리」(1987) 등이 있다. 이들 작품에 대해 정호웅은 "「토우(土偶)」는 이 사건을 최초로 소설화하였다는 다대한 의의에도 불구하고 인물 설정, 구성의 산만함, 주제의식의 불투명함 등의 결점으로 인해 그 소설적 성과는 그다지 대단한지 못하였으며, 「분노의 메아리」 또한 「토우(土偶)」의 틀을 벗어나지 못하였다. 한편, 무차별한 인명 살상의 불길을 매개로 거창 양민학살사건과 광주학살사건을 연결지운 「불울음소리」는 그 두 사건이 어떤 측면에서 동일시될 수 있는가 하는 성찰을 결여함으로써 주제 의식의 추상성, 조급성을 드러내었다."고 평한 바 있다.
정호웅, 「분단소설의 후퇴와 전진」(≪문예중앙≫, 1987 가을), pp.368~372 참조.

13) 조남현, 「분단문학의 새 지평―『태백산맥』과 『겨울골짜기』」, 『삶과 문학적 인식』(문학과지성사, 1988), p.96.

대한 미시적이고 분석적인 접근을 통해 그 서사적 인식을 이해함은 한국 분단소설을 이해하는 하나의 준거틀로써의 의미를 지니는 것이라 하겠다.

2. 빨치산의 형상과 제도의 폭력성

『겨울골짜기』의 시간적 배경은 50년 11월 하순부터 이듬해 2월 중순까지 약 2개월이며 공간적 배경은 산청군 오부면 중촌리 소재의 산과 거창군 신원면 대현리 마을이 된다. 이 작품의 진행은 제1장 「겨울들머리」(산1), 제2장 「들피진 삶」(마을1), 제3장 「첫경험」(산2), 제4장 「빼앗긴 사람들」(마을2), 제5장 「하루살이」(산3), 제6장 「먼 봄, 겨울 끝」(마을3) 등의 소제목이 가리키고 있는 것과 같이 '산'과 '마을'에서 일어난 사건들을 중심으로 이루어진다.14) 모두 여섯 개의 장으로 이루어진 이 소설은 '산'과 '마을'을 번갈아 가며 산 생활은 문한득의 시점으로 빨치산의 엄한 규율과 폭력, 고된 훈련과 사상교육, 추위와 굶주림, 오락시간, 이잡기, 비역질, 보투(보급투쟁), 거창군 일대 점령 상황, 마을 주민들에 대한 위협과 공출 등을 보여주고, 마을 생활은 문한돌의 시점으로 그의 가족과 마을 주민들이 세상이 서너 번 바뀌는 동안 군·경과 '산사람'15)에 의해 겪는 고단한 경계선적 삶 그리고 양민학살의 현장 등을 생생하고 치밀한 묘사를 통해 보여준다.

우선 이 작품에서 「산」을 배경으로 한 주요 인물로는 소년병인 문한득과

---

14) 조남현은 『겨울골짜기』의 주요 모티프를 다음과 같이 잘 적시하고 있다.
　　문한득의 전출, 문한득과 김익수의 친분, 신원지서 공격을 위한 지독한 훈련(제1장), 지서 초소 보루대 쌓는 일에 각 마을 사람들 동원, 김순경의 경고, 산사람들 식량 조달차 하산(제2장), 신원군 지서 습격 및 점령(3장), 315부대의 거창군 일대 점령과 통치, 문한돌의 피체와 시련(제4장), 국군과 경찰로 구성된 토벌대 출현, 기포 지대 궤멸, 문한득·김익수 전사(제5장), 토벌대의 淸野 작전 개시, 문한돌의 아들 태어남, 문한돌 내외 탈출(제6장) 등등의 주요 모티프를 내보이고 있다.
　　조남현, 위의 책, p.98.
15) '인민군' 혹은 '빨치산'을 가리킨다. 앞으로 이 용어를 적절하게 혼용하여 사용할 것이다.

지식인 출신 김익수, 그리고 인민군의 송한갑 중대장과 그의 몇몇 소대원을 들 수 있다.

거창군당에서 비무장 대원이었던 문한득은 거창군 신원면 일대의 지리를 잘 안다는 이유로 315부대로 전출되어 비로소 거창군당내에서 최정예부대인 삼일오부대 기포지대 일중대 일소대원 전사가 된다. 국민학교조차 나오지 못했으나 일제 때 마을 야학당에서 한글을 익힌바 있는 문한득은 한국전쟁이 나기 전에 농사를 지었고 인민군이 들어온 후에는 신원 분주소에서 보초를 선 경험이 있으며 두 달쯤 내무서원들의 심부름과 청소도 한 적이 있는 18세 소년병이다.

그의 입산 동기는 그의 형 문한병과 아주 밀접하게 관련되어 있다. 문한병은 그의 형제들 가운데 가장 의식에 눈을 뜬 인물로 그려진다. 그는 '소작농한테는 공산 시상이 살기가 괜찬타'고 주장하는 이념 지향형 인물로 자형 박생원(박준배)과 마찬가지로 해방 직후 남로당 한재리 부책(副責) 일을 보았다. 그러나 여순반란사건 이후 그 폭동이 흐지부지 끝나고, 그 뒤부터 단속이 심해지자 자형과 함께 그 일로부터 손을 뗐다. 49년에 보도연맹이 창설되었을 때 한병은 여기에 가담했다가 전쟁이 나자 예비검속망에 걸려 총살당하고 말았다. 그는 '보도연맹 주최 반공궐기대회가 있으니 가입자는 전원 참석하라'는 지서의 통지를 받고 나갔다가 송장조차 찾지 못한 불귀의 객이 되어버렸던 것이다.

문한득은 인민공화국 세상이 되자 "죽은 큰성님 대신에 분주소 일이나 봐달라게서 심부름을 쪼매 하나가, 안 피하면 죽는나 하길대 부랴부랴 산으로 올라"(p.72) 간 인물이다. 그러니까 그는 죽은 형 대신 심부름을 하다가 군경이 들어오자 산으로 도망친 결과 어쩔 수 없이 빨치산이 된 이념과 무관한 인물이다. 그는 형이 끌려가 죽은 사회현실에 대해 두려움을 갖고, 틈만 나면 코앞에 있는 고향과 어머니 그리고 곽서방의 딸 달분이를 그리워하는 순진한 소년병이다. 그렇지만 어렵고 혹독한 산막생활을 잘 견디고 전투에 용맹스럽게 참가하여 '전사의 영예훈장'까지 탄다. 이같은 그를 "'머리'와 '가슴'은 없고 '손발'만 있는 행동대원"16)으로 평가하기도 한다. 그러나 문한득은 이데올로기에 대해 과학적으로 인식할 줄 모르지만 막연하나마 '감상적 평화주의자' 김익수의 애기와 어려운 산막생활 및 전투 경험을 통해 나름의 갈피를 잡아가며 회의를 느끼는 인물이다.

서울에서 중학교 사회과 선생을 한 적인 있는 김익수는 지식인으로 해방 후에 친일 잔재를 청산하지 못한 "이승만 정권에 결증"났고 이때 "북조선 말에 솔깃"해서 좌익에 가담하게 된다. 그러나 정치부 심문반에서 자신의 이론을 개진했다가 종파주의로 비판받게되자 양쪽 이데올로기에 회의를 느낀다. 자신의 의사와 관계없이 전쟁으로 인민군에 뽑혀 나가게 된 그는 이데올로기와 전쟁, 그리고 군대 조직에 강한 회의를 갖게 되는데, 그것은 '주의 주장과 이론이 현실 앞에서 신기루'가 되고 만 좌절을 체험한 후부터 '그 어떤 말도 믿지 않기' 때문이다. 그는 '해골 이외 떠올릴 어떤 것도 없을 정도로 깡마르고 찌든 얼굴에 도수 높은 안경을 낀 인물'로 동작이 굼뜨기 때문에 김풍기 분대장으로부터 늘 구박받는 인물로 묘사된다.

'쌍권총'으로 불리는 송중대장은 김익수에게는 '사람잡는데 이골이 난 독종'으로 말해지고 문한득에게 '강퍅한 인상'을 준 인민군 훈련지도군관이다. 그는 팔로군 출신으로 이데올로기 신봉자이자 규율에 철두철미한 냉혈한으로 묘사되며 각종 전투에서 혁혁한 성과를 올려 상을 받기도 한다.

분대장 김풍기는 고용농민(머슴) 출신으로 스물 한 살에 고향 땅을 떠나 만주로 들어가서 '동북의용군 병졸로 근무했었고 게릴라 생활을 오래 겪은 고참이라 게으르고 둔한 듯하면서도 하는 일이 용의주도'하다. 일중대 일소대 분대장인 그는 팔로군출신답게 훈련을 잘 소화해내고 전투도 잘 수행하는 신념의 인물로 그려지지만, 걸죽한 육담을 거칠 것 없이 해대고, 욕정을 제어하지 못해 하급병과 비역질을 일삼는 부정적 인물로 그려진다.

그런데 몇몇 신념적 인물들과는 달리 대부분의 산막 속의 삶은 이데올로기에 대한 신념보다 추위와 배고픔과 졸음 그리고 엄한 규율에 압도당한

---

16) 조남현, 앞의 책, p.99.

삶이라 할 수 있다. 특히 문한득의 입산 동기는 이데올로기나 전쟁에 대한 뚜렷한 역사인식과 관계없다. 그저 '안 피하면 죽는다'는 "무의지적 상황"[17]과 '생존에의 욕망'에 의한 것이었다. 그가 어렵고 고단하며 혹독한 산 속 생활을 견디는 것은 오직 고향에 돌아가기 위해서다. 하지만 산 속의 엄한 규율이 그로 하여금 맹목에 가까운 행동주의자로 만든다. 말하자면 고향 마을이 가깝다고 해서 "가족주의나 인정주의에 매여서는 안 되며 개인 행동은 일체 용납되지 않는다"(p.26)는 맹산 지대장의 엄명과 '변절하여 투항하게 되면 즉시 처형되어 잘려진 목이 뭇사람들의 구경거리로 저자거리에 내걸리게 된다'는 작전사령의 협박이 그로 하여금 두려움을 느끼게 하고, 그 또한 추호도 의심하지 않고 그 말을 믿으며 충성하는 것이다. 그 충성은 이데올로기적 신념과 관계없는 상황에 대한 적응일 뿐이다. 그는 늘 고향에 돌아가는 꿈을 꾼다. 그의 고향은 수줍게 미소를 띠면서 자신의 '가슴을 할랑거리'게 한 달분이가 있고, 묵은 김치를 쭉 찢어 숟가락에 얹어 주시던 어머니가 계신 곳이다. 그곳은 문씨 중시조가 심었다는 '삼백 년 넘은 정자나무'가 있고(p.349) "어리 속에 콩을 넣어 두고 멧비둘기를 잡"(p.27)았던 곳이다. 또한 친구들과 '콩서리를 해 먹고 달집에 불을 놓'기도 하고 정겹게 "무우내기 화투"(p.67)치기 하던 정감의 장소이다. 때문에 "작전사령과 지대장이 가족주의적인 생각을 해서는 안 된다고 누누이 말했지만, 언제인가 산 너머에 있는 고향집에 찾아갈 때가 오려니, 그날을 기다리며 전사로서 열심히 일해야"(p.27)겠다고 다짐하는 것이다. 그가 열성적으로 전투에 임하는 것도 '사격에 열중함으로써 무엇보다 추위로부터 해방'되고 싶다는 생리적 요구 때문이며, 궁극적으로는 가족을 만나기 위해서다. 따라서 고향집에 돌아가기 위해서는 '자기편이 이기는 길 외에 다른 방책이 없다'는 것이 그의 생각이다. 이와 같이 문한득을 비롯해 다수의 산사람들은 오직 생존과 귀향이라는 목적으로 이데올로기적 투쟁의 현장에 가담하게 된 소박한 인물

---

17) 임우기, 「80년대 분단소설의 새로운 전개—『태백산맥』과 『겨울골짜기』에 대하여」 (《문학과 사회》1, 1988.1), p.65.

들이라고 할 수 있다.

이 작품에서 인민군들의 산 생활에 막강한 영향력을 행사하는 인물은 송한갑 중대장이다. 그는 제도와 권력의 표본으로 상징될 만큼 이데올로기적 인물이며 그의 폭력적 강권에 휘하의 중대원들은 철저히 예속되어 있다. 그는 중대원들에게 항상 '소양투철한 전사로서 군율을 지키고 모범을 보여야 함'을 강조하고 혹독한 훈련을 통해 중대원들의 정신력을 강화시킨다. 그의 훈련 정신의 밑바탕을 이루고 있는 것은 과거 팔로군 출신이라는 자부심과 그때 당시 어려웠던 체험에서 온다.

> —동만주에서의 팔로군 시적, 열흘을 소금으로 견디며 잠 한숨 못자는 행군도 하였다. 오륙십 킬로의 짐을 진 채 걸으면서 잠을 잤고, 눈(雪)으로 허기를 채웠다. 그런 행군 도중 추위와 주림과 극심한 피로를 더 견디지 못하여 슬며시 쓰러진 자는 이미 숨이 끈겨 있었다. 그러한 고귀한 희생위에 오늘의 중화인민 공화국이 대륙을 장악할 기틀을 다졌다. 거기에 비긴다면 지금의 이런 훈련은 훈련이라고 말할 수 없다. 인간의 어떠한 고통도 그 정신 자세에 따라 견디어낼 수가 있다.
>
> 성깔이 살뚱스럽고 급하기가 번갯불 같은 송중대장은 구보에서 낙오되는 자를 박달나무 지휘봉으로 내리치며 무슨 분풀이라도 하듯 이런 말을 곧잘 쏟아놓았다.18)

혁명과 해방전쟁의 필연성을 강조하는 송중대장의 훈련방법은 오직 "강한 자만 버티어 남을 수 있는 적자생존의 생생한 현장"(p.56) 바로 그것이다. 때문에 군기에 벗어난 행위와 느슨한 생활을 용납하지 않고 그는 '무작하게' 매로 다스린다. 물론 그의 정신에 숨어있는 보이지 않는 힘은 이데올로기에 대한 맹신이다.

> 1) 중대장의 지휘봉이 김익수의 등줄기며 엉덩짝에, 아니 어디고 가릴 데 없이 사납게 떨어져 내렸다. 두 손으로 머리통을 싸안은 익수가 불에 댄 지렁이

---

18) 『겨울골짜기』, pp.55~56.

처럼 요동을 쳤다. 중대장은 정말 그를 매타작으로 죽이겠다는 작정을 한 듯하였다.

"다른 전사느 어데메 성한 데가 있어서 훈련을 받겠니. 우린 사방이 적이야. 그래도 버티내고 있음네. 이 부르좌 반동놈으새끼. 지식 반동이 더 악질이지. 네놈 같은 반동은 아주 쥑여 뿌려야 하겠음네!"

어느 누구도 송중대장을 말릴 수 없었고, 중대장의 몰강스러운 삿매질은 계속되었다. 그렇잖아도 작았던 김익수의 옷이 어깻죽지부터 북터지고 까맣게 찌든 내복에 피가 비치었다. 신음을 깨물며 꾸럭꾸럭하던 익수의 꿈틀거림이 차츰 무디어지더니, 끝내 길다란 몸이 넉장거리로 늘어졌다. 그의 안경도 벗겨져 문한득의 발치에 나동그라져 있었다. 그제서야 중대장이 매질을 멈추고는, 늘어진 익수의 등짝을 구둣발 뒤축으로 내리찍었다. 그러나 장작개비 같은 익수의 몸은 꿈쩍도 않았다.[19]

2) 화가 난 중대장이 이장의 멱살을 틀어 쥐더니, 그의 마당으로 끌어 내었다. 깜깜한 마당에는 저전리 사람들이 여럿 서 있었다. 열고를 낼 때면 사막하기 짝이 없는 중대장이 이장을 다가채기로 땅바닥에 패대기쳤다. 그리고 김익수를 닦달 놓을 때처럼 지휘봉으로 이장을 외마치 장단치듯 내리치기 시작하였다.

"조선놈으 종자느 말루 해서는 앙이 됨네. 반동놈의 새끼, 네 놈부터 먼첨 처단을 해 버리겠음네. 조국해방전쟁에 목숨 바쳐 싸우는 인민으 전사에게 더두 아니구 한 끼 석식 대접조차 이 따위로 비협조적이믄 반동부락이 틀림없음메이!"

"아이구, 내부텀 먼첨 죽이소이!"

이장 여편네가 울부짖으며, 버둥질치는 서방 위에 엎어졌다. 중대장이 이장 여편네의 머리끄뎅이를 잡아채 밀쳐내더니 까라진 이장의 허리춤을 잡아 일으켜 세웠다. 중대장이 이장의 얼굴에다 전지불을 들이대었다. 중대장의 몰매질로 이마가 터져 이장의 얼굴은 피칠갑이었다. 중대장이 허리에 차고 있던 권총을 뽑아 이장의 이마에 들이대었다.[20]

---

19) 『겨울골짜기』, p.47.
20) 『겨울골짜기』, pp.224~225.

3) 중대장의 지휘봉이 방수억의 몸뚱이에 사정없이 삿매질로 파고 들었다. 중대장의 매질은 어디고 가리는 데가 없었는데, 용케 머리를 정통으로 내리치지는 않았다. 끝내 방수억의 비명이 헐떡거림으로 잦아들더니, 나무등걸 넘어지듯 쓰러졌다. 중대장의 매질과 구둣발이 번갈아 가며 그의 몸뚜아리에 떨어졌다.

"남반부 종자놈은 할수없음메. 그렇게 교육으 시캐두 썩은 골통으 개조가 안됨네. 전신 상태가 브르좌 물에 푹 젖엤어. 죽어라, 죽어. 아주 죽이쟎쿠 왜 살아! 전투가 끝날 때까지 기다릴 것두 없에니 아주 뒈줘!"

…(중략)…

"동무를 당장 인민재판에 회부하기로 했지만 중대장이 책임을 지겠다구 해서 목숨이 붙은 거야. 자, 일어나. 일어나라니깐."

민소대장이 큰 눈을 껌벅이며 늘어진 방수억의 어깨를 안아들었다.[21]

1)은 게으름을 피우는 김익수에게 '인텔리 종파주의'라는 명목으로, 2)는 보급투쟁 때 마을 이장에게 어려운 산생활을 하는 인민군들에게 '석식 대접에 비협조'했다는 이유로, 3)은 방수억에게 달분이를 겁탈하여 인민군의 위상을 떨어뜨렸다는 이유로 무작하게 매질을 해대는 장면이다. 얼핏 보면 1)과 3)은 중대장으로서의 책임의식이 강하게 부각된 듯이 보이고 2)는 중대원들에 대한 애정이 깃든 것처럼 보인다. 하지만 그의 신념과 원리원칙론자임을 드러내 보여주는 이와 같은 행위는 이데올로기 맹신과 조직사회의 규율에 기댄 광기의 폭력 이상의 의미가 없다. 그는 분명 다양성과 다원성을 상실한 "폭군적인 센터이자 폭력적인 도그마"[22]라고 할 수 있다. 이것은 이데올로기의 폭력적 속성과 그 허실을 그대로 드러낸 것이라고 할 수 있다. 바꿔 말하면 산 사람들은 엄한 규율·규칙에 의해 통제 받고 있는 데 이와 같은 상황이 그들로 하여금 이념을 추종하게 하고 그에 따라 행동하게 하는

---

21) 『겨울골짜기』, pp.450~451.
22) 김성곤, 「빼앗긴 시대의 문학과 백 년 동안의 고뇌」, 『뉴미디어 시대의 문학』(민음사, 1996), p.205.

것이 아니라, 그저 폭력적 상황을 피하기 위해 맹종하는 것으로 나타나게 되는 것이다. 추위와 굶주림, 혹독한 훈련 그리고 무작한 매질이 일상인 산막 생활은 이념의 추구라는 문제를 넘어서 생존의 문제로 다가오기 때문에 김익수나 방수억 같이 불만과 복수를 노정하게 된다.

김익수가 중환자임에도 혹독한 훈련에 참가하는 것은 고향의 처자를 만나기 위해서다. 그러므로 살아남아야 한다는 게 그의 생존의 명분이다. 그러나 그보다 우선하는 것은 송중대장의 "몰강스런 삿매질"에 대한 두려움이다. 그는 항상 중대장이 자기를 죽일 것이라는 불안감과 '가위눌림'에 시달린다. 그가 문한득에게 군대에 대한 강한 증오심을 표하고 군대의 조직과 통솔방법을 '인간을 가축이하로 학대하는 걸 골자로 삼'는 조직으로 매도하는 것도 폭력적인 산막살이와 무관하지 않다. 그는 전쟁을 "도덕적이 아닌, 물리적 폭력 행사"로 규정하고 군대 역시 "인간을 무작하게 다루는 쪽으로만 연구가 발달"했고 군관 역시 "졸개무리를 다스리는 또 다른 강팍한 짐승"이라는 논리를 펴 그 폭력적 속성의 위압을 들추어낸다. 그리고 군대란 "얼토당토 않는 명령과 혹독한 훈련과 매질과 살상을 명약으로 삼"고 있기 때문에 "거기에는 한치의 인간미"도 없는 조직으로 폄하하는 것이다.(p.82) 전쟁과 군대의 비도덕적 측면과 물리적 폭력 그리고 짐승적 기질을 역설하며 이를 부정하는 데까지 나가는 김익수의 의식은 작가적 사고와 연결지어 이해함직하다. 획일적 규율과 폭력적 통제로 유지되는 조직 내에서 개인의 인권이 말살된다는 점이 그것이다.

이같은 광기의 폭압은 비열하고 속물적인 방수억의 배신으로 전개된다. 방수억은 몸이 가볍고 잽싼 인천 출신이다. 전쟁 전에는 인천 부둣가 미군 창고의 경비병이었는데, 의용군으로 뽑혀 나왔던 것이다. 모든 일에 눈치가 빠른 만큼 눈비음도 잘 피워 '쪽제비'란 별명이 붙어있다. 보급투쟁 때 재빠르게 마을 주민들의 김장독을 뒤져 김치를 훔쳐먹고 짚신을 꿰차는가 하면 경찰과 전투 때에도 동치미 무를 가지고 다니면서 베어먹는 용의주도한 인물이다. 국군으로 보낸 아들 때문에 잡혀간 아버지 곽서방을 찾아 면회

온 달분이를 아버지를 만나게 해준다고 꾀어 겁탈하고 이로 인해 송중대장에게 초죽음이 되도록 매맞는 파렴치한 인물이다. 결국 그는 매질에 대한 개인적 원한을 갖고 전투 중 송중대장을 뒤에서 쏘고 도주해 버린다. 여기에서 송중대장의 어이없는 죽음은 그의 신념과 전혀 관계없는 의미 없는 죽음이 된다.

이 밖에도 『겨울골짜기』는 빨치산들의 산 속 생활의 풍경이 세세하게 조명된다. 문한득 뿐만 아니라 많은 대원들이 산 속 생활의 고단함을 잠시 잊을 수 있기 때문에 오락회 중 노래 따라 부르기를 가장 좋아한다. 그리고 빨치산들의 이 잡기, 빨래하기, 야간정신교육, 굶주림을 면하기 위한 보투(보급투쟁)작전, 추위와의 싸움, 전투장면, 시체의 형상 등 빨치산의 망중한과 혹독한 훈련 및 추위와 배고픔 같은 열악한 생활 조건에 대한 생생한 묘사가 자주 등장한다. 이같은 상황설정과 묘사들은 이데올로기의 무위성을 주장하려는 작가의 창작 의식과 무관하지 않다.

3. 이중적 수난과 운명론적 사고

『겨울골짜기』가 의미있는 것은 작가의 중립적인 시각으로 정치 지배 이데올로기의 세계가 인간 집단에게 가하는 세찬 충격을 경계선적 주인공과 그들의 삶을 통해 보여준다는 데 있다. 인민군과 군경의 충돌과 그 폐해를 중점적으로 노출시키면서 마을 사람들의 경계선적 부침을 생생히 증언해준다. 거창군 신원면을 중심으로 인민군과 군경에 의해 시달림을 받는 주민들의 실상을 객관화시키고 있는 이 작품은 거대한 이념의 분극이 결과적으로 얼마만큼 광포한가를 드러내면서 그 광기의 현장의 운명론적 삶의 고단함을 박진감 있게 보여준다.

이러한 점에서 신원면이라는 지리적 공간은 그 자체로 경계선적 상징이다. 거기에는 운명의 위기와 급변이 벌어지며, 선택의 기로에서 여러 결정들이 내려진다. 그리고 급기야는 운명의 소멸에 이르게 된다. 원래 이들 지역에 있는 사람들은 경계선적 인물들이기 전에 '전기적(傳記的) 시간 속의 전기적 삶'을 살던 사람들이다.23) 예컨대, 그곳에서 태어나서 자랐으며 농사를 짓고 결혼하여 아이를 낳고 하는 따위의 전기적 삶은 살아왔던 것이다. 그러나 신원면 사람들은 분단현실과 전쟁이라는 극한 상황 속에서 전기적 삶의 터전인 고향 마을뿐만 아니라 생명마저 상실당하게 된다.

신원면 대현리는 이 같은 대표적 지리적 공간으로 이 마을의 비극성은 완충지대라는 지리적 여건과 관련 있다. 대현리는 경상남도에서도 지세가 험준하고 오지인 거창군 신원면과 산청군과 경계인 소룡산·보록산을 북벽으로 삼고, 산청군 오부면·차황면을 남벽으로 삼고 있는 그야말로 아늑한 천혜의 요지와 같은 분지이다. 전쟁이 한창 진행된 12월 초까지만 해도 신원면 안에서도 오지인 대현리까지는 인민군이 들어오지 않았다. '12월 5일 새벽, 이십 리 바깥 양지리에서 들려온 콩볶듯한 총소리에, 대현리 사람들은 경찰과 산사람들 사이에 큰 싸움이 붙었구나 하고 짐작만 했을 뿐이었고 과정리 사람들이 인민해방군 만세를 외치며 놀이판을 벌이더라는 이야기를 사내아이들이 들려주었을 때야, 마을사람들은 세상이 네 번째 뒤바뀌었음을 알았다'고 할 만큼 분지라는 지리적 여건 때문에 역사적 비극의 문턱에서 한 발짝 비껴 서 있는 듯했다. 그러나 지서와 산사람 사이에 놓여 있다는 지리적 조건이 오히려 인민군이나 군경의 의심과 핍박을 부르는 원인이 된다. 마을 사람들은 산사람이나 군경 사이에서 서로 숨바꼭질 노릇하듯 삶과 죽음의 경계선상의 존재들이 되어 생존의 위기를 맞은 셈이다.

「마을」을 중심으로 한 사건 전개의 주요 인물들은 문한돌과 그의 가족, 그리고 마을 주민들이다. 문한돌은 좌익운동을 했던 형 한병이 '예비검속'에 끌려가 허무하게 죽고 동생 한득마저 인민군이 되자, 큰아들의 죽음으로 실성한 어머니 실매댁과 졸지에 과부가 된 형수와 세 명의 조카, 그리고 처와 두 딸 등 아홉 식구를 거느려야 하는 가장으로서의 책무를 짊어진다.

---

23) M.바흐친, 김근식 옮김, 『도스토예프스키의 시학』(정음사, 1989), pp.247~248 참고.

문한돌은 "자유 세상이 어떤 세상인지 공산 세상이 어떤 세상인지 제대로 알지를 못했고" 머릿속에 그려보아도 "그런 세상이 농사일에만 매여 살아온 자기의 삶을 어떻게 바꾸어놓을지 얼른 판별이 서지 않"(p.141)는 무지랭이 농민이다. 그는 그저 '잘 살지는 못했지만 그냥 예대로 싸움 없이, 땅이나 갈며, 커 가는 자식들이나 보며, 동기간에 사이좋게 오순도순 살았으면 싶은 마음 뿐'이다.(pp.141~142) '지주나 마름이 없어지고, 누구나 똑같은 옷을 입고, 식구 수만큼 똑같은 땅을 나누어준다는 말에 솔깃'하기도 했지만 "골 터지는 싸움만 일어나 형과 한득이를 포함하여 대현리 사람의 사할이 죽거나 입대를 하고 피난을 가서, 마을을 떠나 버린 실정"(p.142)이 된 현실을 놓고 볼 때 문한돌은 "하늘이 개벽할 만큼 엄청난 그런 공산사업이 어디 쉬울 것이며, 내 죽고 난 뒤에 그런 세월이 오면 또 무엇하랴"(p.142)하는 생각을 가진, 형제 중 가장 중간적 입지를 보인다. 즉, 그는 형과 동생과는 달리 '주의 주장이나 이념'의 무위성에 대해 나름의 갈피를 잡고 있는 인물 이다. 하지만 이러한 성격이 그를 가정주의에 기댄 보신주의자 혹은 이기주 의자로 보이게도 한다. 나아가 인민군에게는 '반동'이라는 언사를, 군경에게 는 '통비분자'라는 의혹을 받게 한다. 결국 그는 양 체제 사이의 폭압적 경계에서 이쪽 저쪽 눈치를 보며 정신적 고초를 겪게 되는 것이다.

　1) "…(전략)… 그런데 신원면 일대를 살펴볼작시면, 더러는 산 속의 공비 무지랭이하고 내통을 하면서, 조만간 중공군이 여기까지 내려올 거라는 말을 퍼뜨리는 빨갱이가 숨어있다는 사실입니다. 그 정보가 각 고을마다 박혀 있는 정보원을 통해서 지서로 매일 날아들어 옵니다. 물론 지서 보루대 쌓는 일에 협조하는 여러분들이야 대한민국의 보호를 받고 있다고 안심하겠지마는, 이 중에는 더러는 확실하게 대한민국 편이라는 결심을 못 세우고 박쥐처럼 이편이 유리하까 저편이 유리하까, 이런 엉뚱한 생각을 하는 회색분자도 없지 않을 낍니다. …(중략)… 이런 마당에 …(중략)… 통비분자로 찍힌 사람은 앞으로 가차없이 총살을 하겠다는 엄명이요 내한테도 그런 권한이 있소. 우리는 우리 마을을 지키기 위해서라도 그런 규율을 세우지 않을 수가 없십니다. 저녁답에 마을로 돌아들 가면 이 마을 사람들한테 분명히 전달하기 바랍니다. 공비와

몰래 내통하면서 양식을 놈들한테 주거나 협조하는 집은 몽조리 불싸르고 그 주모자는 여러 사람이 보는 앞에서 총살입니다!"24)

　2) 문한돌씨가 막걸리 잔을 비울 때, 옆에 섰던 김차석이 또 한차례 당조짐을 놓았다. 만약 공비들이 산에서 아무리 한밤중이라도 지체말고 지서로 연락을 해달라는 윽박지름이었다.
　"만약에 공비들이 대현리에 내려왔다카는 소문이 들리고 당신이 지서에 보고를 안 했다면 그때는 내 권총이 가만 안 있을 끼라."
　김차석이 허리춤에 차고 있던 권총까지 뽑아 보이며 위협조로 말했던 것이다.
　"예, 예. 보고를 하고 말고, 여부가 있겠습미까."
　문한돌 씨가 대답은 막상 그렇게 했지만 가슴속이 타기는 숯덩걸 같아 오줌이 질금질금 나올 지경이었다. 오늘 아니면 내일, 틀림없이 산사람들이 양식을 가져가기 위하여 마을로 내려올 것이 자명한 이치였던 것이다.25)

1)은 신원면 지서장 박주임이 지서 보루대 쌓기에 동원된 면민들에게 훈시하는 대목이고, 2)는 "몰강스럽기로 소문난"(p.162) 김차석이 형 문한병의 과거전력과 입산한 문한득을 빌미로 문한돌에게 위협조로 '당조짐' 놓는 장면이다. 1), 2) 모두 협박이나 다름없다. 문한돌은 형과 아우의 문제로 마치 살얼음판을 딛듯 목숨을 부지하기 위해 '소마소마한 마음'으로 하루해를 넘기곤 한다. 산사람들이 내려와 양식과 도살한 소를 토막내어 지고 떠난 다음날도 문한돌은 지서 순경이 혹 출장이나 오지 않을까 하는 조바심으로 긴장 속에 하루를 보내게 된다. 그는 따뜻한 방안에 누워 있어도 '김차석만 생각하면 온몸에 한기가 느낄 정도'로 두려움과 공포의 시간을 보낸다. 때문에 일명 신원 승리작전으로 인민군이 신원면을 해방지구로 만들고 그 와중에 김차석이 죽었다는 소식이 전해지자 '이제 그 근심만은 덜 수 있었다'고 안도하는 것이다. 이편과 저편의 틈바구니에 낀 민간인의 고역을 여실히

---

24) 『겨울골짜기』, pp.153~154.
25) 『겨울골짜기』, p.174.

보여주는 대목이다.

특히 방서방의 처가 밤사이 산사람들에게 감쪽같이 납치당했다가 목이 잘려 처형된 사건은 마을사람들의 공포를 더욱 깊게 한다. 인공치하 때 면당 감찰부장을 맡았던 신정대가 지서 끄나풀이었던 방서방 처남을 밀고해 군중 심판을 통해 죽이자. 이에 원한을 품었던 방서방 처가 면내 지서에 신정대가 숨어 있는 곳을 알려줘 신씨가 죽게 되었고, 또 다시 산사람들은 방서방 처를 납치해 처형함으로써 보복의 악순환이 계속되었던 것이다.

> "봐라, 마실사람이 편을 나놔서 이래 찔러바치고 저래 찔러바치고 하다 보인
> 께 세 사람이나 죽고 쥑인 꼴이 되지 않았는가."
> "제 눈을 제가 찔렀지러. 주뎅이 한분 잘몬 떼다가는 누구나 다 그래 숭축하
> 게 죽는 꼴을 당하는 기라."
> "하루 이틀도 아니고 평생을 낯짝 맞대어 음식 나놔묵고 같이 살 마실사람을
> 어째 찔러바치노."
> "양편 주의주장을 믿다가 우리가 덕본 게 뭐가 있노, 늘쌍 협박당하고 뺏기
> 기만 했제."
> "인제 어느 쪽이든지 찔러바치는 게 들켰다 하모 마실에서 먼첨 덕석말이를
> 해서 요절을 내뿌려야 해."26)

이 사건이 있은 뒤 대현리 마을 사람들은 살아남기 위해 서로 공조하는 지혜를 모은다. '살아 남기 위한 자구책'으로 이웃과 똘똘 뭉쳐 서로를 밀고 하지 않으므로 해서 이와 같은 참상의 악순환은 면하게 된다. 세상이 서너 번 바뀌는 동안에 인민군과 군경 사이에서 처신하는 요령을 터득하여 참살 을 모면하고 버티게 된 것이다. 그러나 그러한 요령이 마을의 안전을 언제까 지나 보장 할 수는 없는 일이다.

기회주의자 정오복의 밀고로 순경·의용경찰서 가족을 비롯 면사무소 직원, 향토방위대원들은 함석 창고에 잡혀가 고문을 당하기도 하고 인민재

---

26) 『겨울골짜기』, p.125.

판에 회부되기도 하는 등 삶과 죽음의 악순환이 계속된다. 이와 관련된 신장
로 탈출 사건은 이 마을 주민들에게 작은 파문을 일으키기도 한다. 신장로는
향토방위 대장이었던 사돈 임종보의 형을 탈출시키려다 신도인 문한도에
목격된다. 신장로는 이에 위협을 느끼고 가족과 함께 탈출한 것이다. 그
일을 두고 마을사람들은 전쟁 초에 목사 가족이 피난갔을 때처럼, 길 잃은
양들인 교인을 남겨두고 도망친 신장로에게 욕질을 해댄다. 문한도도 자기
의 밀고를 두려워하여 신장로가 마을을 떠났다는 생각에 그 "애운함과 괴로
움"이 더한다.(pp.364~365) 이 사건은 종교의 무력함보다도 전쟁이라는 극
한 상황 속의 인간적인 신뢰에 무게 중심을 두고 있다. 순정함과 진정성을
중심으로 하는 신앙은 실천적인 삶을 통해 현실 속에 신성성이 부여되는
것이다. 그러나 이와 같은 신앙과 현실의 관계는 비극을 노정할 수밖에 없는
것이다. 그것은 신성과 신앙의 세계보다 현실의 폭력적 세계가 더 압도적이
기 때문이다. 폭력적 세계의 우위는 문한도와 문한돌의 행위에서 구체적으
로 드러난다. 인민군이 대현리 조장을 맡기러 한돌과 한도를 불렀을 때 한도
는 신장로 탈출사건을 신고하지 않아 체포하러 온 것으로 오해하고 도주하
다가 결국 체포되어 모진 고문으로 죽게 된다. 또한 문한돌도 한도의 탈주를
방조했다는 이유로 토굴에 갇혀 고초를 받게 된다.

　　감악산 줄기로 잇대어진 그 언덕빼기에는 방공호 토굴이 있었던 것이다.
　대동아전쟁 말기, 미군비행기의 공습에 대비하여 파둔 방공호였다. 전쟁이 나
　자 남한 쪽이, 그리고 뒤이어 북선군이 점령하자, 그 토굴은 두 차례에 걸쳐
　양지리·창마·수옥 사람들이 동원되어 확장되었다. 실히 사십 평은 될 민한
　그 토굴은 양편이 다 빨갱이나 반동을 잡아 가두는 데 쓰여져, 그 토굴에 한번
　들어가면 성한 몸으로 나오기가 힘들다 하여, 신원면 사람들은 길을 걷다가도
　모두 그쪽으로 눈을 주기를 두려워하였다.
　　…(중략)…
　문한돌씨는 토굴 안으로 넘어졌다. 앞으로 꼬꾸라지려다 두 손으로 겨우
　땅을 짚어 겨우 몸을 가누자, 뒤쪽에서 소리나게 문짝이 닫혔다. 빗장 지르는

소리가 뒤따랐다. 토굴 안은 칠흑의 어둠이었다. 써늘한 냉기 속에 똥오줌 내음
과 무엇이 썩고 있는 악취가 코 속으로 스며들어 숨길을 막았다. 손을 더듬어
앞과 옆을 짚어 보았으나 흙과 돌맹이만 만져졌다. 앞쪽에서 마루 밑 강아지처
럼 소리 죽여 앓는 이, 울음소리, 무슨 말인가 읊고 있는 중얼거림도 들려 왔다.
이제 속절없이 죽는구나, 하는 절망감이 온 몸에 소름을 일으켰다. 전쟁이 무고
한 백성을 결국 이 지경으로 만들고 만다는 실감을 덮쳐 오는 공포로 깨우쳤다.
전쟁 와중에도 그는 가족의 튼튼한 울타리가 되어 늘 늠름하였다. 그러나 이제
주림보다 더 쓰리게 몸통을 죄어 오는 전율로 까무라칠 지경이었다.[27]

여기에서 '토굴'은 문한도를 비롯한 무고한 백성들이 겪는 고초를 구체적
으로 보여주는 동시에 현실정치의 파괴력이 조성하는 극한 상황의 상징으로
제시되고 있다. 예로부터 어두운 밤은 주로 인간의 활동 외의 시간으로 간주
되었다. 밤은 전혀 인간 부재의 시간이요 백귀야행(百鬼夜行)의 시간으로서
유명계(幽冥界)의 귀신과 역신과 도깨비가 함부로 날뛰는 죽음과 두려움과
공포의 시간으로 간주되었던 것이다. 그렇기 때문에 우리의 습속이나 민속적
사고의 영역에서 한밤에 신발을 바깥에 벗어놓는다거나 산 사람의 빨래나
옷가지를 빨랫줄에 그대로 걸어 놓는 것을 꺼려했다. 제사도 반드시 새벽닭
이나 절간의 새벽 종소리가 들리기 전에 치루어야 응감을 한다고 믿었다.[28]
빛이 들지 않는 토굴 역시 이 밤에 대응하는 공간으로 볼 수 있다. 토굴의
역사적 의미를 반추케 하는 위의 인용에는 아픈 우리 역사의 그늘이 짙게
배어 있다. 토굴은 식민통치기의 수치와 분단 조국의 동족상잔의 아픔으로
점철된 역사를 환기시켜 주는 의미가 있다. 이곳 토굴 속의 칠흑의 어둠은
순식간에 공포와 전율로 전이된 세계를 상징적으로 지시하는 것이라고 할
수 있다.

이 작품에는 인민군들의 여러 가지 민폐의 세목을 구체적으로 보여준다.
몇 가지만 들어보면, 통행금지의 실시, 인민군 입성 현수막 제작, 야간 순찰

---

27) 『겨울골짜기』, pp.376~377.
28) 이재선, 『한국문학주제론』(서강대출판부, 1989), p.29.

조 편성, 억지 농악대 조직, 각종 지불증으로 양식공출, 각종 위원회 조직과 사상교육, 15세 이상 50세 미만 남성들은 하루 6시간 군사기초훈련 실시, 일체 종교적 집회 금지, 각종 부식(된장·고추장·시래기·장아찌 따위)을 농민위원들로부터 수거케 하고, 17세 이상 40세 미만의 민주부락 전 여성의 애국여자동맹위원(여맹원) 가입하의 기초 소양교육, 인민군 월동장비 보급 품(옷·버선·장갑·신발 따위) 조달 등등 행동의 제약뿐만 아니라 정신 적·육체적·물질적 고통이 부과된다.

한편 군·경의 민폐로는 양식공출과 초소 보루대를 성벽처럼 길게 쌓는 부역이다. 특히 보루대 쌓는 부역은 남녀노소를 불문하고 한 집에 한 명씩 나와서 일정량의 일을 끝내야 집에 돌아갈 수 있는 일이다. 더욱이 젊은 측들과 장년들은 인민군이나 군경으로 징집되어 나가 없었기 때문에 아녀자 와 늙은 측들이 부역꾼의 대부분을 차지했다.

> 문한돌씨가 김차석으로부터 쪽지를 열 여섯 개째 받았을 때는 어깨살이 찢어지듯 쓰라렸고, 파삭한 눈가루가 깔려 미끈적거리는 발 앞의 길바닥조차 어지럼증 탓인지 물밑 같게 일렁였다. 배속에서 주리를 틀며 꼬르락대던 소리 도 찬물을 한 바가지나 들이키자 잠잠해져 버렸고, 떼어놓은 두 발이 물 속을 헤매듯 하였다. 그러나 생각은 집에만 매여 아내가 자형집에 수수나 밀을 몇 되나 갖다주었는지, 어서 돌아가 시래기죽이라도 양껏 배를 채우고 따뜻한 방에 누었으면 싶은 마음뿐이었다.
> 이제 서른 초반의 문한돌씨가 그럴진대 남정네를 대신하여 나온 아녀자들 의 모질음 쓰는 모습은 보기가 더 딱하였다. 땅에 깔린 눈에 미끄러져 바구니의 자갈을 내동댕이치며 나자빠지는 늙은이도 있었다. 그러면 손등이 터져 피가 내비치는 손으로 그 자갈을 갈퀴질하여 바구니에 다시 담아서는 머리에 이고 걸었다.29)

허기증으로 인한 어지럼증과 아녀자들의 모질음 쓰는 모습 등 부역일의

---

29) 『겨울골짜기』, pp.164~165.

어려움을 생생하게 제시하고 있는 이 장면에는 부락민들의 서러움이 그대로 우리 민족의 수난의 역사가 응축되어 아로새겨지는 듯하다. 아낙네들이 삼을 삼으며 부르는 거창·함양지방의 '두레삼 노래'는 겉으로는 피가 흐르지 않으나 마음 가운데 피멍이 맺히는 즉, 마음 속으로 곰삭이는 경계선적 지역 주민의 속 타는 마음을 아주 적절하게 환유적으로 제시하는 의미를 갖는 민요라고 할 수 있다.

> 마당가에 모닥불은 내캉 같이 속만 타네
> 겉이 타야 남이 아제 속이 타서 남이 아나
> 뒷동산에 고목 남구 내캉 같이 속만 썩네
> 겉이 썩어 남이 아제 속이 썩어 남이 아나······30)

대현리 마을 사람들은 "어느 쪽도 적으로 삼을 수 없었고 그렇다고 어느 편짝에만 찰싹 붙을 수도 없는, 하늘과 땅만 믿고 살아가는 한갓 애옥살이 농사꾼들"(p.268)이다. 현실 원리에 따르는 제도 속의 삶이 안정과 균형을 이루는 삶이라고 볼 때 이들 마을 사람들의 삶은 그와는 전혀 무관한 공포와 불안과 긴장 속의 삶이 된다. 경계선적 마을의 위기는 정치·제도의 지배 이데올로기가 만든 적대적 대립 국면에서 나온 것이다. 이와 같은 질곡 속에서 대현리 마을 사람들은 "목숨을 부지하자니 이 편짝도 되고 저 편짝도 되어 그렇게 죽은 듯이 목숨줄을 잇고 살수밖에 없"(pp.126~127)는 운명이 되어 버린 것이다. 문한돌이 아우를 생각하면서 "어느 집 아들은 국군이 되고, 어느 집 아들은 인민군이 되는 게 지금의 실정"임(p.144)을 안타까워하고 "이쪽과 저쪽 사이에서 눈치놀음이나 하며 떨고 있는 신세"(p.145)를 한탄하는 어투 속에는 이와 같은 경계선적 삶의 고단함이 짙게 배어 있다. 자신들 앞에 당도한 정치적·사회적 재난을 '세월 잘못 만난 탓'으로 돌리는 서글픈 운명애(運命愛), "저쪽으로 가모 빨갱이 첩자라고 들뽂이제, 저쪽에

---

30) 『겨울골짜기』, p.165.

서 이쪽으로 오모 반동분자라고 또 몰매를 맞제. 이래저래 부대끼는 팔자"가 되어버린 운명은 경계선적 마을의 위상을 단적으로 적시한다.31)

이와 같은 사정은 해방지구가 된 후 문한돌이 "개털모자에 카키복 외투를 걸친 허우대가 멀쑥한 전사"로 변신한 동생 한득을 처음으로 보게 되지만 마음 놓고 동생의 이름을 부를 수 있는 처지에서도 찾아볼 수 있다. 그는 동생의 '인민군 전사의 영예훈장' 수상할 때 기쁨보다 두려움이 앞선다. 그 것은 다시 세상이 뒤바뀌었을 때는 자신이 이 바닥에 살아남을 것 같지가 않"(p.295)다는 생각 때문이다. 그런 의미에서 볼 때, '전사의 영예훈장'은 경계선적 인물들에게는 목숨을 담보로 하는 사자(死者)의 현시에 가까운 비극의 징조로 이해된다. 즉, '훈장'은 질곡의 역사가 만들어낸 어두운 시대 응달의 산물이라고 할 수 있다. 자기 가족을 함부로 소리내어 부를 수 없고 기쁨을 기쁨으로 환호할 수 없는 세계는 분명 비극적인 세계이다. 이와 같은 문한돌 형제와 가족의 비극성은 개인과 가족의 비극을 뛰어넘어 다음과 같이 동시대의 비극으로 환치된다.

1) "…(전략)…그러한 즉 거창 경찰서는 신원면만 생각하면 강변에 아기 내놓은 듯 마음이 안 놓인다, 이말입니다. 뭐냐하면 그기다가 저 소룡산과 보록산 뒤로 무장 공비무리가 꽤 많이 숨어있다는 점까지 알고 있으니 하는 말이라요 잔인무도한 공비들이 언제 또 평지풍파를 일으킬는지 모르는 실정 아닙니까 이런 모든 점을 생각해 볼 때 공산군을 막는 길은 오로지 면민 여러분과 경찰과 향토방위대의 일치단결만이 살길임을 내 감히 강조하고 싶다는 말이라요"32)

2) "…(전략)… 같은 동포요, 한 핏줄이요, 형제인 우리 해방군만이 왜 그렇게 산 속에서 살아야 합니까. 돌아갈 수 있다면 우리에게도 그리운 부모 형제가 살고 있고 따뜻한 집이 있습니다. 그러나 조국 혁명이 달성될 그날의 영광을 믿기 때문에 이 고통을 참고 견디는 것입니다.……이런 고생을 한번은 꼭 넘어 나가야 하고, 인민이 흘린 고귀한 피는 결코 물같이 흘러가 버리지 않으리라

---

31) 『겨울골짜기』, pp.271~272.
32) 『겨울골짜기』, pp.157~158.

굳게 믿고 있읍니다.……"

　"…(중략)…그러나 그게 무슨 꼴입니까. 한 피로 맺어진 유격대와 무산대중 농민이 무슨 원한이 맺혔다고 그 짓을 할 것이며, 그 강탈이야말로 서로가 원수되고 마는 짓이 아니고 무엇이겠습니까. 그래서 저는 이틀 전 여기 박동지를 통하여 나누어지게 될 지불증을 잘 보관하시면 공화국이 해방될 그날, 그 지불증에 적힌 양식을 두 배로 쳐서 우리 인민군이 반드시 갚아줄 것임을 감히 약속드립니다……"33)

　1)과 2)는 각각 자기 지역이 될 때마다 경찰과 인민군 군관이 신원면민들에게 하는 연설이다. 서로 면민을 위한다는 논지의 연설은 합리적이고 타당성을 가진 권력 집단의 진술로 예거되지만 오히려 이에 대한 반응은 "쥐새끼가 살캐이(고양이) 양식꺼리 걱정하네"(p.158), "지불쯩인지 보관쯩인지 그걸 믿는 사람 어데 있노. 여지껏 그 쯩 모은 것을 다 하모 일년 양식 걱정 안겠네."(p.186) 하는 주민들의 비아냥거림으로 나타난다. 이들은 이데올로기에 대해 과학적으로는 인식할 줄 모르지만 합리성을 가장한 이데올로기의 맹랑함과 그 폭력적 권력의 속성을 누구보다도 절실하게 깨닫고 있는 것이다. 그만큼 이 지역 주민들과 정치 이데올로그들 사이에는 거리가 있었으며 그 신뢰는 땅에 떨어질대로 떨어졌던 것이다. 다만, 이들은 정치 이데올로그들의 폭압적 권력 앞에 고개 숙일 뿐이다. 작가는 이들의 비극을 역사적 인식에 의한 각성으로 그리기보다는 그것을 운명으로 받아들이게 함으로써 동시대의 우리 민족의 진실성에 다가가고 있다고 보아야 할 것이다. 이 시대의 존재조건을 운명적으로 받아들이는 이와 같은 상황을 객관적이고 합리적인 시각으로 인정주의에서 결과한 운명론이니, 몰역사적이니 하고 폄하하는 가치평가는 오히려 동시대의 삶을 왜곡시키는 것과 같다.

---

33) 『겨울골짜기』, pp.185~186.

4. 이데올로기 비판과 휴머니즘

김원일의 분단에 대한 의식을 엿볼 수 있는 것은 지식인이자 이상주의자
요, "역사허무주의자"[34]인 김익수의 발언을 통해 알 수 있다. 작가는, 작가의
"이념적 화신"으로 읽혀지는 김익수를 통해 공산주의에 대한 이데올로기적
비판을 시도한다.[35] 이러한 비판은 무지랭이 소년병 문한득과의 대화를 통
해 곳곳에서 제시된다. 공산주의 사상 즉, '계급투쟁' '무산자 해방' '프롤레
타리아 혁명전선'이 무엇이냐는 문한득의 질문에 대해 김익수는 분단현실
과 전쟁을 강하게 부정하며 이데올로기 비판으로 나간다. 그는 공산주의는
'현 이론이 현실 앞에서 하나의 신기루'이며 이는 "포장 잘 된 말들" 뿐이라
고 잘라 말한다. 그리고 우리 민족은 "남의 총대나 잡고 대리 싸움이나 하는
병신들"(p.73)이고, "세계 이데올로기의 패권다툼에 인민들이 개값도 못하
고"(p.246) 죽고 있으며, "혁명이 뭔지 투쟁이 뭔지, 이건 인간을 인간답게
삶을 꾸려주는 것이 아니라 생매장시키는 것"(p.488)이고, "이 해방전쟁이야
말로 터져서는 안될 무모한 살상"(p.536)이라는 점을 강조한다.

---

34) 황광수, 「분단과정의 소설적 표현」, 임헌영·김철 외 지음, 『변혁주체와 한국문
학—소설로 보는 근현대사(1894~1989)』(역사비평사, 1990), p.257.

35) 황광수는 김익수를 역사 허무주의자로 규정하고 그에 의해 지적되는 공산주의와
'인민해방전쟁'에 대한 이데올로기적 비판은 치열한 역사의식이 결여되어 있기
때문에 이 소설의 내용에 파탄을 초래하고 있다고 보고 있다.
위의 논문, p.256.
그러나 조남현은 김익수의 머리와 입을 통해 나온 6·25 성격론, 전쟁 혐오증,
이데올로기 무의미론, 사회주의 모순론 등은 『광장』『시장과 전장』『영웅시대』
등의 작품에 나타난 여러 가지 추상적인 논의와 관념적 접근의 부분들에 견주
어보면 피상적이고 지엽적인 인상을 떨구지 못한 것으로 나타나긴 하나, 이러한
결과는 『겨울골짜기』가 어디까지나 소설 양식인 이상에는 꼭 부정적인 것이라
고만 새길 수 없다는 논리를 편다. 그리고 오히려 이 작품이 현학 취미 혹은 관
념을 최대한 자제함으로써 한 역사적 사건의 충격을 동반한 복원 작업이 가져
다 줄 수 있는 환기 효과를 꾀함에 있어서 장애가 되는 것들을 제거한 결과가
되었다고 이 작품에 의의를 부여한다.
조남현, 앞의 논문, p.102.

김익수의 대답을 종합해 보면 우리 민족은 이데올로기, 즉 사회주의와 자본주의라는 관념의 거대한 두 적과도 싸우고 있고, 그것은 군주 봉건사회 체제에서 곧장 식민시대로 들어간 역사적 폐정의 결과라는 것, 때문에 이데올로기 중에 어느 쪽도 제대로 체험해 보지 못한 상태에서, 남이 나누어 놓은 삼팔선을 경계로 각각 한쪽의 이데올로기를 외상으로 사들이게 되었다는 것, 그리하여 결국 대리전쟁을 벌이게 되었다는 것으로 요약된다. 이와 같이 분단 외인론을 주장하는 그가 "이 전쟁이 도대체 누구를 위한, 누구를 살리자는 전쟁입니까? 조국해방과 조국통일? 다 허울 좋은 개살구지요. 전쟁 없이 통일을 하구 해방을 찾아야지. 제 동포를 서로 죽여가며 무슨 조국해방과 조국통일을 얻겠다는 건지. 문동무나 나의 행복을 누가 보장해 준다고 우리가 이 전쟁에 참여하고 있습니까?"(p.489)하며 전쟁의 명분에 의문을 제기하는 것은 당연하다. 그는 해방에 대해서도 그 자체가 이차대전의 결과로 그냥 얻어진 것이기 때문에 이 나라 백성은 자존심도 없는 꼴이 되었고, 자존심을 가진 지도자마저 죽이는 현실이 해방 후부터 지금까지 이 반도를 지배했다고 자조적으로 평가한다. 여기에는 해방 직후 식민잔재를 청산하지 못한 정치 이데올로그들에 대한 비판이 전제되어 있다. 그는 정치 이데올로 그들을 "미·소로부터 조종받아 그 등세를 타고 개인의 권력 추구에만 혈안이 된 민족반역자들"(p.489)이라고 신랄하게 비판한 것은 나름의 설득력이 갖고 있다.

하지만 이러한 역사 인식에는 비판이 따른다. 김익수의 주장이 어느 정도 역사적 사실에 접근하고 있다는 점을 인정하더라도 그 해석에는 역사 인식의 균형이 미흡하다. '역사허무주의자'로 규정한 황광수의 지적처럼 한국전쟁은 "8·15 이후의 국내적(이전에 일어난 내란에서 이미 10만 명 이상이 사망했고 이승만의 '북벌' 발언과 모택동의 중국대륙 장악으로 고조된 남침 가능성 등), 그리고 국제적(미국이 한반도에서 펼친 '롤백'정책) 사정에 의해 거의 필연적으로 일어날 수밖에 없었고, 우리 민족은 그 험난한 역사과정을 통과하여 통일된 민족국가를 세우려고 노력한 역사의 주체였지만, 정치적 역량의 부족과 막강한 제국주의 세력의 간섭에 의해 좌절했을 뿐이며, 그러한 민족적 염원의 실현은 지금까지 우리에게 주어진 과제"[36]로 되어 있기 때문이다. 그럼에도 불구하고 김익수의 주장은 권력추구를 우선으로 하는 이데올로기의 허실을 적시하며 분단현실과 전쟁을 강하게 부정하는 작가의 식이 강하게 배어 있다. 결국 이 같은 김익수의 주장은 무지랭이 문한득을 눈뜨게 하는 계기가 된다.

> 1) "도대체 우리가 왜 싸우는 거요?"
> …(중략)…
> "내가 뭐 평화주의자는 아니지만 전쟁은, 전쟁은 인류의 적이요"…(중략)…
> "미국을 비롯한 자본주의 국가와 소련과 중공은 왜 자기네가 우리의 행복을 찾아 주겠다구 대신 나서서 싸우는 거요?"
> 문한득은 김익수의 끈끈한 말을 들을수록 우물 저 깊이로, 돌덩이를 매단 채 가라 앉고 있는 느낌이었다. 자기가 왜 싸우는지, 미국과 중공이 왜 이 싸움에 껴붙었는지를 생각하자 그 이유조차 모른 채 싸운다는 것이 부질없게 여겨졌고 곧 벌어질 전투에 싸울 용기조차 나지 않았다. 아니, 이 추위에 왜 이렇게 한데에서 떨며 밤을 새워야 하는지조차 알 수 없을 만큼 머릿속이 어지러웠다. 그런 점에서는 생각이 깊은 익수 역시 생각의 실타래에 엉켜 자기와 함께 우물 아래로 가라앉고 있다고 생각되었다.[37]

> 2) 문한득은 김익수의 말이 어려워 어떤 식으로든 그의 말을 받을 수가 없었다. 다만, 전쟁이 나기 전에도 배웠다하는 똑똑한 사람들은 우익은 우익대로, 좌익은 좌익내로 무시랭이 토농이들을 모아놓고 김익수처럼 그럴싸한 논실을 주절거렸다. 그러며 새 국가 건설 평화와 자유, 굶주림으로부터의 해방을 짓떠들었다. 그러나 듣기 좋은 그 말들은 아랫사람들의 고단한 삶과 상관없이 강물처럼 흘러가 버렸다. 끝장에는 배운 자들의 주장이 한 치의 양보도 없이 삼팔선 철책을 더욱 두껍게 치더니, 기어코 총싸움의 살상으로 번지고 말았다. 이제는

---

36) 황광수, 앞의 논문, p.256.
37) 『겨울골짜기』, pp.244~246.

김익수의 말처럼 누가 누구를 위해 싸우는지도 모를 정도로, 이 나라 땅을
텃밭삼아 다른 나라 군인들의 전쟁터로 변하고 만 터였다. 한득은 누구의 말도,
익수의 말까지 믿을 수 없다는 생각이 들었다. 선택되어진 쪽에서, 그렇게 몸담
고 있는 쪽을 위해 싸우라니 싸울 뿐이었다.[38]

1)에서처럼 왜 싸우는지 싸움의 이유조차 모르고 싸우는데 한국전쟁의
광기가 있다. 싸움의 명분조차 모르고 싸우는 자신을 발견할 때 문한득은
전쟁이 '부질없게 여겨지고' '싸울 용기조차 생기지 않는 것'이다. 자신이
전쟁지역에 왜 왔는지 본질적 문제에 다가섬으로 해서 개인적 존재자의
고뇌가 역사적 존재자의 고뇌로 의식의 진전을 이루는 것이다. 2)의 장면은
역사인식의 개안이라고 할만한 문한득의 자각을 도드라지게 보여주는 대목
이다. 문한득의 독백은 정치 권력의 이데올로그들과 식자층에 대한 강력한
비판의 목소리가 담겨 있다. 나아가 우리에게 있어 이데올로기의 문제는
선택의 문제였다는 사실, 그리고 더 본질적으로는 선택의 강요였다는 사실,
선택이전은 아무것도 아니라는 사실, 그것은 우리가 주어진 상황에서 그것
을 선택했기에 진리가 되었다는 역사의 평범하지만 가장 중요한 진실을
깨달았다는 것이 중요하다. 이점은 모든 이데올로그들에 대한 일갈이라는
점에 의미가 있는 것이다. 그러므로 "선택되어진 쪽에서, 그렇게 몸담고 있
는 쪽을 위해 싸우라니 싸울 뿐"이라는 문학득의 말이 오히려 현실적이고
설득력이 있다. 중요한 것은 이 같은 상상력 속에 숨어있는 작가의 목소리이
다. 앞에서 보아온 대로 그는 줄기차게 이데올로기와 전쟁을 부정하고 있다.
실매댁의 실성한 모습은 이같은 사실을 희화화해서 보여준 예에 해당한다.

"한득아. 내하고 같이 집에 가자. 인제 산사람하고 같이 있지 말고 마 집에
가서 우리하고 살자. 잘은 몬 묵어도 전쟁나기 전처럼 우리식구하고 오순도순
같이 살자."
실매댁이 투정하는 아이처럼 갑자기 아들의 팔을 잡아끌기 시작하였다.

---

38) 『겨울골짜기』, p.490.

　　"어머이, 그래 몬해요. 내 맘대로 집에 가서 살수가 없습니다. 나는 인제
군인이 인민군이 돼 버렸는 거라요"
　　"한득아, 제발 그 총은 임자한테 돌려줘라. 총 메고 다니는 짓 오래 하모
필경 다친다. 다치다말다, 나중에는 결국 험한 꼴 보는 거라. 가자 카이께. 어서
에미하고 집에 가자."
　　실매댁이 엉뚱한 고집을 부렸다.[39]

큰아들의 죽음으로 실성한 실매댁이 인민군 영웅전사로 훈장을 탄 막내
아들 한득을 보고 집에 돌아가자고 끄는 대목이다. 시골에서 훈장은 빛나는
것이고 기쁨이고 자랑일 터이지만 실매댁은 그런 것에 아랑곳하지 않는다.
여기에서 실매댁의 "엉뚱한 고집"이 우리에게 환기시켜주는 환유적 의미를
포착하는 것이 중요하다. 근본적으로 미쳐있는 것은 실매댁이 아니라 이데
올로기로 인한 분단된 현실이라는 사실을, 전쟁을 치르는 이성의 세계가
곧 실성의 실체라는 사실을 깨닫는 것이 중요하다. 작가는 집요하게 농민들
이 겪는 갖가지 고초를 드러내는 방법을 통하여 이데올로기의 속성과 이로
인한 전쟁의 무위성을 역설하고 있는 것이다. 이와 같은 작가적 사고는 김익
수와 문한득의 대화를 통하여 지속적으로 개진된다. 설날 밤인데도 마을은
버려진 들녘처럼 어둠과 바람에 깊이 묻혀 있는 것을 보고 김익수가 "저기는
묘지다. 죽은 인민이 아니라 산 인민이 묻혀 있는 묘지야. 아무도 숨을 쉬고
있지 않아. 혁명이 뭔지, 투쟁이 뭔지, 이건 인간을 인간답게 삶을 꾸려 주는
것이 아니라 생매장시키는 짓"(p.477)이라고 지르는 자괴의 목소리는 동시
대의 어두운 그늘을 단석으로 적시해주는 대복이다.

문한득의 전쟁에 대한 환멸과 불안심리는 결국 꿈의 상징으로 변주되고
그것은 곧 현실화되어 나타나게 된다. 그는 작품 초입에서부터 마을 앞 정자
나무가 불에 타고 있는 꿈을 꾸게 된다. 문씨 조상들이 심었다는 정자나무,
300여 년 동안 이 마을 지켜주던 신수(神樹)가 불에 타는 꿈은 하나의 재앙의

---

39) 『겨울골짜기』, p.315.

징조이고 파국을 예감케 하는 이 작품의 복선과 같은 역할을 한다.

> 1) 두 번째 잠이 들었을 때에는 마을 앞 정자나무가 불에 타고 있는 꿈을 꾸었다. 그 우람한 회나무가 불길에 휩싸여 하늘로 너울너울 올라가고 있었다. 정자나무 윗가지에 있는 두 개의 까치집까지 불이 옮아붙자, 까치집 속에 새끼를 둔 어미까치들이 불티 속을 날며 소리쳐 우짖었다.[40]

> 2) ……꿈을 꾸었다. 대현리가 온통 불에 타고 있었다.……한득아, 다 타 죽었다. 모두 타 죽었어.……누가, 누가 이렇게 마을에다 불을 질렀읍미까?…… 전쟁귀신이다, 전쟁귀신이 마실에 불질렀어. 네 성도, 형수도, 조카도 모두 불에 타죽었어.
> 이건 꿈이다, 엉터리 개꿈이야.[41]

> 3) 문한돌씨는 아이들을 먼저 내려보내고, 어머니를 부축하여 언덕길을 내려 왔다. 소롱산을 넘지 못한 채 되돌아 내려오는 피난민들이 꼬리를 물었다. …(중략)…비곡 마을 앞을 거쳐 모롱이를 돌자, 큰 개울 건너편 언덕받이의 원대현과 하대현이 온통 불길에 휩싸여 있었다. 원대현과 하대현만이 아니라 중새터와 상대현까지 불길이 뭉게뭉게 솟았다. 연기와 불티가 하늘을 덮었다.
> "작은 아부지, 우리집도 불에 탑미다!" 종구가 울먹이는 소리로 외쳤다.
> "아이구 저 정자나무까지, 신수(神樹)까지 불에 타구나. 인제 우리는 마실로 몬 돌아가겠구나." 실매댁이 탄식을 늘어놓았다.[42]

1)은 문한득이 삼일오부대로 전출 와서 처음으로 보초를 서며 꾼 꿈이고, 2)는 그의 죽음을 부른 전투 직전 보초를 서며 가족에 대한 그리움과 전투에 대한 회의로 탈출에 대해 '이 궁리 저 궁리' 갈등하다가 꾼 꿈이고, 3)은 문한돌 가족이 군경을 피해 도주하다가 군 토벌대에 의해 자행된 일명 청야 (淸野)작전으로 퇴로가 차단되자 다시 마을로 돌아왔을 때 신원면 일대의

---

40) 『겨울골짜기』, p.39.
41) 『겨울골짜기』, pp.531~532.
42) 『겨울골짜기』, pp.561~562.

소개(疏開)현장을 목격하는 장면이다. 그러니까 1)과 2)는 꿈의 장면이고 3)은 실재 일어나고 있는 장면이다. 1)에 나타난 단란한 까치 가족이 불길에 휩싸여 죽어 가는 장면에 대한 안타까움은 전쟁에 대한 불안심리가, 2)에서 '엉터리 개꿈'이라고 절규하는 한득의 의식에는 이와 같은 현실의 전쟁이 꿈이었으면 하는 간절한 바램이 스며 있다. 그러나 한득의 꿈은 꿈이 아닌 현실로 나타나게 된다는 사실이 비극이다. 마을의 정신적 지주인 신수(神樹)마저 불태워버리고 인간을 살육하는 전쟁의 현실은 모든 신화와 인간을 부정하는 광기로 넘치는 공간이다. 추운 겨울 갈곳조차 잃어버린 마을 주민들이 다다른 막다른 골목이 바로 '거창 양민학살'이라는 죽음의 사건이었다.

　　아더 훼릴에 의하면 "전쟁이란 인간들이 집단적으로 대오를 맞추어 싸우는 행위"[43]라고 조작적이며 분석적인 정의를 내린다. 그러나 우리들이 체감하는 전쟁은 "지옥" 그 자체이다. 그러므로 "전쟁은 일종의 폭력행동이며 그 폭력의 운용에는 한계가 없다."[44]는 카를 폰 클라우제비츠의 말이 더 설득력 있게 다가온다. 거창 양민학살사건은 '폭력의 운용에는 한계가 없다'는 클라우제비츠의 말을 확인시켜주는 참사요 학살이다. 김원일이 김익수를 통해 전쟁의 현장성을 "오직 복마전(伏魔殿)을 쳐부수어야 한다는 피의 광기만이 명분으로 남는 것"(p.469)이라고 규정한 것도 이와 같은 전쟁의 참상을 환기시켜주는 말이다.

---

43) 아더 훼릴에 의하면 "전쟁이란 오와 열을 행군하는 조직화된 군대를 가진 그리고 원초적인 전략과 전술이라는 개념을 이해하기 시작한 이후의 인간 역사에서 출현하게 된 사회적인 제도"로 보고 그 기원을 선사시대로부터 찾는다.
　　아더 훼릴, 이춘근 옮김, 『전쟁의 기원』(인간사랑, 1990), p.5.
　　하지만 그도 윌리암 T.셔만의 말을 인용해 "전쟁은 지옥이다."고 정의하는데 동의한다. "나는 전쟁에 지쳐있고 그것을 혐오한다. 전쟁의 영광은 단지 달빛 같은 것…… 전쟁은 지옥이다."(윌리암 T.셔만, 1879년 6월 19일)
　　위의 책, p.17 재인용.
　　그렇지만 이는 다분히 전쟁을 수행하는 입장에서 본 정의이다. 전쟁은 일반 백성에게는 그냥 닥치는 재앙일 뿐이다.
44) 카를 폰 클라우제비츠, 류제승 역, 『전쟁론』(책세상, 1998), p.33.

1) "윗 마을부터 불을 지르고, 불을 지른 뒤에 나오는 종자는 어른 애 가리지 말고 쏘아버려!"45)

2) "대장님 죽어도 말 한마디하고 죽읍시다. 백성이 없는 나라가 무슨 필요가 있소!"

…(중략)…그의 말이 끝나자 마자, 뭉우리돌 위에 서 있던 이등상사가 칼빈총을 드르르륵 갈겼다. 총알이 용케 문판대씨를 피해갔으나 그 옆에 앉아 있던 열 여섯 살 난 그의 딸애 어깨죽지와 가슴팍에 꽂혔다. 광목저고리에 금세 피가 배어 나왔다. 총소리에 이어, 한순간에 골짜기가 침묵 위에 빠져들었다. 사람들이 땅으로 윗몸을 숙였다. 옆 사람 등위에, 옆구리를 파고들며 얼굴을 틀어박았다. 이어, 한줄기 청랑한 갓난아기의 울음이 앙하고 터졌을 때, 벼락치듯한 총소리가 사방에서 일었다. 마치 봇물 쏟아붓듯 퍼부어지는 총소리와 더불어 낭자한 신음과 피가 함께 버물려졌다.

문한돌씨는 어떻게 박산 골짜기를 빠져 나왔는지 자신도 알 수가 없었다. 그는 종호를 안은 채 아내의 팔을 끌고 무작정 뛰었던 것이다. 그가 개울의 자갈밭을 빠져나와 큰길로 올라섰을 때까지 골짜기에서는 무차별로 쏟아붓는 총소리가 그치지 않았다.

"어머이, 어머이……."

한돌씨는 울음을 어금니에 깨물고 과정리 쪽으로 뛰었다. 눈앞에 뿌연 안개만 떠돌 뿐 아무것도 보이지 않았다. 자신의 가족만 살아남았다는 안도감에 앞서, 피를 뒤발하고 죽은 어머니와 형수와 세 조카의 얼굴이 뿌연 안개 앞에 버캐가 되어 끓어올라 어룽졌다.46)

3) 문한돌씨네 가족이 옥계천에 걸린 나무다리를 막 건넜을 때였다. 뒤쪽 박산골짜기에서 요란한 총소리가 들렸다. 기관총을 쏘아대는지 연발로 쏟아지는 총소리가 오래오래 이어졌다. 한돌씨는 그 총소리에 진저리를 치며 뒤쪽을 후딱 돌아보다가, 아내가 가슴에 안고 있는 피로 뒤발한 저고리가 눈에 들어왔

---

45) 『겨울골짜기』, pp.554~555.
46) 『겨울골짜기』, pp.567~568.

다. 아기의 모습은 저고리에 폭 싸여 보이지 않았다. 그러나 그의 어룽지는
눈물 앞에 핏덩이의 아기 모습이 우련하게 떠올랐다. 저 많은 죽음의 보상으로
이렇게도 모질게 한 목숨이 세상에 태어났는가. 그는 이제 핏줄을 이을 아들을
두었음에 그 어떤 보람이나 기쁨도 느낄 수가 없었다. 더운 눈물이 뺨을 적시며
흘러내렸으나, 복받쳐 터져 나오려는 울음조차 목이 메어 제대로 쏟을 수가
없었다.[47]

 1)은 권력의 광기가 극대화한 순간의 명령이고, 2)는 광기의 현시(실현)로
서의 학살이고, 3)은 죽음과 삶이 교차하는 순간을 묘사한 대목으로서 이
작품의 마지막 장면이다. 1)은 이데올로기와 권력의 폭압적 속성을 노출하
며 그 무위성을 짐작케 하고 2)는 질곡의 역사의 현장을 증언하는 의미를
지닌다. 문한돌이 어금니를 깨물고 어머니를 부르며 삶과 죽음의 경계를
빠져 나오는 데에서 비극적 긴장미를 느끼게 한다. 3)은 비극적 역사의 지속
성과 그 수용이라는 의미를 띤다. "저 많은 죽음의 보상으로 이렇게도 모질
게 한 목숨이 세상에 태어났는가. 그는 이제 핏줄을 이을 아들을 두었음에
그 어떤 보람이나 기쁨도 느낄 수가 없었다."는 화자의 진술처럼 수많은
양민의 학살과 실낱같은 삶에 대한 희망의 생명줄, 곧 신생의 탄생과의 대비
는 동시대의 아픔을, 남겨진 우리들의 몫으로 환치시킨 작가의 탁월한 착상
이라고 할 수 있다.[48] 작가는 새 생명의 핏줄로 역사가 낳은 비극을 치유하길

---

47) 『겨울골짜기』, p.596.
48) 그러나 류철균은 이 소설이 "전쟁이 가져온 혹독한 굶주림의 세월을 탁월하게 형
  상화하고 있음에도 불구하고 그 대단원에서 너무나 단편소설저인 구성을 노정한
  다"고 부정적 평가를 내린다. 마지막 학살과 탄생 장면은 장편소설을 단편소설처
  럼 상징화시켜 총체적 형상에 미흡하다는 이유이다. 그 이유를 좀더 보자.
  "문한득을 매개로 한 빨치산들의 무장투쟁과 그의 형 문한돌을 매개로 한 일반
  농민들의 척박한 생활이 대하처럼 굽이치며 전개되던 소설은 신원면에서의 양
  민학살이라는 절정 부분에서 갑자기 급전하여 전 부락민이 죽어 가는 「겨울골
  짜기」와 새로 태어나는 갓난아이의 대비로 마무리되어 버리는 것이다. 아이 덕
  분에 천우신조로 학살을 모면하게 된 문한돌이 「저 많은 죽음의 보상으로 이렇
  게도 모질게 한 목숨이 세상에 태어났는가. 그는 이제 핏줄을 이을 아들을 두었
  음에 그 어떤 보람이나 기쁨도 느낄 수가 없었다」하고 독백하는 마지막 장면은
  불가해한 운명의 전개를 압축하는 것이지만 장편소설로써 제기한 다양한 문제

원하고 있다. 이 작품의 마무리를 통해 그가 말해주는 것은 '살아 있는 자, 우리는 질곡의 역사에 빛을 지고 있다'는 것일 것이다. 여기에 작가의 염원이 강하게 투영되어 있는 것으로 보인다. 곧 역사의 상처가 남긴 흉터를 제거하기를 바라며 분단 극복에 대한 염원을 담고 있다고 하겠다.

5. 마무리

문학이 인간의 문제에서 출발하여 다시 인간의 문제로 환원되어야 함은 당연하다. 인간에 대한 문제의식은 보이지 않는 힘의 질서에 대한 반항정신에서 나오고 그것이야말로 문학의 영원한 생명력을 지속시킬 동력이 된다. 김원일 문학의 생명력은 바로 보이지 않는 힘의 질서에 대한 반항정신에서 찾아진다. 그의 경우, 그것은 이 질곡의 시대를 겨냥한 '의도적인 일갈'이라는 점에서 단순한 현실부정이 아니다. 그것은 이데올로기와 전쟁에 대한 부정 차원을 넘어선다. 그가 작품 속에서 자신의 비판적 태도를 꼼꼼하고 세세하게 형상화한 것은 본말이 전도된 현실 가치에 맞서는 작가의 집요한 열정을 보여준 것이라 할 수 있다. 궁극적으로 이데올로기의 무위성을 주장하는 작가의 의도에는 인간의 가치를 구현하고 분단된 질곡의 현실을 넘어서기를 바라는 의지가 담겨있다고 볼 수 있다.

김원일이 『겨울골짜기』에서 한국전쟁과 거창 양민학살이라는 질곡의 역사

들을 하나의 상징으로 되돌려 버리는 것이기도 하다. 죽음과 삶의 기로에서 영혼은 한순간 육체(핏줄—아들)를 낯설어 하며 운명의 얼굴을 확인하지만 그 운명은 주관으로 동화되어 총체적인 형상을 제공하지 못한다. 김원일 소설이 갖는 대상화된 운명의 형식은 주관에 동화되어 작품 속의 체험이 곧 작가 자신의 체험과 연결될 것 같은 환상을 던져줄 때만 성공할 수 있음을 보여주는 실례라고 할 것이다."
류철균, 「대상화된 운명의 형식—김원일론」(≪작가세계≫, 1991. 여름), pp.79~80.
하지만 이와 같은 소설 구성법은 오히려 독자에게 생생한 의미보따리를 되돌려 줌으로써 역사에 대한 문학적 성찰을 갖게 한다는 점에서 장편소설에서도 능히 취할 수 있는 형상화 방법이라고 본다.

적 사실을 통해 보여 주는 세계인식은 기본적으로 비극적인데, 그 비극적 인식은 상반된 두 개의 접근로를 가지고 있다. 하나는 폭력적 광기의 세계를 연출하여 보여준 드난한 인간 삶의 진상(眞相)이고, 또 하나는 질곡의 역사 현실에 대한 냉철한 현실인식이다. 이러한 서사전략을 통하여 그는 뒤틀린 인간 세계에 대한 휴머니즘의 회복을 꿈꾼 것이라고 할 수 있다.49) 여기에는 오늘의 역사를 의미있는 것으로 만들려는 작가 의지의 반영된 것이라고 할 수 있다. 이 같은 사실은 산사람과 군경의 틈바구니에 놓여있는 거창군 신원면을 중심으로 경계선적 삶의 고단함을 드러내고 마침내 학살의 현장에서 수많은 양민의 학살과, 무자비한 학살의 증명이 될 신생의 탄생과의 대비를 보여줌으로써 동시대의 아픔을 신생아로 남겨진 우리들의 몫으로 환치시켜 이해하려데서 찾을 수 있다. 작가는 새 생명의 핏줄로 역사가 낳은 비극이 치유되길 원하고 있다. 이 작품의 마무리를 통해 그가 말해주는 것은 살아 있는 우리는 질곡의 역사에 빚을 지고 있다는 것이다. 곧 역사의 상처가 남긴 흉터를 제거하기를 바라며 분단 극복에 대한 염원을 담고 있다고 하겠다.

한국전쟁의 원인론의 탐구라는 관점에서 보면, 『겨울골짜기』는 전쟁 외인론, 특히 이상주의자이면서 전쟁회의론자인 인민군 김익수를 통해 이데올로기 대리전으로 이해하고 있다. 그러나 이와 같은 사고는 분단의 근원적 원인에 심도 있게 접근한 태도라고 보기 어렵다. 러시아·중공·일본·남북한의 모든 자료를 중심으로 한 가장 최근의 연구에 의하면 "1945년 전후에 한국이 안고 있던 '동질성의 파열(破裂)'이 분단과 전쟁의 치명적인 원

---

49) 정호웅은 김원일의 『겨울골짜기』가 소박한 휴머니즘에 기대어 '구체적 역사성을 상실'하고 있기 때문에 분단극복을 향해 우리의 문학이 매진하고 있는 현시점에서 이같은 휴머니즘은 '일종의 후퇴'라고 부정적 평가를 내린다(「분단소설의 후퇴와 전진」(≪문예중앙≫, 1987 가을호), pp.369~370 참조). 그러나 이 작품은 다른 각도에서 검증되어야 한다. 그것은 삶의 진정성의 문제와 맥이 닿아 있다. 인간의 삶을 합리적 규정성에 매어 파악하는 것은 마치 인간의 정신을 현미경으로 검증하려는 것과 같다. 우리 인간의 삶이 역사적 규정력에서 자유로울 수 없고, 정치적 이해관계와 이데올로기적 규정력에 의해 부침(浮沈)했던 역사를 우리는 잘 기억하고 있다. 산 사람과 경찰의 틈바구니에서 부침하는 인간의 군상에 대한 형상화는 오히려 삶의 진실에 가까운 것이고 설득력이 있는 것이다.

인"[50]으로 설명된다. 이 논리에 의하면 분단의 책임이 상당부분 우리에게 있다는 논리를 펴고 있다. 말하자면, 한반도의 운명에 대하여 책임을 지고 있던 강대국들, 특히 미국이 한국의 정치인들을 지극히 불신했다는 사실은 바로 한국의 분단과 밀접한 관련이 있음을 보여주는 한 예라고 할 수 있다. 즉 민족 분열이 일차적인 변수였고 국제적 환경은 부차적인 변수였던 것이다.[51] 우리의 민족 분단은 이차 세계대전 후 세계 질서의 재편과 군사점령상의 필요에 의해서 삼팔선이 그어진 외재적인 원인에 의해 그 비극적 양상을 잉태하고 있었지만 또한 자본주의와 사회주의의 이데올로기적 대립이 민족 내부의 독재권력의 지배체제 구축이라는 내재적 원인으로 심화되었다. 이와 같은 적대적 대립국면의 절정은 급기야 한국전쟁으로 표출되었고 이로 인해 분단은 더욱 고착화되었던 것이다. 이와 같이 분단한국의 특수성은 정치·경제·사회·문화·교육 등 모든 분야에 걸쳐 이질화를 촉진시켰고 자체의 유지기반을 마련해갔다. 결국 분단 현실은 한국인의 정신구조에 절대적인 영향을 미치는 가장 상위의 가치질서로 내면화되어 분단의식을 형성시켰던 것이다. 그러므로 한국 분단과 전쟁을 바라보는 작가의 태도는 아직까지 가족과 민족의 범주에 머물러 있으며 상대적으로 풍부한 사료를 토대로 한 거시적 안목으로 우리의 분단과 한국전쟁의 원인을 세계사적 변화의 추이 속에서 읽어내는 데 부족했던 것이 사실이다.

한편, 70년대와는 달리 열림을 향해가던 80년대라는 시대적 상황이 작가로 하여금 빨치산에 대한 본격적인 형상화의 길을 열게 했다는 사실 또한 간과될 수 없다. 좌익에 대한 작가들의 적극적인 접근현상은 분단 현실의

---

50) 신복룡, 앞의 책, p.55.
51) 위의 책, pp.55~56. 이 논리는 기존의 전통주의적 입장, 수정주의적 입장, 재수정주의적 입장의 장단점을 수용하면서 "한국의 분단이 당시 국제 정치의 상황으로 볼 때 불가피했다는 보수주의자의 입장은 자신(강대국)의 책임을 회피하고 있다는 점에서 비겁하며, 미국의 책임론을 주장하는 수정주의자들은 한국인 자신의 책임을 간과하고 있으며, 결국 책임의 상당부분은 우리의 잘못이었다는 재수정주의자들의 논리는 자조적(自嘲的)이며 외재적 요인을 간과"하고 있음을 반성적으로 성찰한 데서 나온 결과로 신뢰할 만하다.

극복이라는 시대적 여망에 실천적으로 대응하려는 작가의식의 산물이기도 하지만 사회적 여건이 성숙된 결과라는 점도 주목해야 한다.52) 여기에 저널리즘의 지난 날의 은폐된 역사에 대한 관심53)과 작가의 현실 인식이라는 의지적인 측면이 이 작품이 생성된 또 다른 의미를 갖게 된다. 이 점은 작가의 현실인식을 투영한 것으로서의 문학과 열림을 향해 가는 시대사적 조류와의 상관관계를 직접적으로 대변하고 있는 한 사례로 보여진다.

환언하면, 『겨울 골짜기』에 투영된 한국 분단소설의 현실 인식은 인간 개개인의 운명과 공동체 사회를 분열시키고 억압해온 폭압적 조건들에 대한 의도적인 비판이라고 할 수 있다. 이는 우리 현대사의 환부라고 할 수 있는 분단과 민족의 분열 그리고 전쟁 등의 질곡의 역사와 이데올로기로 강제된 비인간적인 현실에 대해 서사적 상상력으로 대응하여 보여준 결과라고 하겠다. 즉, 작가가 서있는 현실과 작품의 배경이 된 동시대의 현실을 바라보고 의미 있게 읽어내는 작가의 현실인식은 곧 우리 민족 정신의 구조를 바라보고 그것을 작품 속에 의미화한 결과로 나타난 것이라고 할 수 있다. 김원일은 광기의 살육과 파괴의 현실을 통해 어떠한 이데올로기나 정치적 열정도 인간의 희생 위에서는 무의미하다는 삶의 절대적 존엄성을 『겨울골짜기』를 통해

---

52) 임우기의 다음과 같은 설명은 80년대 사회적 여건이 성숙된 결과에 대한 이해를 얻게 해준다. "80년대 이후 이념적 경향이 강화된 학생운동의 부단한 전개, 노동자·농민 운동, 재야 세력들과 연대한 민중 운동 등은 그 동안 금기의 영역이었던 반공 이데올로기의 완고한 장벽을 허물어뜨리는 데에 가장 큰 역할을 담당하였던 것이다. 다시 말해서 운동은 작가들에게 '분단 문제'에 대해서 제재 선택의 폭을 넓혀주고 좌우익에 대해서 객관적으로 접근할 것을 허용했으며 독자 대중들에게는 반공 이데올로기의 허구를 반성적으로 인식할 수 있는 단초를 제공했던 것이다. 요컨대 운동은 분단문학의 터를 넓혔다."
임우기, 「80년대 '분단소설'의 새로운 전개—『태백산맥』과 『겨울골짜기』에 대하여」, 『살림의 문학』(문학과지성사, 1990), p.91 참고.

53) 김원일은 『겨울골짜기』가 형상될 수 있었던 이유를 다음과 같이 설명하고 있다. "70년대 말 ≪중앙일보≫에서 '민족의 증언'을 장기 기획특집으로 연재할 때 '거창사건'을 당시 관련자의 증언 중심으로 다루기도 했지만, 82년 ≪부산일보≫가 기획특집 르포로 '임시수도 1000일'을 연재할 때, '거창사건' 편이 나에게 결정적인 용기를 주었다."
김원일, 『겨울골짜기』, 「작가의 말」에서

보여주고 있는 셈이다. 어느 편에서건 전쟁은 이데올로기의 명분에 의해 합리화되지만 정작 우리 자신에게는 모든 희망과 기대를 앗아가는 폭력이며 재난이다. 이러한 이데올로기의 무위성의 예증을 통해서 그 허구성을 폭로하고 그것을 벗어난 세계성을 환기하는 것, 그것이 이 소설의 전망이다. 결국 이 작품은 전쟁의 광기에 무방비 하게 노출된 경계선상의 인물들을 통하여 개인의 삶의 자유와 권리가 그 어느 것보다도 소중한 것임을 재확인시켜주고 인간 실존에 관한 문제 의식을 재고해준 분단소설이라 하겠다.

제5부

북한소설론의 변화 양상

홍기삼*

1

민족문학은 과연 이념적 정체성을 추구하는 본질주의적 신화인가. 남북 분단은 그러한 신화를 구성하는 민족문학의 정체성조차도 이질적인 것으로 분열시키면서 한쪽이 다른 한쪽을 허구로 폐기하지 않으면 안되는 갈등을 지속해오고 있다. 남북이 서로 상대에 대해 정체성을 상실한 '괴뢰' '괴뢰집단'으로 규정한 것은 민족주의의 관점에서 보자면 지극히 정당하다. 한 민족이 두 개의 상반된 정통성이나 정체성을 용인한다는 것은 적어도 이론적으로는 성립시킬 수 없기 때문이다. 그렇기 때문에 민족문학의 관점에서 남북문학의 현실과 이상을 비교한다는 것은 문학내적 또는 시학적 요인보다도 사회적 현실의 주요 결정인자가 어떤 것인지, 그런 조건들을 치밀하게 비교하기를 요구하는 그런 시안이 된다.

적어도 북한의 문학과 사회는 문학적 다원주의를 거부하고 단원적 유토피아의 이상을 추구한다는 점에서 전체주의, 공동체주의 사회의 한 이념적 전형을 이루고 있다는 사실만은 분명하다. 북한의 '인민'은 세습적 소외와 억압구조를 물려받은 침묵하는 타자가 아니라 생산의 주인이고 프롤레타리

---

* 동국대학교 교수 · 문학평론가

아 독재체제의 정치적 중심이며 민족문학의 수용자이고 그 비판자들이기도 하다. 요컨대 그런 "인민을 위하여 복무"하는 북한 문학의 정치 철학 및 미학적 세계관의 토대를 이루는 것은 주체사상이며 그 실천적 미학의 방법은 사회주의적 사실주의를 통해 실현된다. 이 글은 북한의 소설이 북의 미학적 논리에 어떻게 규제되고 지시받으며 변하고 있는지 소설의 몇 가지 사례와 이론 검토를 통해 생각해 보고자 한다.

우선 북한의 문학은 최고 지도자의 '교시'에 의해서 시작되고 완결된다는 사실을 가감없이 인식해야 한다. 이 교시의 사상적 토대는 물론 주체사상이다. "우리 작가 예술인들에게 있어서 수령님의 교시는 창작의 기초이며 창작 전과정의 지침이며 창작총화의 기준으로 된다."1)

이처럼 최고 지도자의 '교시'는 참조해도 무방하고 참조하지 않아도 죄가 되지 않는 참조사항 정도가 아니라 절대적·생명적인 최상의 권위와 가치를 갖는다. 창작의 기초 → 창작 전과정의 지침 → 창작총화의 기준이 되는 '교시'는 그러므로 반성적 토론이나 비판의 대상이 될 수가 없다. 그것은 모든 이론이나 관련 법률, 관련 정책, 사회적 규범, 심미적 가치 등 문학예술적 관례의 상위에 존재하는 정치적 사상적 권위를 갖는다. 그리고 이러한 권위의 철학적 배경이 되는 것이 주체사상이고 그것에서 파생한 문예미학이 '주체사상에 기초한 문예이론' 즉 주체문예이론이다.

두루 알려진 이 주체이론의 골자를 요약 재론하자면 "개개 민족과 개개 나라 인민대중은 자기 운명의 주인"2)이라는 민족주의적 각성을 기반으로 하는 긴일성 주의가 그것이라 할 수 있다. 김일성이 말하는 주체사상이라는 것을 좀더 참조하자면 "한마디로 말하여 혁명과 건설을 추동하는 힘도 인민대중에게 있다는 사상입니다. 다시 말하면 자기 운명의 주인은 자기 자신이며 자기 운명을 개척하는 힘도 자기 자신에게 있다는 사상입니다."3)라는

---

1) 사회과학원 문학연구소, 『주체사상에 기초한 문예이론』, 어문도서편집부편(평양사회과학출판사, 1975), p.232.
2) 사회과학원문학연구소편, 『문학예술사전』(평양, 1972), p.774.
3) 같은 책, 같은 쪽.

타자화를 거부하는 주체의 선언이 이 사상의 근간이 된다. 개인에게 있어서
나 민족의 운명에 있어서 그 주인이 자기 자신이라는 각성은 단순해 보이는
논리의 형식을 넘어서서 존재론적 인식의 깊이를 환기하기도 하고 대타적
민족주의의 논리를 창출하는 듯 보인다. 김일성은 "매개 나라에서 혁명의
주체적 역량이 마련되어 있는 현시대의 조건에서 그 어떤 국제적 「중앙」의
일방적 처방으로써는 모든 문제를 옳게 해결할 수 없다"4)는 주장을 편다.
이것은 명백히 소련 중심의 국제 공산주의 구조를 거부하는 탈소선언이면서
"매개 민족과 매개 나라 인민 대중은 자기 운명의 주인"이라는 주체사상의
뼈대를 완결하는 실천적 도구적 정치 철학으로 규정된다. 이처럼 북한은
공산주의 국가중 하나이면서 주체사상이라는 독자적 이데올로기 때문에
"당의 유일사상체계"를 가진 매우 독특한 국가로 구성되면서 다른 공산주의
국가들과 성격을 달리한다. 이에 따라 북한의 문학 역시 "당의 유일사상을
구현한다는 것은 예술적 형상과 생활화폭을 통하여 작품에 당의 유일한
지도사상인 수령의 혁명사상과 그 구현인 당의 로선과 정책이 정확히 반영
되도록 하는 것"5) 즉 주체사상의 신봉과 실천을 통한 문학창작을 철저히
의미한다. 이처럼 최고 지도자의 교시와, 교시의 실제적 내용을 이루는 주체
사상이야말로 북한의 결정적 본질이며 비결정성의 실체이기도 하다. 이와
더불어 총론적으로 함께 이해해야할 문제는 북한의 문학이 무엇을 대상으로
삼는가 하는 것인데 이는 비공산권의 문학과 마찬가지로 '인간'을 대상으로
한다는 점에서는 일치한다. 그러나 '인간에 관한 학' 즉 인간학으로서 문학
이 존재한다 하더라도 부르주아 휴머니즘이 추구하는 인간학 일반과 달리
북한의 인간학은 '공산주의 인간학'이다. "지난날에도 문학 예술에서는 인
간학이라는 말을 써 왔다. 그러나 지난 날 인간학이라고 할 때 그것은 문학예
술 일반이 인간을 묘사 대상으로 하고 있으며 인간 생활을 진실하게 그려야

---

4) 같은 책, p.778.
5) 사회과학원 문학연구소, 『주체사상에 기초한 문예이론』, 어문도서편집부편(평양사
   회과학출판사, 1975), p.20.

한다는 일반적인 의미에서 쓰여진 것으로서 사회주의적 문학예술의 본성과 사명, 지위와 역할을 밝혀주는 개념으로 될 수 없었다.”고 전제하고 “사회주의적 문학예술은 공산주의 새 인간학으로 되어야 하며 그래야 그것은 온 사회를 김일성 동지 혁명사상으로 일색화 하는데 힘있게 이바지할 수 있다”6)고 강조하고 있다. 이어서 “문학이란 인간학이며 산 인간들을 그리고 그들의 생활을 그리는 것이 곧 문학”이기는 하지만 “우리의 혁명문학은 지난날의 문학과는 달리 모든 것을 사람을 중심으로 생각하고 사람을 위하여 복무하는 주체사상의 근본 요구를 전면적으로 구현하고 있는 주체의 인간학, 새로운 공산주의적 인간학”이라 주장한다. 이러한 공산주의 인간학은 “인간의 자주성을 옹호하는 문제에 예술적 해답을 줄 때” 즉 문학이 인간학인 한 인간만이 모든 것의 주인이며 주체적 존재이고 정치적 존재라는 사실을 규명할 수 있게 된다. 정치적 존재로서 인간은 김일성이 부여한 정치적 생명을 위해 육체적 생명을 기꺼이 바치는 인간형이다. 문학적 전형으로써 공산주의적 인간이란 결국 주체사상에 뿌리를 둔 혁명투사의 다른 이름이다. 이와 같은 이유 때문에 북한에서 문학은 심미적 정서적인 영역의 예술이나 인문분야에 속하는 학문적 대상이라기 보다는 사회과학 분야에 더 가까운 것으로 분류되는 듯하다. 북한의 「문학연구소」가 사회과학원에 배속되어 있는 편제상의 문제도 그렇거니와 혁명을 위한 힘있는 선동 선전의 무기로 규정하는 북한의 법률적 체제적 요구에 힘입어 북의 문학은 그 어느 사회과학 못지 않게 사회 현실을 변혁시켜가는 혁명적 역할을 담당한 듯이 보인다.

2

위에서 살핀 바와 같이 북한의 문예미학과 이론에 대한 총괄적 이해에는 정치적 이념적인 고려가 반드시 전제되지 않으면 안 된다. 이를 바탕으로 해서 문예이론의 각론이라 부를만한 실천적 이론들이 성립된다는 사실 역시

---

6) 앞의 책, pp.51~70 참조.

의심의 여지가 없다. 이들 이론 중에서 현재까지 유효성을 견지하고 있는 사례들을 몇 가지 추려 예시하면 다음과 같다. 먼저 사회주의적 사실주의의 미학적 원칙에 대해 검토해보기로 하자. 이에 대해서 김일성은 "…나는 우리나라에서 사회주의적 사실주의라고 하면 민족적 형식에 사회주의적인 내용을 담는 것을 말한다는 정의를 주었읍니다"[7]라고 밝힌 바 있고 또 달리는 "구체적 민족문화예술은 민족적 형식에 사회주의적 내용을 담아야하며 인민대중의 정치문화 생활에 훌륭히 이바지하는 것"[8]이어야 한다고 말한다. 이 두 가지 언명 중 앞의 것은 외국 기자들의 질문에 대답한 회견문 중 일부이고 뒤의 것은 '빠나마 기자 대표단'과의 회견문 중 일부이다.

그런데 '민족적 형식'이라는 잘 알려진 미학적 테제를 이해하려면 몇 가지 신중하게 수용하지 않으면 안될 조건들이 그 속에 내재해 있다는 사실에 유의해야 한다. 첫째, 사회주의적 사실주의 예술은 '사회주의적 내용에 민족적 형식을 가진 예술'이라는 테제로 사회주의 나라들에는 일반화되어 있는 형편이고, 김일성 이전에 스탈린이 1952년 5월 18일 동방노동자 공산주의 대학의 학생대회에서 「동방민족의 대학 정치 임무」라는 제목으로 행한 연설문을 통해 널리 전파된 것이다.[9]

그러나 같은 테제라 하더라도 거기에 부여된 주체사상의 미학적 논리는 동일한 것이 아니어서 김일성 자신이 처음 말한 것처럼 언명했다고 해서 순전히 거짓말이 되는 것은 아니다. 둘째, '민족적 형식'의 '민족'은 근대민족국가의 구성원 일체를 지칭하는 것이 아니라 선택적 개념인 '인민'에 상응한다. 김일성의 주장과 같이 "현시대는 지난 날 큰 나라의 지배와 예술 밑에서 억압받고 천대받던 인민들이 세계의 주인으로 등장하여 자기의 운명을 자주적으로, 창조적으로 개척해나가는 자주성의 시대"[10]이기 때문에 북한의 '인민'과 '민족'이라는 말은 그들의 논법으로는 크게 모순되거나 배치되

---

7) 같은 책, p.351.
8) 같은 책, p.8.
9) 陳繼法, 叢成義 역, 『사회주의예술론』(일월서각, 1979), p.141.
10) 사회과학원 문학연구소, 앞의 책, p.109.

지 않는다. 또한 '민족적 형식'이 '사회주의적 내용'에 잘 부합하는 이유는 "인민의 정서와 비위"에 맞기 때문이며 "조선 사람이 좋아하고 조선사람의 구미에 맞는 그런 형식"11)이기 때문이다. 이 밖에도 '민족적 형식'과 관련된 것으로 우리 민족의 우수성, 언어의 우수성에 대한 것, 반동적인 것을 제외한 전통 계승의 현대화 등등 많은 논의가 추가되어 있다.

다음으로 사회주의적 내용, 당성, 노동계급성, 인민성 및 비타협성 등을 간단히 검토하기로 한다. 사회주의적 내용이란 ① 혁명적인 것 ② 계급적인 것 ③ 낡은 것을 없애고 새 것을 창조하는 것 ④ 근로인민들의 이익을 옹호하는 것 ⑤ 반제투쟁 ⑥ 모든 이들이 다 잘 살자는 것 등을 포함한다. 그러나 이러한 실천적 과제들이 자족적으로 '사회주의적 내용'을 이루는 방식이 아니라 주체사상과 온전히 결합되었을 대 비로소 북한문학에서 주장하는 '사회주의적 내용'이 성립되는 것이다. 이 점 역시 '민족적 형식'과 마찬가지로 다른 사회주의권 국가들의 문예이론과 차이를 갖는다.12)

사회주의적 사실주의의 기본 3요소라 할 수 있는 당성, 노동계급성 및 인민성의 개념은 북한 문예이론에서 크게 변형되지 않은 것으로 보이지만 이 3요소에 하나 첨가되는 것이 비타협성 즉 '적대주의' 항목이다. 적대주의란 "온갖 반동적 문예조류 및 반혁명적 문예사상과의 비타협성"13)을 뜻한다. 비타협적 경계대상인 '반동적 문예에는 초당성, 무계급성, 허무주의, 복고주의 등 자본주의 사회의 시민적 병폐와 자연주의, 예술지상주의, 형식주의 등 문예사조, 순수문학, 예술을 위한 예술, 무사상성을 표방하는 관념론적 철학과 부르조아 사상의 산물인 문학의 이념들을 그 대상으로 쏟고 있다.14) 이 밖에 종자론, 속도전이론, 전형창조론, 통속예술론, 군중예술론15)등이 북

---

11) 같은 책, p.120.
12) 같은 책, p.111 참조.
13) 『김일성 저작선집』 1권, p.380.
14) 사회과학원 문학연구소, 앞의 책, p.97.
15) 북한의 「문예사전」은 '종자란 헐하게 말해서 작품의 기본 핵'이며 '작품의 핵을 이루는 종자는 그 작품의 가치를 규정하는데서 근본문제'가 되고 '창작가는 종자를 똑바로 잡아야 자기의 사상 미학적 의도를 정확히 전달할 수 있고 작품의

철학성을 보장할 수 있다'고 풀이한다. 종자란 알맹이이되 사실적인 것이며 그것은 창작의 전과정에 유기적, 통일적으로 적용되는 핵심 원리라 할 수 있다. 요컨대 북한 사회가 공동의 이념과 가치로 규정하는 일체의 가치 체계를 하나의 이데아로 첨예화한 것이 종자이며 그것의 방법적 확산이 종자론에 입각한 창작 방법이다. 결국 종자론은 모든 사상 체계를 단일화하고 단순화시키지 않으면 안되는 북한 사회과학으로서 문예학의 한 원형이라고 규정해 볼 수 있다. 이것은 김일성 주의의 필연적 전개로 얻어지는 단일화의 도식이며 아울러 다양성의 배제를 그 근원에서부터 도모하는 기묘한 논법의 결과물이다.

속도전 이론은 문예창작의 원리로서 문학을 전투행위의 하나로 간주하고 있다는 점에서 가장 북한다운 이론이다. 그들의 이론서에서 문예창작의 속도전 이론은 "사상 분야에서 전격전, 집중 공세, 섬멸전을 벌려 문학예술 부문 일군들의 사상 의식을 좀먹고 속도전을 방해하는 사상적 「잡귀신」들을 극복해 나감으로써만 창작에서 끊임없는 비약과 혁신을 이룩할 수 있다"고 주장한다. 결국 속도전의 성격은 "문학예술 창작에서 최단기간 내에 양적으로나 질적으로 최상의 성과를 이룩하는 것"(『주체사상에 기초한 문예이론』, p.230)으로 제기된다. 이는 작가의 '영감'을 부정하고 '창작적 열정'을 속도전의 속성으로 내세우며, 작가들에게 자각과 책임감을 높여 "창작에 모든 사색과 정열, 온갖 지혜와 재능을 쏟아붓게"한다는 논리를 제시하는 데 이는 작가들에 대한 일종의 구속을 합리화하는 궤변이라 볼 수 있다.

북한의 전형창조론은 일반적인 사회주의 사실주의의 전형이론을 변형시킨 것으로, '주체사상에 기초한 인간학'으로서의 북한의 문예이론이 특수하게 창조해 낸 이론이다. 여타 공산주의권의 전형론과 달리 북한의 문예에서 전형의 대표적인 존재는 김일성이며 김이 제시한 역사발전이론과 사회혁명이론을 성실하게 추구하고 용감하게 투쟁하는 전형이 가장 필요한 전형적 인간이 된다. 북한문학에서 전형이론은 사회주의적 사실주의 이론의 바탕으로 기능하고 '전형적인 인물'의 대표적 인간형으로 김일성을 명시하지 않으면 안 된다는 요구 때문에 더욱 강조된다. 이 전형이론에 토대한 부정적 인간형에 대한 규정은 갈등이론과 관련된다. 항일무장투쟁시대의 문예에는 반동세력이 등장하나, 이후 북한 사회에서 모든 계급갈등이 해소되었다는 선언 이후에는 김의 주체사상을 구현하는 동일한 목표를 지향해 나가는 사람들 사이에 이질적인 방법론이 갈등을 일으키는 경우, 보다 더 비합리적인 견해를 갖는 인물이 부정적인 전형이 된다.

통속예술론은 북한 문예의 특징적인 이론 중의 하나로 문예창작에서 통속성이 추구되어야 한다는 이론이다. 여기서 통속성의 원칙은 예술이 귀족화하거나 소수 유한계급의 점유물이 될 수 없다는 전제 아래 인민대중전체가 받아들일 수 있는 예술을 만들어 내야 한다는 전제에서 도출된 이론이다. 그러나 북한문예의 통속주의는 '인민'을 언제나 무지한 소비자로 간주하지 않는 한 성립할 수 없는 이론으로 이 이론에 의해 정치문화적인 요구가 성취된다고 해도 이후에 남는 것은 문예의 저질화라 할 수 있다.

마지막으로 군중예술론은 창조는 단독자의 행위에 속한다는 문예의 본질적인 구조를 무시하면서 오히려 창조의 주체는 개인이 아니라 군중 또는 집단이라고 한문예이론의 각론으로서 실제적 중요성을 가지고 있으나 김정일의 집정과 함께 변화의 모습을 보여준 문예정책에 대해서 알아보는 것이 더욱 긴요한 과제일 듯 싶다.

3

김정일은 1960년대부터 북한의 문예정책에 깊이 간여한 것으로 자료를 통해 확인되고 있다. 60년대 중반까지 그의 문예이론과 노선은 사회주의적 사실주의의 테두리를 벗어나는 것은 아니었다. 그러나 1966년 2월 7일 「새로운 혁명문학을 건설할데 대하여」라는 한 발표에서 "사회주의적 사실주의 문학도 마땅히 수령에 관한 문제를 첫째가는 중심문제로 제기하고 바로 풀어나가야 할 것"이라 지적한다. 왜냐하면 "수령은 혁명의 최고뇌수, 최고 령도자로서 로동계급의 혁명위업 수행에서 결정적 역할"을 담당하기 때문이라는 것이다.16) 이처럼 그는 사회주의적 사실주의 미학의 변혁을 통해서 이른바 '수령형상문학'을 본격화하기 시작한다.

1967년 문화예술계의 반종파투쟁은 그해 1월 천세봉의 원작소설 『안개 흐르는 새 언덕』을 원본으로 제작된 영화 「내가 찾은 길」에 대해 김일성의 비판이 가해지면서 촉발되고 종결된다. 주인공 강민호에 대한 형상이나 김 순영 등 인물 형상화에도 불만을 드러내었으나 문경태같은 일본 유학생들에 의해 반일투쟁이 이끌려 가는 듯한 서사의 일부는 1930년대를 시발로 하는

주장한다. 문예창작이란 타고난 것 선천적인 것 혹은 재능의 문제가 아니라 '사회적 실천의 산물'이며 신비한 것도 아니고 단지 '혁명적 세계관으로 튼튼히 무장'하기만 하면 된다고 주장한다. 김일성의 교시에 토대한 군중예술론의 요지를 정리하자면, 1) 북한의 문학예술에서 금지되고 파괴되어야 할 것은 전문가 중심주의이고 2) 군중적으로 발전해야만 하며 3) 선천적인 재능이 필요한 신비주의의 소산이 아니라 중학교만 나오면 누구나 가능한 작업이라는 주장이다. 요컨대 군중예술론을 통해 볼 수 있는 북한문예의 한 특징은 개인의 창조적 재능을 부정하는 집단주의론과 종합예술 우월론이라 할 수 있다.
16) 『김정일 선집』 1, pp.113~114.

김일성의 혁명역사와 무장투쟁에 대한 심각한 도전으로 보여졌을 지도 모른다. 아무튼 이 결과 안함광, 박팔양 등 구카프계 문사들이 수정주의자 반당반혁명분자로 숙청되었고, 김정일 주도의 '수령형상문학' '항일혁명문학'이 강화되는 방향으로 나가게 되었다. 결국 1961년 조선문예총규약에서 "조선문학예술총동맹은 우리나라의 유구한 역사를 통하여 발전한 진보적인 민족문화유산과 조선 프롤레타리아 문학예술동맹(카프)의 문학예술 전통, 특히 1930년대 항일무장투쟁 시기의 혁명적 문학예술 전통을 계승 발전시킨다"고 명시했던 전통 승계의 두 축에서 카프 쪽은 폐기하고 1930년대 항일혁명문학계통만 남게 되었다고 할 수 있다. 수령의 항일혁명문학의 초기 집대성은 남쪽에도 잘 알려진『불멸의 력사』총서이다. 이 총서는 김정일이 각 권의 번호와 제목을 정했다고 하는데 '항일혁명투쟁시기편'만 모두 15편이다. 소설로도 소개된 바 있는 북한의 5대혁명가극『피바다』(1971),『당의 참된 딸』(1971),『꽃파는 처녀』(1972),『밀림아 이야기하라』(1972),『금강산의 노래』(1973) 등이 70년대 초에 만들어지고 그 뒤를 이어서 5대혁명연극『성황당』(1978),『혈분만국회』(1984),『딸에게서 온 편지』(1987),『3인1당』(1987),『경축대회』(1988) 등이 무대에 올려지게 된다.

1980년대에 접어들면서 북한의 서사물에 다소 변화의 징후가 나타나기 시작한다. 그 변화를 선도한 것이 '숨은 영웅을 찾아내어 형상화하는 문학'의 등장이라 할 수 있다. '숨은 영웅론'의 발단은 1979년 10월 한 여성과학자에게 김일성이 처음 부여한 칭호였으나 1980년에 들어서면서 과학자 기술자만이 아니라 사회 전 분야에 걸쳐 숨은 영웅 발굴하기와 '숨은 영웅 따라 배우기'가 확산된다. 문학 분야에서도 "당과 혁명, 조국과 인민에게 끝없이 충직한 숨은 영웅들을 널리 찾아내어 이들의 고상한 풍모와 아름다운 정신세계를 훌륭히 형상"17)할 것을 조선노동당 중앙위원회가 작가동맹에 보낸 축하문 형식의 글을 통해 당부하고 있다. 김정일에 의해서 80년대 문학의 주요경향의 하나로 자리잡은 숨은 영웅의 형상화 작업은 북한 문학의 근본

---

17) ≪조선문학≫, 1980.2, p.12.

적 변화라고 말할 수는 없어도 북한 소설의 공식주의의 단순성으로부터 상당한 변화를 불러온 것은 사실이다.

한 연구자는 '숨은 영웅 형상화 문학'은 혁명전통을 중심 소재로 하던 북한 서사물에서 일상적인 삶의 문제로 소재가 확대되었다는 사실에 주목하면서 다음과 같이 그 특징을 요약하고 있다.[18] 첫째 북한의 문학예술에서 현재가 강조된다. 이것은 수령 형상의 항일혁명 문학이 과거의 시간에 해당된다면 '숨은 영웅' 이야기는 1980년대 북한의 인물이나 사건들이다. 둘째 문학 예술의 정치적 목적은 변하지 않았으나 문학수요자인 북한 주민들의 요구가 중시되는 경향을 보인다. 주민들의 일상사가 서사의 전면에 등장한 것이다. 셋째 소재의 다양화는 작품의 다양화를 촉진하였다고 할 수 있다. 과거 북한 서사물에서 찾아보기 힘들던 첩보물 희극류도 등장하였고 『홍길동전』(1986)이나 1987년부터 시작된 연속극 『림꺽정』 등은 오락물로서도 손색이 없을 정도다. 넷째 서사의 갈등 구조가 다양해졌다. 북한 서사물의 전통적 갈등 양상은 혁명전사와 지주 자본가 제국주의자 종파주의자 사이의 치열한 적대적 갈등이었다면 숨은 영웅 이야기에서는 세대간, 도시 지역간, 남녀간의 갈등 등 일상적인 수준의 비적대적 갈등이 작품의 뼈대를 이루는 경우가 많아진 것이다. 또한 소설, 극문학 등 서사물뿐 아니라 시에서도 숨은 영웅에 대한 호응은 적지 않은 듯하다. 가령 김정일의 지도로 창작되었다고 하는 「땅우의 별들」이라는 시는 종전의 시적 경향과 현저하게 다르다는 것을 쉽게 알 수 있다.

> 숨은 영웅들
> 이는 당의 빛발을 받아 안고
> 그 품에서 빛나오른 땅우의 별들
> 그것은 천이 되고 만이 되어
> 다투어 령롱한 빛을 뿌리여라[19]

---

18) 이우영, 「김정일 문예정책의 지속과 변화」(민족통일연구원, 1998), pp.29~30.
19) 이우영, 앞의 책, p.26 재인용.

　1980년대 북한 문학의 이와 같은 변화는 단순히 소재의 확장 수준에 그치는 것이 아니라 문학 수용자들의 욕구에 실제적으로 근접하기 시작하였다는 점에서 북한 문예 전반의 변화로 이어질 가능성이 충분한 것이었다. 그러나 1980년대 후반 동구라파 공산권 붕괴의 도미노 현상은 북한의 문학에도 냉각효과를 불러왔던 것으로 보인다. 1986년부터 김정일은 다시 이른바 수령 형상의 혁명문학을 독려하기 시작하면서 숨은 영웅 이야기라는 작은 서사들은 혁명과 반제투쟁 등 수령형상의 거대서사에 밀려난 듯하다. 1986년 조선문예총 제6차 대회에서(5차 대회 이후 25년 만에 개최된 것) 김정일은 "당의 유일사상 교양에 이바지하는 혁명적 문학예술작품들을 더 많이 창작"할 것과 "창작에서 주체성의 원칙, 당성, 로동계급성, 인민성의 원칙"을 철저히 지켜 "주체의 혁명적 세계관, 혁명적 수령관을 똑바로 세우는 것"을 역설한다.[20] 이와 같은 사상적 내부단속의 논리는 외부세계의 정치적 동요와, 허무하게 사라져가는 공산권 국가들의 참담한 최후를 목격하면서 북한 지도층이 선택한 정책적 결과였을 것이다. 이 무렵의 대표적인 문예물로는 1987년부터 제작되기 시작한 이른바 '다부작 예술영화' 『민족의 태양』이다. 1960년대 풍의 수령형상문학의 복원과 이념적 강화가 현저하게 드러난 서사물이다.

　1990년대에 들어서면서 김정일은 더욱 주체사상의 문학적 이념화를 추구한다. 그는 예술 각 장르에 대한 이론서(『무용예술론』 1990, 『미술론』 1991, 『건축예술론』 1991, 『음악예술론』 1991 등)를 출간한데 이어 1992년에는 그 모든 것을 총괄하는 『주체문학론』을 출판한다. 이 저서는 두말할 것도 없이 문예물을 통한 주체사상의 강조가 그 바탕을 이루고 있다. 그런데 이 저서에서 유의할만한 것은 사회주의적 사실주의의 변용이라 할만한 '주체사실주의'라는 미학적 논의를 새롭게 시도하고 있다는 점이다. 그의 『주체

---

20) 1961년 당시 문예총 위원장이었던 한설야를 숙청하기 위해 소집되었던 문예총 제5차대회 이후 25년만에 제6차대회가 열린 것으로 보아 그 긴박감을 읽을 수 있다. 같은 책, p.30 참조.

문학론』에는 '주체사실주의'에 대해 다음과 같이 언급하고 있다.

> 주체사실주의는 사람을 중심으로 하여 현실을 보고 그리는 창작방법이다. 우리식의 사회주의적 사실주의 창작방법인 주체사실주의는 주체의 철학적 세계관에 기초하여 인간과 생활을 보고 진실하게 그려냄으로써 문학예술로 하여금 인민대중에게 참답게 복무할 수 있게 한다. 주체사실주의와 선행한 사회주의적 사실주의의 근본적인 차이는 사람을 어떤 견지에서 보고 그리는가 하는데 있다. 선행한 사회주의적 사실주의에서는 주로 인간을 사회적 관계의 총체로 보고 그리였다면 주체사실주의는 인간을 자주성, 창조성, 의식성을 가진 사회적 존재로 보고 그린다. 관점상의 이러한 차이로 하여 두 창작방법에는 인간을 보고 그리는데 근본적인 차이가 있게 된다.[21]

이처럼 "주체사실주의"는 공산권미학의 중심을 이루는 사회주의적 사실주의로부터 한 단계 진전을 이룬 북한의 새로운 문예미학으로 규정되고 있다. 북한문학은 김일성의 반제혁명투쟁 → 카프(신경향파 문학 포함)의 비판적 사실주의 → 사회주의적 사실주의 → 우리식 사회주의적 사실주의 즉 주체사실주의의 단계로 발전해 왔다는 것이 김정일의 관점중 하나이다.[22] 그는 "사회주의적 사실주의가 유물변증법적 세계관에 기초하고 있지만 주체사실주의는 사람 중심의 세계관, 주체의 세계관에 기초하고 있다"[23] 하여 양자 사이의 개념적 차이를 명백히 하기 위해 여러 가지 논리를 동원하

---

21) 김정일, 『주체문학론』 (조선로동당출판사, 1992), p.100.
22) 같은 책, pp.73~90 참조. 2장 「유산과 전통」, 3절 「민족문학예술유산을 주체적 립장에서 바로 평가하여야 한다」에서 거듭 민족문화유산의 소중함을 강조하면서 「서방문화이식설」을 주장한 자들을 서양문화에 중독된 민족허무주의자, 사대주의자로 비판하고 있다. 그러나 종전의 근대문학론과 달리 이 저자는 카프와 신경향파의 복권을 비롯해서 심지어는 이광수와 최남선까지도 부분적 해금을 명시하고 있다. 단재, 만해, 김억, 소월, 지용과 동반자작가인 심훈과 효석도 문학사에서 공정하게 평가받아야 한다 하고서 애국계몽기의 문학과 실학파 문학, 판소리계 소설, 김만중, 허균, 정철, 김시습, 리규보, 최치원 등 신라 시대 문사까지 언급하고 민요와 시조 등에도 주목함으로써 문학유산의 폭을 확장하고 있다.
23) 같은 책, p.95.

고 있다. 주체사실주의는 사회주의적 사실주의를 단순히 계승하는 것은 아니지만 그렇다고 해서 그것에 대립하는 것도 아니라는 점도 또한 강조된다. 주체사실주의는 전시대의 사회주의적 사실주의 미학을 넘어서서 "위대한 주체사상의 원리를 문학예술 창작에 구현하는 과정에서 형성된 우리 시대의 가장 올바른 창작방법"24)이며, 인간을 사회적 관계의 총체로 규정하는 관점을 거부하면서 주체와 창의성을 통해 실현되는 인간의 개별화를 추구한다는 논리로만 본다면 그것은 확실히 진전된 문학론으로 보일 가능성이 있다.

계속해서 이 글은 주체사실주의의 창작방법으로, 주체사상이 철저히 구현된 '우리식 사회주의 사회'에서 역사 주체로 누리고 있는 긍지와 보람을 형상화할 것, 전형화와 진실성의 원칙을 견지할 것, 자주성을 요구하는 인민대중의 요구에 맞는 것이면 긍정적 본질적으로, 맞지 않는 것이면 부정적 비본질적으로 그릴 것 등이 요구된다고 쓰고 있다. 이와 더불어 또 한가지 유의할만한 것이 김정일의 '조선민족제일주의'라는 민족주의적 주장과 인식이다. "우리의 문학은 조선민족제일주의 정신을 높이 발양시키는데도 적극 기여하여야 한다. 문학이 조선민족제일주의 정신을 높이 발양시키는데 이바지하게 하는 것은 그 사상교양적 기능을 높이는데서 중요한 의의를 가진다. 문학은 조선민족의 위대성을 실감있게 형상하여 우리 인민으로 하여금 조선사람으로 태어난 긍지와 자부심, 자기 민족의 훌륭한 창조물과 자기 민족의 힘과 지혜에 대한 긍지와 믿음, 민족의 장래에 대한 굳은 확신을 가지고 혁명투쟁과 건설사업을 더 잘해나가도록 하여야 한다……."25) 국민적 국가적 통합의 원칙으로 내세웠던 사회주의에서 주체사회주의로 변환하였을 때 북한의 이념적 미래에는 이미 사회주의 이데올로기를 압도하는 주체적 민족주의가 기다리고 있었던 것으로 보아야할 것이다. 더구나 80년대 후반 이후 세계의 변화는 북한으로 하여금 국제주의 시장에 참가할 수 있는 조건을 제약하는 흐름이었다고 생각된다. 결국 북한의 문예미학 역시

---

24) 같은 책, p.100.
25) 김정일, 앞의 책, p.17.

그러한 세계정세와 불가분리의 것일 수밖에 없으며 그런 점에서 북한의 문예미학은 사회주의적 사실주의의 수용과 변용의 역사였다고 줄여 말할 수 있겠다.

4

북한 소설의 특징을 몇 가지로 요약 개관하기란 쉬운 일이 못된다. 그러나 다음과 같은 점은 북한소설의 특징으로 보아도 좋을 것이다.

첫째 모든 문예물은 정치적 목적을 실현하기 위한 도구적 기능을 갖는다. 이것은 북한 문예물 전체의 태생적 조건에 해당되며 북한 문예물의 운명이라 할 수 있다. 그 중에서도 '인민총화' 학습의 교과서로서 가장 실제적 가치와 유용성이 인정되는 소설의 경우 국가의 정치적 이익에 위배되는 길을 갈 수 없다는 사실은 불문가지이다.

둘째로 현장성과 사실성의 문제를 지적할 수 있겠다. 김일성은 작가들에게 "작가, 예술인들이 평양에만 앉아 있어서는 아무 것도 나올 것이 없습니다. 사람을 흥분시키는 생활과 투쟁은 공장에 가야 볼 수 있으며 농촌에 가야 체험할 수 있습니다."[26]라고 교시한 바 있는데 이는 소설의 제재가 주로 노동현장이 되고 노동현장에 관한 서술은 노동 현장을 체험하지 않고서는 사실성을 획득할 수 없으며 그렇게 사실성을 획득했을 때 비로소 소설적 진실만이 아니라 정치적 인간적 진실을 확보할 수 있다는 주장이다.

셋째로 도덕적 건강성을 꼽을 수 있다. 문학을 공산주의 인간학의 실현으로 규정한다는 뜻은 인간을 고매한 도덕적 혁명적 덕성을 구비한 존재로 인식한다는 전제를 갖는다. 그렇기 때문에 세계에서 가장 금욕적인 북한 문예가 경계, 배격하는 문예미학이 자연주의적인 관점 즉 인간이 동물적 욕망에 지배받는 존재라는 관점이다. 따라서 북한의 소설에는 남녀의 성적인 문제를 공들여 묘사하거나 과장되게 서술하는 경우란 있을 수 없다. 이

---

26) 『김일성 저작선집』2, p.580.

점에서 침실의 문을 열어놓고 적나라하게 성행위장면을 묘사해서 관객의
입장료를 노리는 소설들과는 근본적인 차이가 있다. 애욕이나 관능은 추악
한 것이고 심지어 "조선민족의 리익에 위반"되는 처사로 규정한다. 그런
점에서 염상섭의 「후덧침」 같은 작품도 추악함과 암흑면을 '여실히 묘사'한
자연주의 작품이지 사실주의 작품으로 인정할 수 없다고 비판한 것은 이미
1960년대 일이다.27) 성적인 문제만이 아니라 인간을 도덕적 지향과 절제를
갖는 존재인가 아닌가 하는 인식의 차이를 문제로 삼는다면 단순히 '성적인
문제' 정도가 아니라 소설 자체에 대한 세계관적 차이를 나타내는 문제중
하나라고 할 수 있다.(그러므로 비속한 언어 역시 대체로 배제된다.)

넷째로 행복한 종결이라는 서사결말에 관한 것이다. 북한 소설은 카프시
대 소설처럼 살인, 방화, 자살 같은 것으로 종결되는 법이 없다. 아니 그런
소설은 허용되지 않는다고 말하는 쪽이 합당할 것이다. 북한 소설이 반제
반봉건 민중투쟁, 자본가나 지주와의 프롤레타리아 계급투쟁, 사회주의 혁
명투쟁, 종파와 반종파투쟁, 수령 형상의 혁명투쟁등을 주요 내용으로 하고
있으나 그 어떤 경우도 혁명계급이 패배하는 경우란 있을 수 없다. 계급
모순에서 사회전반에 걸친 제모순과의 투쟁은 영명한 지도자의 가르침에
따르기만 한다면 그 어떤 경우도 패배할 수 없고 패배해서도 안 된다. 이것은
실재론이 아니라 당위론적 결과를 의미한다. 이와 관련해서 아울러 생각해
야할 것이 '혁명적 낙관주의'의 미학과 도덕이다. 북한사회는 염세적 비관적
회의주의나 퇴영적 패배주의를 그 어떤 경우도 인정하지 않는다. 혁명과
공산주의의 승리를 확신하고 낙관하는 태도야말로 북한의 작가가 한시도
방기할 수 없는 절대적 과제이기도 하다.

다섯째로 '수령과 지도자 동지'에 의해서 텍스트의 서사방향이 결정되거
나 진행된다는 점이다. 발표자가 읽은 1930년대 이후를 시간적 배경으로
삼고 있는 서사물에서 '수령'과 '지도자 동지'의 얼굴이 보이거나 그들에
대한 충성의 소리를 들려주지 않는 경우는 찾아볼 수 없었다. 이 경우 북한의

---

27) 박종식, 『새시대의 문학』 (문학예술총동맹출판사, 1964), p.258.

소설은 사실주의적 소설의 창작원리와 서술의 논리를 완전히 무시하는 관례를 만들어왔다. 그 작품이 3인칭 객관적 시점이냐 1인칭 시점이냐 같은 서사원칙과는 무관하게 언제든지 '수령'과 '지도자 동지'는 서사에 개입할 수 있고, 가르칠 수 있고 판단자가 될 수 있다. 서구 사실주의 소설에서 작가는 숨어있는 신이 세계를 지배하듯 작품의 배후에서 서사의 세계를 지배할 뿐 자신의 육성을 들려주지 않는 숨은 존재로 여겨져 온 것이 오래된 관습이지만 수령이 출현하는 경우 작가는 염치불구하고 그 모습과 육성을 드러낸다. "아버님께서는 원수님의 말씀을 대견하게 생각하시며 바위에서 일어나시었습니다." 이것은 한설야의 『만경대에서』라는 소설의 일절이다. 여기서 '아버님'은 김일성의 아버지, '원수님'은 초등학교 입학 전의 김일성을 말하지만 작가가 노골적으로 서사에 개입하고 있어서 조심스럽게 읽지 않으면 누구의 아버지인지 오해할 위험이 적지 않다. 이러한 사정은 비평도 예외가 아니고 시도 극문학도 예외가 아니다. 따라서 모든 작품이 다 그런 것은 아니라 하더라도 대부분의 작품은 최고 지도자에 대한 헌사로 채워진다.[28] 이 밖에도 집체작이라는 창작방식이라든지 국가에 고용된 작가만이 작품을 쓰고 발표할 기회를 갖는다든지 하는 집단주의적 형식과 문학사회학적 조건들 속에도 많은 특성이 있으나 이 정도로 그친다. 끝으로 1980년대에 '숨은 영웅' 시대의 소설 몇 편을 검토하고자 한다.

앞에서 언급한대로 '숨은 영웅'을 찾아내어 소설의 제재를 삼기 시작한 것은 1980년대의 일이다. '숨은 영웅'에 관한 소설은 그전 소설들에 비하여 소설기술론적으로 보아 몇 가지 신선된 양상을 나타내고 있다. 그것은 무엇보다도 수령형상의 혁명무력투쟁이라는 영웅담 형식이 아니라 평범한 인물들의 이야기라는 점에서 근대소설의 성격에 근접한 양상을 나타낸다. 혁명적 영웅이 아니라 기술자, 과학자, 연예인, 판사, 의사, 노동자 등이 긍정적 인물이거나 주인공이 된다. 그러므로 소설 속의 사건도 거대 담론 계열이기

---

28) 이 문제와 관련해서 필자는 『북한의 문예이론』(평민사, 1981)과 「북한소설의 기초적 연구」(『문학사의 기술과 이해』, 평민사, 1978)에 언급한 바 있음.

보다는 일상의 작은 담론 계열에 가깝다. 또한 이 소설들은 사회주의 소설이 일반적으로 취하고 있는 근엄한 엄숙주의의 포오즈보다는 경쾌한 언어감각과 익살 섞인 웃음도 간혹 보여주는 감성적 변화가 나타나고 있다. 이러한 소설적 변화들은 북한소설의 보다 본격적인 변화나 다양한 서사양상으로 확장될 가능성을 가진 것이었으나 다시 영웅담 계열로 되돌아간 듯하다.

백남룡의 중편 「벗」[29]은 중심인물인 정진우 판사를 내세워 이혼문제 등 가정적 일상사를 다루고 있다. 주인공격인 리석춘과 채순희는 연애 끝에 결혼에 성공한 부부사이다. 시간이 지나면서 선반공 노동자인 석춘은 직장 연예단의 중음가수인 아내(순희)의 생활에 대해 점차 거리를 느끼기 시작한다. 순희 역시 고식적이면서도 미래에 대해 적극적으로 발전을 도모하지 않는 남편이 점점 싫어진다. 이들의 가정불화는 결국 이혼소송으로 이어지고 정진우 판사는 천신만고 끝에 이들을 다시 결합시킨다는 이야기다. 이들 외에도 정진우 판사의 부인인 한은옥(외조에 힘입어 가정생활보다 육종사업과 남새사업에 몰두), 이기적인데다가 직권을 남용하는 채림, 술을 지나치게 좋아하는 무골호인인 연공, 그럼에도 불구하고 남편을 불만없이 잘 받드는 연공의 부인 여교사 등 북한 소설에서는 다소 낯선 사건에 낯선 인물들이 등장한다. 정진우와 한은옥의 신혼초야에 대해서는 이런 이채로운 서술도 보인다.

> 달빛에 번쩍거리는 고드름이 문발처럼 드리웠다. 눈이 쌓여 우장처럼 늘어진 느티나무 사이로 건너편 집들이 희붐히 보인다. 지붕에 두툼한 흰 솜이불을 눌러 쓴 것 같은 그 아늑한 집들은 푸르스름한 달빛에 쌓여 잠자고 있다. 그 너머로는 눈 덮인 은회색 등판이 보이고 멀리 그 기슭에 뿌리를 둔 흰 산들이 고대의 성벽들처럼 검푸른 밤하늘을 향해 솟았다. 산발 아래, 등판과 집들 주위에 펼쳐진 사물들은 마치 대리석 조각상들 같다. 눈과 밤의 음영이 빚어낸 조화이다. 사위는 겨울밤의 랭랭하고도 푸근한, 신비로운 침묵이 덮였다. 깊은 고요와 추위는 더 얼어붙지만 달빛에 싸인 자연은 아름다움을 잃어버리지 않는다.

---

29) 백남룡, 『벗』 (살림터, 1992)

남대현의 장편『청춘송가』[30] 역시 비교적 밝고 경쾌한 분위기의 소설이다. 우선 작중인물의 대부분을 이루는 젊은이들은 교정되어야 할 불온한 '청춘'으로 묘사되는 것이 아니라 국가의 미래를 담당한 희망의 표상으로 그려진다. 대학시절부터 새 연료를 개발하기 위해 제철소 강철직장을 택한 주인공 한진호, 그의 애인 현옥, 진호의 조력자인 태수 은심 부부, 진호의 새 연료안을 반대하다 적극적 지지자가 되는 정아, 제철소 책임기사 기철, 진호의 계획에 철저히 반대하는 현옥의 오빠 명식 등 젊은 지식 청년들이 주요인물들이다. 이들이 난관에 처할 때 도움을 주는 무원 우택 등은 혁명적으로 무장한 노동자 출신 노장들이고 상범과 문규 등은 고급 당간부거나 고급관리들이다. 이 작품이 노동현장에서 발생하는 사건과 젊은이들의 사랑을 다룬 것이라고는 하지만 종전의 소설과는 상당한 차이를 느끼게 한다. 첫째는 철저히 주체적 공산주의 사회가 요구하는 인간상에 근본적으로 부합하는 인물이면서도 집단적 공동체주의와 개인적 삶의 가치를 아울러 추구하는 인간형이라는 점에 주목된다. 가령 기철의 동생인 인철은 "기어이 제일 힘든데서 일을 하겠다고 해서 해탄로 로체공이 되어 쇠창대를 거머쥐고 갈범처럼 날치게" 일하지만 일이 끝난 다음에는 "목욕을 하고 옷을 척 갈아입고 나서면 마치 외국출장을 업으로 하는 1등 외교관을 련상시키는 차림새"의 향긋한 냄새를 풍기는 젊은이로 묘사된다. 더구나 그는 '일' 때문에 '생활'이 희생되어서는 안 된다고 생각하는 젊은이다. "일은 성실하게 생활은 보람차게! 생활을 위해 일을 희생시켜선 안되지만 일 때문에 생활을 즐기지도 못하는 것도 우둔한 노릇이다"라고 인철은 생가한다. 그의 생활신조는 젊은이로서 매우 자연스럽고 정당한 것이지만 "일 때문에 생활을 즐기지도 못하는 것은 우둔한 노릇"이라고 주장하는 그의 생각은 무척 위태로워 보여서 이런 생각이 과연 어느 정도나 허용될까 하는 불안한 느낌 때문에 순진한 독자들을 불안하게 만들 정도이다. 둘째는 심미적 삶에 대한 여유있는 묘사다. 가령 여주인공인 현옥은 아름답고 순수한 처녀로 그려져 있는데 그녀는

---

30) 남대현, 『청춘송가』 (문학예술종합출판사, 1987)

퇴근 후 집에 가면 '실내옷'으로 갈아입고 '전축이 있는 웃방'으로 가서 혁명적 가요나 가극이 아닌 교향곡이나 영화음악을 들으면서 "부드러이 흘러드는 선율에 하루의 기쁨을 실어보기도 하고 상상의 나래를 한껏 펼쳐보기"도 한다. 이 역시 북한소설에서 좀체 읽을 수 없었던 낯선 그러나 아름다운 삶의 양상이지만 부르주아적 잔재로 비판받을까봐 독자들을 공연히 불안하게 하는 대목들은 아닐까 느껴질 정도이다. 백남룡의 「벗」이나 남대현의 『청춘송가』에는 또한 '위대한 수령'이나 '지도자 동지'에 대한 헌사가 최소화되어 있어서 작품 읽기에 거의 방해를 받지 않으면서 소설을 읽을 수 있다는 미덕도 함께 지닌다. 1994년 유례없이 재판 4만부를 찍었다는『청춘송가』는 북한 독자들의 호응과 수요가 적지 않았음을 입증한다.

그러나 북한문학의 이러한 변화는 다시 어둠 속으로 스며들고 만다. 1980년대 후반 북한의 문학은 이념적 경직을 수반한 보수화 경향으로 되돌아가면서, 그러한 경향에 동조하지 않은 홍석중 같은 작가는 숙청 당하고 「벗」의 작가 백남룡은『향도의 총서』에서『동해천리』31) 같은 작품으로 방향 선회를 나타내고 있다. 한 기술직 노동자 부부의 이혼문제를 중심으로 전개되는 백남룡의 「벗」이 "숨은 영웅 찾기"의 서사적 모범의 한 사례라면 그의『동해천리』는 "숨은 영웅찾기" 이후 다시 문예정책으로 채택된 혁명중시 수령형상문학이라는 테제에 충실한 작품으로 볼 수 있다. 그러니까 김정일이 1980년 제6차 당대회와 제3차 조선작가동맹대회를 통해 거듭 강조하였던 "숨은 영웅 찾기" 문예운동은 1986년 조선문학예술총동맹 제6차대회를 통해 김정일 자신에 의해 폐기되면서 막을 내린 셈이다.32)『동해천리』는 김일성 아닌 김정일의 헌신적인 대민활동을 세세하게 그린 장편이다. 이 소설은 불철주야 함경도 등 오지와 생산현장을 찾아다니며 송유관 공사, 비료생산, 제철사업 등은 물론 농촌문제, 농촌 젊은이의 결혼문제, 당일꾼의 건강과 가정문제 등에 이르기까지 크고 작은 일을 가리지 않고 "통 크고 인정많게" 막힘없이

---

31) 백남룡, 『동해천리』(총서『불멸의 향도』, 평양출판사, 1996)
32) 이우영, 앞의 책, p.41. 참조.

해결사 역할을 하는 김정일의 행적을 실록처럼 보여주고 있다. 특히 끝부분에서 고향을 지키며 살려는 농촌 일꾼 백리향과 그를 남기고 도시로 떠났던 이길석이 결합하는 장면은 농촌을 버리고 도시로만 향하는 젊은이들을 농촌으로 되돌아가게 하는 김정일의 영도력에 대한 칭송이다.

이 무렵(1994년) 조기천의 시에, 보천보 경음악단을 이끌고 있는 리종오가 곡을 붙인 '휘파람'에 대해서 김정일이 '휘파람'이 자주 방송되는 것을 비판하고 그런 "생활적인 노래만 부르게 할 수 없다고 가르치시었다"는 기록이 보이기도 한다. 1990년대 다부작 영화『민족과 운명』은 그런 점에서 시사하는 바가 크다. 이 계열의 작품들은 과거 회귀의 양상을 나타내면서도 제한적이기는 하지만 비공산국제사회와의 소통을 보여주고 있기 때문이다. 그러나 분명한 것은 북한의 소설이야말로 거의 유일하게 북한 주민의 실제적 삶에 접근할 수 있는 통로라는 점에 마땅히 유의해야 할 것이다.

북한의 근대문학사 서술에 대한 비판적 시론

김재관*

1. 민족동질성 회복을 위한 선행작업으로서의 북한 문학사 연구

6·15 남북 정상회담 이후 한반도에서 냉전의 질서가 해빙되면서 새롭게 대두되고 있는 것은 민족동질성 회복에 대한 이전과는 다른 차원에서의 접근일 것이다. 현 시기 북한 사회를 인식하는데 있어 중요한 것은 이전과 같은 냉전적 구도에 바탕을 둔 도식화된 사고와 심정적인 우호감정에서 기인하는 주관적인 인식의 관점[1]을 극복하는 것이다. 이는 최근 남북한 관계개선의 일차적인 목적으로 등장하고 있는 경제적인 이해관계의 즉자성을 극복하고 보다 확대된 영역에서 남·북한 상호간의 교류가 이루어져야 한다는 원칙과 동궤에 있다. 분단 이후 50여년 동안 각기 다른 담론 형성과정을 통해 이질화되고, 고착화되어 있는 사회의 근원적인 의식에 대한 체계적인

---

* 단국대학교 강사

[1] 1988년 이후 대학가와 재야단체를 중심으로 전개되었던 통일논의에서 비롯한 '북한 제대로 알기 운동'또한 냉전체제의 산물이라고 할 수 있다. 통일에 관한 한 다양한 논의를 허용하지 않았던 남한의 역대정권들은 북한이라는 존재를 적대적이면서도 분단체제를 유지하는 파트너로 인식하고 있었다. 이는 북한에 대한 정보를 통제함으로써 가능했는데, 이에 대한 반발로써 재야와 대학가에서 전개되었던 통일논의들 또한 역설적이지만 통제라는 금기시된 영역을 타파하고자 했다는 점에서 분단 이후 형성된 냉전체제의 산물로 볼 수 있다.

이해가 선행될 때 '반갑습네다'로 상징되는 북한에 대한 소박한 정서적 유대
감이 민족동질성 회복을 위한 구체적인 접점으로 기능할 것이다.

특히 이를 가능하게 하는 영역 중에서 같은 언어를 사용하여 구성원들의
삶과 사상을 형상화하는 문학은 분단 이후 남북한 구성원들의 이질화된
의식 형성과정의 구체성을 추적할 수 있는 영역이다. 물론 문학 영역에서의
민족동질성 회복을 위한 접근이 정치·경제 영역에서처럼 가시적인 결과물을
바로 보여주는 것은 아니지만, 이를 통해 상대방의 존재방식과 가치에 대해
이해할 수 첩경임을 부인할 수는 없을 것이다. 그러므로 북한문학에 대한
이해는 이미 다양한 영역에서 분출하는 남북간 상호협력을 일회성의 결과물
에 만족하지 않고 상호이해에 바탕을 둔 통일논의의 역할을 수행할 것이다.

분단 이후 남한에 북한의 문학이 소개된 것은 1988년 월북작가들에 대한
해금조치[2] 이후 상업적인 출판사들에 의해 월북작가들(특히 이기영, 한설야,
박태원 등)의 작품이 출판되면서 월북 이후 북한에서 발표한 작품이 포함되
어 발간되면서이다.[3] 이후 북한에서 발행된 여러 형태의 문헌들이 남한에
소개되면서 금기의 영역이었던 북한문학에 대한 연구가 이루어지기 시작한
다.[4] 또한 때마침 일기 시작한 재야와 대학가의 '북한 제대로 알기 운동'에

---

2) 1988년 7월 19일에 납·월북 문인에 대한 해금조치가 발표되었다. 이 때 복권된 작
   가는 정지용, 김기림, 임화, 백석, 박팔양, 이용악, 오장환, 설정식, 권환, 박세양,
   박아지, 김창술, 안용만, 조운, 조벽암, 임학수, 이흡, 이찬, 김조기, 김용호, 임선
   경, 안막, 여상현, 조남령, 유진오, 이병철, 박산운, 김상현, 상민 등이며 홍명희,
   한설야, 이기영, 조영출, 백인준 등 북한에서 고위관료를 지낸 5명은 해금조치에
   서 제외되었다. 그러나 해금에서 제외된 5명의 경우에도 노골적인 김일성 찬양과
   관련한 저작물을 제외하고는 정부의 묵인 아래 연구가 이루어졌다는 점에서 북한
   문학에 대한 일반적인 연구의 확대가 이루어진 시기는 해금조치 이후부터로 보아
   도 무리가 없을 것이다.
3) 대표적으로 풀빛출판사의 '한국근현대민족문학총서'와 동광출판사의 '한국민족문
   학전집'을 거론할 수 있다. 그러나 이 기획은 미완으로 그쳤다.
4) 이전에도 북한문학에 대한 연구가 전혀 없었던 것은 아니다. 1978년에 국토통일
   원에 의해 진행되었던 『북한문학—북한주민의 정서생활에 관한 연구』(이 연구서
   는 '시—구상, 소설—홍기삼, 희곡—신상웅, 평론—김윤식, 아동문학—선우휘'가
   각기 영역을 분할하여 연구한 형태를 취했다)이라는 연구서가 비상업적인 형태로
   출간되었고, 이의 연장에서 홍기삼의 『북한의 문예이론』(평민사, 1981)이 출간되었

힘입어 소설을 중심으로 하는 북한문학 서적들이 국내에 여러 형태로 반입되면서 장막에 가려졌던 북한문학의 일부분들을 접할 수 있게 되었다.

이와 더불어 북한문학사 서적들이 영인본 또는 재출간의 형태로 소개되면서 북한문학에 대한 통사적인 이해가 가능하게 되었다. 북한문학에 대한 통사적인 이해와 단편적이지만 북한문학사에서 구분하는 시기별 대표작들이 소개되면서 북한문학사를 공개적인 차원에서 분석할 수 있는 실증적인 기반이 형성된다. 북한에서의 문학적 지위와 역할이 남한과 달리 개인적인 창작의 성과가 아닌 당의 공식적인 입장을 대변하기도 하고, 또는 북한 인민들의 교양학습을 위한 교양물로서 기능한다고 가정할 때,5) 북한의 문학사는 해방 이후 북한의 문학사관과 문학 흐름의 전체적인 조망을 가능하게 하는 중요한 자료가 된다. 북한의 문학사가 남한에서의 문학사 기술과는 달리 당의 문예정책과 밀접한 관련을 맺고 있다6)는 점에서 볼 때 북한의 문학사에 대한 연구는 적어도 북한문학의 총체적 성향을 파악할 수 있는 연구의 지름길이 될 수 있다. 물론 북한에서의 문학출판이 몇 단계에 걸친 검열과정을 통하여 이루어진다는 점에서 볼 때 문학사에서 언급되고 있는 텍스트들 이외의 다른 자료들에 대한 분석이 이루어질 때 북한문학에 대한 총체적인 구명이 가능할 것이다. 그러나 북한의 자료를 실증적 차원에서 접근할 수 없는 현실의 여건을 고려한다면 북한문학사의 정전이 되는 자료들에 대한

다. 그러나 이 연구는 북한자료에 대한 제한적인 접근권을 가진 학자들에 의해서만 진행되었다는 점에서 공개적이고 본격적인 차원에서의 북한문학연구라고 할 수는 없다.

5) 김일성은 "문학예술을 근로대중을 공산주의적 혁명정신으로 교양하는 당의 힘있는 무기가 되어야 한다"고 주장하고 있다.(『김일성저작선집』2권, p.579, 사회과학원 문학연구소, 『주체사상에 기초한 문예이론』, 평양, 사회과학원 출판사, 1975; 서울, 인동, 1989, p.12에서 재인용) 이러한 언급이 북한사회에서 문학의 역할과 지위를 확정하는 것은 아니지만 주체사상이라는 대담론을 인민들의 삶을 바탕으로 설파하는 중요한 영역으로 문학의 역할을 규정하고 있다는 점을 추정할 수 있게 한다.
민족문학연구소, 『북한의 우리문학사 인식』(창작과 비평사, 1991), p.20.

6) 민족문학사연구소, 같은 책, p.94.

분석은 아쉽지만 남·북한문학사 기술의 접점을 형성하기 위한 일차적인 작업의 의미는 지닐 수 있다.

따라서 이 글은 북한 문학사에서 기술하고 있는 해방 이후의 북한 문학사에 대해 약술하고 북한 문학사 기술에서 나타나는 몇 가지 문제점에 대하여 구명한 후 남·북한문학사 기술을 위한 접점의 방향을 시론적으로 제시하는 데 그 목적이 있다.

2. 북한문학사에 나타난 북한문학의 시기와 특성

1) 북한문학사의 정전과 문학사 기술의 원칙

현재 남한에서 북한의 문학사를 분석함에 있어 사용하는 주 텍스트와 서술시기는 다음과 같다.

① 사회과학원 문학연구소, 『조선문학통사—상권』(1959. 5) : 고대문학—19세기 문학

② 사회과학원 문학연구소, 『조선문학통사—하권』(1959. 11) : 1900년~전후시기의 문학

③　　　　　　　〃　　　　　, 『조선문학사』1권(1977. 12) : 고대·중세편

④　　　　　　　〃　　　　　, 『조선문학사』2권(1980. 7) : 19세기 말~1925년

⑤　　　　　　　〃　　　　　, 『조선문학사』3권(1981. 12) : 1926~1945년

⑥　　　　　　　〃　　　　　, 『조선문학사』4권(1978. 10) : 1945~1958년

⑦　　　　　　　〃　　　　　, 『조선문학사』5권(1977. 12) : 1959~1975년

⑧ 정홍교·박종원, 『조선문학개관』1권(1986. 11) : 원시 고대~1920년대 전반기

⑨ 박종원·류만, 『조선문학개관』2권(1986. 11) : 1920년대 전반기~1980년대 전반기

위에서 언급한 문학사들의 공통된 특징은 고대와 중세의 문학에 비해

근대 이후의 문학에 대한 서술이 비중있게 다루어진다는 것이다. 이를 통해 알 수 있는 것은 문학을 북한체제의 근·현대적 성격과 관련하여 서술하려는 집필자들의 의도이다. 일반적으로 북한에서의 문학사 서술은 북한 내부의 역사발전 과정에서 비롯하는 문예정책과 밀접한 상관관계를 맺고 있다. 그러므로 문학사는 개인적인 연구의 산물이라기보다는 당과 사회, 인민과의 연계 속에서 국가에서 인민에 대한 교양을 목적으로 출간하는 사회과학 분야의 성과물로 인정된다.7) 문학사 기술에 있어서 인민에 대한 교양이라는 목적성이 개입하면 기술과정에서 중시되는 것은 문학사의 현재적인 가치일 것이다. 현재적인 가치의 개입은 필연적으로 변화하는 정치·사회상황에 따라 문학사에서 비중있게 다루어지는 영역에 대한 평가가 다르게 나타날 수밖에 없다. 이의 일례로 ②의 문학사 기술에서 비중 있게 다루어졌던 KAPF문학에 대한 평가는 ⑤에서는 약화되어 서술되는 것과 ③~⑦의 문학사에서는 언급하지 않았던 이광수나 김소월에 대한 부정적인 차원에서의 언급이라도 이루어지는 이유는 북한 내부에서의 1980년대 이후 김정일에 의하여 제기된 현실주제문학론과 밀접한 관련을 맺고 있다. 이러한 북한의 문학사 서술에 있어서의 변개는 북한문학사를 고찰함에 있어 객관성을 가로막는 요인이 되기도 한다.

2) 『조선문학사』(4권~5권)와 『조선문학개관』(2권)을 통해 본 해방 이후 북한문학의 시기별 특성

일반적으로 북한문학은 1967년 '조선노동당 제4기 15차 전원대회'를 분기점으로 그 전후 시기의문학적 특성이 현격한 차이를 보여준다. 이 분기점을 구획하는 개념은 주체사상과 주체사관에 바탕을 둔 주체문학이다. 1967년 주체사상이 유일사상으로 확립되어 나타나기 이전까지의 북한문학은 북한 역사학의 발전 과정에 연동하여 통례적으로 다시 세 단계로 나눈다. 『조

---

7) 김대행, 「북한의 문학사 연구, 어디까지 왔는가」, 『문학과 비평』(1990, 가을), 김종회, 「해방후 북한문학의 전개와 실증적 연구방향」, 『북한문학의 이해』,(청동거울, 1999), p.19에서 재인용.

선문학개관』(2권)은 이 시기를 다음과 같이 구분하고 있다.

① 평화적 민주건설시기 (1945. 8~1950. 6)
② 위대한 조국해방전쟁시기 (1950. 6~1953. 7),
③ 전후복구건설과 사회주의 기초건설을 위한 투쟁시기 (1953. 7~1960)
④ 사회주의의 전면적 건설과 사회주의의 완전승리를 앞당기기 위한 투쟁시기
  (1961~1966, 1967 이후를 구분하여 서술)

『조선문학통사』(2권)에서 "해방 후 우리 문학의 유일한 최고의 창작방법은 사회주의적 사실주의다"라고 밝히고 있는 것처럼 이 시기 창작방법론의 중심은 명백히 사회주의적 사실주의이다. 이러한 문예이론의 영향 하에서 ① 시기 북한문학의 특징으로 등장하는 것이 '고상한 사실주의'이다. 이는 1947년 김일성의 신년사에서 '사상적, 정치적, 예술적으로 고상한 작품을 생산할 것"에 대한 요구로 처음 언급되었던 것이 북한의 건국사상총동원 운동을 거치면서 이 시기의 정론적인 형태의 문학론으로 자리잡게 된다. 이 문학론이 기반을 두고 있는 것은 사회주의 리얼리즘의 혁명적 로맨티시즘이다. 인간을 현실로부터 이탈시키지 않으면서도 인간을 현실 이상으로 향상시키는 로맨티시즘으로 인민들에게 모범이 되는 사회적인 영웅을 형상화할 것을 요구한다.

② 시기의 특성은 조국의 사회주의 건설이라는 대전략 속에서 미국의 식민지 남한을 해방시키겠다는 의도를 강하게 담고 있는 것으로 나타난다. 이 시기는 소설보다는 선동성이 강한 서정시의 영역에서 전두에 참가하고 있는 인민군들의 승전의지를 독려하는 작품들이 많이 생산된다.

③ 시기의 특성은 전쟁 이후 '민주기지 강화를 위한 전후 인민경제 발전에로'라는 구호에서 알 수 있듯이 문예분야에서도 당성, 인민성, 노동계급성을 바탕으로 한 사회주의적 사실주의의 강화가 이루어진다. 이를 위해 문학형상화에있어서 인민들의 집단적 협동의식이 강조되며, 당의 문예정책을 방해하는 부르조아적 종파주의자에 대한 대대적인 숙청이 이루어진다.

이상의 개괄에서 알 수 있듯이 해방 이후 ~ 1959년까지의 북한문학은 사회주의적 사실주의에 근간을 두고 새로운 사회체제의 건설과 안정에 집중하고 있음을 알 수 있다. 그런데 주목할 것은 ③시기부터 문예정책에 있어 심각한 변화의 징후가 발견되고 있다는 사실이다. 이 시기 당의 문예정책 및 사회주의적 사실주의는 전쟁 이후의 사회적 혼란을 안정시키기 위하여 반동적 세력을 숙청하고, 경제를 새로이 복구하여 체제 정비를 완수하려는 북한 노동당의 목적에 종사하고 있는 것으로 파악된다. 이러한 문학에서의 지침이 이미 김일성의 교시에 의하여 이루어지고 방향이 결정되고 있다는 것은 문학 속에서 김일성의 지도적 역할이 강화됨을 의미한다. 이러한 경향은 당이라는 집단적인 주체로부터 김일성 수령의 역사적 정당성으로 넘어서는 이행기의 양상을 보여주는 것이자 ④시기부터 시작되는 주체사상에 입각한 주체문예이론의 문학적 특성이 이 시기부터 구축되고 있음을 증명하는 것이다.

④시기는 1967년 주체사상이 확립되기 이전 시기이지만 앞서 언급한 ①~③시기의 특성을 이어받으면서도 주체사상이 체제의 지도적인 이념으로 등장하기 시작하는 1967이후의 주체문학의 시기와 연계속에 파악되어야 한다. 따라서 본고에서도 ④시기는 '사회주의의 완전승리를 앞당기기 위한 투쟁시기'로서의 주체사상 확립 이후의 시기와 연계하여 문학적 특성을 고찰하고자 한다.

1967년 이후 주체문예이론은 현재까지도 북한의 문학을 이끌어 가는 원동력이다. 1960년대 이전이 문학예술이 당성, 인민성, 노동계급성에 바탕을 두고 사회주의적 사실주의 창작방법으로 문학의 창작을 독려했다면, 1967년 이후의 북한문학에서는 주체적인 것과 혁명적 투쟁의식이 전면에 부각됨으로써 한층 이념성이 강화되는 모습을 보여주고 있다. 그러므로 사회주의적 사실주의의 개념도 인민 대중이 선호하며 향수하고 있는 민족적인 문예의 형식을 통해 사회주의의 이념과 노동계급의 혁명적 의식을 구현하고 형상화하는 방법으로 인식 된다. 그렇기 때문에 북한의 문학예술은 노동계급의 문학예술이 추구하는 국제주의적인 속성보다는 오히려 민족적인 것, 주체적인 것이 강조되는 방향으로 나아간다. 말하자면 민족적 주체성에 대한 요구가 강조되고 있다고 할 수 있다. 주체문예이론은 문학예술에서의 주체 확립의 본질적 내용은 "자기 인민의 정서와 감정에 맞게 문학예술을 창조하여 자기 나라 혁명과 자기 나라 인민을 위해 적극 복무하는 문학예술을 건설하는 것"이다. 여기서 말하는 자기 인민의 정서와 감정에 맞는 문학예술이란 인민의 예술적 재능과 창조적 지혜가 깃들어 있는 '민족적 문예 형식'을 뜻한다. 그리고 바로 이 민족적 문예 형식을 통해 사회주의 국가 건설의 혁명적 이념을 구현한다는 것이 주체문예이론의 목표라고 할 것이다.

그러나 사회주의적 사실주의의 미학적 원칙보다는 김일성의 항일혁명사상에 근거하여 혁명적 이념을 구현하고 있는 혁명적 문예 형식을 민족문학예술의 전형으로 내세우고 있는 주체문예이론은 객관성과 과학성을 상실할 수밖에 없다. 따라서 김일성 창작의 진위 여부를 떠나 불후의 3대 고전적 명작으로 불려지는 『피바다』, 『꽃파는 처녀』, 『한 자위단원의 운명』이 항일혁명예술의 최고의 고전으로 자리잡으면서 문학에서의 전형은 창조성을 잃고 유형화될 수밖에 없었다.

따라서 1967년 이전의 북한문학이 주로 당시의 '천리마 현실'을 반영하여 현실로부터의 전형창조인 '인민 형상화'에 주력하였다면, 1967년 이후의 문학은 주체사상과 김일성의 역사적 사건을 모티프(motif)로 하는 '불멸의 역사' 시리즈 창작에 몰입하게 된다. 이러한 '불멸의 역사' 시리즈로 대변되는 북한문학의 1967년 이후의 변화는 사실주의문학에서 중요한 창작원칙으로 삼고 있는 현실에 대한 주·객관적인 관찰을 사상시킴으로써 북한의 문학을 더욱 더 주관적이고, 관념론적 형태의 문학으로 추락하게 하는 요인이 된다.

3. 북한의 문학사 기술에서 나타나는 몇 가지 문제점에 대하여

1) 북한 문학의 시기구분과 연역적 대전제의 절대성

문학사에서 시기 구분은 사회의 변동과 무관하지 않지만, 그렇다고 사회적인 사건과 직접적으로 관계시켜 구분하는 것은 적절하지 않다. 남한의 경우 근대문학의 기점논의를 하면서 역사적인 사건과 현상을 바탕으로 근대문학의 기점을 설정하기 위한 논의를 진행시켰지만 근대적인 의식을 담아내는 문학작품을 근거로 논의가 진행하지 않는다면 이러한 기점논의는 역사적 당위성과 한국근대문학의 선진성을 설파하기 위한 부질없는 시도에 불과할 것이다. 황패강은 시고(試考)의 형태로 한국문학사에서 근대적인 기점 설정에 있어서 중요한 기준으로 '가치'의 개념을 내세우고 있는데8) 이는 문학사에서 시기를 구분함에 있어 시사하는 바가 크다. 즉 현실에서 이루어졌던 외형적인 사건보다는 이러한 외형적인 현상과 관계 맺는 당대인들의 의식이 문학의 영역에서 어떻게 근대성의 형태로 나타나는지에 주목해야 한다는 점에서 동시대인들의 가치의식의 전화를 주안점에 놓고 근대문학을 논의해야 함을 의미하는 것이다.

이러한 시사점을 바탕으로 북한의 문학사 시기구분을 살펴보면 몇 가지 문제점이 발견된다. 우선 언급할 수 있는 문제로 북한 문학사에서 시기 구분은 자의적인 해석에 의하여 이루어진다는 것이다. 『조선문학통사—하권』(이하 하권으로 표기)에서는 1900년대를 근대문학의 기점으로 설정하고 있는데9) 이러한 시기구분이 가능한 근거의 제시에 있어서는 일반론적인 언급

---

8) 황패강, 「한국문학사와 근대—'근대'의 기점 설정을 위한 시고」, 『근대문학의 형성과정』(문학과 지성사, 1983), p.74.

9) 북한에서는 근대문학이라는 용어를 남한의 문학사에서 사용하는 개념과 같은 의미로 사용하고 있지는 않는 것 같다. 『조선문학통사—상권』의 부제가 '고대문학—19세기 문학'으로 설정되고 있는 것으로 봐서 『조선문학통사—하권』(1900년—전후

만이 있을 뿐 문학에서의 형상화를 전거로 제시하지 못하고 있다. 특히 이
시기의 문학적 성과로 제시하고 있는 '역사전기소설', '정론문학(당시 의병
들의 창의문 등의 논설)', '번역정치소설', '신소설'등에서 시기 구분의 일반
적인 성격(조선인민의 반봉건·반침략 투쟁, 자주독립과 자유·평등·민권사
상의 구현 등)10)이 어떻게 구현되고 있는지는 밝히고 있지만 이전 시기의
문학에서 나타나는 이러한 성격에 대한 근거로 '반봉건'과는 거리가 먼 '창
의문' 등의 '정론문학'을 언급할 때 논리적 정합성은 미약할 수밖에 없다.

또한 『조선문학사』2~5권(이하 권수만 표기)의 시기 구분(2권:19세기
말~1925년, 3권:1926~1945, 4권:1945~1958, 5권:1959~1975)에 있어서
도 이러한 문제점이 발견되는데 3권의 시기 구분에 있어서 역사적인 연속성
을 부여하기 위하여 한 장으로 서술된 김형직의 문학은『조선문학개관』(1
권)에서는 제외되고11) '부르조아 계몽문학으로서의 신문학' 장에서 최남선
과 이광수를 언급함으로써『조선문학사』에서 배제했던 계몽문학에 대한
서술이 이루어짐으로서 문학사의 균형을 외형적으로는 보여준다. 그러나
3권의 기점으로 삼는 1926년의 김일성의 타도제국주의 동맹에서 비롯하는
문학사의 시기 구분은 그 역사적 사실의 진위를 떠나 문학사 기술이 역사적
사건에 의하여 규정되는 우(愚)를 보여주는 대목이다.

역사적으로 중요한 의의를 지니는 사건을 설정하고, 그 역사적 사건의
의의를 구현하고 있는 문학적 정형(定型)을 서술하는 것은 문학적 자율성에
기반을 두고 이루어지는 문학사 서술과는 거리가 멀다. 문학사를 서술함에

시기의 문학)은 근대문학을 기술하고 있는 것으로 추정할 뿐이다. 또『조선문학통
사—하권』의 첫 장(1900—1919년의 문학)에서 기술하고 있는 당대 문학의 일반적
인 정의의 내용을 살펴볼 때 근대문학의 일반적 특성을 언급하고 있는 것으로 봐
서 '하권'은 근대문학에 대한 기술로 봐도 무방할 듯 싶다.

10) 사회과학원 문학연구소, 『조선문학통사—현대문학편』(인동, 1988), pp.9~12.

11) 김형직의 문학은 『조선문학개관』에서 완전하게 제외되는 것이 아니라 '2권'의
'항일혁명투쟁시기의 문학' 내의 소항목인 '항일혁명문학의 역사적 터전'에서 언
급되고 있다. 이는 김일성이 중심이 되는 항일혁명문학의 기원과 발전의 타당성
을 설명하기 위한 것으로 김일성의 영도성을 부각시키기 위한 장치이기도 하다.

있어 한 시기를 특징지을 수 있는 문학의 일반적 특성을 문학 속에 형상화된 내용과 의미에서 추출하고, 이를 바탕으로 서로 이질적인 성격을 지닌 다른 시기를 구분하는 것이야말로 문학사 기술에서 요구하는 귀납적 추론의 방식을 기반으로 하는 과학적인 방법론이라면, 북한의 문학사는 이러한 방법론으로부터 벗어나 있다. 즉 시기구분에 있어서 절대적 명제가 선재하는 연역적 방법론을 문학사 기술의 원칙으로 삼음으로써 시기구분은 역사적 사건과 밀접한 연관 속에서 이루어지며, 이러한 문학사의 시기구분은 자의적인 성격을 띨 수밖에 없다. 이미 결론에 가까운 대전제를 논거의 중심틀로 설정하고 이의 세부로 작품의 특성을 서술하는 것은 문학적 자율성에 기반을 둔 문학사 기술에서 이탈한 것이다.

북한의 문학사 기술에서 나타나는 자의적 해석은 이러한 방법론에 기인한다고 할 수 있다. 『조선문학개관』에서 『조선문학사』의 자의성이 극복되는 양상을 보이지만 이도『조선문학개관―하권』의 1926년부터 항일혁명투쟁시기 문학의 필연성을 서술하기 위한 장치로 기능하는 것은 김일성과 관련한 절대적 명제로부터 자유롭지 못하기 때문이다. 김일성이 관계하는 역사적 사실에 의거하여 문학사가 기술되고 있는 것은 문학사 기술에 있어서 사회의 역사적 변화와 조응하는 인간 주체의 의식변화를 담지하는 문학 내적인 발전과정을 도외시하고 사회의 일반적인 이데올로기와 이를 형성하게 하는 역사적 사건을 절대적 명제로 설정하고 문학사의 세부를 도식화했기 때문이다.

또한『조선문학통사』,『조선문학사』,『조선문학개관』에서 보여지는 시기구분의 변개 또한 문학 외적인 정세의 변화에 의거한 것이다. 북한 내부를 이끌어 가는 일반적인 이데올로기의 변화에 따라 문학사의 시기구분과 의의가 변화하는 것도 북한 특유의 연역적 문학사 기술방식에서 비롯한 것이다.

2) 구비문학으로서의 항일혁명문학을 절대화하는 과정에서 나타나는 문제점

『조선문학통사―하권』에서는 항일혁명문학의 작자를 김일성의 지도를 받은 항일빨찌산의 집단창작으로 기술하고 있다.

> 김일성 원수의 항일유격부대는 조선인민의 민족적, 사회적 해방을 위하여 일제를 반대하는 영웅적 투쟁을 전개하는 과정에서 대원들의 맑스, 레닌주의적 사상교양과 투지의 제고를 위하여 문학예술 공작을 다양한 형태로 전개하였다.
>
> ·········· 중 략 ··········
>
> 이 시기에 「아버지는 이겼다」(2막), 「유언을 받들고」, 「게다짝이 운다」 기타 많은 연극들이 <u>유격지구 내 인민들 속에서 나왔다</u>.(밑줄 : 인용자 주)[12]

> 이 시기의 「혈해」, 「성황당」, 「경축대회」 기타는 바로 전투행정에서 <u>전투자 자신들의 손에 의하여 창조되었다</u>.(밑줄 : 인용자 주)[13]

그러나 주체사상이 확립된 이후에 기술되는 『조선문학사』에서는 『조선문학통사』에서 '1930년―1945년의 문학'의 소항목에 불과했던 '항일혁명문학'에 대한 서술이 대항목으로 설정되어 기술되며, 3권에서 다른 대항목을 구성하는 KAPF의 문학도 '항일혁명투쟁의 영향 밑에 발전한 진보적 문학'이라는 제목으로 기술된다.

이러한 기술(記述)의 변화에서 비롯하는 문제는 이 시기에 창작된 문예작품에 대한 창작주체의 변화문제이다. 앞의 인용한 글에서도 볼 수 있었듯이 집단창작의 결과물들이 『조선문학사』와 『조선문학개관』에서는 김일성 개인의 창작으로 바뀌어 있다. 이는 항일 유격대원들이 빨치산 활동 과정에서 적층적 성격을 띠면서 이루어진 '혁명가극'을 기록으로 정리하는 과정에서 당시 항일혁명투쟁의 중심적인 인물인 김일성으로 저자를 변화시킨 것이다.

---

12) 사회과학원 문학연구소, 앞의 책, p.108.
13) 위의 책, p.110.

문학을 지도한 것과 하나의 문학작품을 창작한 것은 엄밀하게 구분되어야
한다. 이러한 창작주체의 변화시킬 수 있는 배경에는 구비문학을 문학사의
기술대상으로 설정했기 때문이다. 구비문학적 성격을 띠는 이러한 작품들을
채록하고 정리하는 과정에서 기록문학의 반열과 대등하게 처리하거나 우위
에 놓은 상태에서 문학사 기술이 이루어지는 것은 문학사 기술에 있어서
1차적 자료도 문학사의 궁극적인 지향점을 위해서라면 변개할 수 있다는
당위성의 과다한 노출이다. 또한 적층적 성격이 강한 문학을 억지맞춤으로
저자를 부여하는 것은 구비문학의 중요한 특성 중 하나인 적층된 민중의
정서를 무화(無化)시키는 것이다. 이는 곧 북한의 문예정책에서 근간이 되고
있는 '인민성'과도 배치되는 것이다.

일반적으로 문학사는 기록문학을 대상으로 서술하는 것이 원칙이다. 적
층문학으로서의 구비문학을 문학사의 영역으로 끌어들일 때 나타나는 문제
는 대상이 되는 구비문학의 텍스트가 발생시기로부터 채록이 이루어져서
기록문학으로 변화할 때까지 수많은 첨삭이 이루어진다는 점이다. 또한 발
생 초기의 텍스트를 알 수 없을 뿐만 아니라 텍스트가 구전되면서 구비문학
텍스트의 의미는 필연적으로 변화할 수밖에 없다.

그렇다고 구비문학을 문학사의 서술대상에서 제외하는 것은 문제가 있
다. 구비문학이 채록되어 기록문학으로 전화했을 때 이는 문학연구의 대상
이 된다. 단 채록된 구비문학을 문학사의 대상으로 다루는 시기는 문헌으로
기록된 시기에 국한해서 다루어야 한다는 전제조건 하에서이다. 즉 문헌으
로 기록되었을 때 구비문학은 입에서 입으로 전달되다 사라져버리는 것이
아닌 특정 시점에서 이전 시기를 관통하면서 축적된 내용과 의미가 확정된
형태로 존재하기 때문에 문학사 기술의 대상이 될 수 있다. 남한의 현재
구비문학에 기반을 둔 문헌설화의 연구는 이러한 연구방법에 기초한 것이
다.14)

---

14) 조희웅, 「문헌설화의 연구」, 『한국문학연구입문』(지식산업사, 1982), pp.93~99 참
조.

북한 문학사에서 항일혁명문학은 이전의 구비문학과 같은 통시대성(通時代性)과는 거리가 있다. 항일혁명문학에서 형상화하고 있는 시대적 배경은 한정된 시대를 다룬다. 그런 의미에서 본다면 일반적인 문헌설화 연구방법론은 한계를 띨 수밖에 없다. 그러나 1960년대에 집중적으로 이루어지는 '항일혁명투쟁' 시기의 구비적 성격이 강한 문학을 당대의 기록문학과 동등하게 다룬다는 것은 문제가 있다. 1960년대라는 시기는 이미 많은 사회적인 변화를 겪으면서 구비문학적인 항일혁명문학에 1920년대보다 발전된 형태의 논리성을 기반으로 구비문학을 세련된 형태로 변화시킬 수 있기 때문이다. 따라서 항일빨치산이라는 특정한 조건에서 만들어진 작품들에 대하여 김일성의 대표권을 부여하려는 시도는 가변적인 성격을 지니는 기록문학의 의도적인 첨가와 배제를 통해서만 가능할 수 있는 것이며, 이를 통해서 항일혁명문학의 구비적 성격은 당대의 기록문학과 동등한 반열에서 취급될 수 있는 조건이 마련된다.

4. 결론 ─ 남·북한 문학사 기술을 위한 접점형성을 위하여

분단 이후 형성된 냉전적 질서는 우리들의 자유로운 사상을 자아 스스로가 자기검열을 부단하게 하는 상황으로 모는 가운데 남한의 문학사 기술에서도 좌익과 관련된 작가와 그들의 작품들은 문학사 연구에서 금기된 영역이었다. 특히 KAPF의 문학은 존재하되 말할 수 없는 한국근대문학연구의 금기영역이있다. 이전까지 KAPF의 문학을 인급힐 때마다 따라다녔던 박영희의 유명한 전향선언은 그 발언의 진실성이 규명되지 않은 상태에서 KAPF문학 전체를 이데올로기 문학으로 비하하는 대명사로 군림하였다.

그러나 KAPF문학에 대한 다양한 각도의 조명이 이루어지면서 남·북한 문학사를 기술하고자 할 때 접점으로 형성할 수 있는 영역을 확보할 수 있게 되었다. 북한의 문학사와 남한의 문학사가 비중 있게 서술하고 있는 KAPF문학은 우선 미학적인 측면에서 공통의 기반을 만들 수 있을 것이다.

그러나 이는 북한의 문학사에서 보여지는 김일성의 지도성에 대한 해명을 이룸으로써만 가능할 것이다. 북한의 문학사는 이 부분을 강조하고 있는데 남한의 경우에는 이를 부정하고 있기 때문이다. 남한의 문학사에서 연구된 KAPF문학에 대한 연구성과들이 역사적 적합성을 지니고 있다 하더라도 공통의 접점을 이루기 위한 노력이 이루어질 때 관념적으로 형성된 연역법적 대전제는 해체되기 때문이다. 또한 초기 해방이후 북한문학을 이끌어 간 작가들의 기반이 KAPF 진영의 문학가들이었다는 점은 KAPF문학에 기반을 두고 발전하는 북한문학의 한 축도를 파악할 수 있게 하기 때문이다.

그리고 북한에서 북한 문학사의 중심으로 내세우고 있는 항일혁명문학도 남·북한 문학사 기술을 위한 공통의 접점으로 기능할 수 있을 것이다. 그러나 이러한 접근에서 고려해야 하는 것은 일제 식민지 당시 만주에서 활동했던 좌·우파를 막론한 독립군들의 문헌적·구비적 형태의 문학들을 포괄적으로 조사·발굴하는 것을 일차적인 작업으로 설정해야 한다는 것이다. 이를 통해 북한에서 1960년대 이후 재구성된 항일혁명문학의 문학사적 의미를 생각할 수 있을 것이다.

그러나 이러한 접점을 형성해야 한다는 희망은 남한 측 연구자들의 요원한 희망에 불과할 수 있다. 계급투쟁과 민족해방의 정서가 구현되지 않은 남한의 문학은 반동문학으로 치부하는 북한의 문학연구자들이 과연 남·북한 문학사라는 공동성과를 이루고자 하는 의지가 있을지 의문이기 때문이다. 그러나 당장 북한과 공통의 근대문학사 서술을 위한 학술회의를 개최한다고 가정할 때 가능한 영역은 앞에서 언급한 곳으로부터 시작해야 할 것이다.

그러나 이는 아직 요원할 수밖에 없다. 우선 이를 충족시켜줄 수 있는 연구의 기반이 확충되어야 한다. 즉 남북 간의 문학영역 교류를 위한 선행 작업으로 남한과 북한에서 발간된 문학작품과 관련서적 등이 실증적인 연구를 위하여 제공되어야 한다는 점이다. 이를 통해 남·북의 문학사에 대한 체계적인 이해를 가능하게 되고, 통일문학사 기술을 위한 공통의 접점을 형성할 수 있을 것이다. 그러나 남한에 소개되어 있는 북한의 문학작품들은 북한문학의 극히 일부분이라는 점에서 실증적 연구를 위한 기초적인 토대조차 구축되어 있지 않은 실정이다. 문학사를 기술함에 있어 실증적인 자료가 미비하다는 것은 기술할 문학사의 내용이 부실할 수밖에 없음을 드러내는 것이다. 그렇기 때문에 북한문학사에 대한 현 단계의 연구수준은 개론적인 수준을 면하지 못하는 수준이라 할 수 있다. 다행히 이전과는 다른 여건에서 북한의 문학을 접할 수 있다는 것은 북한문학 연구에 대한 풍성한 결실을 맺을 수 있는 기반으로 작용할 것이다.

문학과 정신분석에 관한 일고찰

이유섭*

1. 정신분석과 문학의 접근

정신분석은 인생의 체험 속에서 겪은 상처들, 불안들, 억압들을 벗겨주며 또 그런 콤플렉스의 진실을 풀어나가는 예술이다. 그것의 목표는 절대적이고 고정된 기술이나 약호나 모델을 찾는다기보다는 오히려 인생의 체험에 근거한 속마음 무의식을 해독하는 예술이라 하겠다.

무의식의 세계를 발견하면서 일찍이 프로이트는 인류에게 경각심을 일깨웠으며 동시에 어떤 풍요를 약속했다. 다윈과 코페르니쿠스처럼 자기 도취와 자기 편견과 물신 숭배에 빠진 인류에게 경고와 더불어 행복의 재고를 요청한 것이다. 코페르니쿠스는 그가 살고있는 이 작은 유성 지구가 우주의 중심이 아니라는 사실을 선언했고, 다윈은 인간이 다른 동물보다 운이 좀 좋은 동물일 뿐 중세인이 생각한 것처럼 그렇게 위대한 신의 창조물이 아님을 인류에게 인식시켰다.

가령 우리가 잘 알고있는 갈릴레이의 "지구가 태양의 주위를 돈다"라는 명제를 생각해보자. 그의 명제는 그의 이론이 옳다고 그의 계승자들에게 그 이론을 수용하라고 던진 단순한 의미만은 아닐 것이다. 그의 명제, 그가

---

* 명지전문대학 교수

말하고자 하는 바는 '알고 믿으라'는 메시지를 담고 있었을 것이다. 바로 그 당시 감히 넘보지 못 할 로마 교황청의 절대 권위에 찬 도그마에 대한 허위를 고발하면서 말이다. 갈릴레이의 명제는 두 가지 믿음 사이의 진위를 잘 입증해 주었다. 그 유명한 "그래도 지구는 돈다"라는 말은 지구가 우주의 중심이라는, 그 당시를 지배하던 전통적 사고는 허위이고, 물신 숭배라는 의미를 선언한 것이다. 그러니 그 물신 숭배, 우상 숭배를 취소하라는 목소리이다. 그래서 "나는 교황청 문서들의 편지에 지구가 우주의 중심이라고 쓰여 있다는 것을 잘 알고 있지만, 그러나 지구는 오늘도 여전히 태양의 주위를 돈다."라고 했던 이야기는 오늘날에도 인구에 회자된다. 마찬가지로 오늘날 우리는 우리가 믿고있는 물신주의와 편견으로부터 벗어나는 영속적인 사고의 혁명이 필요하다. 새롭게 발전된 사고가 한물간 고루한 습관을 쫓아내려 하는 경향은 체험 속에서 터득하는 인간의 마음인 것이다.

프로이트는 의식이 인간의 사고와 행위 그리고 언어를 결정하는 장소가 아니고 무의식이 인간 행위의 진정한 장소라 했다. "무의식이 인간 사고와 행위의 진정한 장소"라는 명제는, 프로이트가 물신 숭배와 자기도취, 자기편견에 빠진 인류에 던진 경고이자, 이미 굳어버린 고전 지식으로부터 결별할 것을 예고한다. 말하자면 의식이 아니라, 무의식을 해독하는 예술이 정신분석이라는 뜻이다. 사실 어린이를 비롯하여 수많은 사람들은 자신의 진정한 인성과 마음을 알지 못하고 어른이 된다. 어른이 되어서도 자신의 인성대로 살지 못한다. 그의 삶은 정신적 상처들, 억압들, 금지들, 콤플렉스들, 불안들로 감싸여 있다. 이 모든 부정적 요인을 삼추고 방어하기 위해 사람들은 핑계와 겉치레가 진심을 삼켜버린다. 그러므로 정신분석은 무엇인가를 제거하는 것이 아니라 진정한 자신, 진정한 자아를 서서히 침식해 왔던 좀벌레를 부수는 데 목표가 있다.[1]

가정과 학교, 종교, 언론, 제도의 압박과 그 형식주의, 과학기술문명의 메카니즘 그리고 거대 경제 질서로 조직되어 있는 사회의 중압감, 지극히

---

1) 이유섭, 『성 관계는 없다―라캉 정신분석학의 이론과 실제―』(민음사, 1996), p.13.

합리적이고 이성적이면서 결코 이성적으로 행동하지 못하는 많은 학자와 지식인과 정치인, 언론인, 법조인, 의료인 등, 이 모든 것들은 우리에게 수혜를 주면서 동시에 희생을 요구한다. 그런 희생과 압박의 무거운 짐이 우리의 마음 속, 사고 속, 언어 속에 깃들게 된다.

그것에 견주어 문학은 우리 인간성에 대해 사고하고 말하며 인식하게 한다. 대체로 인간의 운명과 세상의 삶, 역사 그리고 사회적이고 정신적인 삶의 기능 등에 대한 의문점들을 우리는 문학을 통해 감지한다. 신화, 설화, 꽁트, 소설, 연극, 수필, 시, 영화를 통해서 우리는 세상에 대한 좀더 고양되고 성숙한 견해를 체득한다. 문학은 삶의 현실, 삶의 체험에 관해 어떤 직관력을 제공하고, 인생살이의 중심 관계와 이 관계를 잘 엮어 가는 방법에 대한 통찰력을 보여준다. 말하자면 문학은 텍스트와 문화를 담지한 일련의 담론이자 세상을 보는 눈인 것이다. 그런데 이런 눈은 작가가 알지 못하는 가운데 부지불식간에 텍스트에 드러난다. 시는 시인이 알지 못하는 세계를 드러내 보이는 것이다.

정신분석학적 관점에서 이렇게 텍스트가 의미를 부지불식간에 분출해내는 것은 거기에 무엇인가 의식의 결여 상태, 즉 생각하지 못한 빈자리, 알 수 없는 무의식의 부분이 그 텍스트 속에 숨어있다는 의미이다. 그래서 문학적 행위, 문학적 의미는 이 무의식을 간파하게 될 때 생생하게 살아있게 된다. 그런 의미에서 문학 비평의 임무는 이러한 의식의 빈자리, 다른 말로 하여 의미의 잉여를 활성화시키는 예술이라 할 수 있다.[2]

문학은 의식이 아닌 영역을 내포하고 있고, 정신 분석은 의식으로부터 벗어나는 것에 대한 설명을 이론화하는데 탁월하게 기여하기 때문에 우리는 자연스럽게 문학과 정신분석의 합류점을 모색할 수 있게 된다.

정신분석의 창시자인 프로이트에게 정신분석의 스승이 누구냐고 물으면 프로이트는 선뜻 불후의 세계 명작들이 꽂혀있는 그의 서재를 가리키는 것으로 대답을 대신했다고 한다. 프로이트는 정독과 다독을 좋아했으며 모

---

2) Bellemin—Noël, J., *Psychanalyse et littérature*, Paris:PUF, 1989, p.7.

든 종류의 문학 작품에 매료되었다. 그는 먼저 인간을 감흥으로 인도하는 그 원동력에 대한 앎, 즉 문학 작품과의 접촉으로 얻은 지혜와 경험의 원천을 터득할 수 있었으며, 더 나아가 그 경험을 토대로 무의식이라는 이름의 천부적 재능과 창의성을 착안하게 된 것이다.

무의식 이론은 인간을 보는 태도 방식과 행동 방식에 대한 그 동안의 진화론적이고 이분법적 구분 방식이 매우 피상적이었다는 것을 증명해 보인다. 가령 무의식 측면에서 보면 어린이와 어른 사이에, 원시인과 문명인 사이에, 비범함과 평범함 사이에, 환자와 정상인 사이에 분리할 수 없는 연속성이 엄연히 존재한다. 마찬가지로 병적 증후군과 환상 이야기, 원주민들의 타부, 여자아이들과 남자아이들의 놀이 구조들 사이에 존재하는 거리감도 간단히 메워질 수 있다. 세상 여러 민족과 인종의 기이한 행위, 지구상에서 만나는 모든 집단들의 기이한 습관들에도 공통적인 기초가 있다.

그러므로 꿈, 놀이, 제의, 신화, 전설, 꽁트, 민요, 소설, 영웅 서사시, 농담 등과 같은 인간 사고의 현상들을 무의식의 실현화라는 측면으로 검토하면서부터 그것들의 해석을 합법화하는 공통적 토대가 마련된 것이다.

문학에 관한 정신분석적 이해는 세계의 모든 문학을 접촉하는 눈을 훨씬 명확하고 풍부하게 밝혀준다. 종족과 민족과 국가의 한 영웅의 모험담과 그 영웅을 통해 이룩하는 그 집단의 결속과 창조 그리고 행복을 이야기하고, 동시에 그런 이야기를 하는 과정에서 법의 기원도 암시한다. 그것에는 어길 수 없는 엄격한 규율에서 집단의 지혜롭고 간단한 규칙까지 포함하게 되는데, 고대 시대에는 그것을 비성문화 된 율령 또는 오늘날 우리가 전통과 관습이라 일컫는 것이다. 이야기는 몇 세대를 거치면서 입에서 입으로 구전되어 내려 왔고 그 이야기를 들으면서 사람들은 무의식적으로 그들의 환상을 즐기는 것이다. 이렇게 구전되어 온 이야기들이 신화나 전설, 영웅 서사시 또는 오늘날 우리가 소설이라 부르는 것의 초기 형태 형식으로 전해져온 것이다. 이런 이야기들은 민족과 문명의 상황에 따라 여러 다른 이름을 갖는데, 다신교 집단에서는 신화, 일신교 집단에서는 전설, 민족과 국가 영웅을 찬양할 때에는 무훈시와 영웅담, 순박한 민중의 이야기는 꽁트 또는 경이스러운 소녀나 선녀 이야기가 된다. 이와 같은 논의를 토대로 이런 이야기를 정신분석적으로 접근해 보자.

2. 신화의 정신분석을 위하여

신화는 순수한 이성적 사고로 엮어낸 산물도 아니고, 과학적 연구의 결과물은 더욱더 아니다. 신화는 그 민족의 애정적인 공감을 상징적 재현, 이미지 그리고 선택된 상징 언어로 표현된 상상력의 산물이다. 신화 속의 상징 언어와 그 표현들은 그 민족 특유의 애정 감정을 불러일으키는 이미지의 선택일 뿐이다. 민족의 특유하고 공통된 애정 감정은 시간의 흐름에 발맞추어 그 민족의 신화체를 형성하면서 보전 되어진다.

인간은 인간들이 겪는 사건과 인간들이 품고 있는 어떤 이미지와 생각을 적절히 선별하고 구성하는 작업을 영원히 지속한다. 그런 이유로 신화는 항상 존재한다. 신화는 한 민족의 계속적인 욕망을 표현하는 비연속적인 사건의 이야기라 말할 수 있다.[3] 이런 까닭에 신화 안에서는 그 드라마틱한 사건들이 일상적 시간과 공간의 법칙에서 벗어난다.

영웅이 알, 지하 또는 하늘에서 태어난다. 탄생에 앞서 또는 탄생 후에 어려움이 닥쳐온다. 아버지 또는 그의 측근들이 적대해서 수난을 당하거나 버려진다. 영웅이 부모, 조국 또는 공동체를 떠난다. 영웅은 동물들이나 노인과 같은 보잘 것 없는 이들에 의해서 구해진다. 신과 동물, 신과 인간, 동물과 인간이 결혼한다. 결국에 인간 세상의 구원자요, 영웅이 된다.

신화들과 꿈들은 어떤 공통된 특징을 소유한다. 바로 그것들은 똑같은 언어로 쓰여진다는 점이다. 한국, 중국, 일본, 인디언의 신화들과 꿈들은 바빌론, 이집트, 그리스, 로마의 신화들과 꿈들과 마찬가지의 언어로 쓰여진

---

3) 이유섭, 「프로이트 · 라깡으로 읽는 아버지―조상신」, 『코리안 이마고 2』(인간사랑, 1998), p.197.

것이다. 이런 언어들에서의 논리는 일상 언어에서 행해지는 그런 논리의 언어가 아니다. 물론 이것들도 어떤 논리를 따른다. 그러나 그 논리의 근본적인 범주는 공간과 시간이 아니라 상상력, 연상 그리고 시니피앙들이다.

그런 의미에서 프로이트(S. Freud)와 아브라함(K. Abraham)의 신화에 대한 생각을 쉽게 이해할 수 있다.

> 나의 양식으로 이 세상 신화를 개념적으로 정의를 내리자면, 신화의 좀더 현대적인 형태로 발전한 종교들에 이르기까지 신화는 외부 세계를 내부 세계로 투사한 심리 현상에 다름 아니다.
> 무의식 행위들과 요인들에 대한 심리적인 인식 덕분에 신화, 종교 같은 비이성적이고 초감각적인 실체가 어떻게 구성되어 있는지에 대한 접근의 길을 얻는다.[4]
> 신화는 한 민족의 유년기와 같은 정신적인 삶의 유산이고, 꿈은 그와 같은 것의 개인 신화다.[5]

사실 프로이트의 근본적인 명제 중의 하나는 신화란 "억압된 욕망의 실현화"이다. "욕망의 실현화"라는 명제의 발견은 꿈과 신화에 동시에 적용되는 것으로 프로이트와 아브라함이 공통적으로 인정하는 신화에 대한 지극히 일반적인 견해다.

필자는 이 기본 명제를 수용하면서 신화의 탄생을 주었던 무의식 생각과 사고들을 찾기 위해 신화의 표출내용, 겉으로 드러난 내용을 토대로 신화의 심층내용, 잠재내용, 진정한 의미를 정신분석적으로 읽어보고자 한다.

3. 신화 속의 대체 환상

신화를 이야기하기 전에 유아를 생각해 보자.

---

4) Freud, S., *Psychopathologie de la vie quotidienne*, Paris : Payot, 1992, p.296.
5) Abraham, K., *Rêve et mythe*, Paris : Payot, 1965. p.214.

처음에 부모는 유아에게 모든 신앙의 유일한 권위요 힘이다. 라깡에 의하면 인간 정신의 태초 이미지는 큰 타자(Autre)로 아이를 지배하는 모성적 이마고(Imago)이다. 태내에서의 삶, 신화적인 알은 바로 태초의 모성적 이마고를 의미한다. 알에서의 탄생은 환경의 급변으로 단절과 분리, 상실의 상처를 준다. 랑크(Rank Otto, 1884~1939)는 그것을 탄생의 외상증(정신적 상처 traumatisme)이라 했다. 탄생할 때, 모든 인간은 근원적인 분리와 상실의 상처를 겪는다. 그래서 인간은 태초의 이미지인 모성적 이마고로 회귀하기를 무의식적으로 희구하면서 근원적 상실의 상처를 극복하고자 노력하는 것이다. 인간은 누구나 태어나 처음 몇 개월 동안은 엄마 또는 엄마의 대리인에 의해 행해지는 환경에 절대적으로 의존하는 상태에 있게 된다. 다시 말하면 이 시기에 아기는 엄마(환경)와 자신(아기 주체)은 하나였을 뿐이다. 엄마 또는 환경이 아기의 생존에 필요한 것들을 완벽하게 제공하고 들어줌으로서 인지가 발달해 간다. 아기주체는 타자와의 관계를 통해서 존재의 기초를 세우는 것이다. 그러므로 출생하면서부터 아기는 타자와 감각 운동, 소리, 몸짓 등의 교환을 하는 언어의 존재가 된다. 아기는 타자와의 정신 상호간의 의사소통을 요구하는 욕망하는 존재인 것이다. 욕망의 만족은 아기의 존재에 자리, 준거를 부여하여 대상의 탐색과 인지를 발달시킬 것이다. 반면에 타자와의 정신적 의사소통의 부재나 욕망의 결핍은 아기의 자리와 아기의 존재에 상징적 죽음을 가져와 위험이 발생하게 될 것이다. 즉 엄마가 없으면, 돌보아 주는 환경이 부재하면, 아기는 자신의 자리, 준거, 정체성을 잃게 된다.

이렇게 아기는 타자와의 관계를 통해서 인지 발달이 진행됨에 따라 아이는 차츰 자신의 부모에 대해서 판단하는 능력을 알게 된다. 그 결과 아이는 처음에 품었던 부모에 대한 생각들이 바뀌게 된다. 이를테면 아이는 부모에 대한 절대적 의존 상태로부터 이제는 자신의 부모가 유일한 권위요 힘을 갖지 못했다는 것 등을 깨달으면서 때로는 속은 기분도 갖게 된다. 그래서 점차로 그의 부모를 비난하기 시작한다.

아이의 이런 경험으로부터 아이는 이제 그의 부모가 더이상 완전한 사람이 못된다는 결론을 내린다. 그때 아이는 부모에 대한 반감이 생기고 자신의 순수한 감정을 지키기 위해 대체되는 다른 이상적 부모를 찾는다. 부모를 더 훌륭한 부모로 대체하고자 하는 이런 환타즘을 주몽신화에서는 주몽의 아버지를 '해모수', 즉 태양의 신으로 표현했고, 어머니를 하백의 딸, 즉 '물의 신'으로 상징화한 것이다.

부모에 대한 감정이 멀어질수록 아이는 부모를 비난할 것이다. 우리는 종종 무엇인가 부모로부터 거리감을 느끼고 부모님 사랑이 결핍된 것 같은 행동을 하는 아이들을 목격한다. 그럴 즈음 아이 스스로가 나는 주워오지는 않았을까? 나는 부모님이 난 자식이 아닐 거야, 라고 생각도 해본다. 신경증 어른이나 사춘기 청소년들이 부모에 대한 적개심을 품고있는 경우에 자주 일어나는 현상이다. 그와 동시에 부모의 사랑에 대한 아이의 이와 같은 소외감은 한편으로 아이 자신의 독립성과 자율성을 의식화하는 증표라[6].

신화는 이와 같은 소외 감정에 대해서 영웅의 부모를 가장 훌륭한 부모로 대체하는 상징적 환타즘을 나타내 보인다.

주몽 신화를 보자.

> 이때 금와는 태백산 남쪽 우발수에서 한 여자를 만나 누구인가를 물으니 여자가 말하기를 "나는 하백(河伯)의 딸로 이름은 유화인데, 여러 아우들과 노닐고 있을 때에 한 남자가 나타나 자기는 천제의 아들 해모수라고 하면서 나를 웅신산(熊神山) 밑 압록강 가에 있는 집 속으로 꾀어 남몰래 정을 통해 놓고 가서는 돌아오지 않았습니다. 그래서 우리 부모는 내가 중매도 없이 혼인한 것을 꾸짖어 마침내 이곳으로 귀양을 보낸 것입니다."라고 하였다.
>
> 금와는 이를 이상하게 여겨 그 여인을 방 속에 가두어 두었더니, 햇빛이 방 속을 비췄다. 여인이 몸을 피하자 햇빛이 따라와 또 비췄다. 그로부터 태기가 있더니 알 하나를 낳았는데, 크기가 닷되 들이 만했다. 왕은 그것을 버려 개와 돼지에게 주었으나, 모두 먹지를 않았다. 그래서 길에 내다 버리게 하였더니,

---

6) 이유섭, 앞의 책, p.268

소와 말이 모두 그 알을 피해서 지나갔다. 또 들에 내다 버리니, 새와 짐승이 오히려 덮어 주었다. 이에 왕이 알을 쪼개 보려고 했으나 깨뜨릴 수가 없어 마침내 그 어머니에게 다시 돌려 주었다. 그 어머니는 알을 물건으로 싸서 따뜻한 곳에 두었더니, 한 아이가 껍질을 깨고 나왔는데, 골격과 외양이 영특하고 기이하였다.

아이 겨우 일곱 살에 기골이 준수하니 범인과 달랐다. 스스로 활과 화살을 만들어 쏘는데, 백 번 쏘면 백 번 다 적중하였다. 그 나라의 풍속에 활을 잘 쏘는 사람을 주몽이라 하였는데, 이런 연유로 해서 그는 주몽이라 이름하였다

(『삼국유사』 권지일 고구려)

이 이야기에서 주몽의 아버지는 해모수요 어머니는 하백의 딸 유화다. '해모수'의 '해'는 '해(태양)'를 의미하고, '모'는 '몯(맏)'를 의미하며, '수'는 남성의 '수(雄)'를 의미한다고 볼 때, 주몽의 아버지는 '우두머리 태양 남성 신'이다. 하백은 '물의 신'이다.

그러므로 주몽의 부모는 '태양신'과 '물의 신'이라는 가장 훌륭하고 권위 있고, 힘이 있는 부모로 대체된 것이다. 이렇게 신화는 잃어버린 이마고를 대신하여 이상적인 부모를 앉힌다. 그것은 마치 오이디푸스를 겪는 아이가 어머니의 욕망에 걸맞는 이상적인 아버지를 찾는 것처럼 말이다. 사실 아이는 어머니를 만족시켜줄 능력이 없다. 어머니의 남근이 되려하지만 자신의 무능만을 한탄한다. 그래서 아이는 이상적 아버지, 상상적 아버지, 박탈자 아버지가 자신의 무력함을 대체해줄 것으로 안위하는 것이다.

4. 나르시스 신화와 청소년

그리이스 전통에서 나르시시즘이라는 용어는 한 개인 주체가 자기 자신을 사랑하는 것을 의미한다. 나르시스 설화와 나르시스라는 인물은 오비디우스의 『변신』 세 번째 편에 묘사되어 있다.

물의 수호신 세피스와 요정의 신 릴리오프의 아들인 나르시스는 누구와 비교할 수 없는 아름다움을 가졌다. 한 요정 에코는 나르시스의 매력에 끌려서 그를 끌어 안으려 했지만, 나르시스는 그녀를 밀쳐내버렸다. 이에 절망하고 화가 난 에코 요정은 병져 누웠고 여신 네메시스에게 나르시스를 복수해 줄 것을 간청했다. 어느 날 사냥 중에 있던 소년 나르시스가 아주 맑은 연못가에서 쉬고 있었는데, 연못에 한 아름다운 소년이 비쳤다. 나르시스는 비친 그 인물이 한 다른 사람이라고 믿었고 어리석게도 물에 비친 소년의 모습에 도취되어 이 모습을 잡으려고 물에 팔을 빠트려 잡으려 했지만 그 이미지는 잡히지 않고 계속 빠져나가는 것이었다. 결국 이 불가능한 욕망에 고통을 받은 나르시스는 통곡을 하였고, 사랑의 대상이 자기 자신이었다는 것을 의식한 후 그 행위가 멎었다. 이에 자신에 식상한 그는 자신이라는 인물과 헤어지기를 원했고 자기 자신을 죽도록 채찍했고 급기야 운명의 거울에 인사를 하고는 죽게 된다. 애도 의 표시로 그의 두 누이동생들은 머리를 잘랐다. 나르시스의 시신을 불에 태우 기를 바랬던 그녀들은 나르시스가 꽃으로 변형 되어 있는 것을 확인하였다. 그래서 그 꽃을 수선화라 불렀다.[7]

나르시스가 요정 에코의 사랑을 거부했을 때, 그것은 동침의 거부를 상징 한다. 그가 거울 속에 비친 자기 자신의 또 다른 모습을 보았다는 것은 신화 가 일종의 양가감정인 인간, 특히 청소년의 앰비규티, 애매성을 이야기하는 것이 아닐까? 나르시스는 다른 이들과 사랑에 빠져들 수가 없었기에 다른 이와 사랑하는 대신에 자신의 거울상과의 사랑에 빠졌고 그것으로 인해 징계를 받고 모든 것을 상실한다. 그는 자신과는 다른 목소리나 신체로 인식 되는 어떤 다른 개체가 아닌, 바로 자신의 모습과 똑같은 영상과의 사랑에 빠졌다.

청소년들의 위기나 유혹 중의 하나가 바로 이 나르시시즘이 아니겠는가? 그런 사랑은 너무나 위험해서, 미래에 대한 희망이 없는 이들에게는 죽음을 가져올 수도 있다. 사실 보통 사람이 이웃을 향해 리비도의 생동력과 활력을

---

7) Roudinesco, E., et Plon, M.(1997), *Dictionaire de la psychanalyse*, Paris; Fayard, p.707~708.

쏟는데 비해 정신질환자는 유일한 성적 대상으로 자기 자신을 선택하고 모든 리비도를 자기 자신에만 쏟는다. 만족과 성적 과대 평가의 상대는 오직 자기일 뿐이다. 정말 청소년이 절망에 의한 불행을 마약 또는 죽음, 자살 등의 상상 세계, 나르시시즘으로 도피한다면, 그것은 통과의례가 상실되었기 때문이라고 본다. 그런 청소년들은 자신들이 강 저편에서 기다리는 어떤 모험에 대면할 용기를 갖도록 허락할만한 사회에 의해 주어진 어떤 확실한 지표를 갖고 있지 못하다. 인간의 속성은 미래를 계획하는 것이다. 사랑에 빠진 소년 소녀는 그들이 사랑의 열매를 계획할 수가 없으므로 그들의 사랑의 여정인 어린아이를 가질 수가 없다. 그렇게 된다면, 그것은 하나의 재앙이다. 그들은 학업을 포기할 수가 없고, 거주할 곳도 없으며, 돈도 없다. 그러므로 아기를 갖지 말아야 한다. 확실한 피임의 기술과 방법 때문에 우리는 아기를 갖지 않으면서 서로를 사귀는 새로운 가능성을 제공했다. 그러나 늘 서로를 알고 지내지만 아기를 키우는 것과 같은 교재의 결과는 존재하지 않은 채로, 서로 얼굴을 맞대고 공동체로서의 또는 혈연 관계의 가능성을 배제한 채, 그러므로 서로에 대한 어떤 역할을 하지 못한 채 둘 만의 고독에 만족한다. 단순한 육체적 결실이 둘을 한 쌍으로 묶어 놓을 수가 없다. 한 쌍이란 사회적인 동반자일 때에만 그것이 유지되는 것이다.8)

이혼을 묵인하면서 사회는 부모의 책임감에 혼란을 야기시켰고, 시민이 형성되는 것을 위태롭게 했다. 사회는 젊은이들이 사랑한 결과의 귀착점을 제공하지 못하는 까닭에 젊은이들은 그들이 사랑에 빠져있는 바로 그 시기에 그들 자신의 삶을 영위할 능력을 갖지 못하게 된다. 정말 비극이다. 나르시스의 유혹은 더 이상 통과 의례가 없다는 것으로부터 나온다. 사랑의 이기주의에 따라 나르시시즘이 존재한다. 나르시시즘은 타자의 환영 속에서 자기 자신만을 사랑할 뿐이다. 왜냐하면 해소할 다른 일에 관한 출구가 없기 때문에 나르시시즘은 상대라는 환상을 통해, 대상을 통해 자신을 사랑하는 것이다. 피임이 있기 전에 젊은이들은 책임을 질 수 있는 상황에서만 서로를

---

8) Dolto, F., *L'échec scolaire*, Paris: Ergo Press, 1989, p.39.

사랑할 수 있는 모험을 하도록 허락되었었다. 지금은 그렇지 않다. 현대의 사랑은 결과에 대한 어떤 책임 없이 단지 사랑하는지 않은지에 대한 책임만을 진다. 에코는 나르시스를 즐겁게 하지 못한다. 그런데 나르시스는 다른 이를 찾는 것이 아니라, 그 자신의 영상 속으로 피해버린다. 마찬가지로 청소년 개개인은 자기 자신의 영상 속으로 빠진다. 젊은이들이 그들에게 욕망을 일으키지 않은 여성들과 함께 보내는 일은 드물다. 그들은 나르시스와 같다. 그들은 제2성징기 상태에 있기 때문에, 소년들이 좋아하는 소녀들에 대해 말하고, 소녀들이 좋아하는 소년들에 대해 말하면서 이론적으로는 동성연애자가 된다. 덧없이 사라지는 순간적인 교제, 서로에 대한 수음 등이 그것이다.

신화 속에서 젊은이들은 단지 거울상만, 영상만을 제공받을 수 있기에 전혀 만나지 못한다. 마치 오늘날 컴퓨터 영상 속에서 만나는 나르시시즘처럼 말이다. 그런 상황에서 에코는 나르시스에게 다른 어떤 것을 제안할까? 그들은 자유로운 관계로 만나지 못한다. 신체의 교감이 어떤 미래에 대한 계획, 생명출산을 갖고 있지 않다면, 또 그 사랑이 신체적 접촉만의 사랑을 벗어나지 못한다면, 그리고 신경증적 긴장감을 해소시키는 그런 교감이 아니라면 신체는 아무 것도 아니다. 미래를 설계하지 않는 육체적 탐닉만을 원하는 현재의 젊은이들은 서로 그냥 스쳐 지나가는 만남에 빠져있는 것이다.

사람들이 점차 동성연애자가 늘고 있다고 말하지만 그것은 진실이 아니다. 그들은 스스로를 동성연애자라 믿고 첫사랑에 실패한 사람의 모습으로 생활하고 있는 것이다. 그것은 편한 생활 태도일 뿐이요, 구속으로부터 벗어남이다. 그들에게는 다시 한번 가치가 있는 모험을 해볼만한 자신감을 상실한 채 주어진 자리에 머물러 있을 뿐이다. 그들은 첫사랑의 상처로 창의성과 자신감을 상실했고, 그들에게 "이러한 경험 때문에 실망하지 말아라. 이것은 더 진실한 마음으로 한 존재와 더 오랜 동안의 또 다른 만남을 준비하기 위한 것이다."라고 아무도 말하지 않는다. 그런 까닭에 그들은 나르시시즘의 거울을 보았던 지난번의 모습으로 되돌아오고, 그들에게 다른 성을 무시하는 그런 가치관을 갖는 사람이 되게 한다. 나는 그것이 소년의 경우이거나 소녀의 경우이거나 마찬가지라고 본다. 아주 예민하게 상처받은 첫번째 실패의 경험은 종종 사춘기 동성연애의 가능성을 더 강하게 만들고, 그것은 어린이들이 성인이 되는 것을 허락하지 않는 사회에 의해 이루어지기도 한다. 그리고 그것이 책임감의 중압감에 시달리면서 그들은 나르시스적 전—사춘기로 회피하고 후퇴하는 어른이 되는 것이다.[9]

5. 실재계 아버지/상상적 아버지/상징적 아버지

신화의 특징 중의 하나는 주인공이 버림받는 이른바 기아 모티프이다. 버림받는 혹은 버려지는 이야기는 오이디푸스 드라마의 본질적 요소이다. 버리는 사람은 대개가 아버지 또는 아버지의 대리 인물이다. 가령 오이디푸스 신화에서와 마찬가지로 주몽신화에서 아버지(왕)는 태어난 주몽을 버린다. 그런 아버지의 모습을 라깡의 용어로 읽어보면, 아이가 "실재계 아버지"로부터 "상상적 아버지"로 마음을 바꾸어 가는 상징적 의미라 할 수 있다. 프로이트가 1923년에 그의 저서 『자아와 거시기(Le Moi et le Ça)』에서 언급한 선사시대 아버지, 태고적 아버지가 바로 라깡의 실재계 아버지이다. "최초이자 가장 중요한 인간의 동일시는 선사적이고 태고적인 아버지와의 동일시이다"[10]. 이 아버지는 남성과 여성의 차이를 인식하기 이전, 아버지와 어머니로 분화되지 않은 태고의 아버지요 남근적 아버지이다. 아이는 곧 어머니를 빼앗아 간 아버지를 훼방꾼으로 생각할 것이다. 이유는 아버지가 아이의 유일한 욕망인 어머니를 빼앗을 것이라고 생각하면서 폭군인 "상상적 아버지"를 아이의 정신 속에서 약탈꾼으로 입력할 것이기 때문이다. "상상적 아버지"의 개념 이해와 아버지 이미지의 형성을 더 잘 터득하기 위하여 우선 프로이트 이론을 더욱 정교하게 보완한 라깡의 이론을 간략하게 살펴

---

9) Dolto F., *la cause des adolescents* Paris: Robert Laffont, 1988, p.32.
10) Freud S., *Le Moi et le Ça*, 「*Essais de psychanalyse*」Paris:Payot, 1981, p.243.

보자.

　프로이트는 가족 구성원의 한 사람인 현실의 실제 아버지와 오이디푸스 콤플렉스 상에 나타나는 아버지 이미지 사이에 중요한 거리와 차이가 있다는 것을 미처 탐구하지 못한 것 같다.

　그래서 라깡은 아버지 문제의 중심으로 "상징적 아버지"라는 개념을 도입한다. 아버지는 가족 구성원의 실제 아버지라기 보다는 어떤 은유적 아버지이다.

　그런 라깡의 개념은 "실재계 아버지", "상상적 아버지", 그리고 "상징적 아버지" 사이의 관계에 의해서 설명되어진다.

　오이디푸스 콤플렉스에서 어머니에 대한 리비도의 집중, 근친상간 욕망을 위협받는 아이는, 아버지는 이미 어머니를 욕망하고 있었다고 은연중에 무엇인가를 느끼게 된다. 이런 발견이 "실재계 아버지"를 점점 "상상적 아버지"로 이동하게 하는 동력이 된다. 그러나 그 "상상적 아버지"는 절대로 아이 자신의 욕망의 억압을 해결해 줄 수 없게 된다. "상상적 아버지"는 단지 아이 자신이 어머니를 욕망할 때 위협을 가하는 방해꾼으로 인식되기 때문이다. 말하자면 "상상적 아버지"는 아이의 욕망 대상을 빼앗고, 어머니의 욕망 대상인 남근을 빼앗는다고 생각하는 아버지다.

　그래서 "상상적 아버지"는 아기와 어머니의 "상상적 양자합 관계", "상상적 관계"에서부터 어머니 쟁탈을 위한 아이의 경쟁 상대자가 된다. 그런 경쟁 상대자이기에 상상적 아버지의 남근은 적개심의 남근으로 나타난다.

　이제 어쩔 수 없이 아이는 자기 위치에 대해서 심오한 갈등을 갖는다. 이때 아이는 스스로 자문 자답한다.

　　"내가 어머니의 남근을 가지면 되지 않을까?"
　　"그리고 내가 아버지가 되면 되지 않겠는가?"

　그 결과 아이는 슬그머니 자기 자신이 아버지처럼 되기를 결심한다. 이것이 바로 아이의 아버지 동일시이다.

자신의 남근을 아버지 남근으로 동일시하면서 생각을 바꾼 아이는 점차적으로 아버지의 법에 조우한다. 말하자면 "실재계 아버지"를 획득하기 위하여 이용된 "상상적 아버지"는 아이의 갈등을 해결해주지 못하기 때문에, 아이는 아버지와 동일시해야 한다고 생각하게 된다. 바로 여기에 라깡이 도입한 "상징적 아버지"가 도입된다. "상징적 아버지"는 "실재계 아버지"와 "상상적 아버지"의 공통 분모를 달성시키는 아버지 이름이요, 아버지 법이다. 이 법을 받아들임으로써 아이는 아버지와 동일시한다.[11] 그런 의미에서 상징적 아버지는 은유적 아버지이다. 은유는 대상과의 동일시를 꿈꾸기 때문이다.

그래서 "상징적 아버지"는 "아버지 이름"으로 대표되는 금지와 법을 의미한다. 이제 어머니의 욕망이 어떤 방식으로든 금지를 명하는 아버지 기능 현상을 잘 따르게 되면, 어머니는 자신의 욕망을 아버지 법의 중개에 의해 획득한다는 것을 알았다는 의미가 될 것이므로 아이도 거리낌없이 아버지의 이름에 접근한다. 아버지 이름은 문화와 언어와 같은 휴머니즘을 상징하는 법의 근본이기 때문이다.

라깡이 강의한 말을 들어보자.

> "아버지의 이름은 '상징계'에 위치해 있고, 문화적인 형태로 기여되고 관련될 수 있다… 상징계 범주에서의 아버지의 이름은 언어로 이루어진 법으로만 존재하고, 어머니가 그 언어 법의 가치를 준수하고 인정할 때에만 존재한다. 만약 아버지 이름의 이와 같은 위치에 문제가 있게 되면, 아이는 어머니에 종속된 채로 질병을 앓는다."[12]

아버지와 동일시한 아이가 남근 갖는 길을 선택함으로 오이디푸스 드라마를 향해 가는 것과 동시에 아이는 상징적 거세를 겪는다. 즉 "상징적 아버

---

11) 이유섭, 앞의 책, p.262.
12) 라깡(J. Lacan), *Les formations de l'inconscient*, 1957~1958년에 행해진 라깡의 세미나, 미간행 노트.

지"가 어머니의 남근이 되었던 아이를 거세하고, 그를 어머니와 분리한다. 그러므로 라깡의 거세 개념은 남자아이의 불안을 자극하는 위협과 여자아이의 근원적인 페니스 선망을 넘어서, 어머니와 아이 사이에 맺어진 상상적이고 나르시시즘적인 유대 관계를 자르고 분리시키는 행위에 의해 생산되는 단절의 상처이다.[13] 예컨대 극복해야 할 시련, 넘어야 할 장애, 취해야 할 결정, 치러야 할 시험 등은 상징적 분리와 단절 행위로 은연중에 상실한 그 상실의 대가로 실행해야 할 거세들이다. 그래서 라깡은 거세는 상징적이고 거세 대상은 상상적이라 했다.

이제 언어로 대표되고, 아버지 이름에 관계된 현실 세계로 대표되는 "상징적 아버지"는 더 이상 아이의 욕망을 빼앗은 약탈자로서의 "상상적 아버지"가 아니다. 그는 아이의 근친상간 욕망의 방해자가 아니라, 인간 세계의 법, 규칙을 나타내는 언어적 상징 세계를 나타냄이다.

폭군인 "상상적 아버지"는 임상에서도 종종 입증된다.

분석을 받았던 한 직장 남성은 어렸을 때부터 아버지 앞에 있기만 하면 위압감으로 떨어야 했었다고 말한다. 아버지가 정종(술)의 포장을 벗기라고 했을 때, 아버지 앞이라 두려운 마음에 당황하고 떨려서 제대로 벗기지를 못해 끝내 "저놈은 저것도 못하느냐!"고 핀잔을 들었던 이야기를 들려준다. 뿐만 아니라 아버지 앞에서 주눅들었던 사건은 이번에 학창 시절에 학교 선생님 앞에서 그랬었고, 직장에서는 직장 상사 앞에서 똑같이 반복되었기에 직장을 몇 번을 옮기기까지 했었다. 직장 상사가 전혀 적대감정 없이 친절하게 잘 해주는 데도 상사 앞에 서면 '고양이 앞에 쥐'가 되어 떨리고, 아무런 생각 없이 멍해지며, 말도 안나오고 식은 땀만 흘렸었다고 했었다. 결국 그것이 심해져서 여러 의사들을 찾았었고, '단', '기공법', '자기 암시법', '요가', '종교적 수련' 등 사십대 중반에 이르도록 그 증후군과 씨름했었다고 이야기한다.

사실 그 분의 아버지는 실제로 그렇게 무섭고 공포스럽지 않았고, 선생님

---

13) 졸고, 「라깡의 남근과 거세」, 『코리안 이마고』(하나의학사, 1997), p.80.

들 모두가 실제로 그토록 무서운 것은 더욱 아니었으며, 직장 상사가 실제로 그 분을 그렇게 꼼짝 못하게 만들었던 것이 아니라, 그 분 스스로가 아버지를 폭군으로 생각하는 이른바 "상상적 아버지"를 무의식 속에 입력시킨 것이다. 그래서 무의식에 입력된 "상상적 아버지"가 그의 인생에 공포로 작용한 것이다.

신화에서는 "상상적 아버지"에 대한 이와 같은 폭군 이미지가 아버지를 좀 더 고상하고 훌륭한 아버지로 대체하는 양상으로 나타난다. 앞에서 검토했던 바와 같이 아버지를 초월 가치화 하는 상징 형태로 주몽신화는 부모를 태양신과, 물의 신의 딸이라는 숭고한 부모로 표현한 것이다.

주인공이 부모를 가장 숭고한 부모로 대체한다는 것은 어린 시절 잃어버린 인간의 노스탈지, 대상 a(objet a)[14] 의 표현 일 뿐이다. 그 노스탈지는

---

14) 대상(작은) a(아) [OBJET (petit) a]: 주체가 욕망하는 대상을 정의하기 위해 1960년에 자크 라깡에 의해 도입된 용어. 이 대상은 주체에서 벗어난 표상될 수 없는 상태 또는 상징화할 수 없는 "잔여 혹은 여분"을 의미한다. 이런 명제에서 그것은 젖, 즉 빨기의 대상, 변(배설물), 즉 배설의 대상, 목소리, 시선, 즉, 욕망 자체의 대상들과 같은 신체로부터 분리된 4가지 부분 대상을 통하여 조각난 형태로 또는 "존재의 결핍"으로만 나타날 뿐이다.
　"주체에게 벗어난 욕망의 원인"인 대상(작은) a(아)라는 라깡적 개념은 1936년에 거울 영상계에 대한 성찰 선상에서 시작되어 1956~1957년에 정교화된 대상 관계의 개념과 상실/불만/거세라는 세 가지 축으로 전개된 고찰에 근거한다. 타자성에 대한 관계적인 특수한 용어의 주 요인인 대상(작은) a는 대타자와 소타자에 의해 형성된 쌍 내에 속하는 타자의 변이체 중의 하나이다. 거기에는 최소한 2개로 구분되는 두 타자가 존재하는데, 대문자 A로 표현되는 타자와 자아인 소문자 a로 표현되는 타자이다. 대타자는 말의 기능 내에서만 관계하는 타자이다.
　특히 대상(작은) a의 개념은 멜라니 클라인과 위니컷의 개념에서 발견되는 좋은 대상과 나쁜 대상의 개념과 전이 대상의 개념을 포함한다. 이런 새로운 대상의 범주에 대한 라깡의 창안은 20세기 후반기 동안 영국 정신분석 학파에 의해 제공된 대상 관계에 대한 논의 범주를 수용한 것이다.
　프로이드가 『성 이론에 관한 세 가지 에세이』에서 고유한 투여 대상으로 변과 젖을 구분해서 전개시킨 부분 충동 이론을 출발점으로 하여 라깡은 욕망의 변증법에 관한 1960년대의 세미나에서 욕망의 두 개의 다른 대상, 목소리와 시선을 도입한다.
　몇 달 후 1961년 2월 1일에 플라톤의 『향연』을 코멘트 하면서 시작한 『전이』에 대한 세미나에서, 라깡은 처음으로 대상(작은) a를 소개한다. 일반적으로 사

무엇인가의 결핍을 의미한다. 그 어떤 대상으로 대체한다 하더라도 이 결핍
을 채울 수 없는 결핍이다. 사막의 신기루처럼 말이다. 저 만큼 보이던 신기
루를 가보면 또 저 만큼 물러나 있는 것처럼 말이다.

사실 우리는 일상 생활 속에서 누누이 사랑을 갈구하고 끝없이 욕망하고
'나'를 찾고 '나'를 말하지만 결핍이 없는 '나', 진정한 '나', 절대 순수한
'나'를 찾을 수 없다. 아무리 '나'를 잡으려고, 순수 절대적 사랑을 잡으려고
노력하고 말하며 표현하고 글을 쓰더라도 진정한 '나', '인간주체'는 단지
연장이요, 잉여일 뿐이지 자기 자신과 동일한 '나'는 찾을 수 없다. 여기서
우리는 인간 존재의 원초적 결핍을 본다. 어떠한 사랑도, 어떠한 존재도,
절대로 완전할 수 없는 경험을 하면서 우리는 결핍, 부족, 빈자리를 느낀다.
언제나 충족되지 않는 잔여, 잉여가 우리를 계속 욕망하게 한다. 이 잉여를
바로 욕망의 원인 대상 a라 부르는 것이다.

우리의 텍스트는 그 결핍의 장소에 가장 숭고한 부모라는 상상적 끼여들
기로 영웅자신의 욕망을 연장한다.

이제 노스탈지, 욕망의 지연, 욕망의 잉여는 우리의 삶을 지연시키고 우리
의 삶을 살찌우게 하는 원동력이 된다. 이것이 성애로 유입될 때, 잉여 쾌락
(plus—de—jouir)이 되어 끝없이 대상(a)을 추구하는 대상이 된다. 인간 주체

랑에 관한 이 유명한 세미나는 플라톤의 선(Bien) 사상을 재현하는 대상의 연쇄
로 정의된 아갈마(Agalma) 문제를 중심으로 논의된다. 라깡은 이 아갈마를 클라
인의 좋은 대상으로 정의하고, 곧 벗어난 욕망의 대상이자 욕망 그 자체인 대상
(직은) a로 개정한다. 특히 욕망의 진실은 그 대상의 존재가 결핍되어있는 관계
로 의식으로부터 감추어져 머물게 된다. 1965년 3월 라깡은 다음과 같은 유명한
명언을 한다. "사랑은, 사랑을 원하지 않은 누군가에게 그가 없는 것을 주는 것
이다."

1967년부터 통과의 도입으로, 그리고 상징계, 실재계, 상상계라는 3형 고리 논
리 내에서 실재계 개념이 차지하는 중요성을 강조하면서 라깡은 이 작은 a(기다
려 보지만 항상 결핍인 무)를 상징화하기에 불가능한 잔여물(이질적 실재)로 변
형한다. 그때 욕망의 대상은 순수절대쾌락에 동일시되고, 상징계에서 벗어나고,
실패를 알리는 시니피앙과 동일시되며, 망상적 형태로 실재계 안으로 회귀하는
위험, 배제(forclusion)와도 동일시된다. — Roudinesco E., et Plon M., *Dictionnaire de
la psychanalyse* Paris: Fayard, 1998, p.739~740.

가 어머니로부터 분리될 때 잃어버린 대상, 부분 성감대(젖, 항문, 성기,시선, 목소리등), 또 그 잃어버린 노스탈지를 메우기 위해 아이가 되고 싶어하는 상징적 남근, 잉여 쾌감 말이다. 왜냐하면 대상(a)은 분리, 간극의 틈새를 메우려는 최초의 이미지이기 때문이다.

6. 글을 맺으며

알에서 영웅은 탄생한다.

알에서의 탄생, 알의 깨어짐은 주체의 분리($) '어머니와의 양자합 관계', '상상계'로부터의 분리를 의미하고, 그 분리와 상실의 결과 영웅은 인류, 인간 사회에 놀라우리 만큼 빨리 적응을 하여 인류를 구원하게 된다. 그것은 바로 "상징계"로의 진입을 의미한다. 상징계에서는 영원한 만족이란 없다. 결핍과 분열은 인간의 운명이다. 결핍의 완전한 충족이 이루어질 수 없기에 상징계는 결핍을 배척한다. 어떠한 의미도 결국 불충분하다는 원초적 상실의 경험을 덮기 위해 인간주체는 의미를 갖는 모든 것을 상징화한다. 말하자면 인간은 존재와 의미를 모두 가질 수가 없기에, 완전한 존재를 가질 수가 없기에 의미를 선택할 수밖에 없는 운명에 산다. 의미를 선택하면 물론 존재는 사라지지만 인간주체는 살아 남는다. 존재를 선택하면 의미가 사라지기 때문에 그것은 더 이상 인간이 아니다. 대신 인간은 존재의 결핍을 메우기 위해 욕망하는 것이다.

그러므로 영웅이 온갖 난간과 어려움을 부딪치며 자신의 욕망을 찾아 길을 떠나는 영웅의 모습은 존재의 결핍, 욕망의 원인 대상 a(아)의 추구이다.

그래서 인류는 신화라는 아니 이야기라는 형태를 빌려서 자신의 욕망을 이야기로 전한다. 그러나 그 욕망 a(아)는 완전한 충족을 주지 않는다. 사막의 신기루처럼 말이다.

어머니의 품에 안긴 알 속의 주몽이 상징하는 바와 같이 처음에 멀리서 태초의 근원지, 어머니의 모태가 유혹의 손길을 던진다. 바로 이때 상상속의 낙원을 찾는 순간이므로 "상상계"의 세계요, 이제 알을 깨고 나온 영웅의 삶은 "상징계"를 나타내는 것이고, 영웅의 욕망 추구를 이야기하며 자신의 결핍된 욕망을 추구하는 인류는 한이 없이 지연되는 "실재계"의 유혹을 감지한다.

결국 그 "실재계"는 도달할 수 없는 지연이요, 구멍이요, 결핍이고 무이다. 이 결핍은 허무로 쓸모없는 것이 아닌, 근원에 너무도 충만한 이미 충만으로 가득했던 그런 결핍이다. 이 결핍은 욕망, 사랑, 삶의 연장, 그리고 삶의 기쁨을 주는 충만한 결핍인 것이다. 인간은 자극과 긴장으로부터 결코 자유로울 수 없다. 평생토록 긴장에서 벗어나 완전한 평온을 만끽하고 싶어 하지만, 실패의 연속일 뿐이며, 다만 부분적인 긴장 해소로 위안을 받을 수 있을 뿐이다. 그럼에도 불구하고 우리는 자극과 긴장이 없는 세계를 갈구한다. 어머니와 분리되기 이전의 낙원을 그리면서 말이다. 이 열반의 세계가 바로 잃어버린 노스탈지 대상 a(아)이다. 그래서 우리는 잃어버린 대상이자 욕망의 원인인 대상 a(아)를 추구하며 그 주위를 맴도는 욕망의 주체가 된다.

「남정기」 제작동기설과 조선연구회

우쾌제*

1. 서 언

　조선연구회(朝鮮硏究會)는 일본인 靑柳南冥이 중심이 되어 한국의 중요한 고서를 정리 간행했던 모임이었다. 그들이 처음으로 간행했던 책은 대정 3년 (1914년) 3월 13일에 나온 「原文 和譯 對照 謝氏南征記 · 九雲夢 全」1)으로 조선연구회 고서진서간행 제1집이었다.

　이 책에는 「사씨남정기」서 ’라 하여 靑柳南冥이 쓴 글이 4페이지정도 장황하게 수록되어 있고 목차가 나오고 ‘이조지신 김춘택 원저(李朝之臣 金春澤 原著)’라 한 한문본 「사씨남정기」본문을 싣고 일어 번역문을 싣고 있다

　원래 「남정기」는 서포 김만중(1637 ~ 1692)이 지은 소설로 「구운몽」과 함께 우리 소설사에 중요한 위치를 점하고 있는 작품2)으로 한국 최초의 국문학사인 안자산의 「조선문학사」에서부터 논의가 시작되어 김태준의 「조선소설史」에서는 작품의 梗槪 소개와 함께 이 소설의 성격을 숙종의 민비폐

＊ 인천대학교 국어국문학과 교수
1) 「원문 화역 대조 사씨남정기 · 구운몽 전」, 조선연구회 고서진서간행 제1집, 1914.
2) 우쾌제, 「사씨남정기」연구의 종합적 고찰, 인천대학교 논문집, 제19집, 1994, p.2.

출 사건을 풍자코자한 목적소설이라 규정한 바 있다.[3]

그 후 많은 연구자들은 「남정기」를 목적소설로 규정, 숙종의 민비폐출 사건과의 관련을 중심으로 저작동기에 중점을 두고 작품을 해석한 것이 대부분이었다.[4]

그러나 본 작품의 목적성에 대한 논란이 논문[5]으로 나와 학문적 논쟁[6]이 전개된 일이 있어 한 때 주목을 끌기도 했다.

필자는 이 문제에 대해 일찍이 작품을 분석 논문을 통해 작자의 생애와 작품과의 관계를 중심으로 체험과 상상의 관계에서 저작된 것이란 의견을 제시, 풍자성을 띤 목적소설이라 하기보다는 작자의 잠재의식 세계의 발로로 이루어진 순수한 문학작품으로 해석하는 것이 타당할 것이라 주장했다.[7]

그 후 이 작품에 대한 새로운 평가가 계속 나타나고 있어 역사적 사건이 의식된 것 못지 않게 서포의 창의적 혜안이 씨와 날로 걸어져 빚어낸 작품[8] 이라 하여 서포의 창의적 성격을 강하게 강조하고 있는 점을 볼 수 있다. 뿐만 아니라 「사씨남정기」를 독립된 하나의 예술작품으로 보지 않고 문학외적 목적을 위한 수단으로 간주함으로써 「사씨남정기」연구의 한계 요인이 되어 왔다고 주장하면서 진정한 문학적 의미를 파악하기 위해서는 문학외적

---

3) 김태준, 『조선소설사』(학예사, 1939), p.123.
4) 주왕산, 『조선고대소설사』, 1950, pp.157~176.
　　김기동, 『한국고대소설개론』, 1956, pp.292~294.
　　―――, 『이조시대소설론』, 1959, pp.303~307, 496.
　　박성의, 『고대소설사』, 1958, pp.292~293.
　　―――, 『구운몽·사씨남정기』, 1964, pp.267~268.
　　신기형, 『한국소설발달사』, 1960, pp.194~195.
　　정규복, 「남정기 논고」, 『국어국문학』 제26집, 1963, pp.291~307.
　　―――, 「남정기의 저작동기에 대하여」, 『성대문학』 제15·16합집, 1970, pp.1~5.
5) 김현룡, 「사씨남정기연구 ― 목적성 소설이라는 견해에 대하여」, 『문호』 제5집, 건국대학교, 1969, pp.136~146.
6) 정규복, 「남정기의 저작동기에 대하여 ― 김현용씨의 사씨남정기연구를 읽고」, 『성대문학』 제15·16합집(성균관대학교, 1970), pp.1~5.
7) 우쾌제, 「사씨남정기연구」, 『숭전어문학』 창간호, 1972, pp.49~68.
8) 소재영, 『고소설통론』(이우출판사, 1983), p.178.

요인인 목적성 여부에 구애됨이 없이 작품 자체의 치밀한 분석에 바탕한 연구가 심화되어야 한다9)는 주장이 나오기도 했다.

한 때 중국에서는 「남정기」를 중국소설로 오인10)하는 일이 일어나기도 할 정도로 중국적인 요소가 많이 나타나고 있어 당시 서포의 중국에 대한 인식을 알아 볼 수 있는 대표적인 작품으로 서포의 중국인식을 고찰11)한 바도 있다.

그러므로 「남정기」의 올바른 이해와 연구를 위해 목적성의 문제를 재검토하는 것은 대단한 의미가 있다고 생각되어 오던 차 금번 조선연구회 고서진서간행 제1집인 「원문 화역 대조 사씨남정기 · 구운몽 전」의 서에서 새로운 사실을 발견하게 되어 이 문제에 대한 새로운 시각에 접근 해 보게 되었다.

2. 조선연구회의 조직과 역할

조선연구회의 조직과 역할에 대해서는 그 실체를 파악 할 수 있는 자료가 전집 제1집 후편에 광고와 함께 이 회에 참여했던 인물들이 소개되고 있어 이를 중심으로 이 회의 성격을 알 수 있는 단초가 되고 있다. 이를 중심으로 본 전집을 간행한 조선연구회의 실체를 살펴보면 조선연구회의 주간은 청유남명이며 사무소를 서울에 두고 일본인들로 구성된 모임이라는 것을 알 수 있다.

또한 본 전집을 간행한 조선연구회의 회원들의 신분이나 그 위치를 살펴보면 당시로서는 우리 사회에 막대한 영향력을 가진 인물들이었음을 쉽게 알 수 있겠다. 회원들 중 중심적 역할을 담당했던 인물들로 20명으로 구성된

---

9) 이원수, 「사씨남정기의 반성적 고찰」, 『문학과 언어』 제3집, 1982, pp.135~158.

10) 주미숙, 「남행기적 발현여평가」, 『명청소설논총』 제3집(중국 청풍문예출판사, 1985).

11) 우쾌제, 「서포소설의 중국인식 고찰」, 『성곡논총』 제28집(성곡학술문화재단, 1997)

평의원들만 보아도 알 수 있겠다. 이들의 면면을 살펴보면, 문학박사가 4명으로 帝國大學 文科敎授 萩野由之와 三上參次를 비롯하여 조도전대학강사 吉田東伍, 광도고등사범학교 교장 幣原担이 있고, 법학박사로 朝鮮總督府參事官 秋山雅之介가 있고, 언론인으로 경성일보 사장 吉野太左衛門과 조선신문사장 萩谷籌夫, 안동신문사장 南部重遠이 있고, 교육계 인사로 한성고등사범학교교감 高橋亨과 동양협회전문학교 경성분교 강사로 鮎貝房之進과 河合弘民, 한성고등보통학교교유 학무편집관 上田俊一郎이 있고, 총독부 관리로 조선총독부의 사무관 小田省吾와 통역관 福本幹次郎이 있고, 대구민단장 菊池謙讓과 저술가 山路愛山과 福本日南이 있고, 동경의 井上雅二 등으로 구성되어 있다.

이들이 당시 한국 사회에 끼칠 수 있는 영향은 대단한 것이었음을 알 수 있게 하고 있다. 이들에 의한 한국문화 연구는 결국 한국인을 위한 것이 아니라 이 땅위에 식민지를 건설하려는 이론적 근거를 마련하려 했던 것이었으며, 이들은 식민사적 문화기술에 앞장섰던 인물들이었음을 알게 된다.

3. 「남정기」서에 나타난 청유남명의 의도

조선연구회 고서진서간행 제1집으로 나온 「원문 화역 대조 사씨남정기 · 구운몽 전」에는 이 회의 주간을 맡고 있는 靑柳南冥이 쓴 「사씨남정기」 서가 이 책의 맨 앞쪽에 붙어 있다. 이 책은 표제를 「원문 화역 대조 사씨남정기 · 구운몽 전」이라 했고, 조선연구회 고서진서간행 제1집으로 되어 있으며 간기에는 대정 3년 3월 13일 인쇄, 대정 3년 3월 13일 발행으로 되어 있고 편집겸 발행인은 靑柳綱太郎이며 발행소를 경성 영낙정 삼정목 조선연구회라 하고 있다.

이 책의 첫장에는 '「사씨남정기」서'라 하여 靑柳南冥이 쓴 글이 4페이지 정도 장황하게 수록되어 있고 목차가 나오고 '이조지신 김춘택 원저'라 한 한문본 「사씨남정기」본문을 싣고 일어 번역문을 싣고 있다. 그리고 「사씨남정기」가 끝나고 다음으로 「구운몽」이 나오는데 「구운몽」에 대해서는 해설 같은 것은 실려있지 않고, 작품의 내용만을 간단히 한 페이지도 못되게 적어 놓고 저자도 밝히지 않은 채 각 권별 목차를 싣고, 한문 원본을 싣고, 일어 번역문을 실었다.

일인 靑柳南冥이 한국의 고서 진서로 첫 번째 뽑은 작품이 바로 「사씨남 정기」였다는 점에 주의를 기울이지 않을 수 없게 된다. 정말 한국의 1300여 편이나 되는 많은 고소설[12] 중에서 이 작품이 제일 우수하다는 의미로 해석 할 수 있을지? 이에 대해 다음과 같은 원문 화역 대조 「사씨남정기·구운몽」 전의 「사씨남정기」서를 살펴 볼 필요가 있게 된다. 이 글에서 간행자는 이 작품의 문학성을 나타내려 하는 것보다는 정치적, 사회적 문제를 부각하고 있는 것을 볼 수 있다. 이를 본문에서 찾아보면

> 조선 제19대 숙종 임금께서 삼십이 되도록 후사가 업자 서인 장씨를 후궁으 로 앉히게 되었는데 장씨는 절세의 미인으로 교언영색에 능하여 임금님의 총애 를 받아 숙원으로 봉하게 된다. 그러자 임금께서는 점점 왕비와 소원해지게 되어 폐위하는 일이 일어나게 된다. 이때 간관 한성우가 이르기를 송나라 仁宗 皇帝의 고사를 인용하며 눈물을 흘리며 간했지만 임금님께서는 듣지 않으시고 한성우에게 죄를 주어 그 직에서 물러나게 한다.[13]

라고 하여 당시의 궁중 비사를 열거 해 놓고 있다. 그리고 이어서 조선시 대 숙종대에 있었던 역사적 사건인 민비폐출 사건과 장희빈의 왕자 탄생

---

12) 우쾌제, 「고소설 총양의 통계적 고찰」, 『고소설의 저작과 전파』(아세아문화사, 1995)

13) 원문 화역 대조 「사씨남정기·구운몽」전, 조선연구회 고서진서간행 제1집, 1914, p.1.
“李朝　十九代の肅宗王御歳三十にして未た儲嗣無く庶人張氏容れて後宮に置けり, 張氏を絶世の　美人也巧言令色能く王の意を迎ふ,　王は張氏の容色に溺れて寵愛度 なく遂に張氏を封して淑媛　と爲し漸く王妃を疎んするに至れり,　流言涵久しから すして當に廢位の事あるべしと,是に於て　諫官韓聖佑と云へる人宋の仁宗皇帝流涕 して王德用進むる所の女み放逐するの故事を引きて王　を諫めけれとも聽かれず聖 佑は却て罪を得て其職み轉せられけり.”

등에 관한 내용을 기술 해 놓고 있다.

즉, 이 때 동평군 항(선대 효종왕의 동생의 아들로 숙종의 숙부에 해당)이 왕의 총애를 받고 출입한 일, 이판 박세채가 글로서 진언한 일, 영상 남구만이 왕의 진로를 사서 유찬된 일 등, 장씨가 임신하여 아들(후의 경종)을 낳을 때까지 있었던 내용들, 그리고 장씨가 분만할 때가 되어 그 어미가 일개 천인으로 가마를 타고 드나드는 것이 옳지 않다고 한 지평 이익수를 죽인 일이나 궁중의 비사를 적나나하게 기록하고 있을 뿐만 아니라 영의정 김수항, 이조판서 남용익 등을 불러 왕자의 명호를 정하라 하고 장씨를 희빈으로 삼았을 때, 유신 송시열이 상소를 올려 반대했다가 제주도로 유찬되고 남인서인으로 붕당이 갈려 영의정 김수항은 파직되어 사사된 일, 그리고 남인의 천하가 되어 정실 민비를 폐서인으로 안국동 사저로 내 보내고 장씨를 왕비로 책봉한 일과 그 부친 장형을 옥산부원군, 그 어미를 파산부부인을 제수하고, 그 다음해에 원자를 책봉하여 왕세자를 삼은 일, 그리고 실권한 서인파 김춘택이 간사한 무리들을 몰아내기 위해 숙종을 풍자해서 쓴 사실소설이란 점과 김춘택이 일면으로 소설에 의탁하고 일면으로 한중혁 등과 공모하여 폐후민씨의 복원을 꾀하여 남인파 거두 우상 민암을 죽여 정권의 뿌리를 흔들어 놓고 서인파 남구만을 세워 영상을 삼아 남인내각을 조직, 폐위 민씨를 복위시키고 장씨를 희빈으로 삼은 일, 민비가 복위되어 2년후 병을 얻었을 때 장희빈이 신당을 설치하여 근친과 노복들로 저주하게 하여 일찍 죽게 한 일이 발각되어 장씨는 사사되고, 장씨와 통한 연고로 동평군도 사사되고, 내인 설향과 무여등이 모두 목베임을 당한 일, 시명과 인명을 명나라에서 취한 것은 필화를 피하기 위한 일이란 것 등이 소상하게 기술되어 있다. 그리고 끝으로 편자는 숙종과 같은 실질적인 역사가 축소된 것 같은 이 책의 권두에 이와 같은 것을 부치는 것은 독자들에게 편의를 제공하기 위한 것이라 했다.[14]

---

14) 원문 화역 대조 「사씨남정기·구운몽」전, 조선연구회 고서진서간행 제1집, 1914, pp.1~4

　이상 「남정기」의 해설에서 볼 수 있는 것은 작품 내적인 문제 보다 작품 외적인 매우 지엽적인 문제들을 거론하여 역사적 당파싸움으로 인한 궁중내의 비극적 사건들을 소상하게 밝혀 놓고 있는 것에 주목하지 않을 수 없게 한다.

　그런데 이와는 정 반대로 문학적 가치가 높이 평가되고 있는 「구운몽」에 대해서는 전혀 다른 태도를 취하고 있어 더욱 주목하게 된다. 「구운몽」에 대해서는 서문 자체가 없이 그대로 「구운몽」이라 해 놓고

> 　或 高僧의 제자가 誠를 破하고 팔선녀를 희롱한 죄를 얻어 속세에 내려오니
> 선녀도 또한 같이 人間界로 떨어졌다. 僧은 貴公子로 태어나고 선녀는 혹 良家
> 의 令嬢이나 혹은 藝妓로 태어나 人間界에서 해후하며 즐기다가 다시 天上界로
> 돌아가는 것으로 끝맺는 일종의 心理小說로 原本은 六卷 三冊의 刊本이다. [15]

　라고 한 것이 전부이다.

　그렇다면 이 책이 의미하는 것이 어떤 것이었겠는가 하는 것이 가히 짐작이 간다 하겠다. 이에 이 책의 몇 가지 문제점들을 들어 당시의 상황과 그 영향을 분석 해 보고자 한다.

　첫째, 본 전집의 간행 의도에 주목 해 볼 필요가 있다. 본 전집은 고서 정이를 통해 한국의 인문을 연구하기 위한 것이라 했으니 한국인의 어떤 점을 연구했다는 것인지 의문을 제기 할 수밖에 없다. 이 책의 끝에 붙어 있는 제2기 회원모집 광고에서 한국의 고서 정리 사업의 방향과 그 경과를 제시하고 있는 것을 볼 수 있다.

---

15) 위의 책, 「구운몽」, p.1.
　　"或高僧の弟子誠を破て八仙女と戲れ罪を得て俗界に下れり， 　仙女も亦同しく人間
　　界に落ちて, 僧
　　は貴公子と生れ代はり仙女は或は良家の令嬢に或は藝妓に生れ代はり皆人間界に
　　邂逅して淫遊
　　を壇まにし再ひ欲心して天上界に終る一種の心理小說にして原本は六卷三冊刊本
　　也 "

　　조선의 인문을 연구하여 풍속, 제도, 구습, 전예를 조사하여 그로써 자료로
　　제공하는 것이 이 시대의 요구이다. 나는 이 요구를 향해 공헌하기 위해 조선의
　　고서를 간행하고 혹은 저술하는 일에 종사한지 이미 3년의 세월이 지났다.[16]

　라고 하여 한국의 풍속, 제도, 구습, 전예를 조사하기위한 자료로 삼기
위해 이 책을 간행한다는 것이었다.

　이에 가장 적합한 것으로 본 전집의 제1권에 한국문학의 대표적인 작품으
로 선정된 것이 「사씨남정기」라는 점은 쉽게 납득되지 않는다. 즉, 그들의
의도가 어디에 있었는가 하는 것을 충분히 알 수 있게 해 주는 증거가 된다하
겠다. 많은 한국문학 작품 중에서 그들의 의도에 가장 적합한 작품으로 「사
씨남정기」를 뽑게 되었다는 점이다. 물론 이 작품이 한국문학의 대표적
작품이 될 수 없다는 것은 아니다. 그러나 이 작품이 꼭 한국문학에 대표적인
작품이라고 자신 있게 말할 수는 없는 것이 그때나 지금이나 같은 문제라고
생각된다. 더구나 「구운몽」과 함께 수록하면서 이 작품을 한국문학의 대표
적인 작품인양 제일 앞에 수록하고 있는 것은 매우 석연치 않은 숨은 의도가
있었다고 보여지기 때문이다.

　둘째, 「구운몽」에 대해서는 작자나 저작동기 등 일체의 언급이 없이 간단
한 작품 경개만을 언급하고 작품 해설도 없다는 점이다. 정말 「구운몽」의
작자는 밝힐 필요도 없고 저작동기 등에 대한 언급은 물론 작품해설 및
문학적 가치 등을 서술할 자료적 가치가 없었단 말인지? 또는 언급 할 필요
가 없었다는 것인지? 문제로 지적해 볼 수 있겠다. 즉 「사씨남정기」에 비해
문학적 가치가 미치지 못한 작품으로 평가 될 수 있었다는 것인지? 아니면
그들이 추구하고자 하는 한국의 인문연구에 도움이 될 수 없었다는 것인지?

---

16) 위의 책, 간기 후면 광고난.
　　"朝鮮の人文を硏究し風俗, 制度, 舊習, 典例を調査し以て啓發の資に共するは方今
　　　時代の要求　なり, 吾人は此要求に向て貢獻せんか爲め朝鮮の古書を刊行し或は著
　　　述に從ひ旣三年の星霜を　經たり"

하는데 문제가 있다고 보여진다.

셋째, 본 전집을 간행한 조선연구회의 실체에 대한 문제를 들 수 있다. 본 전집을 간행한 조선연구회는 청유남명이 주간으로 있으며 사무소를 서울에 두고 일본인들로 구성된 모임체라는 점에서 그 실체를 짐작하게 하고 있다. 그렇다면 그들이 추구하고 그들이 목적한 것이 무엇이란 것을 쉽게 알 수 있게 하고 있다.

이상과 같은 문제점들을 중심으로 정리 해 본다면 「사씨남정기」를 「구운몽」보다 우위에 놓고 한국의 역사적 사건을 부각시켜 당쟁을 앞세운 역사적 사실을 우선시 하려한 역사주의적 문학해석으로 목적성을 강조했던 것이 아닌가 생각된다.

4. 「남정기」 제작동기설의 새로운 시각

「남정기」의 저작동기에 목적성 문제를 최초로 제기한 것은 조선 후기의 실학자였던 오주 이규경[17]의 「오주연문장전산고」에서 비롯되어 김태준의 「조선소설사」에서 「오주연문장전산고」의 문장을 인용하면서 숙종의 민비 폐출 사건을 풍간한 것이라 하여 목적성을 지적하고 있다. 그리고 그는 '남정기 소고'에서 「남정기」의 경개를 간단히 소개하고 폐비 민씨를 다시 복위하게 하고 임시로 비위를 뺐고 있던 장씨를 다시 희빈을 삼아 방축하였다고 하며 이와 같은 목적소설이 적지 않다고 지적한 바 있다.[18]

그런데 김태준의 『조선소설사』가 간행될 당시에 참고한 자료들과 영향을 받은 것들은 어떤 것들이었을까? 이것 또한 매우 중요한 문제의 핵심이 되지 않을 수 없다고 본다.

---

17) 이규경(1788~?) 조선 헌종시의 학자, 자는 백규, 호는 오주 또는 소운, 이덕무 (1741~1793)의 손자, 저서로는 육십권의 방대한 「오주연문장전산고」 등이 있어 사본으로 전하고 있다. (『한국사대사전』, 교육출판공사, 1980)

18) 김태준, 위의 책, pp.122~123.

김태준의『조선소설사』초판 간행이 1933년이었다면 그보다 20여년 전인 1914년에 이미 일본인들에 의해 조선 고전 작품들이 간행되기 시작하여 조선연구회 고서진서간행 제1집으로 원문 화역 대조 청유남명의 「사씨남정기·구운몽」이 나오면서 「사씨남정기」서문으로 숙종이 민비를 폐출하고 장희빈을 왕비로 삼았던 우리의 역사적 사건을 소상하게 기록해 놓고 있어 주목할 필요가 있게 한다.

「남정기」의 제작동기에 대한 목적설을 주장한 것은 오주 이규경에서 부터 시작되어 일인 청유남명의 「사씨남정기」서를 비롯하여 김태준의 「조선소설사」이었으나 그 후 많은 학자들이 비판 없이 따르고 있어 문제점으로 지적 해 볼 수 있겠다.

즉, 가정내의 시앗싸움을 그린 최초의 가정소설로 궁중생활의 내면을 폭로, 중국을 무대로 하여 중국소설을 번안 혹은 번역한 것 같은 느낌을 주나 사실은 궁정비극을 측면에서 공격한 풍자소설이라고 지적했다.[19] 또한 김기동의 「한국고대소설개론」에서 숙종이 어느 날 궁여로 하여금 소설을 읽어달라고 하였는데 이 작품을 읽어주었더니 숙종께서 들으시다가 유한림을 '천하의 고약한 놈' 이라고 했다[20]는 이야기를 적어놓고있으며 그 후에 나온 그의 저서 「이조시대소설론」[21]이나 「고전소설론」[22]에서도 그대로 목적소설론에 변함이 없음을 볼 수있다.

그리고 박성의는 그의 저서 「고대소설사」에서[23] 궁녀가 책을 읽어 줄 때, 유한림을 고약한 놈이라고 했다는 이야기와 함께 이 소설은 목적소설이며 궁중 비극을 측면에서 공격한 풍자소설로 기술하고 있으며, 역시 그 후에 나온 「구운몽 · 사씨남정기」주석본[24] 이나 「한국고대소설논과 사」에서도

---

19) 주왕산, 『조선고대소설사』, 1950, p.175.
20) 김기동, 『한국고대소설개론』, 1956, p.292.
21) 김기동, 『이조시대소설론』(정연사, 1959)
22) 김기동, 『고전소설론』(교학사, 1983)
23) 박성의, 『고대소설사』, 1958, p.292.
24) 박성의, 『구운몽 · 사씨남정기』 주석본, 1964.

같은 견해를 보이고 있어 같은 논지를 펴고 있다.

그 후「남정기」는 한국의 봉건가족제도에서 필연적으로 나타나는 씨앗싸움의 비극을 소재로 한 가정소설이며, 동시에 숙종의 기사환국 처사에 일침을 농한 풍자소설이며 목적소설25)이라는 견해가 지배적일 때, 김현용은 새로운 주장을 폈다.

즉, 작품 연구에서 배경을 연구하여 작품이해의 도움으로 삼기도 하고 작자의 생애를 통하여 작품의 사상연구에 많은 자료를 얻기도 하지만, 작품은 그 작품 내용 자체로서 생명을 갖는 것이기 때문에 내용 자체에 중점을 두어 연구하는 것은 매우 중요한 일이란 관점에서 볼 때,「사씨남정기」연구에서 배경에 중점을 두어 제작동기설을 숙종의 마음을 돌리기 위하여 쓰여진 목적소설이요 풍자소설이라고 규정짓고 있는 일은 문제가 있다고 보고 이에 대하여

> 作品을 보는데 있어서 때에 따라서는 背景이 매우 중요시 될 수 있으므로 그것을 그르다는 것은 아니고 다만 본 작품을 目的小說인 諷刺小說로 規定하는 큰 根據가 되어 있는 製作動機說 自體를 다시 검토 해 보고 이 小說의 內容 및 당시의 역사적 사건 등을 고찰하여 본 작품의 製作에 있어서 어떤 사실을 諷刺하기 위하여 지어졌다는 다시 말하면 目的性이라는 그것을 비판 해 보는 것이 이에 試圖하는 바라고 할 수 있다.26)

라고 하여 최초로 목적소설론에 새로운 견해를 보이게 된다.

그는 이 논문에서 제작동기설에 대한 근거로 제시했던 선학들의 주장을 들어 비판하면서 작품 내용을 고찰하면서 역사적 사실과의 관계를 밝혀 보려 했으며「구운몽」과의 관계도 밝히면서「사씨남정기」에 있어서의 목적소설이며, 풍자소설이라는 종래의 입장을 부정하는 면으로 결론을 내리고

---

25) 정규복,「남정기논고」,『국어국문학』제26집, 1963, p.291.
26) 김현용,「사씨남정기연구 ― 목적성 소설이라는 견해에 대하여」,『문호』제5집, 건국대학교, 1969, pp.136~137.

있다.

　첫째로 본 소설을 숙종의 민비사건과 결부시켜 풍자소설이라고 보는 견해
는 「오주연문」과 「북헌잡설」의 기록을 토대로 한 것인데 이는 전술한 대로
「오주연문」의 기록에만 언급된 것으로 「북헌」을 「서포」로 고쳐 놓고 보는 입장
인데 「북헌잡설」과 비교할 때에 기록 그대로를 가지고 보면 서포의 작품을
북헌이 목적성을 가지고 이용했거나 뒷사람들이 그렇게 생각했으리라고 보는
것이 더 타당하겠으며,
　둘째로 본 소설의 내용은 전혀 목적소설인 풍자소설이라고 주장하기는 어
려우며 교녀의 사건과 폐비사건을 결부시켜 본다고 하더라도 복위를 위하여
성심을 회오시키기 위한 것이라고 보기는 너무나 일면적인 견해라고 하지 않을
수 없다.
　셋째로 본 소설은 제작동기가 숙종의 마음을 돌리기 위한 목적의식이 없었던
것이 우연의 일치였을 가능성이 크다고 생각된다. 소설의 중심사상은 아무래도
이러한 목적의식과 거리가 먼데, 작자의 당시 사항과 사회적인 조건이 본 소설
의 내용을 그렇게 생각 할 수 있다고 느껴지기 때문이다. 이것은 소설에서 첩에
의하여 정실이 쫓겨나고 다시 본 부인을 맞아들이게 되는 것이 인현왕후가
쫓겨났다가 다시 복위되는 것과 유사하다고 생각 한 데에서 오는 것으로 결과를
가지고 자구만 제작동기에다 결부시키려는 과오를 범하고 있는 것이다.[27]

　라고 하여 본 소설의 제작동기가 인현왕후를 내친 숙종의 마음을 돌려
민비의 복위를 꾀하려는 목적하에서 지어졌으므로 목적소설이요 풍자소
설이라는 견해는 시정되어아 할 문제라고 새롭게 문제를 제기하고 나온다.
　이에 대한 학계의 반응은 대단했다. 같은 문제를 가지고서도 그 보는 견해
에 따라 새로운 결론을 내릴 수 있다는 점에서 신선한 충격으로 받아들여졌
고, 곧 바로 이 문제에 대한 반박 논문이 나와 학문적 논쟁으로 발전되는
계기가 된다.
　이에 대표적인 정규복의 논문 '「남정기」의 저작동기에 대하여 — 김현용

---

27) 위의 논문, pp.145~146.

씨의 「사씨남정기 연구」를 읽고 —'28)를 중심으로 목적소설론에 대한 주장과 그 문제점을 찾아 볼 수 있겠다.

석헌 정규복은 오늘날까지 출간된 모든 한국 소설사나 논에서 언급되고 있는 학설을 중심으로 「사씨남정기」는 서포 김만중이 숙종의 무고한 민비 인현왕후를 폐출하고 간요한 장희빈을 왕후로 맞아 들인데 대하여 성심을 개오키 위해 풍자한 목적소설이라고 주장하면서 해천 김현용의 논문에 대해 반론을 전개하고 있다.

이를 살펴보면 북헌의 한역 목적이 성심의 회오에 있다는 것은 온당한 견해가 못된다는 것으로 서포문중에 전해오는 가전설화를 소개하고 있다.

西浦가 肅宗께서 閔妃를 廢黜하고 張禧嬪을 王后로 맞아 들인데 대하여 諷刺 내지 聖心을 悔悟키 위해 南征記를 국문으로 적어 그의 從孫 北軒 金春澤을 시켜 宮中에 퍼뜨리게 하였다. 北軒이 南征記를 읽어보고 그대로 퍼뜨렸다간 더욱 大變을 當할 것을 생각하여 北軒이 이를 漢譯하여 作者를 中國人으로 僞裝하기 위하여 使臣을 시켜 中國에서 출판하여 國內로 가져오게 한 후에 南征記를 宮中에 퍼뜨렸다 한다. 一日은 肅宗께서 宮庭을 散策하다가 宮女가 南征記를 읽는 것을 보고 그 이야기가 자기의 閔妃廢黜 處事와 恰似한지라 그 小說의 出處를 알아 봤더니 그 原本이 中國小說임을 알고 일이 無事했다 한다.29)

라고 한 것을 소개하면서 이것은 사실로 받아들여 질 수는 없지만 그렇다고 부정 할 근거도 없는 것으로 산재된 문헌적 기록을 뒷받침 해 줄 수 있는 자료로 작자 및 저작동기를 알 수 있는 것이라 했다.

그리고 앞서 해천 김현용이 주장한 이규경이나 일인 청유남명의 북헌 제작설에 대해서는 한역본만을 읽은 것으로 서포 제작설과 양면을 추측케 하는 것은 부당한 것임을 지적했다. 그러나 「오주연문」에서 「구운몽」에 대

---

28) 정규복, 「남정기의 저작동기에 대하여 — 김현용씨의 「사씨남정기연구」를 읽고」, 『성대문학』 제15·16합집, 성균관대학교, 1970, pp.1~5.

29) 위의 논문, p.2. (西浦先生 第10代孫 金大中氏—大田居住—談)

한 제작동기는 자세히 언급하고 있으며, 사회적으로 중요한 위치를 차지한
사건과 관계가 있는 「사씨남정기」에 대해서는 하등의 언급이 없다는 점에
대해서는 「북헌집」의 '돈민이 패세교자' 를 들어 감계주의적 주제를 대변한
것으로 보아야 할 것이라 하여 분명한 증거를 대지 않고 있다. 다만 「사씨남
정기」의 저작목적인 숙종의 민비폐출에 대한 풍자가 극비밀에 속한 이상
당시 문헌인 「서포집」이나 「북헌집」에 나타날 까닭이 없을 것이라 했다.
또한 기사환국에 대한 역사적 사건과 거리가 있다는 점에 대해서는 사실
(Fact)과 허구(Fiction)의 분별로 설명하면서 작자의 창작의식으로 보아야 할
것이라 했다.30)

그러므로 「북헌집」에 기록된 서포의 뜻과, 「오주연문장전산고」의 기록
과, 서포문중의 가전설화가 있는 한 오늘날의 통설을 부정할 도리가 없을
것이라 했다.31)

「남정기」는 그 작품의 제작동기가 숙종의 마음을 돌려 인현왕후의 복위
를 꾀하려는 목적의식에서 쓰여진 목적소설이라는 견해와 그와 같은 목적의
식이 없었으나 당시의 역사적 사건과 흡사한 점을 들어 목적성을 가지고
이용했거나 뒷사람들이 그렇게 생각했으리라 보는 견해가 있어 일방적인
결론을 내리기에는 중요한 문제들이 남아 있다.32)

「남정기」의 내용이 당시 역사적인 사회현실과 무관하다고 할 수는 없겠
지만 반듯이 역사적 사건이었던 숙종의 민비 폐출 사건에 대한 풍자를
목적으로 쓰여졌다고 보는 데는 문제가 있다. 즉, 작자의 생애를 통한 모든
체험이 작자의 내면세계에 정착되어 잠재의식으로 침잠되어 있다가 작품으
로 표출되는 것이므로 서포 김만중이 살아왔던 생애를 통해 체험한 역사적
사건들이 작품으로 나타난 것이라 할 수 있겠다. 그러므로 본 작품의 저작동

---

30) 위의 논문, p.4.
31) 위의 논문, p.5.
32) 우쾌제, 「사씨남정기 연구」, 『숭전어문학』, 창간호, 1972, pp.49~68.
　　───, 「사씨남정기의 구조적 특징 고찰」, 『인천대 논문집』 제5집, 1983,
pp.89~109.

기에 대해서는 작자 자신이나 한역한 북헌 김춘택도 이에 대한 구체적인 언급이 없었던 것으로 볼 수 있다.

다만 이 작품이 목적소설로 거론되기 시작한 것은 백여년 후대인 이었던 오주 이규경이었으며 이를 가장 신나게 활용하기 시작한 것은 바로 일본인 청유남명에 의한 조선연구회 이었음이 밝혀졌다. 그 후 김태준을 비롯한 많은 학자들은 「사씨남정기」의 목적성에 대한 비판보다는 그를 뒷받침할 수 있는 문헌적 증거를 찾기에 노력했고, 이에 대한 새로운 견해에 귀를 기울이지 않았다.

특히 「오주연문장전산고」에서는 작자를 북헌 김춘택으로 보고 있으면서 세전되고 있는 것들을 기록해 놓고 있어 「사씨남정기」의 제작동기가 '위인 현왕후민씨손위욕오성심'이라 했고, 그 앞에서는 「구운몽」의 제작동기를 '위대부인소수일야제지'라 하고 있어 한낱 원문대로 세상에 전해 오는 말일 뿐 그 실제적 내용을 그대로 믿을 수는 없는 것이라 생각된다.

따라서 이를 서포문중의 가전설화와 연결해서 살펴보면, 소설이 쓰인 연대가 숙종 15연에서 18년 사이(1689~1692)[33]로 이때 북헌 김춘택은 19세에서 22세였다. 당시 그 집안은 크게 화를 입어 유배 또는 투옥된 시기 였고[34] 민비가 복위된 것은 숙종 20연(1694연, 북헌의 나이 24세)이었다. 그런데 서포가문의 가전설화에 의하면 '서포가 이를 국문으로 지어 종손인 북헌 김춘택을 시켜 궁중에 퍼뜨리라 하여 북헌이 읽어보고 그대로 퍼뜨렸다가는 더욱 대변을 당할 것을 생각하여 이를 한역하고 작가를 중국인으로 위장하기 위해 사신을 시켜 중국에서 출판하여 국내로 가져오게 한 후 궁중에 퍼뜨려 숙종께서 친히 궁여로 하여금 그 읽는 소리를 듣고 주인공 유한림을 죽일 놈이라고 욕했다'는 이야기가 있다고 했으니, 이 작품이 쓰인 연대로

---

33) 박성의, 『구운몽 · 사씨남정기 교주본』, p.269.
　　김무조, 「서포소설의 문제점」, 『동아논총』 제4집, 부산 동아대학교, 1968, p.191.
34) 김춘택(1670~1717) : 숙종 15년 기사환국으로 서인이 제거되자 그 집안이 크게 화를 입어 그도 여러 번 유배 또는 투옥되었다.(『한국인명대사전』, 신구문화사, 1967, p.186)

보아 1692연에서 1694년 사이에 북헌이 한역을 해서 중국 사신으로 하여금 중국에서 출판, 국내에 들여와 궁중에까지 들어가도록 하여 궁녀들이 자유로이 읽을 수 있도록 되었다는 이야기가 된다. 이렇게 보면 오늘과 같은 교통수단이 있는 것도 아니고, 인쇄술이 발달된 것도 아니었으며 1689년(숙종15년) 부터 1694년(숙종 20년) 사이에는 북헌의 나이도 어렸지만(19세~24세) 그의 형편은 기사환국으로 인하여 온 집안이 크게 화를 입어 유배 또는 투옥생활을 할 때였으니, 중국 사신을 통해 책을 출판해다가 궁중에 퍼뜨렸다는 것은 당시로서는 불가능한 일이었다.[35]

뿐만 아니라 「번언남정기」가 발견[36] 됨으로 역자 김춘택이 「남정기」를 한역한 연기와 장소를 적확하게 알려 주고 있어[37] 더욱 가전설화의 신빙성은 떨어지고 있다. 「번언남정기」는 의영남씨 남기홍옹(1889~1976)의 소장본으로 서장에 서포의 국문본 「남정기」를 번역한데 대한 과정과 결말에 '세기축중추영주적사인'이라 기록되고 있으며, 필사연도와 필사자는 적혀 있지 않으나 필적이 김춘택의 필적이라는 증언[38]이 있고 보면 김춘택이 「남정기」를 한역한 것은 제주 유배시 숙종 35연(1709년) 가을에 이루어졌다[39]는 것이 분명해 진다.

이렇게 볼 때, 본 작품을 북헌이 한역하여 출판했다는 것은 사실일지 모르나, 그 번역된 시기가 숙종 35년이라면 인현왕후 복위 이후 15년이 경과된 후의 일임이 분명해 지며, 목적소설 운운한 것도 백여년 후대인이었던 이규경에 와서 당시 사회현실과 흡사한 점 등을 들어 세전되어 오는 이야기들을 수집하면서 학자적 추측을 가미히여 기록힌 것임이 분명한 사실

---

35) 우쾌제, 앞의 논문, p.94.
36) 「번언남정기」는 의영남씨 남기홍옹(1889~1976)의 소장본으로 남옹의 부인 광산 김씨(1889~1945)가 그 친가인 충남 논산에서 시집 올 때 시가로 가져 온 것이라고 함.
37) 정규복, 「번언남정기고」, 『연민이가원박사 육질송수기염논총』, 범학도서, 1977, pp.17~26.
38) 연민 이가원 박사의 증언 (정규복의 위의 논문, p.18)
39) 정규복, 위의 논문, p.24.

로 나타나고 있어 목적소설론에 대한 새로운 시각의 해석은 피할 수 없는 일이라 생각된다.

그러므로 본 작품은 인현왕후의 복위를 꾀하여 숙종대왕의 마음을 돌리기 위해 쓰여졌다고 하는 것보다는 당시의 사회적 현실이었던 자신의 생활 체험을 토대로 작가적인 시점을 통해서 얻어진 주제에 입각하여 제작된 순수한 문학작품으로 보는 것이 타당할 것이다.

특히 청유남명과 같은 일본 학자들의 의도적 해석은 일제의 식민사관과의 관계로 보아야 할 것이 분명하고 보면 더욱 새로운 시각에서 보는 것이 타당하리라 생각된다.

5. 결 론

일본인 청유남명이 중심이 된 조선연구회에서는 한국의 중요한 고서들을 정리 간행했다. 그들이 처음으로 간행했던 책은 조선연구회 고서진서간행 제1집으로 대정3년 (1914년) 3월 13일에 나온 「원문 화역 대조 사씨남정기·구운몽 전」이었다.

이 책에는 「사씨남정기」서'라 하여 청유남명이 쓴 글이 4페이지정도 장황하게 수록되어 있고 목차가 나오고 '이조지신 김춘택 원저'라 한 한문본 「사씨남정기」본문을 싣고 일어 번역문을 싣고 있다

그런데 청유남명이 쓴 「남정기」서에서는 제작동기를 숙종이 민비를 폐출한 역사적 사건을 풍자하여 숙종의 마음을 돌려 인현왕후를 복위케 하고자 한 목적에서 쓰여진 목적소설임을 강조하면서 당시의 한국의 궁중에서 일어났던 역사적 사건들을 장황하게 열거하여 이를 대변한 작품과 같은 인상을 주게 해 놓고 있다.

그렇다면 우리 선학들이 한국 고소설사나 소설론에서 일인 청유남명의 논리를 무비판적으로 수용하면서 제작동기를 목적소설로 그대로 따르고 있는 것은 문제가 있었다고 보았다.

　　이에 본고에서는 일인 青柳南冥의 조선연구회의 실체를 밝혀, 그들이 의도했던 것이 무엇이었겠는가 하는데 문제의 초점을 맞춰 볼 때, 우리의 역사적 사건 중에서도 조선시대에 서인과 남인간의 당파적 경쟁이 심하게 나타나는 숙종대의 궁중사건을 풍자적으로 소설화한 것이라 하여 역사적 사건을 더욱 부각시키고자 했던 일본인들의 의도는 분명 일종의 식민사관적 문학관에서 이용했던 것으로 볼 수 있었다. 이와 같은 깊은 의도를 읽으려 하지 않고 오직 「오주연문장전산고」의 기록을 평계로 하여 무비판적으로 수용한 우를 범한 것은 일인들의 식민사관에 무의식적으로 동조한 것이 되지 않았나 생각되어 재고의 여지가 있다고 본다.

　　그러므로 「북헌집」에서 분명한 언급이 없고 「오주연문장전산고」에서 작자에 대한 오류가 인정 된다면 목적성 문제도 한번쯤은 의문을 제기해 볼만한 일이라 생각되어 새로운 시각으로 접근 해 보는 것이 옳다고 본다. 즉, 「사씨남정기」와 관련된 서포 가문의 가전설화와 작품의 저작연대 및 한역연대 등을 고찰 해 보면, 서포가 이 작품을 저술한 것은 서포의 생존시인 숙종 15연(1689)에서 숙종 18연(1692)으로 볼 수 있으며, 북헌 김춘택에 의해 한역된 것은 숙종 35연(1709년)으로 확인됨으로 가전설화의 허구성이 얼마나 강한가 하는 것을 알게 되어 신빙성이 적은 한낱 세상에 떠도는 이야기 정도로 작품해석에 절대적 기준으로 삼을 수 없음을 알게 된다.

　　특히 일인들의 문학적 식민사관의 의도가 드러난 중요한 단서가 된다고 생각되어 더욱 많은 문제들을 검토 해 볼 필요를 제기하면서 일제의 식민사관과의 관계를 정산힐 수 있는 길을 찾고 문하적 해석상의 한계를 극복할 수 있는 계기가 될 수 있기를 기대해 본다.

20세기 한국 소설 연구

인쇄일 초판 1쇄　2002년 03월 25일
　　　　　2쇄　2015년 02월 27일
발행일 초판 1쇄　2002년 03월 29일
　　　　　2쇄　2015년 03월 05일

지은이 윤 홍 로 외
발행인 정 찬 용
발행처 **국학자료원**
등록일 1987.12.21, 제17-270호

서울시 강동구 성내동 447-11 현영빌딩 2층
Tel : 442-4623~4 Fax : 442-4625
www. kookhak.co.kr
E- mail : kookhak2001@hanmail.net
ISBN 978-89-8206-671-9 ＊93810
가 격 25,000원

＊저자와의 협의 하에 인지는 생략합니다.